ΔΗΜΗΤΡΗΣ ΡΑΝΤΟΓΛΟΥ

I0636143

ΜΙΑ ΚΑΙΝΟΥΡΙΑ ΜΕΡΑ ΞΕΚΙΝΑΕΙ...

FYLATOS PUBLISHING

FYLATOS PUBLISHING

© Εκδόσεις Φυλάτος, © Fylatos Publishing
e-mail. contact@fylatos.com
web: www.fylatos.com
Σχεδιασμός Εξωφύλλου: © Εκδόσεις Φυλάτος
Σελιδοποίηση-Σχεδιασμός: © Εκδόσεις Φυλάτος
ISBN: 978-618-5232-92-4

ΔΗΜΗΤΡΗΣ ΡΑΝΤΟΓΛΟΥ

ΜΙΑ ΚΑΙΝΟΥΡΙΑ ΜΕΡΑ ΞΕΚΙΝΑΕΙ...

Εκδόσεις Φυλάτος
Fylatos Publishing
MMXVII

Στη γλυκιά μου σύζυγο Παναγιώτα
με τα σαγηνευτικά μάτια
και το καθαρό βλέμμα,
που λάτρεψα με την πρώτη ματιά,
μαζί με ένα ευχαριστώ
για την υπομονή της,
όταν οι ώρες "απουσίας" μου
από κοντά της, πλεονάζουν...

ΠΕΡΙΕΧΟΜΕΝΑ

Ματωμένο δειλινό	9
Ξεβαμμένα Όνειρα	35
Άγγιγμα ψυχής	59
Σαγήνη	87
ΜεΘυσμένος Ουρανός	125
Ανοιξιάτικα χρώματα	145
Αναμνήσεις	169
Σπασμένος καΘρέπτης	185
ΕπαλήΘευση ζωής	219
Απόκρυφα όνειρα	253
Εκβιαστικά διλήμματα	277
Εκρήξεις οργής	301
Πρόσταγμα σιωπής	325
Θανατηφόρο μήνυμα	351
Δολοπλοκίες	377
Στροφοδίνες	393
Μακρύ ταξίδι	411
ΌλεΘρος, οργή	429
Σκιές	445
Ακοίμητο Καντήλι	471

Ματωμένο δειλινό

Γκάνα,
Τόνγκο Μπέο
10 Νοεμβρίου 2021

Το γράμμα έφυγε από τα χέρια της και ταξίδεψε κυματιστά διαγράφοντας τρεις τέσσερις καμπύλες στον ζεστό και βαρύ αέρα του φτωχικού δωματίου. Μετά από λίγες στιγμές, που όμως έμοιαζαν με ώρες, κατέληξε στο ξύλινο πάτωμα με έναν εκκωφαντικό θόρυβο. Στην πραγματικότητα ο ήχος της πτώσης του δραματικού γράμματος με τις βαρύσήμαντες λέξεις ήταν ανεπαίσθητος. Για την πονεμένη γυναίκα, όμως, ακούστηκε σαν πτώση νεκρού αετού, χτυπημένου από άσπονδο βόλι ασυνείδητου κυνηγού.

Την τελευταία δεκαετία, λάμβανε συχνά γράμματα από την πατρίδα που είχε αφήσει πίσω της, πριν από έντεκα ολόκληρα χρόνια. Απαρέγκλιτα τα νέα που έφταναν, γέμιζαν χαρά τα καλοσυνάτα μελιά μάτια της και ρίζωναν βαθιά στην πλούσια καρδιά της. Ο γιος της ο Αλέξης συνέχιζε την επιτυχημένη καριέρα του ως δικηγόρος στην Ελλάδα. Η νύφη της, η Δέσποινα, φρόντιζε αυτόν και τα τρία παιδιά της με περισσή φροντίδα και αγάπη. Οι επιτυχίες των λατρευτών αυτών παιδιών, που μεγάλωσαν στην αγκαλιά της, έρχονταν η μία πίσω από την άλλη. Η επιτυχία του Μάκη στο Αριστοτέλειο Πανεπιστήμιο Θεσσαλονίκης στο Τμήμα Ηλεκτρολόγων Μηχανικών και Μηχανικών Υπολογιστών με εξειδίκευση στη Ρομποτική και η πρόσφατη απόκτηση του πτυχίου του με συνεχόμενα αριστεία προόδου και υποτροφίες ήταν γεγονός. Η εισαγωγή της Τέμα στη Νομική Σχολή και μάλιστα μέσα στις πέντε πρώτες θέσεις, όνειρο πατέρα και κόρης ήρθε καλοδεχούμενη και για μια φορά ακόμη τα χαμόγελα άνθισαν σε όλη την οικογένεια. Όλα κυλούσαν τόσο όμορφα στη μακρινή Ελλάδα! Οι συνεχόμενες επιβραβεύσεις για τις αρετές και τον όμορφο κόσμο της μικρής Χριστίνας... τι να πρωτοθυμηθεί! Σήμερα όμως το άνοιγμα του γράμματος που έγινε με ιδιαίτερη λαχτάρα και ζωντάνια, κατέληξε σε θλίψη και φρικτή οδύνη. Το καυτό δάκρυ, αφού χάραξε την πορεία του στο βελούδινο μάγουλο της ώριμης μελαμψής κυρίας, σφράγισε τη σύντομη πορεία του πάνω στο πάτωμα, όπου διασκορπίστηκε σε μικρά πυρακτωμένα σταγονίδια. Άλλο δεν τόλμησε να ξεμυτίσει από τα πονεμένα μάτια της βασίλισσας της αρχοντιάς, της ανθρωπιάς και της προσφοράς. Σταμάτησαν όλα εκεί και περίμεναν τις εντολές της. Είχε καιρό να νιώσει έτσι και δεν ήταν εύκολο να ξαναγυρίσει στις παλιές θλιβερές εποχές. Πάνε αυτές! Είχαν περάσει πια! Τώρα η ζωή της ήταν γεμάτη, χαρούμενη, γλυκιά. Η πίκρα δε χωρούσε σε τούτα τα ευχάριστα χρόνια που περνούσε.

Όμως, να που τα πρόσφατα αναπάντεχα νέα έστειλαν στο φορτωμένο μυαλό της αναμνήσεις, που άθελά της, την ταξίδεψαν σε αλησμόνητες στιγμές. Σε θύμησες που διαδραματίστηκαν αρκετά χρόνια πριν, όταν έφτανε με αγωνία πίσω στην πατρίδα της, τη Γκάνα, μετά από πενήντα περίπου χρόνια απουσίας, αναζητώντας τις χαμένες ρίζες της, τα αγαπημένα της πρόσωπα, στο παραχωμένο από την ηφαιστειακή τέφρα χωριό της.

Διάφορες αντίξοες συνθήκες δεν της είχαν επιτρέψει να επισκεφτεί τη γενέτειρά της και η διαμονή της σε ξένες χώρες ήταν αναγκαία για μισό αιώνα. Παρόλο που ζούσε ευτυχισμένη, με την οικογένεια που είχε δημιουργήσει, η νοσταλγία να γυρίσει στη γενέτειρά της ήταν χαραγμένη βαθιά και ανεξίτηλα στο αίμα που κυλούσε μέσα στις φλέβες της. Η υπόσχεση προς τους γονείς και τα αδέλφια της, έπρεπε να πραγματοποιηθεί. Ο πυρετός που έβραζε στα σωθικά της, φωτιά που σπαρταρούσε, έκαιγε, διέλυε σαν κλαράκια όλες τις φλέβες της, δεν της άφησε περιθώρια.

Τη νίκησε και τελικά η γιαγιά Τέμα τα κατάφερε και επέστρεψε στη γη που τη γέννησε, στα χώματα που έκανε τα πρώτα της βήματα, στον ήλιο που πρωτοαντίκρισε όταν άνοιξε για πρώτη φορά τα μάτια της, στον αέρα που έδωσε πνοή στο μικρό κορμί της πριν μισό αιώνα!

Το αεροπλάνο προσγειώθηκε στο αφρικάνικο έδαφος, στην πρωτεύουσα της χώρας της τα Άκκρα, μία μέρα μετά από την έναρξη των μαθημάτων των σχολείων στην Ελλάδα, 11 Σεπτεμβρίου 2010, ημέρα Σάββατο. Η διαφορά θερμοκρασίας ήταν αισθητή. Ο ήλιος τρύπησε τα σύννεφα και χάιδεψε το βλέμμα της. Το χάδι του ήταν απαλό, βελούδινο και αμυδρό. Το ελαφρύ αεράκι φίλησε τρυφερά τα μάγουλά της και την οδήγησε στη δημιουργία ενός κατάλευκου χαμόγελου ικανοποίησης, ενώ το οξυγόνο γέμισε τα πνευμόνια της και η καρδιά της χτύπησε γοργά όπως της κοπέλας που ξαναβλέπει τον αγαπημένο της μετά από καιρό. Τα φρύδια έσμιξαν ξανά μόλις η σκέψη για την τύχη των αγαπημένων της ξεχείλισε και το πρόσωπό της σκυθρώπιασε σαν τον συννεφιασμένο ουρανό εκείνης της ημέρας.

Τα χαμογελαστά προσωπάκια των εγγονών της πέρασαν φευγαλέα μπροστά στα μάτια της. Της έστελναν μήνυμα ελπίδας, θετικής ενέργειας. Ανοιγόκλεισε τα βλέφαρα και επέτρεψε στα χείλη της να διαγράψουν ένα όμορφο χαμόγελο. Έπρεπε να αρχίσει να ψάχνει, σε έναν δρόμο δύσβατο με πολλά εμπόδια που δημιουργούσε άθελά της η τόσων χρόνων απουσία της και οι τεράστιες αλλαγές που εκτυλίσσονταν μπροστά της. Με μια ματιά γύρω της ήταν πολύ εύκολο να καταλάβει πόσο άλλαξαν όλα από την τελευταία φορά που τα είχε αντικρίσει.

Προχώρησε θαρρετά προς την έξοδο για να πάρει γρήγορα κάποιο ταξί. Ζήτησε από τον οδηγό, μπερδεύοντας πολλαπλές φορές τις λέξεις κάνοντας χρήση ταυτόχρονα τρεις διαφορετικές γλώσσες, να την κατευθύνει στην πιο εύκολη λύση για να μπορέσει να μετακινηθεί στα βόρεια της χώρας. Αυτός τη μετέφερε στον σταθμό των λεωφορείων. Παρόλο που υπήρχε και εναέρια συγκοινωνία, την έπεισε να πάει δια ξηράς, για να φτάσει πιο γρήγορα, όπως της είπε. Εκεί, με ελάχιστη προσπάθεια κατάφερε και μπήκε σε ένα από αυτά που είχε ως προορισμό του τη μεγαλούπολη Ταμάλε. Από εκεί θα έπαιρνε άλλο μεταφορικό μέσο με κατεύθυνση το χωριό της.

Μετά από ένα πολύωρο και κουραστικό ταξίδι και αφού απέσπασε αρκετές πληροφορίες από μια καλοσυνάτη και αρκετά ομιλητική ντόπια συνεπιβάτιδα περίπου στην ηλικία της, κατέληξε σε ένα αξιόλογο ξενοδοχείο της πόλης, το Picorna Hotel. Εκεί, προσπαθώντας αποκαμωμένη και τρομερά απελπισμένη να βάλει σε τάξη τις σκέψεις της και τις δυσμενείς πληροφορίες, δέχτηκε τα πυρά ενός ακαθόριστου φόβου που της γέμισε τα μάγουλα με δάκρυα όλη τη νύχτα. Πύθωνας τυλιγμένος σε λαιμό και στήθος, έκοβε τις ανάσες της. Τα καινούρια δεδομένα δεν έδιναν και πολλές ελπίδες για ευχάριστες εξελίξεις. Ελάχιστες οι πιθανότητες να συναντήσει κάποιο συγγενικό της πρόσωπο, να νιώσει μια αδελφική αγκαλιά, να γευτεί μια γλυκιά, στοργική κουβέντα.

"Ήμουν τότε εννέα χρονών και δουλεύαμε στα χωράφια του χωριού μας, τη Νιαρίγκα, τη θυμάσαι φαντάζομαι, όταν ακούστηκε η έκρηξη. Τρέχαμε σαν αντιλόπες που τις κυνηγάει πεινασμένος πάνθηρας, χωρίς να ξέρουμε προς τα που να πάμε. Ήταν μια φρικιαστική ημέρα! Ελάχιστοι χωριανοί μας ξέφυγαν από τα νύχια αυτού του πρωτόγνωρου αρπακτικού", της είχε πει λίγες ώρες πριν η συμπατριώτισσά της. "Δυστυχώς, οι περισσότεροι κάτοικοι του Τόνγκο Μπέο χάθηκαν κάτω από τις καυτές στάχτες του ηφαιστείου, που βρυχήθηκε θυμωμένα, εκείνη τη σκοτεινή μέρα, μου είχε πει μερικές μέρες αργότερα ο μεγαλύτερος αδελφός μου".

Η αφήγηση της καλοσυνάτης κυρίας γυρνούσε και ξανά γυρνούσε αδιάκοπα στο μυαλό της, αδίστακτα, βάναυσα βασανίζοντας ψυχή και σώμα που δεν μπορούσαν να ησυχάσουν. Πέρασαν σχεδόν πενήντα χρόνια από τότε.

Το επόμενο πρωί τη βρήκε περισσότερο αισιόδοξη, αν και ένιωθε όλο της το κορμί σαν ένα ακατέργαστο βαρύ κομμάτι ξύλου. Είχε πάρει τις αποφάσεις της και τίποτε δε θα μπορούσε να τη λυγίσει. Θα αντιμετώπιζε την πραγματικότητα όποια κι αν ήταν αυτή, όσο ψυχρά και αν ήταν τα νέα που θα έφταναν στα αυτιά της και θα έβλεπαν τα μάτια της. Βαρύς ο πόνος αλλά όχι ασήκωτος, μακρύς ο δρόμος, αλλά όχι ατελείωτος.

Φόρεσε το πιο αισιόδοξο χαμόγελο και κατέβηκε στην πόλη, ξεκινώντας μια προσπάθεια ανεύρεσης κάποιου μεταφορικού μέσου για να μπορέσει να μετακινηθεί στα μέρη της. Μετά από αρκετή ώρα αναζήτησης, κατάφερε και βρήκε ένα ημιφορτηγό, αρκετά παλιό τουλάχιστον οπτικά, αλλά γερό όπως τη διαβεβαίωσε ο οδηγός της. Ο μεσήλικας άντρας έμοιαζε τουλάχιστον για εβδομήντα, αλλά δεν ήταν πάνω από σαράντα πέντε, όπως τόνισε αρκετές φορές στη διάρκεια του ταξιδιού. Ήταν ένας χαρούμενος άνθρωπος, ομιλητικός που ταλαιπωρήθηκε πολύ στη ζωή του. Πρόλαβε και ανέλυσε όλο το ιστορικό τού ταλαίπωρου βίου του, με πλεονάζοντα ενθουσιασμό σαν να έλεγε ένα μεγάλο ενδιαφέρον παραμύθι στα εγγόνια του. Η Τέμα ένιωσε άνετα μαζί του αν και δυσκολευόταν να καταλάβει τη μητρική γλώσσα της και προσπάθησε να αποσπάσει τις όποιες πληροφορίες μπορούσε για τους δικούς της και για τα πρωτόγνωρα για τον τόπο της συμβάντα που πιθανότατα να έκλεψαν από την αγκαλιά της όλα τα αγαπημένα της πρόσωπα που προσδοκούσε να βρει.

«Ελάχιστοι χωριανοί σου κατάφεραν να βγουν νικητές από το τρομερό μαύρο θεριό», άκουγε για δεύτερη φορά προς απογοήτευσή της από το στόμα του οδηγού. «Θα σε πάω όμως στο χωριό σου, δηλαδή στο νέο χωριό σου, διότι μετακινήθηκαν αρκετά πιο πέρα από την αρχική τοποθεσία, μιας και ήταν αδύνατο να ζήσουν πάνω από τις στάχτες και κάτω από τα πόδια τους να έχουν τους καμένους νεκρούς τους».

Η Τέμα αρκέστηκε σε ένα ευγενικό «ευχαριστώ» και βυθίστηκε στις σκέψεις της. Δεν πέρασε λίγη ώρα και ο οδηγός άνοιξε πάλι τη συζήτηση, μη μπορώντας να αντέξει τη σιωπή λέγοντάς της πως γνώρισε πρόσφατα ένα γέροντα που έζησε από τη φονική έκρηξη και ότι πιθανότατα θα μπορούσε να τη βοηθήσει στις αναζητήσεις της. Το πρόσωπό της φωτίστηκε. Αχτίδες φωτός ξεχύθηκαν μπροστά στα μάτια της και αναθάρρεψε. Περίμενε πλέον με λαχτάρα πότε να φτάσει στον προορισμό της και δεν την ένοιαζε η ταλαιπωρία, αλλά ούτε και ζήτησε από τον οδηγό άλλη στάση, για να ξεμουδιάσει. Αυτός με τη σειρά του τόνισε για μια ακόμη φορά την ηλικία του, ώστε να την πείσει πως δε ζούσε όταν συνέβη το μοιραίο. Το μακρύ ταξίδι έφτανε στο τέλος του. Το τοπίο γύρω ζωντάνευε στη μνήμη της παιδικά ανέμελα χρόνια. «Εδώ στα δεξιά μας βρισκόταν άλλοτε το Ιντούρι» ανέφερε θλιμμένος ο οδηγός. «Δεν έμεινε κανένα σπίτι όρθιο». Μετά από μερικά χιλιόμετρα οδήγησης επανέλαβε μακάβρια: «Και εδώ τα ίδια δυστυχώς. Το Γουινκόνγκο θάφτηκε ολοσχερώς κάτω από τις στάχτες».

Μόλις πλησίασαν, στο άλλοτε γεμάτο ζωή χωριό της, οι αναμνήσεις ξεχύθηκαν αυθόρμητα και οι αισθήσεις της ενεργοποιήθηκαν στο έπακρο. Τα δάκρυα, ορμητικός χείμαρρος, ξέφευγαν ανεξέλεγκτα όσο οι κόρες των ματιών της διαστέλλονταν ολοένα και περισσότερο. Ο Άτα έτρεχε κάπου εκεί ή λίγο παραπέρα, ανέβαινε γοργά μαζί της εκείνη την κορφή που τη χτυπούν οι χρυσοκόκκινες αχτίνες του ήλιου ή μήπως στην άλλη τη χαμηλότερη; Κυνηγούσε με το τόξο του καμαρώνοντας κάθε φορά την όποια μικρή ή μεγάλη του επιτυχία. Τα ρουθούνια της άνοιξαν διάπλατα για να στείλουν οξυγόνο στα πνευμόνια και στον εγκέφαλο, για να καθαρίσουν οι σκέψεις ακόμη περισσότερο. Για μια στιγμή ένιωσε σαν να κατρακυλά βίαια από μια πυρακτωμένη σκάλα χωρίς να μπορεί να κρατηθεί από τα φλογισμένα σκαλοπάτια της. Τα πενήντα σκαλοπάτια της, όσα και τα χρόνια που πέρασαν, έπρεπε να την κατεβάσουν στην πραγματικότητα, να γευτεί τον πόνο πατόκορφα, να τρυπήσει η οδύνη τη σάρκα της βαθιά για τον πιθανότατο χαμό των ανθρώπων της. Οι στιγμές ήταν μοναδικές, τόσο που καθήλωσαν ακόμα και τον οδηγό στη θέση του, αμίλητο και με έκφραση θλιμμένου σκύλου που χάνει το αφεντικό του. Το φορτηγάκι περνούσε τώρα μπροστά από την άλλοτε καμένη γη των προγόνων της. Σ' αυτόν εδώ τον τόπο, έβγαλε το πρώτο της κλάμα, τον πρώτο στεναγμό, ξεχύθηκε το πρώτο της γέλιο, είδε τον ήλιο να ανατέλλει και να δύει για πρώτη φορά, βύζαξε το μητρικό γάλα, έκανε τα πρώτα της βήματα, φόρεσε το πρώτο της καλό φουστάνι, γεύτηκε την υπέρμετρη αγάπη, αλλά και τον υπέρτατο πόνο του βίαιου αποχωρισμού, αυτού του ξαφνικού θανάτου. Εδώ γέμισαν οι στάχτες του αδελφού της τα φυλαχτά των συγχωριανών της, εδώ είπε το στερνό αντίο στους δικούς της, εδώ έδωσε τη μεγάλη υπόσχεση ότι θα επιστρέψει νικήτρια. Ναι, αυτό το κατάφερε, νίκησε στη ζωή, πέτυχε σε όλα, αλλά... αλλά... Δεν άφησε τη σκέψη να ολοκληρωθεί. Άφησε όμως, άλλα δύο δάκρυα να χυθούν. Έβαλε μηχανικά το χέρι στον κόρφο της σε μια προσπάθεια να βγάλει το φυλαχτό της, που επί πενήντα χρόνια φορούσε, αλλά αστραπιαία θυμήθηκε ότι το είχε χαρίσει στον γιο της τον Αλέξη, κατά τον αποχωρισμό τους.

«Κάνε μια στάση, σε παρακαλώ», ικέτευσε τον οδηγό κοιτώντας πάντα έξω από το παράθυρο. Μόλις το όχημα σταμάτησε, έκανε πέντε έξι βήματα σχεδόν παραπατώντας και μετά σταμάτησε κοιτώντας προς τη δύση. Ο ήλιος θα έστελνε τις ακτίνες του για λίγα λεπτά ακόμη, βαμμένος κόκκινος, σε τόσο μεγάλο βαθμό που έμοιαζε ματωμένος. Έχοντας μπροστά της το ματωμένο δειλινό, η γιαγιά Τέμα, έσκυψε, γονάτισε, έγειρε το σώμα της μπροστά, άπλωσε τα χέρια της και ακούμπησε τα χείλη της στο πατρικό της χώμα. Τα δάκρυα πότισαν την ξερή γη, για να σβήσουν τη λάβα του ηφαιστείου και να ζωντανέψουν τα άμοιρα κορμιά των συγγενών της. Έμεινε καρφωμένη σ' αυτή τη στάση, αφήνοντας όλο της το είναι να ξεχυθεί και να γίνει ένα με τη μάνα γη.

Στον αέρα μια χαρμόσυνη μουσική τυμπανοκρουσιών έμοιασε να ξεχύνεται, απροσδιόριστης κατεύθυνσης, μπλεγμένη με πολλές χαρούμενες κελαριστές φωνές. Παιδικές, γυναικείες, ανδρικές, γερόντων. Σήκωσε το βλέμμα της στον ουρανό, αφουγκράστηκε, ψάχνοντας να βρει την πηγή των ήχων. Πώς να αντιληφθεί ότι όλα αυτά έβγαιναν από μέσα της και ότι το αληθινό τραγούδι ήταν η φωνή της καρδιάς και της ψυχής της; Τη μελωδία διέκοψε η ανδρική φωνή πίσω της, που την καλούσε να συνεχίσουν τον δρόμο τους πριν νυχτώσει, επειδή τα φώτα του οχήματος ήταν χαλασμένα. Ανασηκώθηκε, σεβάστηκε την προτροπή του οδηγού της και προχώρησε προς το φορτηγάκι.

Για μια στιγμή, πριν μπει μέσα, το βλέμμα της καρφώθηκε στην απέναντι μεριά, σε μια μικρή σπηλιά που σχηματιζόταν ανάμεσα σε δυο μικρούς βράχους. Έτρεξε γρήγορα με όση δύναμη είχε πάνω της, σκαρφάλωσε επάνω στις πέτρες, έφτασε στο στόμιο της σπηλιάς και άρχισε να ψάχνει. Βρήκε γρήγορα αυτά που ήθελε και έβαλε από ένα σε κάθε τσέπη του φαρδιού λινού παντελονιού της. Ύστερα έβγαλε ένα μαντήλι από την τσάντα της και εναπόθεσε πάνω του μερικές χούφτες με το λιγοστό χώμα που μπόρεσε να βρει στο βραχώδες τοπίο. Μία για κάθε μέλος της χαμένης οικογένειάς της.

«Αυτή για σένα αγαπημένε αδελφέ Άτα, αυτή για σένα μάμα, αυτή για σένα πατέρα, αυτή για σένα αδελφή Φάλαλα...» και συνέχισε προσπαθώντας να μην ξεχάσει κανέναν. Μόλις τελείωσε έδεσε σταυρωτά και σφιχτά το μαντήλι και κατηφόρισε προς το τροχοφόρο.

«Τώρα μπορούμε να πηγαίνουμε» ήταν οι μόνες λέξεις που βγήκαν με δόση ανακούφισης από το στόμα της, χωρίς να αναφέρει τίποτε άλλο στον οδηγό. Εκείνος σεβάστηκε την απόφασή της και συνέχισαν για λίγη ώρα ακόμη, μέχρι που αντίκρισαν το νέο Τόνγκο Μπέο με τα ελάχιστα φτωχικά οικοδομήματα. Σουρούπωσε γρήγορα και οι κάτοικοι του χωριού είχαν μαζευτεί στα σπίτια τους. Το ηλεκτρικό ρεύμα που είχε φτάσει εδώ και λίγα χρόνια και σ' αυτά τα απομακρυσμένα μέρη έριχνε άπλετα το φως του σ' όλες τις φτωχικές καλύβες. Η επισκέπτρια παρατήρησε ότι τα κτήρια ήταν φτιαγμένα από ανθεκτικά υλικά, πήλινα τούβλα και κεραμίδια και τα παράθυρα είχαν μεγάλα και φωτεινά ανοίγματα.

Ο οδηγός της την οδήγησε σε ένα σπίτι που έμοιαζε με όλα τα άλλα, απλώς βρισκόταν στην άκρη του χωριού, λίγο μακρύτερα από τα υπόλοιπα. «Εδώ, εάν θυμάμαι καλά, μένει ο γέροντας που σου είχα αναφέρει κατά τη διαδρομή. Ελπίζω να σε βοηθήσει να βρεις τους δικούς σου. Εγώ πηγαίνω να ξεκουραστώ στο αμάξι και...»

Η Τέμα τον διέκοψε και σταυρώνοντας τα χέρια της στο στήθος της του είπε γλυκά: «Σ' ευχαριστώ πολύ!» Ύστερα έβγαλε από την τσάντα της το συμφωνηθέν τίμημα, πρόσθεσε και ένα επιπλέον σεβαστό ποσό και τον χαιρέτησε εγκάρδια. Ο οδηγός αντιχαιρέτησε και επέστρεψε στο αυτοκίνητό του για να κοιμηθεί εκεί, μέχρι τις πρώτες πρωινές ώρες για να πάρει τον δρόμο της επιστροφής. Αυτή προχώρησε διστακτικά και μόλις έφτασε στην πόρτα κοντοστάθηκε. Προσπάθησε να χτυπήσει, αλλά το μετάνιωσε.

Η γιαγιά Τέμα, έσκυψε και σήκωσε το γράμμα από το ξύλινο δάπεδο διακόπτοντας προσωρινά τις σκέψεις της. Το ένστικτό της την οδήγησε σε μια αστραπιαία απόφαση. *«Πρέπει να γυρίσω στην Ελλάδα»* άκουσε τη φωνή της να τρυπάει τα μηνίγγια της. Με γοργές κινήσεις που θα ζήλευε και ο εγγονός της ο Μάκης, έβαλε το γράμμα μέσα σε ένα μικρό καφέ ξύλινο κουτάκι, έβγαλε την καταχωνιασμένη βαλίτσα της και άρχισε να τη γεμίζει με όλα τα απαραίτητα ρούχα και είδη που θα χρειαζόταν στο μακρινό της ταξίδι. Με επιδέξιες κινήσεις τακτοποίησε μέσα σε λίγα λεπτά όλα της τα πράγματα. Τοποθέτησε το κουτάκι μέσα στην τσάντα της, έβαλε αμήχανα ακόμα μέσα σε αυτήν τα πρώτα σουβενίρ που είχε βρει κατά την επάνοδό της στο καμένο της χωριό, έλεγξε για μια ακόμη φορά τα ταξιδιωτικά της έγγραφα και ξεχύθηκε έξω, προς αναζήτηση μεταφορικού μέσου. Με μιας, όμως, μια αλλόκοτη σκέψη πέρασε από το μυαλό της και γύρισε πάλι μέσα. Έψαξε μέσα στα συρτάρια της σχολαστικά, ώσπου κατάφερε και ανακάλυψε το επί πολλά έτη ξεχασμένο κινητό της, μαζί με τον φορτιστή. *«Δεν το χρειάστηκα χρόνια τώρα, αλλά ποιος ξέρει, ίσως το χρειαστώ στην πορεία, πιθανότατα στην Ελλάδα. Καλύτερα να το έχω μαζί μου»*, πέρασε στιγμιαία μια αναλαμπή από το θολωμένο μυαλό της.

Για καλή της τύχη, το λεωφορείο της περιφέρειας Μπολκατάγκα, που εδώ και έναν χρόνο περνούσε και από το χωριό της μία φορά την ημέρα, θα έφτανε σε δέκα λεπτά. Στο διάστημα αυτό προσπάθησε να σκεφτεί ψύχραιμα και λογικά, να μετριάσει το άγχος που της προκάλεσαν οι άσχημες εικόνες που δημιουργήθηκαν από το γράμμα, να σταθεί νηφάλια. Για μια στιγμή ένιωσε πως η ζωή τής απλώνει ξανά αγκαθωτά μονοπάτια. Αισθάνθηκε έναν κόμπο στον λαιμό, αγκύλια να ξεσχίζουν τις φωνητικές της χορδές και νόμισε πως δε θα μπορούσε να αρθρώσει ξανά ούτε φθόγγο. Τίναξε το κεφάλι της δεξιά αριστερά και μονολόγησε: «Σύνελθε γιατρέ, σύνελθε! *Εσύ είσαι που συνιστάς ψυχραιμία στους ασθενείς σου;»*

Τη στιγμή εκείνη έφτασε το λεωφορείο όπου και επιβιβάστηκε, ξεχνώντας για λίγο τις οδυνηρές σκέψεις. Την προσοχή της απέσπασαν οι χαρούμενες φωνές των συνεπιβατών και αφαιρέθηκε ευχάριστα για αρκετή ώρα, καταφέρνοντας να κατεβάσει τους παλμούς της καρδιάς της σε ασφαλείς για την ηλικία της χτύπους. Έγειρε το κεφάλι στο πλάι και άρχισε να πλάθει στο μυαλό της τις επόμενες κινήσεις που θα έπρεπε να κάνει. Απέρριψε τις πιο χρονοβόρες και ενέκρινε τις ταχύτερες και αποτελεσματικότερες, πάντα με γνώμονα την εξοικονόμηση χρόνου, μη λογαριάζοντας τα έξοδα. Εξάλλου αυτό ήταν το τελευταίο πράγμα πάνω στη γη που θα την άγγιζε.

Κατέβηκε στην πόλη Ταμάλε και αφού πήρε ένα ταξί κατευθύνθηκε άμεσα προς το αεροδρόμιο. Εκεί όμως διαπίστωσε πως δεν είχε άλλη πτήση για την πρωτεύουσα Άκρα, παρά μόνο την επόμενη ημέρα. Η στενοχώρια λύγισε για μια στιγμή τα γόνατά της, αλλά κατάφερε να σταθεί όρθια και να επανασχεδιάσει το πλάνο που είχε στο μυαλό της. Γρήγορα γρήγορα έκοψε εισιτήριο με την πρώτη πρωινή πτήση και προτίμησε να μείνει στον χώρο αναμονής του αεροδρομίου, να ξενυχτήσει, παρά να πάει σε κάποιο ξενοδοχείο και να έχει τον φόβο ότι ίσως δεν προλάβει να έρθει πίσω εγκαίρως, μήπως αποκοιμηθεί από την κούραση, μήπως δε βρίσκει εκείνη την ώρα μεταφορικό μέσο. Με τέτοιες αρνητικές σκέψεις κλείδωσε την απόφασή της και παρέμεινε υπομονετικά εκεί μέχρι το ξημέρωμα.

Λίγο πριν το ρολόι δείξει μεσάνυχτα, άρχισε να νιώθει έντονη νύστα. Για να καταφέρει να κρατηθεί ξύπνια έβγαλε από την τσάντα της το μικρό ξύλινο κουτάκι και έβγαλε από μέσα το πρόσφατο γράμμα, που είχε λάβει από την Ελλάδα. Ρούφηξε με μια ματιά ξανά το περιεχόμενό του, και ταυτόχρονα τη μύτη της, ενώ ένα δάκρυ ξεκόλλησε από την άκρη του ματιού της, προσπαθώντας να χαράξει τη μικρή και σύντομη πορεία του, έως ότου χαθεί οριστικά. Αρνητικές σκέψεις πλάκωσαν ξανά τη γιαγιά Τέμα. *«Τι είναι η ζωή μας. Να! Σαν κι αυτό το δάκρυ, τόσο σύντομη! Ξεχυνόμαστε με ενθουσιασμό σε αυτόν τον μάταιο κόσμο, χαράζουμε την πορεία μας και στο τέλος... εξατμιζόμαστε μέσα σε μια στιγμή»*, αναλογίστηκε ενώ ταυτόχρονα σκούπισε το υγρό μονοπάτι στο μάγουλό της.

«Κυρία είστε καλά, σας συμβαίνει κάτι;» ακούστηκε μια ευγενική φωνή στο πλάι της.

«Ναι, σας ευχαριστώ», ανταπάντησε με τρεμάμενη φωνή από τη συγκίνηση, αλλά και από το ξάφνιασμα που προσέδωσε ο απρόσμενος επισκέπτης που μόλις είχε καθίσει αθόρυβα δίπλα της. «Είμαι καλά, αλλά...»

«Κυρία Τέμα είστε εσείς; Γιατρέ, σωτήρα της φυλής μας, αγαπημένη της χώρας μας!» τη διέκοψε απότομα ο άντρας.

«Ναι το όνομά μου είναι Τέμα. Τέμα Παπαρ...» το επώνυμο του συγχωρεμένου άντρα της πήγε να πει αλλά σταμάτησε. «Μα ποιος είστε, που με ξέρετε;» ρώτησε με έντονη λαχτάρα.

«Αν ανατρέξετε λίγα χρόνια πίσω, όταν πρωτοήλθατε πίσω στην πατρίδα, και θυμηθείτε ένα εντεκάχρονο νεαρό που είχε πληγωθεί βάναυσα σε όλο του το κορμί από τα νύχια υαινών...»

«...και μου τον έφεραν για να τον περιποιηθώ, έμεινε τρεις μέρες σε κώμα και τελικά κατάφερε νίκησε τον θάνατο, έγινε ολόκληρος άντρας και μιλάει τώρα μαζί μου!»

«Ακριβώς!»

«Ατσού, λιοντάρι μου περήφανο! Κοίτα πως μεγάλωσε, κοίτα!» Επακολούθησαν αγκαλιές, χαμόγελα και ένα κύμα αισιοδοξίας γλύκανε την καρδιά της. Τα μάγουλά της ξαναβρήκαν το χρώμα τους και κάτω από το μελαμψό δέρμα, ένα αχνό ροδαλό άρχισε να κάνει δειλά δειλά την εμφάνισή του. Ο νέος, κατενθουσιασμένος που συνάντησε ξανά τη σωτήρα του, όπως επαναλάμβανε σε κάθε ευκαιρία, είχε γοητευτικά χαρακτηριστικά και καλοφτιαγμένο σώμα και τα μάτια του στραφτάλιζαν από ειλικρινή χαρά.

«Έχεις την ίδια ηλικία με τον εγγονό μου», είπε κάποια στιγμή η γιαγιά Τέμα νοσταλγικά και σοβάρεψε απότομα.

«Τι σας συμβαίνει, θα θέλατε να μου πείτε;» ρώτησε ευγενικά ο νεαρός. «Πολλές φορές όταν βγάζουμε τον πόνο από μέσα μας θεραπεύεται γρηγορότερα, έλεγε ο παππούς μου», τόνισε προσπαθώντας να απαλύνει τον καημό της.

«Ο παππούς σου ήταν σοφός και εσύ ένας καλόκαρδος νέος». Η Τέμα σήκωσε το κεφάλι της και κοιτώντας τον στα μάτια χάιδεψε με το χέρι της το πίσω μέρος του κεφαλιού του. «Είναι μεγάλη ιστορία», είπε με έντονο πόνο.

«Και η νύχτα είναι μεγάλη επίσης», αντιγύρισε ο νεαρός γεμάτος ανυπομονησία. «Ξέρετε, πάντα ήθελα να μάθω για εσάς, την ιστορία σας. Έχουν πλαστεί τόσα γύρω από το όνομά σας, για το μεγαλείο της ψυχής σας, για την καταγωγή σας, για τα επιστημονικά θαύματα που έχετε επιτελέσει, για τις συμβουλές σας, ιατρικές και μη, που δεν ξέρω ποια από όλα είναι αληθινά και ποια μύθος».

Η γιατρός χαμογέλασε κι ο συνομιλητής της ανταπέδωσε ειλικρινώς το χαμόγελό του. «Αν θυμάμαι καλά, Ατσού, έχεις πέντε αδελφές, έτσι δεν είναι;» ρώτησε χαμογελαστά η γιατρός για να αλλάξει συζήτηση.

«Έχετε καταπληκτική μνήμη κυρία!» Ο νεαρός εξέφρασε τον θαυμασμό του.

«Τις θυμάμαι στο πλευρό σου, μέρα νύχτα τότε που χαροπάλευες. Στιγμή δε σ' άφησαν μόνο. Ξέρεις, είσαι δίδυμος όπως και εγώ, καθώς μαρτυράει το όνομά σου κι επίσης έχεις το όνομα του πατέρα μου!»

«Αυτό σημαίνει ότι θα έχω και τη χαρά να σας απολαύσω ακούγοντας από πρώτο χέρι για τη γιατρό θρύλο που έχει κάνει τόσα καλά στον τόπο μας; Και για τη μεγάλη αμφιβολία που με τρώει εδώ και χρόνια για το εάν τελικά υπάρχει ο χαμένος θησαυρός χρυσού που είχε κλαπεί από την πατρίδα μας πριν τρεις αιώνες. Έχουν ακουστεί τόσα πολλά! Τι λέτε;» επέμενε ο μικρός.

Φάνηκε ότι ο νεαρός είχε ζεστάνει αρκετά το κλίμα και τελικά η γυναίκα κάμφθηκε από την επιμονή του. «Εντάξει, γεράκι μου, κέρδισες επάξια την τροφή σου. Θα σου κάνω τη χάρη. Τελικά νομίζω πως θα μου κάνει καλό, όπως έλεγε κι ο σοφός παππούς σου. Με μόνη διαφορά ότι θα παρακάμψουμε το κεφάλαιο του χρυσού, διότι αυτό από μόνο του θα χρειαζόταν πολλές νύχτες για να το εξιστορήσω ολοκληρωμένα».

«Μμ, τι κρίμα... αλλά δεν πειράζει θα ακούσω όλα τα άλλα που είναι εξίσου ενδιαφέροντα!»

«Για να σου λύσω τη βασική σου απορία, όμως, θα σου πω μόνο ότι ναι, υπάρχει ο χρυσός, στη σημερινή του μορφή βέβαια και αξιοποιείται δεόντως εκεί που πρέπει στη νέα του χώρα, στις Αζόρες. Τα τελευταία χρόνια, αντιπροσωπεία της πατρίδας μας μετέβη στους νήσους, βρήκε τους προγόνους μας και αναπτύχθηκε μια αγαστή συνεργασία μαζί τους. Τους ζήτησαν να επιστρέψουν στην πατρίδα, αλλά κανένας τους δε δέχτηκε. Όπου γης και πατρίς, που είπε πρώτος απ' όλους και ο Λατίνος ποιητής Πακούβιος! Τώρα περισσότερες λεπτομέρειες και τι ρόλο έπαιξα εγώ σε όλο αυτό μη με ρωτάς. Θα χρειαστούμε ένα ολόκληρο φεγγάρι για να τα εξηγήσω όλα από την αρχή».

«Εντάξει, δεν επιμένω. Μένω ικανοποιημένος και με αυτά τα ψήγματα των πληροφοριών σας! Είμαι έτοιμος τώρα να ακούσω την υπόλοιπη ιστορία σας», τόνισε ο Ατσού καταδεκτικά.

Έτσι η γιαγιά Τέμα άρχισε να ανατρέχει στο παρελθόν, ψάχνοντας μέσα στις αναμνήσεις και τις σκέψεις του χθες.

Του χθες που τη γέννησε, τη μεγάλωσε μέσα στα φτωχόσπιτα του Τόνγκο Μπέο, του χθες που της πήρε τον εντεκάχρονο αδελφό της και τον έκανε αστέρι στον ουρανό, που έστειλε την ίδια στην ξενιτιά, του χθες που της έδωσε φτερά για μια πετυχημένη οικογένεια και καριέρα στην Ελλάδα, του χθες που ο θάνατος χτύπησε ξανά και ξανά την πόρτα της. Ανακάλυψε ρίζες να κρατούν γερά δεμένο το παρελθόν με το παρόν, κλαδιά γεμάτα από καρπούς ευτυχίας, όπως αυτών που της έφερναν καθημερινά τα εγγόνια της μαζί με το χαμόγελό τους, αλλά και παρακλάδια με απελπιστικές ειδήσεις, όπως αυτές για την τύχη των δικών της, για την αδυναμία των υπηρεσιών να δώσουν στίγματα ζωής. Και έτσι η έντονη επιθυμία της να γυρίσει στη γη που την ανέθρεψε έγινε πραγματικότητα και η επάνοδός της στα πάτρια εδάφη ήταν γεγονός.

Ο νεαρός άντρας άκουγε εκστασιασμένος για πολλή ώρα. Κατά διαστήματα άφηνε επιφωνήματα θαυμασμού και κατάπληξης. Δεν τη διέκοπτε και είχε απορροφηθεί τόσο που ήταν σαν να ζούσε ως συμπρωταγωνιστής της γιατρού σε μια ταινία περιπέτειας με δεκάδες ανατροπές.

«Έτσι λοιπόν έφτασα στο χωριό που γεννήθηκα, αφήνοντας πίσω νοσταλγικά μια ευτυχισμένη οικογένεια. Πλησίασα μπροστά από το σπίτι του γέροντα συγχωριανού μου, τον άνθρωπο που, όπως μου είχε υποσχεθεί ο οδηγός, θα με βοηθούσε να μάθω πληροφορίες για τους δικούς μου, μια και ήταν ο γηραιότερος του χωριού. Προχώρησα διστακτικά και μόλις έφτασα στην πόρτα κοντοστάθηκα. Προσπάθησα να χτυπήσω, αλλά το μετάνιωσα. Ένιωθα τα πόδια μου να τρέμουν και τα γόνατά μου να λυγίζουν. Τελικά αποφάσισα να κάνω αυτό που περίμενα μισό αιώνα. Πριν τεντώσω και πάλι το χέρι μου η πόρτα άνοιξε και παρουσιάστηκε μπροστά μου ο ασπρομάλλης γέροντας. Τα βλέμματά μας διασταυρώθηκαν. Οι ρυθμοί της καρδιάς μου αυξήθηκαν κατακόρυφα και ο ήχος των χτύπων της έφτανε ως τα αυτιά μου. Εκείνος, βλέποντας την αμηχανία μου χαμογέλασε κάτω από την πυκνή κάτασπρη γενειάδα του και μου είπε χαμηλόφωνα με απίστευτη ηρεμία "Σε περίμενα, κόπιασε". "Ξέρεις ποια είμαι γέροντα;" αναφώνησα τρέμοντας από τη συγκίνηση. "Φυσικά, σε περιμένω εδώ και πολλά χρόνια" είπε ξανά ενθουσιώδης ο οικοδεσπότης. «Αυτή ήταν η πρώτη μου συνάντηση με άνθρωπο του τόπου μου. Μετά από μισό αιώνα, για την ακρίβεια μετά από πενήντα ένα χρόνια, είχα μπροστά μου τον άνθρωπο που θα με συνέδεε με την οικογένειά μου. Καταλαβαίνεις πόσο έντονα φορτισμένη ήταν η ατμόσφαιρα και γιατί η καρδιά μου ανέβασε τόσους παλμούς! Μου εξήγησε στην αρχή για να χαλαρώσω ποιος ήταν, δεν μπορώ να πω ότι θυμήθηκα τους συγγενείς του και αμέσως μετά άρχισε να μου δίνει πληροφορίες για όλα τα μέλη της οικογένειάς μου. Άξιο απορίας ήταν ότι ήξερε με κάθε σχολαστικότητα για όλους τους. Ξεκίνησα να τον ρωτώ για την τύχη των αδελφών μου έχοντας κρυφή ελπίδα ότι οι περισσότεροι θα είναι στη ζωή. Δυστυχώς, όμως». Η Γιαγιά Τέμα κόμπιασε για λίγο και έπνιξε έναν αναστεναγμό που πήγαινε να βγει. Ο νεαρός Ατσού την κοιτούσε έντονα με την αγωνία ζωγραφισμένη στο πρόσωπό του.

«Για κάθε όνομα που του ανέφερα μια μαχαιριά έμπαινε στο στήθος μου. Η Νιανάνικα, η Κουκουά, ο Αμετεφέ... Θεέ μου. Μα όλοι θαμμένοι κάτω από τα καυτά σπλάχνα του ηφαιστείου. Τέτοιο μακελειό! Η χρυσοκόκκινη λάβα σαν πελώριο αρπακτικό πτηνό, άνοιξε τα φτερά και τους κατάπιε" έλεγε και ξανά έλεγε ο γέροντας. Ο πατέρας μου είχε ξεφύγει από το οργισμένο θεριό από καθαρή τύχη, αλλά δεν άντεξε σε τόσο πόνο και πριν συμπληρωθεί το νέο φεγγάρι πήγε να συναντήσει τους αγαπημένους του, μου είπε. Τη μητέρα και τα υπόλοιπα απανθρακωμένα μου αδέλφια. Έφυγε και δεν τον ξαναείδε ποτέ κανείς, όπως κάνουν οι ελέφαντες τις τελευταίες ώρες της ζωής τους. Μια σπίθα χαράς ξεπρόβαλε από τα φλογισμένα μάτια μου, στο άκουσμα ότι ο Μανού ο αδελφός μου και η Φάλαλα, ζουν, είναι καλά και έχουν δημιουργήσει τις οικογένειές τους. Αμέσως ανασκίρτησα, αναθάρρεψα και το ενδιαφέρον μου εστιάστηκε σε αυτούς. Ο γέροντας, του οποίου το όνομα δεν έμαθα ποτέ, μου έδωσε κάθε πληροφορία σχετικά με τις οικογένειές τους. Την επόμενη μέρα κιόλας βρέθηκα στην Ταμάλε, όπου βρισκόταν η οικογένεια του Μανού. Ρωτώντας, δίνοντας και παίρνοντας πληροφορίες τελικά έφτασα έξω από το σπίτι του. Στην αυλή έπαιζαν τρία ημίγυμνα παιδάκια από οχτώ έως δέκα με δώδεκα ετών. Πλησίασα διακριτικά και τα ρώτησα εάν είναι εκεί ο Μανού. Ένα από αυτά ξεφώνισε δυνατά *"παππού"*. Το κοίταξα και έμεινα με το στόμα ανοιχτό. Για μια στιγμή φαντάστηκα ότι είχα μπροστά μου τον δίδυμο αδελφό μου τον Άτα. Ήταν ολόιδιος πραγματικά ή η φαντασία μου έπαιζε τρελά παιχνίδια;

Σε λίγο βγήκε ο αδελφός μου και εκεί μου λύθηκαν τα πόδια. Αναγκάστηκα να καθίσω σε ένα κούτσουρο για να μη χάσω τις αισθήσεις μου, ενώ η καρδιά μου χτυπούσε βίαια με ήχους σαν από πολεμικό τύμπανο *"Τι συμβαίνει Άτα"*, ακούστηκε ήρεμα η φωνή του αδελφού μου. Ο Μανού με πλησίασε διστακτικά και με ρώτησε αν είμαι καλά. Δεν απάντησα. Μόνο τον έσφιξα στην αγκαλιά μου κλαίγοντας γοερά και αφήνοντάς τον σύξυλο. Στην αρχή δε με αναγνώρισε. Μόλις όμως άρχισα να ψελλίζω το όνομά μου, ζεστά ρυάκια ιδρώτα απλώθηκαν στο γυμνό κορμί του. *"Μικρή πριγκιποπούλα μου, γύρισες! Το' πες και το 'κανες!" "Ναι, περήφανε αετέ! Γύρισα όπως σας είχα υποσχεθεί. Μπορεί να άργησα... αλλά γύρισα".* Τα μάτια του αδελφού μου έτρεχαν σαν ρυάκια που φουσκώνουν σε μια ξαφνική νεροποντή.

Εκεί ήταν που προσπάθησα να αποφορτίσω την ατμόσφαιρα πειράζοντάς τον. Του θύμισα τα λόγια του κατά τον αποχωρισμό μας πριν από μισό αιώνα που ούτε για μια στιγμή δεν είχα ξεχάσει: *"Μα τη γρηγορότερη γαζέλα της Αφρικής! Τώρα βρήκε να μπει στο μάτι μου αυτό το ηλίθιο έντομο;"* είχε πει για να κρύψει τη συγκίνησή του. Το έπαιζε άντρας αν και ήταν μόλις δεκαοχτώ ετών. *"Με συγχώρησες*

24

ποτέ για τον πόνο που σας προκάλεσα;" τον ρώτησα διστακτικά. *"Έλα μέσα κουτό, έλα θα τα πούμε όλα"* μου είπε και με τράβηξε παραμάσχαλα σχεδόν πετώντας χαρούμενος, ενώ τα πιτσιρίκια που μέχρι τώρα μας κοιτούσαν απορημένα, συνέχισαν κανονικά το παιχνίδι τους.

Δεν έφτασε ούτε ένας ολόκληρος κύκλος της σελήνης για να καταφέρουμε να εξιστορήσουμε τα γεγονότα της ζωής μας. Ατέλειωτες ώρες συζήτησης που άλλοτε μας έπνιγαν μέσα στα κύματά τους και άλλοτε μας ανέβαζαν σε παραμυθένια σύννεφα του ουρανού. Με φιλοξένησε για δυο μήνες, ώσπου να τακτοποιηθώ και να αναλάβω δράση στα καθήκοντά μου. Από την επόμενη κιόλας μέρα έφερε και τη Φάλαλα, η οποία ζούσε με τα παιδιά και τα εγγόνια της σε γειτονικό χωριό. Νέες συγκινήσεις, νέα αστείρευτα κλάματα. Έμαθα δυστυχώς ότι ο άντρας της είχε σκοτωθεί την προηγούμενη χρονιά από πτώση δέντρου κατά τις εργασίες για την κοπή του.

Ακούραστα, μαζευόμασταν κάθε βράδυ και πειράζαμε ο ένας τον άλλον για το πόσο πολύ μεγαλώσαμε, πόσο άσχημοι γίναμε, πόσα εγγόνια αποκτήσαμε και άλλα πολλά, από το πιο σοβαρό θέμα μέχρι το πιο αστείο που μπορούσαμε να θυμηθούμε. Ο Μανού σε κάθε ευκαιρία που έβρισκε, έπαιρνε ένα ξύλινο ραβδί και αναπαριστούσε τις στιγμές του αποχωρισμού μας πριν από πενήντα χρόνια, για να διασκεδάζουν τα εγγόνια του. Είχε αποκτήσει πέντε γιους και έντεκα εγγόνια. Ενώ η Φάλαλα μόλις μία κόρη, διότι αμέσως μετά τη γέννα, κατά πάσα πιθανότητα εάν κατάλαβα καλά από τα μισόλογά της, χάλασαν οι σάλπιγγές της. Η κόρη της περίμενε το τρίτο της παιδί, ενώ τα δύο πρώτα της ήταν δίδυμα, ένα αγόρι και ένα κορίτσι. Ο εντεκάχρονος εγγονός του Μανού, από τον πρώτο του γιο πήρε το όνομα του αδελφού μας, του Άτα, ο οποίος είχε χαθεί άδικα σε μια εμφύλια μάχη για τη διεκδίκηση του νερού, όταν ήταν μόλις έντεκα ετών. Ο λόγος που το έκαναν αυτό, πέρα από την τιμή για τον νεκρό μας αδελφό ήταν επειδή του έμοιαζε καταπληκτικά, θαρρείς και ήταν η μετενσάρκωσή του.

Αυτό που μου έκανε ιδιαίτερη εντύπωση και μέχρι τώρα δεν έχω δώσει κάποια λογική εξήγηση, ήταν το γεγονός ότι ούτε ο Μανού, ούτε η Φάλαλα, αλλά μήτε και κανείς άλλος από τους εναπομείναντες συγγενείς καθώς και χωριανούς μου, γνώριζαν για τον γέροντα που μου έδωσε τις χρήσιμες πληροφορίες. Όλοι μου έλεγαν ότι στην καλύβα που τους περιέγραψα ζούσε κάποτε ένα ζευγάρι γερόντων, οι οποίοι πέθαναν πριν δώδεκα χρόνια και το σπίτι έκτοτε έμεινε ακατοίκητο. Ανεξήγητο! Και το ακόμη πιο περίεργο είναι ότι όταν εγκαταστάθηκα στο Τόνγκο Μπέο, στήνοντας το ιατρείο μου, ο γέροντας είχε γίνει άφαντος. Λες και άνοιξε νέα ρωγμή από κανένα καινούριο σεισμό και τον κατάπιε! Όσο κι αν έψαξα για την τύχη του, δεν κατάφερα τίποτε. Αναρωτιέμαι συνέχεια πώς ήξερε ο οδηγός γι' αυτόν τον γέροντα και όλοι οι δικοί μου δεν είχαν ακούσει το παραμικρό. Και για να μην ξεχάσω, να σου πω ότι τελικά το ιατρείο το έφτιαξα στην καλύβα του, μιας και ήταν σε βολικό και προσβάσιμο για όλους μέρος και διότι τότε δεν υπήρχε άλλη αδειανή και κατάλληλη καλύβα. Βέβαια πάντα είχα τον φόβο μήπως και επιστρέψει, αλλά ουδέποτε γύρισε πίσω. Έκτοτε εδώ και έντεκα χρόνια παρέχω τις υπηρεσίες μου σ' αυτή τη λιτή καλύβα».

«Γιατρέ, συγνώμη που σας διακόπτω αλλά μη γελάσετε μ' αυτό που θα σας πω! Παρατηρώ ότι στη ζωή σας συμβαίνουν περίεργες συμπτώσεις που όλες συγκλίνουν σε έναν αριθμό, που δεν μπορώ να εξηγήσω πως! Μάλιστα μοιάζουν να είναι τόσες πολλές». Ο νεαρός πήρε σοβαρό ύφος και περίμενε την αντίδραση της γιατρού.

«Τι εννοείς δεν καταλαβαίνω; Μήπως είσαι προληπτικός;» ρώτησε η γιαγιά γεμάτη περιέργεια. «Έλα πες μου και πάψε να μου μιλάς στον πληθυντικό πλέον. Σε νιώθω ως εγγονό μου».

«Εντάξει. Μπορεί να είμαι προληπτικός, δεν ξέρω. Πείτε μου εσείς, συγνώμη, πες μου εσύ γιατρέ. Δεν είναι περίεργο το ότι, ο αδελφός σου σκοτώθηκε στα εντεκά του, εσύ έφυγες έντεκα χρονών από την πατρίδα σου τη Γκάνα, επέστρεψες πίσω αφήνοντας πίσω σου στην Ελλάδα εντεκάχρονο εγγονό, έρχεσαι στον τόπο καταγωγής σου και βρίσκεις τον αδελφό σου, ο οποίος έχει έντεκα εγγόνια και μάλιστα ο ένας, εντεκάχρονος κι αυτός μοιάζει καταπληκτικά στον Άτα. Δε σου φαίνονται πολλές όλες αυτές οι συμπτώσεις;» είπε με μια ανάσα και γεμάτος έξαψη ο μικρός συνομιλητής. «Είσαι πολύ παρατηρητικός και πανέξυπνος. Έχεις και άλλες συμπτώσεις στο μυαλό σου;» ρώτησε με μικρή δόση ενδιαφέροντος η ηλικιωμένη κυρία.

«Ναι. Τι ημέρα είναι σήμερα που συζητάμε για όλα αυτά; Γιατί πήρες αυτή τη μεγάλη απόφαση για επιστροφή στην Ελλάδα και η αναχώρησή σου συμπίπτει με την ημερομηνία 11/11/2021; Έντεκα εντεκάτου! Σου λέει κάτι αυτό; Απ' όπου και να το δούμε παντού ο αριθμός έντεκα».

Η γιαγιά Τέμα αφού σκέφτηκε για λίγο, μπήκε στο παιχνίδι των ερωτήσεων για τις περίεργες ιδέες που μπήκαν στο μυαλό του νεαρού συνομιλητή της. Περισσότερο για να ξεχάσει τον πόνο της, παρά επειδή πίστευε σε όλα αυτά τα μυστήρια γεγονότα.

«Αφού θες να παίξουμε, μικρέ, άκου αυτό: Τι θα 'λεγες να προσθέσουμε μερικές ακόμα συμπτώσεις μέσα σ' όλες αυτές που ανέφερες;» Το πλατύ χαμόγελό της έδειχνε να διασκεδάζει προς στιγμήν ξεχνώντας για λίγο τον βαθύ πόνο της και τις σκοτούρες που της δημιουργήθηκαν εντελώς απρόσμενα. «Σου κάνει εντύπωση πως μεγάλωσα σε μια ενδεκαμελή οικογένεια, η οποία έχασε το ένα μέλος της όταν εκείνο ήταν έντεκα χρονών όπως προ είπες;»

«Βεβαίως!»

«Σου φαίνεται αξιοπερίεργο επίσης που ε σ ύ ήσουν ο πρώτος μου ασθενής μόλις έντεκα χρονών που θεραπεύτηκε από τα χέρια μου, λίγο διάστημα αφού πάτησα το πόδι μου στην πατρίδα και η ημερομηνία της θεραπείας σου ήταν η 11/11/2010;»

«Απίστευτο. Νιώθω όλο και πιο παράξενα με όλο αυτό», είπε ο νεαρός με ορθάνοιχτο το στόμα.

«Αν συμπληρώσεις τώρα σαν κερασάκι στην τούρτα ότι έχεις και το όνομα του πατέρα μου και μάλιστα είσαι και δίδυμος και ότι είσαι ο άνθρωπος που ξανασυναντώ μετά από ακριβώς έντεκα χρόνια, γιατί τόσα συμπλήρωσα στη γενέτειρά μου για δεύτερη φορά, μια στην παιδική μου ηλικία και μια στα γηρατειά, τι συμπέρασμα βγάζεις;» ρώτησε γελώντας έντονα.

Ο Ατσού έμεινε να την παρατηρεί κατάπληκτος. Για λίγη ώρα δεν μπόρεσε να αρθρώσει φθόγγο και μετά ξαφνικά, σαν να ξύπνησε από λήθαργο, της απάντησε: «Βλέπετε... βλέπεις στα λόγια μου έρχεσαι, κυρία Τέμα!»

«Έλα Ατσού, δεν είμαστε παιδάκια να παίζουμε με τέτοιες υποθέσεις που στο κάτω κάτω δεν οδηγούν πουθενά!» Άλλαξε αυτόματα τη στάση της η γιατρός, παίρνοντας τώρα το σοβαρό της ύφος, το ιατρικό, όπως αυτό της ανακοίνωσης μιας διάγνωσης.

«Μπορεί να έχεις δίκιο, αλλά δε μου το βγάζεις από το μυαλό ότι κάποιον σημαντικό ρόλο παίζουν αυτοί οι αριθμοί. Έντεκα... έντεκα. Τι να σημαίνει άραγε; Πάντως πρόσφατα διάβασα σε ένα άρθρο ότι το 11 είναι ο αριθμός που σηματοδοτεί διαταραχή, αποδιοργάνωση, ατέλεια και διάλυση».

«Θεωρίες. Ανθρώπινες κατασκευασμένες ανοησίες χωρίς υπόσταση, ανούσιες, βγαλμένες από τη φαντασία μερικών επιτήδειων για να αποπλανούν τον κοινό νου. Μην ασχολείσαι άλλο με αυτά. Είσαι έξυπνο και ώριμο παιδί», είπε χαμογελώντας η γιατρός.

«Εγώ πάντως θα ψάξω να το βρω, πού θα μου πάει! Εκείνο που με χαλάει είναι γιατί να χαθεί ο Άτα και να χαλάσουν οι ισορροπίες του έντεκα! Ή μήπως δε χάθηκε;» επέμεινε προβληματισμένος ο νέος.

«Ατσουού», φώναξε κρατώντας παρατεταμένα την κατάληξη η γιατρός θυμωμένη.

«Εντάξει, το παρατράβηξα. Τι λες, συνεχίζουμε από εκεί που είχαμε μείνει», είπε χαμογελώντας προβάλλοντας την κάτασπρη και καλοφτιαγμένη οδοντοστοιχία του.

«Ωραία, αφού ξεφύγαμε από τις συμπτώσεις του έντεκα, μπορούμε να επανέλθουμε στη φυσιολογική ροή του προγράμματος των ειδήσεων», αστειεύτηκε η Τέμα αφήνοντας να ξεφύγει ένα ελαφρύ και μακρόσυρτο γέλιο, κοιτάζοντας με νόημα τον νεαρό που είχε απέναντί της.

«Ανέλαβα δράση, ξεκινώντας από εσένα εκείνο το πρωινό, τρομοκρατημένη αλλά νιώθοντας παράλληλα μια ανεξήγητη δύναμη, έντονα αγχωμένη και προβληματισμένη αν θα τα καταφέρω αλλά και με περισσή πίστη ότι όλα θα πάνε καλά. Πράγματι, με τη δύναμη που μου εμφύτευσε ο Πανάγαθος και με την καθημερινή προσευχή στη μητέρα του Θεού, όλα πήγαν κατ' ευχή και το ποτάμι κύλησε ήρεμα σε ομαλή κοίτη μέχρι σήμερα. Ο κόσμος ανταποκρίθηκε στη νέα ευρωπαϊκή ιατρική πρόκληση διστακτικά, αλλά λίγο λίγο την αποδέχθηκε και μπορώ να πω με υπερηφάνεια ότι η πλειονότητα των ασθενών, έλαβε σοβαρά τις ιατρικές μου όχι μόνο οδηγίες αλλά και αγωγές. Ελάχιστοι έμειναν προσκολλημένοι στον παραδοσιακό τρόπο θεραπείας με τους μάγους κάθε φυλής να κάνουν τα ξόρκια τους και να ζητάνε βοήθεια από τα μεγάλα πνεύματα.

Οι μέρες και οι νύχτες έγιναν εβδομάδες, οι εβδομάδες γέμιζαν και άδειαζαν το φεγγάρι με ταχύτητα αντιλόπης, τα καλοκαίρια έφευγαν το ένα πίσω από το άλλο σαν ταξιδιάρικα πουλιά και τα νέα από τη μακρινή πατρίδα την Ελλάδα, έφταναν στην αρχή μέρα παρά μέρα όλο και πιο χαρούμενα. Στη συνέχεια αραίωσαν λίγο οι επισκέψεις των γραμμάτων, ο ταχυδρόμος μας κόντεψε να με ζητήσει σε γάμο τόσο συχνά που μ' έβλεπε, μέχρι που σταθεροποιήθηκαν σε ένα γράμμα περίπου τον μήνα, από κάποιο μέλος της οικογένειάς μου. Πότε η μικρή Χριστίνα, άλλοτε η Τέμα, σπανιότερα ο Σεραφείμ, αρκετά συχνά η νύφη μου η Δέσποινα και λιγότερο απ' όλους ο πολυάσχολος γιος μου, ο Αλέξης. Ξέρεις, ο γιος μου είναι δικηγόρος. Με λίγα λόγια είναι ο άνθρωπος που βοηθάει κάποιους να βρουν το δίκιο τους ή να ελαφρύνει την τιμωρία τους, εάν έχουν κάνει κάποιο σφάλμα».

«Δηλαδή όπως οι δικοί μας οι φύλαρχοι», παρενέβη ο μικρός με εμφανή σιγουριά στον λόγο του.

«Ναι, δηλαδή, όχι ακριβώς. Στην Ελλάδα και γενικά σε άλλα κράτη της γης, έχουν διαφορετικούς τρόπους να αντιμετωπίζουν σοβαρά παραπτώματα. Είναι αρκετά περίπλοκο και φοβάμαι πως για να στο εξηγήσω θα χρειαστώ πολλές ώρες, για να μην πω μέρες. Στη χώρα μας τα τελευταία χρόνια γίνονται προσπάθειες να ενταχθούμε και εμείς σ' αυτήν τη λογική και δεν είμαι σε θέση να σου πω αν τελικά αυτό είναι για το καλό μας ή όχι. Αυτό που ξέρω από τον γιο μου, που δικηγορεί στην Ελλάδα για πολλά χρόνια, είναι πως πολλές φορές οι δικηγόροι υποχρεώνονται να χειρίζονται τα θέματα με διαφορετικό τρόπο απ' αυτόν που οι ίδιοι πιστεύουν και από ιδέες που οι ίδιοι πρεσβεύουν, αναγκασμένοι να προστατεύσουν τον πελάτη τους ή για να μειώσουν την ποινή του. Δεν είναι πάντα αληθινοί σ' αυτά που ισχυρίζονται ή για να σου το πω και αλλιώς, αποκρύπτουν την πραγματική αλήθεια για ευνόητους λόγους, μπερδεύοντας τους δικαστικούς λειτουργούς, αυτούς δηλαδή που θα πάρουν τις αποφάσεις για το μέγεθος της τιμωρίας ή την αθώωση.

Εάν χειριστούν μια υπόθεση με μόνο γνώμονα την πραγματική αλήθεια, είναι σίγουρο πως δε θα πάρουν θετικό αποτέλεσμα. Είναι και οι νόμοι τόσοι πολλοί και πολύ συχνά αρκετά ασαφείς, με τόσα πολλά παραθυράκια, που τα σαΐνια καταφέρνουν και τα ανοίγουν και βγάζουν εύκολα πολλούς από δυσμενείς θέσεις και αποφεύγουν, πολλές φορές, ολέθριες συνέπειες. Μεγάλωσα τον Αλέξη μου θωρακίζοντάς τον με όσες αρχές και ιδανικά μπόρεσα. Προσπάθησα να του μεταλαμπαδεύσω στην καρδιά, στην ψυχή και στο μυαλό του, ότι οι πρόγονοί του με πρώτον και καλύτερο τον Μίνκα, ήταν γενιά δίκαιων ανθρώπων, με την απλή αλλά αλάνθαστη λογική εκείνης της εποχής. Πιστεύω ότι τα βήματά του ακολουθούν εκείνα τα χνάρια των προγόνων του και ότι στη ζωή του δε θα αδικήσει κανέναν ηθελημένα».

Η γιατρός έπαψε για λίγο να αφηγείται και άφησε το βλέμμα της να χαθεί για λίγο. Ο νεαρός δε διέκοψε τις σκέψεις και περίμενε καρτερικά. «Κι όμως η ζωή δε μας τα φέρνει όπως τα θέλουμε πάντα. Το ποτάμι μπορεί να κυλάει πάντα προς μια κατεύθυνση, αλλά στον δρόμο του βρίσκει εμπόδια και αναγκάζεται να τα παρακάμψει χαράζοντας νέα πορεία, σε ομαλότερο έδαφος». Η χροιά της φωνής της έλαβε μελαγχολική διάθεση κι ένας μικρός λυγμός ακούστηκε νωθρά βαθιά μέσα από το λαρύγγι της.

«Μόλις σήμερα, δηλαδή χθες, ήρθε ένα γράμμα από την Ελλάδα, αυτό που διάβαζα λίγο πριν, ζωσμένο με φαρμακερό δηλητήριο κόμπρας, το μοναδικό με λυπητερά νέα, που με ανάγκασε να πάρω χωρίς δεύτερη σκέψη τον δρόμο του γυρισμού. Ναι, δυστυχώς, τα νέα από τη Θεσσαλονίκη, τη δεύτερη μεγάλη πόλη της Ελλάδας, όπου διαμένει η οικογένειά μου, δεν είναι αυτή τη φορά καθόλου ευχάριστα».

«Ω, λυπάμαι πολύ για σένα και την οικογένειά σου, γιατρέ. Εύχομαι να έρθουν τελικώς όλα βολικά και να ξεπεράσετε κάθε εμπόδιο». Το βλέμμα του νεαρού ήταν ειλικρινές και η γλώσσα του έσταζε μέλι και αληθινό ενδιαφέρον.

«Σ' ευχαριστώ, λιονταράκι μου. Σ' ευχαριστώ», ανταποκρίθηκε η γιαγιά Τέμα και χαμήλωσε το κεφάλι τοποθετώντας τις παλάμες γύρω του, προσπαθώντας να εγκλωβίσει έστω για λίγο τους λυγμούς που κόντευαν να εκραγούν.

«Αν μου επιτρέπετε, τι ήταν αυτό που σας έφερε σ' αυτή τη δεινή θέση;» Η περιέργεια και το πραγματικό ενδιαφέρον δεν άφησαν αδιάφορο τον καλόκαρδο νεαρό.

«Μου είναι πολύ δύσκολο να σου το περιγράψω Ατσού. Ίσως θα ήταν καλύτερη ιδέα να το αφήσουμε, για να μη σε φορτίζω με ξένες στενοχώριες, που δημιουργούν και σ' εμένα δυσάρεστα συναισθήματα», σκαρφίστηκε αυτή την εύσχημη δικαιολογία.

«Να, σκέφτηκα ότι ίσως μαλάκωνε ο πόνος σας αν... συγνώμη δεν... όπως αγαπάτε, δεν επιμένω». Το αγχωμένο βλέμμα του που άγγιζε τα όρια της ντροπής μαρτυρούσε ότι μετάνιωνε γι' αυτή του την απερισκεψία. Δεν ήθελε σε καμία περίπτωση να φέρει σε δύσκολη θέση την αξιολάτρευτη ηλικιωμένη κυρία.

«Εξάλλου δε μιλήσαμε καθόλου για σένα, να μου πεις κι εσύ για τα σχέδιά σου, τα όνειρά σου, δυο μέτρα παλικάρι έγινες, ε, τι λες;» Η φωνή της έφτασε στα αυτιά του νεαρού, απαλή σαν βαμβάκι, δίνοντας ξανά το αρχικό χρώμα στα σχεδόν ροδοκόκκινα μάγουλά του. Το χέρι της πέρασε πίσω από το σβέρκο του και χάιδεψε απαλά την πυκνή κόμη του. Ο Ατσού, ενήλικος πλέον άντρας, κόντευε σχεδόν τα δύο μέτρα, όπως σωστά παρατήρησε η γιατρός. Είχε πρόσωπο τετραγωνισμένο, με βαθουλωμένες κόγχες, με ένα τεράστιο χαμόγελο να δένει αρμονικά με τα ζυγωματικά του, που έστελνε προς τα έξω μια ιδιαίτερη γοητεία, όπως αυτή του μικρού παιδιού. Η κάτασπρη οδοντοστοιχία του, που έλαμπε από φυσικού της, χωρίς πρόσθετες και τεχνητές ανθρώπινες παρεμβάσεις, δημιουργούσε ευχάριστη διάθεση σε κάθε συνομιλητή και ενέπνεε αισιοδοξία και ειλικρίνεια. Της χαμογέλασε και αφού άλλαξε τη στάση του σώματός του παίρνοντας μια πιο κωμική αλλά και πιο άνετη θέση, άρχισε να της αφηγείται, με όσο πιο ρεαλιστικό τρόπο μπορούσε, τα κατορθώματά του.

Η γιαγιά άκουγε με μεγάλο ενδιαφέρον, ρουφώντας με λαχτάρα κάθε προσωπική του στιγμή, αναπολώντας τη δική της παιδική ηλικία, φρεσκάροντας μνήμες και στιγμές, ευχάριστες και μη, πικραμένες και τρυφερές, διψασμένες για ζωή και όνειρα, μακρινά σαν τους γαλαξίες, κοντινά σαν τον επικείμενο χειμώνα. Μέσα στο κελάρι του μυαλού της επανήλθαν οι αποθηκευμένες ωραιότερες αναμνήσεις αυτών που έζησε και τις γεύτηκε σαν παλιό καλό κρασί. Κάθε τόσο άφηνε τον εαυτό της να προσφέρει ένα ανοιχτόκαρδο χαμόγελο στον νεαρό, που άλλο δεν ήθελε για να συνεχίσει δριμύτερος, μια και αισθανόταν θετική αύρα από τον άνθρωπο που είχε απέναντί του.

Οι ώρες κυλούσαν ευχάριστα και ο πόνος έμοιαζε να διαλύεται έστω προσωρινά. Όμως, καθώς το γλυκοχάραμα δεν άργησε να ξεπροβάλλει έφερε μαζί του ξανά την αγωνία και τον πόνο, τη βιάση και τη λαχτάρα, την προσμονή και την αναμονή για λύτρωση από τα δεινά. Μαζί του δειλά εμφανίστηκαν και λίγα δάκρυα συγκίνησης, την ώρα της τρυφερής αγκαλιάς κατά τον χαιρετισμό, του αταίριαστου σωματικά ζευγαριού, αλλά με τις καρδιές τους να συμπλέουν προς την ίδια κατεύθυνση.

«Φεύγοντας, μικρό μου λιοντάρι, θα ήθελα να σου δώσω δυο συμβουλές, να τις κρατήσεις για να με θυμάσαι και όταν θα έρθει η ώρα να τις αξιοποιήσεις. Η πρώτη έχει ευρωπαϊκό χαρακτήρα ενώ η δεύτερη τον δικό μας, τον αφρικάνικο. Ελπίζω να σου φανούν χρήσιμες στη ζωή σου».

«Η καρδιά μου θα γεμίσει με τα λόγια σου», είπε με σιγουριά ο νεαρός.

«Στην Ελλάδα λέμε ότι η ζωή μας κάνει κύκλο γύρω από τρεις λέξεις θηλυκού γένους. Ομορφιά, Οργάνωση και Πίστη. Αυτές μας καθοδηγούν σε κάθε μας βήμα. Η σειρά τους δεν έχει σημασία, ο καθένας βάζει σε προτεραιότητα αυτό που επιθυμεί σύμφωνα με το πού δίνει βαρύτητα. Εάν είναι συναισθηματικός τύπος βάζει μπροστά την ομορφιά. Αν πρωτεύοντα ρόλο στη ζωή του παίζει η λογική βάζει την οργάνωση, ενώ εάν δίνει πολύ μεγάλη βάση στις δυνάμεις του, την πίστη. Εάν δεν έχει ομορφιά είτε στην ψυχή είτε στο σώμα, ιδανικός συνδυασμός να μπορούσε κάποιος να έχει και τα δύο, δεν μπορεί να προχωρήσει μακριά ή να πάει ψηλά. Εφόσον δεν είσαι οργανωτικός δεν μπορείς να πετύχεις πολλά πράγματα στη ζωή. Πάντα κάτι θα στραβώνει και θα χάνεις βαθμούς από την αξιολόγηση των γύρω σου, είτε είναι σε εργασιακά θέματα, είτε σε οικογενειακά είτε ακόμα και στον κοινωνικό περίγυρο. Εάν υπάρχει πίστη σε αυτό που κάνεις, αυτό που θέλεις, αυτό που σε παθιάζει πραγματικά, θα το πετύχεις, με οποιονδήποτε τρόπο, θα βρίσκεις πάντα τη λύση. Αρκεί να το πιστέψεις ότι μπορείς. Όταν βγάζεις από μέσα σου αυτό το έντονο πάθος της πίστης, τότε όλα γύρω σου συχνά μοιάζουν ρόδινα, εύκολα, σίγουρα πιο αισιόδοξα και νιώθεις πάντα δυνατός, αισθάνεσαι πως θα κατακτήσεις τον κόσμο όλο. Ό,τι και να κάνουμε στη ζωή, εάν θέλουμε να το ευχαριστηθούμε εμείς και οι γύρω μας, μόνο όταν γίνεται με πίστη στον εαυτό μας επιτυγχάνουμε τους στόχους μας. Τρεις κύκλοι λοιπόν, τρεις λέξεις που έχουν τον ίδιο πυρήνα, το ίδιο κέντρο, τη δίψα για ζωή».

«Η λάμψη σου θα φέγγει τον δρόμο μου σαν ένα καινούριο ολόγιομο φεγγάρι, που παρουσιάστηκε ξαφνικά στον ουρανό. Δεν πρόκειται να ξεχάσω τις σοφές σου κουβέντες, γιατρέ. Θα τις φυλάξω εδώ βαθιά», είπε ο νεαρός και χτύπησε ζωηρά το στήθος του στο ύψος της καρδιάς. «Και στα δικά μας τώρα, πριν μας χωρίσουν οι δρόμοι μας, μικρέ μου Ατσού». Άπλωσε τα χέρια της και άγγιξε απαλά τα μάγουλά του, κοιτώντας τον απευθείας στον πυρήνα των ματιών του. «Μην αφήσεις κανέναν να παγώσει τη ζεστή σου καρδιά, περήφανε αετέ μου. Οι φτερούγες σου να σε κρατούν αιθέριο στους ουρανούς, το βλέμμα σου να είναι οξύ και διορατικό και οι άνεμοι γύρω σου να πνέουν ευνοϊκοί σε όλη σου τη ζωή». Ήταν οι τελευταίες λέξεις της γιαγιάς Τέμα προς τον νεαρό Ατσού. Εκείνος προτίμησε, ίσως επειδή δεν τα κατάφερε, να μην πει τίποτε άλλο, αλλά πρόσφερε ως αντάλλαγμα μια τεράστια και σφιχτή αγκαλιά τη σωτήρα του, προσπαθώντας να αποκρύψει τα υγρά διαμάντια που έτρεχαν αυθόρμητα από τα πελώρια μάτια του.

«Σ' ευχαριστώ για την όμορφη παρέα! Να έχουμε ένα ευχάριστο ταξίδι», ψιθύρισε η γιαγιά βαθύτατα συγκινημένη.

Η ώρα πέρασε και η νύχτα δειλά δειλά παρέδιδε τη θέση της στην ημέρα. Σε λίγες ώρες θα ανέβαινε στο επόμενο αεροπλάνο για να τη μεταφέρει στην πρωτεύουσα της χώρας που μεγάλωσε, την Αθήνα. Πλήθος συναισθημάτων την κατέλαβαν, στις σκέψεις ότι έζησε σε αυτή τη χώρα, την Ελλάδα, σαράντα περίπου χρόνια. Εκεί ανατράφηκε, εκεί σπούδασε, εκεί γνώρισε τον έρωτα της ζωής της, εκεί ανέθρεψε την οικογένειά της, που τώρα κινδυνεύει από κακόβουλες προθέσεις και τη χρειάζεται όσο ποτέ άλλοτε.

Τράβηξαν ο καθένας την πορεία του, αναζητώντας τον διάδρομο που οδηγούσε στο αεροπλάνο. Η καρδιά της γιαγιάς πλημμυρισμένη από μύρια αισθήματα χτυπούσε δυνατά από την αγωνία. Οι προσευχές της, που έπαιρναν η μία τη θέση της άλλης, και η ευχή της να μην περάσει ξανά άλλο ματωμένο δειλινό, την παρηγορούσαν γλυκά.

Ξεβαμμένα Όνειρα

Σέρρες,
τέλη Αυγούστου 1994

«Πείτε μας, γιατρέ, μη μας κρατάτε άλλο σε αγωνία», είπε ο νεαρός άνδρας με πονεμένο ύφος και κατεβασμένο το κεφάλι. Η εγκυμονούσα γυναίκα δίπλα του, είχε το ένα της χέρι στην κοιλιά και το ανεβοκατέβαζε ρυθμικά και αμήχανα. Το άλλο ήταν περασμένο στα μαλλιά του συντρόφου της, πιστεύοντας ότι έτσι του έδινε κουράγιο. «Ακούστε με», είπε ο γιατρός παίρνοντας την απόφαση επιτέλους να ανοίξει το στόμα του. «Τα αποτελέσματα μαρτυρούν ότι τα πράγματα δεν πηγαίνουν τόσο καλά, όσο θα περίμενε κανείς. Έχουμε κάνει και τις τελευταίες εξετάσεις στη Ροδάνθη και δυστυχώς...», ο γιατρός κόμπιασε για μια στιγμή και έπνιξε με έναν άσχημο μορφασμό τον λυγμό που πήγε να βγει από τα σωθικά του.

Οι νέοι απέναντί του, με ορθάνοιχτα τα μάτια καρφωμένα πάνω στα δικά του, προσπαθούσαν να μαντέψουν πού θα βγάλει αυτό το μαρτύριο της αγωνίας που περνούσαν. Ο μεσήλικας γυναικολόγος, με τα είκοσι πέντε χρόνια εμπειρίας στην πλάτη του, προσπάθησε να βρει το κουράγιο για να συνεχίσει, αλλά δεν τα κατάφερε. Σηκώθηκε για λίγο από το γραφείο του, στάθηκε μια στιγμή στο ανοιχτό παράθυρο, προσπαθώντας να ρουφήξει λίγο οξυγόνο από τον καθαρό αέρα που προσέφεραν στον περίγυρο τα δέντρα της Γενικής Κλινικής Πεχλιβανίδη στην πόλη των Σερρών.

Από το μυαλό του πέρασε σαν αστραπή το ιστορικό του Γενικού Νοσοκομείου Σερρών όπου εργαζόταν τα τελευταία οχτώ χρόνια. Η Μαιευτική Γυναικολογική Κλινική καθώς και η Οφθαλμολογική, η Ουρολογική και η Ω. Ρ. Λ, λόγω επιτακτικών αναγκών καλύφθηκαν μερικώς και προσωρινά με τη μεταστέγασή τους από το Νοσοκομείο Σερρών σ' αυτήν την κλινική. Σύντομα ένα τεράστιο και υπερσύγχρονο νοσοκομείο θα ενσωμάτωνε τις περισσότερες κλινικές και θα έδινε ανάσα ζωής τα επόμενα χρόνια, σε εκατοντάδες ασθενείς, αλλά και στο ιατρικό προσωπικό. Θα έλυνε τα μύρια επιστημονικά και λειτουργικά προβλήματα, που ξεχύνονταν μέσα από τις πολλαπλές ελλείψεις του παρόντος χώρου και των άλλων παραρτημάτων του Γενικού Νοσοκομείου.

Ο ίδιος, όπως φαινόταν και όπως του είχαν υποσχεθεί, θα γινόταν διευθυντής της μαιευτικής κλινικής και θα πραγματοποιούσε ένα όνειρο ζωής. Ο Αναστασίδης Αρίσταρχος, εργαζόταν αδιάκοπα μέρα νύχτα, με βαθύ το αίσθημα της ευθύνης, που ήταν φορτωμένο στους ώμους του, έχοντας στο ιστορικό του ελάχιστες και ασήμαντες αστοχίες. Δεκάδες γεννήσεις, με φυσιολογικό τοκετό οι περισσότερες και άλλες τόσες περίμεναν τη σειρά τους. Και τώρα αυτό! Η διάγνωση ήταν ξεκάθαρη. Όμως, στα χέρια του συνέβαινε για πρώτη φορά. Η θέση του ήταν τραγικά δύσκολη. Πώς να το πει στους νεαρούς που η άδικη μοίρα έπαιξε αυτό το άσχημο παιχνίδι μαζί τους;

Γύρισε προς το ανδρόγυνο που συνέχισε να τον παρακολουθεί, με την αγωνία να έχει εγκατασταθεί πάνω από τα κεφάλια τους σαν σκιά γεροπλάτανου. Κάθισε πάλι στο γραφείο του και συνέχισε τον διάλογο με το φρεσκοπαντρεμένο ζευγάρι.

«Έχετε δίδυμα, κυρία Μαρθοπούλου. Είναι πέντε εβδομάδων και...»

«Και;»

«Και έχουν απόλυτα φυσιολογική ανάπτυξη».

«Τότε ποιο είναι το πρόβλημα, δεν καταλαβαίνω...» αναφώνησε ανήσυχη η Ροδάνθη με εντονότερο από τον κανονικό της τόνο. Ο σύζυγος που καθόταν δίπλα, της έκανε νόημα να ηρεμήσει.

«Επιτρέψτε μου να τονίσω ότι η ρίζα του κακού δε βρίσκεται στα παιδιά σας, αλλά δυστυχώς σ' εσάς!» Ο γιατρός πήρε μια βαθιά ανάσα και συνέχισε προσπαθώντας να σταθεροποιήσει τη φωνή του. «Δηλαδή, σ' εσάς κυρία Μαρθοπούλου. Υπάρχει μια πάθηση στη μήτρα σας, που παρόλο που επιτρέπει μια ομαλή εξέλιξη στα έμβρυα, δυστυχώς θα αφήσει ανεπανόρθωτη ζημία στο δικό σας το σώμα». Ένας αναστεναγμός, κάτι σαν ξεφύσημα, ακούστηκε από τον γιατρό, αλλά πριν προλάβει να πάρει ανάσα και να συνεχίσει τον διέκοψε ο άνδρας της εγκυμονούσας.

«Γίνετε πιο συγκεκριμένος, παρακαλώ. Τι εννοείται όταν λέτε ανεπανόρθωτη ζημία; Δε θα μπορέσει να ξανακάνει παιδιά;» Το πρόσωπο του Πορφύριου είχε αρχίσει να κοκκινίζει επικίνδυνα.

«Ηρεμήστε, θα σας πω κύριε Καρπαντζίδη». Ο γυναικολόγος ένιωθε ένα χέρι να του σφίγγει τον λαιμό και έτριψε το σβέρκο του, σε μια προσπάθεια χαλάρωσης της πίεσης που ασκούσε πάνω του η όλη κατάσταση. «Τα πράγματα είναι πολύ χειρότερα. Μακάρι το πρόβλημα να άφηνε τη γυναίκα σας στείρα ή με χαλασμένες τις σάλπιγγες. Όπως θυμάστε η Ροδάνθη είχε έρθει εσπευσμένα πριν δύο περίπου εβδομάδες για εξετάσεις, εξαιτίας της αιφνίδιας αιμορραγίας, των πόνων χαμηλά στην κοιλιά και λίγο αίμα στα ούρα της. Προβήκαμε αμέσως στις απαραίτητες διαδικασίες και εξετάσεις με βαριά καρδιά και άσχημες υποψίες. Το τεστ ΠΑΠ δεν αρκούσε για να έχουμε ασφαλή αποτελέσματα και έτσι αναγκαστήκαμε να κάνουμε κολποσκόπηση τραχήλου και στη συνέχεια βιοψία. Με τη βοήθεια των κυτταρολογικών εξετάσεων που έγιναν, διαπιστώθηκε...ότι..., πως... υπάρχει κακοήθεια που εμφανίζεται στο εσωτερικό μέρος του τραχηλικού σωλήνα». Η γλώσσα του δέθηκε για λίγο και ξερόβηξε πριν συνεχίσει. «Δηλαδή, καρκίνος του τραχήλου της μήτρας». Στις τελευταίες λέξεις έσκυψε το κεφάλι και τα μάτια του καρφώθηκαν επάνω στο χαρτί με τις φαρμακερές ιατρικές ορολογίες που προκαλούσαν το ολοκαύτωμα.

Το ζευγάρι κοιτάχθηκε στα μάτια για αρκετή ώρα, μη

μπορώντας να αρθρώσει λέξη. Τα χέρια δέθηκαν το ένα μέσα στο άλλο, ζητώντας ζεστασιά και παρηγοριά, δύναμη και ελπίδα. Ο γιατρός αντιλαμβανόμενος τη νεκρική σιωπή που είχε απλωθεί σαν ιστός αράχνης σε όλες τις γωνιές του γραφείου του, συνέχισε. «Είναι μια πολύ σπάνια περίπτωση, ειδικά σε αυτές τις ηλικίες όπως η δική σας κυρία Ροδάνθη, που δυστυχώς μας αναγκάζει να αφαιρέσουμε τη μήτρα, διότι η πάθηση που έχει διαγνωσθεί είναι σε προχωρημένο στάδιο και με μαθηματική ακρίβεια θα οδηγήσει σε μετάσταση του καρκίνου σε άλλα ζωτικά όργανα, που με τη σειρά τους θα απειλήσουν τη ζωή σας», τοποθετήθηκε απεγνωσμένα ο γιατρός.

Παγερή η σκιά του θανάτου πέταξε χαμηλά και πλάκωσε βαριά τις τέσσερις ψυχές. Στο άκουσμα της λέξης «καρκίνος» για δεύτερη φορά, σουβλερά δόντια μπήχτηκαν στη σάρκα τους. Αδύνατον να βγουν οι λέξεις από τα χείλη, οι ραγισμένες καρδιές δεν τις αφήνουν. Στα μάτια οι χείμαρροι κατακλύζουν τα μάγουλα, στα πόδια η τρεμούλα κινείται αδιάκοπα στον χορό του παραλόγου, τα χείλη σκίζονται από το ασυναίσθητο δάγκωμα των δοντιών. Σειρά του Πορφύριου να σηκωθεί από την καρέκλα του. Έκανε δύο σβούρες γύρω από τον εαυτό του, μονολογώντας με ασυνάρτητες εκφράσεις, που ούτε ο ίδιος καταλάβαινε, πήγε για μια στιγμή πάνω από την καλή του, της έδωσε ένα φιλί στα μαλλιά αφήνοντας το πονεμένο χάδι του επάνω τους, κι ύστερα ξανά κάθισε φουρτουνιασμένος σαν αφρισμένη θάλασσα.

Τον λόγο πήρε, για μια φορά ακόμη, ο γιατρός. «Αν το είχαμε αντιληφθεί σε αρχικό στάδιο θα μπορούσαμε να αφαιρέσουμε μόνο ένα μικρό τμήμα του τραχήλου της μήτρας, προβαίνοντας στη λεγόμενη κωνοειδή εκτομή. Δυστυχώς, πλέον αυτό δεν είναι ασφαλές και εάν σκεφτείτε ότι μπορούμε να σώσουμε τη Ροδάνθη, προβαίνοντας σε υστερεκτομή αφαιρώντας τη μήτρα της...»

«...και σκοτώνοντας τα έμβρυα», συνέχισε δακρυσμένη η κυοφορούσα.

«Δε θα το έθετα έτσι», τοποθετήθηκε έντονα αγχωμένος ο γιατρός και συνέχισε αναλυτικότερα. «Στην περίπτωση του καρκίνου του τραχήλου είναι δυνατή η αφαίρεση μόνο της βλάβης και λεπτού στρώματος υγιούς ιστού, που περιβάλει τη βλάβη. Αυτή η επέμβαση δεν επηρεάζει τη λειτουργία του οργάνου και επιτρέπει τη συνέχιση της εγκυμοσύνης, αλλά βέβαια μπορεί να πραγματοποιηθεί μόνο εάν ο καρκίνος εντοπιστεί έγκαιρα. Σε όλες τις άλλες περιπτώσεις προχωρημένου σταδίου, δυστυχώς όπως η δική σας, συνιστάται η αφαίρεση ολόκληρης της μήτρας, η λεγόμενη υστερεκτομή», τόνισε προβληματισμένος, αγωνιώντας για την έκβαση του πρωτόγνωρου ακόμα και γι' αυτόν περιστατικού.

«Είστε πολύ νέοι και έχετε όλα τα χρόνια μπροστά σας για να χαρείτε τη ζωή», συνέχισε. «Μπορείτε, εφόσον διακρίνω στα μάτια σας την αγάπη για τα παιδιά, να υιοθετήσετε ή ακόμα να βρείτε μια παρένθετη μητέρα. Στις μέρες μας πλέον αυτός ο υπέροχος και υψηλόφρονας τρόπος γέννησης ενός παιδιού γίνεται με τα καλύτερα δυνατά αποτελέσματα».

«Ναι, αλλά θα είναι ξένα, όχι δικά μας», αντιγύρισε η Ροδάνθη πλημμυρισμένη στα δάκρυα.

«Γονείς δε γίνονται μόνο αυτοί που γεννούν, αλλά και αυτοί που αναθρέφουν ένα παιδί. Ειδικά τώρα σε ότι αφορά την παρένθετη μητέρα, εσύ και ο Πορφύριος θα έχετε δώσει τα δικά σας ωάρια και σπερματοζωάρια», είπε με πειθώ ο γιατρός, γυρνώντας για μεγαλύτερη οικειότητα στον ενικό και τονίζοντας ιδιαίτερα τις λέξεις "τα δικά σας"».

«Και, δηλαδή μου προτείνετε να θανατώσω τα παιδιά που κυοφορώ, δημιούργημα της αγάπης μας με τον σύντροφό μου, τους βλαστούς που μας έστειλε ο Θεός ως δώρο, τα σπλάχνα που από μωρό παιδί ονειρευόμουν να αποκτήσω;» ρώτησε η Ροδάνθη απνευστί με νευριασμένο ύφος.

«Λυπάμαι, δεν υπάρχει άλλη λύση. Πρέπει να αποφασίσεις εάν θέλεις να σωθούν τα παιδιά ή εσύ», είπε ο γιατρός δηκτικά και έδειξε να το μετανιώνει αμέσως. «Εσύ είσαι που κρατάς το μαχαίρι που θα κόψει το νήμα που σε ενώνει με τα σπλάχνα σου ή που θα το αφήσεις άθικτο για να τυλιχτεί γύρω από τον λαιμό σου, μέχρι να κόψει τη δική σου ανάσα για πάντα. Δική σου η πρόθεση, δική σου και η απόφαση», συμπλήρωσε σε πιο ήπιους τόνους.

«Γιατρέ, εφόσον κρατήσω τα παιδιά, γιατί θα τα κρατήσω, η εγκυμοσύνη θα συνεχιστεί κανονικά μέχρι να γεννηθούν ή θα με προλάβει ο θάνατος;» έθεσε φωναχτά την απορία της η νέα γυναίκα, σχεδόν τσιρίζοντας στη φράση "γιατί θα τα κρατήσω", αποδεικνύοντας ότι το αδύναμο κορμί της δεν είχε καμία σχέση με τη δύναμη της ψυχής της.

«Είναι πολυσύνθετο το θέμα. Η εγκυμοσύνη από τη μία προστατεύει και σταθεροποιεί την κατάσταση, διότι ενισχύει το ανοσοποιητικό σου σύστημα. Από την άλλη όμως το σώμα θα γίνει πιο αδύναμο και φιλάσθενο με όποιες συνέπειες μπορεί να ακολουθήσουν. Επίσης, το σίγουρο είναι πως τα έμβρυα δε θα επηρεαστούν εφόσον όλα εξελιχθούν ομαλά. Οι πιθανότητες να τα γεννήσεις είναι περισσότερες από το να μην προλάβεις. Αλλά μετά τον τοκετό που μπορεί να έρθει λόγο της κατάστασης πρόωρα, ο κίνδυνος καλπάζουσας μετάστασης είναι ορατός, ενώ αφαιρώντας...»

«Δεν υπάρχει αφαιρώντας. Τα είπαμε αυτά. Μόνο για πρόσθεση θα μιλάμε, γιατρέ. Δύο νέα μέλη στην οικογένεια. Το αντιλαμβάνεστε; Δύο νέα μέλη! Δύο και δύο ίσον τέσσερα», εξαπέλυσε και πάλι φωναχτά την επιθυμία αλλά και απόφασή της και σηκώθηκε έξαλλη από την καρέκλα.

Ο Πορφύριος παρακολουθούσε τη σύζυγό του να αντιμάχεται με τον γιατρό και νόμισε πως βρίσκεται μπροστά σε ισπανική ταυρομαχία. Σαστισμένος, αφού αντιλήφθηκε πως η συζήτηση δεν είχε συνέχεια, αλλά ούτε ευτυχή κατάληξη, σηκώθηκε και έτεινε το χέρι του στον γιατρό, αμίλητος, για τον τυπικό χαιρετισμό. Αντίθετα όπως διαπίστωσε, η Ροδάνθη δεν έκανε καν την κίνηση, απλώς γύρισε την πλάτη της και σφυρίζοντας ένα ξερό "χαίρεται" άνοιξε την πόρτα και βγήκε από το γραφείο έντονα φρικαρισμένη, μονολογώντας συνέχεια "έτσι εύκολα θανατώνεις τα έμβρυα, έτσι εύκολα σκοτώνεις εσύ αθώες ψυχές". Ο Πορφύριος αναγκάστηκε να ζητήσει συγνώμη για τη συμπεριφορά της γυναίκας του και απομακρύνθηκε τρέχοντας για να την προλάβει.

«Περίμενε, αγάπη μου, μην τρέχεις και δεν κάνει στην κατάστασή σου!»

«Μα δεν τον άκουσες τι είπε! Να θέλει να μου πάρει τα παιδιά με το ζόρι, βάζοντάς μου το μαχαίρι στον λαιμό απειλώντας με «τα παιδιά ή εσύ!» Θέλει και ερώτημα; Φυσικά τα παιδιά! Πώς μπορώ να πάω κόντρα στη φύση, στο θέλημα του Θεού;»

«Έλα, μη συγχύζεσαι! Δε σε απείλησε ο άνθρωπος αγάπη μου! Να σε προστατεύσει θέλει ως γιατρός σου. Ηρέμησε! Εξάλλου θα πάρουμε τη γνώμη και άλλων γιατρών και θα σκεφτούμε καλύτερα τι πρέπει να κάνουμε».

Η φωνή του Πορφύριου χάιδεψε απαλά το πνεύμα της και γαλήνεψε κάπως την πληγωμένη ψυχή της, αν και βαθιά μέσα του ούτε ο ίδιος δεν πίστευε στα λόγια του.

«Εάν η γνώμη τους είναι ίδια να ξέρεις ότι απόφαση δεν αλλάζω. Τα παιδιά αυτά θα γεννηθούν, ακόμα κι αν πρόκειται να τα χαρώ μόνο μια μέρα». Μόνο το τελεία και παύλα δεν πρόσθεσε η Ροδάνθη κατά την τελευταία της φράση. Απεναντίας, χάρισε ένα γλυκό χαμόγελο στον καλό της και ανασηκώθηκε ελαφρώς στα πόδια για να καταφέρει να του δώσει ένα γλυκό φιλί στα χείλα, αμβλύνοντας λίγο τον πόνο που σίγουρα θέριευε και στα δικά του σωθικά.

«Να θυμάσαι όμως ένα πράγμα. Δε θα' θελα να σε χάσω!», τόνισε ο Πορφύριος αυθόρμητα χαϊδεύοντας τα μαλλιά της. Μέλι έσταζαν τα χείλη του μόλις αυτά ελευθερώθηκαν από το φιλί της.

«Και εσύ να θυμάσαι ότι τα μάτια σου θα λάμπουν αδιάλειπτα φέγγοντας τη στράτα μου τις δύσκολες και μαύρες ώρες της σύντομης ζωής μου». Τα λόγια που προέρχονταν από τον έρωτα της ζωής του, έμοιαζαν με λάμες μαχαιριών που καρφώνονταν η μία πίσω από την άλλη στο στήθος του, αφήνοντας το κορμί του να λούζεται στο αίμα. Δε μίλησε άλλο. Μόνο την έσφιξε με νόημα και βγήκαν από το προαύλιο της κλινικής για να μπουν στο αυτοκίνητο.

Πίσω τους ο γιατρός κάθισε στη δερμάτινη καρέκλα του γραφείου του σε βαθιά σύγχιση. Δεν περίμενε τέτοια εξέλιξη και τόσο μεγάλο ψυχικό σθένος από τη νεαρή εγκυμονούσα. Το όλο πρόβλημα το είχε εστιάσει στο πώς θα της πει για το πρόβλημα και το πώς εκείνη θα το πάρει, εάν διαπιστώσει ότι δε θα μπορεί πλέον να κάνει παιδιά. Σε καμία περίπτωση δε φανταζόταν ότι η μικρή θα αψηφούσε τον θάνατο, βάζοντας τα έμβρυα που κυοφορεί μέσα της, πάνω ακόμα και από τη ίδια της τη ζωή. *"Υπάρχουν ακόμη τέτοιοι άνθρωποι;"* αναρωτήθηκε και σηκώθηκε για να πάει να συναντήσει τον συνάδελφό του, που μαζί είδαν τις τελευταίες ημέρες όλες τις εξετάσεις, ώστε να του αναφέρει όλα όσα διαδραματίστηκαν, λίγες στιγμές πριν.

Ο Πορφύριος και η Ροδάνθη απομακρύνθηκαν από την κλινική όσο πιο γρήγορα μπορούσαν με προτροπή της εγκυμονούσας. Κατευθύνθηκαν, κατόπιν πρότασης του Πορφύριου και τη σύμφωνη γνώμη της συζύγου, στην ταβέρνα αναψυκτήριο «Χαγιάτι» για ένα τονωτικό ρόφημα. Μέσα από την ευχάριστη και μαγευτική διαδρομή των είκοσι περίπου χιλιομέτρων η Ροδάνθη κατάφερε να χαλαρώσει και το κορμί της να αποκτήσει ξανά φυσιολογικούς ρυθμούς.

Σ' όλη τη διάρκεια του σύντομου ταξιδιού, το χέρι της σχημάτιζε ενδελεχώς απαλούς κύκλους πάνω στην κοιλιά της κι ενώ οι ματιές της δε χόρταιναν από τη μαγεία που προσέφερε η γύρω πλάση, το πνεύμα της ταξίδευσε στο προσεχές μέλλον. Η σκέψη της περιπλανήθηκε ευχάριστα αντικρίζοντας τα παιδιά της να φτερουγίζουν μαζί με τα δεκάδες είδη πουλιών, να τρέχουν ξέγνοιαστα μέσα στο δάσος παρέα με τα ζαρκάδια και τους λαγούς, να είναι χωμένα στην καταπράσινη κορυφή του βουνού του Αλή Μπαμπά και να αγναντεύουν την πανοραμική θέα του κάμπου από εκεί ψηλά, από υψόμετρο χιλίων εξακοσίων μέτρων. Κι αυτή, από ακόμα πιο ψηλά να τα παρατηρεί, να αφουγκράζεται τις καρδούλες τους, να χαίρεται μαζί τους, να είναι δίπλα τους, κι ας μην τη βλέπουν, αρκεί που νιώθουν το πνεύμα της.

Ο Πορφύριος πάρκαρε το μικρό αυτοκίνητο στον προαύλιο χώρο του καταστήματος και ξανάφερε στην πραγματικότητα τη Ροδάνθη. Προχώρησαν στο εσωτερικό του κτιρίου και διάλεξαν αναπαυτικές πολυθρόνες σε ένα σημείο που τους πρόσφερε υπέροχη θέα. Αφού παρήγγειλαν τα ροφήματά τους, ζεστά και τα δύο, άρχισαν αμέσως τη συζήτηση για το φλέγον ζήτημα που έκαιγε τα σωθικά τους.

Πρώτος πήρε τον λόγο ο Πορφύριος, αφού πρώτα έσφιξε το χέρι της καλής του μέσα στις τεράστιες παλάμες του. Την κοίταξε βαθιά στα θλιμμένα της μάτια και δεν κατάφερε να κρατήσει ένα μελαγχολικό δάκρυ που κύλησε αργά επάνω στο νεανικό λείο δέρμα. Από τη φύση του έντονα ευαίσθητος, έβγαλε με έντονο τρέμουλο τις πρώτες λέξεις. «Είμαι κοντά σου και θα είμαι για όσο χρειαστεί. Θα στηρίξω κάθε σου απόφαση, αρκεί να ξέρω ότι είναι βγαλμένη από την ψυχή σου και καθαρά δικιά σου, ανεπηρέαστη από οτιδήποτε άλλο».

«Σ' ευχαριστώ, αγάπη μου. Είναι πολύ σημαντικό να έχω κάπου να στηριχτώ. Όπως άκουσες λίγο πριν η απόφασή μου ήταν αυθόρμητη και απόλυτα δική μου. Αυτό νιώθω, αυτό λέω».

«Καταλαβαίνω ότι βάζεις τη ζωή των παιδιών μας, πάνω από τη δική σου, όπως θα έκανε κάθε στοργική μητέρα, αλλά να... σκέφτομαι...»

«Τι σκέφτεσαι Πορφύριε, λίγο πριν είπες πως δε θέλεις να επηρεαστώ από τίποτε. Μην προσπαθήσεις να αλλάξεις τη γνώμη μου ή μάλλον την απόφασή μου, διότι θα με πικράνεις αφάνταστα».

«Όχι, όχι μωρό μου, δεν είναι αυτό. Απλώς θα ήθελα να βάλω δύο τρεις παραμέτρους επάνω στο τραπέζι, να τις εξετάσεις και στη συνέχεια η απόφαση όλη δική σου. Πολλές φορές ξεχνάμε κάποια πράγματα ή δεν παρατηρούμε σφαιρικά κάποια άλλα, με αποτέλεσμα να οδηγούμαστε σε λανθασμένες κατευθύνσεις».

«Αν και δε θα αλλάξει τίποτα ρίχτες να δούμε που θα βγει». Η Ροδάνθη προσπάθησε να δώσει μία χιουμοριστική νότα στη συζήτηση, κάτι που ευχαρίστησε τον άντρα της που αναθάρρεψε.

«Ξέρεις πολύ καλά, με πόσο κόπο σε αποχώρισα από

τον οικογενειακό σου κύκλο και με πόσα βάσανα κατάφερα τελικά, να σε απαγκιστρώσω από τα δίχτυα που σε είχαν τυλίξει οι υπερπροστατευτικοί σου γονείς. Λίγο η μικρή σου ηλικία, λίγο οι μελλοντικές σου σπουδές, άλλο τόσο οι ασυνήθιστες για την εποχή ιδέες των γονιών σου, ανυπέρβλητα εμπόδια στον δρόμο μου, αλλά εγώ εκεί. Μουλάρι. Σε κέρδισα με το σπαθί και τον ακαταμάχητο έρωτά μου».

«Ναι, αλλά ό,τι και αν έκανες, αν δεν το ήθελα κι εγώ δε θα γινόταν τίποτα, ε!»

«Σωστά, αλλά μην ξεχνάς την τεράστια υπομονή μου και τα συνεχόμενα ξενύχτια έξω από την πόρτα σου, πότε τύφλα στο μεθύσι και πότε νηφάλιος να παρακαλώ για μια σου λέξη. Σκέψου την πρώτη παράμετρο. Πώς θα αισθανθώ εγώ αν τελικά πάρεις την απόφαση να κρατήσεις τα παιδιά με αποτέλεσμα...; Πόσες και πόσες τύψεις θα φορτώσουν την πλάτη μου με ένα βάρος που και ο Άτλαντας να ήμουν δεν ξέρω αν θα μπορούσα να σηκώσω, επειδή το επέτρεψα αυτό;»

«Δε θα φταις εσύ, δική μου είναι η απόφαση».

«Η ζεστή ματιά σου με σπαράζει. Το φωτεινό σου βλέμμα φωτίζει τα έρημα στενά. Η παρουσία σου φέγγει τον δρόμο μου σαν ένα καινούριο ολόγιομο φεγγάρι που παρουσιάστηκε ξαφνικά στη γειτονιά. Αν χαθεί το φεγγάρι μου ποιο ουράνιο σώμα θα αναπληρώσει την απουσία του;»

Η Ροδάνθη πήγε κάτι να πει αλλά τελικά το μάσησε κάτω από τα δόντια της και ακούμπησε τρυφερά το κεφάλι της στον φαρδύ ώμο του άντρα της. «Πορφύριε...» ψιθύρισε κλαίγοντας.

«Οι άνθρωποι που σε γέννησαν, σε ανέθρεψαν, σε μεγάλωσαν και σε γαλούχησαν με όμορφες αρχές και ιδανικά, οι άνθρωποι αυτοί που έκαναν όταν σε πήρα από κοντά τους σαν τρελοί και ένιωσαν ότι σε χάνουν οριστικά, οι άνθρωποι που πέρασαν τα πάνδεινα μέχρι να σε φέρουν στη γη και είσαι ο μοναδικός τους γόνος, πώς θα πιούν αυτό το φαρμακερό δηλητήριο; Πώς θα χάσουν τη μονάκριβή τους κόρη;»

«Ναι, καταλαβαίνω, όμως θα έχουν δύο εγγόνια που θα τα έχουν σαν παιδιά τους».

Ο Πορφύριος έκανε πως δεν την άκουσε και συνέχισε απτόητος. «Άιντε εγώ πιθανόν να τα καταφέρω, να βρω τον τρόπο να συνεχίσω τη ζωή μου βαριά λαβωμένος. Αυτοί όμως; Θα αντέξουν τέτοιο βαρύ χτύπημα; Μην ξεχνάς ότι ο πατέρας σου κοντεύει τα εβδομήντα και πέρασε ήδη δύο εμφράγματα». Και πάλι η Ροδάνθη δεν άρθρωσε λέξη, παρά προτίμησε τη σιωπή και να χαθεί μέσα στις σκέψεις της, φέρνοντας νωχελικά το ρόφημα στα χείλη της.

Ο σύζυγός της εκμεταλλευόμενος τη σιωπή της, έδωσε και την απάντηση στην προηγούμενη φράση της, που λίγο πριν έντεχνα είχε αποφύγει. «Ούτε δέκα εγγόνια δεν μπορούν να αναπληρώσουν ένα χαμένο παιδί. Σίγουρα γεμίζουν ένα μεγάλο μέρος του κενού που δημιουργείται, ποτέ όμως ολόκληρο».

«Παίζεις με πολύ σκληρό μαρκάρισμα», ξεφώνισε εκείνη ψάχνοντας τα χαμένα ίχνη του χαμόγελού της.

Ο άντρας χαμογέλασε αμήχανα και συνέχισε χωρίς να σχολιάσει, βάζοντας και την τρίτη παράμετρο, ως το τελευταίο χαρτί που είχε στο μανίκι του, το έσχατο βέλος της φαρέτρας του. «Εκατοντάδες παιδιά χάνονται καθημερινά σε όλο τον κόσμο. Χιλιάδες εκτρώσεις γίνονται από ανεπιθύμητες εγκυμοσύνες. Δεκάδες γονείς με πολλά παιδιά που δε σηκώνουν άλλα οικογενειακά βάρη παίρνουν αυτή την άσχημη, δε λέω, αλλά σημαντική γι' αυτούς απόφαση. Εσύ δεν ανήκεις σε καμία από αυτές τις κατηγορίες κι όμως η πρώτη σου σκέψη ήταν να τα κρατήσεις. Σε τιμά αφάνταστα αυτή σου η απόφαση και στα μάτια όλων γίνεσαι ηρωίδα. Όμως μια ηρωίδα χωρίς πλούσιο μέλλον. Μια ηρωίδα που αφήνει ορφανά δύο παιδιά».

Στο άκουσμα των τελευταίων προτάσεων η Ροδάνθη άρχισε να χάνει τον έλεγχο και την αυτοσυγκράτησή της. Απότομη και οξύθυμη από τη φύση της, δεν άντεξε και πολύ τα συνεχή ραπίσματα του άνδρα της, που όσο μελιστάλαχτα και να τα έλεγε, ήταν καρφιά που μπήγονταν στην καρδιά και θρυμμάτιζαν την ψυχή της.

«Δε με νοιάζει κι αν όλες οι γυναίκες του κόσμου κάνουν ταυτόχρονα έκτρωση. Εγώ δεν πρόκειται να το κάνω, πάει και τελείωσε. Το ξέρεις ότι τα έμβρυα έχουν πάρει ήδη ανθρώπινο σχήμα και ότι η αποτρόπαια αυτή πράξη θεωρείται φονικό. ΦΟΝΙΚΟ! Φ-Ο-Ν-Ι-Κ-Ο». Την τελευταία λέξη τη συλλάβισε γράμμα γράμμα, δίνοντας έτσι έμφαση στη σκέψη της, προσπαθώντας να καθηλώσει τις απόψεις του άντρα της. Και το κατάφερε!

Ο Πορφύριος ένιωσε σαν να τον χτυπάει κεραυνός, αλλά όχι με τόση δύναμη ώστε να τον σκοτώσει. Τόσο ώστε να τον αφήσει παράλυτο στην ψυχή. Απογοητεύτηκε που όλη του η καλοπροαίρετη προσπάθεια έμοιαζε να γκρεμίζεται μεμιάς, πληγώθηκε που η γυναίκα του είχε τόσο βαθιά αισθήματα και ιδεώδη, που σε οποιαδήποτε άλλη περίπτωση θα ήταν υπερήφανος γι' αυτά, πόνεσε που τελικά ήταν παραπάνω εγωίστρια από όσο νόμιζε.

Προσπάθησε να κατεβάσει τους τόνους, κάνοντας μια ύστατη προσπάθεια να την ηρεμήσει και να επαναφέρει το χαμόγελο στα αιματοβαμμένα χείλη της. «Μην εξαγριώνεσαι μωρό μου. Από την αρχή σου είπα πως όποια απόφαση και να πάρεις θα σε στηρίξω, με όποιο τίμημα. Πρώτα απ' όλα θα ήταν καλό να ακούσεις και τις άλλες γνώμες των γιατρών που θα επισκεφτείς και μετά βλέπουμε». Μια ιδέα, ως θεόσταλτη αναλαμπή ελπίδας έκανε την εμφάνισή της ξαφνικά και αναθάρρεψε μέσα του. «Εξάλλου είμαι σίγουρος πως θα θελήσεις να πάρεις και την ευλογία του πνευματικού μας πατέρα Νικόδημου. Μας βοήθησε σε πολλές δύσκολες στιγμές στη ζωή μας και είμαι σίγουρος πως θα το κάνει και τώρα». Έπαιξε το τελευταίο του χαρτί, αντλώντας το μέγιστο της γλυκύτητας που του είχε απομείνει.

«Να που σε κάτι επιτέλους με βρίσκεις σύμφωνη. Ο πατέρας Νικόδημος είναι εξαίρετος ιερέας. Μόνο στο άκουσμα του ονόματός του και ήδη άρχισα να ηρεμώ. Θα πάω αύριο κιόλας να τον συναντήσω και αμέσως μετά θα κανονίσουμε ραντεβού με ειδικούς καθηγητές στη Θεσσαλονίκη».

«Ωραία, σε χαίρομαι όταν μιλάς έτσι συνετά και ήρεμα. Θα κανονίσω να πάρω άδεια από τη δουλειά για να είμαι μαζί σου όλες τις επόμενες ημέρες. Ας είμαστε αισιόδοξοι, όλα θα πάνε καλά». Το πρόσωπό του έλαμψε. Η ελπίδα ξανά γέμισε την καρδιά του.

«Μακάρι, απ' το στόμα σου και στου Θεού το αυτί» είπε η Ροδάνθη και δάγκωσε ελαφριά το κάτω χείλος του Πορφύριου.

Αυτός στύλωσε το βλέμμα του στα μάτια της με νόημα και άφησε να κυλήσουν αυθόρμητα από τα χείλη του τρυφερές λέξεις. «Σου εύχομαι, τα μόνα δάκρυα που θα ζωντανέψουν ξανά στα λαμπερά σου μάτια, να είναι μόνο από χαρά». Αγκαλιάστηκαν τρυφερά για αρκετή ώρα και ο καθένας βυθίστηκε στις σκέψεις του. Στον Πορφύριο τριγύριζε η ελπίδα ότι οι ειδικοί γιατροί στη συμπρωτεύουσα θα είχαν άλλη άποψη, πιο ενθαρρυντική, ή ακόμα καλύτερα θα διαπίστωναν κάποιο τραγικό και ασυγχώρητο λάθος του πρώτου γιατρού. Βέβαια, στη χειρότερη περίπτωση που θα έδιναν την ίδια διάγνωση, υπήρχε και ο Πατέρας Νικόδημος που μπορεί να άλλαζε τη γνώμη της πεισματάρας συζύγου του. Αυτή η σκέψη ενισχυόταν από την προσωπική του γνώμη για τον πνευματικό τους πατέρα, που τον θεωρούσε ακριβοδίκαιο και πολύ προσεκτικό σε κάθε διατύπωση απόψεων. Πίστευε πως δε θα ήθελε να γίνει άδικος, σπέρνοντας τον πόνο σε δεκάδες ανθρώπους γύρω του, δίνοντας οδηγίες στη Ροδάνθη να κρατήσει τα έμβρυα. Αλλιώς, τι δικαιοσύνη θα ήταν αυτή;

Από την άλλη, η Ροδάνθη έτρεχε με τα ξεβαμμένα της όνειρα σε πάρκα, παιδικές χαρές, λούνα παρκ, φανταζόταν πως παρακολουθούσε τον άντρα της να διασκεδάζει μαζί με τα παιδιά τους, να απλώνονται χαμόγελα ευτυχίας γύρω τους, κι αυτή μέσα από έναν αιθέριο καθρέπτη να γεύεται τις χαρές τους και να αφήνει να σχηματιστεί ένα τεράστιο χαμόγελο και στο δικό της πρόσωπο.

Το σούρουπο ανασυντάχθηκε και παραχώρησε τη θέση του στο απόβραδο, δίνοντας τη δυνατότητα στα αστέρια του ουρανού να στείλουν το φως τους κάτω στη γη, καθώς και στα μικρά φώτα από κάθε ηλεκτρικό στύλο, να στείλουν τις ανταύγειες τους στον σκοτεινό ουρανό. Το ζευγάρι αγνάντεψε για λίγη ώρα την πανδαισία των κινούμενων και ακίνητων χρωματιστών φώτων και στη συνέχεια κατηφόρισε για το φτωχικό τους σπιτικό.

Η απαλή δροσιά του Αυγούστου που προμήνυε το επερχόμενο Φθινόπωρο, γλίστρησε μέσα από τα ανοιχτά παράθυρα του αυτοκινήτου και χάιδεψε απαλά τα μάγουλά τους. Δεν αντάλλαξαν άλλες κουβέντες, έως ότου να φτάσουν στη ζεστή φωλιά τους. Εκεί, τσίμπησαν κάτι πρόχειρα και αποφεύγοντας να ανοίξουν την τηλεόραση, πήγαν νωρίς στο κρεβάτι αφήνοντας τα κορμιά τους να κυβερνηθούν από έναν ανεπανάληπτο, ασταμάτητο, χειμαρρώδη έρωτα σαν να ήταν η πρώτη ή η τελευταία τους φορά.

Την επόμενη μέρα, με την αρχή του νέου μήνα, άρχισε και ένας Γολγοθάς για το ζευγάρι και ειδικά για τη Ροδάνθη. Μαζί με τις πρώτες φθινοπωρινές βροχές, θα άνοιγαν και οι κρουνοί των ματιών της, ρίχνοντας ποτάμια τα καυτά δάκρυα εξαιτίας της δοκιμασίας που θα περνούσε. Ο Πορφύριος κανόνισε από νωρίς για την άδειά του. Κατάφερε και την έλαβε για όλη την υπόλοιπη εβδομάδα χάρη σε έναν εξαίρετο προϊστάμενο που τους έδενε βαθιά συναδελφική αλληλεγγύη και μια ιδιαίτερη φιλία. Από την άλλη, η Ροδάνθη αφού περίμενε να τελειώσει η Θεία Λειτουργία λόγω της πρωτομηνιάς, κίνησε για τον Πατέρα Νικόδημο.

Η εκκλησία ήταν κοντά και αφού τα μεγάφωνά της σίγησαν δηλώνοντας το σχόλασμα, αποφάσισε να πάει με τα πόδια. Περίμενε υπομονετικά και διακριτικά έξω στο προαύλιο και κάποια στιγμή ο Πατέρας Νικόδημος εξήλθε και την αντίκρισε. Την υποδέχτηκε όπως πάντα με περίσσευμα ταπεινότητας και αγάπης του και αφού άκουσε προσεκτικά τον λόγο της απρόσμενης επίσκεψης, πρότεινε να περάσει στο εξομολογητήριο γεμάτος εσωτερική ηρεμία και αδελφοσύνη. Μίλησαν για πολλή ώρα. Η κυοφορούσα τού άνοιξε την ψυχή της, έβγαλε από μέσα της ότι τη βασάνισε, εστίασε στη βασική της πρόθεση και περίμενε καρτερικά τις συμβουλές του πνευματικού της Πατέρα.

Εκείνος αφού προσευχήθηκε χαμηλόφωνα, άρχισε

έναν πράο διάλογο μαζί της, προσπαθώντας να ανιχνεύσει και να εμβαθύνει στο κυρίως πρόβλημα για να δώσει τις όσο το δυνατόν καλύτερες παραινέσεις του. Την άκουγε προσεκτικά και της απηύθυνε καίριες ερωτήσεις, παίρνοντας αντίστοιχες απαντήσεις. Στη συνέχεια προσευχήθηκε ξανά και προσέφερε τις συμβουλές του στη Ροδάνθη με πράα και μελιστάλαχτη φωνή. Η μικρή άκουσε συγκεντρωμένη όλα τα λόγια του Πατέρα Νικόδημου και αφού τελείωσε η εξομολόγηση σηκώθηκε πιο ανάλαφρη και αισθάνθηκε υπέρτατη αγαλλίαση. Χαιρέτισε ταπεινά φιλώντας το χέρι του πολλές φορές και αφού προσευχήθηκε κάνοντας παράλληλα μετάνοιες μπροστά στο εικόνισμα της Παναγίας, απομακρύνθηκε χαρούμενη.

Όταν γύρισε στο σπίτι απέφυγε να εκμυστηρευτεί στον άνδρα της την έκβαση της εξομολόγησης, λέγοντάς του ότι θα τα μάθει όλα αφού πάνε πρώτα στους γιατρούς της Θεσσαλονίκης και έχουν και από αυτούς τις διαγνώσεις τους. Ο Πορφύριος δεν ήθελε να την πιέσει. Αρκέστηκε στη διαπίστωση πως η γυναίκα του ένιωθε πολύ μεγαλύτερη ευφορία από εχθές.

Τα ραντεβού κανονίστηκαν, το πρώτο για την ίδια ημέρα αργά το απόγευμα σε πασίγνωστο γιατρό της Θεσσαλονίκης, ενώ το δεύτερο για την επόμενη ημέρα στην κλινική Γένεσις, όπου θα μιλούσαν ταυτόχρονα με τους διευθυντές των τμημάτων της μαιευτικής, της γυναικολογικής καθώς και της χειρουργικής κλινικής. Όλα κανονίστηκαν περίφημα με νηφαλιότητα και σύνεση, χωρίς σπασμωδικές και νευρικές κινήσεις, το μόνο που δε χρειάζονταν άλλωστε οι δύο νέοι, περιμένοντας καρτερικά.

Ο πρώτος γιατρός αφού εξέτασε με προσοχή τη Ροδάνθη και μελέτησε τις εξετάσεις που είχε πραγματοποιήσει ο Αναστασίδης με τους συνεργάτες του από το Γενικό Σερρών, τους ανέφερε ότι δεν μπορεί να τους δώσει άμεσα απάντηση, διότι θα ήθελε λίγο χρόνο ώσπου να βγουν τα αποτελέσματα από τη βιοψία που θα έκανε στον ιστό που πήρε από τον τράχηλο της μήτρας. Χρήματα δε ζήτησε καθόλου, άγνωστο γιατί, αλλά ζήτησε τη διεύθυνσή τους για να τους στείλει στις αρχές της επόμενης εβδομάδας γραπτά τα αποτελέσματα των εξετάσεων, καθώς και την προσωπική του άποψη. Ακόμα συνεχάρη τον συνάδελφο γιατρό των Σερρών, για τον οποίο μίλησε με τα πιο κολακευτικά λόγια, μια και τον γνώριζε προσωπικά και τους πρότεινε να συνεχίσουν να τον εμπιστεύονται, διότι καλύτερο γιατρό δε θα έβρισκαν στην περιοχή τους.

Το ίδιο βράδυ έμειναν σε ξενοδοχείο της πόλης. Παρόλο που υπήρχαν σπίτια συγγενών για να διανυκτερεύσουν, δε θέλησαν να επιβαρύνουν τους ανθρώπους με τα βάσανά τους, αλλά και τη Ροδάνθη με καλοπροαίρετα αλλά άσκοπα λόγια από καλοσυνάτους ανθρώπους, που στην τελική δε θα οδηγούσαν πουθενά. Αυτές τις ώρες χρειάζονταν ηρεμία και ένα ησυχαστήριο για να ξεκουραστούν, διότι η επόμενη ημέρα θα ήταν και πάλι φορτωμένη με πολλές εξετάσεις για τη Ροδάνθη και πολύ άγχος και για τους δύο.

Το πρωινό έφτασε γρήγορα, ο ήλιος ανέβηκε πάνω από τον ορίζοντα δίνοντας εντολές εγερτηρίου, αλλά η Ροδάνθη τον είχε προλάβει μια και ξύπνησε νωρίτερα από αυτόν. Αφού ετοιμάστηκε κι έκανε ένα χλιαρό ντους, φώναξε δυνατά μέσα στο αυτί του Πορφύριου για να τον ξυπνήσει, έχοντας έναν ανεξήγητο ενθουσιασμό και μια ζωηρή και ενεργητική διάθεση. Τσίμπησαν ελαφρά από το πρωινό του ξενοδοχείου και κάλεσαν ταξί για να βρεθούν άμεσα στον προορισμό τους.

Εκεί, στην κλινική Γένεσις διαπίστωσαν πως όλοι, υπάλληλοι και νοσοκομειακό προσωπικό είχαν άψογη συμπεριφορά, ήταν ευγενέστατοι και με ζήλο πρωτόγνωρο ασχολήθηκαν μαζί τους ενεργά, σε βαθμό που η Ροδάνθη σκέφτηκε μήπως το κάνουν από οίκτο, γνωρίζοντας το ιστορικό της. Όπως διαπίστωσε όμως λίγο αργότερα προς τέρψη της, με όλους τους ασθενείς είχαν την ίδια αντιμετώπιση και ευχάριστη συμπεριφορά.

Η Ροδάνθη έμεινε θαμπωμένη και με τα μάτια γουρλωμένα παρακολουθούσε την τελευταία λέξη της τεχνολογίας που ήταν υπογεγραμμένη πάνω στα υπερσύγχρονα μηχανήματα. Σε όποια αίθουσα και να έστελνε το βλέμμα της, τα πάντα άστραφταν και της ενέπνεαν εικόνα σιγουριάς και ασφάλειας. Δεν μπόρεσε να κρύψει τον ενθουσιασμό της και τον μετέφερε και στον Πορφύριο, ευελπιστώντας μάλιστα, πως εάν μπορούσαν οικονομικά να τα βγάλουν πέρα να γεννούσε σ' αυτόν εδώ τον χώρο.

Αφού όλα τελείωσαν ομαλά και χωρίς εμπόδια, τους ενημέρωσαν πως τα αποτελέσματα θα έβγαιναν αργά το απόγευμα. Έτσι προτίμησαν να περιμένουν στον χώρο αναμονής, από το να βγουν στην πόλη και να ξανά επιστρέφουν. Για να ξεγελάσουν την πείνα τους και λίγο τον χρόνο τους μήπως και κυλήσει γρηγορότερα, γεύτηκαν λίγες λιχουδιές από το κυλικείο της κλινικής. Κατά τις πέντε μια νοσοκόμα τους ενημέρωσε, πως οι γιατροί, όλοι μαζί θα τους ανακοίνωναν τα αποτελέσματα των πολλαπλών εξετάσεων, λίγο μετά τις οχτώ. Οπότε υπήρχε αρκετός χρόνος ακόμα, και έτσι ο Πορφύριος πρότεινε να κάνουν έναν χαλαρωτικό περίπατο στην αυλή της κλινικής. Η Ροδάνθη δέχτηκε με χαρά και έτσι κίνησαν προς την κεντρική έξοδο.

Στο διάβα τους, πέρασαν μπροστά από το CafeRestaurant boys'n girls και διαπίστωσαν πως μέσα στον χώρο μια μητέρα που είχε στο καροτσάκι της δίδυμα, ένα αγοράκι και ένα κοριτσάκι, τα τάιζε κεφάτη. Η Ροδάνθη συγκινήθηκε τόσο έντονα, που στάθηκε έξω από την τζαμαρία και κοιτούσε για αρκετή ώρα. Κάποια στιγμή κόλλησε τα χέρια της πάνω στο τζάμι, στο ύψος του κεφαλιού, θαρρείς και ήθελε να περάσει από μέσα του και κάτι δεν την άφηνε, αφήνοντας τα δάκρυά της να κυλήσουν αργά αργά, οδυνηρά, πάνω στους αστραφτερούς γυάλινους κρυστάλλους. Ο Πορφύριος δε διέκοψε την ιερή αυτή στιγμή, αλλά η νεαρή μητέρα με τα μωρά, αισθάνθηκε αμηχανία και γύρισε το καρότσι πλάτη, ώστε να μην μπορεί να τους παρακολουθεί η απρόσμενη και ενοχλητική επισκέπτρια.

Η Ροδάνθη ένιωσε σαν να ξυπνά από βαθύ λήθαργο και τίναξε απότομα τα χέρια της κάτω. Έριξε μια ματιά στα καταπράσινα μάτια του άνδρα της, που την ικέτευαν παρακλητικά να συνεχίσουν τη βόλτα τους και υπάκουσε τυφλά

όπως το μικρό κουταβάκι που ακολουθεί τη μάνα του. Βγή-
καν στον καθαρό αέρα, γέμισαν τα πνευμόνια τους με βε-
λούδινο οξυγόνο και αφέθηκαν να χαζεύουν τους ελαιώνες
της Πυλαίας που εκτείνονταν γύρω από την κλινική σαν πα-
ραταγμένα στρατιωτάκια έτοιμα για αναφορά. Στο βάθος
η θέα του Θερμαϊκού κόλπου έστελνε κύματα ομορφιάς και
πανδαισίας. Η ώρα πέρασε γρήγορα, με τον Πορφύριο να
μην έχει αφήσει ούτε για μια στιγμή τη Ροδάνθη από το χέρι
του, άλλοτε συζητώντας περί ανέμων και υδάτων κι άλλοτε
καθισμένοι πάνω σε κάποιο πεζούλι ή παγκάκι, αγναντεύο-
ντας τον μακρύ ορίζοντα και τον ήλιο που χαμήλωνε τεμπέ-
λικα πάνω από τη θάλασσα.

Κανένας τους δε θέλησε να θίξει το φλέγον ζήτημα,
πριν τους ανακοινωθούν τα νέα αποτελέσματα ευελπιστώ-
ντας στην ανατροπή των δεδομένων, αν και η Ροδάνθη
ενδόμυχα πίστευε ότι δε θα αλλάξει κάτι σε σχέση με την
πρώτη διάγνωση του κυρίου Αναστασίδη.

Η ώρα πέρασε, η αγωνία σε λίγο θα απογειωνόταν και
ύστερα θα προσγειωνόταν απότομα δίνοντας τη θέση της
στη λύπη ή την ανέλπιστη χαρά. Κατευθύνθηκαν στον
χώρο αναμονής, έξω από τα γραφεία των γιατρών, και πε-
ρίμεναν υπομονετικά μέχρι να τους ειδοποιήσει η νοσοκόμα
που ασκούσε και καθήκοντα γραμματέα. Δεν πέρασε ένα
τέταρτο και η ψηλή αδελφή με την πλούσια κόμη μαζεμένη
σε κότσο και με τη λευκή ρόμπα να την κολακεύει ακόμα
περισσότερο, τους ενημέρωσε χαμογελαστή ότι οι γιατροί
τους περιμένουν.

Οι δύο νέοι, έχοντας καβαλικεύσει τα άτια του φόβου,
ο καθένας με τον δικό του τρόπο, ένιωθαν τους χτύπους της
καρδιάς τους τόσο έντονα να θέλουν να σπάσουν τα τοιχώ-
ματα στα στήθη τους. Κρατώντας ο ένας το χέρι του άλλου,
μπήκαν διστακτικά στην αίθουσα, όπου τους περίμεναν και
οι τρεις γιατροί.

Η κουβέντα τους διήρκησε λιγότερο από ένα τέταρτο
της ώρας. Οι πρώτες κουβέντες λιτές, αλλά απόλυτα κα-
τανοητές. Στην αρχή βγήκαν μόνο από δύο χείλη, αυτά του

διευθυντή της γυναικολογικής κλινικής, αλλά ήταν αρκετές για να απλώσουν τις φτερούγες του θανάτου πάνω από τα κορμιά τους: «Η αρχική διάγνωση του κυρίου Αναστασίδη και του επιτελείου του, δυστυχώς συμπίπτει με τη δική μας. Όλα δείχνουν πως έχουμε καρκίνο του τραχήλου της μήτρας σε αρκετά προχωρημένο στάδιο». Οι παγωμένες φιγούρες των άλλων δύο αμίλητων γιατρών, μίλησαν πιο διευκρινιστικά από τα λόγια του πρώτου. Η εικόνα τους αποτυπώθηκε, χαράχτηκε, έγινε αναπόσπαστο κομμάτι της μνήμης των νέων, που στο ξεκίνημα της ζωής τους προσγειώθηκαν ανώμαλα. Λόγω της μοίρας; Της δοκιμασίας του Θεού; Κάποιας τιμωρίας; Της κακιάς τους τύχης; Από ό,τι κι αν ήταν, το αποτέλεσμα δεν άλλαζε. Οι ελπίδες εξανεμίστηκαν, τα όνειρα έμοιασαν να γκρεμίζονται μπροστά στα μάτια τους σαν χάρτινοι πύργοι, τα μάτια βούρκωσαν ξανά, τα χείλη σχίστηκαν αφήνοντας να ξεχυθεί το φρέσκο ροδοκόκκινο αίμα.

Η σιγή που απλώθηκε για αρκετά δευτερόλεπτα στο γραφείο, έσπασε από μια γλυκιά φωνή, που προήλθε από το στόμα της χειρουργού ογκολόγου. «Θέλετε να ρωτήσετε κάτι; Μη διστάζετε, είμαστε εδώ για να απαντήσουμε σε κάθε σας απορία». Μπορεί να εξόπλισε τις χορδές της με μελιχρούς ήχους, οι φθόγγοι όμως ακούστηκαν άγριοι και αποκρουστικοί για το νιόπαντρο ζευγάρι.

Τον λόγο πήρε ο Πορφύριος, ο οποίος διστακτικά ρώτησε χωρίς να απευθύνεται σε κάποιον από τους τρεις: «Τι μας προτείνετε να κάνουμε από εδώ και πέρα;» Δεν τόλμησε να πει "να κρατήσουμε τα παιδιά ή όχι" παρά προτίμησε να το αφήσει να αιωρείται ως ευκόλως εννοούμενο.

«Το έχουμε συζητήσει αυτό το ζήτημα με τους συναδέλφους και είμαστε όλοι σύμφωνοι πως το καλύτερο είναι να διακοπεί η εγκυμοσύνη, για να μην κινδυνεύσει περαιτέρω η υγεία της κυρίας Μαρθοπούλου. Εμείς ως γιατροί, αναγνωρίζοντας φυσικά τον προορισμό της γυναίκας να φέρει στον κόσμο υγιή παιδιά και ένα περισσότερο εγώ που είμαι γυναίκα και μητέρα, δεχόμαστε τη θεωρία "σήμερα σώζουμε τον ζωντανό οργανισμό" αφήνοντας πίσω μας τις αναστολές, για τον εάν πρέπει ή όχι να σκεφτούμε τον υποψήφιο "αυριανό οργανισμό"». Η λέξη "ζωντανό" τονίστηκε με ιδιαίτερη έμφαση και μαεστρία, ως χρήση εξειδικευμένου αντίδοτου που θεραπεύει τον ασθενή. «Η επιστήμη προστατεύει το περιέχον αντί του περιεχομένου. Προστατεύει τη μητέρα, με την ελπίδα ότι θα ξαναμείνει έγκυος μετά την κωνεκτομή και όχι το έμβρυο» συμπλήρωσε.

«Δηλαδή δε θεωρείτε ζωντανούς οργανισμούς τα έμβρυα που έχω μέσα μου, αλλά κάτι άψυχο;» πετάχτηκε να ρωτήσει βιαστικά η Ροδάνθη σκουπίζοντας ταυτόχρονα τα βρεγμένα μάτια της με ένα κάτασπρο μαντήλι.

«Δεν εννοούμε αυτό. Φυσικά και είναι ζωντανοί οργανισμοί, αλλά να... δεν τους έχουμε εδώ ζωντανούς μπροστά μας, εννοώ δεν υπάρχουν ακόμα, ανήκουν στη σφαίρα του αύριο και...» Η γιατρός μασούσε τα λόγια της σαν άνοστη μπουκιά που δεν μπορούσε να καταπιεί.

«Μα και αυτά σε λίγους μήνες θα γίνουν έτσι όπως ακριβώς λέτε», τόνισε η Ροδάνθη υψώνοντας ελαφρώς τη φωνή της.

«Φυσικά, αλλά με άπειρους κινδύνους κυρίως για εσάς, αλλά και για τα ίδια εφόσον λείψετε από τη ζωή τους».

Ο Πορφύριος βλέποντας ότι η γυναίκα του άρχισε να αγριεύει, της χάιδεψε απαλά το χέρι με τις δύο του παλάμες και της έστελνε νοητικά μηνύματα όπως "εγώ είμαι εδώ μαζί σου, μη φοβάσai", "θα σε στηρίξω σε κάθε σου απόφαση, αλλά ηρέμησε". Ένιωθε πως έβλεπε το ίδιο έργο. Ίδια η στάση της γυναίκας του, ίδιες οι απαντήσεις των γιατρών, αλλά βαθύτερος πλέον ο στοχασμός τους. Ίδιες οι λέξεις, αλλά μεγαλύτερο το βάρος τους. Όμοιες οι απόψεις των παρόντων γιατρών, σαν δυο σταγόνες νερό, στέγνωναν τα χείλη, ύγραιναν τους οφθαλμούς των νέων.

«Δυστυχώς, δεν έχουμε άλλη λύση. Πρέπει να βρείτε το θάρρος, να προχωρήσετε στην άμβλωση, να σώσουμε τη Ροδάνθη. Πρέπει να της δώσουμε την ευκαιρία να μεγαλώσει τα παιδιά της, που με τον έναν ή τον άλλο τρόπο θα αποκτήσει, όπως αυτή πιστεύει καλύτερα». Ο γυναικολόγος που πήρε τον λόγο, προτίμησε να κοιτάει τον Πορφύριο, αποφεύγοντας το θλιμμένο βλέμμα της Ροδάνθης.

«Καταλαβαίνετε ότι δίχως τους χτύπους της καρδιάς τους, να συγχρονίζονται με τους δικούς μου, η ζωή μου θα είναι ένα κενό, άδεια από όνειρα, σβησμένη από αναμνήσεις; Αντιλαμβάνεστε ότι θα κυλάει ένα μολυσμένο ποτάμι από ενοχές στο αίμα μου, θα κόβει την ανάσα μου τις καυτές νύχτες του καλοκαιριού και θα παγώνει την ψυχή μου τα ποτάμια των αναμνήσεών μου τις κρύες νύχτες του χειμώνα; Είστε σε θέση να αντιληφθείτε πόσο μεγάλο κακό θα μου κάνει αυτή η έλλειψη, που εγώ με τη συναίνεσή μου θα έχω οπλίσει τα χέρια σας με τα μαχαίρια, νυστέρια πως τα λέτε, για να πράξετε αυτή τη δολοφονία; Αν ναι, τότε γιατί μου τα λέτε όλα αυτά;» Τα χέρια της κρατώντας το μαντήλι συνέχισαν να σφουγγίζουν τα δάκρυα και να μαζεύουν τις ουσίες που εκκρίνονταν από τη μύτη της.

Οι γιατροί κοιτάχτηκαν αμήχανα και ανασηκώνοντας τους ώμους ο ένας έδινε στον άλλον το σινιάλο για να πει κάτι μήπως και καταφέρουν να αλλάξουν τη γνώμη στη μικρή.

Ο Πορφύριος όμως ήταν αυτός που τους έβγαλε προς στιγμήν από το αδιέξοδο. «Ησύχασε, αγάπη μου. Το καλό σου θέλουν οι άνθρωποι. Μην τα βάζεις μαζί τους».

«Ποιο καλό μου, Πορφύριε; Δεν ξέρω εγώ ποιο είναι το καλό μου;»

«Καταλαβαίνουμε τη λαχτάρα σας να φέρετε στον κόσμο τα παιδιά και θα συμμεριστούμε την τελική σας απόφαση, αλλά είμαστε υποχρεωμένοι να κάνουμε το καθήκον προστατεύοντας τον ασθενή μας, διότι ως ασθενή σάς βλέπουμε αυτή τη στιγμή και όχι ως μέλλουσα μητέρα». Η καινούρια φωνή ήρθε γλυκιά και απαλή από τα χείλη της χειρουργού ογκολόγου, όμως οι λέξεις έσταξαν φαρμάκι στην ψυχή της Ροδάνθης.

«Κι ο ασθενής λέει ας πεθάνει, αρκεί να γεννηθούν γερά τα παιδιά. Νομίζω πως δεν υπάρχει λόγος να σας κουράζουμε άλλο. Έχουμε μια σημαντική αποστολή να επιτελέσουμε και χρειάζομαι ξεκούραση».

Ο Πορφύριος ζήτησε να πληρώσει και ο γυναικολόγος τού είπε σχεδόν εμπιστευτικά, για να μην ακούσει η Ροδάνθη, ότι θα εξοφλήσει στο κεντρικό ταμείο μόνο τα έξοδα των δαπανών που έγιναν και καμία αμοιβή γι' αυτούς. Οι γιατροί τούς ευχήθηκαν "όλα να πάνε καλά" και τους υποσχέθηκαν ότι θα αναλάβουν τη γέννα αφιλοκερδώς εφόσον θελήσουν να γίνει ο τοκετός στην κλινική τους. Ακόμα τους έδωσαν το ελεύθερο να περάσουν όποτε θέλουν για εξετάσεις ή συμβουλές. Αυτήν τη φορά η Ροδάνθη έδωσε τα χέρια σε όλους τους γιατρούς και τους αποχαιρέτησε ευχαριστώντας τους, υπογραμμίζοντας για μια ακόμη φορά πως θέλει πολύ να κρατήσει τα έμβρυα, με όποιες συνέπειες και αν έχει αυτό για τον εαυτό της.

Αφού τακτοποίησαν τα οικονομικά, οι δύο νέοι κίνησαν για το αυτοκίνητο, έχοντας βαριές καρδιές σαν να ήταν γεμάτες με μολύβι και όχι με σάρκα και αίμα. Αμέσως μόλις ο Πορφύριος έβαλε μπροστά τη μηχανή, είπε στη γυναίκα του. «Αντιλαμβάνομαι μετά από αυτά, ότι ο Πατέρας Νικηφόρος σού έδωσε την ευλογία του να κρατήσεις τα μωρά!»

Η Ροδάνθη τον κοίταξε και χαμογέλασε ανεπαίσθητα. «Να που αυτή τη φορά έκανες λάθος».

«Μη μου πεις πως σου είπε να κάνεις έκτρωση γιατί θα τρελαθώ! Και όχι για τη γνώμη του, αλλά για την επιμονή σου, παρόλο που οι συμβουλές όλων διαφωνούν με τις απόψεις σου».

«Πάλι λάθος κάνεις. Αλλά για να μη σε κρατάω σε αγωνία, πρόσεχε... στο τιμόνι εσύ μη κοιτάς εμένα, για να μη σε κρατάω σε αγωνία λοιπόν, θα σου αναφέρω τη συμβουλή του. Αφού με άκουσε προσεκτικά και του επεξήγησα αυτά που νιώθω, ξέρεις τις απόψεις μου, ανοίξαμε έναν πολύ σημαντικό διάλογο, που δεν υπάρχει λόγος να συζητάμε στην παρούσα φάση. Μιλούσαμε για πάνω από μία ώρα. Στο τέλος προσευχήθηκε και μου εναπόθεσε την πνευματική του συμβουλή: *Η Ιερά Μονή Εικοσιφοίνισσας, θα σου προσφέρει όση βοήθεια χρειάζεσαι και θα* βρεις την ηρεμία που λαχταράς μέσα στο γαλήνιο περιβάλλον της. Θα μεταβείς εκεί τις επόμενες ημέρες όπου και θα παραμείνεις για μια εβδομάδα. Ακολουθώντας τις οδηγίες της ηγουμένης, η οποία με τη δύναμη της πίστης, την αγιότητα και αγνότητα της ψυχής της, θα σε βοηθήσει να νηστέψεις, να προσευχηθείς και να ζητήσεις από τη Θεία Χάρη της Μεγαλόχαρης, την απάντηση που αποζητάς. Θα μείνεις εκεί τηρώντας νηστεία από την ημέρα που γιορτάζουμε Το Γενέθλιον της Θεοτόκου έως και Της Υψώσεως του Τιμίου Σταυρού, οπότε και θα λάβεις τη Θεία Κοινωνία. Αφού πάρεις μέσα σου το αίμα και το σώμα του Σωτήρα Χριστού, θα προσευχηθείς στην «αχειροποίητο εικόνα της Θεοτόκου» και η απόφαση θα βγει αβίαστη από μέσα σου. Θα νιώσεις ανάλαφρη και απαλλαγμένη από κάθε ψυχικό πόνο σ' ότι κι αν αποφασίσεις να πράξεις, σηκώνοντας παράλληλα τον δικό σου Σταυρό".

Ο Πορφύριος έμεινε να χάσκει με το στόμα ανοιχτό με τη σοφία του Πατέρα Νικόδημου. Αν και ο ίδιος ήταν βαθιά θρησκευόμενος δεν περίμενε τέτοια εξέλιξη. Μια ακτίνα φωτός διέσχισε τον ουρανό και κατέληξε στα μύχια του, δημιουργώντας ανέλπιστη ελπίδα. Η στάση μέχρι τώρα της γυναίκας του καταπώς φαινόταν, ήταν αρνητική ως προς την έκτρωση. Αυτό ευτυχώς δεν ενισχύθηκε από τη συμβουλή του πνευματικού τους πατέρα. Λογικό ήταν να γεννιέται μέσα του μια μικρή ελπίδα, όσο η κεφαλή μιας καρφίτσας βέβαια, αλλά παρέμενε ζωντανή. Βρήκε την ιδέα του γέροντα πολύ καλή και ρώτησε τη σύζυγό του αν τελικά αποφάσισε να κάνει πράξη τα λόγια του.

«Φυσικά και θα πάω». Η αυθόρμητη και αναμενόμενη θετική απάντηση ήταν κατευναστική. Η νεαρή μέλλουσα μητέρα, σεβόταν πολύ τις συμβουλές του Πατέρα Νικόδημου, που την είχε στηρίξει στο παρελθόν πάμπολλες φορές. Δε θα μπορούσε να του φέρει τώρα αντίρρηση, στην πιο σημαντική ίσως στιγμή της ζωής της.

Το υπόλοιπο ταξίδι έως το Άγκιστρο κύλησε ομαλά, και το ζεύγος ανέλυσε τις λεπτομέρειες της νέας χρονικής περιόδου που ανοιγόταν μπροστά του. Εστίασαν περισσότερο στη φροντίδα του Πορφύριου, παρά στο πώς θα εξελιχθεί η διαμονή της Ροδάνθης στην Ιερά Μονή της Εικοσιφοίνισσας με τις είκοσι πέντε μοναχές που θα τη φρόντιζαν ούτως ή άλλως με περισσή αγάπη δίνοντας πνοή στα ξεβαμμένα της όνειρα.

Άγγιγμα ψυχής

Σέρρες
22 Απριλίου 1995

«Ξεκουράσου, Ροδάνθη, σε λίγες ημέρες θα έρθει ο τοκετός». Ανήσυχος ο Πορφύριος, άγγιζε απαλά το χέρι της διαγράφοντας πάνω του απαλά, σχήματα πουλιών, όπως αυτά πετάριζαν στη φαντασία του. «Μην ανησυχείς. Θα τα καταφέρω. Μέχρι εδώ φτάσαμε μια χαρά. Τώρα θα κιοτέψω;» Η φωνή της αδύναμη σαν φτερούγισμα πεταλούδας, άψυχη, που δε θύμιζε τίποτε από τον άλλοτε δυναμισμό της. «Ο γιατρός είπε ότι δεν πρέπει να ξεπεράσουμε την Κυριακή του Θωμά. Εάν έως τότε δεν έρθει φυσιολογικά ο τοκετός, θα πρέπει να τα πάρει με καισαρική τομή», δήλωσε αποφασιστικά ο άντρας της. «Όχι, δεν υπάρχει περίπτωση. Μην στεναχωριέσαι. Τα νιώθω πολύ χαμηλά και νομίζω, όπως μου μαρτυράει το μητρικό μου ένστικτο, πως θα γεννήσω πολύ πιο σύντομα», ανταπάντησε εκείνη με θάρρος.

«Μακάρι, αγάπη μου, μακάρι» ευχήθηκε ο Πορφύριος, αλλά ενδόμυχα δεν πίστευε σ' αυτό. Σύμφωνα με αυτά που του είχε πει ο γιατρός, τα πράγματα ήταν πολύ δύσκολα. Ναι μεν τα παιδιά με τον ένα ή τον άλλο τρόπο θα έρχονταν στη ζωή υγιέστατα, αφετέρου δε η Ροδάνθη δε θα άντεχε για πολύ καιρό ακόμη. Το πεπρωμένο της, ντυμένο με τον μαύρο μανδύα του, θα έκανε σύντομα την εμφάνισή του και με το κοφτερό δρεπάνι του θα της αποχώριζε την ψυχή από το σώμα, στέλνοντας την οικογένειά της στην ορφάνια.

Το ζευγάρι είχε αποφασίσει, ή καλύτερα η Ροδάνθη είχε

αποφασίσει και ο Πορφύριος είχε σεβαστεί την απόφασή της, να κρατήσουν τα έμβρυα. Η καρδιά της και η Θεία Χάρη είχαν οδηγήσει τις αποφάσεις της σε δύσβατο μονοπάτι, που στο τελείωμά του όμως, θα πρόσφερε στους ανθρώπους της τους γλυκύτερους καρπούς που μπορεί να δώσει η ζωή. Με άρμα τον Πορφύριο και μαστίγιο τον καθημερινό της αγώνα, χαλιναγώγησε τους φόβους της, φέρνοντας την αποστολή αισίως στο τέλος της διαδρομής. Ένιωθε έτοιμη, αλλά συνάμα φοβισμένη, δυνατή στην ψυχή, αλλά αδύναμη στο σώμα, νικήτρια στο βάθρο της ζωής, αλλά ηττημένη από τη μοίρα της. Ευχαριστούσε καθημερινά τον Θεό για κάθε καινούρια ημέρα που της χάριζε και προσευχόταν θερμά στη Θεία Χάρη της Παναγίας να ξημερώσει και η επόμενη, ώστε να φέρει ακόμα πιο κοντά την ποθητή στιγμή της γέννας.

Μιας γέννας που θα έφερνε στη ζωή δύο αξιολάτρευτα πλασματάκια, κορίτσια ήταν και τα δύο τελικά, που θα συνέχιζαν αυτά, όσα η ίδια δεν πρόλαβε. Δύο ψυχούλες που θα γέμιζαν καθημερινά τη ζωή του πατέρα τους, τους παππούδες και τις γιαγιάδες τους με άπειρες στιγμές κάλλους και πηγαίας χαράς. Δύο δημιουργίες του Θεού που θα έστελναν άσβεστα μηνύματα νίκης, πόθου για ζωή, ουράνιου φωτός γύρω τους.

Το μαλακό στρώμα αγκάλιαζε απαλά το ταλαιπωρημένο της κορμί και της έδινε την ευκαιρία να αναπολήσει, να γευτεί για μια ακόμη φορά τις στιγμές που τώρα της φαίνονταν ότι κύλησαν τόσο γρήγορα. Η διάγνωση του γιατρού, η αμετακίνητη απόφασή της να κρατήσει τα μωρά, οι ενδοιασμοί και ο προβληματισμός του άντρα της, οι δικοί της δισταγμοί κάποιες φορές που βρισκόταν μόνη, για τους οποίους μετάνιωνε την ίδια στιγμή, η κοιλίτσα που μέρα με τη μέρα άνοιγε χώρο για να μπορούν να κινούνται ελεύθερα τα έμβρυα μέσα της, οι πόνοι που κατά πυκνά διαστήματα τη δοκίμαζαν, οι ευχές των γύρω της για «καλή λευτεριά», το ζεστό χέρι του Πορφύριου να σφίγγει το δικό της, ξύπνησαν τις μνήμες της και τα συναισθήματα ξεχύθηκαν για μια ακόμη φορά. Τα βλέφαρα δε στάθηκαν ικανά να ανακόψουν τη ροή των καυτών δακρύων και η ίδια δεν έκανε προσπάθεια να διακόψει την ορμή τους. Τα άξιζε αυτά τα δάκρυα. Τα άξιζε διότι ήταν από συγκίνηση, επειδή τα κατάφερε. Η αγκαθωτή ατραπός τελείωνε! Ακόμα και αν η ίδια πάθαινε κάτι τώρα, τα μωρά δεν κινδύνευαν. Το είχε αποσαφηνίσει ο γιατρός. Ήθελε όμως να προλάβει να δει τα ματάκια τους, να νιώσει πάνω στο στήθος τις καρδούλες τους να χτυπάνε δυνατά, να αγγίξει τα μικροσκοπικά τους δαχτυλάκια, να δει στα μάτια του Πορφύριου τη λάμψη της χαράς που δίνει μια νέα ζωή ερχόμενη στον κόσμο. Κι ύστερα ας φύγει! Ας γίνει το θέλημα του Θεού!

Ο Πορφύριος αντιλήφθηκε ότι η γυναίκα του βυθίστηκε στις σκέψεις της, το βλέμμα της χάθηκε, το ταξίδι των αναπολήσεων είχε αρχίσει. Δε θέλησε να διακόψει τη ρότα του, αλλά προτίμησε να γευτεί μαζί της ως συνεπιβάτης κάποιες στιγμές που τους σημάδεψαν τους τελευταίους σχεδόν οχτώ μήνες. "Τα παιδιά αυτά θα γεννηθούν, ακόμα κι αν πρόκειται να τα χαρώ μόνο μια μέρα", είχε πει αλαφιασμένη λίγο μετά την έξοδό τους από το ιατρείο του γυναικολόγου Αναστασίδη. Η αρχική γνώμη δεν άλλαξε, ούτε μετά τις παραινέσεις τριών έγκριτων γιατρών, της πιο σύγχρονης κλινικής της βόρειας Ελλάδος, ούτε του διάσημου γυναικολόγου που εμμέσως πλην σαφώς στη διάγνωση που τους έστειλε ταχυδρομικά, έγραφε πως είναι φρονιμότερο να διακοπεί η εγκυμοσύνη για να σωθεί η Ροδάνθη, αλλά ούτε και μετά τις παρακλήσεις της μητέρας της που έφτασε σε σημείο μέχρι και γονατιστή να την παρακαλεί.

Ήταν την επόμενη μέρα που γύρισε από την Ιερά Μονή της Εικοσιφοίνισσας. Η Ροδάνθη με ένα τεράστιο χαμόγελο στα χείλη ανακοίνωσε σε όλη την οικογένεια τις αποφάσεις της, παρουσία των γονέων της, αλλά και των πεθερικών της, που νοιάζονταν ιδιαίτερα για την εξαίρετη νύφη τους. Τρεις λέξεις άκουσαν οι παρευρισκόμενοι εκείνο το απόγευμα! Τρεις βαρύγδουπες λέξεις βγήκαν από τα χείλη της, ικανές να αποκεφαλίσουν όλα τα σώματα. «Θα τα γεννήσω». Γι' αυτήν το σκηνικό έμοιαζε με μια τελετή βάπτισης, γάμου ή κάτι παρόμοιο που όλα ήταν ρόδινα και έπρεπε όλοι να χαίρονται. Για τους υπόλοιπους δεν έμοιαζε, αλλά ήταν μια κηδεία που απλώς είχαν μπροστά τους τον μελλοθάνατο και δεν μπορούσαν να αποφασίσουν αν πρέπει να τον κλάψουν τώρα ή αργότερα. Ο Πορφύριος που το ήξερε από πριν, το είχε πάρει πλέον απόφαση. Της είχε υποσχεθεί ότι θα τη στηρίξει όποια απόφαση και αν πάρει. Δεν έκανε καμία προσπάθεια να τη μεταπείσει. Αυτή όμως που δεν άντεξε, ήταν η μητέρα της Ροδάνθης που επαναστάτησε.

«Κρατάς εσύ τα μωρά σου και χάνω εγώ το δικό μου παιδί! Εμένα δε με σκέφτηκες ποτέ;»

Η Ροδάνθη μαρμάρωσε. Η παράμετρος αυτή που είχε σφηνώσει βαθιά στο μυαλό της, ήταν ο μόνος της ενδοιασμός. Θα γίνει μητέρα αυτή, αλλά μια άλλη μητέρα εξαναγκαστικά θα κλάψει το παιδί της. "Μήπως φέρεσαι εγωιστικά, μήπως πληγώνεις τους γύρω σου άδικα;" Η φωνή της λογικής ακούστηκε αμυδρά μέσα στα μηνίγγια της. "'Οχι", ήταν η απάντηση της άλλης φωνής, αυτής του μητρικού φίλτρου. "Μην την ακούς. Πήρες τις αποφάσεις σου". Παραγκώνισε την πρώτη και συμμερίστηκε την άλλη, αυτή που ήξερε να την οδηγεί στα δικά της βήματα.

«Συγνώμη, μανούλα, σε καταλαβαίνω αλλά το μόνο που μπορώ να σου πω είναι μια συγνώμη». Ισχνό το κλαψούρισμα της τελευταίας λέξης, σαν του κουταβιού που ζητάει γάλα από τη μάνα του.

«Τι να την κάνω τη συγνώμη σου! Το παιδί μου θέλω πίσω!» Η φωνή περιείχε τον θάνατο μέσα της, πριν αυτός ακόμα χτυπήσει την πόρτα τους.

«Θα έχεις δύο εγγόνια να λατρέψεις. Ζωή θα σου δώσουν, θα αναζωογονηθείς μέσα από τις στάχτες μου».

«Δε θα είναι ποτέ το ίδιο. Βγήκες μέσα από τα σπλάχνα μου, ήπιες γάλα από τα στήθη μου, ανασάναμε μαζί τον ίδιο αέρα τις αμέτρητες ώρες που ξενυχτούσα δίπλα στην κούνια σου».

«Σε παρακαλώ, μητέρα, μη με πιέζεις άλλο, έχω πάρει τις αποφάσεις μου, να χαρείς».

«Δε χόρτασα την αγάπη σου, δεν ολοκληρώθηκε η δική

μου για σένα. Τα πνευμόνια μου δεν πρόλαβαν να γεμίσουν με το οξυγόνο σου, τα μάτια μου δεν πληρώθηκαν από το βλέμμα σου». Απόγνωση, μητρικό σπαραγμό σκόρπιζαν οι λέξεις της πονεμένης μάνας. Σιωπή στα χείλη της Ροδάνθης. Μόνο τα μάτια της μιλούσαν με το βουητό του καταρράκτη που δημιουργούσαν τα δάκρυά της. «Τον άντρα σου δεν τον σκέφτεσαι, εμένα δε με σκέφτεσαι. Ούτε και τον πατέρα σου μπορείς να σκεφτείς που έχει μείνει με μισή καρδιά; Θα τον αντέξει αυτόν τον πόνο, αυτόν τον χωρισμό; Κοίταξέ τον για λίγο στα μάτια και πες του στα ίσα "Πατέρα φεύγω για πάντα", μπορείς;» Ικεσία, μόνο ικεσία μαρτυρούσε η φωνή της πεθεράς του.

Αναπολεί ο Πορφύριος τη μητέρα της Ροδάνθης να πέφτει γονατιστή μπροστά της και να χώνει το κεφάλι ανάμεσα στα πόδια της κόρης της. Έσφιξε με τα δυο της τρεμάμενα χέρια τα δικά της και έστειλε τις τελευταίες παρακλήσεις με σπαραγμό ψυχής. «Σε παρακαλώ, σε παρακαλώ, γύρνα, γύρνα κοντά μου, άλλαξε τη απόφασή σου!»

«Μητέρα, μητέρα...» Για λίγη ώρα δεν άκουγαν τίποτε άλλο από τους κλαυθμούς των γυναικών και δεν έβλεπαν στα στραπατσαρισμένα τους πρόσωπα τίποτα όρθιο, τίποτα που να μαρτυράει την άλλοτε σφριγηλή τους επιδερμίδα. Τα δάκρυα έγιναν, ρυάκια, ποτάμια, χείμαρροι, ορμητικοί χείμαρροι, που όμως δεν κατάφεραν να παρασύρουν μαζί τους τον βαθύ πόνο, τον πόνο του αποχωρισμού που κουβαλάει πάντοτε μαζί του ο θάνατος.

Η μικρή έκανε μια ύστατη προσπάθεια να πείσει τη μητέρα της ότι πράττει το σωστό και να απαλύνει τον καημό της. «Εσύ αν ήσουν στη θέση μου τι θα έκανες; Φόνο ή σωτηρία; Θα θυσίαζες δύο ζωές για μία;» Τα μάτια της μητέρας της καρφωμένα στο πάτωμα, το κορμί της σε ριπές συσπάσεων, ανήμπορο να ανταπαντήσει.

«Εάν σου έλεγαν οι γιατροί πως πρέπει να αφαιρέσεις τα δύο σου πνευμόνια, θα μπορούσες να ζήσεις εκ των υστέρων; Με ποιον τρόπο θα ανέπνεες; Αν σου αφαιρούσαν τα δυο σου μάτια, πώς θα αντίκριζες το φως του φεγγαριού και του ήλιου που οδηγούν τα βήματά σου στη ζωή; Αν σου ξερίζωναν την καρδιά πώς θα κυκλοφορούσε το αίμα σου μέσα στις φλέβες; Ε, μου λες; Πώς; Αυτές είναι οι απόψεις μου. Δεν μπορώ να στερήσω την ευκαιρία σε δύο αθώα πλασματάκια, που στο κάτω κάτω δε φταίνε σε τίποτα, να έρθουν στη γη και να ζήσουν τη ζωή που τους χάρισε ο πατέρας τους, εγώ και ο Θεός!» Οι λέξεις σύριγγες που περιείχαν το αντίδοτο της ζωής, προσπάθησαν να διεισδύσουν όσο γινόταν στην ψυχή της μάνας, να επιβάλλουν τη δική τους ίαση.

Η κόρη σηκώθηκε απότομα, αφήνοντας το σώμα τής μητέρας να κουβαριαστεί στα σανίδια μαζί με την ψυχή της και τράβηξε για το δωμάτιό της. Κουρέλι, ναι κουρέλι ένιωθε εκεί χάμω η μάνα. Το μονάκριβό της παιδί, γαλουχημένο με τα δικά της πιστεύω, της μπήγει βαθιά το μαχαίρι στην καρδιά. Νιώθει αδύναμη. Αδυνατεί να σκεφτεί ή να πράξει κάτι άλλο. Το πεπρωμένο. Ναι, πρέπει να αποδεχτεί το πεπρωμένο. Να κλάψει, να πονέσει, να μαρτυρήσει. Η ζωή τής παίρνει μια ζωή, αλλά θα της φέρει άλλες δύο. Ως κόρες της θα τις μεγαλώσει. Μακάρι να πάνε όλα καλά και να γεννηθούν γερές οι εγγονές της και ως κόρες της θα τις μεγαλώσει. Η θυγατέρα της είναι σπουδαίος άνθρωπος και κατά βάθος, χαίρεται γι' αυτό, φουσκώνει από υπερηφάνεια. Πρέπει να το πάρει απόφαση. Πρέπει να βρει τη δύναμη να το ξεπεράσει και να μάθει να ζει με αυτόν τον πόνο. *Πρέπει να γεννηθούν τα μωρά υγιή πάση θυσία και αυτή ως κόρες της θα τις μεγαλώσει*", επαναλαμβάνεται ηχηρά στους νευρώνες του εγκεφάλου της η φράση, λίγο πριν το πνεύμα παραδοθεί, το σώμα αδειάσει και τις τελευταίες του δυνάμεις πάνω στο χαλί και σωριαστεί ακίνητο, ήρεμο χωρίς σπασμούς.

Δόθηκαν οι πρώτες βοήθειες και το σώμα επανήλθε. Αυτή που έκανε όμως καιρό να επανέλθει ήταν η ψυχή, αν ποτέ το κατάφερε, με τα βάρη που παρέμεναν ασήκωτα, όσα ελαφρυντικά κι αν είχαν ενσωματωθεί πάνω τους.

Καυτές οι αναμνήσεις, σκληρή η πραγματικότητα με πινελιές ζεστασιάς. Το κεφάλι του Πορφύριου ακουμπισμένο δίπλα στο σώμα της Ροδάνθης, προσπαθούσε να γευτεί τη χαρά του ακούσματος κάποιας καρδούλας των κοριτσιών του, που από μέρα σε μέρα, από ώρα σε ώρα θα τα έπαιρνε στην αγκαλιά του. Το ελεύθερο χέρι του, διέγραφε απαλούς κύκλους πάνω στη χαριτωμένη κοιλίτσα της, σπάζοντας που και που ένα χαμόγελο από τα φτερουγίσματα που έφταναν στην αφή του. Η καλή του, έμοιαζε να έχει γλυκαθεί από τον παρηγορητή όλων, τον γιατρό κάθε κόπου και βάσανου. Τα αθώα της βλέφαρα σφάλιζαν αργά αργά, παρόλο που το κορμί της ζητούσε να απολαύσει, όσο περισσότερο μπορούσε, τη ζεστασιά και το χάδι του χεριού του άνδρα της. Στο τέλος, έγειρε το κεφάλι της στο πλάι και έπεσε στην αγκαλιά του Μορφέα. Ο Πορφύριος συνέχισε να τη χαϊδεύει ακόμα πιο απαλά. Από τα χείλη του βγήκαν αυθόρμητα, ψιθυριστά, λέξεις νοτισμένες με το αλύχτημα του πόνου. «Δε θέλω να σε χάσω. Δεν ξέρω εάν μπορώ...» Ανδρικό δάκρυ κύλησε πάνω στα σεντόνια. Λένε ότι το ανδρικό δάκρυ είναι πιο βαρύ, πιο καυτό. Λες και υπάρχει μετρητής ή ζυγαριά που να μπορεί να δώσει ακριβή αποτελέσματα. Ο πόνος είναι πόνος και αυτό δεν αλλάζει.

Στον νου του ήρθαν ένα ένα τα στιγμιότυπα του τελευταίου οχταμήνου, που διαδραμάτισαν τη μάχη του δικού τους αγώνα. Βλέπει μπροστά του τη Ροδάνθη να του αφηγείται περήφανη, λίγες ώρες πριν ανακοινώσει στην οικογένειά της την απόφασή της, το πόσο όμορφα αισθάνθηκε τις επτά ημέρες που πέρασε στην Ιερά Μονή της Εικοσιφοίνισσας. Δεν ήταν μόνο η αφήγησή της, το διαπίστωνε και ο ίδιος στο λαμπερό της πρόσωπο. Η γυαλάδα στα μάγουλά της, το πελώριο χαμόγελο στα χείλη, τα λαμπερά της μάτια, η όλη όψη μαρτυρούσαν περίτρανα την ευτυχία που ένιωθε.

Γαλήνη, ηρεμία, πραότητα, καλοσύνη, αγαθοσύνη και ένα σωρό άλλα συναισθήματα φώλιασαν μέσα μου, Πορφύριε. Οι καλόγριες ήταν υπέροχες. Μου φέρθηκαν σαν να ήμουν τέκνο τους. Οι προσευχές, η νηστεία, οι εκκλησιασμοί, τα κηρύγματα δυνάμωσαν την πίστη μου για τον Θεό, αλλά και μου έδωσαν δύναμη για να ανταπεξέλθω στις δυσκολίες που ανοίχθηκαν μπροστά μου. Μέχρι που ήρθε η ώρα. Αφού έλαβα τη Θεία Κοινωνία, το Σώμα και το Αίμα του Κυρίου έδρασε καταλυτικά μέσα μου. Ασπάστηκα την «αχειροποίητο εικόνα της Θεοτόκου» και ως δια μαγείας, όπως ακριβώς το είχε προφητεύσει ο Πατέρας Νικόδημος, ένιωσα ανάλαφρη. Μεμιάς το βάρος των τύψεων και αμφιβολιών που είχα μέσα μου χάθηκε και στη θέση του έλαβε ένα ζεστό χέρι που με κρατούσε σθεναρά και συνάμα απαλά. Ήξερα από εκείνη τη στιγμή, ότι οι αποφάσεις μου ήταν και οι σωστές.

Το καθήκον μου με καλούσε να το υπηρετήσω. Τα οστά μου ενώθηκαν με τη σάρκα, η σάρκα με το πνεύμα, το πνεύμα με τη δύναμη, η δύναμη με την απόφαση. Δε χωρούσε αμφιβολία, όλα το μαρτυρούσαν. Θα σου προσφέρω δύο αξιολάτρευτες κόρες, που στα μάτια τους θα αντικρίζεις τα δικά μου. Στα μαλλιά τους θα χαϊδεύεις τις λίγες αλλά όμορφες αναμνήσεις των ευχάριστων στιγμών μας, του αληθινού μας έρωτα. Από τα χείλη τους θα ακούς τη φωνή της καρδιάς μου να σου στέλνει την αγάπη της και από τα χεράκια τους θα λαμβάνεις περιστεράκια φορτωμένα με μηνύματα λατρείας φερμένα από εκεί ψηλά".

Αλησμόνητος ο τρόπος που τον αγκάλιασε εκείνη τη στιγμή και τον φίλησε παθιασμένα, σαν να ζητούσε την αποδοχή του. Την είχε δώσει την αποδοχή του, από την πρώτη μέρα κιόλας, μα ο ίδιος δεν μπορούσε να το συνειδητοποιήσει. Πώς θα έχανε μέσα από τα χέρια του αυτό το θεσπέσιο πλάσμα, το μόνο που αγάπησε τόσο, ερωτεύτηκε, έκανε δικό του, έβαλε στην καρδιά του, άνοιξε τα χέρια του και το έσφιξε για πάντα στην αγκαλιά του, διαλέγοντας να περπατήσει μαζί του το υπόλοιπο μονοπάτι, που λέγεται ζωή, έως το τέλος του; Πώς θα έβγαζε την υπόλοιπη διαδρομή μόνος του, χωρίς το βελουδένιο χεράκι της; Πώς θα αντίκριζε το φως της ημέρας χωρίς το αστέρι της καρδιάς του δίπλα του; Χωρίς τα μελένια μάτια της; Πώς; Πώς; Αναρίθμητα «πώς» περικύκλωναν τα τοιχώματα του μυαλού του, ψάχνοντας απεγνωσμένα μια κρυφή διέξοδο.

Τώρα βρίσκεται πάνω σ' αυτό το κρεβάτι ακουμπισμέ

νος, να κολυμπάει σε κύματα απαισιοδοξίας, επάνω στον αφρό της ανασφάλειας με μοναδικό του στόχο και σκοπό την επιβίωση από σίγουρο πνιγμό. Όχι σωματικό πνιγμό, αλλά ψυχικό. Μακάρι να μπορούσε να φύγει την ίδια στιγμή με την καλή του για το αιώνιο ταξίδι. Μακάρι, αλλά δε γινόταν! Εκείνη του άφηνε ενέχυρο δύο αθώες μικρούλες, που θα περίμεναν από τον απογυμνωμένο πατέρα τους και τη μητρική στοργή. Μπορεί ένας άντρας να προσφέρει τη μητρική στοργή που ζητάει ένα παιδί;

Οι σκέψεις του άλλαξαν δρόμο και πέρασαν σε ευχάριστες στιγμές, μπλέχτηκαν μέσα στη σκοτοδίνη του χρόνου που κυλούσε απαράδεκτα γρήγορα και άφηναν μικρές μικρές χαρακιές πάνω στην ψυχή του. Κοίταξε τη Ροδάνθη. Έμοιαζε τόσο ευτυχισμένη, που τον έκανε ώρες ώρες να απορεί από πού αντλεί τέτοια ψυχικά αποθέματα, πού βρίσκει αυτή την ανεξάντλητη δύναμη. Αναζήτησε παρηγοριά στις περιπλανήσεις του νου, που τον έστελναν σε στιγμές από περιπάτους, ημερήσιες εκδρομές σε χώρους αναψυχής, προσκυνήματα σε Ιερές Μονές της περιοχής. Σε χαρές από ένα απλό αποκούμπι κάτω από τη σκιά ενός δέντρου ή σε μια πλαγιά ενός οροπεδίου, αγναντεύοντας το φως του δειλινού που έστελνε το πιο λαμπερό άστρο του Θεού. Σε γεύσεις γλυκιάς ζωής που έστελναν οι φθόγγοι ενός ποιήματος, που δημιουργούσε ο ίδιος και απήγγειλε στη μονάκριβή του.

Μετά πάλι ταξίδευσε στις επισκέψεις στον γιατρό τους, τον κύριο Αναστασίδη, στον οποίο η Ροδάνθη είχε ζητήσει τουλάχιστον δέκα φορές συγνώμη, για την αρχική της συμπεριφορά και τελευταία μόνο καλά λόγια είχε να του πει. Μάλιστα κατά τις πρόσφατες επισκέψεις τους του έλεγε και του ξανά έλεγε: *"Γιατρέ μου, τα παιδιά να γεννηθούν και τίποτα άλλο μη σε νοιάζει. Όλα τα άλλα άφησέ τα στον Θεό". "Γιατρέ, κοίτα μην τυχόν και μου ρίξεις κανένα φάρμακο και κοιμηθώ και μου τα πάρεις με καισαρική τομή. Δε θα σου το συγχωρήσω ποτέ. Θα σου στέλνω τους κεραυνούς μου από εκεί πάνω. Θέλω να είμαι ξύπνια όταν θα γεννιούνται". "Τα 'παμε γιατρέ, έτσι. Θέλω να τα αγκαλιάσω μόλις γεννηθούν και ύστερα ας πεθάνω. Μην τυχόν και με κοιμήσεις, όσο χάλια κι αν είμαι".*

Και τώρα, λίγες μέρες ή ώρες πριν τη γέννα, την έχει εδώ μπροστά του και περιεργάζεται το κορμί της, προσπαθώντας να βρει κουράγιο να αντικρούσει το κακό που επρόκειτο να έρθει. Ποιος ξέρει, σκέφτηκε κάποια στιγμή. Μπορεί να γίνει κανένα θαύμα και να σωθεί η Ροδάνθη, και τα παιδιά να γεννηθούν γερά. Γρήγορα όμως το έβγαλε από το μυαλό του, μόλις θυμήθηκε τη γραπτή διάγνωση που του έδωσε εμπιστευτικά πριν είκοσι μέρες ο γιατρός. Δε θα έκανε καλό να το μάθει η γυναίκα του λίγες μέρες πριν τη γέννα, διότι θα άλλαζε η ψυχολογία της, κάτι που δεν το ήθελε κανείς. "Ο καρκίνος έκανε μετάσταση στην ουροδόχο κύστη και στα οστά της λεκάνης. Πολύ μεγάλος κίνδυνος να αποικίσει και το έντερο". Λίγες από τις δηκτικές λέξεις που θυμήθηκε, αλλά με τόσο μεγάλη σημασία. Το μόνο που ευχόταν τώρα ήταν να προλάβει η γυναίκα του να δει τα μωρά της, να τα αγκαλιάσει, να γευτεί λίγες στιγμές χαράς μαζί τους. Ο Πορφύριος δεν άντεξε στη σκέψη και την απέβαλε γρήγορα τινάζοντας το κορμί του προς τα επάνω. Στον θόρυβο που δημιουργήθηκε, η Ροδάνθη άνοιξε τα μάτια της για λίγο, αλλά τα έκλεισε ξανά μόλις διαπίστωσε ότι ο καλός της ήταν ακόμα εκεί και της κρατούσε απαλά το χέρι της καρδιάς.

Πολλοί οι ρόλοι του Πορφύριου. Από εραστής έγινε στοργικός σύζυγος. Από σύζυγος δραστηριοποιήθηκε ως νοσοκόμος. Από νοσοκόμος δοκίμασε την τέχνη της μαγειρικής, κάτι που τον ευχαριστούσε αφάνταστα, μια και από μικρός ήθελε να γίνει μάγειρας. Από μάγειρας προσπάθησε να κάνει τον οικονόμο του σπιτιού, χωρίς ιδιαίτερη επιτυχία. Ευτυχώς η μητέρα της Ροδάνθης, που άκουγε στο όνομα Εμμέλεια, με την καθημερινή παρουσία της στο σπίτι, τον μύησε στα μυστικά του «επαγγέλματος» και τον «ξελάσπωνε» συχνά πυκνά. Από οικονόμος σε στοργικός σύζυγος και ούτω καθεξής. Δεν υπήρχε περίπτωση να αφήσει τη γυναίκα του να ασχοληθεί με κάτι, παρόλο που η ίδια γκρίνιαζε καλοπροαίρετα και διαμαρτυρόταν ότι τη βλέπει ως άρρωστη και όχι ως εγκυμονούσα. Ειδικά αν πήγαινε να σηκώσει κάτι, όσο ελαφρύ κι αν ήταν, έσπευδε σαν τρελός να την προλάβει, μην τυχόν και κάνει το λάθος και συμβεί τίποτα ανεπανόρθωτο. Όσο κι αν τον μάλωνε εκείνη, τη «δουλειά» του αυτός. Φρόντισε και εξάντλησε από νωρίς όλη του την άδεια, από τους πρώτους κιόλας μήνες της εγκυμοσύνης της Ροδάνθης, θεωρώντας ότι τον είχε περισσότερο ανάγκη τότε, κυρίως ως ψυχολογική υποστήριξη. Ευτυχώς η πεθερά του, άφησε πίσω της την πίκρα ή καλύτερα την καταχώνιασε βαθιά σε κάποιαν άκρη της ψυχής της και ήταν παρούσα σε κάθε δύσκολη στιγμή. Αυτά αναπολούσε ο Πορφύριος έως ότου να νιώσει τα βλέφαρά του να βαραίνουν. Έκανε μερικές ανούσιες προσπάθειες να τα κρατήσει ανοιχτά, αλλά στάθηκε αδύνατο. Η κούραση της ημέρας, οι βαριές ευθύνες που επωμίστηκε, η αγωνία του που έτρεχε ιλιγγιωδώς, τον εξάντλησαν. Ο ύπνος ήρθε γλυκός, όσος γλυκός ήταν και ο πόθος του για τη γυναίκα του. Γλυκά τα όνειρα του απογεύματος εκείνου και πολύ όμορφα. Ας λένε πως δε βγαίνουν τα όνειρα της ημέρας. Αυτά έμοιαζαν αληθινά και ήταν υπέροχα. Μακάρι να γίνονταν και πραγματικότητα.

Γλυκό ήταν και το χάδι στα πλούσια κατσαρά μαλλιά του, από τη γυναίκα του που ξύπνησε, βελούδινη η ανάλαφρη αφή της, βαμβακερή η χροιά της ψιθυριστής φωνής της. Τα στιχάκια με τους μαλαματένιους στίχους, γέμιζαν το δωμάτιο με κρυσταλλένιους ήχους, στάζοντας μέλι και δάκρυ από όλες τις γωνίες του, ηδονή και πόνο, μετάξι και δηλητήριο. Το πρόσωπο της Ροδάνθης ακτινοβολούσε, αν και το σώμα της έδινε άλλες προσταγές, τα μάτια της λαμποκοπούσαν ακόμα περισσότερο, όχι όμως από ευτυχία. Η ανυπομονησία και ο φόβος ήταν αυτά τα αισθήματα που έστελναν κρυστάλλινα ρυάκια στα κουρασμένα βλέφαρα. Η αδημονία για το πότε θα νιώσει το άγγιγμα των δακτύλων των νεογνών της, πότε θα αντικρύσει τα μάτια τους, πότε θα ακούσει τις καρδούλες να χτυπάνε γοργά διψασμένες για ζωή, πότε θα διαισθανθεί το απαλό τους δερματάκι πάνω στο στήθος της να τη διαπερνά και να εισχωρεί στα μύχιά της, έως ότου κάθε νεκρό της κύτταρο να αναστηθεί, πότε οι ρώγες της θα ελευθερώσουν το μητρικό της γάλα στα βυζανιάρικα στοματάκια τους, πότε θα τα χορτάσει με τη διπλή σημασία της λέξης. Το χειρότερο όλων, όμως, ήταν ο φόβος, ο φόβος της μήπως κάτι πάει στραβά και δεν προλάβει όλα τα παραπάνω, όλα αυτά για τα οποία αγωνιά τώρα. Ο άντρας της, αυτός ο απίστευτος άνθρωπος! Αλήθεια πόσο τυχερή ήταν που τον είχε και τον έχει κοντά της. Ξαπλωμένος τώρα δίπλα της, πάντα δίπλα της, από την πρώτη μέρα που τον γνώρισε, είχε αποκοιμηθεί αποκαμωμένος. *"Πώς θα ένιωθε άραγε όταν θα του έφερνε στην αγκαλιά του τα δυο τους νεογέννητα; Ποιες θα ήταν οι περαιτέρω αντιδράσεις του γι' αυτά; Θα ήταν το ίδιο συναισθηματικός όπως τώρα με την ίδια, ή θα άλλαζε απότομα στάση, μόλις η ίδια άφηνε τον κόσμο ακολουθώντας το αιώνιο ταξίδι της; Θα τα αγαπούσε όπως κάθε στοργικός πατέρας ή θα τα μισούσε επιρρίπτοντας σε αυτά ευθύνες για τον άδικο χαμό της καλής του; Όχι!"* Απέβαλε αυτές τις άδικες σκέψεις για τον άνδρας της και κράτησε μόνο τις επαινετικές. *"Ο Πορφύριος ήταν και θα είναι άνθρωπος. Θα τις κοιτάει στα μάτια και θα αντικρίζει την άνοιξη. Θα τις κοιτάει στα μάτια και θα αγναντεύει τη θάλασσα. Τη θάλασσα των ανεκτίμητων προσδοκιών του από τις κόρες του. Θα τις κοιτάζει στα μάτια και μέσα τους θα ακτινοβολείται το βλέμμα μου.*

Αιώνια θα σε συντροφεύει το βλέμμα μου, αγάπη μου! Πάντα κοντά, πάντα δίπλα σου, μετενσαρκωμένο σε ό,τι πολυτιμότερο θα μπορούσες ποτέ να έχεις. Ναι, οι κόρες σου, οι κόρες μας, θα είναι αυτές που θα απαλύνουν τον πόνο σου τα παγωμένα βράδια. Εκείνες θα σε νανουρίζουν, όταν το σώμα σου θα παραδίνεται στον θεραπευτή και θα σφαλίζουν τα μάτια σου κουρασμένα. Το δωμάτιό μας θα μοσχομυρίζει από τα στολισμένα τριαντάφυλλα που τα μονάκριβα ζουζούνια σου θα φέρνουν κάθε μέρα, όπως ακριβώς σου έκανα εγώ μήνες τώρα".

Οι σκέψεις της ξετυλίγονταν διαδοχικά, τη στιγμή που τα δάχτυλά της πλέκονταν στην πλούσια κόμη του. Επιδόθηκε σ' αυτήν την ασχολία για πάνω από μισή ώρα. Η αίσθηση της θαλπωρής ξεχείλισε και από τις δυο πλευρές. Ο ένας είχε απόλυτη ανάγκη τον άλλον και δε δίσταζαν να το δείχνουν καθημερινά. Ένα αγνό χαμόγελο σχηματίστηκε στα χείλη της Ροδάνθης, μόλις διαπίστωσε πως τα βλέφαρα του άντρα της τρεμοέπαιξαν. Συνέχισε να θωπεύει απαλά τα μαλλιά του, μέχρι που εκείνος άνοιξε εντελώς τα μάτια του. «Καλωσόρισες, μωρό μου», έσπασε η γυναίκα πρώτη τη σιωπή, ενώ ταυτόχρονα έκανε προσπάθεια να τον φιλήσει. Το σώμα της δεν της το επέτρεψε και ο Πορφύριος το αντιλήφθηκε. Ανασηκώθηκε με σβελτάδα ελαφιού και ξάπλωσε δίπλα της, γεμίζοντάς τη με φιλιά. Πολλά φιλιά αχόρταγα, αδηφάγα. Και από τους δύο πέρασε η ίδια σκέψη από το μυαλό. Ξαφνικά, εκεί που οι αισθήσεις είχαν πλημμυρίσει με όλα τα είδη των μελιών του κόσμου, η Ροδάνθη άφησε άθελά της ένα αιφνίδιο ουρλιαχτό πόνου. Πήρε δυο τρεις κοφτές ανάσες και ξάπλωσε πίσω, σηκώνοντας ελαφρά το μαξιλάρι της προς τα επάνω.

«Όλα καλά, πονάς, χρειάζεσαι κάτι, να φωνάξω τη μαμά σου;» φόρτωσε με πανικόβλητα ερωτήματα τη γυναίκα του ο Πορφύριος.

«Εντάξει, ένας πόνος δυνατός ήταν που νομίζω πως πρέπει να είναι... Ωχ», βροντοφώναξε δυνατότερα αυτήν τη φορά η Ροδάνθη. «Έρχεται και φεύγει. Να χρονομετρήσουμε τον χρόνο μεταξύ των πόνων, Πορφύριε, διότι νομίζω πως είναι οι πρώτοι πόνοι της γέννας».

«Εντάξει» είπε ο σύζυγος και άρχισε να ελέγχει το ρολόι του. Μετά από κάθε πόνο τής έλεγε πόσος χρόνος μεσολάβησε από τον προηγούμενο. Η Ροδάνθη φώναζε όλο και δυνατότερα «πονάω», ενώ ο Πορφύριος προσπαθούσε να την εφησυχάσει δίνοντάς της κουράγιο.

«Κάθε πόνος, αγάπη μου, σε φέρνει πιο κοντά στα μωρά σου. Υπομονή!» Τελικά και μετά από τα αλλεπάλληλα κύματα πόνων πείστηκαν και οι δύο ότι ήταν όντως οι πόνοι της γέννας, πάντα σύμφωνα με τις οδηγίες του γυναικολόγου. Η Ροδάνθη αξιοποίησε όσο μπορούσε καλύτερα τις τεχνικές που της είχε δώσει ο κύριος Αναστασίδης, στις ανάσες και στις κινήσεις των γοφών της, ώστε να μετριάζει τον πόνο κάθε φορά.

«Πηγαίνω να τηλεφωνήσω στη μητέρα σου, κάνε υπομονή, δεν αργώ, εντάξει;» Εκείνη έγνεψε καταφατικά, ενώ δεν κατάφερε να αποκρύψει τον άσχημο μορφασμό που σχηματίστηκε στο πρόσωπό της. Ένιωσε αδύναμη και φοβισμένη. Το άγχος της καβαλίκευσε το άλογο του φόβου της και άρχισαν μαζί να καλπάζουν ξέφρενα, ανεβάζοντας τους παλμούς της καρδιάς της σε υπερβολικούς ρυθμούς. Έβγαλε τον χρυσό σταυρό από τον κόρφο της και τον έφερε στα χείλη της. Τον κράτησε εκεί για αρκετή ώρα και παράλληλα έστειλε ψηλά στον ουρανό στη Μεγαλόχαρη μια θερμή προσευχή.

Ο Πορφύριος δεν άργησε να επιστρέψει κρατώντας στο χέρι του το κινητό. Σχημάτισε έναν αριθμό και αμέσως μετά έδωσε βιαστικά την προσταγή του για επείγουσα μεταφορά, τα στοιχεία της οδού και το ονοματεπώνυμό του. «Κάλεσα ταξί», είπε μαλακά. Έλα να σε βοηθήσω να ετοιμαστείς. Σε λίγο έρχεται και η μητέρα σου. Της είπα ότι εάν δε μας προλάβει εδώ να έρθει στην κλινική.

«Πορφύριε, πονάω πολύ!» Η φωνή της είχε αποκτήσει ήδη μια απόχρωση ικεσίας που τρόμαξε περισσότερο τον πληγωμένο άνδρα.

«Το ξέρω αγάπη μου, το ξέρω. Έλα, κάνε υπομονή!»

Την κράτησε γερά από τη μασχάλη και τη βοήθησε να σηκωθεί. Εκείνη τη στιγμή ένιωσε το αδύναμο κορμί της να γίνεται ασήκωτο μολύβι στα χέρια του και παραπάτησε. Μετά βίας συγκρατήθηκε όρθιος, έβαλε σωστά το σώμα του και την άρπαξε και με τα δυο του χέρια. Την έβαλε να καθίσει στην άκρη του κρεβατιού, ενώ παρατήρησε ότι το χρώμα του προσώπου της είχε αρχίσει να χάνει την όποια λάμψη του είχε απομείνει και τη θέση του να παίρνει ένα ωχρό, νεκρικό επίχρισμα.

«Κάνε κουράγιο, Ροδάνθη, δώσε δύναμη στον εαυτό σου. Σε λίγο όλα τελειώνουν», ακροβάτησαν οι λέξεις του ερωτευμένου συζύγου, αλλά μεμιάς δάγκωσε μετανιωμένος τα χείλη του αφήνοντας μια μικρή σχισμή. «Ροδάνθη...», αναδύθηκαν οι φθόγγοι του ονόματός της σπασμένοι μέσα από τα αναφιλητά του. «Ροδάνθη, είμαι εδώ, μη φοβάσai θα τα καταφέρουμε. Θα είμαι συνέχεια δίπλα σου». Τα δάκρυα τα έπνιξε μέσα στην καρδιά, πριν προλάβουν να ανέβουν ψηλά.

Δεν έκανε προσπάθεια να την ντύσει, αλλά μόνο να την κρατάει ξύπνια. Αφού πέρασε μισός ή ένας αιώνας όπως του φάνηκε, το κουδούνι αντήχησε δυνατά. Ήταν το ταξί. Τη σήκωσε και βήμα βήμα προσέχοντας ιδιαίτερα, την έβγαλε στην αυλή, έτσι όπως ήταν με τη νυχτικιά της, ξυπόλυτη και τρεμάμενη από τη δροσιά του Απρίλη. Ο οδηγός αντιλήφθηκε το σκηνικό και έσπευσε προς βοήθεια. Την τοποθέτησαν στο πίσω κάθισμα και ο Πορφύριος πάνω στην ταραχή του μπήκε μέσα στο όχημα και φώναξε: «Γρήγορα στην κλινική Πεχλιβανίδη».

Ο οδηγός τον κοίταξε σαστισμένος και παρατηρώντας την ταραχή του νεαρού άνδρα τον ρώτησε: «Δε θα πάρετε κάποια πράγματα μαζί σας; Βαλίτσα δεν έχει ετοιμάσει η κυρία;» Στο άκουσμα της πρώτης ερώτησης, ο Πορφύριος είχε κιόλας βγει σφαίρα από το αυτοκίνητο και αφού κατάπιε τον άνεμο χίμηξε μέσα στο σπίτι. Πίσω του ακουγόταν η φωνή του οδηγού που τον παρότρυνε να πάρει και καμιά ζακέτα και παντόφλες για τη γυναίκα του. Επέστρεψε ακόμα πιο γρήγορα κρατώντας σε κάθε χέρι από κάτι και τα εναπόθεσε στο ήδη ανοιγμένο πορτμπαγκάζ.

Λίγο πριν μπει πάλι μέσα στο αυτοκίνητο, κατάφερε και βρήκε για λίγο τα λογικά του και σκέφτηκε εάν ξέχασε κάτι. Χτύπησε με τα χέρια του διάφορα σημεία επάνω του ψάχνοντας να βρει εάν του λείπει κάτι και έτρεξε για δεύτερη φορά προς το σπίτι. Γύρισε κρατώντας στο χέρι του το κινητό και μπήκε αποφασιστικά στο αμάξι. Το σπινάρισμα των τροχών πάνω στο οδόστρωμα ήταν η ένδειξη πως ο οδηγός είχε αντιληφθεί το πόσο επείγουσα ήταν η κατάσταση. Η ταχύτητα που ανέπτυξε στα όρια του δυνατού, χωρίς να του το επιβάλλει το ζεύγος, μαρτυρούσε και το δικό του άγχος.

Ο Πορφύριος κρατούσε το χέρι της εγκυμονούσας τρυφερά και ακόμα πιο τρυφερά ήταν τα λόγια του. Μετά από τον μισό χρόνο που συνήθως χρειάζεται κανείς, έφτασαν στον προορισμό τους. Λίγο πριν μπουν στην αυλή της κλινικής, η Ροδάνθη τους αποκάλυψε έντρομη πως της έσπασαν τα νερά, κάνοντας τον οδηγό να πικρογελάσει. Πράγματι το κάθισμα όπως και το νυχτικό της είχαν υγρανθεί αρκετά. Δεν έδωσαν έκταση στο θέμα, αλλά η ανησυχία κάλπαζε δίπλα τους ζωηρά. Το όχημα πάρκαρε στην κεντρική είσοδο της κλινικής και ο οδηγός βοήθησε τον Πορφύριο να κατεβάσει τη Ροδάνθη. Στον διάδρομο ένας νοσοκόμος πήρε είδηση την κυοφορούσα και την κρισιμότητα της κατάστασής της και έσπευσε να φέρει ένα φορείο. Μόλις την εναπόθεσαν μαλακά επάνω του, η Ροδάνθη φάνηκε να χάνει τις αισθήσεις της. Τα μάτια της σφάλισαν και ο Πορφύριος πανικόβλητος έγειρε το κεφάλι του και της ψιθύρισε τρυφερά: «Μην εγκαταλείπεις τώρα. Σε παρακαλώ, είμαστε στο πιο κρίσιμο σημείο! Έρχονται τα αγγελούδια σου μωρό μου, έρχονται και θέλουν το πρώτο που θα αντικρίσουν τα ματάκια τους να είναι τα μάτια της μανούλας τους και το πρώτο πράγμα που θα αγγίξουν να είναι η αγκαλιά της!»

Με μεγάλη του χαρά άκουσε την αδύναμη φωνής της. «Μη φοβάσαι. Εδώ είμαι. Απλώς ξεκουράζομαι. Νιώθω τόσο αδύναμη». Συνέχισαν γοργά την πορεία τους ενώ ο Πορφύριος φώναζε σε όποιον νοσοκόμο συναντούσαν «καλέστε τον κύριο Αναστασίδη, γεννάει η Μαρθοπούλου». Μπήκαν στην αίθουσα τοκετού και το νοσηλευτικό προσωπικό άρχισε να ετοιμάζεται πυρετωδώς για την επικείμενη γέννα.

"Τελικά όλα πήραν τον δρόμο τους, εάν και τρέχοντας περισσότερο γρήγορα από ό,τι περιμέναμε", σκέφτηκε ο Πορφύριος συνεχίζοντας να κρατάει το χέρι της καλής του μέχρι να έρθει ο μαιευτήρας.

Δεν άφησαν τον Πορφύριο να παραμείνει στην αίθουσα, όσο κι αν τους παρακάλεσε, λόγω της κρισιμότητας της κατάστασης. Αυτός μόλις είδε τον Αναστασίδη του υπενθύμισε την επιθυμία της Ροδάνθης να μην τη ναρκώσουν. Εκείνος του μήνυσε ήρεμα πως πρέπει να ησυχάσει, να περιμένει υπομονετικά και πως όλα πήγαιναν κατ' ευχήν.

«Όλα θα πάνε καλά», έλεγε και ξαναέλεγε για να δώσει θάρρος στον εαυτό του και να τον πείσει να ηρεμήσει. Δε σκέφτηκε καν να πάει στον χώρο αναμονής. Προτίμησε να στηθεί έξω από την πόρτα της αίθουσας τοκετού. Η αδρεναλίνη του συναγωνιζόταν αυτή της Ροδάνθης. Κάποια στιγμή του φάνηκε πως είδε την πεθερά του να του κάνει νόημα να πάει κοντά της. Σημασία δεν έδωσε. Σήκωσε αρνητικά το χέρι του καλού κακού μήπως η σκηνή δεν ανήκε στη σφαίρα της φαντασίας του και παρέμεινε εκεί κοντά στη γυναίκα του. "Θα είμαι συνέχεια δίπλα σου", της είχε υποσχεθεί λίγες ώρες πριν. Πηγαινοερχόταν σαν αγρίμι έξω από την πόρτα, ρίχνοντας πότε πότε κλεφτές ματιές από τη χαραμάδα που δημιουργούταν από τη δίφυλλη πόρτα. Το νοσηλευτικό προσωπικό έμπαινε και έβγαινε, θαρρείς και η γέννα της Ροδάνθης ήταν το μόνο θέμα που τους απασχολούσε.

Μετά από λίγη ώρα άκουσε έντονα τους βρυχηθμούς της Ροδάνθης και τις φωναχτές αλλά μειλίχιες παροτρύνσεις του γιατρού. Οι ωδίνες της Ροδάνθης μέσα είχαν αρχίσει, αλλά η ψυχική του οδύνη δεν είχε ούτε αρχή ούτε τέλος. «Κουράγιο, αγάπη μου, κουράγιο όλα θα πάνε καλά», μονολογούσε ο Πορφύριος και αναστέναζε. Το μαρτύριο συνεχίστηκε ως αργά τα μεσάνυχτα. Κοίταξε αμήχανα το ρολόι του κινητού του και εξεπλάγη. Πότε πήγε η ώρα έντεκα και τριάντα; Είδηση δεν πήρε. Σε μισή ώρα θα χτυπήσουν χαρμόσυνα οι καμπάνες σηματοδοτώντας την Ανάσταση του Κυρίου. Μακάρι και σε αυτούς να πάνε όλα όπως επιθυμούν. Σταύρωσε τα χέρια και ύψωσε το κεφάλι του ψηλά, στέλνοντας μια σύντομη προσευχή. Έκανε τον σταυρό του τρεις φορές και συνέχισε το πέρα δώθε, λιώνοντας τις σόλες των παπουτσιών του.

Δέκα λεπτά αργότερα, ένα νιαούρισμα που έμοιαζε με κλάμα μάγεψε την ατμόσφαιρα με τις ευχάριστες νότες που σκορπούσε. Οι στριγκές φωνές της Ροδάνθης έπαψαν να ακούγονται και το χαμόγελο που μόλις είχε ανθίσει στα χείλη του Πορφύριου πάγωσε. Αρνητικές σκέψεις τον κυρίευσαν και το πανηγύρι των παραισθήσεων άρχισε τον χορό του. *"Να'παθε κάτι η Ροδάνθη, να την κοίμισε ο γιατρός, να χάρηκε για τη γέννα και να μην πονάει άλλο, τι να υποθέσω;"*. Προσπάθησε να πάρει πληροφορίες από τη χαραμάδα, αλλά δε διέκρινε και πολλά για να του λυθούν οι απορίες. «Υπομονή», σύστησε στον εαυτό του φωναχτά. Μια νοσοκόμα βγήκε έξω τρέχοντας και πριν προλάβει να τη ρωτήσει σχετικά, είχε χαθεί μέσα στο διπλανό δωμάτιο. Κάτι πήρε και επανήλθε πιο γρήγορα από πριν. Του έριξε μια ερευνητική ματιά που τον καθήλωσε και δεν του άφησε περιθώρια για διευκρινήσεις. Το μόνο που κατάφερε να δει ήταν η κόρη του πάνω σε ένα μηχάνημα που έμοιαζε με ζυγαριά να γκρινιάζει και να μην αφήνει τη νοσοκόμα να την περιποιηθεί. Το Θείο Δώρο που τόσο πολύ περίμεναν και μετά από τόσες περιπέτειες που πέρασαν ήρθε και αμέσως μαλάκωσε την καρδιά, απάλυνε τον πόνο του. Γέμισε τα στήθη με οξυγόνο, το σώμα του με θαλπωρή.

Δώδεκα παρά δέκα, έδειχνε το ρολόι του τώρα. Στην αίθουσα τοκετού τα πράγματα ήταν πολύ ήσυχα, ανησυχητικά ήσυχα. Μα, να η φωνή του γιατρού ακούστηκε ξανά έντονα. «Έλα, Ροδάνθη, κάνε υπομονή μια φορά ακόμα, σπρώξε δυνατά να πάρουμε και το δεύτερο». Το αδύναμο τσιριχτό της επανάφερε στο κανονικό, τους ρυθμούς της καρδιάς του Πορφύριου.

Μέσα στην αίθουσα ο γιατρός είχε αναλάβει διπλό ρόλο. Αυτόν του μαιευτήρα και τον άλλο του ψυχολόγου. Η επίτοκος είχε απόλυτα την ανάγκη του και τον εμπιστευόταν αναμφίβολα. Πρώτα έπρεπε να της δώσει την κατάλληλη ψυχολογική υποστήριξη για να αντέξει και έπειτα να ξεγεννήσει και το δεύτερο παιδί με ασφάλεια. Έστελνε συνέχεια λόγια ενθάρρυνσης σε ήπιους τόνους και της θύμιζε πόσο χαρούμενη θα νιώσει, όταν θα τα πάρει στην αγκαλιά της. Παρόλα αυτά το δεύτερο νεογνό δεν ήθελε να βγει. Οι ενδείξεις στην οθόνη του συνδεδεμένου μηχανήματος δεν ήταν ενθαρρυντικές και ο γιατρός άρχισε να ιδρώνει και να ανησυχεί έντονα.

Στο μυαλό του η πρώτη σκέψη να προβεί σε περινεοτομή άρχισε να κερδίζει έδαφος. Έπρεπε να κινηθεί γρήγορα, διότι κινδύνευε άμεσα η υγεία του παιδιού. Οι παλμοί της καρδιάς του έπεφταν απότομα και ο χρόνος τούς πίεζε ασφυκτικά. Αφού εξάντλησε κάθε περιθώριο, μιας και δε βοηθούσε και η σωματική αντοχή της Ροδάνθης, πήρε την τελική του απόφαση. Το μωρό ήδη είχε περιέλθει σε εμβρυική δυσφορία και έτσι έκρινε ψύχραιμα ότι πρέπει να περάσει σε περινεοτομή. Έκανε γρήγορα μια μικρή χειρουργική διατομή και ζήτησε αμέσως από τις νοσοκόμες τις χειρουργικές λαβίδες. Το μωρό σε λίγα λεπτά βρέθηκε μέσα στα χέρια του. Όμως η Ροδάνθη αποκαμωμένη από την υπερένταση και με το πνεύμα της να ταξιδεύει, δεχόταν τις τελευταίες διαδικασίες αποκόλλησης του πλακούντα της αδιαμαρτύρητα. Μπορεί ο πόνος να ήταν έντονος, αλλά δεν είχε καμία σχέση με αυτούς που πέρασε λίγες στιγμές πριν. Οι νοσοκόμες ήταν πολύ περιποιητικές μαζί της και έπραξαν το χρέος τους με ύψιστη σοβαρότητα και επαγγελματισμό.

Μετά από δεκαπέντε περίπου λεπτά, όλα είχαν τελειώσει. Ένιωσε ότι είχε κάνει το χρέος της. Το φορτισμένο συναισθηματικά ενιάμηνο έφτασε στο τέλος του. Είχαν ξεπεράσει με την ισχυρή τους θέληση και τη Θεία Χάρη όλα τα εμπόδια. Να λοιπόν που τα νεογνά σε λίγο θα ήταν στην αγκαλιά της. Θα άκουγε τις καρδούλες τους να χτυπούν επάνω στο στήθος της.

Ο Πορφύριος μετά από αρκετή ώρα μπήκε στη μονόκλινη αίθουσα της κλινικής με κλάματα συγκίνησης στα μάτια. Τον είχε ενημερώσει η αδελφή ότι μπορούσε να περάσει για να αντικρίσει την οικογένειά του. Το βλέμμα του αρχικά συνάντησε αυτό της Ροδάνθης και αμέσως μετά κατέβηκε στο στήθος της, όπου φώλιαζε το μικρό αγγελούδι της. Τυλιγμένο μέσα στις πάνες, καθαρό και με κάτασπρο προσωπάκι σε αντίθεση με τα κατάμαυρα πλούσια μαλλάκια του. Φάνταζε με όνειρο! Ένα όνειρο που τελικά πραγματοποιήθηκε αισίως. Το βλέμμα κατευθύνθηκε πάλι προς τα πάνω και η καρδιά θερμάνθηκε από το ζεστό χαμόγελο που προσέφεραν τα σκασμένα χείλη της αγαπημένης του συζύγου. Της χαμογέλασε και εκείνος και μόλις έφτασε κοντά τους, έσκυψε και άπλωσε την αγκαλιά του. Τα τεράστια χέρια του κατάφεραν να τις σκεπάσουν ολόκληρες γεμίζοντας με ασφάλεια και σιγουριά τη Ροδάνθη. Τα δάκρυα συγκίνησης από τα μάτια τους ήταν αναπόφευκτα. Γρήγορα όμως η χαρά κατακλύστηκε από την απορία. Μα γιατί δεν τους φέρνουν και το άλλο βρέφος;

Η αγωνία που είχε χαραχθεί στα πρόσωπά τους δεν κράτησε για πολύ. Ο γιατρός μπήκε μέσα στην αίθουσα συνοδευμένος από την προϊσταμένη, γεμάτος προβληματισμούς, αλλά με άδεια χέρια.

«Τα συγχαρητήριά μου, παιδιά, γίνατε γονείς, η οικογένειά σας μεγάλωσε και... να σας ζήσει η μικρή...», ευχήθηκε με διάθεση απολογητική.

«Γιατρέ...» πήρε τον λόγο ο Πορφύριος βλέποντας ότι η Ροδάνθη είχε πνιγεί στους λυγμούς της, «το άλλο το παιδί...;» Τα χέρια του υψώθηκαν εκφράζοντας και αυτά την απορία στο ύψος των ώμων του.

«Λυπάμαι... λυπάμαι, δεν τα κατάφερε», είπε εκείνος πικρά κατεβάζοντας το κεφάλι σε ένδειξη παραίτησης.

«Τι; Τι είπατε, γιατρέ;» Τα χέρια του κάλυψαν τους κροτάφους του με ορμή, προσπαθώντας να καλύψουν τον ήχο που έβγαζαν οι φαρμακερές λέξεις του γιατρού. «Μα πώς, όλα πήγαιναν καλά, τι προέκυψε;» ρώτησε με στεντόρεια φωνή και ξέσπασε σε λυγμούς.

«Γιατί, γιατρέ, γιατί;» Η φωνή της Ροδάνθης αναμείχθηκε με τα κλαψουρίσματα του Πορφύριου, ανακριτική κι αμείλικτη, βγαίνοντας μέσα από τη χαραγμένη της ψυχή.

Ο γιατρός στα χαμένα, η στενοχώρια του αμακιγιάριστη ξεχώρισε από μακριά. Δεν τολμούσε να πει τίποτα. Τι να εξηγήσει σε δυο ραγισμένες καρδιές, ποια λόγια θα μπορούσαν να δώσουν μια λογική ή επιθυμητή εξήγηση, ποιες λέξεις θα μπορούσαν να μετριάσουν τόσο πόνο. Το βλέμμα του έπεσε πάνω στο νεογέννητο και προσπάθησε να ξεφύγει έντεχνα από τα δηλητηριασμένη βέλη που κουβαλούσαν μαζί τους οι ερωτήσεις των νέων γονιών. «Έχετε να φροντίσετε το αγγελούδι σας τώρα. Δώστε όλη σας την αγάπη και φροντίδα σ' αυτό. Ο χρόνος θα απαλύνει τον υπέρτατο πόνο που νιώθετε αυτή τη στιγμή».

Η Ροδάνθη νόμισε ότι άκουσε τη φωνή του μαιευτήρα από τον βυθό του νου της. «Γιατρέ», άκουσε εκείνος έκπληκτος τη Ροδάνθη να του προστάζει. «Θέλω να δω το παιδί μου. Θέλω να το αγκαλιάσω για μια φορά έστω και...». Η φράση που πνίγηκε μέσα στα αναφιλητά της δεν ολοκληρώθηκε. «Αυτό που μου ζητάτε δε... γίνεται!» της επισήμανε ο γιατρός κομπιάζοντας και με δισταγμό φωλιασμένο στη φωνή. «Θέλω τώρα το παιδί μου και δε θα το ξαναπώ. Ζω τόσους μήνες με αυτήν τη λαχτάρα. Θέλω να το αγκαλιάσω, να αγγίξω το προσωπάκι, τα χεράκια του έστω και αν είναι νεκρό», φώναξε η λεχώνα προφέροντας τις λέξεις απνευστί με όσες δυνάμεις της είχαν απομείνει.

«Μα, στην κατάσταση που είστε δε θα σας κάνει κανένα καλό, απεναντίας θα σας δημιουργήσει έντονους συναισθηματικούς τριγμούς και...»

«Γιατρέ, σας παρακαλώ, κάντε της τη χάρη. Ίσως είναι το τελευταίο πράγμα που ζητάει στη ζωή της», επενέβη ο Πορφύριος με ήπια αλλά μελαγχολική φωνή.

Οι αντιστάσεις του γιατρού κάμφθηκαν τελικά και έδωσε εντολή στην προϊσταμένη που τόση ώρα παρακολουθούσε εκστασιασμένη να τους φέρει και το άλλο παιδί και να αφήσει μόνο του το ζευγάρι με τα νεογνά. Ο γυναικολόγος χαιρέτησε αμήχανα και βγήκε διακριτικά από την αίθουσα φανερά σοκαρισμένος, από όσα εκτυλίχθηκαν την τελευταία ώρα.

Ο Πορφύριος αντιλήφθηκε τον άφατο πόνο που έκατσε βαρύς πάνω στο ταλαιπωρημένο σώμα της Ροδάνθης κι ήταν έτοιμος να την αποτελειώσει. Μισοτελειωμένος και αυτός, σωστό ράκος χωρίς ψυχικά αποθέματα πρέπει να βρει το κουράγιο να τη στηρίξει. Τελικά παίρνει την απόφαση να της μιλήσει. Και τι να της πει; Άψυχες οι λέξεις, ασήμαντες μπροστά στον πόνο. Γυμνή η αλήθεια, μόνη της. «Ησύχασε, ήταν θέλημα Θεού να γίνει έτσι. Έχουμε την άλλη μικρή να μας θυμίζει τις μεγαλειώδεις στιγμές που ζήσαμε και να μας χαρίζει ευτυχισμένες μέρες». Μελιστάλαχτες οι παρηγορητικές λέξεις, το φιλί στο μέτωπο στοργικό. «Μη ξεχνάς πόσες ατέλειωτες νύχτες περπατήσαμε μέσα σε καταιγισμό χρυσής βροχής, πλάι πλάι, χέρι χέρι, πάνω σε μια ρόδινη αμμουδιά. Τα άσπρα πουλιά παιχνίδιζαν πάνω από τα κεφάλια μας, ψάχνοντας μέρος να προφυλαχτούν, αλλά εμείς συνεχίζαμε απτόητοι, ζεσταίνοντας την ατμόσφαιρα με χιλιάδες καυτά φιλιά. Έτσι είναι και τώρα, μωρό μου, μια δυνατή μπόρα που θα περάσει». Εκείνη παρέμενε αμίλητη με τα μάτια καρφωμένα στο ταβάνι. Μόνη ένδειξη ότι ήταν παρούσα, το χέρι που τρεμόπαιζε πάνω στο κεφαλάκι του μωρού, στην προσπάθειά της να το χαϊδέψει, ενώ αυτό συνέχιζε να κοιμάται αμέριμνα. Σύντομα μπήκε η νοσοκόμα με το νεκρό μωρό στην αγκαλιά της χωμένο κάτω από τα σεντόνια της κλινικής. Το εναπόθεσε πάνω στην αγκαλιά της μητέρας και απομακρύνθηκε γοργά, πριν εκραγεί το ηφαίστειο που έβραζε μέσα της. Στη μέχρι τώρα καριέρα της είχαν δει τα μάτια της απίθανες καταστάσεις. Αλλά αυτή τη φορά ήταν το κάτι άλλο. Όσο κι αν πίστευε κάθε φορά ότι δε θα ζούσε κάτι χειρότερο, δυστυχώς δεν επαληθευόταν.

Ο Πορφύριος πήρε στην αγκαλιά του ευλαβικά την πρώτη του κόρη και έκατσε στην πολυθρόνα σκεφτικός και αμίλητος, ρίχνοντας δειλές ματιές στο άλλο μισό τής οικογένειάς του. Με κόπο η Ροδάνθη ανασηκώθηκε ελαφρά ακουμπώντας την πλάτη της στο μαξιλάρι. Αφαίρεσε απαλά το σεντόνι από το προσωπάκι της μικρής και άφησε ένα βαθύ αναστεναγμό. Το κορμί της συσπάστηκε από τους λυγμούς και τα χέρια της κατευθύνθηκαν προς το κεφαλάκι του. Ύστερα από το πρώτο άγγιγμα πάνω στο παγωμένο δέρμα, αναζήτησε τα μικροσκοπικά χεράκια του. Μόλις τα ανακάλυψε τα ένωσε και τα δύο μαζί, τα έβαλε μέσα στα δικά της και τα έφερε στα χείλη της. Ένιωσε ψυχρή ανατριχίλα να διανύει όλο της το κορμί και ταυτόχρονα την ανάγκη να ζεστάνει τα άψυχα δακτυλάκια. Έστειλε τα χνώτα της φυσώντας μέσα στα χέρια του και άρχισε να τα τρίβει τρυφερά. Τα χείλη της ενώθηκαν τώρα με τα κλειστά βλέφαρα του μωρού, ενώ τα δάκρυά της στάλαξαν πάνω στα κάτασπρα μάγουλα του νεογνού. Λέξεις πικρές, λέξεις μητρικού πόνου, έσπασαν τη νεκρική σιωπή. «Μωρό μου, μωρό μου, αγγελούδι μου γλυκό, γιατί; Γιατί έφυγες από κοντά μου πριν ακόμα προλάβω να σε σφίξω στην αγκαλιά μου; Γιατί να μην ακούσω την καρδούλα σου να χτυπά γοργά; Πες μου, γιατί; Μίλα μου μωρό μου, μίλα μου! Δείξε στη μανούλα πόσο πολύ την αγαπάς!» Έσφιξε το βρέφος στην αγκαλιά της και το κουνούσε πέρα δώθε σαν να ήθελε να το κοιμίσει. «Όχι, καλά είναι το παιδί, απλά κοιμάται. Κοίτα, Πορφύριε, το νανουρίζω. Αα α α... Έλα ύπνε πάρε το και ξεκούρασέ το... Έλα ύπνε πάρε το...» Καταποντισμένοι οι φθόγγοι στη δίνη των λυγμών, δεν κατάφεραν να αναδυθούν. Έγειρε πίσω το σώμα της αποκαμωμένη, κρατώντας το παιδί σταθερά πάνω στο γυμνό της στήθος.

Μικρή η γέφυρα που ενώνει τη λογική με το παράλογο ύστερα από μια απώλεια. Δε χρειάζεται συχνά να την περάσει κανείς για να ανατραπεί η διανοητική ισορροπία. Ο Πορφύριος σακατεμένος ψυχικά δεν μπορούσε να πιστέψει αυτά που έβλεπε και άκουγε. Η γυναίκα του, από το έντονο πάθος της και τον καημό να φέρει υγιή τα παιδιά στον κόσμο, κόντευε να σαλέψει. Ο φόβος τον κυρίευσε αλλά και τον καθήλωσε. Οι μελωδικοί ψίθυροι που έβγαιναν τώρα από το πληγωμένο του κορίτσι τον απέτρεψαν προς ώρας να κάνει κάποια κίνηση.

Ξύπνα μικρό μου και άνοιξε
τα μάτια σου λιγάκι
να δώσεις στη μανούλα σου
μοναδικό φιλάκι
ο πόνος της να γιατρευτεί
να διώξεις τον καημό της
να τη γεμίσεις με φιλιά
να φύγει ο παιδεμός της

Έμεινε αποσβολωμένος και εκστασιασμένος. Πέρα από τη συγκίνηση που τον κατέβαλε, μαγεύτηκε από την αγγελική φωνή της Ροδάνθης. Απόρησε με τα ψυχικά της αποθέματα και θαύμασε τη γαλήνη που εξέπεμπε. Παρατηρούσε τις κινήσεις της και κόντεψε και ο ίδιος να πειστεί ότι πράγματι νανουρίζει το μωρό τους. Εκείνη επανέλαβε τους στίχους άλλες δύο φορές και απότομα μεταλλάχτηκε πάλι στη μητέρα που σπαρταρούσε από τον πόνο.

«Γιατί, Θεούλη μου, την πήρες από κοντά μου; Εγώ δεν ήμουν αυτή που έκανε ό,τι Εσύ πρόσταζες; Γιατί με τιμωρείς έτσι; Γιατί δε μου επέτρεψες να γευτώ λίγη χαρά στη στεγνή ζωή που μου απομένει; Πες μου, γιατί; Στείλε μου ένα μήνυμα, μια φωνή, έναν άγγελό Σου να μου απαλύνει τον πόνο. Δεν αντέχω άλλο! Δεν μπορώ!» Το κλάμα της Ροδάνθης βουτηγμένο στο παράπονο, τα ρίγη στη ραχοκοκαλιά του Πορφύριου μαρτυρικά.

«Πάρε εμένα, Θεέ μου, πάρε εμένα κοντά Σου. Στείλε μου το παιδί πίσω, να το δω ζωντανό μια στιγμή μόνο και μετά πάρε με!» Το κρεβάτι σείστηκε συθέμελα από τα αναφιλητά της και στην εικόνα της έντονης συναισθηματικής φόρτισης ο Πορφύριος δεν άντεξε. Σηκώθηκε κλαίγοντας και έκατσε κοντά της. Έβαλε για παρηγοριά το υγιές μωρό στην αγκαλιά της και το χέρι της μέσα στην παλάμη του.

Το πρόσωπό της είχε γαληνέψει πάλι, αλλά ο νους της ταξίδευε. Στην παραζάλη των αισθήσεων άρχισε να λέει στον άντρα της: «Κοίτα, Πορφύριε, τα μάγουλα του μωρού πήραν χρωματάκι. Βλέπεις;» Έσφιγγε τα χείλη να κρύψει τη στενοχώρια του ο Πορφύριος.

«Άκου την καρδούλα του, Πορφύριε, χτυπάει ακούς;» φώναξε αναστατωμένη η Ροδάνθη. Της σάλεψε παντελώς σκέφτηκε ο άντρας της. Τη λυπήθηκε, αλλά δεν μπορούσε να κάνει κάτι άλλο, παρά μόνο να της χαϊδεύει το χέρι στοργικά.

«Το σωματάκι της είναι ζεστό», κραύγασε χαρούμενη και ένα ανθισμένο μπουκέτο από χαμόγελα φύτρωσε στα μαραμένα χείλη της. Αυτή τη φορά ο Πορφύριος πικρογέλασε, αλλά έκανε μια μηχανική κίνηση συγκατάβασης και ακούμπησε το χέρι του πάνω στο κεφαλάκι του μωρού. *"Άδικα αναθάρρεψα. Είναι ποτέ δυνατόν; Κόντεψα να πειστώ και εγώ απ' την τρελή της επιθυμία να ζωντανέψει το μωρό".*

Τη στιγμή που αυτός σκεφτόταν αρνητικά και η γυναίκα του επηρεασμένη από την ψυχική της διέγερση έβλεπε όμορφα οράματα, το χέρι της μικρής ανασηκώθηκε αργά αργά και ακούμπησε απαλά στο μάγουλο της Ροδάνθης. Προς στιγμή ο Πορφύριος νόμισε ότι ήταν το χέρι από το υγιές κοριτσάκι. Αλλά... όταν κοίταξε προσεκτικά διαπίστωσε ότι ήταν από το άλλο. «Δεν είναι δυνατόν!» αναφώνησε έκπληκτος. «Δεν μπορεί». Κοντοστάθηκε προσπαθώντας να σκεφτεί ψύχραιμα. *"Μάλλον η Ροδάνθη πάνω στην τρέλα της το έκανε για να με πείσει ότι ζει"* σκέφτηκε αλλά μεμιάς όλες του οι αμφιβολίες γκρεμίστηκαν. Η Ροδάνθη αφυπνίστηκε και τινάχτηκε σαν να τη χτύπησε κεραυνός. «Πορφύριε, το παιδί... το παιδί ζωντάνεψε», τσίριξε τώρα και το εννοούσε αναμφισβήτητα.

Τα μάγουλα του μωρού είχαν αρχίσει να παίρνουν ένα ροδοκόκκινο χρώμα, η καρδούλα του χτυπούσε γοργά και δυνατά, το σωματάκι του θερμό, ζωντανό. Ζωντανό! Το θαύμα είχε γίνει. Η Ανάσταση του Κυρίου έφερε και την Ανάσταση του δικού τους παιδιού. «Πορφύριε, ζει, ζει!» άκουσε πασίχαρη τη γυναίκα του να αναφωνεί. «Ναι, αγάπη μου ζει. Επανήλθε. Ο Κύριος έκανε το θαύμα του!» Έσκυψε και την αγκάλιασε, την αγκάλιασε σφιχτά ξανά και ξανά και αυτή τη φορά τα δάκρυα έτρεχαν από χαρά, από Αναστάσιμη χαρά. Οι νέοι, πρωτόγνωρα χαρούμενοι, αναζωογονημένοι, νικητές, δεν μπορούσαν να πιστέψουν αυτό που βίωναν. Ως επιβεβαίωση όλων αυτών που ζούσαν, το κλάμα του αναστημένου μωρού ακούστηκε αμυδρά. Το άλλο νεογέννητο θαρρείς και αντιλαμβανόμενο την όλη κατάσταση, άρχισε και αυτό να συμβάλλει με το κλάμα του, ως χαρμόσυνο άγγελμα στις στιγμές ευτυχίας που περνούσε η οικογένειά του. Ο Πορφύριος, αφού χάιδεψε με στοργή τα μωρά, που πλέον ήταν στην αγκαλιά της Ροδάνθης και τα δύο, έτρεξε βιαστικά να φωνάξει το γιατρό και τις νοσοκόμες.

Η περιχαρής μητέρα, έβαλε το κάθε μωρό στη μια πλευρά του στήθους της και αδύναμη έγειρε το σώμα της πίσω. Είχε φέρει σε πέρας τη δύσκολη αποστολή της. Ένα πράγμα μόνο της έμεινε τώρα να κάνει. Κοίταξε βαθιά με νόημα στα μάτια τα νεογέννητα και ψιθύρισε νωχελικά: «Σας αφήνω σε πολύ καλά χέρια. Στον επίγειο και στον Επουράνιο Πατέρα σας. Θα σας φροντίζουν και θα σας αγαπούν, όπως και η μανούλα. Να φροντίσετε να μην τους προδώσετε ποτέ. Ποτέ, ακούσατε;» Ένα καυτό δάκρυ από το κάθε μάτι ξεχύθηκε, ένα για κάθε παιδί, τη στιγμή που αισθάνθηκε τα βλέμματα των μικρών καρφωμένα επάνω της.

«Πορφύριε, μου υποσχέθηκες ότι θα είσαι δίπλα μου και το έπραξες με τον καλύτερο δυνατό τρόπο. Σ' ευχαριστώ για όλα. Σ' αγάπησα πολύ και θα σ' αγαπώ για πάντα. Θεούλη μου, οι τελευταίες μου κουβέντες λίγο πριν με πάρεις κοντά σου είναι για σένα. Με δοκίμασες σκληρά και λύγισα πολλές φορές. Ξέρω ότι το έκανες από αγάπη και σου ζητώ ταπεινά συγνώμη αν αμφέβαλα ποτέ γι' αυτό. Νιώθω έντονα ότι με καλείς δίπλα σου, αλλά άφησέ με να σου εκφράσω αυτό που πάντα επιθυμούσα. Μου έδωσες τη δύναμη, την αντοχή και το σθένος να νικήσω τους φόβους μου, να ξεπεράσω τις ενοχές μου και να βγω νικήτρια από όλες τις αναμετρήσεις. Μα πιο πολύ από όλα μου έδωσες πίσω το ωραιότερο δώρο που μια μάνα μπορεί να λάβει. Το σπλάχνο μου, τον καρπό όλων αυτών των αγώνων. Πιστεύω σε σένα και έρχομαι κοντά σου». Έβγαλε από τον κόρφο της τον σταυρό που δεν αποχωριζόταν ποτέ και τον φίλησε στοργικά. «Σ' ευχαριστώ...» Ο σταυρός τοποθετήθηκε στον λαιμό του αναστημένου βρέφους και η ευχή της μάνας συνόδευσε την κίνηση. «Να μην τον αφαιρέσεις ποτέ από επάνω σου. Είθε να είναι ο προστάτης σου, έως ότου ο Παντοδύναμος σε καλέσει κοντά Του».

Το κεφάλι της έγειρε στο πλάι, ενώ τα μάτια σφάλισαν. Τα χέρια της κατευθύνθηκαν στα χεράκια και των δύο νεογνών και τα έσφιξε με όση δύναμη της είχε απομείνει. Το άγγιγμα αυτό της ψυχής θα τους σηματοδοτούσε για όλη τους της ζωή.

«Ροδάνθη, έρχεται ο γιατρός και... Ροδάνθη, αγάπη μου;» Έτρεξε κοντά της ντυμένος με τη σκιά του φόβου, την ταρακούνησε σπαραχτικά φωνάζοντας συνέχεια το όνομά της. «Ροδάνθη, μη μ' αφήνεις τώρα, όχι τώρα αγάπη μου...» Έσκυψε πάνω της και κόλλησε τα χείλη του στα δροσερά της μάγουλα και ύστερα αναζήτησε τα χείλη της. Μια αδύναμη φωνή πότισε τον αέρα με ανοιξιάτικα πέταλα: «Ροδόκλεια...»

«Πώς είπες καρδούλα μου; Πες μου ξανά!»

«Ροδόκλεια, Πορφύρ.., το μωρό...»

«Ναι, αγάπη μου, κατάλαβα. Θέλεις να τη βαπτίσουμε Ροδόκλεια...»

«Να τις προσέχεις...» Κι ύστερα σιωπή. Νεκρική σιωπή που την αντιλαμβάνονται όλα τα ευαίσθητα όντα πάνω στη γη. Τα νεογνά που μέχρι τώρα είχαν ηρεμήσει στην αγκαλιά της μητέρας τους, άφησαν ταυτόχρονα τις κελαριστές φωνές τους με το γοερό τους κλάμα, ως συνοδεία στο ταξίδι για το υπερπέραν που θα ακολουθούσε η μητέρα τους. Το άρμα του θανάτου έπαιρνε τη θέση του για τη μακρινή μετάβαση χωρίς γυρισμό. Ο Πορφύριος πήρε το φιλί που ήθελε από τα μοναδικά χείλη που είχε ποτέ αγαπήσει. Με γκρεμισμένα όλα του τα όνειρα, αγκιστρώθηκε από την πραγματικότητα. «Θα τις προσέχω με όλη μου την ψυχή...»

Σαγήνη

Θεσσαλονίκη
17 Σεπτεμβρίου 2021

«Παρακαλώ, περάστε», είπε ο άντρας σιγανά χωρίς να σηκώσει το κεφάλι του από τα χαρτιά που είχε μπροστά του. Μόλις παρατήρησε ότι η πόρτα δεν άνοιγε, επανέλαβε πιο δυνατά την ίδια φράση. Ούτε και τώρα κοίταξε προς την είσοδο της πελώριας αίθουσας. Τα μάτια του παρέμεναν στυλωμένα επάνω στο γραφείο του, έχοντας ως επίκεντρο μια ογκώδη δικογραφία.

«Καλημέρα σας, κύριε Παπαρρηγόπουλε», ήταν οι πρώτες λέξεις που βγήκαν από τα χείλη της νεαρής κοπέλας και ταξίδεψαν στον αέρα μελωδικά μέχρι να χαϊδέψουν τα ακουστικά νεύρα του διάσημου δικηγόρου. Στο άκουσμα της βελούδινης φωνής ο άντρας επιτέλους σήκωσε το κεφάλι του και αντίκρισε μπροστά του μια ονειρική οπτασία να του εκτείνει το χέρι προς χαιρετισμό.

«Καλημέρα και σ' εσάς, αγαπητή κυρία, καλώς ήρθατε στο φτωχικό μας», αντιχαιρέτησε κι αυτός χαριτολογώντας, ενώ ταυτόχρονα σηκώθηκε όρθιος και της έδωσε το χέρι του.

«Δε θα έλεγα και τόσο φτωχικό», παρατήρησε η νεοφερμένη, κοιτάζοντας γύρω της επιδεικτικά ενώ του έσφιγγε την παλάμη δυναμικά.

«Παρακαλώ, καθίστε», πρόλαβε να ψελλίσει ο δικηγόρος μη μπορώντας να αποσύρει το βλέμμα του από τα καταπράσινα μάτια της.

Η πανέμορφη κοπέλα δε δίστασε να του χαμογελάσει και κατάφερε να εισπράξει ένα ελαφρύ κοκκίνισμα που ξεχώρισε στα μάγουλα του γοητευτικού και συνάμα ώριμου κυρίου που είχε απέναντί της. Τον περιεργάστηκε με το αλάνθαστο γυναικείο βλέμμα και έβγαλε το συμπέρασμα ότι είχε να κάνει με έναν ευτυχισμένο, ήρεμο και υγιή μεσήλικα. *"Δε θα είναι πάνω από πενήντα"* ήταν το συμπέρασμά της για την ηλικία του.

Ο Παπαρρηγόπουλος που έπιασε το βλέμμα της να τον ψαχουλεύει από επάνω έως κάτω, προτίμησε να σπάσει τον πάγο απ' το να γίνει αντικείμενο έρευνας. «Πού οφείλουμε την επίσκεψή σας, μικρή και χαριτωμένη κυρία;» ρώτησε γοητευμένος. Την παρατήρησε γρήγορα αλλά σχολαστικά και διαπίστωσε πως είχε να κάνει με ένα πολύ ελκυστικό κορίτσι. Τα μαζεμένα της κατάμαυρα μαλλιά, σχημάτιζαν με πολύ προσοχή έναν πολύ όμορφο κότσο και το σώμα της το κάλυπτε με απέριττο ντύσιμο. Τα σπάνιας ομορφιάς μάτια της στο χρώμα του πράσινου φθορίτη, γεφύρωναν κομψά γυαλιά με σκελετό μοντέρνου σχεδιασμού. Θα μπορούσε άνετα να είναι μοντέλο.

Η νεαρή αποφάσισε να παίξει τον ρόλο της όσο γινόταν πιο σωστά για να υλοποιήσει τον στόχο της. Άλλαξε σταυροπόδι διακριτικά, αφήνοντας να αποκαλυφθούν έντεχνα τα καλλίγραμμα πόδια της, τόσο, όσο να διεγείρουν τη φαντασία ενός γητευτή άντρα.

«Ψάχνω για δουλειά. Ο λόγος που βρίσκομαι κοντά σας είναι επειδή έχω μεγάλη ανάγκη. Θα με κάνατε ιδιαίτερα χαρούμενη εάν μου δίνατε τη θέση της ιδιαιτέρας γραμματέως σας που πρόσφατα χήρεψε», απάντησε σαγηνευτικά.

Ο δικηγόρος εξεπλάγη για δύο λόγους. Ο πρώτος ήταν το ανυπέρβλητο θάρρος ίσως στα όρια του θράσους της σαγηνευτικής κοπέλας που καθόταν στο γραφείο του και ο δεύτερος από την ταχύτητα που διέρρευσε το νέο ότι η πρώην γραμματέας του σταμάτησε να εργάζεται. *"Πότε πρόλαβε και διαδόθηκε το νέο; Μαθεύτηκε πριν καλά καλά αρχίσω να ψάχνω για καινούρια γραμματέα! Μόλις εχθές έφυγε η Μυρσίνη"* σκέφτηκε.

«Μάλιστα», αρκέστηκε να πει κοφτά.

«Ασημίνα Περφανατζάκη, κύριε Παπαρρηγόπουλε, για

να μικρύνουμε τις αποστάσεις. Αυτό είναι το όνομά μου και εδώ έχω όλα τα απαραίτητα στοιχεία που χρειάζεστε για να με κρίνετε κατάλληλη ή όχι», είπε με ένα ευχάριστο χαμόγελο, επιδεικνύοντας τις κάτασπρες σειρές των δοντιών της. Ο προσωπικός της φάκελος με το βιογραφικό της σημείωμα και τα υπόλοιπα έγγραφα άλλαξε χέρια.

Ο μεγαλοδικηγόρος τον περιεργάστηκε με μεγάλο ενδιαφέρον και αγωνία συνάμα, προσπαθώντας να βρει κατάλληλα προσόντα να δικαιολογήσουν τη θετική γνώμη του για πρόσληψη της καλλονής που είχε στο γραφείο του.

«Διοίκηση Επιχειρήσεων λοιπόν, μάλιστα, μεταπτυχιακό στην Αγγλία, πολύ ωραία, εργασία σε δικηγορικά γραφεία στην Αθήνα και τελευταία στον συμβολαιογράφο Αγγελάκη Κωνσταντίνο εδώ στη Θεσσαλονίκη». Σήκωνε το βλέμμα του και την παρατηρούσε κάθε φορά που έβρισκε κάτι ενθαρρυντικό γι' αυτήν. «Μάλισταaa», αποφάνθηκε τελικά αφού ξεφύλλισε ολόκληρο τον φάκελο και την κοίταξε με νόημα στα μάτια. Η μικρή έριξε το βλέμμα της χαμηλά, δηλώνοντας υποταγή και ταπεινότητα.

«Αν και κανονικά δεν έπρεπε καν να ασχοληθώ μαζί σας, διότι σπάνια δέχομαι χωρίς ραντεβού», ξεκίνησε να λέει με αυστηρό ύφος ο άντρας, «θα κάνω μια εξαίρεση σήμερα διότι δε σας κρύβω πως με εντυπωσιάσατε. Διακρίνω πλούσιο βιογραφικό και με καλές προοπτικές», δήλωσε μαλακώνοντας τη φωνή του αμέσως μετά. «Στα χαρτιά φαίνεται ότι είστε μόλις είκοσι οχτώ ετών, μα έχετε κάνει τόσα πολλά, που άλλες ούτε στα σαράντα τους δε θα είχαν προλάβει να πράξουν».

Η Ασημίνα στύλωσε τα μάτια της στα χείλη του δικηγόρου και εισέπραξε ευχάριστα τα κολακευτικά του λόγια. Μέσα από το ανθισμένο της χαμόγελο ξεχύθηκαν ζεστές λέξεις. «Μάλλον στάθηκα τυχερή στη ζωή μου περισσότερο από κάποιους άλλους», δήλωσε σεμνά και γέλασε ευχάριστα. «Από τη φύση μου είμαι ενεργό άτομο και μου αρέσει η δουλειά ειδικά όταν γίνεται σε ευχάριστο περιβάλλον», συμπλήρωσε με αποφασιστικότητα.

«Για ποιον λόγο έφυγες από τον κύριο Αγγελάκη;»,
ρώτησε απρόσμενα ο δικηγόρος.

«Δυστυχώς για μένα, κύριε Παπαρρηγόπουλε, έπρεπε
να προσλάβει, όπως μου είπε, μια ανιψιά του η οποία πρό-
σφατα πήρε το πτυχίο της, είχε μεγάλη ανάγκη από δου-
λειά και ...καταλαβαίνετε πως είναι αυτά».

«Ναι, καταλαβαίνω, κρίμα για σένα. Εάν υποθέσουμε
ότι σε προσλαμβάνω στη θέση της ιδιαιτέρας μου, ποια θα
ήταν η οικονομική σου απαίτηση, εννοώ με πόσο μισθό θα
ήσουν ικανοποιημένη;» ρώτησε ερευνητικά ο άνδρας σπά-
ζοντας μια ακαθόριστη γκριμάτσα.

«Έχω μεγάλη ανάγκη για εργασία και δεν είμαι σε θέση
να απαιτώ ή να προτείνω σενάρια για τη μισθοδοσία μου.
Ξέρετε, πρέπει να φροντίζω πολύ συγγενικό μου πρόσωπο,
το οποίο είναι σε αναπηρία και...»

«Λυπάμαι!» τη διέκοψε ο δικηγόρος.

«Ελπίζω να μη γίνομαι γραφική, κύριε Παπαρρηγόπουλε.
Πάντως, από την άλλη μεριά είμαι σίγουρη ότι θα μου δίνατε
τον ικανοποιητικότερο μισθό. Τουλάχιστον ότι προβλέπεται
από την εργατική νομοθεσία». Οι λέξεις έβγαιναν κελαριστές
με χαρούμενη χροιά, κάτι που δελέαζε τον δικηγόρο.

«Ακούστε με, κυρία Περφανατζάκη. Είναι πολύ νωρίς
ακόμα για να αποφασίσω το ποια γραμματέα θα προσλά-
βω, αν και δε σας κρύβω πως μου κάνατε ιδιαίτερα θετική
εντύπωση. Θα ήθελα να μου επιτρέψετε να δω μερικές ακό-
μα ενδιαφερόμενες για να δημιουργήσω μια πιο ξεκάθαρη
άποψη», επισήμανε ευγενικά ο Παπαρρηγόπουλος.

«Φυσικά και έτσι πρέπει να κάνετε. Χαίρομαι ιδιαίτερα
που έχω να κάνω με ένα διορατικότατο άνθρωπο και τώρα
που σας γνώρισα από κοντά αντιλαμβάνομαι περίτρανα
το μέγεθος της επιτυχίας σας». Τα κολακευτικά λόγια της
μικρής δεν πέρασαν απαρατήρητα. Ο δικηγόρος στο πέρα-
σμα της μεγάλης καριέρας του είχε συνεργαστεί με δεκά-
δες ανθρώπους. Ήξερε να τους διαβάζει από μέτρα μακριά.
Έβλεπε μέσα στα ενδόμυχά τους και δύσκολα η διαίσθησή
του τον ξεγελούσε.

Τώρα πλέον καταλάβαινε ότι η νεαρή ήθελε πάση θυσία τη δουλειά και θα έκανε τα πάντα για να την αποκτήσει. Για να βγουν και οι δύο από τη θέση που ίσως περιπλέκονταν, της εξήγησε αποφασιστικά: «Θα σας ειδοποιήσω σύντομα, όποια κι εάν είναι η απόφασή μου. Να είστε σίγουρη πως έως το τέλος της επόμενης εβδομάδας, ίσως και νωρίτερα θα σας πάρω εγώ ο ίδιος στο κινητό που βλέπω στο βιογραφικό σας. Χρειάζομαι άμεσα γραμματέα και θα ήθελα το πολύ από τη μεθεπόμενη Δευτέρα να ξεκινήσει».

«Θα περιμένω με αγωνία και ελπίζω να χτυπήσει χαρμόσυνα», είπε η Ασημίνα και χαμογέλασε πονηρά. «Ελπίζω μόνο να είναι σύντομα, πριν σας προλάβει κανείς άλλος».

«Και εγώ το ελπίζω», συμπλήρωσε ο άντρας και γέλασαν και οι δύο δυνατά.

Έδωσαν τα χέρια, αντάλλαξαν δυο γρήγορες ερευνητικές ματιές ο ένας στον άλλον και χαιρετήθηκαν με καθωσπρεπισμό. Όταν η μικρή άνοιξε την πόρτα και άρχισε να απομακρύνεται ο Αλέξης έμεινε να την κοιτάει σαν χάνος να λικνίζεται και το μυαλό του περικύκλωσαν άσεμνες σκέψεις. Τις έδιωξε γρήγορα μακριά κουνώντας το κεφάλι του και ξεφυσώντας δυνατά. Αμέσως μετά, το πρώτο πράγμα που έκανε ήταν να ανοίξει το αρχείο με την ηλεκτρονική τηλεφωνική του ατζέντα στον υπολογιστή. Μόλις βρήκε το νούμερο, σήκωσε το τηλέφωνο και σχημάτισε τον αριθμό του γνωστού του από τα φοιτητικά ακόμα χρόνια συμβολαιογράφου, Αγγελάκη Κωνσταντίνου.

Τον βρήκε χωρίς δεύτερη προσπάθεια και άρχισαν έναν ευχάριστο διάλογο που κράτησε αρκετή ώρα και προσέφερε αγαλλίαση και στους δύο φίλους. Κάποια στιγμή ο Αλέξης έφερε στο προσκήνιο τον πραγματικό λόγο του τηλεφωνήματος και ρώτησε: «Κώστα μου, πες μου σε παρακαλώ, γιατί απέλυσες τη γραμματέα σου την Ασημίνα Περφανατζάκη;»

Εκείνος του απάντησε με μεγάλη δόση μελαγχολίας στη φωνή του. «Αναγκαστικά, Αλέξη μου. Αναγκαστικά! Η αδελφή μου έχει μια κόρη, η οποία πρόσφατα τελείωσε τη σχολή της και έψαχνε απεγνωσμένα για δουλειά. Καλό κορίτσι δε λέω, αλλά άπειρο ακόμη και ιδιαίτερο πολύ. Με πίεσε πολύ όμως η Μαρία και έτσι περίλυπος έδιωξα την Ασημίνα για να προσλάβω την ανιψιά μου».

«Πώς ήταν ως υπάλληλος; Ήσουν ικανοποιημένος, Κώστα μου;» ρώτησε με πραγματικό ενδιαφέρον ο Παπαρρηγόπουλος.

«Άψογη, Αλέξη μου, άψογη. Δε νομίζω ότι θα μπορέσω ποτέ να βρω ικανότερη!»

«Ως άνθρωπος... θέλω να πω ως χαρακτήρας ήταν εντάξει τύπος ή σου έδινε αφορμές;»

«Όλοι οι άνθρωποι έχουν τα ελαττώματά τους, Αλέξη. Όμως όσο και εάν έψαχνες να βρεις κάποιο ψεγάδι πάνω στην Ασημίνα, δύσκολα θα το κατάφερνες».

«Μάλιστα. Και μια τελευταία ερώτηση, φίλε μου. Πώς το πήρε όταν αναγκάστηκες να της πεις ότι πρέπει να σταματήσει να εργάζεται κοντά σου;»

«Άσε, Αλέξη, μη ρωτάς! Να ανοίξει η γη να με καταπιεί. Το κλάμα της δεν είχε σταματημό και η καρδιά μου ράγισε όταν την έβλεπα να σπαράζει. Ξέρεις, έχει μια άρρωστη αδερφή με χρόνια πάθηση που τη φροντίζει αυτή. Είναι ορφανά τα καημένα και ο μόνος δικός της άνθρωπος πάνω στη γη είναι η αδερφή της. Η οικονομική βοήθεια που παίρνουν από την πρόνοια για την ασθενή είναι πενιχρή και δεν αρκεί ούτε για τα βασικά της έξοδα».

«Α, έτσι εξηγείται λοιπόν», μουρμούρισε ο Αλέξης.

«Τι είναι, φίλε μου, γιατί αυτό το ενδιαφέρον για την Ασημίνα;» εξέφρασε με τη σειρά του την απορία ο συμβολαιογράφος.

«Ήρθε πριν από λίγο να μου ζητήσει δουλειά. Με ξέρεις πόσο ψείρας είμαι. Ψάχνω το κάθε τι προσεκτικά. Γι' αυτό σε πήρα να μου πεις τη γνώμη σου, πριν κάνω καμία χαζομάρα».

«Να την προσλάβεις ασυζητητί. Βάζω το χέρι μου στη φωτιά γι' αυτή την κοπέλα, Αλέξη», δήλωσε αποφασιστικά ο Αγγελάκης.

«Ναι, προφανώς αυτό θα κάνω», συμπλήρωσε ο Παπαρρηγόπουλος.

«Και η Μυρσίνη...»

«Μου έφυγε προσωρινά λόγω άδειας λοχείας. Ξέρεις μέχρι να επιστρέψει κανονικά στη δουλειά της θα περάσει χρόνος και βάλε».

«Ναι, αυτό είναι το μόνο αρνητικό με τις γυναίκες υπαλλήλους, εργασιακά εννοώ».

«Συμφωνώ», ψιθύρισε ο δικηγόρος και αμέσως μετά χαιρετήθηκαν εγκάρδια.

Έφερε την εικόνα της απρόσμενης επισκέπτριας στο μυαλό του και χαμογέλασε. Άνοιξε τον φάκελο με τα στοιχεία της και αφού εντόπισε τον αριθμό του κινητού της άρχισε να σχηματίζει το νούμερο. Μετάνιωσε, όμως, αμέσως και έκλεισε το ακουστικό φρονιμεύοντας τον παρορμητισμό του. *"Είναι νωρίς ακόμα. Θα την ειδοποιήσω αύριο. Μη το πάρει και επάνω της"* σκέφτηκε. Η πίστωση του χρόνου που είχε ζητήσει λίγο πριν ήταν τέχνασμα για να εξακριβώσει κάποιες λεπτομέρειες. Τώρα που είχε τις καλύτερες συστάσεις δε χρειαζόταν να προβεί σε άλλες συνεντεύξεις κοριτσιών. Η Ασημίνα είχε όλα εκείνα τα χαρακτηριστικά που χρειαζόταν μια γραμματέας. Προσωπικότητα, ευφράδεια λόγου και κατάλληλες γνώσεις, πολύ καλές συστάσεις αλλά και πλούσια θηλυκότητα για να ομορφαίνει το γραφείο του. Το είχε πάρει απόφαση. Προσπάθησε να συγκεντρωθεί στη δικογραφία που μελετούσε, αλλά μάταια. Δεν τα κατάφερε. Ο νους του ταξίδευε αλλού. Παράτησε αυτό που έκανε και αναπόλησε. Γύρισε αρκετά χρόνια πίσω, όταν ερωτευμένος με τη γυναίκα του τη Δέσποινα σκαρφιζόταν χίλιες δυο δικαιολογίες για να της αποσπάσει ένα ραντεβού ή αργότερα ένα αθώο φιλί. Γέμισε τα κενά του μυαλού του που είχαν δημιουργηθεί όλα αυτά τα χρόνια από τη ρουτίνα της καθημερινότητας, με μελίχρυσα ηλιοβασιλέματα, μαγευτικά ταξίδια ηδονής πάνω στα κύματα του έρωτα, δάκρυα συγκίνησης και ευτυχίας από τις επιτυχημένες προσπάθειες του ζευγαριού και των τριών παιδιών του.

Η μικρή νεράιδα του παραμυθιού είχε αναστατώσει τώρα τις αισθήσεις του και τον έβγαλε από την τροχιά του.

Είχε κάτι πάνω της που τον διέγειρε και δεν μπορούσε να προσδιορίσει τι και γιατί. Από τη μια ένιωθε ενοχές γι' αυτές του τις σκέψεις, από την άλλη δικαιολογούσε τον εαυτό του αναγνωρίζοντας ότι είναι φυσιολογικό να αντιδρά έτσι, τώρα στα πενήντα έξι του, αντικρίζοντας μια πανέμορφη κοπέλα σχεδόν τριάντα χρόνια νεότερή του. *"Είναι λίγο μεγαλύτερη από τον γιο σου, τον Μάκη"* αναλογίστηκε. "Θα 'πρεπε να ντρέπεσαι, Αλέξη" έκανε την αυτοκριτική του αμέσως μετά.

Το γραφείο, αν και τεράστιο σε διαστάσεις, δεν τον χωρούσε. Αποφάσισε να πάει νωρίτερα για φαγητό στο σπίτι, να γευτεί τις λιχουδιές της καλής του, που σήμερα αν θυμόταν καλά είχε το αγαπημένο του φαγητό, παστίτσιο. Ενημέρωσε τον παλαιότερο συνεργάτη του και φίλο του, τον Ταξιάρχη, ότι θα έλειπε εκτάκτως και πως θα επέστρεφε γύρω στις πέντε το απόγευμα και αναχώρησε σιγοσφυρίζοντας.

Έφτασε στην έπαυλη νωρίτερα από τις δώδεκα και πριν καλά καλά χορτάσει τις μυρουδιές που έβγαιναν από την κουζίνα της κυράς του, φρόντισε να χορτάσει με τις ευωδίες που ανέβλυζαν από το σώμα της. Την πέτυχε αμέσως μόλις είχε βγει από το μπάνιο. Φορώντας το κοντό ροζ μπουρνούζι της, άφηνε να φανούν τα λεία πόδια της που στήριζαν το καλοδιατηρημένο της κορμί. Ο Αλέξης δεν ήθελε και πολύ. Ο ανδρισμός του ανήσυχος αναζητούσε παρέα. Βρέθηκαν να φιλιούνται παθιασμένα όπως τον παλιό καλό καιρό. Σβέλτα ο καλογυμνασμένος άντρας άρπαξε με πάθος τη σύζυγό του και την οδήγησε στο προσωπικό τους κρεβάτι. Χρόνια είχε να το κάνει αυτό τη συγκεκριμένη ώρα! Εκείνη, αν και με την απορία σχηματισμένη στο βλέμμα της, ανταποκρίθηκε αυθόρμητα στο κάλεσμα το άντρα της. Επιδόθηκαν σε έναν παθιασμένο έρωτα γεμάτο φλόγα, νοσταλγία αλλά και τρυφερότητα. Οι μόνες λέξεις που βγήκαν από το στόμα του Αλέξη ήταν: «Έτσι για να μην ξεχνιόμαστε». Η Δέσποινα του έστειλε ένα χαμόγελο ικανοποίησης και άφησε ένα επιφώνημα ανακούφισης να αιωρείται, δείγμα της μεγάλης ευχαρίστησης που ένιωσε.

Σηκώθηκαν και στρώθηκαν στο φαγητό, ανταλλάσσοντας κουβέντες για τα παιδιά, τα σχολεία τους, τη μητέρα του Αλέξη που ζούσε στην Αφρική εδώ και πολλά χρόνια και για άλλα καθημερινά θέματα.

Το απόγευμα βρήκε τον Αλέξη σκεφτικό. Καθισμένος στην αναπαυτική πολυθρόνα μασάζ του γραφείου του αναλογιζόταν και πάλευε με δύο σκέψεις. Να της τηλεφωνήσει σήμερα ή να περιμένει έως αύριο, όπως είχε αποφασίσει το μεσημέρι. Τελικά η ανυπομονησία του και κάτι ακόμα που δεν είχε προσδιορίσει, τον νίκησαν και άλλαξε την αρχική του σκέψη. Σήκωσε το σταθερό τηλέφωνο και την κάλεσε αμέσως στο κινητό της. Ένιωσε τους παλμούς της καρδιάς του να ανεβαίνουν και το περιστέρι στο στήθος του έτοιμο να φτερουγίσει. Απάντηση στην κλήση δεν ήρθε και προς στιγμή χάλασε το κέφι του. Σηκώθηκε από την καρέκλα του και άρχισε να περιφέρεται αμήχανα στον χώρο, μέχρι που κατέληξε μπροστά στο παράθυρο να αγναντεύει τον Θερμαϊκό και τις ανταύγειες που άφηνε επάνω του ο απερχόμενος χρυσοκόκκινος ήλιος. Δεν πέρασαν δέκα λεπτά και ο ήχος του κινητού του τον αφύπνισε από τις ονειροπόλες σκέψεις του. Μίλησε με τον πελάτη του δίνοντας τις κατάλληλες οδηγίες και κάθισε πάλι στο γραφείο του βαριεστημένος. Κάλεσε πάλι την υποψήφια γραμματέα του από το σταθερό τηλέφωνο του γραφείου, και αμέσως μετά από το κινητό του, για τρίτη φορά, αλλά ούτε τώρα πήρε απάντηση. Σκέφτηκε να πάρει στο σταθερό της, αλλά το μετάνιωσε στη σκέψη ότι μπορεί να ενοχλήσει την ανάπηρη αδελφή της.

Πριν συμπληρωθεί λεπτό από την τελευταία κλήση, το σταθερό τηλέφωνο κουδούνισε.

«Λέγεται, παρακαλώ», απάντησε με μελιστάλαχτη χροιά στη φωνή του.

«Ναι, καλησπέρα σας. Είχα δύο κλήσεις στο κινητό μου

από αυτό το νούμερο. Ποιος με ζητεί παρακαλώ;» ακούστηκε μια γλυκιά γυναικεία φωνή από μέσα.

«Δικηγορικό γραφείο Παπαρρηγόπουλου», αποκρίθηκε ο Αλέξης.

«Κύριε Παπαρρηγόπουλε, εσείς; Είμαι η Ασημίνα Περφανατζάκη. Τι κάνετε;»

Η καρδιά του Αλέξη χτύπησε γοργά. Το βλέμμα του έπεσε πάνω στη φωτεινή ένδειξη αναγνώρισης της τηλεφωνικής κονσόλας του, επιβεβαιώνοντας το νούμερό της και αναθάρρεψε. «Ναι, εγώ είμαι κυρία Περφανατζάκη. Σας κάλεσα για να σας αναφέρω τα ευχάριστα. Σκέφτηκα ότι, να επειδή οι δουλειές περισσεύουν και αντί να περιμένω, τέλος πάντων, προσλαμβάνεστε». Τα μασημένα λόγια του δικηγόρου δήλωναν φανερά την ταραχή του. Στην άλλη άκρη της γραμμής καμία απόκριση.

«Κυρία Ασημίνα είστε εκεί; Μ' ακούτε; Καταλάβατε τι είπα;» Απανωτές εκσφενδονίστηκαν οι ερωτήσεις με εμφανή ανησυχία.

«Ναι, ναι, σας άκουσα. Από τη χαρά μου τα έχασα! Σας ευχαριστώ πάρα πολύ. Ο Θεός να σας έχει γερό και να βοηθάτε όλον τον κόσμο».

«Σ' ευχαριστώ. Θα μπορούσες να ξεκινήσεις από αυτή τη Δευτέρα, 20 Σεπτεμβρίου;»

«Βεβαίως. Τι ώρα θέλετε να έρθω;» ρώτησε η Ασημίνα με ενθουσιασμό.

«Το ωράριό σου θα είναι εννέα το πρωί με έξι το απόγευμα. Το μεσημέρι θα μπορείς εφόσον θέλεις να βγαίνεις για καμιά ωρίτσα για μεσημεριανό γεύμα. Αλλά για το ξεκίνημα, για να σου δείξω τα κατατόπια θα ήθελα να έρθεις αύριο από εδώ, ό,τι ώρα μπορείς μετά τις εννέα. Σε βολεύει;»

«Βεβαίως», απάντησε εκείνη θερμά.

«Ωραία! Τακτοποίησε τυχόν εκκρεμότητες που έχεις και έπειτα πέρνα και από εδώ», της είπε ο Αλέξης με ένα ζεστό χαμόγελο ζωγραφισμένο στα χείλη του.

«Τι ευγενικός που είστε, κύριε Αλέξη, συγνώμη, κύριε Παπαρρηγόπουλε! Σας ευχαριστώ πολύ».

«Μίλα μου όπως θέλεις. Άλλωστε θα είμαστε μαζί για πολλές ώρες την ημέρα. Δε θα σταθούμε στους τύπους. Ελπίζω και εσύ να μην έχεις αντίρρηση που πήρα το θάρρος να σου μιλήσω στον ενικό», τόνισε παρακλητικά.

«Σύμφωνοι. Εντάξει λοιπόν. Σας ευχαριστώ και πάλι. Θα τα πούμε αύριο το πρωί».

«Εντάξει. Αύριο το πρωί λοιπόν ανεπίσημα και από Δευτέρα κανονικά. Καλό απόγευμα, Ασημίνα».

«Καλό σας απόγευμα, κύριε Αλέξη. Και πάλι σας ευχαριστώ πολύ, να 'στε καλά. Ευχαριστώ πολύ!»

Ο δικηγόρος έμεινε αποσβολωμένος και κάθισε βαριά αλλά ευχάριστα στο πολυτελές κάθισμα. Φαντάστηκε τη νεαρή μπροστά του, να υποκλίνεται και να τον ευχαριστεί για την πρόσληψή της. *Πολύ τρυφερό κορίτσι*, σκέφτηκε. *Σίγουρα θα τα πάμε πολύ καλά μαζί. Τυχερός που βρέθηκε στον δρόμο μου. Έχει και πολύ καλές συστάσεις*, αναλογίστηκε προσπαθώντας περισσότερο να πείσει τον εαυτό του ότι έπραξε ορθώς. Έβαλε μπροστά τον μηχανισμό μασάζ και άρχισε να απολαμβάνει ηδονικά τις ευχάριστες μαλάξεις του μηχανήματος. Οι σκέψεις του έτρεξαν λίγο μπροστά, λίγο πίσω, λίγο μέσα στο γραφείο, λίγο έξω από αυτό, λίγο στον ουρανό, λίγο στη γη, λίγο απ' όλα. *Θα ομορφύνει το γραφείο η Ασημίνα για τουλάχιστον ενάμιση χρόνο, ώσπου να γυρίσει η Μυρσίνη. Ποιος ξέρει εάν μείνω ικανοποιημένος μπορεί και πολύ περισσότερο*, μουρμούρισαν οι λέξεις μέσα στο μυαλό του, αλλά μια φωνή συνείδησης τον μάλωσε αυστηρά, θυμίζοντάς του την άριστη συνεργασία με την προηγούμενη γραμματέα.

Την υπόλοιπη ώρα την πέρασε προσπαθώντας να συγκεντρωθεί στις δουλειές του. Οι συχνές ερωτήσεις των συνεργατών του, τα απανωτά τηλεφωνήματα πελατών και άλλων δικηγόρων δεν του άφησαν και πολλά περιθώρια για άλλες σκέψεις. Ήταν εργασιομανής πάντα, άλλωστε η μεγάλη του επιτυχία αυτό υποδείκνυε, αλλά σήμερα δεν έβλεπε την ώρα να φύγει νωρίτερα. Γι' αυτό και εξεπλάγη ο Ταξιάρχης, όταν του πρότεινε να πάνε για κανένα ποτάκι στη γειτονική καφετέρια και να τα πούνε.

«Πώς και έτσι, boss, νωρίς νωρίς σήμερα; Δε μας έχεις συνηθίσει σε τέτοιου είδους αποδράσεις!»

«Θέλεις να έρθεις ή θα πάω μόνος μου;» τον ξαναρώτησε δήθεν πειραγμένος ο Αλέξης.

«Φυσικά και θα έρθω. Έχω πήξει από το πρωί με αυτή την υπόθεση του Λαμπριανού. Δε θέλει να καταλάβει πως είναι αδύνατο να κερδίσουμε με αυτά τα στοιχεία. Μάλλον δε θα τον αναλάβω τελικά. Τι λες και εσύ, Αλέξη;»

«Κάνε ότι σου προτείνει η λογική και η εμπειρία σου. Εσύ ξέρεις καλύτερα αφού μελέτησες την υπόθεση. Από εμένα έχεις το ελεύθερο».

«Αφεντικό με εκπλήσσεις σήμερα για δεύτερη φορά. Πάμε, σίγουρα έχουμε πολλά να πούμε», φώναξε ενθουσιασμένος ο Ταξιάρχης και χωρίς περιστροφές τον τράβηξε από το μπράτσο. Στον δρόμο αναρωτιόταν τι να ήταν αυτό που επηρέασε τον εργοδότη του για να φέρεται τόσο διαφορετικά. *Αυτός, για να δώσει το ελεύθερο να αποφασίσω εγώ, κάτι παίζει σίγουρα, δε θυμάμαι άλλη περίπτωση*, σκέφτηκε απορημένος.

Προχώρησαν με τα πόδια στο αγαπημένο τους στέκι, ενώ την ώρα που έμπαιναν μέσα ο ουρανός άπλωνε το απαλό γκριζογάλανο πέπλο του, προδίδοντας φθινοπωρινή βροχή. Στον μακρινό ορίζοντα μικρές λάμψεις διέσχιζαν στιγμιαία τον ουρανό, τρυπώντας κυριολεκτικά τα σύννεφα, δημιουργώντας όμορφα χρωματιστά τεθλασμένα σχήματα. Ο ήχος των αστραπών που έφτανε αχνός στα αυτιά τους, ανάγκασε τον Αλέξη να σκεφτεί: *Πόσο γρήγορα άλλαξε ο καιρός! Λίγες ώρες πριν είχε ηλιοφάνεια και τώρα κοντεύει να βρέξει*.

Παρήγγειλαν τα γνωστά ποτά τους στην όμορφη σερβιτόρα που δε γλίτωσε από το φλερτ του ελεύθερου και ωραίου δικηγόρου, που ποτέ δεν άφηνε ούτε θηλυκιά γάτα.

«Λοιπόν», άρχισε πρώτος τη συζήτηση ο Ταξιάρχης, μη αφήνοντας τα μάτια του από το καλλίγραμμο κορμί της νεαρής με τις σέξι αναλογίες, «πώς αυτή η ξαφνική απόδραση; Δε μας έχεις μάθει σε κάτι τέτοια, Αλέξη!»

«Ναι, έχεις δίκιο. Αν θυμάμαι καλά την τελευταία φορά που σε πήρα νωρίτερα από τη δουλειά για ποτάκι ήταν το

2016 μετά τη νικητήριο αγόρευσή σου στη δίκη του Σταυρόπουλου, κατά την οποία άλλαξες όλα τα προγνωστικά. Σε θυμάμαι σαν τώρα να αγορεύεις έχοντας φουσκώσει σαν παγόνι με ανοιγμένα τα φτερά. Είχες δώσει ρεσιτάλ, ρε μπαγάσα, τότε!» Το χτύπημα στην πλάτη επιβεβαίωσε τον θαυμασμό του προς τον υφιστάμενο συνεργάτη αλλά και καλό του φίλο.

«Μήπως ξεχνάς όμως πως χωρίς τις δικές σου συμβουλές και κατευθύνσεις δε θα είχα καταφέρει τίποτα;» αποκρίθηκε ο Ταξιάρχης με ένα ελαφρύ κοκκίνισμα στα μάγουλα και ένα απαλό μειδίαμα.

«Τα παραλές, νεαρέ», τον διέκοψε ο Αλέξης σε αυστηρό τόνο.

«Βοήθησαν και οι συγκυρίες βέβαια. Ήταν η χρονιά που είχαν έρθει τα πάνω κάτω. Οι δικαστές ήταν πολύ πιο αυστηροί από ποτέ! Θυμάσαι που η ασχήμια του κόσμου σε όλο της μεγαλείο, άπλωνε ολοένα και περισσότερο τον μαύρο μανδύα της πάνω από τα κεφάλια μας και τα δίχτυα της γύρω από τα σώματά μας; Όλο αυτό λίγο μετά από την απεργία διαρκείας που κάναμε με το περιβόητο «κίνημα της κρεμασμένης γραβάτας».

«Πού το θυμήθηκες πάλι αυτό;» ρώτησε ο Αλέξης απορημένος.

Ο Ταξιάρχης συνέχισε απτόητος χωρίς να σχολιάσει το πείραγμα. «Θυμάσαι που ανεξέλεγκτη η κοινωνία, βάδιζε διαρκώς μέσα στην ύφεση ένα βήμα πριν τον γκρεμό; Μας έλεγαν πως στο 2013 θα βγούμε από την κρίση, μετά ότι αρχές του 2014 το πρωτογενές πλεόνασμα θα μας ελαφρώσει από τους μνημονιακούς ασήκωτους ογκόλιθους, αργότερα πως το 2015 θα ξαναρχίσει η υγιής οικονομική συνεργασία μεταξύ των χωρών της Ευρώπης και της Ελλάδας, όχι το ένα, όχι το άλλο, φρούδες ελπίδες, ψέμα στο ψέμα, αλητεία στην αλητεία». Η τετριμμένη φράση που ξεστόμισε τον έκανε να νιώσει αηδία.

«Και ο λαός, αυτός ο έρμος λαός, πόσο υπομονή έκανε. Του πέταγαν ένα "άμα πτωχεύσουμε και γυρίσουμε στη δραχμή θα καταστραφεί η χώρα και θα πεινάσουμε" και το πίστευε, λες και δεν πεινούσε η χώρα. Βασικά η τρίτη ηλικία το πίστευε περισσότερο και αυτό ήταν η σπουδαιότερη αιτία που κράτησε τη χώρα σε μαρασμό. Ξανά μνημόνια, ξανά ευρωπαϊκή βοήθεια, ξανά υπέρογκα εθνικά δάνεια σωτηρίας, ξανά πόνος και μαρασμός στα νοικοκυριά, ξανά χρεοκοπημένες επιχειρήσεις. Έτσι η πολιτική και οικονομική κρίση συνέχιζε να οδηγεί σε κρίση αξιών και το αντίστροφο». Η φωνή του Αλέξη είχε αποκτήσει ήδη μια απόχρωση αγανάκτησης, που προσπαθούσε να αποβάλλει. Ρούφηξε μια βαθιά γουλιά από το ποτό που μόλις έφτασε και ο Ταξιάρχης τον μιμήθηκε.

«Και το χειρότερο απ' όλα. Έχασε την αξιοπρέπειά του ο Έλληνας. Εκεί που νόμισε πως βρήκε την ελπίδα και πως κάτι πήγαινε να αλλάξει, το μόνο που κατάφερε αλλάζοντας την κυβέρνησή του, αρχές του 2015, ήταν να κάνει απλά μια στροφή ζαλάδας, μια στροφή 180 μοιρών. Πρώτη φορά Αριστερά! Πόσο γελασμένος βγήκε για μία ακόμη φορά! Πάλι φουρτούνες, πάλι όλα από την αρχή, νέος διασυρμός, άσκοπα δημοψηφίσματα. Τα ΝΑΙ που ήταν ΟΧΙ και τα ΟΧΙ που σήμαιναν ΝΑΙ! Ο εξευτελισμός στο μεγαλείο του». Αναστέναξε βαθιά ο Ταξιάρχης ενώ σήκωνε το ποτό του, ψάχνοντας με την άκρη του βλέμματός του τη μελαχρινή αμαζόνα, όπως την αποκάλεσε από την πρώτη στιγμή που την είδε.

«Χάθηκε με όλα αυτά η αισιοδοξία του λαού και η θετική του ενέργεια. Από την άλλη όμως φιλαράκο, ο υπόλοιπος κόσμος, ο απλός πολίτης, ο άνεργος, αυτός που του ξεζούμιζαν το μεδούλι του, ο εργαζόμενος που είδε το μεροκάματό του να μειώνεται στο ένα τρίτο του αρχικού πριν την κρίση, τι έπραξε; Και σαν να μην έφταναν όλα αυτά, οι περισσότεροι νέοι επιστήμονες μετανάστευσαν στο εξωτερικό».

«Ναι, περίπου τριακόσιοι χιλιάδες νέοι με όνειρα!»

«Και τι κάναμε ως λαός για όλα αυτά; Ποια ήταν η αντίδρασή μας;»

«Να σου πω εγώ, Αλέξη! Απλοί παρατηρητές μείναμε που κοιτάζαμε τα γεγονότα να τρέχουν από μπροστά μας σαν αμερικάνικη ταινία δράσης, αραγμένοι στον καναπέ μας, με το όποιο τσιγάρο στο χέρι, αν μπορούσε να το αγοράζει κάποιος και αυτό και περιμέναμε ο "κόσμος" να κάνει κάτι, μια επανάσταση, έναν ξεσηκωμό. Ποιος; Αφού οι ίδιοι ήμαστε ο "κόσμος", αλλά...»

«Αλλά μείναμε βολεμένοι κάτω από τη σκιά του άδικου ρουσφετιού, του προδοτικού διορισμού, του λαδώματος και της λαμογιάς, των παράνομων και καταχρηστικών επιδομάτων, των καθημερινών παραβιάσεων και σχεδόν όλων των νομικών και ηθικών αξιών», πήρε τον λόγο ο Αλέξης που έδειχνε να φουντώνει και το αίμα του να κυκλοφορεί γοργά στις φλέβες του κάνοντας παράλληλα αυστηρή αυτοκριτική, «και καθίσαμε στα αυγά μας συνεχίζοντας να τα κλωσάμε. Ο καθένας το έπαιζε πολύξερος θεωρώντας ότι αν οι άσχετοι πολιτικοί έκαναν ό,τι πίστευε αυτός, θα είχαμε βγει νωρίτερα από την ύφεση». Παρόλο που ήταν από τη φύση του ήρεμος, ήπιος και δίκαιος άνθρωπος, εξοργιζόταν αφάνταστα όταν τα σκεφτόταν όλα αυτά, και την ταλαιπωρία που πέρασε η πατρίδα του και φυσικά συνεχίζει να περνάει αλλά ευτυχώς σε μικρότερη ένταση.

«Και επειδή αυτός ο "κόσμος" που ήταν αραχτός δεν επαρκούσε από τις πολλές δουλειές που είχαν μαζευτεί», συμπλήρωσε ειρωνικά ο Ταξιάρχης, «έφεραν έντεχνα και πονηρά με τη βοήθεια πολλών ευρωπαϊκών χωρών και μερικές χιλιάδες αθώους μετανάστες, που θα μπορούσαν να προσφέρουν πολλά κατά τα φαινόμενα για ένα κομμάτι ψωμί. Φυσικά αυτοί οι ταλαιπωρημένοι άνθρωποι για αλλού είχανε προορισμό, αλλά εγκλωβίστηκαν σε λάθος χώρα για αρκετά μεγάλο διάστημα. Κάποιοι επ' αόριστον».

«Ναι, όλοι βλέπαμε τη στρατηγική της Ευρώπης, αλλά η κυβέρνησή μας εθελοτυφλούσε. Που να με πάρει! Νεκροταφείο ψυχών καταντήσαμε! Διασυρμός, εξευτελισμός της χώρας σε όλο της το μεγαλείο! Ίχνος αξιοπρέπειας από πουθενά! Βέβαια είχαμε και τα φρικαλέα τρομοκρατικά χτυπήματα σε ευρωπαϊκές χώρες, πού να ανοίξουν τα σύνορα μετά!»

Ο Ταξιάρχης που κατάλαβε τον εσωτερικό πόλεμο που γινόταν μέσα του προσπάθησε να κατεβάσει τους τόνους.

«Εντάξει, δεν έχει λόγο να συγχιζόμαστε τώρα γι' αυτά. Ας πούμε και ας πιούμε σε αυτό, να είναι περασμένα ξεχασμένα! Εξάλλου η χώρα οδεύει προς καλύτερες ημέρες». «Να το δω και να μην το πιστέψω», ευχήθηκε ο Αλέξης βροντερά. «Εγώ πιστεύω πως θα πάμε καλύτερα πλέον. Αν μην τι άλλο πήραμε ένα γερό μάθημα από την όλη ιστορία. Κάποιοι μπήκαν στη θέση τους, οι απλοί πολίτες ευαισθητοποιήθηκαν, οι πολιτικοί μας πλέον, από φόβο ή συνέπεια προσγειώθηκαν αρκετά, όχι όλοι βέβαια. Πολλοί ακόμα καιροσκόποι που πατούσαν στις πλάτες του φτωχού λαού, το πλήρωσαν με το βούλιαγμα της επιχείρησής τους ή του εργοστασίου τους και αν μου επιτρέπεις να συμπληρώσω και κάτι ακόμα. Καλά να πάθουν! Και το λέω αυτό επειδή νόμιζαν πως εάν πληρώσουν τα μισά χρήματα στον υπάλληλό τους, ότι θα μπουν διπλά στην τσέπη τους. Όχι, φίλε μου! Διότι δεν το σκέφτηκες μόνο εσύ αυτό! Υπήρχαν κι άλλοι πονηροί όπως και εσύ σ' αυτή τη ρημαδοχώρα. Και τώρα που μείωσες την αγοραστική δύναμη των υπαλλήλων σου, μαζί με τις εκατομμύρια άλλες μειώσεις, έσπασε η οικονομική αλυσίδα και οι κρίκοι της βρέθηκαν να πατιούνται σκόρπιοι στη γη! Και τώρα εσύ τι κάνεις; Ανήμπορος να σηκώσεις το βάρος της βλακείας σου αυτοκτονείς ή στέλνεις κάποιους αθώους στην αυτοκτονία και άλλους στη λιμοκτονία». Η κατασταλαγμένη άποψη του Ταξιάρχη βγήκε αυθόρμητα.

«'Η στην απόγνωση και στην απάτη και γι' αυτό φτάσαμε στο να αυξηθούν σε δραματικά επίπεδα τα στατιστικά των αδικημάτων από έντιμους πολίτες και όχι μόνο από σεσημασμένους κακοποιούς. Γι' αυτό φτάνουν στα χέρια μας δεκάδες υποθέσεις καθημερινά, που ναι μεν μας κάνουν πλουσιότερους στον κλάδο μας, δε λέω, αλλά να το βράσω τέτοιο χρήμα. Θα προτιμούσα τη χώρα μου και τους πολίτες της υγιείς και ευτυχισμένους, παρά εμένα τον πλουσιότερο δικηγόρο της Βόρειας Ελλάδας». Τον κοίταξε και περίμενε τη συνέχεια στον λόγο του, αλλά ο Ταξιάρχης έκανε απότομη μεταστροφή στη συζήτηση με ένα πονηρό χαμόγελο.

«Αλέξη, εάν θυμάμαι καλά για σένα ήρθαμε να μιλήσουμε, όχι για το πολιτικό και κοινωνικό σκηνικό της χώρας!»

«Καλά λες, παρασυρθήκαμε! Έχεις δίκιο, μη βαράς! Μας παρέσυραν θέματα που μας καίνε χρόνια τώρα! Άλλωστε καιρό είχαμε να τα πούμε, δε νομίζεις; Όλα αυτά που βιώσαμε ήταν αναμμένο καζάνι που έβραζε με υγρό μίγμα καυτού πόνου και δακρύων. Και μη με κοιτάς με αυτό το πονηρό βλέμμα. Ξέρω τι κρύβει από πίσω του!» Κοιτάχτηκαν για λίγο στα μάτια και χαμογέλασαν μελαγχολικά, τη στιγμή που κατέβαζαν μια γουλιά από το ρόφημά τους ταυτόχρονα.

«Είσαι φίλος μου εδώ και δεκαπέντε χρόνια. Σε έχω στη δούλεψή μου είκοσι και αντιλήφθηκα πολύ νωρίς τη διορατικότητά σου, τον ευθύ λόγο και την ειλικρινή συμπεριφορά σου», άρχισε τον πρόλογο ο Αλέξης.

«Στο κυρίως πιάτο αφεντικό», παρατήρησε ο Ταξιάρχης προσπαθώντας να αποφύγει τις κολακείες του. Ποτέ δεν του άρεσαν οι έπαινοι, να μιλούν για τις ικανότητές του και για τις προσωπικές του επιτυχίες.

Εκείνος όμως συνέχισε απτόητος. «Σε αισθάνομαι κάτι παραπάνω από αδελφό μου και μπορώ να σου εκμυστηρευτώ τα πάντα. Έτσι δεν είναι;»

«Φυσικά. Ούτε να το ρωτάς! Αλλά προς τι ο λόγος;» ρώτησε παραξενευμένος ο Ταξιάρχης.

«Να, πώς να σου το πω και από πού να αρχίσω, ξέρεις ντρέπομαι και λίγο, δε μου έχει ξανά τύχει, ενώ εσύ είσαι πιο έμπειρος σ' αυτά», άρχισε να ξεδιπλώνει τις λέξεις μία μία ο μεγαλοδικηγόρος πάνω στο τραπέζι σαν να ήθελε να πλάσει ζυμάρι.

«Μίλα ελεύθερα, μη με κρατάς σε αγωνία και μ' έσκασες επιτέλους!» τον επέπληξε ο συνομιλητής του.

«Ξέρεις πολύ καλά ότι η Μυρσίνη σταμάτησε από το γραφείο λόγω εγκυμοσύνης για να πάρει την άδεια λοχείας και μόλις εχθές ήταν η τελευταία ημέρα εργασίας της».

«Ναι, φυσικά, λοιπόν;»

«Σήμερα το πρωί, δέχθηκα μια επίσκεψη από μια... μια

θεϊκή οπτασία, άλλο να σου λέω και άλλο να την έχεις απέναντί σου, που... άκου σύμπτωση... έψαχνε για εργασία στη θέση της ιδιαιτέρας».

«Ε, και πού είναι το παράξενο;» αναρωτήθηκε ο Ταξιάρχης.

«Φίλε μου, η κοπέλα ήξερε ότι η Μυρσίνη άφησε τη θέση της την προηγούμενη μόλις μέρα, χωρίς καν να προλάβω να βάλω στις αγγελίες ανακοίνωση! Δεν παρά είναι συμπτωματικό αυτό;»

«Εντάξει και που κολλάς! Η κοπέλα ψάχνει για δουλειά, χτυπάει όποια πόρτα βρίσκει μέχρι κάπου να σκαλώσει. Πού είναι το κακό, δε βλέπω κάτι μεμπτό», του αντέτεινε ο Ταξιάρχης.

«Ναι, αλλά και ο τρόπος προσέγγισης, η άνεσή της, οι κινήσεις, το ύφος της, δεν πέρασαν απαρατήρητα από μπροστά μου. Θαρρείς ότι κάτι επιδίωκε», τόνισε ο Αλέξης τρίβοντας παράλληλα το πηγούνι του.

«Να βρει μια καλή δουλειά σε έναν πετυχημένο δικηγόρο, τι άλλο;» τόνισε χωρίς περιστροφές ο Ταξιάρχης. «Αν δεν ψάξει σε γραφεία όπως το δικό σου, που είναι και το μεγαλύτερο, που αλλού;»

«Εν τω μεταξύ ρώτησα και τον φίλο μου τον Κώστα Αγγελάκη, τον συμβολαιογράφο, τον ξέρεις, και μου έδωσε τις καλύτερες συστάσεις. Την είχε καιρό στο γραφείο του».

«Βλέπεις τι σου λέω, άδικα το ψειρίζεις τόσο το θέμα. Η κοπέλα ήθελε δουλειά. Αλήθεια σκέφτεσαι να την προσλάβεις και θέλεις τη γνώμη μου;»

«Το έχω κάνει ήδη. Ίσως να βιάστηκα λίγο, αλλά αυτό είναι που με προβληματίζει και θέλω να συζητήσουμε!»

«Τι σε αγχώνει; Αφού έχεις τις καλύτερες συστάσεις από τον Αγγελάκη του οποίου τη γνώμη σέβεσαι και εκτιμάς».

«Η σαγήνη της. Η υπερβολική ομορφιά της και αυτό που ένιωσα εγώ για τα λίγα λεπτά που μιλήσαμε. Δεν μπορώ να προσδιορίσω τι με κάνει να είμαι έτσι, αλλά από τη στιγμή που μπήκε στο γραφείο το πρωί κάτι φτερουγίζει στο στήθος μου».

«Τι εννοείς φτερουγίζει στο στήθος σου; Το άγχος αν θα τα καταφέρει;» τον ρώτησε πειρακτικά ενώ είχε καταλάβει πολύ καλά πού το πήγαινε το αφεντικό του. «Έλα, Ταξιάρχη, μην κάνεις πως δεν καταλαβαίνεις!» «Άστο, εντάξει, σε πειράζω. Αυτό που έχεις δεν είναι ούτε πρόβλημα, ούτε κάτι που πρέπει να σε απασχολεί», τον διαβεβαίωσε ο Ταξιάρχης.

«Άιντε, ρε ψυχολόγε μου, εσύ. Έβγαλες κιόλας τη διάγνωσή σου;»

«Κάποτε οι παλιοί το λέγανε "δάγκωμα της λαμαρίνας" φίλε μου. Τσίμπημα το λέω εγώ. Τσιμπήθηκες με τη μικρή, αυτό είναι όλο», δήλωσε με καμάρι.

«Τι λες, Ταξιάρχη, είναι δυνατόν να μου συμβαίνει αυτό με την πρώτη ματιά που την έριξα. Αυτό το παθαίναμε στα νιάτα μας, όταν μας γυάλιζε καμία πιτσιρίκα!»

«Ναι, ναι τσιμπήθηκες μαζί της και, για να σου το θυμίσω, αυτό που νιώθεις ακούει στο όνομα κεραυνοβόλος έρωτας. Δε συμβαίνει μόνο στα νιάτα, μα σε οποιαδήποτε ηλικία, αδελφέ μου! Βαριά η αλήθεια. Ασήκωτη κάποιες φορές!»

«Προτρέχεις, κολλητέ! Πολύ μακριά την ταξίδεψες τη βαλίτσα».

«Άκου που σου λέω. Κάτι παραπάνω ξέρει ο παλιός. Αλήθεια πόσο χρονών είναι;» ρώτησε με περισσό ενδιαφέρον.

«Είκοσι οχτώ λένε τα χαρτιά της, αλλά εμένα μου φάνηκε πιο μικρή».

«Να, ορίστε, άρχισες να αμφιβάλλεις τώρα και τα χαρτιά, για να πλάσεις την εικόνα που θέλεις εσύ στο μυαλό σου», είπε ευθαρσώς ο Ταξιάρχης.

«Ίσα ίσα, το κάνω για να αποφύγω να πλάσω αυτήν την εικόνα, ψάχνοντας αποθαρρυντικά στοιχεία. Ο γιος μου ο Σεραφείμ αύριο κλείνει τα είκοσι δύο. Δε θα ήταν φρόνιμο να συζητάμε για έρωτες με μια κοπέλα κοντά στην ηλικία του».

«Ναι, και θα ήταν φρόνιμο να συζητάμε για μια τριαντάρα ή σαραντάρα! Ποια η διαφορά. Τι λες, ρε Αλέξη! Καταλαβαίνεις τι λες; Γουστάρεις, παιδάκι μου, το μωρό; Τι σε νοιάζει η ηλικία της τότε; Η ηλικία είναι που δείχνει σημάδια που ανοίγουν τις μπάρες των διοδίων για να περάσεις;

Αυτό να διερευνήσεις και τίποτα άλλο, για να μη σπάσεις τα μούτρα σου! Ίσα ίσα όσο πιο μικρή τόσο πιο απολαυστικό το σεξ μαζί της». Το πλατύ χαμόγελο που απλώθηκε στα χείλη του πρόδιδε τον ενθουσιασμό του, αλλά και την άνεση που τον διακατείχε σ' αυτά τα θέματα. «Όπα όπα, έχεις ξεφύγει, Ταξίαρχη. Εγώ σου είπα πως κάτι με προβληματίζει με τη μικρή και εσύ μας έστειλες στο κρεβάτι», του τόνισε ενοχλημένος ενώ σημάδευε με βλοσυρό βλέμμα το θρασύ συνομιλητή του, αντικρούοντας τα λόγια του και χάνοντας το κέφι του. «Καλά, φίλε μου, μην παρεξηγείσαι. Με ξέρεις πόσο παρορμητικός είμαι και πόσο μου αρέσει το γυναικείο φύλο. Πάντως εγώ στη θέση σου, μόλις μου άνοιγαν οι μπάρες, θα ορμούσα και μάλιστα χωρίς αντίτιμο. Αλήθεια, θυμάσαι το κίνημα «ΔΕΝ ΠΛΗΡΩΝΩ» κάπου στο 2011, 2012 εάν δεν με απατάει η μνήμη μου, που έσπαγαν τις μπάρες για να περάσουν χωρίς πληρωμή, διαμαρτυρόμενοι για τις ακριβές τιμές των διοδίων; Τι χρόνια και εκείνα», είπε αλλάζοντας έξυπνα και με χιούμορ τα λόγια του, προσπαθώντας να ηρεμήσει λίγο το κλίμα.

«Δεν έβαλα στόχο, ούτε έχω σκοπό να το κάνω, να ρίξω τη μικρή», απάντησε ο Αλέξης αγνοώντας παντελώς το σχόλιο του Ταξίαρχη. «Απλώς μου άρεσε συνολικά η εικόνα της και αυτό είναι όλο. Στο κάτω κάτω πού είναι το κακό να έχεις μια κουκλίτσα στο γραφείο σου και να σου φτιάχνει τη διάθεση;»

«Α, γεια σου... Συμφωνώ και επαυξάνω. Δεν υπάρχει κανένα κακό σ' αυτό. Απεναντίας μάλιστα, εάν είναι και καλή στη δουλειά της, τότε διπλό το καλό».

«Εσύ, ρε μπαγάσα, όμως, αν σου κουνιόταν δε θα χαλάλιζες ε; Απευθείας στο ψητό. Ε, βέβαια, δεν έχεις οικογένεια να σκεφτείς, ούτε γυναίκα και παιδιά να σε βάλουν στον τοίχο και να σε πυροβολήσουν μόλις μάθουν κάτι».

«Και γιατί να μάθουν κάτι, δεν το κατάλαβα! Χάθηκαν οι τρόποι απόκρυψης; Ή μήπως ο πρώτος παράνομος δεσμός θα ήταν. Άσε που όλα είναι μια ιδέα».

«Ωραία, τώρα τα φτιάξαμε κιόλας! Μήπως να συζητήσουμε και για το πότε θα κάνουμε κανένα τριήμερο στη Χαλκιδική στο εξοχικό μου, αφήνοντας την οικογένεια πίσω μόνη, προφασιζόμενοι ότι έχουμε σεμινάριο ή επαγγελματική συνάντηση και πως θα είμαστε μαζί για να έχω και άλλοθι;»

«Ναι, ωραία ιδέα, γιατί όχι; Εγώ πάντως σε καλύπτω φιλαράκι», είπε ο Ταξιάρχης και γέλασαν και οι δύο δυνατά.

Εκείνη τη στιγμή το βλέμμα του Ταξιάρχη έπεσε σε μια κυρία γύρω στα τριάντα, που κοιτούσε ανήσυχα το ρολόι της. Είχε πολύ όμορφα χαρακτηριστικά στο πρόσωπο, τα μαύρα μαλλιά της έπεφταν μοιραία στους γυμνούς ώμους της, ενώ οι μηροί της γυάλιζαν στο φως των προβολέων της καφετέριας. Το καυτό σορτσάκι που φορούσε διέγειρε τη φαντασία του και δεν έβλεπε την ώρα να φλερτάρει μαζί της. Μεμιάς ξέχασε και την πανέμορφη σερβιτόρα! Από τη φύση του κυνηγός, δεν άφηνε ευκαιρία να πάει χαμένη. Ελάχιστες ερωτικές σχέσεις του κράτησαν πάνω από χρόνο, ύστερα από τη «φορεσιά» που του πέρασε μια δίμετρη καλλονή στα τριάντα του. Ίσως από εκδίκηση, ίσως από καλοπέραση, άλλαζε τις γυναίκες τη μία πίσω από την άλλη όπως τις κάλτσες ή τις γραβάτες του.

«Πιθανόν να μην είμαι ο καλύτερος συμβουλάτορας για σένα, Αλέξη μου, αλλά αυτό είμαι, γιατί να το κρύψω άλλωστε; Πάντως η γνώμη μου είναι αν η μικρή κουνηθεί και εφόσον πραγματικά σου αρέσει κι εσένα, μη μασάς. Δάγκωσε τη λαμαρίνα, απλά πρόσεχε να μην κοπείς. Διότι κόβει άσχημα η άτιμη, κάτι ξέρω εγώ», είπε αυτοσαρκαζόμενος ο κατά πέντε χρόνια νεότερός του δικηγόρος.

Ο Αλέξης αρκέστηκε σε μια λιτή φράση, δείχνοντας σκεφτικός. «Μάλιστα, θα την έχω υπόψη μου την άποψή σου».

Ο Ταξιάρχης συνέχισε να κοιτάει επίμονα τη μαυρομαλλούσα, που είχε αρχίσει να ξεφυσάει και να χάνει την αυτοκυριαρχία της. Στο μυαλό του πλάστηκαν μαγευτικές εικόνες και αυθόρμητα χωρίς ντροπή και ενδοιασμό πρότεινε στον φίλο του: «Εάν πιστεύεις ότι βοήθησα σαν καλός φίλος κάνε μου και εσύ τώρα μια χάρη».

«Ό,τι θέλεις, στη διάθεσή σου».

«Κοίτα διακριτικά δεξιά σου, στο διπλανό τραπέζι και θα καταλάβεις. Φαίνεται ότι το ραντεβού της ακυρώθηκε για σήμερα. Το μωρό έμεινε μόνο και ίσως ψάχνει για παρέα», είπε χαμηλόφωνα μουρμουρώντας μέσα από τα δόντια του ο Ταξιάρχης.

Εκείνος έγειρε ελαφρά το κεφάλι του και κάνοντας πως δένει τα κορδόνια του έριξε μια κλεφτή ματιά, για να μη χαλάσει το χατίρι του φίλου του.

«Εε, πώς σου φαίνεται; Δε μιλάει το παιδί;» τον ρώτησε ο Ταξιάρχης με ένα πλατύ χαμόγελο, που δήλωνε γοητευμένος μέχρι τα μπούνια.

Ο Αλέξης απλά κούνησε καταφατικά το κεφάλι του και αφού κατέβασε την τελευταία γουλιά του ποτού, φώναξε τη σερβιτόρα για να πληρώσει τον λογαριασμό, αλλά ο Ταξιάρχης δεν τον άφησε. «Αυτά είναι δικά μου. Κερνάω κι όπως φαίνεται θα έχουμε και επιδόρπιο. Ήταν η τυχερή μου μέρα. Να' σαι καλά, boss, χάρηκα που τα είπαμε», είπε χαμογελώντας και έδωσε το αντίτιμο στη νεαρή καλλονή σκάζοντας ταυτόχρονα ένα τρυφερό χαμόγελο. Εκείνη δεν έδειξε να ανταποκρίνεται.

Ο Αλέξης δε χρειαζόταν ούτε να δει, αλλά ούτε να ακούσει κάτι άλλο. Ήξερε πολύ καλά ότι εάν του έμπαινε κάτι στο μυαλό, με τίποτα δεν του άλλαζες γνώμη. "Έχει εντελώς διαφορετική νοοτροπία", σκέφτηκε και αποχώρησε διακριτικά.

Πίσω του ο Ταξιάρχης περίμενε την κατάλληλη στιγμή για εφόρμηση. Ήξερε πως εάν δεν ερχόταν σε λίγη ώρα το ραντεβού της μικρής, θα ήταν όλη δικιά του. Ένα κερασμένο ποτό, δύο κουβέντες από μακριά, πλησίασμα στο τραπέζι της, λίγες φιλοφρονήσεις για τα κάλλη της και μετά όλα ήταν εύκολα. Είχε τρομερή αυτοπεποίθηση, εξαιρετική ικανότητα να χειρίζεται τις γυναίκες, αλλά και άψογη εξωτερική εμφάνιση. Ψηλός με λυγερό, αθλητικό κορμί, σκούρα μελιά μάτια, καστανόξανθος με ιδιαίτερη γοητεία στα ζυγωματικά και στο πηγούνι, καλοντυμένος με ακριβά ρούχα, όψη ακαταμάχητου άνδρα, ιδανικού εραστή. Σπάνια κάποια γυναίκα που είχε βάλει στο μάτι τού αντιστεκόταν. Τι και αν μόλις ξεπέρασε τα πενήντα. Η καρδιά είναι αυτή που μετράει. Ο μίστερ τέλειος για τις γυναίκες που έψαχναν τον έρωτα της ζωής τους. Έτσι έγινε και τώρα. Μόλις διαπίστωσε ότι η κοπέλα ετοιμαζόταν να φύγει, εφάρμοσε την αλάνθαστη πολιτική του και βρέθηκε να μιλά δίπλα της, φτιάχνοντας τη χαμένη της διάθεση και χαροποιώντας τη δική του. Μακάρισε τον Αλέξη που τον έφερε σ' αυτή την καφετέρια και απόλαυσε την παρέα, της κατά είκοσι χρόνια μικρότερής του.

Από την άλλη, ο Αλέξης τράβηξε στο σπίτι του προβληματισμένος και ανήσυχος εάν οι πράξεις του ήταν σωστές ή εμπεριείχαν επιπόλαιες κινήσεις. Έφτασε εκεί, αναλογιζόμενος και κάνοντας την αυτοκριτική του, όπου τον περίμενε η θαλπωρή της οικογένειας, με τρεις τρυφερές γυναικείες αγκαλιές να σφίγγονται πάνω του, θαρρείς και το έκαναν επίτηδες για να τον αποθαρρύνουν από κάθε μη επιτρεπτή σκέψη εκτός των ορίων της οικογενείας.

«Κουκλίτσες είστε και οι τρεις, αλλά περισσότερο απ' όλες η μαμά σας», ομολόγησε ο Αλέξης σθεναρά.

«Κρίμα τα φιλιά μας, Τέμα», ψέλλισε ναζιάρικα η Χριστίνα προσπαθώντας να φανεί παραπονούμενη.

«Ζηλιαρούλα μου εσύ, έλα εδώ». Άρπαξε τη μικρή του κόρη και τη σήκωσε ψηλά, όπως τον παλιό καλό καιρό που ήταν μωράκι. «Για να μην έχεις παράπονο, να πόσο ψηλά σ' έχω στην καρδιά μου», τόνισε σφίγγοντας τα δόντια από την υπερπροσπάθεια.

«Εντάξει, μπαμπακούλη, άφησέ με τώρα πριν σου βγει καμιά μέση ή σου πέσει κανένα νεφρό», πρόσταξε η νεαρή.

Κάθισαν στο σαλόνι και η Δέσποινα ρώτησε εάν ήθελαν να φάνε. Οι μικρές απάντησαν θετικά αλλά ο Αλέξης αρκέστηκε σε ένα γιαούρτι με φρούτα, το αγαπημένο του. Η Δέσποινα, αφού ετοίμασε το τραπέζι στην κουζίνα με τη βοήθεια των θυγατέρων της, τις άφησε να τρώνε και έκατσε δίπλα στον άντρα της αγκαλιάζοντάς τον τρυφερά. Εκείνος ανταπέδωσε την αγκαλιά και άνοιξε την τηλεόραση για να παρακολουθήσει τις βραδινές ειδήσεις απολαμβάνοντας το σπέσιαλ γιαουρτάκι του. Δεν άνοιξαν καμία συζήτηση μέχρι τη στιγμή που ο Αλέξης ξαφνικά ρώτησε: «Πού είναι ο Σεραφείμ;» «Βγήκε με τους φίλους του. Είπε πως θα αργήσει, οπότε...»

«Α, μάλιστα, ξέρεις με ποιους;»

«Αμάν, άντρα μου, κάνεις λες και είναι έφηβος! Έχει βγει με αρκετούς... για να τους καλέσει... μέρα που είναι αύριο!»

«Γιατί, τι έχει η ημέρα αύριο;» ρώτησε απορημένος ο Αλέξης.

«Πατέρας να σου πετύχει! Ξέχασες τα γενέθλια του κανακάρη σου, Αλεξάκο μου;»

«Ωχ, που να πάρει η ευχή. Δεν το ξέχασα το παιδί, απλά τώρα μου διέφυγε. Φτου μου! Και να φανταστείς πριν το έλεγα στον Ταξιάρχη, πάνω στη συζήτηση στην καφετέρια», είπε και δαγκώθηκε αμέσως.

«Βγήκατε για ποτό με τον Ταξιάρχη; Πώς έτσι; Καιρό είχατε να το κάνετε;»

«Ναι, όντως καιρό είχαμε. Για να τον χαλαρώσω από μια δύσκολη υπόθεση που πάει να τον τρελάνει. Αυτήν του Λαμπριανού, σου έχω πει». *Να και το πρώτο ψέμα* σκέφτηκε άθελά του ο Αλέξης, *"αλλά και τι να της έλεγα και πώς να της εξηγήσω τον προβληματισμό μου. Λέγονται αυτά στις συζύγους;"*

«Έι, Αλέξη, έι που ταξιδεύεις;», προσπάθησε να τον επαναφέρει η σύζυγος αγνοώντας τις ανάρμοστες σκέψεις του.

«Πήρε και το αυτοκίνητο;» ρώτησε ο Αλέξης, προσπαθώντας να ξεγλιστρήσει.

«Ναι, πήρε το δικό μου για να είναι πιο ευέλικτος, όπως μου είπε.

«Ξέρεις πού θα πάνε, σου είπε;», ρώτησε ο άνδρας κρατώντας την κουβέντα στη γραμμή που είχε χαράξει.

«Μπα, ούτε ο ίδιος δεν ήξερε. Ό,τι κανονίσει η παρέα μου είπε».

«Καλά, για να δούμε τώρα λίγο τα γεγονότα πώς τρέχουν, τι εξελίξεις είχαμε σήμερα σε αυτή την άμοιρη χώρα».

Η Δέσποινα κουλουριάστηκε στην αγκαλιά του και χουρχούριζε σαν γατούλα, ενώ ο Αλέξης χάιδευε απαλά τα μαλ- λιά της. Έπειτα από λίγο ήρθαν και τα κορίτσια και όλες οι κυρίες μαζί στρώθηκαν σε ένα διασκεδαστικό διάλογο, που λίγο ως πολύ, άθελά τους, έβγαλαν εκτός τον μοναδικό άν- δρα της παρέας. Αυτός βρήκε την ευκαιρία να παρακολουθή- σει τις ειδήσεις με την ησυχία του, με απόλυτη συγκέντρωση, αδιαφορώντας για τις γυναικείες κουβέντες της οικογένειάς του, που ούτως ή άλλως τις περισσότερες φορές δεν περιεί- χαν κανένα ενδιαφέρον γι' αυτόν. Κάπου κάπου στο μυαλό του σχηματιζόταν η εικόνα της νεαρής πρωινής επισκέπτριας στο γραφείο του, αλλά την έδιωχνε αμέσως.

Αμέσως μετά τις ειδήσεις, μια ταινία του Hollywood κράτησε αμείωτο το ενδιαφέρον του, μέχρι λίγο πριν τις δώδεκα που η Δέσποινα, αφού χόρτασε τις κόρες της, τον κάλεσε για ύπνο και ο Αλέξης, αν και νωχελικά, απάντη- σε θετικά. Αποσύρθηκαν στην κάμαρή τους, ενώ οι μικρές έμειναν να παρακολουθήσουν μια άλλη αμερικάνικη κωμι- κή ταινία στο αγαπημένο τους δορυφορικό κανάλι. Η Δέ- σποινα με τον τρόπο της και τα γατίσια κόλπα της κατάφερε και έριξε τον Αλέξη για δεύτερη φορά την ίδια μέρα στην αγκαλιά της, κάμπτοντας τις όποιες αντιστάσεις του κι απόλαυσε τις ανδρικές του επιδόσεις με πάθος.

«Καιρό είχαμε να βρεθούμε δύο φορές την ίδια μέρα. Ήσουν για μια ακόμη φορά ταύρος, αλλά...»

«Μην αρχίζεις τα αλλά γυναίκα, καλά το ξεκίνησες».

Γέλασε ο Αλέξης και παρέσυρε και τη γυναίκα του που ξέ- σπασε κι αυτή σε ένα ευχάριστο χαχανητό.

«Εντάξει, δεν έχει άλλα... αλλά για απόψε. Με χαλάρω- σες και αυτό μου φτάνει. Καληνυχτούλα...», ήταν η τελευ- ταία της κουβέντα και ένα φιλί στην ανάστροφη της παλάμης του έκλεισε με τον ιδανικότερο τρόπο και αυτήν την ημέρα.

«Καληνύχτα, κούκλα μου». Τα λόγια έστειλαν την ευχή, αλλά τα μάτια δε σφάλισαν για πολλές ώρες. Το μαξι- λάρι, όποια θέση και αν έπαιρνε, δεν μπορούσε να προσφέ- ρει την ηρεμία που αποζητούσε. Υπερένταση! Η εικόνα της μικρής εμφανιζόταν συνέχεια μπροστά του, άλλοτε ντυμένη αγγελικά με κάτασπρο μεταξένιο φόρεμα και άλλοτε ως μια κακάσχημη διαβολική μάγισσα που τον καλούσε κοντά της για να γευτούν μαζί τις σαρκικές απολαύσεις. Τα λόγια του Ταξιάρχη σφυροκοπούσαν τα μηνίγγια του, ανεβάζοντας το μαρτύριο της αϋπνίας στο ζενίθ. *"Τσιμπήθηκες μαζί της, κεραυνοβόλος έρωτας, όσο πιο μικρή τόσο πιο απολαυστικό το σεξ μαζί της, σεξ, σεξ, σεξ..."*

Το πρωί έφτασε σέρνοντας μαζί του άμαξες με κουδούνια που βούιζαν μέσα στα αυτιά του. Σηκώθηκε πρώτος και παραπατώντας από τη νύστα και το ξενύχτι, πέρασε πρώτα από το δωμάτιο του Μάκη. Διαπίστωσε ότι το κρεβάτι ήταν στρωμένο, πράγμα που σήμαινε πως δε γύρισε ακόμα. Δεν ανησύχησε προς στιγμή διότι θεώρησε ότι θα τον πήρε ο ύπνος κάτω στο σαλόνι χαζεύοντας στην τηλεόραση. Έτσι αποφάσισε να ρίξει μια ματιά και εκεί, που ούτως ή άλλως ήταν στο πέρασμά του για την κουζίνα. Ένας ζεστός καφές θα ήταν ότι πρέπει για την τόνωση που χρειαζόταν.

Προς μεγάλη του κατάπληξη, όμως, ούτε εκεί βρισκόταν ο γιος του. Ένα κρύο ρίγος διαπέρασε τη ραχοκοκαλιά του, αλλά γρήγορα το απέβαλε από πάνω του. *"Θα κοιμήθηκε σε κανέναν φίλο του και επειδή ήταν αργά σκέφτηκε να μη μας ενοχλήσει. Ή σε καμία πιτσιρίκα, νέο παιδί είναι, γιατί όχι; Από την άλλη, όμως, χθες ξενύχτι, σήμερα πιθανότατα πάλι ξενύχτι, έτσι ήμασταν κι εμείς;"* αναρωτήθηκε με ένα πονηρό χαμόγελο. Έφτιαξε τον ελληνικό του και χωρίς να τσιμπήσει τίποτα για πρωινό σπάνια το έκανε αυτό κίνησε νωχελικά για το γραφείο. Ήταν πολύ νωρίς ακόμα, αλλά προτίμησε αυτό από το να σκοτώσει τον χρόνο του σε οτιδήποτε άλλο. Σπάνια πήγαινε Σάββατο για δουλειά, αλλά σήμερα ήταν ειδική ημέρα. Είχε καλέσει τη νέα του γραμματέα, μάλλον χωρίς καν να το σκεφτεί, αγνοώντας ότι είναι Σάββατο και δεν ήθελε να ακυρώσει το ραντεβού, μην τυχόν και στραβώσει κάτι. Στον δρόμο έκανε μια στάση για να αγοράσει δύο εφημερίδες, μια τοπική και μια αθηναϊκή, ώστε να παραμένει ενήμερος για τα τρέχοντα θέματα. Ο ήλιος μόλις είχε ξεμυτίσει, ενώ η ώρα έδειχνε επτά και είκοσι, τη στιγμή που πάρκαρε το αυτοκίνητο στον ειδικά διαμορφωμένα χώρο της πολυκατοικίας όπου βρίσκονταν τα γραφεία της εταιρίας του.

Ο θυρωρός τον καλημέρισε ιπποτικά βγάζοντας το καπέλο του και ο Αλέξης ανταπόδωσε τον χαιρετισμό μετά από ένα πελώριο χασμουρητό που του βγήκε άθελά του.

«Καλή μέρα, κυρ' Αντώνη. Τι κάνει η κυρία Μάρω σας;»

«Δόξα τω Θεώ όλοι είμαστε καλά! Εσείς πώς και τόσο νωρίς σήμερα και μάλιστα Σάββατο μέρα;»

«Δεν είχα ύπνο. Ξύπνησα νωρίς και είπα να έρθω στο γραφείο όπως κάποτε που ερχόμουν από τα άγρια χαράματα, θυμάσαι κυρ' Αντώνη;»

«Πώς δε θυμάμαι παιδί μου», απάντησε νοσταλγικά ο θυρωρός και έβγαλε ένα μακρόσυρτο επιφώνημα. «Αααααχ πώς δε θυμάμαι! Άλλοι καιροί εκείνοι. Αληθινοί, μεστοί! Ζωντανοί!»

«Έτσι είναι, όπως τα λέτε. Έτσι ακριβώς! Αλήθεια κυρ' Αντώνη, πόσο χρονών είστε τώρα; Σας θυμάμαι πολλά χρόνια εδώ!»

«Έναν χρόνο πριν τη σύνταξη παλικάρι μου. Αν είμαστε γεροί του χρόνου τέτοιον καιρό θα σας φέρνω γλυκά αποχαιρετισμού», είπε ο θυρωρός αποφεύγοντας έντεχνα να αναφέρει τα χρόνια που βάραιναν την πλάτη του.

«Κατάλαβα», ψιθύρισε ο Αλέξης μελαγχολικά. Τον αγαπούσε αυτόν τον άνθρωπο και στην ιδέα ότι θα τον χάσει αναρίγησε.

«Φαίνεται πως και κάποιος άλλος δεν είχε ύπνο απόψε και ήρθε πρωί πρωί να σας ψάχνει, κύριε Αλέξη», είπε χαμογελώντας ο μπάρμπα Αντώνης και του 'κλεισε το μάτι.

«Ποιος με ψάχνει, πελάτης;»

«Όχι».

«Φίλος;»

«Ούτε».

«Συνάδελφος;»

«Πάλι έξω πέσατε!»

«Πες, το κυρ' Αντώνη, και μη με κρατάς άλλο σε αγωνία!»

«Μια γοργόνα του γλυκού νερού σας περιμένει επάνω.

Της πρότεινα να μείνει εδώ μαζί μου, αλλά προτίμησε να ανέβει στην αίθουσα αναμονής», σιγομουρμούρισε ο θυρωρός, χαμηλώνοντας παράλληλα το κεφάλι του κοντά στον Αλέξη.

«Μάλιστα», είπε ο Αλέξης κρυφογελώντας και κίνησε για το γραφείο του, χαιρετώντας τον θυρωρό με ένα νεύμα του χεριού του, κάτι σαν στρατιωτικό χαιρετισμό.

Έξω από τα γραφεία της δικηγορικής εταιρίας του, σε έναν πανέμορφο χώρο αναμονής που καταλάμβανε το ένα τρίτο του ορόφου, αντίκρισε τη λυγερή σιλουέτα της καινούριας του γραμματέας. Περιφερόταν με αργό βηματισμό παρατηρώντας με ενδιαφέρον τους ακριβούς πίνακες ζωγραφικής που ήταν διάσπαρτοι σε όλους τους τοίχους. Τα μαλλιά της ήταν μαζεμένα σε έναν όμορφο κότσο, όπως στην πρώτη τους συνάντηση, που τον στήριζε μια κοκάλινη φουρκέτα. Το πάνω μέρος του σώματος ήταν καλυμμένο με ένα άσπρο κοντομάνικο πουκάμισο, και το σακάκι στο χρώμα της φούστας περασμένο πάνω στους ώμους της. Στον λαιμό φορούσε περίτεχνα ένα μεταξωτό φουλάρι στα χρώματα της θάλασσας και του ουρανού. Η μπλε φούστα της, αρκετά κοντή αλλά συνάμα σεμνή, άφηνε τη γοητεία των ποδιών της να ξεχύνεται ελεύθερα στον χώρο κι ένα αρμονικό χαμηλοτάκουνο γοβάκι συμπλήρωνε την όμορφη εικόνα.

«Καλημέρα», ακούστηκε βελούδινα η φωνή του Αλέξη.

Το τίναγμα των ώμων που δημιουργήθηκε στην κοπέλα έδειξε πως τρόμαξε προς στιγμήν. «Καλημέρα σας, κύριε Παπαρρηγόπουλε! Δε σας περίμενα τόσο νωρίς», ακούστηκε η γλυκιά φωνή της και έτεινε το χέρι της προς αυτό του δικηγόρου που ήδη είχε κάνει την αντίστοιχη κίνηση.

«Έλα, Ασημίνα, πέρασε στον νέο σου εργασιακό χώρο», είπε ο Αλέξης ανοίγοντας την πόρτα και δείχνοντας με το χέρι του το γραφείο.

«Ευχαριστώ πολύ! Είναι μεγάλη η τιμή που μου κάνατε και ακόμα μεγαλύτερη η χαρά που μου δώσατε με την πρόσληψη». Το λαμπερό της χαμόγελο φώτισε την αίθουσα πριν αυτός προλάβει να ανάψει τα φώτα.

«Η τιμή είναι δική μας. Κι αν είσαι καλή και στη δουλειά, τότε θα είναι και διπλή η χαρά μας. Κάθισε όπου βολεύεσαι καλύτερα».

Ο δικηγόρος κάθισε στην αναπαυτική πολυθρόνα του και παρατήρησε πως για μια στιγμή δίσταζε να διαλέξει θέση, ώσπου τελικά επέλεξε το κάθισμα που ήταν κοντά στο γραφείο του τονίζοντας παράλληλα: «Ας μην κρατάμε αποστάσεις και αναγκάζεστε να φωνάζετε για να ακούω! Είναι τόσο μεγάλη η αίθουσα που... και τόσο όμορφα διακοσμημένη!»

«Εντάξει, υπερβολές. Ένα συνηθισμένο γραφείο είναι. Όσο για τη διακόσμηση είναι καθαρά της γυναίκας μου».

«Ω! Της συζύγου σας! Φαίνεται ότι έχει πολύ ωραίο γούστο!», αποκρίθηκε εκείνη με ένα επιφώνημα θαυμασμού.

«Ναι, όντως η Δέσποινα έχει πολύ καλό γούστο και την αφήνω να παρεμβαίνει ακόμα και σε προσωπικούς μου χώρους. Της αρέσει να δημιουργεί ένα αισθητικά αρμονικό σύνολο, κάτι που δε με βρίσκει καθόλου αντίθετο».

«Μάλιστα, λοιπόν, τι κάνουμε τώρα;» ρώτησε χαμογελαστά η Ασημίνα.

«Θα έλεγα για αρχή να γνωριστούμε λίγο καλύτερα. Άλλωστε έχουμε μπροστά μας όλη τη μέρα για να ασχοληθούμε με τη δουλειά». Ενώ μιλούσε, το βλέμμα του ξέφευγε άθελά του στο χαριτωμένο μπούστο της και η προσπάθειά του να το επαναφέρει στα μάτια ή στα χείλη της συνομιλήτριας ήταν μάλλον κωμική. Την τιμητική θέση καταλάμβανε ένα υπέροχο μενταγιόν, κρεμασμένο στον λαιμό με χρυσή αλυσίδα. Όμως μια χαριτωμένη ελιά βαλμένη με μαθηματική ακρίβεια από τη μάνα φύση, ακριβώς στη μέση της χαραμάδας που διαχωρίζει τα στήθη, του τραβούσε συνέχεια την προσοχή.

Η κυρία φάνηκε να το αντιλαμβάνεται αυτό. «Δεν είναι αξιολάτρευτη, ε τι λέτε;»

«Τι εννοείς;» ρώτησε εκείνος ξαφνιασμένος.

«Τίποτε, αφήστε το», είπε παίζοντας ρόλο ενζενί, χωρίς να κάνει καμία κίνηση που θα τον έφερνε σε δύσκολη θέση. «Πείτε μου για εσάς πρώτα», πρότεινε με θάρρος αμέσως μετά.

«Δε μου πολυαρέσει να μιλάω για τον εαυτό μου αλλά αφού το θες να σου πω λίγα για τη ζωή μου. Είμαι παντρεμένος με τη Δέσποινα εδώ και σχεδόν είκοσι πέντε χρόνια έχοντας δημιουργήσει μια πολύ όμορφη οικογένεια. Το Σεραφείμ, την Τέμα και τη Χριστίνα. Ο Μάκης, ο Σεραφείμ δηλαδή, σήμερα κλείνει τα 22».

«Να τον χαίρεστε και να τα εκατοστίσει», τον διέκοψε ευγενικά, στέλνοντας ένα απαλό χαμόγελο.

«Ευχαριστώ πολύ! Η Τέμα μου μόλις πέρασε από την εφηβεία στην ενηλικίωση και το Χριστινάκι μου φέτος τελειώνει το Λύκειο και με σκυμμένο το κεφάλι προσπαθεί να φτάσει ή να μοιάσει έστω στα μεγαλύτερα αδέλφια της. Ο Μάκης είναι απόφοιτος του Τμήματος Ηλεκτρολόγων Μηχανικών και Μηχανικών Υπολογιστών του Αριστοτελείου, και η Τέμα πέρασε φέτος στη Νομική σχολή. Από μικρή της άρεσε να βρίσκεται μπροστά σε ακροατήριο και να κάνει πως αγορεύει, λέγοντας ό,τι μπορείς να φανταστείς».

«Κι εσείς;»

«Τι εγώ;» ρώτησε απορημένος ο δικηγόρος

«Δε μου είπατε τίποτα για εσάς»

«Ε, εγώ, τι να πω για μένα; Είμαι δικηγόρος εδώ και τριάντα χρόνια περίπου και με πολύ κόπο και μεράκι κατάφερα να φτιάξω το δικό μου δικηγορικό γραφείο το οποίο...»

«... είναι από τα καλύτερα της Βόρειας Ελλάδας, αν όχι το καλύτερο», τόνισε με θαυμασμό η γραμματέας.

«Ναι, ίσως, έτσι ακούγεται, δεν ξέρω, μπορεί...», είπε διστακτικά ο Αλέξης, ενώ ένας κόμπος μετριοφροσύνης στάθηκε στον λαιμό και ανέκοπτε την πορεία των λέξεων.

«Άρα και οικονομικά θα είστε πολύ άνετα», παρατήρησε ευθαρσώς αυτή.

«Αρκετά θα έλεγα. Αλλά φτάνει για μένα τώρα. Ας ακούσουμε για σένα. Εξάλλου εσύ είσαι το τιμώμενο πρόσωπο σήμερα», αντέτεινε με έντονο ενδιαφέρον αυτός.

«Για μένα, ναι. Είναι μεγάλη η ιστορία μου, τόσο μεγάλη που θα μπορούσε να γίνει best seller άνετα».

«Ενδιαφέρον ακούγεται αυτό. Είμαι καλός ακροατής, θα μπορούσα να ακούσω σήμερα μερικά από τα κεφάλαια της ζωής σου».

«Ναι, μερικά θα μπορούσατε να τα ακούσετε, αλλά όχι όλα», είπε γελώντας παρασύροντας και τον άντρα σε ένα εύθυμο γέλιο.

«Εδώ και είκοσι οχτώ χρόνια γεννήθηκε άλλο ένα αστέρι, αλλά όχι στον ουρανό, παρά εδώ στη γη. Είχα πολύ δύσκολα παιδικά χρόνια, με άσχημες έως τραυματικές εμπειρίες, ακόμα και με πολύ κοντινά μου πρόσωπα, αλλά δε θα ήθελα να σας κουράσω μ' αυτά. Μόλις τα τελευταία χρόνια άρχισα να ορθοποδώ με τη δουλειά στο γραφείο του συμβολαιογράφου που σας είπα εχθές».

«Ναι, ξέρω, δε σου κρύβω πως μίλησα με τον κύριο Αγγελάκη και μου είπε τα καλύτερα λόγια για σένα. Εξέφρασε τον θαυμασμό του σαν να ήταν πατέρας σου».

«Να 'ναι καλά. Του οφείλω τόσα πολλά. Χωρίς αυτόν δεν ξέρω πού θα ήμουν τώρα και πώς θα είχα καταντήσει! Εξαιρετικός κύριος. Δυστυχώς ο μισθός που έπαιρνα, όπως εξάλλου ο κάθε μισθός παρόμοιας υπαλλήλου στις μέρες μας, με το ζόρι έφτανε να καλύψει τα πάγια έξοδα, τα δικά μου και της άρρωστης αδελφής μου. Η πενιχρή βοήθεια του κράτους για τη χρόνια πάθηση της αδελφής μου είναι από μόνη της αστεία. Ζούμε μόνες μας και δεν έχουμε κανέναν άλλο κοντινό συγγενή. Οι γονείς μας έφυγαν από τη ζωή αφήνοντάς μας ορφανά σε πολύ μικρή ηλικία. Η αδελφή μου αρρώστησε πριν καλά καλά μπει στην εφηβεία και όλο το βάρος έπεσε επάνω μου.

«Πώς κατάφερες να σπουδάσεις και μάλιστα να πάρεις και μεταπτυχιακό από την Αγγλία, αν θυμάμαι καλά;» ήρθε η εύλογη απορία του εργοδότη της.

Η νεαρή κυρία κόμπιασε για λίγο, ενώ κατάφερε να ανακόψει την πορεία στο δάκρυ που είχε σκοπό να κυλήσει στα μάγουλά της. «Ήταν η πιο δύσκολη περίοδος της ζωής μου. Αναγκάστηκα να βάλω σε ίδρυμα την αδελφούλα μου, πληρώνοντας ένα αρκετά σεβαστό ποσό κάθε μήνα, να δουλεύω ως σερβιτόρα σε διάφορες καφετέριες στην Αγγλία για να βγάζω τα έξοδα και μετά από το ξενύχτι της δουλειάς να συνεχίζω το διάβασμα πολλές φορές έως το πρωί. Θυμάμαι κάποιες φορές μάλιστα πως είχα να κοιμηθώ δύο συνεχόμενα εικοσιτετράωρα».

«Απίθανο! Καταπληκτικά πράγματα ακούω σήμερα», είπε ο Αλέξης με έκδηλο θαυμασμό. «Και η προσωπική σου ζωή; Θέλω να πω ώρες για εσένα υπήρξαν ποτέ;»

«Όσο ήμουν στην Αγγλία όχι, δυστυχώς. Η μόνη μου ευχαρίστηση ήταν όταν μετά την υπερένταση της ημέρας και της νύχτας ήθελα λίγο χρόνο να χαλαρώσω, έκλεβα λίγον από τον ύπνο μου για να διαβάσω κάποιο αγαπημένο μου βιβλίο. Βέβαια μη φανταστείτε και πολύ. Τα βλέφαρα σφάλιζαν στις πρώτες σελίδες, αλλά αυτό με ευχαριστούσε ιδιαίτερα και ίσως να ήταν η αιτία που με κράτησε και δεν έχασα τον έλεγχο του μυαλού μου. Γιατί του σώματός μου τον είχα χάσει. Εάν με γνωρίζατε τότε, σήμερα δε θα με αναγνωρίζατε.

«Πράγματι η ιστορία σου είναι για βιβλίο. Πού μένετε τώρα;»

«Στο Φάληρο. Κοντά στο Θεαγένειο σε μια γκαρσονιέρα για να μπορώ να πηγαινοφέρνω την αδερφή μου στο νοσοκομείο, διότι το έχει ανάγκη συχνά πυκνά».

Σε ένα *μάλιστα* αρκέστηκε ο Αλέξης και σηκώθηκε ξαφνικά από την πολυθρόνα του. Κατευθύνθηκε προς το μπαρ του γραφείου και ρώτησε ευγενικά: «Ασημίνα θα ήθελες να σου βάλω ένα ρόφημα, καφέ χυμό ή ποτό; Συγνώμη που ήμουν αγενής και δε σου το πρότεινα νωρίτερα».

«Θα έπινα ευχαρίστως έναν χυμό».

«Ναι, φυσικά. Η Μυρσίνη δεν άφηνε ποτέ το ψυγείο με ελλείψεις. Ελπίζω και εσύ να είσαι το ίδιο οργανωτική».

Της προσέφερε το ποτήρι με τον χυμό και περίμενε λίγο έως ότου ετοιμαστεί ο καπουτσίνος του. Ευχήθηκαν καλή συνεργασία και αντάλλαξαν βλέμματα γεμάτα νόημα και υποσχέσεις, που ο καθένας αντιλαμβανόταν με τον τρόπο του. Η Ασημίνα σηκώθηκε από το κάθισμά της και άρχισε να περιεργάζεται τον χώρο.

«Και πού θα είναι το γραφείο μου;» ρώτησε γλυκά.

«Έλα να σου δείξω», της είπε ο Αλέξης παροτρύνοντάς τη να βγει από την αίθουσα.

«Θα σου δείξω και τα γραφεία των συναδέλφων, που σιγά σιγά θα τους μάθεις όλους και φυσικά θα σχηματίσεις την άποψή σου για τον καθένα μας. Προσωπικά, όλους και όλες εδώ τους θεωρώ συνεργάτες μου. Έτσι θα ήθελα να τους βλέπεις και εσύ. Αυτός εδώ ο χώρος θα είναι δικός σου μέχρι... Αυτή είναι η κεντρική τηλεφωνική κονσόλα, που δίνει γραμμές σε όλους μας και δέχεται μέχρι και δώδεκα ταυτόχρονες κλήσεις. Εάν σε δυσκολέψει εδώ στο τρίτο συρτάρι υπάρχει εγχειρίδιο οδηγιών. Όπως βλέπεις δεν έχεις γραφείο γραφείο, αλλά έχεις όλη αυτήν την απλωσιά και τον απόλυτο έλεγχο για το ποιος μπαίνει και βγαίνει. Η βιβλιοθήκη πίσω σου χωράει όλα όσα θέλεις να οργανώσεις και πολύ περισσότερα. Ο υπολογιστής σου είναι τελευταίας τεχνολογίας και συνδέεται δικτυακά με όλους τους υπολογιστές αυτού αλλά και των υπολοίπων ορόφων. Στον μόνο υπολογιστή που δεν μπορείς να έχεις πρόσβαση, αλλά να σε "βλέπει" αυτός, είναι ο δικός μου. Γνωρίζεις για τους κοινόχρηστους πόρους των δικτύων, έτσι δεν είναι;»

«Ναι, φυσικά».

Η ξενάγηση συνεχίστηκε με κέφι από την πλευρά του Αλέξη και με ενθουσιασμό από την πλευρά της Ασημίνας σε όλους τους υπόλοιπους χώρους και ορόφους. Ο δικηγόρος, απορροφημένος τόσο πολύ από τον ρόλο του, δε θυμήθηκε καν να ρωτήσει για τον γιο του τον Μάκη, εάν επέστρεψε στη βάση του. Συνέχισε να δίνει όλες τις απαραίτητες οδηγίες που χρειαζόταν η νεαρή, τουλάχιστον στην αρχή, τις χρήσιμες συμβουλές του στο τι να προσέχει στη συμπεριφορά της, σε ό,τι είχε να κάνει με τις επαφές, είτε με πελάτες είτε με συναδέλφους, και φυσικά τις βασικές οδηγίες σε νομικά ζητήματα, για να ξέρει σε ποιον θα απευθύνεται κάθε φορά που παρουσιάζεται η σχετική ανάγκη.

Αφού μεσημέριασε, πέρασαν πάλι στο γραφείο του Αλέξη και συμπλήρωσαν τα απαραίτητα έγγραφα της πρόσληψης. Η Ασημίνα περιχαρής έβλεπε το στυλό να κυλάει πάνω στα έγγραφα, αφήνοντας τις υπογραφές του εργοδότη της και η καρδιά της αναθάρρευε. *"Επιτέλους μια νέα αρχή, μια νέα ευκαιρία, μια καινούρια μέρα ξεκινούσε, με ένα νέο κεφάλαιο"*, σκέφτηκε ενθουσιασμένη.

«Έτσι, κι όπως είπαμε. Θα έρθεις τη Δευτέρα το πρωί, στις εννιά. Μη μου έρθεις πάλι από τις επτά», τόνισε ο Αλέξης με ένα τεράστιο χαμόγελο σαν μεξικάνικο σομπρέρο. «Και να μου θυμίσεις οπωσδήποτε να ετοιμάσουμε την αναγγελία της πρόσληψής σου και όλα τα άλλα έντυπα που απαιτούνται. Πρέπει να το κάνουμε το πρωί της Δευτέρας διότι είναι πολύ αυστηρή η νομοθεσία και τσουχτερά τα πρόστιμα. Γνωρίζεις τη διαδικασία, έτσι δεν είναι;»

«Φυσικά! Ό,τι πείτε, αφεντικό», είπε γελώντας και έκανε να φύγει. Αμέσως, όμως, γύρισε και του είπε ικετευτικά: «Μπορώ να σας ζητήσω μια χάρη πριν φύγω, κύριε Παπαρρηγόπουλε;»

«Ό,τι θέλεις, μη διστάζεις! Πλέον ανήκεις στη δικηγορική οικογένειά μας! Μόνο φρόντισε σύντομα να αποβάλλεις τον πληθυντικό».

«Μπορώ να σας δώσω ένα φιλί ως ελάχιστη ανταμοιβή για το μεγάλο καλό που μου κάνατε;» Η προσεγμένη τρυφερότητα που περιείχε η χροιά της φωνής της, έβαψε κόκκινα τα μάγουλα του Αλέξη.

«Μα... ναι...», είπε εκείνος μουδιασμένος «αλλά είναι αμοιβαίο το καλό που έγινε».

«Τόσο το καλύτερο», είπε η Ασημίνα και τα χείλη της άφησαν το στίγμα τους στο δεξί μάγουλο του Αλέξη, ίσως μια στιγμή περισσότερο από ότι ένα συνηθισμένο εθιμοτυπικό φιλί, που του φάνηκε αιωνιότητα! Ένα και μοναδικό, αρκετό, όμως, για να ξεσπάσει πόλεμος μέσα του. Δυο αντίμαχες φωνές μέσα του ψιθύρισαν: *"Τον νου σου Αλέξη! Πρόσεχε!" "Έλα, μεγάλε, καλά τα πας. Σε λίγο η μικρή θα χορεύει στα γόνατά σου".*

«Σας ευχαριστώ πολύ για όλα ή μάλλον σ' ευχαριστώ πολύ», ήταν η τελευταία φράση της πριν του γυρίσει την πλάτη και αρχίσει να απομακρύνεται, αφήνοντάς τον με ανοιχτό το στόμα και το αίμα στις φλέβες του να κοχλάζει ανήσυχα.

Το χέρι του μηχανικά βρέθηκε στο μάγουλό του, σαν να ήθελε να αιχμαλωτίσει το φιλί μες στην παλάμη, σαν να ήθελε να κλέψει και αυτή λίγη από την ευχαρίστηση που περιείχε. Την έβλεπε να απομακρύνεται και η καρδιά μαζί με το χαμόγελό του άνθισαν σαν ανθούριο. Το βλέμμα του χόρτασε από το ζωηρό λίκνισμά της, στέλνοντας πονηρές εικόνες του αύριο στα βάθη του μυαλού του, όπου μαινόταν ακόμα ο πόλεμος. *"Αλέξη, σύνελθε. Πας να κολυμπήσεις σε βαθιά νερά και μάλιστα βρώμικα." "Μην την ακούς. Μια ζωή την έχεις, εάν δεν τη γλεντήσεις τώρα, πότε; Στα ογδόντα σου που θα θες γερανό για να..."* Ξαφνικά το μυαλό του γύρισε στην πραγματικότητα. Έτρεξε γοργά πίσω από το γραφείο του κι άρπαξε τη συσκευή του τηλεφώνου. Σχημάτισε τον αριθμό του σπιτιού και περίμενε να απαντήσει κάποιος. Η μικρή Χριστίνα ήταν αυτή που απάντησε στην κλήση του.

«Οικία Παπαρρηγόπουλου, λέγετε παρακαλώ».

«Χριστινάκι, ο μπαμπάς είμαι παιδί μου. Πες μου σε παρακαλώ ο Μάκης γύρισε στο σπίτι;»

«Μπράβο ενδιαφέρον ο μπαμπακούλης μου για τον κανακάρη του! Εμείς δε σου κάνουμε daddy;» τον ρώτησε δήθεν ενοχλημένη.

«Έλα, αγάπη μου, και δεν έχω όρεξη για αστεία! Μ' έφαγε η αγωνία. Το πρωί που έφυγα δεν είχε γυρίσει ακόμα! Πες μου!»

«Μην ανησυχείς, καλέ μπαμπά. Εάν είχε γίνει κάτι κακό δε θα σου το λέγαμε; Φυσικά και γύρισε. Είχε κοιμηθεί στου Χρήστου και καλά δε σε ενημέρωσε η μαμά; Της το είχε πει!»

«Καλά. Μάλλον θα ξέχασε».

«Εσύ, για να έχουμε καλό ερώτημα, πού χάθηκες;»

«Στο γραφείο ήρθα για έκτακτες δουλειές».

«Σαββατιάτικα;»

«Γι' αυτό λέγονται έκτακτες, αγάπη μου!» Προσπάθησε να κρατήσει μαλακό και ουδέτερο τον τόνο της φωνής του.

«Μάλιστα», απάντησε μονολεκτικά η μικρή του κόρη και τον προβλημάτισε ακόμη περισσότερο.

«Εντάξει, λοιπόν, θα τα πούμε σε λίγο και από κοντά. Φιλάκια, μωρό μου».

«Φιλάκια, μπαμπά. See you!»

"Από αλλού τα περιμένω, από αλλού θα τα βρω μπαστούνια", σκέφτηκε.

Κι ενώ ο Αλέξης καθόταν χαρούμενος πλέον, αλλά και προβληματισμένος ταυτόχρονα, στην αναπαυτική πολυθρόνα του, η νεοπροσλαμβανόμενη κατέβαινε τα εξωτερικά σκαλιά της πολυκατοικίας. Αποχαιρέτισε εγκάρδια τον θυρωρό που εκείνη την ώρα καθάριζε τα τζάμια της κεντρικής θύρας και αφού έριξε μια κλεφτή ματιά γύρω της, άνοιξε ένα από τα δύο κινητά της. Πληκτρολόγησε έναν αριθμό κινητού που είχε απομνημονεύσει και περίμενε. Λίγο πριν το κλείσει αγανακτισμένη, ήρθε η αγουροξυπνημένη απάντηση.

«Έλα. Όλα καλά», άρχισε να ενημερώνει χωρίς να έχει απαίτηση να ακούσει συνομιλίες από μέσα. «Ήταν πολύ πιο εύκολο από ό,τι περίμενα. Όλα πήγαν ρολόι». Η φωνή της σοβαρή και πειστική, δεν άφηνε περιθώρια αμφιβολίας. «Πού θέλεις να βρεθούμε; Στα λαδάδικα για φαγητό, μάλιστα. Και τι ώρα; Γύρω στις οχτώ. Φίνα. Θα είμαι εκεί στην ώρα μου, στο γνωστό ταβερνάκι». Ένα στιγμιαίο χαμόγελο ομόρφυνε ακόμη περισσότερο το λαμπερό της πρόσωπο και αφού έκλεισε την πρώτη κλήση, αμέσως μετά χρησιμοποιώντας τις ταχείες κλήσεις, πάτησε τον αριθμό δύο. Μόλις άκουσε τον ήχο του κουδουνίσματος μια φορά, το έκλεισε και περίμενε. Σε λίγο ήρθε η κλήση που περίμενε και απάντησε, κάνοντας στροφή εκατόν ογδόντα μοιρών στο ύφος της.

«Είμαι όλος αυτιά», ακούστηκε βαριά μια μάγκικη ανδρική φωνή.

«Γεια σου, μόρτη. Πώς την έχεις;»

«Για χάρη σου, μωρό, πάντα ψηλά».

«Ξηγιέσαι για ένα γρήγορο ή να ψάξω αλλού μελίσσι;»
«Σε άφησα, μωρό, ποτέ χαρμάνη; Γιατί μας τη βγαίνεις
από δίπλα δηλαδή;»
«Πού 'σαι;»
«Δεν είμαι ακόμα».
«Εντάξει μόρτισσα, που θα 'σαι;»
«Στο γνωστό».
«Έφτασα σε είκοσι».
«Κάντα δεκαπέντε γιατί δεν κρατιέμαι». Δεν έμοιαζε
να αστειεύεται.
Έκλεισε το κινητό και σταμάτησε το πρώτο ταξί που
βρέθηκε διαθέσιμο. Μπήκε μέσα και βγάζοντας έναν ανα-
στεναγμό ανακούφισης βυθίστηκε στις σκέψεις της και
αναρωτήθηκε πού θα την οδηγήσουν όλες αυτές οι αλλο-
πρόσαλλες κινήσεις της.

ΜεΘυσμένος Ουρανός

Θεσσαλονίκη
18 Σεπτεμβρίου 2021

«'Ελα, Βησσαρίων, καλησπέρα, ο Μάκης είμαι».
«*Καλησπέρα, κολλητέ, πού είσαι;*»
«Σπίτι, μόλις επέστρεψα από του Χρήστου».
«Πολύχρονος, λεβέντη μου, να σε χαίρεται η οικογένειά σου και όλα σου τα αγαπημένα πρόσωπα».
«Σ' ευχαριστώ πολύ, φιλαράκι, κι εσύ ό,τι επιθυμείς στην αγκαλιά σου να το βρεις».
«Πώς περάσατε χθες;»
«Σπέσιαλ, εσύ δε βγήκες;»
«Α μπα, αφού θα το κάψουμε σήμερα, είπα να κρατήσω δυνάμεις».
«Τι ώρα να περάσω να σας πάρω; Οχτώ, είναι καλά;»
«Ναι, Μάκη, καλά μου ακούγεται. Να ενημερώσω και τα παιδιά και αν έχει κανένας αντίρρηση θα σε ξαναπάρω. Αλλιώς κρατάμε αυτή την ώρα».
«Εντάξει, Άρη, στις οχτώ ακριβώς θα είμαι μπροστά στο σπίτι σου».
«Κουλάρισε, φιλαράκι, δε χάλασε και ο κόσμος εάν είναι οχτώ και πέντε!»
«Αφού με ξέρεις πόσο τυπικός είμαι».
«Ναι, φυσικά, μακάρι να μπορούσαμε να σε μοιάζουμε και εμείς έστω στο ένα δέκατο! Α, που 'σαι. Σου έχω και μια γλυκιά έκπληξη, μέρα που είναι».
«Ναι; Για λέγε, για λέγε!»
«Άμα σου πω, τι σόι έκπληξη θα ήταν τότε, κολλητέ;»

«Έχεις δίκιο. Εντάξει θα τα πούμε από κοντά στις οχτώ. Άντε γεια, Άρη». «Τα λέμε, κύριε Παπαρρηγόπουλε». Εάν δεν πείραζε τον καλύτερο φίλο του ο Βησσαρίων δεν ησύχαζε. Μια δυνατή φιλία από το Γυμνάσιο ακόμα, ένωνε τους δύο νέους. Μαζί και στο Λύκειο, στην ίδια σχολή στο Αριστοτέλειο, μαζί στην τελετή αποφοίτησης, σχεδόν πάντα και παντού, στις ίδιες παρέες, μαζί στα καλά και στα δύσκολα, αχώριστοι φίλοι με όλη τη σημασία της λέξης. Και συχνά πυκνά, μαζί και στον ύπνο, ποιον ύπνο δηλαδή, στο ξενύχτι θα ταίριαζε καλύτερα, όταν το έκαιγαν ολονυχτίς σε κάποιο γειτονικό με τον Βησσαρίωνα μπαράκι ή κλαμπ.

Σήμερα ο Μάκης ή Σεραφείμ όπως τον βάπτισε η νονά του, έκλεινε τα είκοσι δύο. Ο πρώτος γόνος της οικογενείας και το μόνο αγόρι, τελείωσε φέτος τις λαμπρές του σπουδές και αποφάσισε να μεταβεί για μεταπτυχιακό στην Αγγλία. Δυστυχώς δεν έβρισκε κάτι να τον ικανοποιεί στην αγαπημένη του πατρίδα όπως τους περισσότερους απόφοιτους της χώρας και ύστερα από συζήτηση με τους γονείς του, αλλά και με τις μικρότερες αδελφές του, βγήκε η «ετυμηγορία», όπως την ονόμασε ο πατέρας του. Μετά από χρόνια σκληρής δουλειάς και επίπονων προσπαθειών, ένιωθε ότι επιτέλους οι κόποι του ανταμείβονται και οι καρποί τους ήταν έτοιμοι προς βρώση.

Φρεσκαρίστηκε νωρίς νωρίς, ξυρίστηκε εγκαίρως και άρχισε να ετοιμάζεται σχολαστικά και ήρεμα, προσέχοντας την κάθε λεπτομέρεια. Φόρεσε κάτι απλό, δεν του άρεσε το εκκεντρικό ντύσιμο κι ας ήταν η τιμητική του μέρα, έβαλε το αγαπημένο του άρωμα και ένα πανέμορφο ρολόι, δώρο της μητέρας του, την ασημένια καδένα στο δεξί του χέρι και υπολόγισε την ώρα που του απέμενε πριν βγει για να συναντήσει την παρέα του. Είχε λίγη ακόμα ώρα, αλλά αποφάσισε να ξεκινήσει νωρίτερα, μήπως και έβρισκε περισσότερο κίνηση και αργούσε στο ραντεβού του.

Εάν σιχαινόταν κάποια λίγα πράγματα στη ζωή του, ήταν τα αργοπορημένα ραντεβού και οι συνέπειές τους, τα λεγόμενα στησίματα. Μπήκε στο αυτοκίνητο της μητέρας του, που μετά χαράς τού είχε δανείσει για άλλη μία φορά απόψε και ξεκίνησε να συναντήσει τον κολλητό του, τον Άρη, όπως ο ίδιος ήθελε να τον φωνάζουν. Αφού περίμενε λίγα λεπτά έξω από την πολυκατοικία του έχοντας τα αλάρμ του αυτοκινήτου αναμμένα, τον παρέλαβε και τράβηξαν γεμάτοι χαμόγελα και νεανική ενέργεια για να συναντήσουν άλλους δύο φίλους τους, καθώς και την αδερφή του ενός. Ο Γιώργος και η αδερφή του η Άννα ήταν φίλοι του Βησσαρίωνα και γρήγορα αγκάλιασαν την παρέα τους, εκτιμώντας αφάνταστα την προσωπικότητα και το ήθος του Σεραφείμ. Όσο για τον Φραγκίσκο, τον «επιστήμονα» όπως τον φώναζαν χαϊδευτικά όλοι τους, ήταν αδύνατο να τον γνωρίσει κανείς και να μην τον συμπαθήσει και ενσωματώσει στον κύκλο του. Το χιούμορ, η απίστευτη ευστροφία του, το φιλότιμο, το καλοσυνάτο πρόσωπο που ακτινοβολούσε ζωντάνια ήταν λίγα από τα μυριάδες θετικά χαρακτηριστικά, του που κέρδιζαν τον οποιονδήποτε. Αρκετά παχουλός από τη φύση του με απίστευτες φωνητικές ικανότητες που θα ζήλευαν μεγάλοι καλλιτέχνες. Το μόνο του ελάττωμα, αν μπορεί κανείς να το πει ελάττωμα, ήταν ότι ποτέ δεν μπορούσε να πει όχι στους γύρω του και ειδικά στα κορίτσια. Αποτέλεσμα: Η εκμετάλλευση σε όλο της το μεγαλείο.

Όταν ανέβηκαν στο αμάξι και οι υπόλοιποι τρεις, αποφάσισαν μετά από ασήμαντες διαφωνίες επάνω στις προτάσεις που έπεσαν, να ανέβουν στην Άνω Πόλη, στα κάστρα, σε ένα μικρό μπαράκι και στη συνέχεια να πάνε για ολονύχτια διασκέδαση σε κλαμπ της περιοχής.

«Να ειδοποιήσουμε και τους υπόλοιπους για να ξέρουν που θα μας βρουν», είπε ο Φραγκίσκος, που πάντα ενδιαφερόταν για το καλό της παρέας και κανένας να μη μένει δυσαρεστημένος.

«Ναι, σωστά, θα τους τηλεφωνήσουμε μόλις καθίσουμε επειδή μπορεί να μη βρούμε τραπέζι στο μπαράκι, αν και είναι νωρίς ακόμα», συμπλήρωσε ο Σεραφείμ καταδεκτικά.

«Εγώ θα ειδοποιήσω τον Γιάννη και την Όλγα. Εσύ,

Γιώργο, να πάρεις την Κατερίνα. Έχεις, δεν έχεις το τη- λέφωνό της;» ρώτησε ο Βησσαρίων κλείνοντας το μάτι στον φίλο του.

«Ναι, το έχω, θα της τηλεφωνήσω εγώ», είπε ο Γιώρ- γος και ανταπέδωσε τη ματιά.

Το αυτοκίνητο με την πενταμελή νεαρή παρέα, συνέ- χισε την πορεία του, ώσπου έφτασε στο μπαράκι που είχαν συμφωνήσει. Με χαρά διαπίστωσαν ότι υπήρχαν δύο τε- λευταία διαθέσιμα τραπέζια που θα τους χωρούσαν άνετα κι έτσι ειδοποίησαν και την υπόλοιπη παρέα για το πού κά- θισαν. Πριν προλάβει ο σερβιτόρος να φέρει τα ποτά τους, ήρθαν και οι υπόλοιποι που ήδη ήταν καθ' οδόν. Πρώτα ο Γιάννης με την κοπέλα του την Όλγα και έπειτα από λίγο η Κατερίνα, η κοινή τους φίλη. Μόνο που δεν ήταν μόνη. Προς τέρψη όλης της ανδρικής παρέας συνόδευε ένα πλά- σμα ονειρικό, με απίστευτη εξωτική ομορφιά, που δεν μπο- ρούσες να αφήσεις ασχολίαστη. Τα στόματα ανοιχτά, τα βλέμματα αχόρταγα.

Η Κατερίνα σύστησε τη νεοφερμένη φίλη της σε όλους, έναν προς έναν και εκείνη έδωσε στον καθένα χωριστά το χέρι προς χαιρετισμό, σταματώντας λίγο περισσότερο στο χέρι ή καλύτερα στο βλέμμα του Μάκη. «Εσύ είσαι ο εορτα- ζόμενος, λοιπόν, χάρη στον οποίο βρισκόμαστε σ' αυτή την όμορφη παρέα!»

Ο Μάκης ανταπέδωσε τη φιλοφρόνηση λέγοντας: «Ναι... μάλλον εγώ! Χαίρω πολύ», δείχνοντας να τα έχει ψιλοχαμένα. Μέσα του έβραζε και ήθελε να πει: *"Κι εσύ, η γλυκιά έκπληξη που μου 'ταξε ο φίλος από εδώ, ο Άρης, και για να είμαι ειλικρινής, όντως είσαι πολύ γλυκιά και δε βρίσκω λόγια να ευχαριστήσω την Κατερίνα που έφερε στην παρέα μας μια τόσο χαριτωμένη ύπαρξη".*

«Παρομοίως» συμπλήρωσε η κοπελιά, εν μέσω χαρού- μενων σχολίων και πειραγμάτων προς τον Μάκη, που βγή- καν από τα χείλη των αγοριών.

Η ζεστή ατμόσφαιρα γρήγορα φόρεσε το πέπλο της ξεγνοιασιάς, η παρέα φόρεσε τα χρώματα του ουράνιου τόξου και απελευθερώθηκε στέλνοντας ευχάριστες νότες γέλιου στον αέρα, απαλλαγμένες από τη ζοφερότητα της καθημερινότητας. Τα πρόσωπα γέμισαν με άνοιξη, οι λέξεις έτρεχαν αέναες και από κανενός τα χείλη δεν έλειπε το χαμόγελο. Όσο για τα πειράγματα, ειδικά προς τον εορταζόμενο, δεν είχαν τελειωμό. Ο Σεραφείμ δεχόταν αδιαμαρτύρητα όλα τα καλοπροαίρετα αστεία των φίλων του, αλλά το βλέμμα του, άλλοτε κρυφά κι άλλοτε φανερά, έπεφτε στη νεοφερμένη, άγνωστη μέχρι προ ολίγου καλλονή. Είχε καθίσει απέναντί του, δίπλα στον «επιστήμονα» Φραγκίσκο και είχε την πολυτέλεια να την παρατηρεί διακριτικά. Σύντομα άρχισε να θαυμάζει την ομορφιά της, το καλαίσθητο γούστο στο σεμνό ντύσιμό της, το γλυκύτατο χαμόγελό της, τα κατάμαυρα μαλλιά της που θύμιζαν αμαζόνα. "Θα μπορούσε να είναι άνετα μοντέλο", σκέφτηκε ενθουσιασμένος. Και... αχ αυτά τα καταπράσινα μάτια που τον μάγεψαν. Μόλις έβρισκε την ευκαιρία και έστελνε ένα βλέμμα απευθείας πάνω τους, ένα ρίγος διαπερνούσε το κορμί του αμέσως όταν εισέπραττε ένα αθώο χαμόγελο, που γι' αυτόν ήταν στολισμένο με όλα τα άνθη του κήπου τους. Κάλεσμα ψυχής. Έκλεισε τα αυτιά του στις γύρω φωνές και άνοιξε τα μάτια της καρδιάς του διάπλατα. Δεν είχε ξανανιώσει έτσι μέχρι τώρα, πρωτόγνωρη κατάσταση και δυσκολευόταν να το αντιμετωπίσει, φοβούμενος μάλιστα μην τυχόν και εκτεθεί στην παρέα και τον πάρουν στο ψιλό.

Από την άλλη η νεαρή, έπιασε τη μικρή θαλασσοταραχή που είχε δημιουργηθεί στο πρόσωπο του Μάκη, όχι πως η ίδια πήγαινε πίσω, και προσπάθησε να δημιουργήσει ένα πιο άνετο κλίμα πιάνοντας κουβέντα μαζί του, περισσότερο συχνά από την υπόλοιπη παρέα.

«Πόσο χρονών είπαμε πως γίνεσαι σήμερα, Μάκη;» ρώτησε σε κάποια ανύποπτη στιγμή για να σπάσει ακόμη περισσότερο τα όποια κομμάτια πάγου είχαν απομείνει.

«Είκοσι δύο», απάντησε ο νεαρός χαμογελώντας.

Η μαυρομαλλούσα έβλεπε στον νεαρό που είχε απέναντί της έναν άνδρα που ταίριαζε στο γούστο της, σε εκείνα τα χαρακτηριστικά που δένουν με αυτά του τύπου της και θα ήθελε να γνωρίσει και τον εσωτερικό του κόσμο, μια και διέκρινε σπάνια ωριμότητα επάνω του. «Εσύ, λοιπόν, είσαι ο απόφοιτος που ανακάλυψε το ανθρωπορομπότ που δίνει πληροφορίες και ενεργοποιεί μηχανισμούς προστασίας σε περίπτωση σεισμού;» ρώτησε επαινετικά αρπάζοντας την ευκαιρία για συζήτηση.

Ο Σεραφείμ προς στιγμήν τα έχασε. Τα μάτια του άστραψαν σαν μπλε ζαφείρια. Δεν περίμενε ότι μια άγνωστη θα γνώριζε για την πρόσφατη κατασκευή του που επέδειξε ως πτυχιακή εργασία στο Αριστοτέλειο Πανεπιστήμιο. Χαμογέλασε αμήχανα, κοιτώντας παράλληλα ερευνητικά μια την Κατερίνα και μια τον Άρη, μήπως και ήταν αυτοί η πηγή της διαρροής και τελικά αντί να απαντήσει τη ρώτησε: «Από πού το έμαθες αυτό;»

Η συνομιλήτριά του χωρίς να πάψει στιγμή να φοράει το υπέροχο χαμόγελό της, συνέχισε τη συζήτηση πλέκοντας το εγκώμιο του νεαρού απόφοιτου. «Τα καλά και σημαντικά νέα διαδίδονται γρήγορα, αν και είμαι της άποψης ότι τα κακά νέα μαθαίνονται ακόμα πιο γρήγορα». Κοιτάχτηκαν για λίγο στα μάτια, γέλασαν δυνατά και οι δύο και η κοπέλα συνέχισε. «Διαβάζω συχνά πυκνά, εφημερίδες και έγκυρα περιοδικά. Σε ένα από αυτά σε είδα να καμαρώνεις δίπλα στο ανθρωπορομπότ σου υπερήφανος. Θυμάμαι πολύ καλά τη φωτογραφία και το πόσο εντύπωση μου είχε κάνει η πρωτότυπη και καινοτόμα κατασκευή».

Ο Σεραφείμ ένιωσε γλυκές σουβλιές σε όλο του το κορμί, μια μικρή αμηχανία, μια ευφορία να διατρέχει τις φλέβες του και τον ανδρισμό του να ενθουσιάζεται από τα επαινετικά λόγια της πανέμορφης γυναίκας που είχε απέναντί του. «Σ' ευχαριστώ για τα καλά σου λόγια», τόλμησε να ξεστομίσει και το χαμόγελό του έχασε την αρχική του λάμψη, προδίδοντας μετριοφροσύνη. Προσγειωμένος πάντα και μετρημένος, δύσκολα ενθουσιαζόταν με τους επαίνους τρίτων προσώπων. Χαμήλωσε ταπεινά το κεφάλι και ρούφηξε μια γουλιά από το ελαφρύ ποτό του. Τώρα, όμως, όλα ήταν διαφορετικά.

Η πεντάμορφη νέα κατάλαβε αμέσως τον πόλεμο συναισθημάτων που γινόταν μέσα του και οδήγησε τη συζήτηση αλλού, λαμβάνοντας υπόψη της τις νέες παραμέτρους, αλλά εκεί που ήθελε αυτή. Να μάθει όσο πιο πολλά μπορούσε γι' αυτόν τον ιδιαίτερο άνθρωπο που είχε μπροστά της. Διέκρινε έναν πολύ ωραίο νεαρό, με καλογυμνασμένο σώμα, λαμπερό πρόσωπο με καλοσχηματισμένα ζυγωματικά, πλούσια μαύρα σγουρά μαλλιά και το κυριότερο, πολύ ώριμο για την ηλικία του. Γιασεμιά και κρίνα γέμισε η καρδιά της. Δε θα ήθελε να χαθεί η ευκαιρία από κάποιο λάθος της, να μην ανακαλυφθούν οι μυστικές πύλες που θα οδηγούσαν κατευθείαν στον εσωτερικό του κόσμο. Αυτό, όμως, που την ξίνιζε λίγο δεν είχε να κάνει με κάποιο ελάττωμά του Μάκη, αλλά με την ίδια και την ηλικία της. Ήταν ελαφρώς μεγαλύτερή του και αυτό ίσως δημιουργούσε επιπλοκές εάν μελλοντικά προχωρούσε η γνωριμία τους σε κάτι παραπάνω. *"Δεν είναι λίγο νωρίς να σκέφτεσαι τέτοια πράγματα;"* ακούστηκε μια φωνή μέσα της επαναφέροντάς τη στη συζήτηση. «Θα ήθελες να μου πεις από πού άντλησες την ιδέα και δημιούργησες το...» μεγαλούργημα ήθελε να του πει, αλλά δίστασε μη τυχόν και τον κάνει να νιώσει πάλι αμήχανα, «... την κατασκευή σου αυτή;»

«Ξέρεις... να... όταν...», προσπάθησε να μιλήσει ο νεαρός, αλλά με δυσκολία έβρισκε τις κατάλληλες λέξεις. Κατέβασε μια γουλιά από το νερό του και συνέχισε παίρνοντας θάρρος από το ειλικρινές ενδιαφέρον που έβλεπε στα μάτια και στο ζωγραφιστό χαμόγελο απέναντί του. «Η γη μας είναι μοναδικός πλανήτης. Ζούμε σε έναν ζωντανό πλανήτη που συνεχόμενα εξελίσσεται, σε έναν πλανήτη με πλούσιο παρελθόν. Δυστυχώς όμως ζούμε σε ένα μέρος του σύμπαντος που το περιβάλλουν πολλές φυσικές καταστροφές, με κυριότερη ίσως αυτή των σεισμών.

Η ιδέα αυτή υπήρχε στις σκέψεις μου χρόνια πριν, από το Γυμνάσιο ακόμα. Είχα βάλει στόχο και σκοπό όταν αποκτήσω την κατάλληλη γνώση και τεχνική κατάρτιση να το κατασκευάσω για να βοηθήσω τους σεισμολόγους στη δουλειά τους, σώζοντας πιθανότατα συνανθρώπους μας από άσχημες και δυσμενείς συνέπειες. Σ' αυτό βέβαια βοήθησε πλουσιοπάροχα και η γιαγιά μου, η οποία είναι γιατρός και βρίσκεται στην Αφρική εδώ και πολλά χρόνια. Η χώρα μας υποφέρει από πολλαπλούς σεισμούς που ούτε λίγο ούτε πολύ ξεπερνούν τους εκατό ανά εβδομάδα».

«Τους εκατό ανά εβδομάδα! Απίστευτο!» ανέκραξε αυτή έντονα απορημένη.

«Ναι, αλλά μην προβληματίζεσαι. Οι περισσότεροι είναι χαμηλής ισχύος, εντελώς ακίνδυνοι, αλλά δυστυχώς υπάρχουν και οι ισχυροί που μπορούν να γίνουν πολύ καταστροφικοί».

«Α, μάλιστα, τώρα ανακουφίστηκα», ειρωνεύτηκε χαμηλόφωνα η συνομιλήτρια και τον κοιτούσε κεχηνώς.

«Με ρώτησες πριν από πού άντλησα την ιδέα. Δυστυχώς πριν πολλά χρόνια, η γιαγιά μου, η μητέρα του πατέρα μου, η οποία είναι από την Αφρική και τώρα ζει εκεί, όπως σου προ είπα, έχασε σχεδόν όλους τους δικούς της, εξαιτίας ενός σεισμού και ταυτόχρονης έκρηξης ενός ηφαιστείου. Όταν μεγαλώνοντας συνειδητοποίησα το μέγεθος της καταστροφής αυτής και τον όλεθρο που έσπειραν τα συγκεκριμένα φυσικά φαινόμενα, δόθηκε το έναυσμα. Αυτό ήταν η αφορμή και η αιτία που έγινε και αυτοσκοπός. Υποσχέθηκα στον εαυτό μου και στην οικογένειά μου πως θα προσπαθήσω να βοηθήσω, όσο μπορώ και με όποιον τρόπο μπορώ, τη χώρα μου, τους συμπολίτες μου, τους συμπατριώτες μου και γιατί όχι, όλο τον κόσμο, να προστατευτούν έγκαιρα από την καταστροφική μανία ενός μεγάλου σεισμού».

Η γυναίκα κοιτούσε με δέος και θαυμασμό τον μικρό επιστήμονα που είχε μπροστά της, αγνοώντας τα πειράγματα της παρέας που συχνά πυκνά της υπενθύμιζαν ότι στο τραπέζι υπάρχουν κι άλλοι συνδαιτυμόνες. Είχε αποσβολωθεί από το μεγαλείο της καρδιάς του και από την ωριμότητα της σκέψης του. Το πρόσωπό της γέμισε με ένα τεράστιο χαμόγελο. «Δε σου κρύβω, Μάκη, πως θαυμάζω τον τρόπο που σκέφτεσαι!» είπε χαμηλόφωνα για να μην τον πειράξουν οι υπόλοιποι ακούγοντας τη φιλοφρόνησή της. «Από την άλλη η εφεύρεσή σου, όπως θυμάμαι από το άρθρο, έχει κάνει φοβερή εντύπωση σε όλον τον επιστημονικό κόσμο και θεωρώ ότι θα έχει πολύτιμη και πολύπλευρη εξέλιξη». «Σ' ευχαριστώ πολύ», ανταπάντησε ο Σεραφείμ, νιώθοντας σαν να έχει σκεπαστεί με τον μανδύα του ήρωα. «Ελπίζω πως ναι. Πήρε καλές κριτικές και ο πρύτανης δέχθηκε πολλές προτάσεις για συνεργασίες με μεγάλες και γνωστές εταιρίες, ακόμα και από το εξωτερικό. Γι' αυτό θα μεταβώ στο εξωτερικό, για να τελειοποιήσω τις γνώσεις μου πάνω σ' αυτό το αντικείμενο, κάνοντας το μεταπτυχιακό μου». Το γλυκανάλατο χαμόγελό του, ήταν μόνο για γέλια, αλλά η κυρία κρατήθηκε σοβαρή.

Η κουβέντα συνεχίστηκε με τις λεπτομέρειες της κατασκευής και για το πώς δουλεύει. Σύντομα μπήκαν και οι άλλοι στη συζήτηση παινεύοντας από καρδιάς τον φίλο τους, ενώ δεν έλειψαν τα θετικά σχόλια και για τον άλλο τρελό επιστήμονα της παρέας και για το δικό του επίτευγμα, τον Φραγκίσκο, ο οποίος τα δεχόταν όλα με χιούμορ.

Η ώρα περνούσε ευχάριστα και φάνηκε ότι η Άννα, η αδερφή του Γιώργου, ενθουσιάστηκε με τη σειρά της από τον Μάκη και ίσως από ενδιαφέρον, ίσως από τη γυναικεία φύση της, προσπάθησε να εισχωρήσει ανάμεσα σ' αυτό που πήγαινε να δημιουργηθεί μεταξύ της φίλης της Κατερίνας και τον φίλο του αδελφού της. Ο Γιάννης με την Όλγα έδειχναν να ταξιδεύουν ως ζευγάρι που ήδη ήταν σε παραδεισένια μονοπάτια, ενώ ο Γιώργος με την Κατερίνα τα είχαν βρει μια χαρά, αφού ήδη εδώ και μερικές εβδομάδες είχε αναπτυχθεί ένα νέο ρομαντικό ειδύλλιο μεταξύ τους. Από την άλλη, ο Βησσαρίων που καιγόταν για την Άννα, δυσανασχετούσε που αυτή έδειχνε περισσότερο ενδιαφέρον για τον κολλητό του, τον Μάκη, και έσπρωχνε τη νεοφερμένη της παρέας με τον τρόπο του προς αυτόν, προσπαθώντας να ανοίξει ο δρόμος για τον ίδιο, ώστε να κατακτήσει το απόρθητο κάστρο της Άννας. Εκείνη, ενώ φαινόταν ότι τον συμπαθούσε ιδιαίτερα εδώ και πολύ καιρό, δεχόταν τα πολιορκητικά ερωτικά του βέλη, αλλά δεν έλεγε να κάμψει τις αντιστάσεις της και να παραδοθεί στη δίνη του έρωτα που της υποσχόταν. Απεναντίας συχνά πυκνά, όπως τώρα καλή ώρα, του πετούσε από εκεί ψηλά που στεκόταν το υγρό πυρ της, που τον τσουρούφλιζε, αλλά δεν τον αποκάρδιωνε.

«'Ελα, Άρη μου, δε βλέπεις ότι συζητώ με τον Μάκη;» τον πρόσβαλε κάποια στιγμή, πληγώνοντας για μια φορά ακόμη τον ανδρικό του εγωισμό.

«Εντάξει, Άννα, σήμερα έχει την τιμητική του και πάω πάσο. Αλλά από αύριο το πρωί...» Προσπάθησε να δώσει χιουμοριστικό τόνο στη φωνή του, αλλά δε φάνηκε να τα καταφέρνει. Η γκριμάτσα του προσώπου του έμοιαζε πιο πολύ με μαραμένη γαρδένια.

«'Ελα, αγόρι, μη θυμώνεις και δεν μπορώ να σε βλέπω έτσι», ήρθε κατευναστική η φωνή της Άννας που προσπαθούσε να κρατήσει τις ισορροπίες, αγγίζοντας παράλληλα απαλά το χέρι του.

Ο χρόνος κύλησε ευχάριστα μέχρι που ήρθε η ώρα να αναχωρήσουν για πιο ξέφρενους ρυθμούς, στην ολονύχτια διασκέδαση που τους είχε υποσχεθεί ο Σεραφείμ, ως εορτάζων, ο οποίος είχε διπλό λόγο να χαίρεται φέτος. Η μία χαρά φυσικά για τα γενέθλιά του και η δεύτερη για την απόκτηση του πτυχίου του και μάλιστα με υψηλό βαθμό. Ταυτόχρονα, έχοντας στη φαρέτρα του κι ένα πρωτοποριακό επίτευγμα, ίσως μοναδικό για τα δεδομένα της χώρας του. Οι υποτροφίες που κέρδισε με την αξία του ήταν το κερασάκι στην τούρτα των γενεθλίων, που ήταν κυρίως ηθική αμοιβή, παρά υλική μια και η οικογένειά του είχε πολλά χρήματα.

Διάλεξαν το μεγαλύτερο κλαμπ της περιοχής και διασκέδασαν ως τις πρώτες πρωινές ώρες. Ο χώρος δεν προσφερόταν για ενδιαφέρουσες συζητήσεις, αλλά για ξέφρενο χορό. Κούνησαν τα νεανικά τους κορμιά, οι περισσότεροι ήπιαν λίγο παραπάνω από όσο έπρεπε, ενώ ο Μάκης ήταν ο μόνος που αρκέστηκε στο λικέρ που είχε πιει στο μπαράκι. Τρεις χυμοί με πορτοκάλι τον κάλυψαν για όλο το βράδυ και τον κράτησαν γεμάτο ενέργεια και νηφάλιο, ώστε να πάει με ασφάλεια τους φίλους του στα σπίτια τους. Αντιθέτως ο Βησσαρίων, λίγο εξαιτίας της Άννας που του αντιστεκόταν, λίγο η όμορφη παρέα, λίγο η χαρά της βραδιάς, συντέλεσαν όλα μαζί για να γίνει τύφλα στο μεθύσι. «Μπορεί να μη βλέπω μπροστά μου, αλλά δεν έπαψα στιγμή να σε θέλω σαν τρελός, μωρό μου», έλεγε ξανά και ξανά στην Άννα πάνω στην παραζάλη των αισθήσεών του. «Η ζωή αρχίζει μέσα στα χέρια σου και εκεί θέλω να τελειώσει», ξεστόμισε κάποια στιγμή. Από την άλλη, η Άννα διασκέδαζε μαζί του και ενώ από τη μία τον ενθάρρυνε, την ίδια στιγμή τον σκανδάλιζε με τη συμπεριφορά της, φτύνοντάς τον κυριολεκτικά, δείχνοντας ενδιαφέρον σε άλλες ανδρικές παρουσίες, κυρίως σε αυτήν του Σεραφείμ. Εκείνος παρόλα αυτά επέμενε και η ερωτική του εξομολόγηση πλησίαζε στα όρια της τρέλας. «Ο έρωτάς σου φωτιά, το πάθος σου με καίει. Ανεβαίνω μια ξύλινη φλεγόμενη σκάλα, προσπαθώντας να φτάσω στο ψηλότερο σημείο της απόλαυσης που ευελπιστώ να μου προσφέρεις, αλλά φοβάμαι πως θα καώ πριν προλάβω να τη γευτώ ολοκληρωμένη και είναι αργά να κάνω πίσω, διότι τα πρώτα σκαλοπάτια έχουν ήδη κατακαεί». Μια τα δάκρυα και μια τα γέλια του, αλλόκοτο αλλά πραγματικότητα, ήταν τα μόνα στοιχεία που αμαύρωσαν τη διασκέδαση των νέων. Μάταιες οι φιλότιμες προσπάθειες των υπολοίπων να τον επαναφέρουν στα λογικά του. Ειδικά ο Μάκης και οι υπόλοιποι άνδρες της παρέας, προσπάθησαν πολλές φορές να τον συνετίσουν, αλλά του κάκου. Ο έρωτας κεραυνοβολεί και χαρακώνει όλες τις φλέβες του ψυχικού κόσμου και κάνει το σώμα να παραληρεί. Άσβεστη η φλόγα του, που δεν καταλαγιάζει ούτε με όλα τα ουίσκι του κόσμου, μα και ούτε με τις πιο χρυσές συμβουλές των καλύτερων φίλων.

«Και μην πιστέψεις ότι μπορείς να κατευθύνεις την πορεία της αγάπης, γιατί η αγάπη αν σε βρει άξιο, θα κατευθύνει εκείνη τη δική σου πορεία», του ψιθύρισε στο αυτί η Άννα και τον άφησε να αναρωτιέται για το βαθύ νόημα της φράσης.

Το όμορφο βράδυ άφηνε πίσω του τη σκοτεινιά. Τη θέση του καταλάμβαναν οι πρωινές ανταύγειες της ανατολής. Ο

Γιάννης με την Όλγα είχαν φύγει λίγο νωρίτερα μόνοι τους και ο Γιώργος αποφάσισε να φύγει με το αμάξι της Κατερίνας, αφήνοντας μόνη της την αδερφή του Άννα και δημιουργώντας ακόμα ένα μικρό διπλωματικό επεισόδιο στην παρέα. Από την άλλη, αφού η φίλη της την εγκατέλειψε για να πάει με τον καλό της, η Ροδόκλεια αναγκάστηκε να μετακινηθεί με το αμάξι του Σεραφείμ. Άλλο που δεν ήθελε ο τελευταίος και ευχαριστούσε τον Θεό για το ανέλπιστο δώρο. Αυτό βέβαια άρεσε και στον Βησσαρίωνα. *"Εφόσον η Ροδόκλεια απασχολεί τον Μάκη, θα έχω όλο το πεδίο ελεύθερο"*, σκέφτηκε πονηρά μέσα στην ανεμοζάλη και τη θολούρα του μυαλού του. Ο Φραγκίσκος ήταν χαμένος στην κοσμάρα του και στο νέο του απόκτημα, ένα νέας τεχνολογίας κινητό που μόλις είχε κυκλοφορήσει στη χώρα και του είχε πάρει τα μυαλά.

Μόλις έφτασαν και στον τελευταίο προορισμό τους και αφού ο Σεραφείμ άφησε και τον τελευταίο στο σπίτι του, του ήρθε μία αναλαμπή. Λαχταρώντας το φως του αυγερινού, πρότεινε στην κοπέλα εάν δεν είχε αντίρρηση να της κάνει μια μικρή έκπληξη. «Η ώρα είναι έξι και τριάντα. Σε σαράντα πέντε λεπτά περίπου από τώρα θα βγει ο ήλιος. Θα ήθελες να πάμε σε ένα αγαπημένο μου σημείο να αγναντέψουμε μαζί από εκεί ψηλά το πανέμορφο τοπίο και την ανατολή;»

«I love it», απάντησε εκείνη πρόθυμα και το πρόσωπό της έλαμψε από χαρά.

«Σίγουρα, μήπως θέλεις να πας να ξεκουραστείς;» ξαναρώτησε ο Σεραφείμ περιμένοντας την επιβεβαίωση.

«Είμαι απολύτως σίγουρη. Εξάλλου μην ξεχνάς πως ξημέρωσε Κυριακή και δεν πρόκειται να πάω στη δουλειά.

Το όχημα τράβηξε στον γνώριμο δρόμο, διασχίζοντας με ηρεμία την πόλη που άρχισε να ξυπνά. Το δάσος του Σέιχ Σου τους αγκάλιασε και οι κελαριστές φωνές των πουλιών άρχισαν δειλά δειλά να τους καλωσορίζουν. Λίγο πριν τις επτά έφτασαν στο σημείο που ο Σεραφείμ λάτρευε από μικρός και κατέβηκαν από το αμάξι. Κάθισαν κάτω από το ξύλινο κιόσκι που είχε διαμορφωθεί κατάλληλα και για λίγα λεπτά της ώρας κουβέντιασαν ήρεμα.

«Πού εργάζεσαι;» ρώτησε ο Μάκης με τρυφερότητα για να ζεστάνει το κλίμα, ενώ η πρωινή δροσιά συνοδευμένη από το ελαφρύ αεράκι έκανε αισθητή την παρουσία της.

«Μόλις εχθές, δηλαδή προχθές, βρήκα τη νέα μου δουλειά ως γραμματέας σε ένα ιδιαίτερο γραφείο», απάντησε η Ροδόκλεια με έκδηλο ενθουσιασμό, αποφεύγοντας να δώσει περισσότερες πληροφορίες.

«Είχες προϋπηρεσία πάνω στο αντικείμενο;»

«Δεν θα το έλεγα. Αλλά ήθελα πολύ αυτή τη δουλειά και την κέρδισα με το σπαθί μου. Την είχα μεγάλη ανάγκη και είμαι πολύ χαρούμενη που την απέκτησα», είπε η γυναίκα και τύλιξε τη ζακέτα πάνω της σφιχτά.

«Μάλλον κρυώνεις. Στάσου να φέρω το μπουφάν μου από το αμάξι».

«Όχι, δεν είναι ανάγκη, δεν έχει τόσο κρύο ώστε να...» του αντέτεινε αυτή, αλλά ο Μάκης ήδη επέστρεφε κρατώντας το ρούχο στα χέρια. Της το πέρασε απαλά στους ώμους κι εκείνη τον ευχαρίστησε ευγενικά.

«Σε πέντε λεπτά από τώρα θα φανούν οι πρώτες ακτίνες πάνω από εκείνη την κορφή», της είπε και έδειξε με το τεντωμένο χέρι του το αναφερόμενο σημείο. Μεμιάς έτρεξε πάλι στο αυτοκίνητο και έφερε την κάμερα χειρός που πάντοτε κουβαλούσε μαζί του.

«Είναι η πρώτη φορά που θα αντικρύσω την ανατολή μαζί σου και θα ήθελα να καταγράψω τη στιγμή. Το χρώμα του ήλιου θα εναρμονιστεί με το όνομά σου. Ροδόκλεια! Τι ωραίο και σπάνιο όνομα», αναφώνησε φανερά ενθουσιασμένος. «Από τη γιαγιά σου το πήρες;»

«Η μητέρα μου το πρότεινε πριν...», δίστασε να συνεχίσει αποκρύπτοντας προς το παρόν το οικογενειακό της μελόδραμα.

«Πριν τι;» ρώτησε εύλογα ο Σεραφείμ.

«Πριν... από όλους τους άλλους και έτσι το αποδέχθηκαν ομόφωνα. Σε αυτήν οφείλω και το όνομα και τη χάρη».

Ο νεαρός σήκωσε την κάμερα και άρχισε τη λήψη ξεκινώντας από την ίδια και μετά αργά αργά και το γύρω τοπίο.

«Το κάνεις αυτό κάθε φορά που φέρνεις κοπέλα εδώ;» ρώτησε διστακτικά η Ροδόκλεια.

«Πρώτη φορά», ήταν η αυθόρμητη απάντηση του νεαρού, ενώ τα μαγουλά του άρχισαν να κοκκινίζουν, λίγο από την πρωινή δροσιά και λίγο από το πείραγμα της Ροδόκλειας.

«Τι πρώτη φορά; Που τραβάς με την κάμερα ή που φέρνεις κοπέλα;»

«Και τα δύο. Πρώτη φορά έρχομαι εδώ με κοπέλα. Έχω έρθει άπειρες φορές, αλλά ποτέ με γυναικεία συντροφιά. Πολλές φορές μόνος μου και αρκετές με την οικογένειά μου, κυρίως με τη μικρή μου αδερφή, τη Χριστίνα. Επίσης πρώτη φορά μαγνητοσκοπώ τη στιγμή. Μέχρι τώρα τραβούσα μόνο φωτογραφίες».

«Μάλιστα», μουρμούρισε μέσα από τα δόντια της η νεαρή αφήνοντας ένα ανάλαφρο χαμόγελο να γλιστρήσει από τα χείλη της.

«Σε 'σένα βρήκα κάτι διαφορετικό, κάτι που δεν έχω βιώσει έως τώρα και...»

«Κοίτα!» τον διέκοψε η Ροδόκλεια.

Ο Σεραφείμ σήκωσε την κάμερα και σημάδεψε τις πρώτες ακτίνες που έκαναν δειλά την εμφάνισή τους, διαχέοντας το φως τους στις κορφές των κωνοφόρων. Η Ροδόκλεια, αυτές τις μαγικές στιγμές ένιωσε την ανάγκη να δώσει και να πάρει λίγη χαρά από αυτόν το ρομαντικό άνθρωπο που είχε μπροστά της και χωρίς δισταγμό του έπιασε το αριστερό του χέρι. Ο Σεραφείμ τα 'χασε προς στιγμή και αστόχησε προσωρινά στη λήψη, αλλά δεν το απομάκρυνε από το δικό της. Ένιωσε την καρδιά του να χτυπά δυνατά και την κάμερα να δονείται ρυθμικά μαζί της.

«Θεσσαλονίκη, 19 Σεπτεμβρίου 2021, ώρα 07:14 στο δάσος του Σέιχ Σου μαζί με τη Ροδόκλεια, το πιο όμορφο κορίτσι που έχω συναντήσει ποτέ στη ζωή μου», άρχισε να εκφωνεί αυθόρμητα με μειλίχια φωνή.

Η Ροδόκλεια γέλασε δυνατά και πήρε ευθαρσώς τη σκυτάλη. Ακούμπησε το κεφάλι της στον ώμο του Σεραφείμ και άρχισε να λέει: «Τι πιο όμορφο ξεκίνημα μιας καινούριας

ημέρας από αυτό εδώ που ζω ακριβώς αυτή τη στιγμή, ανάμεσα σε ένα μαγικό καταπράσινο τοπίο, με τις ακτίνες του ήλιου να σπέρνουν τη ζωή στη μάνα γη, τα δέντρα να τη γεννούν με την ανάσα τους, τα πουλιά να την καλωσορίζουν και έχοντας ως συντροφιά μου το τέλειο μελαχρινό αγόρι!»
«Ουάου! Είσαι... είσαι απίστευτη». Ο νεαρός θαύμασε την ποιητική της έκφραση και τον συναισθηματισμό που τη διακατείχε και επιβράβευσε τον εαυτό του για την ιδέα που είχε να έρθουν εδώ πάνω. Μέσα του ξύπνησαν νέα πρωτόγνωρα ένστικτα και οι αισθήσεις του που πάλευαν με το σώμα ξεχύθηκαν διάχυτες. Ο ήλιος είχε ανέβει και ολοκλήρωσε την είσοδό του στον ουρανό αποκαλύπτοντας ολόκληρη τη λάμψη του για μια ακόμη φορά. Ο Σεραφείμ έκλεισε την κάμερα και κοίταξε τη Ροδόκλεια απευθείας στο βάθος των ματιών της, που μέσα τους λαμπύριζε όλος ο κόσμος από τις αντανακλάσεις των χρυσοκόκκινων ακτινών του ζωοδότη. «Ροδόκλεια...» ψιθύρισε. «Το ρόδο της αυγής!» Τα χείλη της τρεμόπαιζαν και αυτός ταξίδευε σε παραδεισένιους δρόμους. Τα βλέφαρά της ανοιγόκλειναν και αυτός χανόταν στις φυλακές των αισθήσεών τους.
Κοιτάχθηκαν για αρκετή ώρα αμίλητοι, παίρνοντας ο ένας από την πηγή του άλλου ανάσες με καθάριο οξυγόνο, δροσιά για να σβήσουν τη λάβα που είχε κυριεύσει τα κορμιά τους. Τα χείλια καυτά, με τη φλόγα να σιγοκαίει επάνω τους, αποζητούσαν ένα δροσερό φιλί για να τη σβήσουν. Ο τόπος γέμισε γάργαρα νερά και η ζωή άρχισε να γεννιέται στα χέρια τους, που είχαν μπλεχτεί σαν λευκά περιστεράκια το ένα μέσα στο άλλο. Ένα ηλιόλουστο χαμόγελο ανέτειλε στο πρόσωπό τους και τα βλέφαρα πετάρισαν. Το σώμα λαχταρούσε το πρώτο φιλί, αλλά η τετράγωνη και πιο ψύχραιμη λογική, κρατούσε δαιμόνια τα ηνία ακόμη. Οι σπίθες από τα μάτια έκαιγαν και τα τελευταία ψήγματα της λογικής τους. Η πρώτη κίνηση τελικά ήρθε από τη Ροδόκλεια που άρχισε να πλησιάζει, αργά αργά τον εκστασιασμένο νεαρό, αποζητώντας τα χείλη του. Τα βλέφαρα σφάλισαν στη φυλακή τους τα μάτια των σωμάτων, αφήνοντας τα μάτια της

ψυχής να ατενίσουν στο καθάριο, πυρωμένο μέλλον που διαγραφόταν. Το φιλί ήταν απαλό σαν χάδι με βελούδινο γάντι και κράτησε μόλις τρεις χτύπους καρδιάς, αλλά ήταν αρκετό για να δώσει το έναυσμα για έναν θυελλώδη έρωτα που φαινόταν να 'ρχεται.

Η Ροδόκλεια έγειρε απαλά το κεφάλι της στον ώμο του Σεραφείμ ενώ ακούμπησε απαλά τις παλάμες της στο στήθος του, δείχνοντας έτσι την ανάγκη της για ασφάλεια και προστασία από τον σύντροφό της. Ο νεαρός, αμήχανα στην αρχή, την αγκάλιασε περνώντας τα χέρια του πίσω στην πλάτη της ανάλαφρα και αμέσως μετά, διαβάζοντας τη γλώσσα του σώματος την έσφιξε δυνατά. Έμειναν έτσι για αρκετά λεπτά, αφήνοντας τις σκέψεις τους να τρέξουν σε ανθισμένα μονοπάτια φωτισμένα με άπειρα αστέρια του ουρανού. *"Σημασία έχει, ποια χέρια θα σ' αγκαλιάσουν και θα κάνουν το δέρμα σου να ανατριχιάσει! Ποιο στόμα θα τσακίσει τον φλοιό του μυαλού σου και θα σε τινάξει χωρίς ανάσα... στ' αστέρια! Τι σημασία έχει η μικρή διαφορά ηλικίας",* σκεφτόταν η Ροδόκλεια. Ζώντας πρωτόγνωρες εμπειρίες ο κεραυνοχτυπημένος νέος έπλαθε τον ιδανικό έρωτα με τη δικιά του φαντασία. *"Δεν είναι ο ψίθυρος του ανέμου, το απαλό άγγιγμά του πάνω στα βλέφαρά μας, το θρόισμα των φύλλων, ούτε το πέπλο της πρωινής δροσιάς που καλύπτει από άκρη σε άκρη την πλάση με τις χρυσές δροσοσταλιές της, αλλά μήτε το κλάμα της φθινοπωρινής βροχής όλο αυτό που νιώθω. Είναι ο δικός σου στεναγμός που μου χάρισες στο πρώτο σου φιλί για να το κρατήσω φυλακισμένο στη μνήμη μου για πάντα".*

Η τρυφερή αυτή στιγμή, που μπορεί να κράτησε λίγα λεπτά, έμελλε να γίνει τις επόμενες ημέρες η αρχή ενός παθιασμένου έρωτα, αγκιστρωμένου στα δίχτυα των πρωτόγνωρων συναισθημάτων, εξουσιασμένο από τις προσταγές του σώματος.

«Ποιος κοιμάται ακόμα; Ποιος λείπει από το τραπέζι;» ακούστηκε χαριτωμένα αλλά δυνατά η φωνή της οικοδέσποινας.

«Ο εορταζόμενος από τα χθες, ποιος άλλος...» απάντησε πειρακτικά η μικρή Χριστίνα.

«Κάποιος πέρασε πολύ ωραία χθες το βράδυ», βροντοφώναξε η Τέμα στρέφοντας κατάλληλα το κεφάλι της προς τα πάνω δωμάτια για να ακουστεί καλύτερα.

«Έλα, family, αφήστε τα πειράγματα και πηγαίνετε να τον ξυπνήσετε να φάμε όλοι μαζί. Κυριακή είναι σήμερα», τόνισε ο πατέρας και αμέσως η Χριστίνα πετάχτηκε και έτρεξε χαρούμενα σκαρφαλώνοντας κυριολεκτικά στις εσωτερικές σκάλες.

Η Δέσποινα είχε αρχίσει ήδη να στρώνει το τραπέζι, έχοντας προσέξει ιδιαίτερα την ημέρα αυτή, μια και όλη η οικογένεια θα ήταν μαζί και φυσικά προς τιμή του Μάκη, που χθες έκλεισε τα είκοσι δύο του. Υποχρεώσεις που την απασχολούσαν με τον εθελοντισμό, δεν την άφησαν τη χθεσινή ημέρα να ασχοληθεί όπως θα ήθελε και έτσι αποφάσισε να τιμήσει τον γιο της σήμερα, ετοιμάζοντας εξαιρετικές λιχουδιές. Το χοιρινό με πατάτες στον φούρνο ήταν έτοιμο και η κουζίνα μοσχομύρισε σπιτικό φαγητό. Αποτέλεσμα ήταν να σηκωθεί από τον καναπέ ο μεγαλοδικηγόρος και να φτάσει κοντά στη Δέσποινα, όχι για να γευτεί κανένα κομμάτι από το ψητό, αλλά για να ψάξει την ευκαιρία να αγγίξει κανένα μπούτι της ή να φιλήσει κανέναν ώμο της, αναζητώντας κάποιο θελκτικό γυμνό σημείο της καλής του.

«Είσαι υπέροχη όπως πάντα», ψιθύρισε μέσα στο αυτί της, αφήνοντας παράλληλα τα χείλη του πάνω στον λαιμό της. «Και αυτές οι μοσχοβολιές σου!»

«Πρώτη φορά σας μαγειρεύω χοιρινό ψητό στο φούρνο;»

«Δεν αναφέρομαι στο φαγητό αλλά στο δελεαστικό σου άρωμα, που με έχει τρελάνει και θέλω να σε αρπάξω και να σου κάνω έρωτα εδώ και τώρα!»

«Σσσς, ξεμωραμένε, θα μας ακούσουν τα παιδιά. Μπισμπίκιασες και μυαλό δεν έβαλες!»

«Ε, και τι; Μωρά είναι ή δεν ξέρουν από αυτά;»

«Σταμάτα, ντροπή. Κοντεύεις τα εξήντα και ο νους σου όλη μέρα εκεί. Έλα, άσε με, μην ενοχλείς, θα κάνω ζημιά!»

«Τη ζημιά την έχω πάθει εγώ, κυρία μου. Και αν δε μου υποσχεθείς πως αμέσως μετά το φαγητό, τα βήματά σου θα με οδηγήσουν στο κρεβάτι...»

«Ναι...»

«...δεν θα φάω από το υπέροχο φαγητό σου. Αυτή θα είναι η τιμωρία σου», φώναξε καθαρά ο Αλέξης αφήνοντας το χαχανητό του να σκορπιστεί στην κουζίνα.

«Εάν είναι έτσι... τότε δεν μπορώ να... σου το αρνηθώ. Κανείς δεν αντιστάθηκε μέχρι τώρα στη μαγειρική μου και ούτε θα ήθελα να συμβεί αυτό σήμερα». Το πονηρό ματάκι όλο νόημα, άφησε ξεκάθαρα να φανούν οι προθέσεις της.

Μόλις ολοκλήρωσε τη φράση της, ξεπρόβαλλαν και δύο ματάκια νυσταγμένα και αγουροξυπνημένα. Πήραν και έδωσαν τα φιλιά του καλημερίσματος ή καλύτερα του καλησπερίσματος, δυόμιση κόντευε η ώρα, και στρώθηκαν όλοι μαζί στις καρέκλες τους. Οι δυο αδερφές, που μόλις μπήκαν στην κουζίνα, αφού έσκασαν και αυτές με τη σειρά τους από ένα φιλί η καθεμία σε διαφορετικό μάγουλο στον Μάκη, κάθισαν στις γνώριμες θέσεις και αμέσως μετά την καθιερωμένη προσευχή που και αυτή τη φορά μουρμούρισε η Χριστίνα, βυθίστηκαν με λαιμαργία στις υπέροχες λιχουδιές που ετοίμασε η οικοδέσποινα.

Το ζευγάρι μετά το λιλιπούτειο γεύμα, αποσύρθηκε στην κάμαρά του για να γευτεί τους καρπούς ενός ολοκληρωτικού, παθιασμένου έρωτα που δεν είχε να ζηλέψει τίποτα από έναν νεανικό ξέφρενο και παράλογο. Με τη διαφορά, κάτι που αγνοούσε η Δέσποινα εκείνη τη στιγμή, κάτω από το παθιασμένο σφίξιμο του Αλέξη δε βρισκόταν η ίδια, αλλά μία άγνωστη καλλονή. Μπλεγμένη μέσα στα δίχτυα των φαντασιώσεών του ο Αλέξης, έκανε απεγνωσμένες προσπάθειες να απαγκιστρωθεί από αυτές, αλλά μάταια! Μπλεκόταν όλο και περισσότερο. Τελικά καταϊδρωμένος, όχι τόσο από τις κινήσεις του ζευγαρώματος, αλλά από την προσπάθεια να αδειάσει το μυαλό του από τις ανάρμοστες σκέψεις του, έπεσε ξερός πλάι στη σύντροφό του που δεν άφησε ασχολίαστες τις επιδόσεις του. «Με κατέπληξες άλλη μια φορά. Έχω την εντύπωση ότι τώρα τελευταία το πάθος σου έχει αυξηθεί κατακόρυφα. Μου θυμίζει λίγο από εκείνα τα ξέπνοα και κλεφτά ερωτικά μας βράδια, όταν κρυφά από όλους βρισκόμασταν στα πιο απίθανα μέρη για να το διασκεδάσουμε. Ήσουν απίθανος!» Σιγή. Μετέωρο το βλέμμα, ταξίδευε στο ταβάνι ή ...

«Αλέξη, σου μιλάω μ' ακούς;»

«Ναι, ναι πως, έτσι όπως τα λες είναι Δεσποινάκι μου», είπε χαριτωμένα αυτός ξυπνώντας από τον λήθαργο που είχε πέσει, απαλλάσσοντας τον εαυτό του από την τυραννία του κυκεώνα που είχε φυτρώσει στον εγκέφαλό του. Γύρισε στο πλάι και την αγκάλιασε τρυφερά. Ένα φιλί στον γυμνό ώμο της ήρθε για να συμπληρώσει τα όποια κενά είχε δημιουργήσει πριν. Εκείνη χάιδεψε τρυφερά το μπράτσο του και άφησε τα φτερουγίσματα των αισθημάτων της να την ταξιδέψουν όπου αυτά ήθελαν. Απόλυτα ικανοποιημένη από τον κύκλο των ψυχικών και σωματικών διαθέσεων του άντρα της, έπαιρνε απ' αυτά ζωή, οξυγόνο, γέμιζαν τα ρουθούνια της πεντακάθαρο αέρα. Ένιωθε βαθιά μέσα της ότι η αρμονική πορεία της συνύπαρξής τους ξεκινούσε από αυτήν και κατέληγε πάλι σ' αυτήν. Μια αρνητική σκέψη *"μήπως υπερβάλεις λίγο;"* πήρε δρόμο μετά από μια γερή κλωτσιά και βρέθηκε εκτός γηπέδου, κι ας έπαιζε εντός έδρας.

Κοίταξε τον Αλέξη που ήδη είχε χαλαρώσει και με τα βλέφαρα κλειστά μετέδιδε και στην ίδια τη νύστα. Άγγιξε απαλά τον κρόταφό του, παρατηρώντας τις ελάχιστες άσπρες τρίχες του και μια πονηρή σκέψη πέρασε από το μυαλό της. *"Άραγε, μέχρι πότε..."* και σφάλισε και τα δικά της βλέφαρα. Αφέθηκε στα χέρια του μάγου και γιατρού πάνω σε αυτή τη γη, να τη σηκώσουν ελαφριά και να την ταξιδέψουν όπου αυτός ήθελε. Λίγο πριν έρθει ο ύπνος του δικαίου και την πάρει, πρόλαβε κι έντυσε το χαμόγελό της με ανοιξιάτικα μπουμπούκια και έστειλε νοητικά στον καλό

της ερωτικά μηνύματα. *"Εάν ο καλοκαιρινός ήλιος μου ανοί-*
γει τη διάθεση, εάν το Αυγουστιάτικο λαμπερό φεγγάρι εί-
ναι ό,τι πιο ρομαντικό, εάν το μέλι της κηρήθρας είναι θεϊκά
γλυκό, εάν ο ύπνος είναι γλυκός και απαλύνει τους πόνους
της ημέρας, εάν το κόκκινο κρασί που αγγίζει απαλά τα χείλη
προσφέρει υπέρτατη ευχαρίστηση, τότε όλα τους εναρμονί-
ζονται μέσα στη μαγεία του έρωτα που μου προσφέρεις ε σ ύ
αγάπη μου!!! Και μην ξεχνάς που θα με βρεις! Κοίταξε απλά
μέσα στην αγκαλιά σου".

Ο Αλέξης κινήθηκε ελαφρώς. Τα χείλη του κινήθηκαν
ψάχνοντας το ένα το άλλο, σαν να προσπαθούσαν να γλεί-
ψουν το μέλι που είχε σταθεί επάνω τους. Το μήλο του Αδάμ
ανεβοκατέβηκε σαν να κατάπινε και συνέχισε τον ύπνο του
που βάθαινε, ανασαίνοντας ρυθμικά. *"Ευτυχώς που δε ρο-*
χαλίζει", σκέφτηκε χαρούμενη η Δέσποινα. *"Η καημένη η*
κολλητή μου, η Ανατολή, δεν μπορεί να κλείσει μάτι. Δίπλα
της σιδηροδρομικός σταθμός ο άντρας της, σφυρίζει και ξανά
σφυρίζει και το μυαλό της κουδουνίζει. Πόσες φορές δεν της
είπα να τον πείσει να τον δει ένας ειδικός γιατρός και η απά-
ντησή της πάντα η ίδια. Ωχ, καημένη, αυτά να ήταν μόνο τα
προβλήματα!"

Μεθυσμένος ο ουρανός των αισθήσεων, λαμπερά τα
αστέρια του, ανείπωτη η χαρά της στιγμής. *"Μετά από τόσα*
χρόνια και συνεχίζει η ίδια ερωτική διάθεση; Όλες μου οι
φίλες λένε πως μέρα με τη μέρα ξεφτίζει ο γάμος τους, μα
ο δικός μου αντίθετα, ολοένα και φουντώνει το πάθος του.
Αναλλοίωτη η στοργή, μεγαλείο η καλοσύνη του Αλέξη
μου. Και από την άλλη ευτυχισμένη ως μητέρα, λατρεμένα
τα παιδιά μου, αξιαγάπητη η οικογένειά μου στον περίγυρο,
ανεξαρτητοποιημένη οικονομικά. Τι άλλο να ζητήσω από
τη ζωή; Ο Θεός να με κρατάει γερή, να πορεύομαι σύμφωνα
με τις οδηγίες Του και τα βουλεύματά Του, να μπορώ να τα
βλέπω να ευτυχούν τα αγαπημένα μου πρόσωπα". Μ' αυτές
τις σκέψεις που κελαηδούσαν σαν γάργαρα νερά, ο μεση-
μεριανός ύπνος την τύλιξε στην αγκαλιά του και η γαλήνη
απλώθηκε σε σώμα και πνεύμα.

Ανοιξιάτικα χρώματα

«Κύριε Αλέξη, μην ξεχάσετε το ραντεβού σας με τον κύριο Σταυρόπουλο. Μου το τόνισε αυστηρά. "Μη τυχόν και λείψει θα τα βρει μπαστούνια μαζί μου"», τον πληροφόρησε η γραμματέας του, αλλάζοντας τη φωνή της μιμούμενη τον πελάτη. Ο Αλέξης γέλασε φανερά παρακολουθώντας την έκφρασή της μέσα από την οθόνη του υπολογιστή του. Η κάμερα ακριβείας που κάλυπτε τον εργασιακό χώρο της Ασημίνας και του διαδρόμου, του επέτρεπε να ελέγχει κάθε κίνησή της. Εκείνη νιώθοντας ότι την παρακολουθούσε έστρεψε το κεφάλι της προς την ηλεκτρονική συσκευή και του έστειλε ένα σαγηνευτικό βλέμμα.

Αμέσως μετά ο δικηγόρος την κάλεσε μέσα. Εκείνη με σβέλτες κινήσεις βρέθηκε στο γραφείο του, κατεβάζοντας διακριτικά με γρήγορες κινήσεις την κοντή φούστα της που είχε ανυψωθεί. Ως φυσικό και επόμενο τα μάτια του Αλέξη, άθελά του κατέβηκαν χαμηλά και παρακολούθησε εκστασιασμένος το θέαμα.

«Παρακαλώ», ήταν η λέξη που διέκοψε σαν μαχαίρι τις σκέψεις του μόλις βγήκε από τα χείλη της Ασημίνας.

«Κάθισε», της πρότεινε δείχνοντας τη θέση δίπλα στο γραφείο.

«Θα μου υπαγορεύσετε κάτι;»

«Όχι θέλω να σου μιλήσω σε προσωπικό επίπεδο», της είπε χαμογελώντας. «Και μίλα μου στον ενικό σε παρακαλώ. Τόσες φορές το έχουμε πει. Συνεχώς ξεχνιέσαι». Εκείνη τον παρατήρησε αινιγματικά, χωρίς να μπορεί να δώσει προς το παρόν κάποια απάντηση.

«Σας ακούω... εεε... σ' ακούω, κύριε Αλέξη», είπε με μειλίχια φωνή, ενώ παράλληλα του έριξε μια ματιά αρωματισμένη με γοητεία.

«Ασημίνα, παιδί μου, είσαι εδώ περίπου δέκα ημέρες, έτσι δεν είναι;»

«Ναι... φυσικά, έτσι είναι», απάντησε εκείνη γεμάτη απορία.

«Κοίτα. Μέχρι στιγμής, αν και είναι πολύ νωρίς για ασφαλή συμπεράσματα, έδειξες περισσό ενδιαφέρον και μέγιστο επαγγελματισμό πάνω στη δουλειά σου. Αντιμετωπίζεις υπεύθυνα κάθε κατάσταση, έχεις άψογη συμπεριφορά και ευγένεια προς όλους τους πελάτες, δύστροπους και μη, χειρίζεσαι με λεπτότητα τους συνεργάτες και υπαλλήλους μου και γενικά, για να μην πολυλογώ, είσαι η ιδανική υπάλληλος που γυρεύει κάθε εργοδότης». Σταμάτησε το πλέξιμο του εγκωμίου της και περίμενε την αντίδρασή της.

Εκείνη ενθουσιασμένη έβαλε τα χέρια της στο στήθος σταυρωτά και είπε γενναιόφρονα ξεχνώντας τον ενικό: «Σας ευχαριστώ πολύ για τα καλά σας λόγια!»

«Εγώ πρέπει να σε ευχαριστήσω που μπήκες στη ζωή μας... εεε... στην οικογένεια της εταιρίας μας ήθελα να πω».

«Μάλιστα», είπε η Ασημίνα αμήχανα.

«Και επειδή έχω μάθει να ανταμείβω τους ανθρώπους που προσφέρουν με όλη τους την καρδιά τις υπηρεσίες τους, θα ήθελα να σε παρακαλέσω να δεχθείς ένα μικρό δείγμα της ευαρέσκειάς μου».

«Μα, δεν ήταν ανάγκη. Κάνω αυτό που μου προστάζει το εργασιακό μου καθήκον και δε ζητάω επιπλέον αμοιβές γι' αυτό».

«Το ξέρω, το ξέρω. Κι αυτό είναι άλλο ένα από τα χαρίσματά σου. Εγώ όμως θέλω να σου προσφέρω με όλη μου την καρδιά, αυτό που προανήγγειλα. Ένα μικρό δείγμα που να εκφράζει την ευχαρίστησή μου».

«Μα...»

«Μην πεις τίποτα, μόνο άκου. Θα σου μιλήσω ανοιχτά. Επειδή είσαι ένα πλάσμα με πολλά προσόντα και εξαιτίας αυτού μπορεί εύκολα να σε χάσω, θέλω να σου αυξήσω τον μισθό κατά τουλάχιστον είκοσι τοις εκατό πάνω από αυτό που προβλέπεται από τη νομοθεσία και μην τολμήσεις να πεις πως δεν ήταν ανάγκη, γιατί είναι ανάγκη. Είμαι σίγουρος ότι θα ελαφρύνει λίγο τη δυσμενή οικονομική κατάσταση που βρίσκεστε εσύ και η αδερφή σου. Και αν μπορώ να κάνω κάτι καλύτερο να μου το πεις, μην ντραπείς, εντάξει;» «Τι να πω... δε βρίσκω λόγια. Είστε... είσαι ένας, ένας άγιος άνθρωπος. Ευτυχισμένη η οικογένειά σου που σε έχει στο πλευρό της», απάντησε εκείνη μπλεγμένη μεταξύ πληθυντικού και ενικού.

«Τίποτα άλλο να μην πεις», επανέλαβε ο Αλέξης διαβάζοντας μέσα στο βλέμμα της κοπέλας τον θαυμασμό της για τον ίδιο. «Μόνο να πάρεις αυτό» και της πρότεινε ένα μικρό κουτάκι με βελούδινο ντύσιμο και μια άσπρη κορδέλα σταυρωτά περασμένη γύρω του. «Για τα γενέθλια σου!» «Μα εγώ δεν...»

«Ξέρω, ξέρω, δεν είναι σήμερα, αλλά αύριο που γιορτάζεις, θα λείπω δυστυχώς στο εξωτερικό, όπως γνωρίζεις και δε θα ήθελα να σου το δώσω εκ των υστέρων».

Η Ασημίνα άνοιξε το κουτάκι και φόρεσε αμέσως το δώρο στον λαιμό της. Τα μάτια της έλαμψαν και έστειλαν τη φλόγα τους απευθείας στα μάτια του εργοδότη της. «Ω! Είναι υπέροχο, είναι απίστευτα όμορφο και αν δεν κάνω λάθος πολύ ακριβό», ξεφώνισε και η λάμψη στα μάτια της έγινε ακόμα πιο αισθητή. «Τώρα οφείλετε εσείς να δεχθείτε κάτι από εμένα», είπε και προφέροντας τις λέξεις τινάχθηκε από την καρέκλα της και άφησε ένα ζεστό και απαλό φιλί, κρατώντας κλειστά τα μάτια της, στο μάγουλό του, σχεδόν ακουμπώντας τα χείλη του.

Από τον ενθουσιασμό της θα ήταν, δεν μπορεί να το έκανε επίτηδες" σκέφτηκε ο Αλέξης, προσπαθώντας να τη δικαιολογήσει, μην μπορώντας να εξηγήσει με άλλο τρόπο το συμβάν.

«Είναι υπέροχο, υπέροχο», είπε ξανά και ξανά η νεαρή διαγράφοντας με το δεξί της χέρι κυκλικές κινήσεις γύρω από το κολιέ. Και εσύ είσαι υπέροχος άντρας... άνθρωπος ήθελα να πω, Αλέξη». Τα βλέμματά τους διασταυρώθηκαν ξανά και στις σκέψεις τους σχηματίστηκαν εικόνες που ο καθένας τους έπλασε με τη δικιά του φαντασία.

Η Ασημίνα σηκώθηκε κρατώντας παράλληλα με το δεξί της χέρι το κόσμημα, παίζοντας πάνω κάτω με την αλυσίδα του. Το βλέμμα της δεν έχασε ούτε στιγμή αυτό του Αλέξη που την παρακολουθούσε εμβρόντητος με το χέρι περασμένο κάτω από το πηγούνι του. Πρώτη έσπασε τη σιωπή η Ασημίνα. «Αα... σας θυμίζω και πάλι να μη ξεχάσετε το ραντεβού του κυρίου Σταυρόπουλου! Θα μας φάει και τους δύο», είπε και χαμογέλασε τρυφερά.

«Μην ανησυχείς, εδώ θα είμαι, δε θα πάω πουθενά. Και εσύ να μην ξεχνάς να μου μιλάς στον ενικό, πριν θυμώσω στο τέλος», ήρθε η απάντηση του δικηγόρου συνοδευμένη από ένα μελιστάλαχτο μειδίαμα και ταυτόχρονο κούνημα των δακτύλων του ως ένδειξη παρατήρησης. Η γραμματέας σηκώθηκε και οπισθοχώρησε, χωρίς να του γυρίσει την πλάτη, κρατώντας σταθερά το βλέμμα της καρφωμένο σε αυτό του εκστασιασμένου εργοδότη της.

Η μέρα κύλησε όμορφα και αν εξαιρέσουμε την αθρόα κίνηση ανθρώπων που κάποιες στιγμές θύμιζε κυκλοφοριακή συμφόρηση πάνω στην Εγνατία Οδό, δεν συμπεριέλαβε στο ενεργητικό της κάτι απρόοπτο. Ο κύριος Σταυρόπουλος έφυγε ικανοποιημένος μετά το ραντεβού του με τον Παπαρρηγόπουλο. Μάλιστα κατά την αποχώρησή του, έβγαλε ευγενικά το καπέλο του σε ένδειξη ευχαρίστησης, την ώρα που χαιρετούσε την ελκυστική γραμματέα. «Να έχετε μια όμορφη ημέρα», ήταν η απάντηση της Ασημίνας και συνέχισε τη δουλειά της.

Ο Αλέξης μόλις βρήκε λίγο χρόνο, λίγο πριν το μεσημεριανό διάλειμμα, αποφάσισε να τηλεφωνήσει στον φίλο του τον συμβολαιογράφο, τον πρώην εργοδότη της Ασημίνας.

«Γεια σου, Κώστα μου, ο Αλέξης είμαι».

«Έλα, Αλέξη μου, τι κάνεις; Πώς τα πάτε με την Ασημίνα; Είσαι ικανοποιημένος μαζί της;

«Ναι, βέβαια, απολύτως μπορώ να πω, απλά με προβληματίζει κάτι....»

«Πες μου ελεύθερα ό,τι θέλεις, ξέρεις ότι θα ήθελα να σας βοηθήσω και τους δύο με τον καλύτερο δυνατό τρόπο».

«Να σε ρωτήσω λίγο κάτι. Η Ασημίνα πέρα από τη δουλειά της, είναι γενικά... πώς να στο πω... ανοιχτός χαρακτήρας, ευδιάθετος, κοινωνικός, που θα μπορούσε να παρεξηγηθεί ως προκλητικός καμιά φορά;»

«Σε μένα Αλέξη έδινε την εντύπωση ενός ανθρώπου πέρα για πέρα επαγγελματία, ανοιχτού, καλοσυνάτου, με αρκετή δόση διπλωματίας και χάριν της δουλειάς αυξημένης υποκριτικής ικανότητας, αλλά δε νομίζω ότι αυτό εμπεριείχε βαθμό μικρό ή μεγάλο πρόκλησης. Γιατί το θέτεις όμως αυτό το ερώτημα; Προκάλεσε κανέναν πελάτη σου; Ντύνεται άσεμνα, τι συμβαίνει;»

«Μάλιστα», μουρμούρισε μέσα από τα δόντια του ο Αλέξης αποφεύγοντας να επεξηγήσει. «Δηλαδή οι κινήσεις της, η συμπεριφορά της, ακόμα και το βλέμμα της δεν πρόδιδαν κάτι σαγηνευτικό ή μήπως... κάποιον αισθησιασμό;»

«Κοίταξε, Αλέξη μου. Η Ασημίνα είναι ένα πανέμορφο κορίτσι πάνω στο άνθος της ηλικίας της, γεμάτη από αρωματισμένες αισθήσεις. Λογικό είναι να αποπνέει και αισθησιασμό και ερωτισμό και όλα τα συναφή. Αλλά σ' εμένα προσωπικά καθώς και στο προσωπικό μου, ουδέποτε έδειξε σημάδια πρόκλησης. Τώρα στην προσωπική της ζωή δε γνωρίζω τι μπορεί να έχει κάνει».

«Μάλιστα», είπε ξανά ο Αλέξης ξεροκαταπίνοντας.

«Έχω την εντύπωση ότι με μένα είναι λίγο διαφορετικά τα πράγματα, Κώστα μου, αλλά ίσως να είναι και η ιδέα μου! Μακάρι να κάνω λάθος».

«Και εγώ αυτό πιστεύω, πως κάνεις λάθος. Εκτός και αν θέλεις να έχεις δίκιο», ψιθύρισε ο συμβολαιογράφος και κρυφογέλασε.

«Τι εννοείς;»

«Αυτό που αντιλαμβάνεσαι!»

«Χμ, το 'πιασα. Καλά, ας αφήσουμε τον χρόνο να μιλήσει από μόνος του λοιπόν. Σε ευχαριστώ πολύ για όλα, Κώστα».

«Να 'σαι καλά, Αλέξη μου, να έχεις ένα όμορφο μεσημέρι».

«Και εσύ παρομοίως. Γεια σου, τα λέμε».

«Γεια χαρά».

Έμεινε σκεφτικός, με τους αγκώνες ακουμπισμένους στο γραφείο και με τις παλάμες να κρατάνε το πηγούνι του. *"Σπάσιμο θέλει το κεφάλι μου. Πώς έμπλεξα έτσι στα δίχτυα της μικρής. Και να ήξερα τουλάχιστον αν νιώθει κάτι και αυτή για μένα! Πώς άφησα στον εαυτό μου να συμβεί αυτό",* μονολογούσε και από τη μια έβγαζε ένα απροσδιόριστο χαμόγελο και από την άλλη έριχνε σφαλιάρες στο πρόσωπό του μήπως και ξυπνήσει από κάποιο εφιαλτικό όνειρο. Κάποια στιγμή κάτι θυμήθηκε και άνοιξε τον φάκελο της Ασημίνας. Έβγαλε από μέσα το βιογραφικό της και το ξαναδιάβασε. Κάτι του ξίνισε αλλά δεν έδωσε ιδιαίτερη σημασία και το ξανά έβαλε στη θέση του.

Η Ασημίνα μόλις κατέβηκε τις σκάλες, οδεύοντας προς μεσημεριανό φαγητό, άνοιξε το τηλέφωνό της και πληκτρολόγησε ένα νούμερο από μνήμης. Μόλις η ανδρική τραχιά απάντηση ακούστηκε από μέσα, άρχισε να μιλάει κωδικοποιημένα. «Η φωτιά με τα κάρβουνα άναψε. Το ψάρι σε λίγο θα είναι έτοιμο να μπει πάνω στη σχάρα». Ο άντρας κάτι είπε, τον διέκοψε απότομα συνεχίζοντας. «Όχι, είναι νωρίς ακόμα, δεν μπορώ να το προσδιορίσω αυτό». Ακούγοντας τις χυδαίες βρισιές του, αγριεμένη ανέβασε τον τόνο της φωνής της. «Μη θυμώνεις, θεριακλή. Κράτα τα νεύρα σου για εκεί που πρέπει. Είπα, θέλει υπομονή και καλό ψήσιμο. Δεν το βγάζω ωμό πάνω από τα κάρβουνα». Ο άνδρας στην άλλη άκρη της γραμμής, δε χαιρέτησε καν και η νεαρή κυρία ξεστόμισε μια άγρια βρισιά αρκετά δυνατά ώστε να αναγκάσει κάποιους περίεργους περαστικούς να γυρίσουν το βλέμμα τους.

Στη συνέχεια πάτησε το νούμερο δύο της ταχείας κλήσης και άρχισε να μιλάει με γλυκιά φωνή. «Έλα μωρό μου, πώς είσαι;»

«Γεια, κουκλίτσα μου, μια χαρά, εσύ. Πώς πηγαίνουν τα πράγματα με τη δουλειά;»

«Πολύ καλά. Κάθε μέρα και καλύτερα, έχει στρώσει πλέον και βελτιώνομαι αισθητά ώρα με την ώρα», απάντησε η Ασημίνα.

«Πότε θα βρεθούμε να τα πούμε από κοντά γλύκα;», ακούστηκε ακόμα πιο γλυκιά και από μέλι η φωνή στην άλλη άκρη της γραμμής.

«Σήμερα το βράδυ μπορείς, όχι πολύ αργά όμως και μόλις γυρίσει η μέρα ακούσω άλλον ένα να μου λέει χρόνια πολλά! Δε θα το αντέξω», τόνισε κοροϊδευτικά. «Είμαι και εργαζόμενο κορίτσι πλέον!»

«Καλά, να βρεθούμε νωρίς τότε. Και εγώ μπορώ σήμερα. Στις 8:30 είναι καλά στο σπίτι μου;»

«Μια χαρά μωρό μου, μια χαρά!»

«OK see you».

«Bye».

Έτσι μιλώντας έφτασε και στο γειτονικό εστιατόριο, παρήγγειλε την κλασική της vegetarian μερίδα ως χορτοφάγος που ήταν και έφαγε με όρεξη και ικανοποιημένη από τις μέχρι τώρα επιτυχίες της.

«Καλησπέρα Ροδόκλεια, ο Μάκης είμαι, τι κάνεις;»

«Αα, γεια σου Μάκη, πολύ καλά. Εσύ;»

«Κι εγώ καλά! Και τώρα που σ' ακούω είμαι ακόμα καλύτερα!»

«Πώς και τηλεφώνησες μεσημεριάτικα. Όχι ότι με πειράζει δηλαδή, απλά δεν το συνηθίζεις αυτό».

«Μήπως σ' ενοχλώ, μήπως σε διέκοψα από το φαγητό και...»

«Ναι, τρώω αλλά μην αγχώνεσai δε με ενοχλείς καθόλου, απεναντίας χαίρομαι που σ' ακούω, χώρια που... θα μ' αγαπάει και η πεθερά μου», σχολίασε η Ροδόκλεια και γέλασε ευχάριστα.

«Ναι, έχεις δίκιο. Αλλά μη φας πολύ διότι...σκέφτηκα... αν ήθελες... να βγαίναμε για φαγητό το βράδυ σε κανένα καλό εστιατόριο να τα πούμε λιγάκι. Νιώθω ότι μου λείπει αισθητά η παρέα σου, αν και έχω μόλις τρεις μέρες να σε δω, από το τελευταίο μας ραντεβού».

«Θα το 'θελα πολύ, Μάκη, αλλά σήμερα ειδικά δεν μπορώ, έχω κανονίσει με φιλική παρέα για δείπνο», είπε με ύφος απολογητικό.

«Αχ, τι κρίμα. Και είχα κάνει τόσα ωραία σχέδια για απόψε», είπε ο Σεραφείμ αφήνοντας έναν αναστεναγμό απογοήτευσης να ξεχυθεί στο δωμάτιό του.

«Εάν όμως θέλεις την Πέμπτη είμαι ελεύθερη. Μπορούμε να το κανονίσουμε για τότε», τον αιφνιδίασε ευχάριστα αποκαλύπτοντας τις προθέσεις της.

«Μου δίνεις μεγάλη χαρά. Θα το ήθελα πολύ... ωχ... είχα ένα σημαντικό meeting, αλλά... δεν πειράζει θα αναδιπλωθώ. Δε χάνω αυτή τη συνάντηση μαζί σου με τίποτα», δήλωσε πανηγυρικά ο νεαρός.

«Ωραία. Χαίρομαι ιδιαίτερα γι' αυτό. Να πούμε από τώρα για τις εννέα, είναι καλά;»

«Είναι μια χαρά! Να περάσω να σε πάρω από το σπίτι σου;»

«Εε... άσε καλύτερα, ας συναντηθούμε στο εστιατόριο είναι προτιμότερο». Η χροιά της φωνής της έκρυβε αμηχανία που δεν πέρασε απαρατήρητη από το αγόρι.

«Εντάξει, όπως προτιμάς, αλλά να ξέρεις πως δεν είναι καθόλου κόπος για μένα», είπε διεκδικητικά. «Απεναντίας με μεγάλη μου χαρά θα...»

«Το ξέρω, Μάκη, το ξέρω, αλλά ας μη βιαζόμαστε ακόμα... είναι νωρίς. Θα τα πούμε στο εστιατόριο την Πέμπτη στις εννέα», αποκρίθηκε με ευχάριστη φωνή.

«Εντάξει, ελπίζω να μη σε πίεσα. Φιλάκια, καλό μεσημέρι... αα, Ροδόκλεια;»

«Ναι, τι είναι;»

«Το εστιατόριο, δεν είπαμε σε ποιο εστιατόριο θα πάμε;»

«Μμμ, ωραίοι είμαστε», είπε γελώντας δυνατά. «Εσύ ποιο προτείνεις;»

«Όποιο διαλέξεις εσύ», αντιπρότεινε ο Μάκης χαριτωμένα.

«Τι λες γι' αυτό που είχαμε πάει στα γενέθλια του Γιώργου την τελευταία φορά που ειδωθήκαμε;»

«Ναι, μου είχε αρέσει πολύ, είμαι ΟΚ».

«Εντάξει λοιπόν, εκεί στις εννέα την Πέμπτη».

«Φιλάκια».

«Γεια σου, Μάκη, φιλάκια». Βελούδινη αφή στα αυτιά του είχαν οι τελευταίες της λέξεις. Κάθισε στην πολυθρόνα του σαλονιού και για λίγες στιγμές αναπαρήγαγε τη συζήτηση που είχε με τη Ροδόκλεια. Ήταν ενθουσιασμένος μαζί της και δεν ήθελε με τίποτα να κάνει κάποιον λανθασμένο χειρισμό και να τη χάσει. Τον τραβούσε η γοητεία της, το βλέμμα της, τα θελκτικά της χείλη, το κορμί της, αλλά περισσότερο από όλα τον είχε μαγέψει ο εσωτερικός της κόσμος και η ευγενική συμπεριφορά της. Δε βιαζόταν. Αγάλι αγάλι γίνεται η αγουρίδα μέλι, λέει σοφά ο λαός μας.

Λίγο μετά μπήκε και ο πατέρας του στο σπίτι και κατευθύνθηκε προς την κουζίνα, αναζητώντας τη μητέρα των παιδιών του. Η Δέσποινα εκείνη τη στιγμή, έριχνε τις τελευταίες πινελιές στο φαγητό που ετοίμασε. Της έδωσε ένα απαλό φιλί στο πίσω μέρος του λαιμού της, τραβώντας προηγουμένως διακριτικά τα μαλλιά της.

«Καλώς τον», τον χαιρέτησε εκείνη.

«Χαιρετώ την όμορφη οικοδέσποινα του σπιτιού», φώναξε εκείνος χαρούμενα.

«Μη με ενοχλείς, τελειώνω και σας φωνάζω σε πέντε λεπτά. Ετοιμάζω το τραπέζι και έρχεστε όλοι για φαγητό αμέσως, γιατί πεινάω σαν λύκος».

«Μάλιστα, στρατηγέ». Ο κωμικός του στρατιωτικός χαιρετισμός και με το πόδι να χτυπάει στο πάτωμα εκκωφαντικά, την έκανε να γελάσει δυνατά.

«Μη γίνεσαι παιδί», του τόνισε παρόλο που της άρεσε.

«Δεν είμαι παιδί. Είμαι στρατιώτης και υπακούω στις διαταγές σου», αποκρίθηκε εκείνος με δυνατή φωνή, φουσκώνοντας τα στήθη του και απομακρύνθηκε. Στο σαλόνι χαιρετήθηκαν με τον γιο του, ο οποίος εκείνη την ώρα κρατούσε ένα επιστημονικό περιοδικό και το ρουφούσε με λαιμαργία. Ο Αλέξης άνοιξε την τηλεόραση ψάχνοντας για κάποιο κανάλι με ειδήσεις, ενώ ο Μάκης ενοχλημένος από τον σύνηθη παροξυσμό στα παράθυρα της τηλεόρασης, τις βίαιες και αγενείς αντιδράσεις των ομιλητών, από τον δυνατό ήχο, τα ανάρμοστα γι' αυτόν θέματα, την κοπάνησε για το δωμάτιό του.

«Μάκη, φώναξε και τα κορίτσια και κατεβείτε. Μην αργήσετε! Η μαμά είπε πως σε δύο λεπτά το τραπέζι θα είναι στρωμένο», του μήνυσε ο πατέρας του.

«Η Χριστίνα λείπει», ήταν οι μόνες κουβέντες του νεαρού, την ώρα που ανέβαινε τις σκάλες.

«Γιατί λείπει; Δε θα έπρεπε να είναι εδώ τέτοια ώρα;» ρώτησε εύλογα ο Αλέξης.

«Ναι, φυσικά, αλλά δεν ξέρω... ίσως σκάλωσε σε καμία φίλη της».

Πριν τελειώσει τη φράση του, ακούστηκαν κλειδιά στην κεντρική πόρτα. Ο Αλέξης σηκώθηκε και πήγε κρυφά κρυφά και τρύπωσε πίσω από το άνοιγμά της. Μόλις εκείνη ανέμελη έκανε τα πρώτα βήματα μπαίνοντας στο σπίτι, την άρπαξε απότομα, βγάζοντας ταυτόχρονα έναν βρυχηθμό λιονταριού τόσο δυνατό, που μέχρι και η Δέσποινα στην κουζίνα τρόμαξε.

«Ααααα...» ακούστηκε μακρόσυρτη η τσιρίδα της μικρής. «Μου έκοψες τα γόνατα μπαμπά! Κόντεψα να τα κάνω επάνω μου».

«Δεν τα έκανες όταν ήσουν μικρή και σε τρόμαζα έτσι, τώρα θα τα κάνεις... που θέριεψες! Με το ζόρι σε παίρνω αγκαλιά».

«Άσε με κάτω τώρα πριν αποκαλυφθούν και τα κρυφά μου κάλλη!»

«Ναι, ξέχασα... και αυτό πού το πας. Όσο μεγαλώνουμε τόσο μικρότερα ρούχα φοράμε. Ο πατέρας σου δε σου δίνει χρήματα για ψώνια και κάνεις οικονομία, αγοράζοντας τα μισά σε μέγεθος ρούχα; Ή μήπως η μάνα σου τα έβαλε σε καυτό νερό και μάζεψαν;» ρώτησε με εμφανή τη χροιά της ειρωνείας.

«Μπαμπά...» παραπονέθηκε χαδιάρικα εκείνη.

«Μήπως να σκεφτόσουν να αγοράζεις τα μισά σε πλήθος και... διπλά σε μέγεθος;» Λέγοντας τα τελευταία λόγια την άφησε απαλά στο πάτωμα και της έσκασε ένα τρυφερό φιλί.

«Άστο, φαδερούλη, μπαγιάτεψαν τα αστεία σου. Βρες κάτι άλλο να με πειράξεις», του ψιθύρισε στο αυτί την ώρα που την άφηνε κάτω. «Ωραία, λοιπόν, ας σοβαρευτούμε τότε. Πού ήσουν μικρή χαριτωμένη και άργησες; Εάν δεν κάνω λάθος από το σχολείο τελειώνετε δύο παρά είκοσι και για να έρθεις εδώ χρειάζεσαι περίπου είκοσι λεπτά με μισή ώρα. Τώρα είναι... τρεις παρά τέταρτο, άρα έχουμε σαράντα λεπτά αδικαιολόγητης καθυστέρησης».

«Πλάκα μου κάνεις, μπαμπά, έτσι δεν είναι; Δεν μπορεί να μιλάς...»

«Μιλάω πολύ σοβαρά διότι σε νοιάζομαι. Θα ήταν καλό εφόσον είχες σκοπό να αργήσεις να μας ενημέρωνες, για να μην έχουμε και εμείς χτυποκάρδια όπως τα δικά σου που πιθανότατα είναι και ο λόγος που άργησες».

«Βουλωμένο γράμμα διαβάζεις. Αφού λοιπόν βρήκες τον λόγο της καθυστέρησής μου, ας πάω να αλλάξω τώρα και να κατεβώ να φάμε, γιατί πεινάω λυσσασμένα».

«Ώρες ώρες ο ακκισμός σου πάει να με τρελάνει. Αυτά τα τερτίπια σου μου θυμίζουν μωρό».

«Ναι, μπαμπάκα μου, για σένα ήμουν, είμαι και θα είμαι το μωρό σου, τι να κάνουμε», είπε με αρκετή δόση σοβαροφάνειας η μικρή την ώρα που απομακρυνόταν.

«Πας να μου ξεφύγεις αλλά δεν τελειώνει εδώ, θα έχουμε και δεύτερο ημίχρονο. Κάνε γρήγορα! Όπως βλέπω και η Τέμα με τον Μάκη κατεβαίνουν».

Όσο η μικρή ανέβαινε τις σκάλες ο Αλέξης κατευθύνθηκε στην κουζίνα και πλησίασε τη γυναίκα του. Έσκυψε από πίσω της και της ψιθύρισε στο αυτί. «Ανησυχώ για τη μικρή. Μεγάλωσε απότομα και άρχισε να ξεφεύγει. Νομίζω πως χάνουμε τον έλεγχο. Δεν είχαμε τέτοια θέματα με την Τέμα».

«Η Δέσποινα έστριψε το σώμα της προς αυτό του άντρα της και ψέλλισε νιώθοντας κάπως άβολα αντικρίζοντας το βλέμμα του: «Μην ανησυχείς. Είναι τα πρώτα σκιρτήματα της νιότης και...»

«Γι' αυτό ανησυχώ! Δεν είναι λίγο νωρίς ακόμα; Η Τέμα...»
«Η Τέμα και η Τέμα. Η κάθε προσωπικότητα έχει τα δικά της χαρακτηριστικά. Πάψε να συγκρίνεις συνέχεια τα παιδιά μεταξύ τους. Και το καλό που σου θέλω είναι ποτέ, μα ποτέ, να μην το δείξεις αυτό μπροστά τους», δήλωσε αγριεμένα η Δέσποινα.

«Ναι, μάλλον έχεις δίκιο. Νομίζω ότι μ' έπιασαν αδικαιολόγητοι φόβοι. Είναι κι αυτές οι ειδήσεις με όλα αυτά τα φρικιαστικά τους νέα. Τις προάλλες ένα κορίτσι...»

«Πάψε, να χαρείς, σε παρακαλώ. Δε θέλω να ακούσω κανένα δυσάρεστο νέο τώρα και μάλιστα την ώρα του φαγητού. Άιντε, καθίστε να φάμε επιτέλους. Χριστίνααααα... γρήγορααααα...»

Η διαπεραστική της φωνή ανάγκασε τον Αλέξη να βουλώσει τα αυτιά του με τις παλάμες του και τα παιδιά που μόλις μπήκαν στον χώρο της κουζίνας να γελάσουν δυνατά.

Η Χριστίνα κατέβηκε ανάλαφρη και σιγοτραγουδώντας το αγαπημένο της τραγούδι. Αφού τους φίλησε όλους με τη σειρά κάθισε στο τραπέζι, αναλαμβάνοντας να κάνει την προσευχή. Έφαγαν όλοι με όρεξη το νόστιμο φαγητό, συζητώντας αόριστα και γενικά για την ημέρα τους, την καθημερινότητα και πού και πού αφήνοντας ευχάριστα επιφωνήματα κολακεύοντας τη μαγείρισσα και οικοδέσποινα του σπιτιού.

Ο μόνος σιωπηλός της παρέας, ο Αλέξης, με τις ανάκατες σκέψεις του, μπερδεμένος και αγχωμένος, προβληματισμένος από τη μία με την εφηβική συμπεριφορά της κόρης του και από την άλλη με την αποκλίνουσα δική του. Οι ανάρμοστες και πρωτόγνωρες γι' αυτόν σκέψεις που τον καθοδηγούσαν σε λάθος μονοπάτια τον καθήλωσαν σε έναν διάλογο του νου, με αντικρουόμενες φωνές να πετούν γύρω του σαν τα πουλιά, που άλλοτε έμοιαζαν πανέμορφα κάτασπρα και λαμπερά και άλλοτε μοχθηρά, αρπακτικά και γκρίζα.

Τρεις φορές τον διέκοψε η οικογένειά του από τα ονειρικά του ταξίδια, αλλά κάθε φορά, παρόλο που έκανε υπερπροσπάθεια να βρίσκεται στο παρόν, χανόταν ολοένα και πιο βαθιά.

Το ταξίδι συνεχίστηκε για άλλες δύο ώρες κατά τη διάρκεια του μεσημεριανού ανήσυχου ύπνου του, προβληματίζοντας ιδιαίτερα, όχι μόνο τον ίδιο, αλλά και τη σύζυγό του, η οποία για καλή του τύχη θεώρησε πως τον έκαιγε η υπερπροστατευτική νοοτροπία του και οι απόψεις του για την ξεγνοιασιά της νιότης της Χριστίνας.

Η Πέμπτη έφτασε και ο Σεραφείμ ένιωθε σαν να πέρασε αιώνας. Πήγε αγχωμένος στο καθορισμένο ραντεβού είκοσι λεπτά νωρίτερα, αδημονώντας την ώρα και τη στιγμή που θα αντίκριζε τα λαμπερά μάτια της Ροδόκλειας. Τα χτυποκάρδια του ακούγονταν πιο έντονα και από τους ρυθμικούς χτύπους που έβγαζαν τα ακροδάχτυλά του πάνω στο τραπέζι. Νόμιζε ότι το όμορφο ρολόι του, που ήταν το μοναδικό αξεσουάρ που φορούσε στα χέρια του, είχε παγώσει και οι δείκτες έδειχναν συνέχεια την ίδια ώρα.

Ο σερβιτόρος που πέρασε τρεις φορές για να τον ρωτήσει εάν επιθυμεί κάτι πριν έρθει η συνοδός του, δεν κατάφερε να πάρει κάποια παραγγελία. Ο Σεραφείμ θα περίμενε μέχρι να έρθει η καλή του, για να της δώσει την ευκαιρία να διαλέξει αυτή πρώτη ό,τι επιθυμεί.

Μετά το πρώτο πεντάλεπτο της καθυστέρησης, έκανε μια κίνηση να βγάλει το κινητό του από την τσέπη, αλλά το μετάνιωσε αμέσως. *"Ας περιμένω λίγο ακόμα"*, σκέφτηκε. *"Ίσως έμπλεξε στην κίνηση, ας μην είμαι τόσο ανυπόμονος"*. Πράγματι δύο λεπτά μετά η Ροδόκλεια μπήκε στο εστιατόριο και το βλέμμα της περιπλανήθηκε στον χώρο μέχρι που εντόπισε τον Μάκη να της κάνει διακριτικά νεύμα. Κατευθύνθηκε προς τα εκεί και ενώ ο συνοδός της είχε ήδη σηκωθεί και τη χαιρετούσε σταυρωτά, ο σερβιτόρος ζήτησε ευγενικά το πανωφόρι της. Ο Μάκης έσυρε το κάθισμά της ιπποτικά για να μπορέσει να καθίσει άνετα και εκείνη έδειξε να απολαμβάνει τη ρομαντική χειρονομία του.

Έδωσαν μια πλούσια παραγγελία, που θα μπορούσε

να χορτάσει και τέσσερα άτομα και διάλεξαν το κρασί που τους πρότεινε ο σερβιτόρος με βάση τις επιλογές τους στο κυρίως πιάτο.

Αφού έφτασε ταχύτατα το εκλεκτό, στο χρώμα του έρωτα, κρασί, προϊόν ονομασίας προέλευσης, τα κολονάτα ποτήρια ενώθηκαν αφήνοντας τον χαρακτηριστικό τους κρυστάλλινο ήχο στον αέρα, ενώ τα βλέμματα διασταυρώθηκαν για πολλοστή φορά, αλλά αυτή τη φορά με νόημα.

«Δεν πιστεύω να άργησα πολύ», έσπασε πρώτη τον πάγο η Ροδόκλεια.

«Όχι βέβαια, ήσουν μέσα στο ακαδημαϊκό τέταρτο και όχι ότι δε μ' έφαγε η αγωνία, αλλά τα κατάφερα τελικά να βγω αλώβητος από αυτό το μαρτύριο», απάντησε ο νεαρός και χαμογέλασαν και οι δύο διακριτικά.

«Χμ», έβγαλε ένα επιφώνημα εκείνη αμέσως μετά, μπλέκοντας το χέρι της ανάμεσα στις άκρες των μαλλιών της, κοιτώντας τον ναζιάρικα.

«Μίλα μου για σένα, Ροδόκλεια, θέλω να μάθω τα πάντα για τη ζωή σου». Ο Μάκης χωρίς να πάψει να την κοιτάει στα μάτια, κρατώντας το ποτήρι στο χέρι, είχε πάρει ένα ύφος ικετευτικό και συνάμα πομπώδες.

Η Ροδόκλεια χαμήλωσε τα μάτια, δείχνοντας ελαφριά μελαγχολία και αμηχανία και δεν κατάφερε να αρθρώσει λέξη.

«Λοιπόν;» επέμενε ο Μάκης.

Η επιμονή του συνοδού της, την έκαμψε τελικά και ενώ έγειρε ελαφρά το σώμα της προς τα πίσω για να ανοίξει χώρο στον σερβιτόρο που μόλις έφερε τα πρώτα ορεκτικά, σήκωσε το ποτήρι και κοίταξε τον Μάκη βαθιά μέσα στα μάτια.

«Είναι μια πονεμένη ιστορία που...»

«Αφού είναι η δική σου ιστορία, μου αρκεί για να την παρακολουθήσω με μεγάλο ενδιαφέρον», τόνισε ο Μάκης με στόμφο διακόπτοντάς την.

«ΟΚ αφού επιμένεις... Λοιπόν... Γεννήθηκα στις Σέρρες πριν είκοσι έξι χρόνια, από μητέρα καρκινοπαθή, την οποία και έχασα την ημέρα του τοκετού μου. Η μητέρα, ενώ γνώριζε για τον καρκίνο της και θα μπορούσε να τον είχε σταματήσει με εγχείρηση χάνοντας όμως εμάς, αποφάσισε αψηφώντας κάθε ικεσία από τους ανθρώπους γύρω της και ειδικά της μητέρας της και του πατέρα μου, να μας κρατήσει».

«Απίστευτο, τι μεγαλείο ψυχής, πόσο ηρωικό!» Ο θαυμασμός του Σεραφείμ ξεχείλισε από το ανοιχτό στόμα του.

«Ναι. Θα τη θυμάμαι πάντα ως μια απίστευτη ηρωίδα. Εξάλλου ο σταυρός που μου φόρεσε με τα ίδια της τα χέρια, τη στιγμή που αργοπέθαινε, δε θα με αφήσει να τη λησμονήσω ποτέ».

«Αλλά γιατί είπες νωρίτερα "εμάς"; Είσαι δίδυμη;» ρώτησε πλημμυρισμένος από ενδιαφέρον ο Μάκης.

«Ναι... είμαι, δηλαδή ήμουν... τώρα όχι». Το πρόσωπό της έδειξε να συνοφρυώνεται. «Την έχασα και αυτή μαζί με τον πατέρα μου, λίγους μήνες μετά τη γέννα μας, σε ένα αυτοκινητιστικό δυστύχημα κοντά στα Κερδύλια, γεμάτο μυστήριο».

«Ω! Λυπάμαι, λυπάμαι πραγματικά», ψιθύρισε ο άντρας μένοντας με ανοιχτό το στόμα για μια φορά ακόμη, αφού πρώτα ξεροκατάπιε.

«Το τραγικό είναι ότι η αδερφούλα μου η Εμμέλεια, το μικρό αυτό πλασματάκι που δεν πρόλαβε να χαρεί ούτε καν τα πρώτα μπουσουλίσματά του, απανθρακώθηκε όπως και ο πατέρας μου, πριν την καταπιούν τα αδηφάγα νερά σε κανάλι του ποταμού Στρυμόνα». Τα αναφιλητά της διέκοπταν τη ροή των λέξεων ενώ τα δάκρυα ενώθηκαν με τα χείλη που τρεμόπαιζαν. Ήπιε άλλη μία γουλιά σφίγγοντας τα βλέφαρα καθώς κυλούσε μέσα της καυτό το ποτό, όπως και ο πόνος της.

«Ω! Δεν ήξερα... λυπάμαι που σε πίεσα.... δεν ήθελα να αναμοχλεύσω τόσες θλιβερές εικόνες από το παρελθόν σου». Ο νεαρός έδειχνε ειλικρινά συγχισμένος.

«Και ξέρεις ποια είναι η τραγική ειρωνεία; Δεν μπορείς να το φανταστείς σε καμία περίπτωση! Εγώ πάνω στη γέννα είχα πεθάνει, κατά τα λεγόμενα των γιατρών, και εκείνη γεννήθηκε υγιέστατη, αλλά δυστυχώς η μοίρα είχε άλλες προθέσεις».

Ο Σεραφείμ, αντιλαμβανόμενος τη συναισθηματική φόρτιση της στιγμής και νιώθοντας ενοχές, της έδωσε τη χαρτοπετσέτα του και τη ρώτησε προβληματισμένος: «Μήπως θέλεις να σταματήσεις και να τα πούμε μια άλλη φορά;» «Όχι, όχι, θα τα καταφέρω, δεν πειράζει. Πέρασαν τόσα χρόνια και νόμισα ότι το είχα ξεπεράσει πια, αλλά όπως φαίνεται...» Αντικρίζοντας τη στοργή στο πρόσωπο του Μάκη χαμογέλασε και του χάιδεψε το μάγουλο απαλά.

«Είσαι και εσύ ευαισθητούλης, ε;» «Έχει πολύ ενδιαφέρον η ζωή σου», παρατήρησε κομπιασμένος. «Άκουσα καλά; Είπες γεννήθηκες νεκρή; Μα καλά πώς», είπε κομπιάζοντας ενώ ακούμπησε την παλάμη του πάνω στο ελεύθερο χέρι της.

«Μόνο ως ένα θαύμα μπορεί να εξηγηθεί όλο αυτό που διαδραματίστηκε εκείνες τις ώρες. Η μητέρα μου, μετά από επίμονες οχλήσεις της προς τον γιατρό, με πήρε νεκρή στην αγκαλιά της, ενώ ο πατέρας μου κρατούσε στην αγκαλιά του την αδερφή μου. Η μαμά μου, ο Θεός να την αναπαύει, βρισκόταν σε άλλη διάσταση και ο συγχωρεμένος ήταν αδύνατο να αντιδράσει βλέποντάς τη να χάνεται. Όλα έγιναν τόσο ξαφνικά. Εκείνη θρηνούσε από επάνω μου παρακαλώντας τον Ύψιστο να πάρει αυτή στους κόλπους Του. Τότε η Θεία Χάρη Του τής έστειλε το υπέρτατο δώρο. Την επάνοδό μου στη ζωή!»

«Φανταστικό!»

«Ναι, είναι τόσο φανταστικό που είναι αδύνατο να το πιστέψω ακόμα και εγώ η ίδια. Όμως, οι μαρτυρίες της γιαγιάς μου που με μεγάλωσε, δε χωρούν αμφιβολίες. Ω, Θεέ μου, πόσο θα ήθελα να ήταν στη ζωή όλοι τους! Η μητέρα, ο πατέρας, η αδερφούλα μου! Πόσο μου λείπουν». Χείμαρρος τα δάκρυα για μια ακόμη φορά.

Ο Μάκης δεν είχε λόγια, απλά περίμενε τη συνέχεια.

«Τον πατέρα μου τον βρήκαν απανθρακωμένο στην κοίτη του ποταμού, κρατημένο γερά από τη ζώνη ασφαλείας, μέσα στο διαλυμένο και καμένο αμάξι. Τι ειρωνεία! Η ζώνη σε κρατάει στη ζωή! Η ζώνη σώζει ζωές! Μόνο που δυστυχώς στην προκειμένη περίπτωση λειτούργησε ανάποδα. Μου πήρε τον πατέρα από κοντά μου, αφήνοντάς με εντελώς ορφανή. Ίσως εάν δε φορούσε να είχε πεταχτεί από το παρμπρίζ, όπως εγώ και να ξέφευγε από του χάρου τα δόντια».

«Είχε κάποιο σοβαρό τραύμα που θα μπορούσε να αποβεί μοιραίο, όχι ότι αυτό αλλάζει κάτι...»

«Καταλαβαίνω τι εννοείς. Ναι, η ζώνη τον κράτησε στη ζωή, αλλά δυστυχώς προσωρινά. Δεν επήλθε κάποιο θανατηφόρο ακαριαίο χτύπημα, αλλά αναπάντεχα ήρθε η ανάφλεξη και ανατράπηκαν όλα! Προφανώς δεν πρόλαβε να αντιδράσει έγκαιρα από το σοκ και τυλίχτηκε στις φλόγες αστραπιαία μαζί με το αυτοκίνητο. Ναι, είπαν οι ειδικοί, εάν δεν είχε καεί το αμάξι θα ζούσε».

«Με την αδερφούλα σου τι συνέβη;» ρώτησε εμφανώς καταβεβλημένος ο νεαρός, ενώ κατέφθαναν τα κυρίως πιάτα.

«Λογικά κάηκε όπως και ο πατέρας μου και μετά παρασύρθηκε από τα νερά του ποταμού. Οι πυροσβέστες έβγαλαν αυτό το συμπέρασμα διότι δε βρήκαν το κουφάρι της, παρά μόνο κάτι μισοκαμένα ρούχα της. Η ζώνη που την κρατούσε ήταν κουμπωμένη στη θέση της, σε αντίθεση με τη δική μου. Για καλή μου τύχη, ο πατέρας μου προφανώς δεν την είχε κουμπώσει σωστά, με αποτέλεσμα να βρεθώ να ίπταμαι αμέσως μετά τη σύγκρουση και πριν το αμάξι αρπάξει φωτιά. Οι δικοί μου, ακόμα και αν γλίτωσαν από το φονικό τρακάρισμα, δεν κατάφεραν να κερδίσουν τη μάχη με τον θάνατο από τον όλεθρο της φωτιάς. Ενώ εγώ...» Σταμάτησε προς στιγμήν προσπαθώντας να πνίξει ένα λυγμό. «Οι πυροσβέστες εξήγησαν ότι αν δεν είχα την τύχη να πέσω πάνω σε εκείνον τον ευλογημένο θάμνο στην άκρη του δρόμου, δε θα ζούσα ούτε εγώ, διότι πετάχτηκα πολύ ψηλά, μέσα από το σπασμένο παρμπρίζ και με τέτοια ορμή που θα ήταν αδύνατο να μείνω ζωντανή εάν προσέκρουα πάνω στις πέτρες ή στην άσφαλτο».

«Πότε σε βρήκαν;»

«Τουλάχιστον δώδεκα ώρες μετά, διότι το ατύχημα έγινε μόλις σουρούπωνε και ώσπου να έρθουν οι αστυνομικές και οι πυροσβεστικές δυνάμεις είχε βραδιάσει. Ο οδηγός του φορτηγού με το οποίο συγκρουστήκαμε δεν είχε

τις αισθήσεις του για να περιγράψει τις συνθήκες του ατυ-
χήματος και έτσι οι πρώτες έρευνες εντοπισμού, όσο είχε
ακόμα αμυδρό φως πήγαν άσκοπες. Αναγκάστηκαν τότε να
καλέσουν την Ε.Μ.Α.Κ που έψαχνε όλη τη νύχτα, αλλά με
εντόπισαν μόλις γλυκοχάραξε. Είχαν περάσει άπειρες φο-
ρές δίπλα από εκείνο τον θάμνο και θα περνούσαν άλλες
τόσες, εάν δεν κατάφερνα να «νιαουρίσω» από τον πόνο
που ένιωθα εξαιτίας των γδαρσιμάτων μου, μόλις συνήλθα
από τη λιποθυμία μου. Οι εκδορές μου δεν ήταν πολύ άσχη-
μες, δεν έχασα πολύ αίμα και ευτυχώς δε μου άφησαν κάτι
ανεπανόρθωτο. Μόνο αυτή εδώ τη μικρή ουλή, κοίτα...»

Η Ροδόκλεια σήκωσε τα μαλλιά της. Πίσω από το δεξί
της αυτί είχε ένα ανεπαίσθητο στενόμακρο σημάδι. Ο νε-
αρός έσκυψε να δει καλύτερα και μπροστά στο θέαμα του
γυμνού λαιμού και έντονα συναισθηματικά φορτισμένος,
δεν μπόρεσε να αντισταθεί. Άφησε τα χείλη του να ακου-
μπήσουν απαλά πάνω στη βελούδινη σάρκα της. Η Ροδό-
κλεια έδειξε να ανατριχιάζει στην αίσθηση του αγγίγματος
και έκλεισε τα μάτια της αφήνοντας τις αισθήσεις της ελεύ-
θερες να ταξιδέψουν.

«Νομίζω ότι οφείλω πολλά στον σωτήρα θάμνο, διότι
εάν δεν ήταν αυτός, δε θα σε είχα γνωρίσει», είπε ο Σερα-
φείμ χαμογελώντας για να αποφορτίσει την ατμόσφαιρα.

«Ναι, θα πάμε να σου δείξω το σημείο που βρίσκεται, να
πηγαίνεις να τον φροντίζεις και να τον ποτίζεις καθημερινά.
Ξέρεις...υπάρχει ακόμα», είπε περιπαιχτικά η Ροδόκλεια.

«Πολύ καλή ιδέα. Θα το 'θελα πολύ, όπως επίσης θα
ήθελα να ανάψω και ένα κεράκι στη μνήμη των δικών σου.
Πες μου για τον πατέρα και την αδελφή σου, πώς εξελίχθη-
κε η επιχείρηση;»

«Τον πατέρα τον είχαν βρει αρκετές ώρες νωρίτερα
από εμένα, μέσα στο αμάξι πολύ πιο μακριά από το σημείο
του ατυχήματος. Τα νερά του ποταμού παρέσυραν όχημα
και επιβάτες πολλά χιλιόμετρα μακριά».

«Γιατί χρησιμοποίησες πληθυντικό, αφού νωρίτερα εί-
χες πει πως την αδερφή σου δεν τη βρήκαν;»

«Απλούστατα επειδή από τα συμφραζόμενα της Ε.Μ.Α.Κ το μωρό που ήταν δεμένο στο καρεκλάκι του, απανθρακώθηκε κατά την πορεία του οχήματος προς το κανάλι. Στη συνέχεια αφού το αμάξι χίμηξε με ορμή στο ποτάμι που βρισκόταν δεκάδες μέτρα πιο χαμηλά, κάποιο μέλος του συρρικνωμένου σώματός του θα αποκολλήθηκε με αποτέλεσμα να ξεγλιστρήσει από τη ζώνη ασφαλείας και το άψυχο σωματάκι του να παρασυρθεί από τα νερά του».

«Α, μάλιστα, κατανοητό. Τώρα αρχίζω να καταλαβαίνω», είπε ο Μάκης κουνώντας το κεφάλι του καταφατικά.

«Εφόσον έρθεις στα μέρη μας, όμως, μπορείς να ανάψεις κεράκια στη μνήμη και των τριών. Η γιαγιά μου, με την οποία και έζησα όλα αυτά τα χρόνια, φρόντισε να κατασκευάσει έναν οικογενειακό τάφο για όλους τους. Και όταν λέω για όλους, εννοώ και τις τρεις γενιές» δήλωσε μελαγχολικά.

«Δηλαδή, τι εννοείς;»

«Να, όταν πέθανε η μητέρα μου, όπως ήταν φυσικό, της έφτιαξαν τον τάφο, οι γονείς της μαζί με τον πατέρα μου. Ο παππούς μου, δηλαδή ο πατέρας της, είχε δώσει εντολή να θαφτεί μαζί της, όταν θα έφευγε από τη ζωή. Αυτό δεν άργησε να γίνει. Αμέσως μετά τον θάνατο του πατέρα και της αδερφούλας μου, χάσαμε και τον παππού. Η καρδιά του δεν άντεξε δεύτερο πόνο. Ήδη η μητέρα μου με την απόφασή της να μας κρατήσει στη ζωή, αψηφώντας τον θάνατο, είχε κλονίσει σοβαρά την υγεία του, όταν τελικά συνέβη το αναπόφευκτο. Μετά ήρθε όλο αυτό και...» Τα μάτια της, δεν άντεξαν και για μια ακόμη φορά δακρύβρεχτα, απέδειξαν τα σημάδια του έντονου πόνου που ένιωθε.

Ο νεαρός έδειξε να μετανιώνει που παρακίνησε την καλή του να του εξιστορήσει την πορεία της ζωής της και γεμάτος ενοχές προσπαθούσε να βρει τρόπο να τα μπαλώσει. Όμως η Ροδόκλεια συνέχισε απτόητη. «Έτσι στην οικογενειακή τελευταία κατοικία τους βρέθηκαν η μητέρα, ο πατέρας, ο παππούς μου και...το ανύπαρκτο κουφάρι του αγγέλου μας!»

«Σε στενοχώρησα, ε... δεν έπρεπε! Ποτέ δε φανταζόμουν ότι θα είχες περάσει τέτοια τραγικά βιώματα».

«Μη στενοχωριέσαι, μου κάνει κι εμένα καλό να τα βγά-
ζω από μέσα μου, ειδικά όταν έχω να κάνω με ανθρώπους
που...» αγαπώ ήθελε να πει αλλά κράτησε τη λέξη τελευταία
στιγμή και έβαλε στη θέση της μια άλλη: «που... εκτιμώ».

Ο Σεραφείμ αυτήν τη φορά δε μίλησε, απλά έσφιξε
ελαφρώς πιο δυνατά το χέρι της, έπειτα αργά αργά το έβα-
λε μέσα και στις δύο χούφτες του και ανασήκωσε το σώμα
του ελαφρώς, τόσο όσο να φτάσει τα χείλη της Ροδόκλειας
που έμεινε ακίνητη, περιμένοντας το ευχάριστο επακόλου-
θο. Τα τρεμάμενα χείλη της ενώθηκαν με τα φλογισμένα
του συνοδού της και αφέθηκε στη μαγεία των συναισθημά-
των. Μόλις τρία δευτερόλεπτα κράτησε το άγγιγμα, αλλά
ήταν αρκετά για να γεμίσουν όλη της τη ζωή. Ο πόνος ελά-
φρυνε, το κακό παρελθόν απομακρύνθηκε, η φλόγα έκαψε
τις κακές αναμνήσεις. Μια νέα εποχή ξεκινούσε γι' αυτή, με
πολλά πολλά ανοιξιάτικα χρώματα, δίπλα σε έναν υπέροχο
άνθρωπο. *Με τη σκέψη μου φτάνω δίπλα σου, νιώθω ήδη
πως σε αγγίζω, χαμογελώ με την εικόνα σου στο μυαλό μου.
Η σκέψη μου πλημμυρίζει από αγάπη για σένα... Ελπίζω μια
μέρα να το καταλάβεις... Ελπίζω αυτό το ταξίδι να μην τε-
λειώσει μόλις ανοίξουν τα μάτια.... ελπίζω να μην επαληθευ-
θεί ότι όλα τα όμορφα τελειώνουν πολύ γρήγορα...*

Πρωτόγνωρα όλα αυτά που ένιωθε. Ποτέ δεν της είχε δο-
θεί η ευκαιρία να γνωρίσει τον πραγματικό έρωτα, αυτό που
ένιωθε τώρα. Μαγικές δυνάμεις την κατέλαβαν και παρέλυσε.
Τόσο που ακόμα και όταν ο Σεραφείμ απομάκρυνε τα χείλη
του από τα δικά της, εκείνη κρατούσε σφιχτά τα βλέφαρα,
προσπαθώντας να ξεζουμίσει κάθε μόριο ευχαρίστησης. Μόνο
όταν άρχισε να της μιλά επανήλθε στην πραγματικότητα.

«Δε θα επιτρέψω σ' αυτά τα λαμπερά ματάκια άλλα
δάκρυα να επαναστατήσουν, παρά μόνο εάν πρόκειται
για δάκρυα χαράς», ψιθύρισε εξερευνώντας τον βυθό
των ματιών της.

«Κάτι μου θυμίζει αυτό που είπες μόλις τώρα. Κάτι,
αλλά τι...;»

«Εάν μου δώσεις την ευκαιρία θα μπορώ να σου λέω μια

ολόκληρη ζωή λέξεις ποτισμένες με γάργαρα νερά, αρωματισμένες με λουλουδάτες νότες, βυθισμένες στο μέλι της τρυφερότητας». Σίγασαν για λίγο. Όσο τα χέρια βρίσκονταν σφιγμένα το ένα μέσα στο άλλο, τα μάτια πάλευαν να χωθούν όλο και πιο βαθιά στον απέναντι παράδεισο. «Άκου τη μελωδία που παίζει αυτή τη στιγμή. Θαρρείς και γεννήθηκε για εμάς. Στο σώμα σου το τραγούδι αυτό να γίνει αγγελούδι», ψιθύρισε μελωδικά το Μάκης. Ανατρίχιασε η Ροδόκλεια. Τρέμουλο την έπιασε όταν προσπάθησε να ρουφήξει τους στίχους και τη μουσική μέσα της, όταν ένιωσε το κορμί της να απογυμνώνεται και να μεταμορφώνεται σε αγγελούδι. *"Και ένιωσα τα χέρια σου να κάνουν ταξίδια στους χάρτες του κορμιού μου, λεηλατώντας και κουρσεύοντας κάθε ίνα μου. Τα χείλη σου έγιναν κάρβουνα αναμμένα αφήνοντας ανελέητα τα σημάδια τους πάνω μου και η φωνή σου ψίθυρος βραχνός, τραγούδι μελωδικό, απαιτώντας μου να πετάξω όλα τα πέπλα της καρδιάς μου και να χορέψω γυμνή μόνο για εσένα".* Με κλειστά τα μάτια λίκνισε ελαφριά το σώμα της, αφήνοντας τον νεαρό να απογειώσει τις αισθήσεις του στον έβδομο ουρανό.

«Ξέρεις τι σκέφτηκα μόλις τώρα;» ρώτησε ο Μάκης αλλάζοντας έξυπνα τη συζήτηση και σπάζοντας τη γλυκιά σιωπή.

«Να σ' ακούσω;»

«Όποιος καταφέρει να σταματήσει τον χρόνο έστω και για ένα λεπτό, θα γίνει ο αυριανός κυρίαρχος της γης».

«Πολύ έξυπνο! Πάντως αν ήταν να σταματήσει ο χρόνος για λίγο θα ήθελα εκείνες τις στιγμές να τις μοιραστώ μαζί σου».

Ο Μάκης έπιασε το χέρι της και το σήκωσε ελαφρώς ψηλά. Ακούμπησε απαλά τα χείλη επάνω του, παρακολουθώντας συνέχεια τα μάτια της. «Και εγώ χαρά μου και εγώ!» ψέλλισε.

«Θέλεις να παραγγείλουμε γλυκό για επιδόρπιο;» ρώτησε με λεπτότητα η Ροδόκλεια.

«Ναι, καιρό έχω να απολαύσω ένα γλυκό, θα το 'θελα πολύ». Έμοιαζε να συνέρχεται από το πρώτο φευγαλέο πέταγμα των αισθήσεων και ζήτησε από τον φτερωτό έρωτα να τον κατεβάσει ξανά στη γη. Έκαναν νεύμα τον σερβιτόρο και αφού εξέφρασαν την επιθυμία τους, συνέχισαν τη συζήτηση σε πιο χαλαρούς τόνους. Επικεντρώθηκαν κυρίως στις εφευρέσεις του Μάκη και του Φραγκίσκου καθώς και στα μελλοντικά τους σχέδια. Όλο αυτό το διάστημα, συχνά πυκνά τα χέρια ενώνονταν τρυφερά και η Ροδόκλεια γέμισε από όλου του κόσμου τα ευχάριστα συναισθήματα και κυρίως αυτό της ασφάλειας. Ναι, ένιωθε ασφαλής με αυτόν τον άντρα. Μια ασφάλεια που μετά από τον βίαιο χωρισμό από τους δικούς της δεν είχε νιώσει ποτέ.

Η ώρα του αποχωρισμού δυστυχώς έφτασε. Πάντα όλα τα ωραία δυστυχώς έχουν το τέλος τους. Ο Μάκης προσφέρθηκε να την πάει στο σπίτι της, αλλά εκείνη αρνήθηκε διακριτικά. «Θα πάρω το αστικό... δεν πειράζει».

«Δε μου κάνει κόπο, απεναντίας θα χαρώ πολύ. Χώρια το ότι η ώρα είναι περασμένη και δε θα ήθελα να τριγυρίζεις μοναχή σου στους δρόμους. Τόσα και τόσα ακούμε κάθε μέρα!»

«Έχεις δίκιο, αλλά πώς να σου το πω, δε νιώθω βολικά ακόμα με αυτή την ιδέα».

«Τι σε προβληματίζει; Μίλα μου ελεύθερα. Θεωρείς ότι βιάζομαι για κάτι που δεν...»

«Όχι, όχι! Μη βασανίζεις τον εαυτό σου με τέτοια ζητήματα. Θέλω πολύ να είμαστε μαζί, μου αρέσει η παρέα σου, αλλά νομίζω πως είναι καλύτερα να το αποφύγουμε αυτό... τουλάχιστον για σήμερα». Η Ροδόκλεια έσκυψε το κεφάλι και σχεδόν έτοιμη να κλάψει πέρασε τα χέρια της ανάμεσα στο κεφάλι της.

«Δε θέλω να σε πιέζω να κάνεις κάτι για το οποίο δε νιώθεις άνετα. Εντάξει! Απλά θα σε συνοδεύσω μέχρι το σπίτι σου τότε! Δε θα ανεβώ επάνω. Έλα μη μου στενοχωριέσαι και δε σου πάει!» Της τράβηξε τα χέρια και προσπάθησε να της ανασηκώσει το κεφάλι. «Χαμογέλα μου! Έχεις το πιο υπέροχο χαμόγελο του κόσμου!»

Η Ροδόκλεια δεν άντεξε τις τόσες φιλοφρονήσεις. Άφησε την κατάλευκη οδοντοστοιχία της να λάμψει για μια φορά ακόμη σε ολόκληρη την αίθουσα. Προς μεγάλη του κατάπληξη ο Μάκης την είδε να σκύβει μπροστά και για πρώτη φορά σε όλη τη βραδιά, να κάνει αυτή πρώτη την κίνηση και να του δίνει το γλυκύτερο φιλί που πήρε ποτέ.

«Εάν δεν έχεις αντίρρηση όμως μπορούμε να πάμε σε ξενοδοχείο και...» ψέλλισε η Ροδόκλεια, νιώθοντας ένα περίεργο αίσθημα σαν να βρέθηκε ολόγυμνη μπροστά σε λαίμαργα βλέμματα.

Ο Μάκης προσπαθώντας να συνέλθει από τη δεύτερη απανωτή κατάπληξη, με γουρλωμένα μάτια κούνησε καταφατικά το κεφάλι λέγοντας: «Πώς θα μπορούσα να αρνηθώ τέτοια πρόταση!»

«Ναι, αλλά ας μη βιαζόμαστε ακόμη. Δεν εννοώ για σήμερα. Το γρηγορότερο όμως».

«Α, μάλιστα», είπε ο Σεραφείμ δείχνοντας έντονα τη δυσαρέσκειά του.

Αφού πλήρωσαν τον λογαριασμό, μπήκαν στο αυτοκίνητο και ο Μάκης την επέστρεψε στο σπίτι της. Καληνύχτισαν ο ένας τον άλλον με σταυρωτά φιλιά και ο νεαρός τής υποσχέθηκε ότι σύντομα θα της τηλεφωνήσει για την επόμενη συνάντηση.

Αναμνήσεις

Άκκρα Γκάνας,
11 Νοεμβρίου 2021

Η γιαγιά Τέμα τυλίχτηκε με τη ζακέτα της, στη σκέψη και μόνο ότι στην άλλη της πατρίδα, την Ελλάδα, θα έχει αρκετή ψύχρα αυτή την εποχή. Το αεροπλάνο της είχε ήδη μπει στον διάδρομο απογείωσης και από λεπτό σε λεπτό θα άρχιζε η επιβίβαση. Στενοχωρημένη για τις απρόσμενες εξελίξεις, θυμήθηκε τα γεγονότα που εκτυλίχθηκαν μπροστά στα μάτια της τις τελευταίες ώρες και ρίγη συγκίνησης τη διαπέρασαν. Τα μελιά της μάτια γυάλισαν στις πρωινές ακτίνες του ήλιου, που είχε ξεπροβάλλει εδώ και ώρα δυναμικά.

Ευτυχώς ξεπεράστηκαν οι τελευταίες δυσκολίες χάρη στη δυναμική και το κύρος που είχε αποκτήσει το όνομά της και τελικά βρέθηκε να πετάει με ένα υπερσύγχρονο αεροσκάφος. Η αρχική πτήση της ήταν προγραμματισμένη, ώστε μετά από έξι ώρες στον αέρα και μια στάση δεκατριών ωρών στο Κάιρο, να συνεχίσει από εκεί με άλλο αεροπλάνο για την Αθήνα φτάνοντας σε δύο ώρες, σύμφωνα με τις οδηγίες του εισιτηρίου της. Από εκεί, θα τελείωνε το ταξίδι της, φτάνοντας στη Θεσσαλονίκη συμπληρώνοντας έτσι είκοσι δύο ώρες ταξιδιού.

Όλο αυτό αποτράπηκε αισίως την τελευταία στιγμή. Αρχικά, σχεδόν μια ολόκληρη ημέρα αγωνίας θα τη συντρόφευε στο μακρινό της ταξίδι. Ενώ τώρα, νιώθοντας μέγιστη ευγνωμοσύνη, κυρίως προς τον Ύψιστο, βρήκε λύση μέσω Κωνσταντινούπολης, κερδίζοντας δώδεκα ολόκληρες ώρες. Αντί για Κάιρο και μετά Αθήνα, θα πετούσε προς Κωνσταντινούπολη και από εκεί απευθείας για Θεσσαλονίκη. *"Στάθηκα πολύ τυχερή, αλλά και άτυχη μαζί! Πάντως αύριο το πρωί θα είμαι εκεί"* σκέφτηκε φευγαλέα.

Η απογείωση ολοκληρώθηκε και ο κυβερνήτης τους ανακοίνωσε πέρα από το "καλό ταξίδι" ότι σε έξι ώρες και πενήντα λεπτά θα έφταναν στο αεροδρόμιο Ατατούρκ της Κωνσταντινούπολης. Η γιαγιά Τέμα έριξε μια ματιά από το παράθυρο στη γη χαμηλά και πλήθος συναισθημάτων γέμισαν την καρδιά της. Η γη που τη γέννησε κάτω από την κοιλιά του σκάφους! Να, σε λίγη ώρα θα περνάει πάνω από τα μέρη της. *"Θεέ μου. Πόσο δεμένη είμαι με αυτά τα χώματα! Πόσο σ' ευχαριστώ που με αξίωσες να βάλω και εγώ λίγα λιθαράκια στο οικοδόμημά σου που λέγεται ανθρώπινη ύπαρξη".* Το βλέμμα της γλιστρούσε πάνω από τις κορυφές των λόφων, κολυμπούσε στις ακτές των λιμνών, σκαρφάλωνε στα κλαδιά των πανύψηλων δέντρων και τα δάκρυα κυλούσαν στα μάγουλα αβίαστα, όσο το αεροπλάνο περνούσε πάνω από τις βόρειες περιοχές της Γκάνας. *"Δεν ειδοποίησα και κανέναν από τους συναδέλφους μου ότι φεύγω για Ελλάδα. Απερισκεψία! Θα τους πάρω μόλις φτάσω",* αναλογίστηκε πικραμένα και ταυτόχρονα μια παρόμοια σκέψη πήρε τη θέση της πρώτης. *"Ούτε και τον Αλέξη, τη Δέσποινα ή τα εγγόνια μου ειδοποίησα ότι επιστρέφω. Όχι, όμως, αυτούς δεν πρέπει να τους πάρω! Έχουν τα ζόρια τους, να μην τους φορτώνω και τη δική μου έγνοια. Εξάλλου, το πιο πιθανό είναι ο Μάκης να μην τους έχει ενημερώσει ότι μου έστειλε ενημερωτικό γράμμα. Καλύτερα έτσι. Όταν θα βρεθούμε πιστεύω πως θα χαρούνε περισσότερο παρά θα με μαλώσουν που δεν τους πληροφόρησα σχετικά".*

Οι ώρες κυλούσαν αργά, βασανιστικά. Κάθε λίγο άφηνε έναν οδυνηρό αναστεναγμό, σε σημείο που οι συνεπιβάτες της να την κοιτούν περίεργα. Κάποια στιγμή έβαλε το χέρι της βαθιά στην τεράστια τσάντα που κουβαλούσε μαζί της και αναζήτησε το μικρό ξύλινο κουτάκι. Το ανέσυρε και αφού το άνοιξε ευλαβικά, έβγαλε από μέσα όλο το περιεχόμενό του. Δεκάδες γράμματα αλληλογραφίας βρέθηκαν στην αγκαλιά της, προσφέροντας με τις λέξεις τους εικόνες και χαρούμενες στιγμές από τα αγαπημένα της πρόσωπα που ζουν στη δεύτερη πατρίδα της, την Ελλάδα. Έντεκα ολόκληρα χρόνια, ζωσμένα με τον μανδύα του νόστου, της λαχτάρας του γυρισμού, της ανάγκης να βρεθεί ξανά με την οικογένεια που δημιούργησε η ίδια από το μηδέν. Μέσα σε αυτά τα γράμματα περικλείονταν η εφηβεία των εγγονών της, οι επιτυχίες τους, τα πρώτα ερωτικά τους σκιρτήματα, ο άκρατος ενθουσιασμός τους για ζωή. Περιείχαν την ακραιφνή λαχτάρα του γιου της Αλέξη και της νύφης της Δέσποινας να ξαναγυρίσει κοντά τους, να τη νιώσουν ξανά δίπλα τους. Μόνο ένα και μοναδικό γράμμα κουβαλούσε μαζί του τον απερίγραπτο πόνο και τη θλίψη. Οι φαρμακερές λέξεις, νοτισμένες στο δηλητήριο, σούβλιζαν καρδιά και νου και ήταν αρκετό για να διαταράξει τις ισορροπίες και να την αναγκάσει να αφήσει άλλη μία φορά τη γενέτειρά της. Δυστυχώς η επιθυμία της οικογενείας να γυρίσει σύντομα πάλι κοντά της έγινε πραγματικότητα, αν και με ανορθόδοξο τρόπο.

Διάλεξε ένα γράμμα στην τύχη και διάβασε:

Θεσσαλονίκη, 2 Ιουλίου 2014

"Γιαγιάκα μου καλημέρα ή καλησπέρα ό,τι ώρα και εάν είναι εκεί. Εύχομαι το γράμμα μου να σε βρίσκει ευτυχισμένη, όπως είμαι εγώ τώρα που σου γράφω. Είμαστε με τη μαμά και τα αδέλφια μου στα Σύβοτα, σε ένα πολύ ωραίο παραθαλάσσιο μέρος στο νότιο τμήμα του Νομού Θεσπρωτίας. Έχω κάνει ήδη πολλούς φίλους και περνάμε πολύ καλά όλοι μαζί. Είμαι σίγουρη πως το γνωρίζεις και θα ήθελες να είσαι και εσύ μαζί μας τώρα εδώ. Παρακαλώ τον Θεούλη, στην προσευχή μου καθημερινά, να σε φέρει και πάλι κοντά μας. Ο μπαμπάς έχει πολύ δουλειά και έρχεται μόνο τα Σαββατοκύριακα και μας βρίσκει. Όταν ανταμώνουμε όλοι μαζί, είμαστε μια πολύ ευτυχισμένη οικογένεια. Ειδικά η μαμά μόλις αντικρίζει τον μπαμπά, λαμποκοπάει το πρόσωπό της σαν αυγουστιάτικο φεγγάρι.

Εσύ πως τα πηγαίνεις με τους αρρώστους; Έχετε πολ-

λούς; Και εγώ όταν μεγαλώσω θα ήθελα να γίνω γιατρός όπως εσύ, για να θεραπεύω τον κόσμο. Και εάν δεν έρθεις εσύ έως τότε να μας βρεις, θα έρθω εγώ με τους Γιατρούς χωρίς Σύνορα.

Σε φιλώ με πολλή αγάπη,
η εγγονή σου Χριστίνα

Η γιαγιά Τέμα άφησε ένα γλυκό χαμόγελο με αφορμή τη δημιουργία της εικόνας που σχηματίστηκε στα μάτια της. «Μωρό μου γλυκό», μονολόγησε παραπονιάρικα. Ταχύτατα άνοιξε στην τύχη ένα δεύτερο, σε μια ύστατη προσπάθεια να φτιάξει τη διάθεσή της. Πέτυχε ένα γράμμα της Δέσποινας, από τα πολλά που της έστελνε, ειδικά τα πρώτα χρόνια της απουσίας της.

Αγαπητή μητέρα,
Με μεγάλη μου χαρά σου γράφω για να σε ευχαριστήσω για τις πολύ όμορφες φωτογραφίες που έστειλες στα κορίτσια και στον Μάκη, καθώς επίσης και για την πρότασή σου να έρθω για να σε συναντήσω στην πατρίδα σου τη Γκάνα. Δε σου κρύβω ότι δελεάστηκα με την πρότασή σου· έτοιμη ήμουν να το επιχειρήσω, αλλά δυστυχώς με κράτησε η σκέψη ότι ο Αλέξης θα πελάγωνε με τρία παιδιά στην πλάτη του και με μαθηματική ακρίβεια δε θα τα έβγαζε πέρα, ούτε για μισή μέρα. Η μικρή Χριστίνα είναι πολύ ατίθαση και καλομαθημένη και θα του ανέβαινε στον σβέρκο σε χρόνο ντετέ.
Σου υπόσχομαι, όμως, ότι με την πρώτη ευκαιρία, θα παλέψω με νύχια και με δόντια και θα σου έρθω. Δεν είναι απλά λέξεις για να φύγω από την υποχρέωση, αλλά σοβαρή υπόσχεση. Εσείς και η ομάδα σας τι κάνετε; Πήγατε στη γειτονική χώρα Κονγκό για την προσφορά ιατρικών υπηρεσιών των δύο μηνών που μας είχες αναφέρει;
Περιμένω νέα σου.
Υ. Γ. Θερμούς χαιρετισμούς από τον κανακάρη σου"

Δέσποινα, Οκτώβριος 2013

"Τελικά Δεσποινάκι δεν ήσουν μόνο λόγια. Κατάφερες και ήρθες μετά από δύο χρόνια και κράτησες την υπόσχεσή σου ζωντανή. Μπράβο σου, κορίτσι μου! Είμαι περήφανη για εσένα και νιώθω πολύ τυχερή που σε έκανα νύφη μου. Καταλληλότερη δε θα μπορούσε να βρει ο Αλέξης μου".
Σχεδόν ψιθυριστά βγήκαν τα λόγια από τα βάθη της καρδιάς της. Την αγαπούσε πολύ τη νύφη της!
Έψαξε με λαχτάρα στο συνονθύλευμα που υπήρχε στην αγκαλιά της, ένα συγκεκριμένο γράμμα, χάρη του οποίου ένιωσε πρόσφατα πλούσια περηφάνεια που τη φούσκωσε σαν παγώνι. Μια ιδιαίτερη επιστολή από τον εγγονό της τον Σεραφείμ, που κυρίως αναφερόταν με πλούσιες λεπτομέρειες σε ένα εξαιρετικό επίτευγμά του. Μόλις το βρήκε αναφώνησε με λαχτάρα: «Επιτέλους».

Γλυκιά μου γιαγιά,
Με μεγάλη μου χαρά σου στέλνω αυτό το γράμμα, θέλοντας να μοιραστώ μαζί σου την, κατά τα φαινόμενα, μεγάλη μου επιτυχία στην κατασκευή του ανθρωποειδούς ρομπότ, που αφού εντοπίζει έγκαιρα τους σεισμούς, δίνει άμεσα οδηγίες σε όλους τους αρμόδιους φορείς. Γνωρίζεις καλά, ότι οφείλω τόσα πολλά σ' εσένα για την υλοποίηση αυτής της αρχικής ιδέας, που μια ζωή ολάκερη δε θα έφτανε να ανταποδώσω την προσφορά σου.
Η παρότρυνση, η πίστη σου στις δυνάμεις μου, ο ενθουσιασμός σου, που εμφύσησες και σε εμένα και φυσικά, η απόλυτη ηθική υποστήριξή σου ήταν οι βασικοί μου σύμμαχοι τις ώρες των δυσκολιών. Ήσουν εδώ και ας είσαι χιλιόμετρα μακριά μας. Ήσουν εδώ μαζί μου με το πνεύμα, την καρδιά και το χέρι, αυτό το θαυματουργό χέρι που σώζει καθημερινά αμέτρητες ζωές. Θυμάμαι ότι η ιδέα της κατασκευής του ρομπότ ήταν και δική σου, όταν πάνω σε μια αφήγησή σου με αληθινές ιστορίες του παρελθόντος, αστεία σοβαρά, πέταξες την μπάλα σε μένα λέγοντας επακριβώς: «Εσύ, Μάκη, θα μπορούσες να το υλοποιήσεις αυτό!»
Είμαι βαθιά ικανοποιημένος ακόμα από τη θερμή σου ηθική και υλική υποστήριξη όλα αυτά τα χρόνια των σπου-

δών μου, με τις γνώσεις που μου μετέφερες, την ανυπέρβλητη οικονομική σου βοήθεια και φυσικά τις εμπειρίες που μου εξιστόρησες από τις εικόνες φρίκης στη γενέτειρά σου. Μπορεί να είναι πολύ λίγο, αλλά νομίζω πως ένα μεγάλο ευχαριστώ θα με βοηθήσει να αισθανθώ καλύτερα για την ευγνωμοσύνη που νιώθω.

Μπορεί από το Γυμνάσιο να καιγόμουν από μέσα μου να βρω τρόπο για να βοηθήσω την ανθρωπότητα με την έγκαιρη διάγνωση των σεισμών, αλλά εάν δεν ήσουν εσύ με τα εμψυχωτικά σου γράμματα και τη θερμή πίστη σε μένα να με κρατήσεις όρθιο και ζωντανό, ίσως να μην το είχα καταφέρει.

Στις επόμενες αράδες, λοιπόν, μπορείς να διαβάσεις πώς λειτουργεί το νέο μου ρομπότ. Ετοίμασα μια μικρή προσομοίωση των ενεργειών του κατά την παρουσίαση της μεταπτυχιακής μου εργασίας στους επιβλέποντες καθηγητές της σχολής μου. Στην παρουσίαση παρευρέθηκαν, εκτός από τους εκπροσώπους διαφόρων πανεπιστημιακών τμημάτων, πλήθος φοιτητών διαφόρων σχολών, πολλοί δημοσιογράφοι καθώς και απλοί πολίτες που το δημιούργημά μου τους κέντρισε το ενδιαφέρον.

Πρώτα από όλα για να καταλάβεις το σχήμα του και να έχεις πλήρη εικόνα του πρωτότυπου σχεδίου, σου εσωκλείω δύο φωτογραφίες του. Μία σε αδράνεια και μία σε ενεργή δράση. Έτσι θα μπεις πολύ πιο εύκολα στο νόημα των λειτουργιών του. Όπως αντιλαμβάνεσαι μοιάζει πλήρως με έναν ψηλό και εύσωμο άντρα, που φοράει κάσκα με φώτα, σαν κράνος μηχανόβιου.

Η ιδέα είναι βασισμένη στον αρχικό σχεδιασμό των μέχρι τώρα σεισμολογικών σταθμών, αλλά διαφέρει στον σχηματισμό των μηχανημάτων καταγραφής, καθώς και στις δραστηριότητες που εκτελεί. Κύρια αποστολή του ανθρωποειδούς ρομπότ, που θα εγκατασταθεί στα Γεωδυναμικά Ινστιτούτα και στους Τομείς Γεωφυσικής, Γεωθερμίας και Γεωλογίας διαφόρων Πανεπιστημίων θα είναι η παρακολούθηση, η καταγραφή και η ανάλυση της σεισμικής δραστηριότητας στον ελλαδικό χώρο κυρίως, αλλά και κάποιων γειτονικών χωρών, καθώς και η ενημέρωση της πολιτείας και του κοινού όσον αφορά στα θέματα σεισμών, όταν αυτό κρίνεται απαραίτητο.

Όπως ήδη γνωρίζεις, αυτό που ίσχυε έως σήμερα, στα πλαίσια της δημιουργίας του Εθνικού Δικτύου Σεισμογράφων, ο Σεισμολογικός Σταθμός του Α. Π. Θ. και το Γεωδυναμικό Ινστιτούτο του Εθνικού Αστεροσκοπείου Αθηνών είχαν την ευθύνη για την έκδοση κοινής ανακοίνωσης μετά από σεισμούς, που γίνονταν αισθητοί στον ευρύτερο ελλαδικό χώρο. Πλέον, την άμεση ενημέρωση αρμόδιων φορέων και πολιτών προς αποφυγή ατυχημάτων, τραυματισμών ή άλλων καταστροφών, θα την έχει αποκλειστικά το ρομπότ που θα βρίσκεται στην κοντινότερη περιοχή με αυτήν που χτυπήθηκε από σεισμό. Μετά τη μαζική παραγωγή των ρομπότ και την άμεση εγκατάστασή τους στο Ενιαίο Ελληνικό Σεισμολογικό Δίκτυο, η δικτυακή συνεργασία τους θα είναι καθολική.

Θα αναρωτιέσαι τώρα τι περισσότερο θα κάνει από τα μέχρι στιγμής συστήματα καταγραφής. Εύχομαι να βρεθείς σύντομα κοντά μας, για να μου δώσεις την ευκαιρία να σου δείξω και περιγράψω αναλυτικά το κατασκευαστικό του μέρος. Για την ώρα θα αρκεστώ μόνο, επιγραμματικά, σε μερικές λειτουργίες του, για να θαυμάσεις μια φορά ακόμα τον εγγονό σου!

Ενεργοποίηση σειρήνας προειδοποίησης με ταυτόχρονη φωνητική αναγγελία για την επισήμανση του σεισμού προς αφύπνιση του ανθρώπινου μηχανισμού ασφαλείας.

Τηλεφωνική ενημέρωση με ψηφιακή φωνή χάρη στον προγραμματισμό του, προς τις αστυνομικές και πυροσβεστικές μονάδες στην πληγείσα περιοχή. Ταυτόχρονη δικτυακή σύνδεση με τα αντίστοιχα τμήματα.

Αποστολή email στα ίδια τμήματα, με ενημερωτικό μήνυμα που θα αναφέρει τα ρίχτερ, καθώς επίσης και το επίκεντρο της σεισμικής δραστηριότητας, με πλήρη ανάλυση τοπογραφικών διαγραμμάτων και χαρτών για οδούς διαφυγής.

Αποστολή εντολής εκκένωσης πόλης στους αξιωματικούς υπηρεσίας με τηλεειδοποίηση στα ειδικά κατασκευασμένα συστήματαδέκτες, που θα βρίσκονται και στην πιο μικρή κωμόπολη της χώρας.

Ρύθμιση κυκλοφορίας στα φανάρια για την ομαλή έξοδο από την πόλη, προς αποφυγή ατυχημάτων και κυκλοφοριακής συμφόρησης.

Διακοπή κυκλοφορίας οχημάτων που ταξιδεύουν, κυρίως μέσα σε σήραγγες, με ενεργοποίηση των ειδικών πινακίδων που βρίσκονται στους μεγάλους αυτοκινητόδρομους, όπως παράδειγμα στην Εγνατία Οδό που γνωρίζεις καλά.

Ταυτόχρονη κλήση στα κινητά τηλέφωνα των γενικών διευθυντών όλων των Γεωλογικών Ινστιτούτων της χώρας προς ενημέρωσή τους μέσω skype.

Ενημέρωση με email και sms, σε ειδικές περιπτώσεις υπερβολικά μεγάλων σεισμών, των εκάστοτε αρμόδιων υπουργών. Τώρα ποια υπουργεία θα ενημερώνονται μη με ρωτάς διότι δεν τα πάω καλά με τους πολιτικούς μας και δεν είναι του παρόντος.

Αυτά και άλλες μικρές λεπτομέρειες που θα ήταν κουραστικό να σου τις περιγράψω, θα κάνει το ρομποτάκι μας. Και όλα αυτά βέβαια με ένα πιάτο φαγητό την ημέρα. Εε, γιαγιά... καλό! Εννοείται πως δεν τρώει, απλά φορτίζει σε μόνο δέκα λεπτά της ώρας τις μπαταρίες του. Φυσικά, εντελώς μόνο του και σε αυτήν τη λειτουργία. Εάν μπορούσαμε να εφεύρουμε μια ελληνική λέξη θα του ταίριαζε το «αυτομπριζώνεται». Α, και να μην το ξεχάσω! Όταν ο σεισμός που πρόκειται να γίνει εκτιμάται ότι θα φέρει τρομερές καταστροφές, ενεργοποιεί μηχανισμό διακοπής όλων των μέσων τηλεοπτικής και ραδιοφωνικής ενημέρωσης εθνικής εμβέλειας. Αμέσως μετά εκπέμπει σήμα κινδύνου για την εκκένωση των κλειστών χώρων καθώς και πληροφορίες προφύλαξης. Λησμόνησα επίσης να σου αναφέρω ότι το χρονικό διάστημα που κατάφερα να «διαβάζει» τον σεισμό, με τη βοήθεια των διάσπαρτων αισθητήρων στο εύρος της περιοχής που ελέγχει πριν αυτός εκδηλωθεί, είναι επτά λεπτά. Πιστεύω με μερικές βελτιώσεις ακόμα, να καταφέρουμε να φτάσουμε στα δέκα και γιατί όχι και παραπάνω. Αντιλαμβάνεσαι ότι είναι λίγος ο χρόνος για να αποφύγεις ολικά την καταστροφή, αλλά είναι αρκετός για να σώσεις πολλές ζωές, κυρίως από τον πανικό που δημιουργείται κατά την ώρα του εγκέλαδου.

Σαφώς όλα αυτά είναι στη θεωρία, αποδεκτά μεν από όλους τους εμπλεκόμενους φορείς, αλλά δεν αρκούν. Πρέπει να υπάρξει και η πολιτική βούληση και φυσικά να αποφύγουμε τον σκόπελο της ελληνικής γραφειοκρατίας, που δυστυχώς ακόμα και στις μέρες μας καλά κρατεί. Να βρεθούν τα κατάλληλα κονδύλια για να προχωρήσει η υλοποίηση του ενιαίου σχεδίου. Θα ήθελα πολύ αυτό το εγχείρημα να παγιωθεί και θεμελιωθεί εδώ στη χώρα μου, που αν και διώχνει τους επιστήμονές της στο εξωτερικό, την αγαπώ πολύ.

Το ονόμασα «ΡομποΤάλω» εμπνευσμένος από την ελληνική μυθολογία. Ίσως γνωρίζεις ότι ο Τάλως ήταν μυθικός φύλακας της Κρήτης. Ήταν γιγάντιος, ανθρωπόμορφος και με σώμα από χαλκό. Κατά τον Πλάτωνα ήταν επιφορτισμένος με το καθήκον να επιτηρεί την εφαρμογή των νόμων στην Κρήτη, κουβαλώντας τους μαζί του γραμμένους σε χάλκινες πλάκες. Οι περισσότερες πηγές αναφέρουν ότι ήταν άγρυπνος φύλακας της Κρήτης που γύριζε τις ακτές του νησιού τρεις φορές τη μέρα. Έτσι θέλω να κάνει και ο σύγχρονος Τάλως. Ως άγρυπνος φρουρός να προστατεύει πλέον τη χώρα μου από τις φυσικές καταστροφές.

Αυτά για μένα και το δημιούργημά μας. Ελπίζω να μη σε κούρασα με την ενθουσιώδη ανάλυσή μου. Πες μου για σένα και το έργο σου. Πώς πέρασε ο θερμότερος μήνας του καλοκαιριού; Είχατε περισσότερη ζέστη από τον Ιούλιο; Εμείς εδώ βαλαντώσαμε, κοντέψαμε να πεθάνουμε από ασφυξία! Η υπερβολική ζέστη μάς άφησε με εννέα λιγότερους συμπολίτες μας. Αυτή η συνεχόμενα αυξητική πορεία της θερμοκρασίας θα μας απασχολεί έντονα τα επόμενα χρόνια. Ίσως γίνει μεγαλύτερο πρόβλημα ακόμη και από αυτό των σεισμών!

Σε αφήνω τώρα γιατί πέρασε η ώρα και πρέπει να κοιμηθώ κάνα δυο ωρίτσες, μια και αύριο έχω δύσκολη μέρα. Γιαγιάκα μου πολύτιμη, σε φιλώ θερμά και σου εύχομαι από την καρδιά μου να έχεις πάντα τη δύναμη να προσφέρεις.

Καλή αντάμωση.

Ο εγγονός σου, Μάκης

Θεσσαλονίκη, 15 Σεπ 2021

Υ. Γ. Στο επόμενο γράμμα μου, γιαγιάκα, θα σου γράψω λεπτομέρειες για τη φανταστική ιδέα εργασία του φίλου μου Φραγκίσκου, ο οποίος όπως λέει, εάν πραγματοποιήσουν το όνειρό του, η συμπρωτεύουσα θα απαλλαχθεί μια για πάντα από το πρόβλημα του πάρκινγκ. Δωδεκαώροφος υπόγειος χώρος στάθμευσης κάτω από τον Θερμαϊκό Κόλπο με διακλαδωτές, που θα ξεκινούν από όλα τα κεντρικά σημεία της πόλης και τα μεταφέρουν αυτόματα τα οχήματα σε αντίστοιχες θέσεις του. Απίθανο;

Άλλα δύο δάκρυα συγκίνησης ξεχύθηκαν αργά αργά και κύλησαν στο απαλό δέρμα της ηλικιωμένης κυρίας. Ξαφνικά, έντονοι κραδασμοί ταρακούνησαν το αεροπλάνο και ένιωσε την καρδιά της να πάλλεται επίπονα. Είχε χρόνια να ταξιδέψει και εύλογο ήταν να νιώθει έτσι. Φοβόταν πολύ τα αεροπλάνα με τόσα που είχε ακούσει!

Αμέσως μετά ήρθε η καθησυχαστική φωνή του κυβερνήτη και ηρέμησε: «Αγαπητοί επιβάτες μη σας ανησυχούν οι έντονες αναταράξεις. Οφείλονται σε κενά αέρος, τα οποία θα αποφύγουμε ολικά κάνοντας μια μικρή στροφή, αποκλίνοντας ελαφρώς από την πορεία μας». Ανακούφιση!

"Καλή αντάμωση", αναλογίστηκε πικραμένη η Τέμα διαβάζοντας ξανά την τελευταία φράση του γράμματος. «Δυστυχώς, Μάκη μου, θα ανταμώσουμε πολύ πιο σύντομα από ό,τι περιμέναμε και οι δύο, αλλά όχι για καλό», μονολόγησε γέρνοντας το κεφάλι της μπροστά.

Ένα ρίγος διαπέρασε ολόκληρη τη ραχοκοκαλιά της και τινάχτηκε επάνω, όταν ασυναίσθητα σκέφτηκε ότι η ημερομηνία ήταν έντεκα εντεκάτου και η πτήση της είχε ώρα αναχώρησης 11:11. Αστραπιαία θυμήθηκε τα λόγια του νεαρού Ατσού για τις συμπτώσεις του έντεκα και ανατρίχιασε. *"Μπα σε καλό μου, τι έπαθα και επηρεάστηκα με αυτές τις προκαταλήψεις;"* αναρωτήθηκε εύλογα. *"Αυτά ανήκουν στη σφαίρα της φαντασίας των δεισιδαιμόνων και του παρελθόντος"* σκέφτηκε με βάση την επιστημονική της λογική.

Το ταξίδι συνεχίστηκε με το αεροσκάφος να σχίζει τους

αιθέρες, και το μυαλό της να χαράζεται από τις μαχαιριές του πόνου σχίζοντας καρδιά και ψυχή. Έβγαλε ξανά το καυτό γράμμα, σε μια προσπάθεια να το αποκωδικοποιήσει πιο ψύχραιμα, ψάχνοντας πιθανές λύσεις και σενάρια ελάφρυνσης του ψυχικού πόνου της οικογένειάς της.

Ο καλοσυνάτος γέροντας της έπιασε το χέρι και την οδήγησε σε ένα καταπράσινο μονοπάτι, με ανθισμένες πασχαλιές δεξιά και αριστερά. «Μόνο για ξενάγηση και μόνο για σήμερα», της μίλησε ήρεμα. «Έχεις χρόνια μπροστά σου για να έρθεις παντοτινά να μείνεις μαζί μας», συνέχισε. «Εγώ πλέον μένω εδώ και έντεκα χρόνια μαζί με την οικογένεια και θα σε περιμένουμε, αλλά μη βιαστείς», ήταν οι τελευταίες του κουβέντες και χάθηκε απρόσμενα, όπως ακριβώς είχε εμφανιστεί λίγο πριν.

«Καλώς την, καλωσόρισες! Έλα, κόπιασε! Έλα κάθισε κοντά μας να μας πεις τα νέα. Πώς ήταν το ταξίδι σου;» Η άγνωστη νεαρή κυρία που είχε απέναντί της ήταν γλυκύτατη και ευγενέστατη, αλλά της έφερνε αμηχανία. Ένιωθε να τα έχει χαμένα. Κοίταξε δεξιά και αριστερά της, αλλά δεν μπόρεσε να προσδιορίσει εάν γνώριζε τον χώρο. Μέχρι και για τον χρόνο άρχισε να αναρωτιέται, τι ώρα είναι, τι μέρα, ποιο έτος. Πού βρισκόταν;

«Ξέρω, ξέρω! Νιώθεις στα χαμένα. Δικαιολογημένα. Έτσι γίνεται πάντα στην αρχή. Όλοι το περάσαμε αυτό», άκουσε μια μειλίχια γυναικεία φωνή στο πλάι της. Μια λευκοντυμένη νεαρή κοπέλα εμφανίστηκε από το πουθενά, πλησίασε και της έπιασε το χέρι. Έσκυψε και το φίλησε απαλά. Ανασήκωσε το σώμα της και την κοίταξε βαθιά στα μάτια. «Ευχαριστώ, κυρία Τέμα. Ευχαριστώ για όσα κάνατε για μένα και την οικογένειά μου». Εκείνη έμεινε με το στόμα ορθάνοιχτο.

«Σίγουρα δεν με θυμάστε, ε;» την άκουσε να λέει με απαλή φωνή.

«Πράγματι, δεν μπορώ να πω ότι σας θυμάμαι», απάντησε αυτή ευγενικά με τη σειρά της.

«Λογικό είναι! Είμαι αυτή που της δώσατε ζωή είκοσι έξι χρόνια πριν. Και όχι μόνο σ' εμένα αλλά και στην αδελφή μου και χαροποιήσατε αφάνταστα την οικογένειά μου. Όπως φυσικά και εκατοντάδες άλλες οικογένειες».

«Από ποια περιοχή είσαι;» ρώτησε η γιαγιά Τέμα εκστασιασμένη.

«Ήμουν, από ένα χωριό των Σερρών».

«Ήσουν... μάλιστα και τώρα που μένεις;»

«Μα φυσικά εδώ! Πού αλλού;» απάντησε η νεαρή με απόλυτη φυσικότητα.

«Και εδώ, τι είναι εδώ;»

«Δεν ξέρετε, κυρία Τέμα; Μα φυσικά ο παράδ....»

«Ma'am, have you order Paradise or another cocktail? Excuse me, ma'am, tell me!»

«Am... oh.. What? What is it? Oh! I'm sorry, Paradise please. Thank you», απάντησε ευγενικά στην αεροσυνοδό, προσπαθώντας να επανέλθει από τον βαθύ λήθαργο στον οποίο είχε πέσει.

"Τι σημαδιακό όνειρο και τούτο, σε καλό μου" συλλογίστηκε κοκκαλωμένη στη θέση της. *"Ο γέροντας έμοιαζε... έμοιαζε με αυτόν που με είχε προϋπαντήσει πριν έντεκα χρόνια στο χωριό μου, το Τόνγκο Μπέο. Ναι, αυτός ήταν και... ο πατέρας μου! Δεν είναι δυνατόν. Να ζούσε όταν έφτασα στον τόπο μας και μόλις με καλωσόρισε να έφυγε για πάντα;"* συλλογίστηκε νοσταλγικά. *"Έτσι εξηγούνται όλα. Το πόσο καλά ήξερε τα πάντα για την οικογένεια. Πατέρα αθάνατε. Αιωνία σου η μνήμη γέροντα".*

Αφού προσευχήθηκε στη μνήμη του, προσπάθησε να προσδιορίσει από πού θα μπορούσε να γνωρίζει τις άλλες δύο κυρίες. Έστυψε το μυαλό της να θυμηθεί, εάν όσο ασκούσε τα καθήκοντά της ως χειρουργός ογκολόγος σε κλινικές στη Θεσσαλονίκη γνώρισε κάποιες που έμοιαζαν με αυτές του σύντομου ονείρου, αλλά τίποτα. Όσο κι αν ζόριζε το κεφάλι της δεν τα κατάφερνε. *"Πέρασαν και τόσα χρόνια",* σκέφτηκε προσπαθώντας να παρηγορηθεί για τη λήθη της.

"Πόσο όμορφες και καλοσυνάτες κοπέλες. Και τι ζωντανό, σαν αληθινό". Κοίταξε το ρολόι της ασυναίσθητα. Πετούσαν τρεις ώρες τώρα, περίπου τις μισές της διαδρομής. Παρακάλεσε την αεροσυνοδό να της επιτρέψει να πάει στην τουαλέτα. Αφού πήρε την έγκρισή της, προχώρησε μισοζαλισμένη προς αυτήν και πλύθηκε πολλές φορές μέχρι να συνέλθει ολοκληρωτικά. Αυτό το κατασκεύασμα του ύπνου της, που κάθε άλλο παρά με εφιάλτη έμοιαζε, τις είχε φορτώσει και άλλες έγνοιες.

Είχε κάτι το μυστηριώδες, το σημαδιακό, το προφητικό, που αν και δεν πίστευε και πολύ στα όνειρα, αυτό ήθελε να το αποκρυπτογραφήσει. *"Λοιπόν, για να τα βάλουμε σε μία σειρά. Πήγα στον άλλο κόσμο και εκεί συνάντησα στην αρχή τον γέροντα που αναμφισβήτητα ήταν ο πατέρας μου. Αμέσως μετά εμφανίζεται μια γλυκομίλητη κυρία, που κάτι μου θυμίζει τώρα που το ξανασκέφτομαι. Στη συνέχεια ήρθε από το πουθενά άλλη μια κοπέλα περίπου στην ηλικία της πρώτης, που έμοιαζαν σαν αδελφές ή εάν εξαιρέσεις την ελάχιστη διαφορά ηλικίας, ήταν σαν μάνα και κόρη. Ναι, θα μπορούσε να είναι μάνα και κόρη. Αυτή η εκδοχή είναι εξίσου πιθανή με την πρώτη. Από την άλλη όμως η δεύτερη είπε πως είκοσι έξι χρόνια νωρίτερα δώσατε ζωή, σ' εμένα και την αδελφή μου. Άρα υπήρξε γέννα δίδυμων σύμφωνα με αυτά που οραματίστηκα. Όμως τότε γιατί η πρώτη κοπέλα μου θυμίζει κάτι ενώ η δεύτερη παρόλο που είχαν αρκετές ομοιότητες μεταξύ τους, απολύτως τίποτα; Μυστήριο!"*

Οι υποθέσεις έπαιρναν και έδιναν τη θέση τους σε άλλες. Πέρασε πάνω από μισή ώρα πίεσης των μηνίγγιων της, ήρθε πονοκέφαλος, αλλά εκεί αυτές. Οι σκέψεις δεν έλεγαν να φύγουν. Και το χειρότερο δεν μπορούσε να καταλάβει το γιατί. Μήπως επειδή ήθελε περισσότερο να ξεχάσει τον πραγματικό της πόνο, αφήνοντας τον εαυτό της να παίξει λίγο με τη φαντασία της; Ξαφνικά, εκεί που κατέβαζε μια γουλιά από το ποτό της, της ήρθε αναλαμπή. *"Ναι... τώρα είμαι σίγουρη! Η πρώτη κυρία που μου μίλησε ήταν η εγκυμονούσα από τις Σέρρες, που έφεραν να την εξετάσω ως ογκολόγος στην Κλινική Γένεσις, όπου εργαζόμουν. Αυτή η γυναίκα ήταν μια πολύ ειδική περίπτωση, μιας και αποφάσισε να κρατήσει τα έμβρυά της, αψηφώντας της ζωή της, που τελικά έχασε αμέσως μετά τον τοκετό, εξαιτίας του καρκίνου που είχε κατά την κύηση. Απίστευτο!"* Αμέσως μετά της ήρθε στον νου, πως είχε ενδιαφερθεί έντονα για αυτή τη νεαρή κοπέλα και το θάρρος που τη διακατείχε. Θυμήθηκε πως είχε ζητήσει, στα κρυφά, από το γυναικολόγο κύριο Αναστασίδη που παρακολουθούσε την ασθενή, να την ενημερώσει όταν επρόκειτο να γεννήσει η ασθενής, ώστε να παρευρεθεί κατά τον τοκετό. Κάτι που έγινε αποδεκτό από εκείνον και τελικά πραγματοποιήθηκε. Η χειρουργός ήταν εκεί όταν το πρώτο νεογνό αντίκρυσε τον κόσμο. Ήταν εκεί, στο Νοσοκομείο Σερρών, όταν παρά τις υπεράνθρωπες προσπάθειες όλων τους, δεν κατάφεραν να φέρουν στη ζωή και το δεύτερο μωρό της.

Η απρόσμενη χαρά που πήρε όταν έγινε το μέγα θαύμα, έμεινε ανεξίτηλη στο μυαλό της. Από την άλλη οι μάταιες προσπάθειές της να επαναφέρει από τον θάνατο την άμοιρη γυναίκα, προσέδωσαν υπέρτατο πόνο σ' αυτήν και σε όλο το ιατρικό προσωπικό.

Να που είκοσι έξι χρόνια μετά, οι αναμνήσεις ξανά επέστρεφαν με το άρμα του ονείρου. *"Και η άλλη; Δεν πιστεύω να είναι η μικρή της που γεννήθηκε νεκρή; Εκείνο το αξιολάτρευτο πλάσμα που είχε αναστηθεί στα χέρια της μητέρας του, λίγες στιγμές πριν εκείνη αφήσει την τελευταία της πνοή; Όχι δεν μπορεί! Είχε βουίξει ολόκληρη η πόλη των Σερρών, η Θεσσαλονίκη, ολόκληρη η χώρα με το θαύμα. Ροδόκλεια! Ναι, θυμάμαι που είχα διαβάσει στις εφημερίδες, ότι τελευταία επιθυμία της αποθανούσας ήταν να ονομάσουν το θαύμα της Μεγαλοσύνης του Κυρίου Ροδόκλεια. Ή μήπως θα μπορούσε να είναι η δίδυμη αδελφή της;"*

Ηρέμησε αρκετά. Άφησε τις σκέψεις της να κάνουν όμορφα, νοσταλγικά ταξίδια, σε ανέμελες εποχές της παιδικής της ηλικίας, όταν ακόμα ζούσε ο δίδυμος αδελφός της, ο Άτα. Πόσο όμορφα περνούσαν, όπως άλλωστε όλα τα παιδιά σε αυτή την τρυφερή ηλικία. Ναι, γιατί δε φτιάχνεται η ευτυχία ενός παιδιού, ούτε με τα περισσότερα πλούτη του κόσμου, αν του λείπει η αγάπη και η στοργική παρέα των ανθρώπων και του Θεού. Του αδελφού, του γονέα, του φίλου, του οποιουδήποτε τον σέβεται και τον εκτιμά ως οντότητα. Αίφνης, μια τρελή ιδέα πέρασε αστραπιαία από το μυαλό της και ανατρίχιασε σύγκορμη. *"Όχι... δεν μπορεί να συμβαίνει αυτό, αποκλείεται".* Προσπάθησε να διώξει τις αρνητικές σκέψεις από επάνω της και στην προσπάθειά της αυτή, έβγαλε πάλι το ξύλινο κουτάκι με τα γράμματα και άρχισε να διαβάζει τυχαία τα γράμματα που είχε λάβει από την Ελλάδα τα προηγούμενα χρόνια. Πότε δάκρυα χαράς και συγκίνησης ξέφευγαν από τα βλέφαρά της και πότε τα χαμόγελα άλλαζαν την όψη του προσώπου της προσδίδοντας ευχάριστη εικόνα.

Σπασμένos καΘρέπτηs

«Αλέξη! Αλέξηη! Πού ταξιδεύεις; Ακόμη στην Αθήνα βρίσκεσαι; Έχεις δύο μέρες που γύρισες και φέρεσαι σαν να είσαι ακόμα εκεί!»

«Συγνώμη, γυναίκα, αφαιρέθηκα λίγο».

«Τι λίγο, εδώ κόντεψα να πειστώ ότι έπαθες εγκεφαλικό!»

«Εντάξει, τα παραλές. Είμαι φορτωμένος τελευταία. Οι δουλειές αντί να λιγοστέψουν, περισσεύουν. Είμαι και λίγο αγχωμένος με τη μικρή και τα παιχνίδια της... και όλα μαζί...»

«Αμ, έτσι πες μου. Ο μπαμπάκας ανησυχεί για την κορούλα του που έχει αδυναμία και δε θέλει να παραδεχτεί ότι μεγάλωσε. Μήπως να πας να αγοράσεις και κανένα μπιμπερό να της δώσεις το γαλατάκι της;»

«Μην κοροϊδεύεις, Δέσποινα. Δεν είναι αστεία αυτά. Θαρρείς και τελευταία όλοι είναι βαλτοί να με φοβίζουν. Από τη μια οι ειδήσεις, από την άλλη οι υποθέσεις που αναλαμβάνω, συν όλα όσα ακούω από φίλους, πάνε να με τρελάνουν!»

«Γιατί, τώρα μόνο τα έχουμε αυτά; Στα άλλα παιδιά μας, που πέρασαν από την εφηβεία, δεν τα γευτήκαμε; Και μάλιστα σε δυσκολότερες εποχές, μέσα στην κρίση!»

«Ναι, δε λέω, αλλά νομίζω οι καιροί πλέον είναι πέρα από κάθε άλλη εποχή πιο δύσκολοι, πιο χαλεποί. Ναι, αυτή είναι η κατάλληλη λέξη. Χαλεποί είναι οι καιροί που ζούμε! Και δε νομίζω πως η Χριστίνα είναι ώριμη τόσο, ώστε να της έχω εμπιστοσύνη, όπως είχα στον Μάκη και στην Τέμα».

«Καλά θα κάνεις να τα βγάλεις από τη σκέψη σου όλα

αυτά και να κοιτάξεις την πραγματικότητα κατάματα. Καιρός φέρνει τα λάχανα καιρός τα παραπούλια, έλεγε η συγχωρεμένη η γιαγιά μου. Η κόρη μας ωριμάζει όπως όλα τα παιδιά του κόσμου και πάρτο χαμπάρι!»

«Καλά τα λες εσύ και η γιαγιά σου, αλλά εμένα κάτι με φοβίζει και το κακό είναι πως δεν ξέρω τι. Δεν μπορείς να μου διώξεις αυτές τις σκέψεις τόσο απλά με μια σοφή παροιμία». Ο Αλέξης σηκώθηκε από τον καναπέ και τη φίλησε στοργικά στα μαλλιά, λίγο πάνω από το μέτωπο.

«Σίγουρα είναι μόνο αυτό και δε συμβαίνει και κάτι άλλο; Στο λέω αυτό, γιατί δεν ήσουν έτσι με τα άλλα παιδιά», επέμεινε η Δέσποινα.

«Έλα, γυναίκα, μην αρχίζεις πάλι τα ίδια. Τα είπαμε!» Γκρίνιαξε ενοχλημένος ο άντρας, σηκώνοντας επιδεικτικά το χέρι του προς τα επάνω, σαν να αγόρευε και κατευθύνθηκε προς την κουζίνα αποζητώντας ένα ποτήρι νερό.

«Γιατί δεν της μιλάς κάποια μέρα, όπως έκανες παλαιότερα; Όλο και κάτι θα βγει μέσα από μια ώριμη συζήτηση. Πάντα σε άκουγε με προσοχή και λάτρευε τις απόψεις σου!»

«Κάποτε! Τώρα δεν ξέρω καν εάν θα δεχτεί, εάν κάτσει να με ακούσει. Και... να, πώς να στο το πω... ντρέπομαι κιόλας. Όταν ήταν μικρή μού τα έλεγε όλα και μάλιστα περισσότερα από ό,τι σε...»

«...Εμένα. Ένας λόγος παραπάνω που μπορεί να σου ανοιχθεί... εάν την πάρεις με το καλό».

«Καλά, δεν έχεις και άδικο. Άσε με να το σκεφτώ και κάτι θα κάνω. Στο κάτω κάτω ίσως με βοηθήσει και μένα να αποβάλλω το άγχος μου».

Από τη μια μεριά η Δέσποινα κούνησε το κεφάλι δεξιά αριστερά, δείχνοντας έτσι τις αμφισβητήσεις της. *Της έχει αδυναμία, είναι ολοφάνερο. Αλλιώς πώς να εξηγήσω τα καμώματά του*", σκεφτόταν και προσπαθούσε να πείσει τον εαυτό της πως αυτή έχει δίκιο και πως ο Αλέξης γίνεται υπερβολικός ώρες ώρες.

"*Ώρα είναι τώρα να καταλάβει η Δέσποινα ότι με βασανίζει και κάτι άλλο, πέρα από την εύλογη ανησυχία μου για την ατίθαση μικρή. Εάν το πάρει χαμπάρι, δε με γλιτώνει τίποτα από τα νύχια της. Πώς στο καλό μου τα έμπλεξα έτσι. Και να πω πως συμβαίνει τίποτα με την Ασημίνα, ντέφι να γίνει. Όλα στο μυαλό μου είναι...που να με πάρει η ευχή",* συλλογιζόταν γεμάτος ενοχές από την άλλη ο Αλέξης καταπίνοντας λαίμαργα το νερό, προσπαθώντας να σβήσει τη φλόγα που άναψε στα στήθη του τόσο απρόσμενα. Άνοιξε το κινητό του και κάλεσε τον φίλο και συνάδελφό του Ταξιάρχη, προτείνοντάς του να βγουν για έναν καφέ. Εκείνος καταλαβαίνοντας αμέσως από τη χροιά της φωνής τον προβληματισμό τού φίλου και εργοδότη του, δέχτηκε χωρίς αντίρρηση.

«Δέσποινα, θα πάω για καφέ με τον Ταξιάρχη, εδώ στο καφέ της γειτονιάς. Δε θα αργήσω, καλά;» φώναξε δυνατά.

«Εντάξει, και εγώ μπορεί να πεταχτώ μέχρι την Πόπη να τα πούμε λίγο. Καιρό έχουμε να βρεθούμε», απάντησε εξίσου δυνατά η Δέσποινα.

Ημέρα Κυριακή όπως σήμερα, άλλες φορές συνήθιζαν να βγαίνουν έξω είτε μόνοι ως ζευγάρι, είτε οικογενειακά. Συνήθως τραβούσαν για κανένα ουζάκι, με τη συνοδεία εκλεκτών μεζέδων και σχεδόν πάντα μετά ακολουθούσε πλούσιο γεύμα με ψαράκι για τους δυο τους και με λαχταριστούς μεζέδες κρεατικών για τα παιδιά, εφόσον βρίσκονταν παρέα μαζί τους. Από τότε που έφυγε η γιαγιά Τέμα, η μητέρα του Αλέξη, όταν ήθελαν να βγουν βόλτα και οι μικροί της οικογένειας δεν ήθελαν να ακολουθήσουν, αναγκάζονταν να καλούν νταντά κυρίως για τα κορίτσια, αφού ο Σεραφείμ τα κατάφερνε μόνος του περίτρανα. Όμως όσο περνούσε ο καιρός, θες τα χρόνια που πλάκωναν το σώμα με το βάρος τους, θες ο κορεσμός, θες οι δουλειές του Αλέξη, άρχισαν να αλλάζουν οι οικογενειακές τους συνήθειες. "Λογικό είναι, τα χρόνια περνούν, οι άνθρωποι αλλάζουν συνήθειες, ρόλους, απόψεις, δρόμους. Μόνοι οι σελίδες των βιβλίων δεν αλλάζουν", σκεφτόταν κατά καιρούς η Δέσποινα, προσπαθώντας να δικαιολογήσει τη διαφοροποίηση αυτή.

Ο Αλέξης έφτασε πέντε λεπτά νωρίτερα από τον Ταξιάρχη στο καφέ της γειτονιάς τους. Τελικά ο καφές έγινε τζιν με τόνικ και ώσπου να έρθει το ποτό ήρθε και ο φίλος του.

Γρήγορα η συζήτηση πήγε εκεί που ήθελε ο Αλέξης. Στην πραγματικότητα ζητούσε επιβεβαίωση για όσα τον πυρπολούσαν και ήταν σχεδόν σίγουρος ότι θα την έπαιρνε από τον φίλο του. Μάλλον έψαχνε για άλλοθι.

«'Ωστε σκέφτεσαι να την κάνεις την κουτσουκέλα», είπε περιπαικτικά ο Ταξιάρχης.

«Σςςς, θα μας ακούσει κανένας και θα βουίξει η γειτονιά», τον μάλωσε ο Αλέξης κοιτώντας ταυτόχρονα γύρω του μήπως και υπάρχει κανένα γνωστό πρόσωπο που θα μπορούσε να το διατυμπανίσει.

«Εντάξει, χαλάρωσε. Δεν ακουγόμαστε και τόσο δυνατά. Είσαι σίγουρος όμως πως η μικρή γουστάρει, ότι είναι σαγηνευμένη μαζί σου ή όλα εκτυλίσσονται στη σφαίρα της αρρωστημένης φαντασίας σου;»

«Κοίτα, φιλαράκο. Μπορώ να ξεχωρίσω πότε μια γυναίκα κοιτάει διαφορετικά έναν άντρα, πότε τον βλέπει και τον ορέγεται και πότε δείχνει απλό ενδιαφέρον ή ενθουσιασμό για την προσωπικότητά του. Αυτή η περίπτωση είναι εντελώς διαφορετική. Τα συνδυάζει όλα. Ο μόνος μου ενδοιασμός είναι εάν πρέπει να προχωρήσω ή όχι. Ξέρω ότι δεν είναι σωστό, αλλά αυτή η κατάσταση μου καίει τα σωθικά! Πρέπει να ξεκαθαρίσει το τοπίο άμεσα».

«Τις προάλλες μου είχες πει πως ποτέ δεν απάτησες τη Δέσποινα, σωστά;»

«Σωστά. 'Ημουν απόλυτα πιστός απέναντί της και θα παρέμενα για πολλά χρόνια ακόμα, μέχρι να μας χώριζε ο θάνατος... εάν...»

«Μισό, μισό... είπες "παρέμενα", δηλαδή το έχετε κάνει κιόλας ή απλά το θεωρείς δεδομένο;»

«'Οχι, ρε συ Ταξιάρχη. Απλά και μόνο που το σκέφτηκα, είναι σαν να την έχω απατήσει. Είναι ούτως ή άλλως αμαρτία σύμφωνα και με τη θρησκεία μας, καταλαβαίνεις;»

«Καλά, εσύ είσαι αλλού για αλλού. Φοβάσαι ακόμα και τη σκιά σου και μου θες και περιπέτειες. Περπατάς εν γνώσει σου πάνω στα σύννεφα. Και εάν πέσεις από εκεί πάνω θα είναι άσχημο το χτύπημα. Έτσι που πας, εφόσον κάνεις κάτι με την πιτσιρίκα, μόλις μπεις σπίτι θα είναι σαν να φωνάζεις από μακριά "γυναίκα σε κεράτωσα, φέρε την παντόφλα και κοπάνα με". Ποια παντόφλα; Τι λέω; Τον πλάστη θα ζητήσεις». Τις τελευταίες λέξεις τις είπε σιγανά, σεβόμενος τον φίλο του και τους προβληματισμούς του.

Ο Αλέξης έσκυψε το κεφάλι και δεν έβγαλε άχνα. Μόνο ένας μορφασμός που έμοιαζε με δείγμα από χαμόγελο κατάφερε να κυριαρχήσει στο πρόσωπό του. «Κι αν δεν προχωρήσω, πώς θα με χαρακτηρίσει η Ασημίνα; Πώς τη λένε εκείνη τη λέξη... μμμμ... χαντούμη; Ναι, χαντούμη! Θα είμαι ένας χαντούμης γι' αυτήν;»

«Δεν έχει σημασία τι θα είσαι εσύ γι' αυτήν, αλλά αυτό που εσύ νιώθεις. Εάν οι ενοχές σου ξεπερνούν κατά πολύ τα έντονα συναισθήματά σου, τότε δε θα συμβεί τίποτα. Εάν και η άποψή μου είναι ότι όπως βλέπουν τα έμπειρα μάτια μου και ακούν τα περήφανα αυτιά μου, χαντούμη δε θα σε πει. Αυτό δεν πρόκειται να συμβεί, διότι απλούστατα σύντομα, πολύ σύντομα, όπως δείχνουν τα γεγονότα, η καλλονή μας θα σε ρίξει στην κλίνη της».

«Μμμμ», ακούστηκε ακαθόριστα από τον άλλο συνομιλητή.

«Αλήθεια, γιατί πιστεύεις ότι σε γουστάρει; Τι είναι αυτό που την ελκύει πάνω σου;» ρώτησε γεμάτος περιέργεια ο Ταξιάρχης.

«Εεεε, πού θες να ξέρω, άβυσσος η ψυχή της γυναίκας. Η προσωπικότητά μου να πω, η επιτυχημένη μου καριέρα, τα λεφτά, το αθλητικό μου στυλ, η φάτσα μου, ξέρω εγώ... μήπως όλα μαζί;»

«Μήπως κάτι άλλο που δε σκέφτηκες;»

«Δηλαδή;»

«Η προσωπική της ανέλιξη, ας πούμε! Βρισκόμενη κοντά σου και ικανοποιώντας τις επιθυμίες σε όλους τους τομείς, θα μπορούσε να αναρριχηθεί και να εδραιώσει τη θέση της για πολλά χρόνια. Άσε που έτσι παράλληλα θα έστηνε

ένα πολύ καλό βιογραφικό, για την όποια αυριανή της δου-
λειά, έχοντας γεμίσει και τα όποια ερωτικά της κενά. Στο
κάτω κάτω υπάρχει και ο φόβος της επαναφοράς της Μυρ-
σίνης. Ενάμιση χρόνος περνάει πολύ γρήγορα ξέρεις».

«Αυτά πιστεύεις;»

«Ναι, σε συνδυασμό βέβαια με τις δικές σου απόψεις. Πά-
ντως το πράμα μιλάει από μόνο του! Η μικρή σε γουστάρει, για
τους δικούς της λόγους. Εσύ για τους δικούς σου. Εάν όμως το
προχωρήσεις φύλαγε, φίλε μου, τα νώτα σου! Και στην προ-
κειμένη περίπτωση πρόσεχε τη Δέσποινα! Οι γυναίκες έχουν
μια όσφρηση που μυρίζονται από χιλιόμετρα την απιστία και
μια διαίσθηση, που βρίσκουν άκρη γρήγορα. Δεν τους ξεφεύ-
γει η παραμικρή αλλαγή συμπεριφοράς επάνω μας».

«Μίλησε η εμπειρία τώρα! Τι να πω τώρα εγώ, μπορώ
να σου τη βγω; Θα τα έχω υπόψη μου όλα αυτά».

«Ένα πράγμα με προβληματίζει μόνο!»

«Τι;»

«Να, η Ασημίνα έχει άψογη συμπεριφορά με όλους
μας, και ειδικά μ' εμένα. Παρόλο που προσπάθησα να τη
δοκιμάσω φλερτάροντάς την, μετά την αρχική συζήτηση
που είχαμε, δε στο κρύβω, στάθηκε κυρία απέναντί μου».

«Δε μου τα 'πες αυτά», τόνισε ανεβάζοντας τον τόνο
της φωνής του ο Αλέξης, δείχνοντας μικρή ενόχληση.

«Δεν έβρισκα τον λόγο, ούτως ή άλλως η αρχική μου
σκέψη ήταν να σου αποδείξω πως δεν είναι αυτή που φαντά-
ζεσαι. Αλλά τελικά να που αποδείχθηκε πως έκανα λάθος».

«Δηλαδή;»

«Φαίνεται ότι η μικρή δεν έχει μάτια για κανέναν από
τον ανδρικό πληθυσμό του γραφείου, πλην από εσένα φυ-
σικά», είπε ο Ταξιάρχης αποφασιστικά.

«Τώρα εγώ να το πάρω για καλό ή για κακό αυτό το
συμπέρασμά σου;»

«Όπως νομίζεις. Ποιο σκέφτεσαι να είναι το επόμενό
σου βήμα;»

«Δε θέλω να προγραμματίσω κάτι. Αυτά έρχονται από
μόνα τους. Θα αφήσω το νερό στο αυλάκι να ακολουθήσει
την πορεία του. Εάν είναι να συμβεί κάτι θα συμβεί!»

«Θα συμβεί, εάν και συν Αθηνά και χείρα κίνει».

«Σου είπα δε θέλω να το σπρώχνω το πράγμα, θα είναι πιο γλυκό εάν έρθει φυσιολογικά, χωρίς πιέσεις, δε νομίζεις;» «Κοίτα ρε που ο Αλέξης τώρα στα γεράματα μού θέλει και έρωτες! Μπράβο φιλαράκο, βγήκες από πάνω και μας φόρεσες γυαλιά!»

«Κάπου βαθιά μέσα μου το φοβάμαι όλο αυτό. Είναι και κάτι που δε μου κολλάει, αλλά δεν ξέρω τι. Έχω επιστρατεύσει όλες μου τις διαισθήσεις, το αλάνθαστο ένστικτό μου, όμως, δεν κατάφερα να ανακαλύψω τι είναι αυτό που μου διαφεύγει».

«Μήπως είναι καλό να κάνεις μια μίνι έρευνα για το ποιόν της κοπέλας;»

«Το έχω κάνει ήδη. Μόνο θετικά συμπεράσματα βγαίνουν».

«Ε, τότε μη διστάζεις! Προχώρα! Θέλει αλατοπίπερο η ζωή Αλέξη, τα χρόνια περνάνε γρήγορα! Μια ζωή κανναβούρι κανναβούρι που λέει και ο αοιδός μας, ο Χρηστάκης. Άλλαξε και λίγο την τροφή!»

«Ωχού με αυτές τις εκφράσεις σου, Ταξιάρχη. Είναι φορές που απορώ πώς σε έχω κολλητό μου!»

«Έτσι είναι, δικέ μου. Τα ετερώνυμα έλκονται και τα ομώνυμα απωθούνται. Αν ήμασταν ίδιοι δε θα κάναμε χωριό», είπε αυθόρμητα ο Ταξιάρχης, χτυπώντας τον απαλά στην πλάτη.

«Ευτυχώς, διότι δε θα ήθελα να γίνω τρυφηλός όπως και εσύ. Απλώς μπήκε στη ζωή μου μια καινούρια σελίδα που...»

«Που προφανώς θα γίνει βιβλίο σύντομα, ίσως και best seller», αστειεύτηκε ο Ταξιάρχης και γέλασαν και οι δύο ενδόμυχα.

Η συζήτηση συνεχίστηκε για λίγο ακόμη για διάφορα θέματα της καθημερινότητας και μετά από λίγο τα φιλαράκια, αφού πληρώθηκε ο λογαριασμός από τον Αλέξη, αποχώρησαν ο καθένας για τον δρόμο του. Ο Ταξιάρχης ανάλαφρος και χωρίς κανέναν προβληματισμό, ικανοποιημένος που ο φίλος του βασίζεται πάνω του και ακούει τις συμβουλές του, ενώ ο Αλέξης με βάρος στην ψυχή και στο σώμα, ακόμα πιο βαθιά χωμένος στις ενοχές και στις τύψεις του, να τον μαστιγώνουν αλύπητα, πριν καλά καλά ακόμα βουτηχτεί στο ακάθαρτο μέλι της φιληδονίας.

Έφτασε στο σπίτι λίγα λεπτά μετά από την επιστροφή της Δέσποινας, η οποία καθόταν στον καναπέ του σαλονιού και τον φώναξε κοντά της. Εκείνος αφού πρώτα κατευθύνθηκε προς την κουζίνα, ήπιε ένα ποτήρι νερό βυθισμένος στις σκέψεις του, διψασμένος για να ξεφύγει από αυτό το τέλμα που περιήλθε και έκατσε δίπλα στη στοργική σύζυγό του. Εκείνη την ώρα ένα ντοκιμαντέρ με την άγρια ζούγκλα της Αφρικής έπαιζε στην τηλεόραση, από τα αγαπημένα του Αλέξη και του απόσπασε την προσοχή. Η Δέσποινα άφησε να περάσουν λίγα λεπτά σιωπής και μετά εξέφρασε το παράπονό της. «Άλλες φορές καλή ώρα όπως τώρα θα με είχες ρουφήξει ολόκληρη», ήταν η πρώτη της κουβέντα.

Ο Αλέξης γύρισε το βλέμμα του και με ένα αμήχανο χαμόγελο της έδωσε ένα απαλό φιλί στα χείλη. «Παραπονιάρα μου εσύ!»

«Δεν είμαι παραπονιάρα, ούτε γκρινιάρα. Είμαι μια σύζυγος που με τη γυναικεία διαίσθησή της βλέπει στη φάτσα του άντρα της όλα τα κακά του κόσμου μαζεμένα».

«Καλά το είπες. Όλα τα κακά του κόσμου στο κεφάλι μου ξεσπάνε!» "Ψεύτη", αντήχησε μια φωνή στον εγκέφαλό του. Με το βλέμμα καρφωμένο στην τηλεόραση, από τον φόβο του μη τυχόν και διαβάσει τις σκέψεις του μέσα από τα μάτια του, άπλωσε το χέρι του και έπιασε το δικό της, σε μια προσπάθεια ανατροπής του αρνητικού σκηνικού που έστησε από μόνος του.

«Κάτι σε προβληματίζει έντονα και δε μου το βγάζεις από το μυαλό. Έγινε κάτι στη δουλειά που το συζητήσατε με τον Ταξιάρχη και γι' αυτό είσαι έτσι;»

«Όχι, δηλαδή ναι... όχι ακριβώς... να... θα μπορούσες να πεις πως...», μασημένα λόγια χωρίς νόημα προσπαθούσαν να μπουν μάταια σε μια λογική σειρά.

«Αλέξη, μη μου τα μασάς εμένα! Δεν τρώω κουτόχορ-

το! Μίλα μου ειλικρινά και μη μου πεις πάλι πως σε προβλη-
ματίζει η συμπεριφορά της Χριστίνας, δε θα σε πιστέψω.
Διακρίνω κάτι πιο σοβαρό και δεν είναι μόνο σήμερα. Εδώ
και αρκετές ημέρες είσαι αλλού», τον μαστίγωσε η Δέσποι-
να με τις λιτές της λέξεις.

*"Καταραμένη γυναικεία διαίσθηση. Πόσο δίκιο είχε ο
Ταξιάρχης. Δεν ξεφεύγεις με τίποτα",* σκέφτηκε ο Αλέξης
προσπαθώντας ταυτόχρονα να βρει μια διέξοδο διαφυγής.
«Κοίτα, δεν είναι κάτι που πρέπει να σε ανησυχεί. Θα το
ξεπεράσω μόνος μου, όπως άλλωστε οφείλω να κάνω. Σα-
φώς έχει σχέση και με τη Χριστίνα, αλλά τα περισσότερα
δεινά έρχονται μέσα από τη δουλειά. Να μη σε φορτώνω με
τις δικές μου σκοτούρες», είπε καλυμμένος περίτεχνα πίσω
από τη μάσκα της αλήθειας, αλλά μόνο της μισής αλήθειας.

«Αν δεν τις φορτώσεις σε μένα τότε σε ποιον; Δηλαδή
για να έχουμε καλό ερώτημα, ο φιλαράκος και συνεργάτης
σου έχει μεγαλύτερη αξία από εμένα;»

«Πού το πήγες Δέσποινα... σε παρακαλώ μη με στενο-
χωρείς κι άλλο. Εννοείται τις συζητώ πιο εύκολα με τον Τα-
ξιάρχη διότι είναι γνώστης του αντικειμένου και ο ειδικό-
τερος να μου παράσχει τη βοήθειά του ως το δεξί μου χέρι.
Δε χρειάζεται να μεμψιμοιρώ και σε σένα». Ο Αλέξης προ-
σπαθούσε να αποφεύγει τα ψέματα, αλλά αποκρύπτοντας
έντεχνα την πραγματική αλήθεια.

«Γιατί νιώθω σαν πεταμένο κοχύλι στο ακροθαλάσσι;»

«Σε παρακαλώ, Δέσποινα, μη μου δυσκολεύεις κι άλλο
τη ζωή, να χαρείς. Ποτέ μου δεν αδιαφόρησα για εσένα. Τι
είναι αυτά που μου λες;»

«Τελευταία είσαι δίπλα μου και όμως τόσο μακριά μου.
Αγγίζω το χέρι σου και θαρρώ ότι αγγίζω ένα κομμάτι πά-
γου. Η φλόγα που κάποτε έκαιγε σαν λάβα μέσα σου, νιώθω
πως τώρα σιγοσβήνει στο λιμάνι της μοναξιάς μου».

Στο άκουσμα αυτών των πικραμένων λέξεων ο Αλέξης
πετάχτηκε εξοργισμένος επάνω. Την άρπαξε από το χέρι
και την τράβηξε περισσότερο βίαια από όσο έπρεπε.

«Σήκω! Έλα... έλα να πάμε να σου αποδείξω πόσο λάθος

κάνεις και πως καμιά φλόγα δεν έχει σβήσει». Προσπάθησε να μαλακώσει την όψη του σπάζοντας ένα γλυκό χαμόγελο. «Σιγά, μη με τραβάς έτσι, θα μου βγάλεις το χέρι. Δε θα με τουμπάρεις μ' αυτά τα καμώματα. Και ούτε η λύση είναι στο σεξ». Η Δέσποινα έγινε αυτήν τη φορά πιο δηκτική, αλλά ακολούθησε τον άντρα της στην κρεβατοκάμαρα.

Ο Αλέξης επιστράτευσε όλη τη γοητεία αλλά και τη διπλωματία του, για να καταφέρει να ηρεμήσει τη γυναίκα του και μετά από ένα ολοκληρωμένο ερωτικό παιχνίδι να την πείσει να αποβάλει όλες τις αρνητικές σκέψεις που μπήκαν βίαια στο μυαλό της. «Σε ποθώ και σε λατρεύω και ως σύζυγο και ως γυναίκα και θα συνεχίσω να νιώθω έτσι μέχρι να μας χωρίσει ο θάνατος», αναφώνησε ξαπλώνοντας ανάσκελα στο συζυγικό κρεβάτι μετά την ικανοποίηση του γενετήσιου ενστίκτου.

«Ελπίζω να κάνω λάθος και ο σημερινός μας διαπληκτισμός να είναι μια μαύρη σελίδα στην όμορφη πορεία της σχέσης μας», είπε ψιθυριστά βαριανασαίνοντας από την ένταση η Δέσποινα, ενώ πέρασε το χέρι της ανάμεσα στα πλούσια μαλλιά του.

«Βγάλε κάθε αρνητικό συλλογισμό από το μυαλό σου. Είμαι εδώ δίπλα σου και θα είμαι για πάντα», τόνισε ξανά ο Αλέξης με παραπλήσια λόγια.

«Από εσένα εξαρτάται πού θα με έχεις: δίπλα ή απέναντί σου. Να το θυμάσαι αυτό!» Ήταν οι τελευταίες λέξεις εκείνης πριν σκύψει και τον φιλήσει στα μάτια και αφήσει τον εαυτό της να βυθιστεί σε έναν ήρεμο ύπνο.

Αυτός που με τίποτα δεν μπορούσε να ησυχάσει ήταν ο Αλέξης που όλα γύριζαν στο μυαλό του ανάκατα, εφιαλτικά, δημιουργώντας ένα κομπιασμένο πρωτόγνωρο σφίξιμο στο στομάχι, που τον ανάγκασε να σηκωθεί από το κρεβάτι πολύ σύντομα. Κοίταξε για λίγο γεμάτος τύψεις τη Δέσποινα που την είχε πάρει ο ύπνος για τα καλά. Κατόπιν, βγήκε από το δωμάτιο και προτίμησε να καθίσει αθόρυβα στο μπαλκόνι, ευελπιστώντας ότι η φθινοπωρινή δροσιά και ο καθαρός αέρας θα του δώσουν το απαραίτητο οξυγόνο που είχε ανάγκη. Πνιγόταν με τα ίδια του τα χέρια που του έσφιγγαν τον λαιμό σαν τανάλιες. Έντονη η επιθυμία να ξεφύγει από αυτό, αλλά δεν έβρισκε τον τρόπο.

Φάνηκε πάντως πως ο δροσερός αέρας βοήθησε να χαλαρώσει και να ζυμώσει καλά τις σκέψεις του, πριν κατασταλάξει στις αποφάσεις του. Ναι, αυτό έπρεπε να κάνει, το πήρε απόφαση και από την άλλη μέρα κιόλας θα έθετε σε εφαρμογή το σχέδιό του, αν μπορούσε να το πει κανείς σχέδιο. Μετά από τρεις ώρες περίπου αϋπνίας, γλίστρησε στο κρεβάτι τους αθόρυβα και δημιούργησε τις κατάλληλες προϋποθέσεις επιτρέποντας στον εαυτό του να νιώσει ψυχική ηρεμία, αποβάλλοντας κάθε θετική ή αρνητική σκέψη από το μυαλό.

Η επόμενη ημέρα σηματοδοτούσε την αρχή της εβδομάδας, αλλά και την αρχή σε μια νέα φάση της προσωπικής ζωής του Αλέξη. Το προηγούμενο βράδυ είχε πάρει τις αποφάσεις του και σήμερα, έπρεπε να τις υλοποιήσει το γρηγορότερο. Έφτασε νωρίτερα από όλους στο γραφείο και περίμενε υπομονετικά να προσέλθει η Ασημίνα. Μόλις διαπίστωσε από την κάμερα ασφαλείας την παρουσία της, την κάλεσε μέσω της ενδοεπικοινωνίας. Εκείνη τον καλημέρισε με ένα πλούσιο χαμόγελο, αλλά της πάγωσε στα χείλη αμέσως μόλις διέκρινε τη βουβαμάρα στο αφεντικό της.

«Σου συμβαίνει κάτι, Αλέξη;» ρώτησε χαδιάρικα και κίνησε να πάει κοντά του.

«Κάθισε», ήταν η κοφτή απάντηση εκείνου και η μικρή συμμορφώθηκε αμήχανη. «Θέλω να μιλήσουμε», συνέχισε ο Αλέξης με το πιο σοβαρό ύφος που είχε δει ποτέ η Ασημίνα επάνω του.

«Σας ακούω», είπε η γραμματέας γυρνώντας το και πάλι στον πληθυντικό, κάνοντας τεράστια προσπάθεια να μην ξεροκαταπιεί και να διατηρήσει σε φυσιολογικά επίπεδα το χαμόγελό της. Συμμαζεύτηκε παίρνοντας την πιο σεμνή στάση του σώματός της και εναπόθεσε πάνω στα γόνατά της το σημειωματάριο με το στυλό που κρατούσε στα χέρια της. Το βλέμμα της περιεργάστηκε εκείνο του Αλέξη, προσπαθώντας να ανακαλύψει μέσα από τις κρυφές διαδρομές του, τι ήταν αυτό που σκοτείνιασε τη σφαίρα του μυαλού του.

«Άκου, Ασημίνα. Γνωρίζεις πολύ καλά ότι είμαι πάρα πολύ ευχαριστημένος, από την απόδοσή σου στη δουλειά, αλλά και από την άριστη συνεργασία που έχεις με όλους τους υπαλλήλους μου. Ξέρεις πολύ καλά επίσης, ας μην κρυβόμαστε πίσω από το δάχτυλό μας, ότι η μεταξύ μας σχέση έχει ξεπεράσει κατά πολύ την επαγγελματική. Συμφωνείς;»

«Συνεχίστε, προσπαθώ να σας καταλάβω», είπε γλυκομίλητα η γραμματέας κρατώντας τον πληθυντικό.

«Θα μιλήσω για εμένα. Δεν ξέρω πως νιώθεις εσύ, ίσως τελικά είναι αυτό που αντιλαμβάνομαι, όμως εγώ το τελευταίο διάστημα βρίσκομαι σε μια δίνη που με ρουφάει μέσα της ολοένα και πιο βαθιά. Τα αλληλοσυγκρουόμενα αισθήματά μου, παλεύουν και δημιουργούν αναστάτωση σε εμένα, στην οικογένειά μου και ίσως και σε εσένα».

Παγωμάρα έντυσε και τα δύο σώματα.

«Και εξηγούμαι», συνέχισε ο Αλέξης ξεροβήχοντας άθελά του. «Ο τρόπος που μου συμπεριφέρεσαι, οι κινήσεις σου, το ντύσιμό σου, το βλέμμα σου, το χαμόγελό σου, όλα μαζί, είναι βέλη που εκτοξεύονται προς μια κατεύθυνση και με αρρωσταίνουν. Καθώς τα εξαπολύεις, ίσως άθελά σου, καρφώνονται απευθείας στην καρδιά μου, με αποτέλεσμα κάθε φορά να αιμορραγεί όλο και περισσότερο».

«Αλέξη...» τόλμησε να πει η Ασημίνα.

«Μη με διακόπτεις σε παρακαλώ, άφησέ με να ολοκληρώσω και θα σε αφήσω να μιλήσεις. Στη μέχρι τώρα οικογενειακή μου πορεία, η οποία ήταν μια ήρεμη και γαλήνια θάλασσα, δεν είχα ποτέ ερωτικές εξωσυζυγικές περιπέτειες. Θα μπορούσα βέβαια, διότι μου παρουσιάστηκαν πολλές ευκαιρίες, τις οποίες ευτυχώς απέπεμψα πάρα πολύ εύκολα. Με εσένα όμως τα πράγματα είναι πολύ διαφορετικά. Άγγιξες κάτι μέσα μου σε τόσο μικρό χρονικό διάστημα, που καμία από τις άλλες γυναίκες δεν κατάφερε ποτέ να αγγίξει, πέρα από τη Δέσποινα. Ξύπνησες μέσα μου τον πόθο, τρύπησες με τα φλεγόμενα βέλη σου τα στήθη μου και το αίμα μου κοχλάζει. Μου είναι δυσβάσταχτα αυτά που σου λέω, διότι είναι στιγμές που καίνε φωτιές μέσα στο κορμί μου και σε λατρεύω ακόμα πιο πολύ, εξαιτίας του φόβου μήπως σε χάσω μετά από αυτήν την εξομολόγηση. Θα μου πεις "και πότε σε είχα" και θα έχεις δίκιο. Έστω με αυτόν τον τρόπο που σε είχα, με τη ζεστασιά που προσέφερες στο γραφείο, με το αιώνιο χαμόγελό σου, με τη φυσική σου παρουσία ως υπάλληλος, με τα υπέροχα αυτά μάτια να περιφέρονται στον χώρο». Ο Αλέξης ξεροκατάπιε και χαμηλώνοντας το βλέμμα, διέκοψε για λίγες στιγμές την ορμή της ροής των μύχιων σκέψεών του. Η μικρή με σταθερά καρφωμένα το βλέμμα επάνω του περίμενε στωικά. Ύστερα σηκώθηκε και αμίλητος έβαλε από το μπαρ του γραφείου ένα ουίσκι.

«Ελπίζοντας να μη σε έφερα σε δύσκολη θέση και υπογραμμίζοντας ιδιαίτερα πως οτιδήποτε και εάν μου πεις δε θα επηρεάσει την επαγγελματική μας δραστηριότητα, θα ήθελα να μάθω πώς σου ακούγονται όλα αυτά;» ρώτησε κατεβάζοντας την πρώτη γουλιά έχοντας γυρισμένη την πλάτη του. Δεν τολμούσε να την κοιτάξει στα μάτια φοβούμενος την αντίδρασή της.

Οι χτύποι στις καρδιές σίγησαν και μια νεκρική σιγή αρκετών δευτερολέπτων επιβλήθηκε στην αίθουσα. Ο Αλέξης τελικά μετανιωμένος που δεν την αντίκρισε κατάματα κάθισε και πάλι στο γραφείο του. Αμίλητοι και οι δύο, με τα ερευνητικά βλέμματα καρφωμένα το ένα πάνω στο άλλο, λαχταρούσαν να ακούσουν αυτά που ήθελαν οι καρδιές να ακούσουν.

«Λοιπόν;» τη ρώτησε ξανά ο Αλέξης για να διώξει την ενοχλητική σιωπή.

«Τι θα ήθελες να ακούσεις, Αλέξη;» ακούστηκε γλυκιά η φωνή της Ασημίνας, ξυπνώντας από τον ονειροπόλο λήθαργο τον δικηγόρο.

«Δεν έχω καμία αξίωση από εσένα, ούτε θα ήθελα να

σου επιβάλλω τα αισθήματά μου. Απεναντίας, θα με λύτρω-
νες αν με κατακεραύνωνες με μια σου λέξη μόνο. Μία σου
λέξη είναι ικανή να μου δώσει ζωή και μία σου λέξη μπορεί
να μου την πάρει».

«Δηλαδή ποια;» ρώτησε εκείνη παιχνιδιάρικα.

«Αυτή που θέλει να μου πει η καρδιά σου με τη βοήθεια
των χειλιών σου», είπε αγωνιώντας ο Αλέξης και την είδε
να πλησιάσει προς το γραφείο του.

«Περιττές οι λέξεις όταν μιλάει η καρδιά», ψιθύρισε η
Ασημίνα τη στιγμή που έσκυβε πάνω από το γραφείο του
εργοδότη της. Τα χείλη της ενώθηκαν τρυφερά με εκείνου,
που έμεινε αποσβολωμένος να κοιτάει με ανοιχτά μάτια
τα κλειστά βλέφαρα της γραμματέας του, ανήμπορος να
αντιδράσει. Το παρατεταμένο φιλί, φουρτούνιασε ακόμα
περισσότερο τη θάλασσα των αισθημάτων του Αλέξη. Χρό-
νια είχε να νιώσει αυτό το εφηβικό σκίρτημα και ο ανδρι-
σμός του έξαλλος κόντεψε να εκραγεί. Λίγο πριν απλώσει
τα χέρια του για να απομακρύνει το θανατηφόρο κορμί από
επάνω του και να πάρει ανάσα, η Ασημίνα τραβήχτηκε και
επέστρεψε στη θέση της.

Ο Αλέξης αφού συνήλθε από το σοκ ξεστόμισε: «Άλλο
ήθελα να ακούσω και άλλο... γεύτηκα». Γέλασαν και οι δύο
εύθυμα και ο άντρας συνέχισε.

«Είχα την ελπίδα πως θα απαρνηθείς τον παράλογο
έρωτά μου, να βγάλεις από το μυαλό μου αυτές τις ανάρμο-
στες σκέψεις, να λογικέψεις τον νου μου, να...»

«Μη συνεχίζεις Αλέξη, δέξου την πραγματικότητα ως
έχει, απελευθέρωσε τις αφανέρωτες επιθυμίες σου και
άφησε το κορμί να μιλήσει όταν και εκεί που πρέπει».

«Ναι, μα...»

«Δεν υπάρχει μα και ξε μα. Ενήλικες είμαστε, γνωρί-
ζουμε πολύ καλά τι κρύβουμε εκεί κάτω και τι ζητάει ο ένας
από τον άλλο. Την προσωπική ευχαρίστηση! Τίποτα άλλο
δε χρειάζεται να σκέφτεσαι. Θες να περάσεις καλά, θα πε-
ράσεις καλά! Δε θες, ΟΚ».

Μπερδεύτηκε λίγο ο Αλέξης με την απότομη αλλαγή

στη συμπεριφορά της μικρής, αλλά αμέσως αναλογιζόμενος τα λόγια της κατάλαβε ότι δεν είχε άλλο μονοπάτι να διαλέξει. Είχε μια κρυφή ελπίδα να λάβει αρνητική απάντηση, αλλά αυτή φάνταζε πλέον μακρινός γαλαξίας. Τώρα, έτσι όπως τα κατάφερε και μπήκε στον χορό, έπρεπε να χορέψει. Μόνο που θα έπρεπε να μάθει πολύ καλά τις φιγούρες, διότι αν έπαιρνε είδηση η γυναίκα του ότι δεν ξέρει να χορεύει, θα αναγκαζόταν μετά να χορέψει μια και καλή τον χορό του Ζαλόγγου.

Πώς εξελίχθηκαν έτσι τα γεγονότα; Το βράδυ είχε αποφασίσει να της πει τα πραγματικά του αισθήματα, να της εξομολογηθεί τα πάντα και να της δώσει να καταλάβει ότι δεν έχει καμία απαίτηση από αυτήν, ελπίζοντας έτσι πως η μικρή νεράιδα θα τον απαρνιόταν και θα λάμβανε μια μεγαλοπρεπέστατη αρνητική απάντηση. Δυστυχώς η νεαρή ήθελε και αυτή περιπέτειες, για τους όποιους λόγους της που δεν ήταν της ώρας να σκεφτεί. Και τώρα έπρεπε να αναλογιστεί το μέλλον, βάζοντας στη ζωή του άλλο ένα κεφάλαιο, ένα νέο πρόσωπο γεμάτο ζωντάνια και ηδονή, που ποιος ξέρει σε ποια μονοπάτια ακολασίας θα τον οδηγούσε. Η λέξη ακολασία δεν αντήχησε ευχάριστα στο μυαλό του και ανατρίχιασε προς στιγμή. Είναι αργά για να κάνει πίσω τώρα. Το φιλί της φλογερής μικρής μίλησε με άλλες νότες στην καρδιά του ή καλύτερα στο κορμί του και του ξύπνησε καταχωνιασμένα και νοτισμένα με ναφθαλίνη ένστικτα.

«Ασημίνα», φώναξε την ώρα που αυτή κόντευε να εξέλθει από το γραφείο του.

«Ναι, Αλέξη μου», απάντησε εκείνη συνωμοτικά.

«Πρόσεχε σε παρακαλώ, πρόσεχε διότι έτσι όπως ήρθαν τα πράγματα...»

«Εντάξει, μην ανησυχείς για εμένα. Εσύ να προσέχεις και ειδικά την κυρία Δέσποινα», πρότεινε εκείνη χαμογελώντας πονηρά.

Ο Σεραφείμ σήκωσε το σταθερό τηλέφωνο και κάλεσε την καλή του στο νούμερο του κινητού της. Δεν του είχε δώσει το νούμερο της δουλειάς της, ισχυριζόμενη ότι δε θέλει να την ενοχλούν εκεί ακόμη, διότι ως καινούρια κινδύνευε να δώσει άσχημη εντύπωση. Εκείνη απάντησε σχεδόν αμέσως με φανερό χαμόγελο. «Τι κάνει το μωρό μου; Καλημέρα του και καλή του εβδομάδα. Πώς έτσι πρωί πρωί;»

«Καλημέρα στο πιο γλυκό κορίτσι του κόσμου! Σε πήρα πρώτα για να ακούσω τη φωνούλα σου, ώστε να μου πάει καλά η μέρα και ακόμα για να σου κάνω μια φιλοζωική και παράλληλα γλυκιά πρόταση».

«Για ν' ακούσω λοιπόν, τι μου ετοιμάζεις πάλι!»

«Θα ήθελες να πάμε μια όμορφη εκδρομούλα το Σαββατοκύριακο που έρχεται, σε ένα μέρος που είμαι σίγουρος ότι θα σου αρέσει πολύ;»

«Εξαρτάται από το μέρος και την παρέα», απάντησε πειρακτικά η Ροδόκλεια.

«Δηλαδή δεν εγκρίνεις το γούστο μου και τους φίλους μου;» ρώτησε εξίσου πειρακτικά εκείνος.

«Μαζί σου θα πήγαινα οπουδήποτε στη γη και στον ουρανό και όποιος είναι φίλος σου, είναι και δικός μου, το ξέρεις πολύ καλά», ήταν η αποστομωτική απάντησή της.

«Χαίρομαι που τα ακούω και ακόμη περισσότερο χαίρομαι όταν αυτά που λες τα κάνεις πράξη. Λοιπόν, τι θα έλεγες να βρεθούμε οι δυο μας, μόνο οι δυο μας στο περιβαλλοντικό πάρκο στο Μπουραζάνι, στα Ιωάννινα; Έχεις ακούσει γι' αυτό;»

«Ουάου, πολύ ωραία ιδέα. Έχω ακούσει πολύ καλές κριτικές γι' αυτό το μέρος, αλλά δεν έτυχε να πάω. Εκεί δεν είναι που ζουν σε ελεγχόμενο χώρο διάφορα είδη ζώων και κάποια προς εξαφάνιση στο φυσικό τους περιβάλλον;»

«Ναι, μπράβο! Έχει ελάφια, ζαρκάδια, αγριογούρουνα, αγριοπρόβατα και άλλα είδη ζώων καθώς και σπάνια είδη φυτών και πτηνών, καθώς και τα μισά είδη πεταλούδων της χώρας!»

«Νομίζω πως έχει και ξενώνα», είπε η Ροδόκλεια και γέλασε πονηρά.

«Ναι, έχει. Εκεί λέω να μείνουμε. Και ξέρεις ποιο είναι το πιο ωραίο;»

«Ποιο;»

«Ότι θα είμαστε μόνοι μας».

«Το είπες και νωρίτερα αυτό. Εντάξει, το εμπεδώσαμε», τόνισε η Ροδόκλεια και ξεκαρδίστηκε στα γέλια.

«Σωστά! Δεν ξεφεύγει τίποτα από το κορίτσι μου».

«Ωραία, να κοιτάξω το πρόγραμμά μου μισό λεπτό μην τυχόν και υπάρχει τίποτα από τη δουλειά και σου απαντώ αμέσως, μην κλείνεις». Η Ροδόκλεια κατέβασε για λίγο το κινητό της και κοίταξε το πλανόγραμμα πάνω στο γραφείο της. «Εντάξει, δεν υπάρχει καμία έξτρα εκκρεμότητα γι' αυτό το διήμερο, είμαι διαθέσιμη».

«Πολύ ωραία, πολύ ωραία. Θα πάμε με το αυτοκίνητο της μητέρας μου. Της το είπα και δεν έχει αντίρρηση να μας το δώσει, όπως πάντα φυσικά. Σε λίγους μήνες θα έχω το δικό μου και θα είμαστε ανά πάσα στιγμή έτοιμοι για οποιαδήποτε τρέλα μας».

«Λαμπρά! Και τι ώρα θα 'θελες να ξεκινήσουμε;»

«Όσο νωρίτερα τόσο το καλύτερο. Αλήθεια, τι ώρα σχολάς την Παρασκευή, ανθισμένο μπουμπούκι μου; Θα ήθελα να σε απολαύσω ακόμη περισσότερο και τώρα που το σκέφτομαι έτσι θα έχουμε χρόνο να περιηγηθούμε στο πάρκο και στη γύρω περιοχή. Τα Ιωάννινα είναι καταπληκτικός τουριστικός προορισμός».

«Την Παρασκευή σχολάω στις τρεις. Αλλά εάν είναι απαραίτητο μπορώ να ζητήσω κάνα δίωρο πρόωρης αποχώρησης. Το αφεντικό μου είναι πολύ καλός άνθρωπος και δε θα είχε αντίρρηση να μου το δώσει.

«Όχι, άσε δεν είναι απαραίτητο, Νομίζω ότι ένα τρίωρο για να ετοιμαστείς είναι καλά. Οπότε, έλεγα να ξεκινήσουμε στις... τρεις και τρεις... επτά». Ο Σεραφείμ γέλασε περιπαιχτικά.

«Με πειράζεις, ε ζούζουλο. Θα καταλάβεις ότι όσο με γνωρίζεις, τόσο διαφέρω από τις άλλες γυναίκες. Δεν είμαι όπως αυτές που τις λες εννιά το πρωί "γυναίκα ετοιμάσου, το βράδυ στις οχτώ έχουμε έξοδο" και πάλι δεν είναι έτοιμες», απάντησε η Ροδόκλεια γελώντας και αυτή με τη σειρά της.

«Άρα λοιπόν συμφωνείς η αναχώρησή μας να είναι στις επτά».

«Ναι, ωραία, είναι ικανοποιητικότατη ώρα. Θα φτάσουμε στην ώρα μας στον ξενώνα και θα έχουμε μπροστά μας όλο το βράδυ για να...», σταμάτησε επίτηδες τη σκέψη της για να αφήσει το ταίρι της να πλάσει με τη δική του φαντασία ότι ήθελε.

«Ωραία, στις επτά. Ξέρω ότι δεν αργείς συνήθως, αλλά...»

«Όχι, συνήθως ποτέ δεν αργώ στα ραντεβού μου. Επτά ακριβώς θα είμαι έξω από την πόρτα μου».

«Πολύ ωραία, βέβαια θα τα ξαναπούμε έως τότε. Σε χαιρετώ για να μη σε αποσπάω και από τη δουλειά σου. Φιλάκια στα χειλάκια».

«Φιλάκια, μωρό μου. Σε λατρεύω!»

«Όχι, ρε χαζούλη, πώς κάνεις έτσι;» του είπε χαϊδευτικά η έφηβη ενώ πέρασε το χέρι μέσα από τα πλούσια μαλλιά του.

«Αφού ξέρεις πως δεν μπορώ χωρίς εσένα. Αν μείνω μόνος στο σπίτι ούτε να διαβάσω δε θα μπορέσω, ούτε να συγκεντρωθώ, αφού ο νους μου θα τρέχει συνέχεια σ' εσένα, πιο γρήγορα και από το ποδήλατό μου».

«Δαμιανέ, πάλι τα ίδια θα λέμε, αν έρθω να διαβάσουμε μαζί και αργήσω να πάω στο σπίτι, την επόμενη φορά ο πατέρας μου θα μου κόψει όλα τα φροντιστήρια και θα είναι αδύνατο να ξαναβρεθούμε», είπε η Χριστίνα ανεβάζοντας ελαφρώς τον τόνο της φωνής της, βγάζοντας παράλληλα και μια μικρή πικρία. «Ξέρεις πολύ καλά πόσο αυστηρός είναι!»

«Εντάξει, Χριστίνα, κουλάρισε. Πες τους ότι θα διαβάσεις με την Αλέκα, σιγά το πράμα».

«Μη λες βλακείες, δεν έχω πει τέτοια χοντρά ψέματα στους γονείς μου και ούτε θα το κάνω για κανέναν λόγο. Τις προάλλες σαράντα λεπτά άργησα και ο πατέρας μου έκανε σαν τρελός». Στην πραγματικότητα η Χριστίνα δεν ένιωθε ολοκληρωμένη ακόμη για τέτοια ανοίγματα και έψαχνε δικαιολογίες για να ξεγλιστρήσει ανώδυνα.

«Δηλαδή, για ένα αθώο ψεματάκι πετάς στα σκουπίδια τον πόθο μου για εσένα», δήλωσε συμπερασματικά ο νεαρός.

«Κοίτα, Δαμιανέ, δε νομίζεις ότι είναι λίγο νωρίς να έρθω στο σπίτι σου, έστω για να διαβάσουμε, έρμο διάβασμα θα κάνουμε δηλαδή, ενώ οι γονείς σου θα είναι εκεί και θα αναρωτιούνται, με το δίκιο τους, τι και πώς και εγώ υποθετικά θα διαβάζω στης Αλέκας; Σου ακούγεται νορμάλ αυτό;» ξεστόμισε αμυνόμενη η Χριστίνα.

Ο συμμαθητής της έσκυψε το κεφάλι και έβαλε τα χέρια στις τσέπες του σκισμένου με στυλ τζιν, ενώ συνέχισε να περπατάει αμίλητος. Η Χριστίνα πέρασε το χέρι πίσω από την πλάτη του και προσπάθησε να τον παρηγορήσει.

«Έλα, μωρό μου, δε μας πήραν και τα χρόνια! Όλη η ζωή είναι μπροστά μας. Όταν θα νιώσω έτοιμη θα το καταλάβεις». Η προσπάθειά της να απαλύνει την άγευστη πίτα της απόρριψης ήταν εμφανής.

«Ναι, σίγουρα! Ελπίζω μόνο μέχρι τότε να μην έχω φύγει ως φοιτητής σε καμία άλλη πόλη», τοποθετήθηκε παραπονιάρικα ο νεαρός.

«Θα το 'κανες αυτό, θα μας παράταγες εμένα και την πόλη που σε γέννησε;»

«Εεεε, τι άλλο να πω, προσπαθώ να βρω κάποιο κουμπί σου, αλλά εσύ... δύσκολα ξεκουμπώνεσαι». Γέλασαν και οι δύο χαρωπά και συνέχισαν να περπατούν για λίγο ακόμη μέχρι τη στάση του αστικού.

Εκεί μόλις αντίκρισαν το νούμερο του λεωφορείου που θα έπαιρνε η Χριστίνα, η μικρή ανασήκωσε τα πόδια της και φίλησε πεταχτά στα χείλη τον καλό της, που την περνούσε στο ύψος ένα κεφάλι. Εκείνος ανταπόδωσε το φιλί και την κοίταξε ερευνητικά στα μάτια. «Ελπίζω να μη χρειαστεί να περιμένω πολύ».

«Έννοια σου και δε θα πάει χαμένη η υπομονή σου», φώναξε εκείνη δυνατά την ώρα που ανέβαινε τα σκαλιά του αστικού.

Η Χριστίνα αφού κατέβηκε στη στάση της γειτονιάς της συνέχισε τον δρόμο της μέχρι το σπίτι, σιγοτραγουδώντας, ανέμελη και ικανοποιημένη από τα αισθήματα του καλού της. Είχε να σκεφτεί πολλά. Από τη μια μεριά έπρεπε να κατασταλάξει στα θέλω της, να δει τι θα κάνει με τις εισαγωγικές εξετάσεις για το πανεπιστήμιο της αρεσκείας της, να φροντίζει να μη δίνει αφορμές για σχόλια στους γονείς της, αλλά και να κρατάει τις ισορροπίες με τον Δαμιανό. Ειδάλλως κινδύνευε να τον χάσει εάν αυτός άρχιζε να ψάχνει αλλού για γλυκιά πορτοκαλιά.

Από την άλλη, ήθελε και αυτή να νιώσει τη μαγεία του έρωτα, όπως έπραξαν ήδη οι περισσότερες φίλες και συμμαθήτριές της, αλλά κάτι την εμπόδιζε, κάτι την έκανε να διστάζει. *"Μήπως δε βρήκα τον κατάλληλο άνθρωπο γι' αυτό; Μπα!"* το πήρε πίσω αμέσως. *"Ο Δαμιανός είναι εξαιρετικό παιδί, με σπάνιες αρχές και οράματα που θα ζήλευαν όλοι οι συνομήλικοί του. Συν ότι στα μάτια μου είναι και πανέμορφος, τον γουστάρω πολύ και το ότι τον έκλεψα μέσα από τα χέρια τόσων κοριτσιών δεν ήταν και λίγο. Όχι, όχι, είναι το ιδανικό ταίρι για μένα",* ξανασκέφτηκε για να πείσει ακόμη περισσότερο τον εαυτό της. *"Οι δήθεν φίλες μου θα σκάνε από τη ζήλια τους και οι πραγματικές, αληθινές μου φίλες θα είναι υπερήφανες για μένα",* συνέχισε να σκέφτεται όσο προχωρούσε. «Έννοια, σου μωρό μου, και δε θα περιμένεις πολύ. Σύντομα θα γίνω δική σου», μονολόγησε και συνέχισε τον δρόμο της.

Αν και άργησε να σχολάσει πάνω από μία ώρα, η Ασημίνα χτύπησε διακριτικά την πόρτα του γραφείου του Αλέξη και πέρασε μέσα. Πριν αυτός προλάβει να τη ρωτήσει τι ήθελε, έκλεισε την πόρτα πίσω της γυρνώντας παράλληλα την κλειδωνιά και προχώρησε προς το μέρος του. Έσκυψε αφήνοντας το μπούστο της να προβάλει τροφαντό μπροστά στα έκπληκτα μάτια του και δάγκωσε ελαφρά τον λωβό του δεξιού του αυτιού. Το χέρι της χώθηκε ανάμεσα στο πουκάμισό του αναζητώντας αισθησιακά τα στήθη του, ξεκουμπώνοντας ένα ένα τα κουμπιά περίτεχνα. Εκείνος αφού συνήλθε από το πρώτο σοκ, τράβηξε απαλά το χέρι της από επάνω του και σηκώθηκε όρθιος.

Η Ασημίνα ασυγκράτητη, άρχισε τώρα να ξεκουμπώνει αργά αργά, ηδονικά το δικό της πουκάμισο, κουνώντας παράλληλα αισθησιακά το σώμα της. Αποκάλυψε μόνο όσα ήθελε να φαίνονται προς το παρόν από τα ζουμερά της στήθη και αναζήτησε ξανά τα χείλη του. Εκείνος έβαλε την παλάμη του μπροστά στο ανοιχτό στόμα της, αλλά πριν προλάβει να κάνει οτιδήποτε άλλο, η νεαρή με απίστευτη ταχύτητα το κατέβασε και κόλλησε αστραπιαία τα χείλη της στα δικά του, ρουφώντας με απίστευτη ηδονή το μέλι τους. Ο Αλέξης προσπάθησε να αντιδράσει ξανά, αλλά οι όποιες αντιστάσεις του κάμφθηκαν όταν το χέρι της βρέθηκε χαμηλά στα λαγόνια του.

Το καλλίπυγο κορμί της δεν του άφηνε πολλά περιθώρια. Πέρασε γρήγορα τις παλάμες του στους γλουτούς της και τη σήκωσε ανάλαφρα πάνω του. Εκείνη σταύρωσε τα πόδια της γύρω από τη μέση του και συνέχισε να τον φιλάει παθιασμένα. Οι γυαλιστεροί μηροί της ξεπρόβαλαν σουρώνοντας την κοντή φούστα τη στιγμή που την ακουμπούσε πάνω στο τεράστιο γυάλινο γραφείο του. Το κορμί του δικηγόρου επαναστάτησε, οι αισθήσεις του διεγέρθηκαν απίστευτα. Μόλις διαπίστωσε ότι στη νεανική της ήβη δεν υπήρχε εσώρουχο, ο ανδρισμός του έφτασε στα ύψη έτοιμος να εκραγεί από την ερωτική έκσταση. Ξαφνικά, ένιωσε το παντελόνι του να ταλαντεύεται και να χάνεται χαμηλά στο πάτωμα και τη στύση του να στροβιλίζεται μέσα στην παλάμη της. Αστραπές ενοχών έλαμψαν γύρω του, με μία από αυτές να κεραυνοβολεί τη λογική του. Την τελευταία στιγμή, λίγο πριν αφεθεί στη μαγεία των σαρκικών ορέξεών τους και βυθιστεί στο λάγνο κορμί της, η λογική πρυτάνευσε των συναισθημάτων του. Την έσπρωξε απότομα, σκουπίζοντας με την ανάστροφη της παλάμης του τα χείλη του, παίρνοντας έτσι τα ίχνη από το κραγιόν της, νιώθοντας την αμαρτία να τον έχει αμαυρώσει παντού. Αμέσως μετά απομάκρυνε βίαια τα χέρια της από τη διεγερμένη ήβη του. «Τι κάνουμε; Τα έχουμε χάσει τελείως;» φώναξε αφρισμένος βαριανασαίνοντας.

«Μύγα σε τσίμπησε αγόρι μου, τι έπαθες;» κραύγασε η Ασημίνα και πλησίασε πάλι κοντά του προκλητικά. «Έχει κόσμο μέσα ακόμα αν δεν το έχεις πάρει χαμπάρι μικρό διαβολάκι. Θα γίνουμε ρόμπα εάν μπει κανένας», αγρίεψε εκείνος εκτείνοντας το χέρι του δείχνοντας προς την πόρτα.

«Έχω φροντίσει γι' αυτό ήδη», τόνισε περήφανα η γραμματέας σχηματίζοντας με το χέρι της στον αέρα την κίνηση του κλειδώματος.

«Ναι, ωραία, μήπως φρόντισες να βάλεις και την κατάλληλη ηχομόνωση για να μην ακούγονται τα βογκητά και γίνουμε βούκινο σε όλο το συγκρότημα;» ρώτησε ο Αλέξης ειρωνικά.

«Δε με θέλεις, μωρό μου, δε θέλεις να γευτείς το μικρό γατάκι μου;» Η Ασημίνα τον αγκάλιασε τρυφερά και επιστράτευσε όλη της τη γοητεία για να τον σαγηνεύσει.

«Δε γίνεται εδώ μέσα, ξέχασέ το», είπε απότομα ο Αλέξης. «Εντάξει τότε! Πάμε εδώ κοντά σε κάποιο ξενοδοχείο μακριά από αδιάκριτα βλέμματα και αυτιά. Σε θέλω τώρα!»

«Θα δούμε, άσε με να το σκεφτώ», είπε ο δικηγόρος προβληματισμένος. «Προχωράμε πολύ γρήγορα», είπε δαγκώνοντας τα χείλη του. *"Μα τι λέω ο αθεόφοβος; Σαν καμιά ανήλικη παρθένα μιλάω"*, σκέφτηκε.

«Τι να σκεφτείς, παιδάκι, θες ή δε θες; Απλά είναι τα πράγματα».

«Τα πράγματα είναι απλά, αλλά ο πλάστης βαρύς».

«Όρεξη για αστεία έχεις Αλέξη, αλλά για το... άλλο... κουβέντα», έκραξε η Ασημίνα απειλητικά.

«Πήγαινε στο σπίτι σου Ασημίνα. Άσε με να το σκεφτώ λίγο και θα σου τηλεφωνήσω, καλά;»

«Μην τυχόν και δεν πάρεις, θα...», γίνει χαμός πήγε να πει, αλλά αρκέστηκε στο «...θα με στενοχωρήσεις πολύ», μαλακώνοντας τον τόνο της φωνής της.

«Μην ανησυχείς, όπως και να 'ναι θα σε πάρω, στο τηλέφωνο εννοώ», απάντησε ο ιδρωμένος πλέον από το άγχος δικηγόρος.

Η Ασημίνα βγήκε από το γραφείο με ένα χλιαρό χαμόγελο, το οποίο στιγμιαία μετατράπηκε σε παγωμένο. Η έκφραση στο πρόσωπό της έδειχνε μια ανεκπλήρωτη ικανοποίηση και βαριάς μορφής απογοήτευση. *"Δε θα ξεφύγεις από τα νύχια μου, ελαφάκι. Κανείς δεν ξεφεύγει από τα νύχια μια λέαινας"*, βούιξε ο χείμαρρος των σκέψεών της την ώρα που φορούσε το σακάκι της και έβαζε τη δερμάτινη τσάντα της νευρικά κάτω από τη μασχάλη. Ξεκλείδωσε το ένα από τα κινητά της και σχημάτισε έναν αριθμό από μνήμης. Μόλις ακούστηκε η βαριά τραχιά φωνή, αρκέστηκε σε λίγες βαρυσήμαντες λέξεις. «Δεν έγινε ακόμη, αλλά το 'χω. Το πολύ σε μια δύο εβδομάδες θα μπορούμε να μιλάμε με ασφάλεια και να προχωρήσουμε στο επόμενο βήμα». Η βρισιά από το ανδρικό στόμα δεν πρόλαβε να ολοκληρωθεί, διότι η ίδια διέκοψε την κλήση με μια απότομη κίνηση. Στη συνέχεια πάτησε τον αριθμό δύο της ταχείας κλήσης και μίλησε με χαλαρούς τόνους στη νέα γραμμή, προσπαθώντας να ηρεμήσει τον εαυτό της και να τον πείσει ότι όλα βαίνουν καλώς. Λίγο πριν κλείσει η συνομιλία τους τόνισε για μία ακόμη φορά: «Το βράδυ στις εννιά και μισή για καφέ στο γνωστό στέκι της Καλαμαριάς. Θα είμαι εκεί στην ώρα μου. Όχι... μην ανησυχείς! Εξάλλου το έχουμε πει. Ποτέ δεν αργώ στα ραντεβού μου».

Ο δικηγόρος άρπαξε γοργά το σακάκι του, τα κλειδιά και το κινητό του και πριν προλάβει να εξέλθει ξαναμμένος, ακούστηκε το τηλέφωνο του γραφείου να κουδουνίζει. Το σήκωσε βιαστικά και άκουσε μια ασθενική φωνή, τρεμάμενη και σχεδόν παιδική να ζητάει την Ασημίνα. Του ανέφερε ότι ήταν η αδερφή της και ανησύχησε διότι δεν είχε γυρίσει ακόμη. «Ξέρετε, κύριε Παπαρρηγόπουλε, σπάνια αργεί να επιστρέψει και ανησύχησα πολύ. Είμαι μόνη και άρρωστη βλέπετε και...»

«Μην ανησυχείτε, μόλις σχόλασε και σε λίγο θα είναι εκεί», απάντησε αυτός όσο πιο ευγενικά μπορούσε.

«Σας ευχαριστώ πολύ», είπε η γυναίκα στην άλλη γραμμή και χαιρετήθηκαν.

Ο Αλέξης κατέβηκε τα σκαλιά σαν κυνηγημένος από αγέλη λύκων, παρακάμπτοντας τον ανελκυστήρα που είχε καλέσει λίγες στιγμές πριν, ξεχνώντας κινητό και κλειδιά στο γραφείο. Γύρισε εσπευσμένα πίσω και κατά την έξοδό του από το γραφείο, άθελά του το βλέμμα του έπεσε πάνω σε μια κορνίζα τοποθετημένη πάνω στην έδρα που απεικόνιζε τη γραμματέα του. Έλαμπε από ομορφιά και το γλυκό της χαμόγελό έμοιαζε να τον καλεί θελκτικά. Εστίασε στη χαρακτηριστική ελιά, ακριβώς στο κέντρο του στήθους της. Έβγαλε έναν βαθύ αναστεναγμό και ξανά με τους ίδιους ρυθμούς, σχεδόν κατρακυλώντας, έφτασε στο πάρκινγκ των αυτοκινήτων. Χώθηκε μέσα στο βαρύ και πολυτελές όχημά του ασθμαίνοντας, με απεγνωσμένες προσπάθειες να κρύψει έτσι την ντροπή του από τις ενοχές. Ένιωσε τα βλέμματα του κόσμου στραμμένα επάνω του να τον χτυπάνε αλύπητα και ξέσπασε βίαια πάνω στο τιμόνι. «Γιατί, γιατί... γιατί άφησα τον εαυτό μου να ξεφύγει έτσι;» βροντοφώναξε από οργή. Ναι, οργή ένιωθε αυτή τη στιγμή, κυρίως για τη συμπεριφορά του, ρίχνοντας αποκλειστικά την ευθύνη στον εαυτό του.

Προσπάθησε να ηρεμήσει και για τουλάχιστον δέκα λεπτά δεν είχε βάλει καν μπροστά τη μηχανή. Άνοιξε το ραδιόφωνο, αλλά το έκλεισε μεμιάς, αφού διαπίστωσε ότι όλα τα γνωστά κανάλια έπαιζαν μόνο ερωτικά τραγούδια. Βυθίστηκε σε μία άβυσσο αισθήσεων και παραισθήσεων, θαρρείς και είχε δοκιμάσει όλα τα απαγορευμένα χάπια του κόσμου. Κρύος ιδρώτας τον έλουσε σύγκορμο και αναγκάστηκε να χαλαρώσει τον κόμπο της γραβάτας του, ενώ ασυναίσθητα το χέρι του κατέβηκε χαμηλά, για να διαπιστώσει εάν ήταν σωστά ντυμένος. Η ντροπή για μια ακόμη φορά έκανε έντονη την εμφάνισή της διαπερνώντας όλο του το κορμί. «Δεν είμαι εγώ για τέτοια, δε θα τα αντέξω», μονολόγησε.

Η μηχανή του χρόνου πέρασε πολλές φορές μπροστά από τα μάτια του, με εικόνες από την ατάραχη έως τώρα ζωή του. Ακτίνες φωτός τα πρώτα ερωτικά του σκιρτήματα με τη Δέσποινα, πελάγη ευτυχίας οι χαρές τους από τις γέννες των παιδιών, νότες υπερηφάνειας οι επιτυχίες τους, εύφορη κοιλάδα η ηρεμία της φαμίλιας του, γαλήνια θάλασσα ο χαρακτήρας της συζύγου του. Θρυμματισμένα όμως κομμάτια σπασμένου καθρέπτη η ζωή του τις τελευταίες ημέρες. Ένα από αυτά σφηνώθηκε βαθιά στα στήθη του και τώρα αιμορραγούν. Ακούει στο όνομα Ασημίνα. Όσο προσπαθεί να το αφαιρέσει, αυτοτραυματίζεται ακόμη περισσότερο! Ο κίνδυνος ολικής καταστροφής παραμονεύει σε κάθε κύτταρό του. Ένιωσε να έχει ντυθεί με τα πιο φθηνά και κουρελιασμένα ρούχα της ντροπής, ρακένδυτος.

Κάποια στιγμή νόμισε πώς άκουσε έναν χτύπο στο τζάμι. Τινάχτηκε σαν ελατήριο. Δεν είχε κάνει λάθος. Ήταν ο νεαρός υπεύθυνος του πάρκινγκ που τον ρωτούσε εάν ένιωθε άρρωστος. Κούνησε αρνητικά το κεφάλι και απομακρύνθηκε από τον χώρο παίρνοντας μαζί τη ραγισμένη του ζωή, σχεδόν πατώντας τέρμα το γκάζι, αναγκάζοντας τις ρόδες του οχήματος να σπινάρουν στο βιομηχανικό δάπεδο με τις μπλε και πορτοκαλί αποχρώσεις.

Πού να πάει, πώς να εκτονωθεί, πώς να χαλινεύσει νηφάλια τις σκέψεις; Δεν μπορεί, κάποια λύση θα υπάρχει! Μόνο που έπρεπε να τη βρει! Έχει φέρει εις πέρας πολύκροτες υποθέσεις που θεωρούνταν χαμένες και δε θα μπορέσει να βρει λύση για τον εαυτό του; Τελικά αποφάσισε να πάει για καφέ, εντελώς μόνος του, να βάλει σε μια τάξη τη ζωή του και τα δρομολόγιά της. Τα βαγόνια που έσερνε πλέον πίσω του ήταν πολλά και παραφορτωμένα, με αποτέλεσμα να κάνουν τη μηχανή της αμαξοστοιχίας του να αγκομαχά.

Διάλεξε ένα παραθαλάσσιο απλό μαγαζί, ελπίζοντας πως η ηρεμία του Θερμαϊκού θα τον καθησύχαζε. Στην αρχή τα έβαλε με τον εαυτό του, μετά με την τύχη του που έφερε στο γραφείο αυτή τη νεαρή θεά, κατόπιν με τον φίλο του τον Ταξιάρχη που τον ενθάρρυνε να προχωρήσει, ύστερα με τη Μυρσίνη που τώρα βρήκε να μείνει έγκυος και να τον παρατήσει στα νύχια του μεταμορφωμένου διάβολου. Σε καμία περίπτωση δεν μπορούσε να ρίξει ευθύνες στη σύζυγό του, ότι τον αμελούσε ή ότι δεν ήταν εντάξει σε κάτι απέναντί του. Ουδεμία παράλογη απαίτηση δεν είχε από τη σύντροφό του, η οποία ήξερε μεν να απαιτεί αλλά και να δίνει.

Εκεί που ταξίδευε στον συννεφιασμένο κόσμο του, αισθάνθηκε ένα βλέμμα να προσπαθεί να ανακαλύψει το δικό του και προς έκπληξή του αντίκρισε το πονηρό χαμόγελο μιας κυρίας γύρω στα σαράντα, που καθόταν απέναντί του. *"Όλα τα είχαμε εσύ μας έλειπες τώρα"*, σκέφτηκε αδιάφορα. Εντάξει μπορεί να ήταν ελκυστικός, ώριμος άντρας, αλλά αυτό παρά πάει. Η γελοιοποίηση σε όλο της το μεγαλείο. "Ad absurdum", σκέφτηκε με πίκρα τη φράση που τους μάθαινε ο καθηγητής των λατινικών στο Λύκειο.

Μετά από αρκετή ώρα κατάφερε να ρίξει τους σφυγμούς του σε σχεδόν φυσιολογικά επίπεδα και τράβηξε για το σπίτι του χωρίς τελικά να έχει πάρει τις αποφάσεις του, εάν θα πρέπει να σπάσει την ασημένια αλυσίδα που τον έπνιγε στον λαιμό ή θα συνεχίσει να την αφήνει να λαμποκοπά τυλιγμένη γύρω του, με τις όποιες συνέπειες. Θυμήθηκε και τις προηγούμενες αποφάσεις που πήρε και του βγήκαν εντελώς αντίθετα, κάνοντας τη θάλασσα γύρω του να σηκώσει φουρτούνα και χαμογέλασε πικρά.

Προς το παρόν είχε να σκεφτεί πώς θα τα μπάλωνε με τη Δέσποινα, ώστε να μην τον πάρει χαμπάρι με αυτά τα μούτρα που είχε. Έστυψε το κεφάλι του σε όλη τη διαδρομή, αλλά απάντηση δε βρήκε. Ήταν σίγουρος ότι οποιοδήποτε ψέμα ή δικαιολογία και αν σκαρφιζόταν, αυτή θα το έπιανε στον αέρα με την άνεση απόχης που τυλίγει άμοιρη πεταλούδα στα δίχτυα της. Σήμερα, όμως, η τύχη ήταν με το μέρος του. Μόλις είδε ότι έλειπε το αμάξι της από το γκαράζ θυμήθηκε πως ήταν η ημέρα που ο Φιλανθρωπικός Σύλλογος του Δήμου διοργάνωνε ημερίδα στο Πνευματικό Κέντρο και η σύζυγός του ως μέλος του Διοικητικού Συμβουλίου δε θα μπορούσε να λείπει.

Έβγαλε ένα επιφώνημα ανακούφισης και μπήκε γρήγορα γρήγορα στο σπίτι, λαχταρώντας ένα χαλαρωτικό μπάνιο. Δε φίλησε καν, από ντροπή, τη μεγάλη του κόρη, την Τέμα, που εκείνη τη στιγμή πέρασε από δίπλα του, κοιτώντας τον παράξενα, μη μπορώντας να αντιληφθεί γιατί ο πατέρας της αδιαφόρησε για πρώτη του φορά να πάρει το φιλί της. Βούτηξε κυριολεκτικά στην ολόγιομη με νερό και αφρόλουτρο μπανιέρα, πλημμυρίζοντας με νερά και ενοχές τον χώρο. Ένα και μοναδικό δάκρυ που ξέφυγε από το μάτι του, δήλωνε την ψυχική του τρικυμία. Μπορεί αυτό να χάθηκε μέσα στα βρόμικα νερά, μπορεί το σώμα του να βγήκε πεντακάθαρο και λαμπερό από εκεί μέσα, αλλά το απόλυτο έρεβος της ψυχής του, περιέκλειε ακόμα το μολυσμένο του πνεύμα. Έπρεπε το γρηγορότερο να απαλλαχτεί από αυτό το σκοτάδι, που άκουγε στο όνομα Ασημίνα, τη ζοφερότητα που κινδύνευε να τινάξει τους οικογενειακούς δεσμούς στον αέρα. Όλα έδειχναν πως έπρεπε να σταματήσει αυτό το παιχνίδι, όσον ήταν ακόμα νωρίς. Έπαιξε και τα δύο ημίχρονα, έχανε πανηγυρικά και σε καμία περίπτωση δε θα ήταν καλό να πάει σε παράταση. Τελικά το πήρε απόφαση. Θα έβαζε τέρμα σε αυτό, αύριο κιόλας, μιλώντας νέτα σκέτα στη μικρή, ακόμα και εάν κινδύνευε να τη χάσει από γραμματέα. Στο κάτω κάτω ουδείς αναντικατάστατος. Η οικογένεια όμως, έπρεπε να παραμείνει συσπειρωμένη και δεν είχε καμία πρόθεση να σπάσει τους κρίκους ο ίδιος ο δημιουργός της. Το τηλέφωνο που υποσχέθηκε στην Ασημίνα δεν το έκανε! *"Μην τυχόν και δεν πάρεις... θα με στενοχωρήσεις πολύ"*, θυμήθηκε τα λόγια της και αναστέναξε βαθιά.

Η Δέσποινα γύρισε αργά και του ζήτησε συγνώμη για την καθυστέρηση, τη στιγμή που αυτός μη μπορώντας να κλείσει βλέφαρο στριφογύριζε στη συζυγική κλίνη περικυκλωμένος από τις ερινύες του. Θέλησε να αγκιστρωθεί πάνω της, σε μια προσπάθεια να αποτινάξει τον ζυγό, αναζητώντας λαίμαργα το κορμί της και τις παλιές ανέμελες εποχές, που τις είχε τόσο ανάγκη όσο ποτέ άλλοτε. Λαχταρούσε να διώξει τα γκρίζα σύννεφα που σκίαζαν την ψυχή του και το δωμάτιό τους και να αφήσει τη λάμψη του έρωτά τους να λάμψει για μια ακόμη φορά. Όχι, δεν είχε χάσει τη μαγεία του έρωτα ακόμα, απλώς στραβοπάτησε, μπλέχτηκε μέσα σε μια στιγμή αδυναμίας στα δίχτυα των σαρκικών ορέξεων. Το καρκίνωμα που έμπηξε στο σώμα του ο Βελζεβούλ μεταμορφωμένος, πάσχιζε να κάνει μετάσταση και στον εγκέφαλό του.

Άγγιζε με τις παλάμες όλο το κορμί της γυναίκας του, όσο πιο αισθησιακά μπορούσε και χωρίς την παραμικρή λέξη· υπό τον φόβο των ενοχών, άφησε να μιλήσουν τα γυμνά σώματα από μόνα τους. Η τρυφερότητα και η αυθεντικότητα ήταν τα κυρίαρχα στοιχεία αυτής της συνεύρεσης, που έκλεισε με μια λιτή φράση για τον καθένα τους.

«Ήσουν πρωτόγνωρος σήμερα, Αλέξη μου, διαφορετικός!»

«Πράγματι».

Η πρωινή αύρα εισέβαλε στην κάμαρα του Αλέξη και της Δέσποινας πολύ νωρίτερα από τις συνηθισμένες φορές. Ο ανήσυχος ύπνος του, συνοδευόμενος από τις κακεντρεχείς σκέψεις, ως ισχυροί τιμωροί, δεν τον άφησαν να ησυχάσει. Λίγο πριν τις έξι πετάχτηκε από το κρεβάτι του, σε μια προσπάθεια να ξεφύγει από τα αγκάθια που είχαν κατακλύσει τον εγκέφαλό του και κατευθύνθηκε προς το μπάνιο. Κοιτάχθηκε στον καθρέπτη με ένα βλοσυρό βλέμμα και μια κυρίαρχη σκέψη να αντηχεί, κρούοντας τον κώδωνα του κινδύνου που ελλόχευε. «Ποιό είναι το επόμενο βήμα; Τι κάνουμε τώρα, Αλέξη μου;» ρώτησε χαμηλόφωνα τον εαυτό του.

Έφυγε βιαστικός με πρόχειρο ντύσιμο, χωρίς γραβάτα και πουκάμισο, προτιμώντας ένα απλό κι άπλυτο μπλουζάκι που βρήκε μπροστά του. Είχε πάρει τις αποφάσεις του. Δεν μπορούσε να κοροϊδεύει άλλο τον εαυτό του. *Θέλω δε θέλω, πρέπει δεν πρέπει, νιώθω δε νιώθω, είμαι δεν είμαι. Φτάνει πια, δεν υπάρχουν άλλες αντοχές",* σκεφτόταν την ώρα που έμπαινε στο αυτοκίνητο κατευθυνόμενος στο γραφείο του.

Όταν έφτασε εκεί προσπάθησε να συγκεντρωθεί σε εκκρεμείς υποθέσεις, αλλά οι λέξεις έκαναν ανορθόδοξη παρέλαση μπροστά από τα μάτια. Έβαλε ένα ποτό σκέτο, χωρίς παγάκια ή αναψυκτικό και περίμενε. Ο ερχομός της γραμματέας του, θα έλυνε τον γόρδιο δεσμό που είχε περιέλθει.

Δεν πέρασε πάνω από μία ώρα και η Ασημίνα, θαρρείς και γνώριζε την πρόωρη προσέλευσή του, ήρθε και αυτή με τη σειρά της μία ώρα νωρίτερα από το κανονικό της ωράριο. «Δε με πήρες όπως υποσχέθηκες και αυτό ήταν πολύ άσχημο για μένα», ήταν οι πρώτες της κουβέντες σχεδόν κλαψιάρικα, πριν καν πει καλημέρα.

«Πού ξέρεις όμως, αυτά που θα ακούσεις μπορεί να σε ευχαριστήσουν ιδιαίτερα, απαλύνοντας κάθε πόνο που τυχόν δημιουργήθηκε στην καρδούλα σου», πήρε τον λόγο ο Αλέξης παρηγορητικά, πλησιάζοντας σε απόσταση αναπνοής.

Εκείνη δε χρειαζόταν να ακούσει τίποτα άλλο! Χύμηξε επάνω του σαν λέαινα που θέλει να κατασπαράξει το θύμα της και κόντεψε να τον ρίξει χάμω. Εάν δεν ήταν τόσο άλκιμος θα είχαν σωριαστεί και οι δύο στο πάτωμα. Τα καυτά φιλιά πήραν τη θέση τους αποσιωπώντας τις λέξεις και φούντωσαν τα σώματα κάνοντας το αίμα να βράζει από τον πόθο. Αφού οι παλμοί ανέβηκαν σε ανεπίτρεπτα όρια και οι ανάσες έβγαιναν δύσκολα πια από τα πνευμόνια, πρώτος ο Αλέξης προσπάθησε να αρθρώσει κάποιες λέξεις. Αδύνατον! Οι συνεχόμενες διακοπές από τα φλογερά φιλιά της Ασημίνας δεν άφηναν ούτε για ένα δευτερόλεπτο τις λέξεις να εκφωνηθούν.

«Εντάξει... φτάνει... άσε με να σου πω!»

«Όχι ακόμα, άσε με να σε χορτάσω πρώτα», ήταν η απάντηση της λέαινας και συνέχισε να τον φιλάει.

Ανατροπή! Μεμιάς η απόφασή του να δώσει ένα τέρμα σε όλο αυτό το λάθος, χάθηκε σαν συννεφάκι που το παρασέρνει ο άνεμος μακριά. Της επέτρεψε για λίγο ακόμα να γευτεί τις σαρκικές ηδονές, χωρίς να συμμετέχει το ίδιο ενεργά με πριν, προσπαθώντας να της δώσει να καταλάβει ότι κάποια στιγμή έπρεπε να μιλήσουν κιόλας. Αφού αυτό δεν ερχόταν χρησιμοποίησε την αυστηρότητα του εργοδότη.

«Κάθισε εκεί, σε παρακαλώ. Θέλω να σου υπαγορεύσω ένα κείμενο. Τώρα!» Το ύφος του δε σήκωνε περιθώρια αντίδρασης.

«Μάλιστα, κύριε Παπαρρηγόπουλε», είπε εκείνη στέλνοντας ένα πονηρό βλέμμα γεμάτο ηδονή, παίζοντας με τους κανόνες του.

«Γράφε. Εγώ ο Αλέξης Παπαρρηγόπουλος δηλώνω υπεύθυνα, ότι είμαι ερωτευμένος με την Ασημίνα Περφανατζάκη εδώ και πολύ καιρό και σήμερα προτείνω επίσημα τη σύναψη ερωτικού συμβολαίου μαζί της. Εφόσον το αποδεχτεί και εκείνη, βάζω ένα και μοναδικό όρο, άνω και κάτω τελεία: να μην το δημοσιοποιήσει σε κανέναν και με οποιονδήποτε τρόπο. Μία ερωτική συνύπαρξη, καθαρά και μόνο για τους δύο και την προσωπική τους ευχαρίστηση χωρίς άλλες απαιτήσεις.

Θεσσαλονίκη, Τρίτη 19/10/2021».

Η Ασημίνα όσο ο δικηγόρος εκφωνούσε τον λόγο του, έκανε προς γράφει. Μόλις αυτός τελείωσε είπε καμαρωτά: «I do», και γέλασαν και οι δύο από την καρδιά τους. «Το θέλεις και γραπτώς ή προφορικά σου αρκεί;» ρώτησε συμπληρωματικά με το πιο γοητευτικό της χαμόγελο. Εκείνος δε σχολίασε τα λόγια της παρά μόνο πλησίασε κοντά της και της ψιθύρισε στο αυτί. «Για να με έχεις πολύ καιρό δίπλα σου, ό,τι είπαμε σήμερα και ό,τι συμβαίνει ή θα συμβεί μεταξύ μας θα το γνωρίζουμε μόνο εμείς οι δύο, οι τοίχοι και αυτά τα έπιπλα. Και η δουλειά... δουλειά, εντάξει;»

«Ό,τι πεις αφεντικό», ήταν η καταφατική απάντηση της φλογερής γραμματέας και έδεσε τα χέρια της αισθησιακά πίσω από τον λαιμό του. Τα χείλη της αναζήτησαν τα δικά του και πάλι, ενώ σηκώθηκε αργά αργά κολλώντας το σώμα της επάνω του. Το στήθος της έκανε αισθητή την παρουσία του πάνω σ' αυτό του Αλέξη, ενώ η γλώσσα της απολάμβανε τη γλύκα που έσταζαν οι αδένες του ερεθισμένου άνδρα. «Σε λίγο έρχονται οι συνεργάτες. Θα είναι φρόνιμο να σταματήσουμε εδώ, πριν γίνουμε αντιληπτοί και γκρεμιστεί αυτό πριν καν ξεκινήσει να χτίζεται». Η φωνή του Παπαρρηγόπουλου ακούστηκε σοβαρή και δε σήκωνε αντιρρήσεις.

«Και πότε με το καλό θα...»

«Σκέφτομαι γι' αυτό το Σαββατοκύριακο να δραπετεύαμε για κανένα μακρινό προορισμό. Θα μαγειρέψω κανένα δήθεν σεμινάριο στο εξωτερικό και...»

«Αχ, Αλέξη μου, πολύ ωραία θα ήταν αλλά... να... αυτό το Σαββατοκύριακο δυστυχώς δεν μπορώ... έχω κανονίσει και...»

«Μη συνεχίσεις, δεν πειράζει. Έχουμε μέρες μπροστά μας. Εσύ κοπέλα νεότατη, εγώ αντέχω ακόμα, θα βρούμε τον χρόνο μας».

«Τι λες για το επόμενο;»

«Μέσα. Ούτως ή άλλως θα κανονίσουμε τις λεπτομέρειες στις αρχές της επόμενης εβδομάδας», είπε ο Αλέξης ήρεμα αποφεύγοντας να σχολιάσει περαιτέρω.

«Εντάξει λοιπόν!»

«Εμπρός και τώρα δουλειά, όπως είπαμε! Αυτή δεν πρέπει να επηρεαστεί με τίποτα».

Η Ασημίνα σηκώθηκε και έκανε πως κατευθύνεται προς το γραφείο της, αλλά κοντοστάθηκε. Περίμενε έχοντας γυρισμένη την πλάτη της στον εργοδότη της, μέχρι που εκείνος αναρωτήθηκε: «Τι συμβαίνει;»

«Τι; Έτσι θα με αφήσεις να φύγω, χωρίς ούτε ένα φιλάκι;»

«Έλα εδώ παραπονιάρικο που δε χορταίνεις με τίποτα», της είπε και έσκυψε για ένα ακόμα παθιασμένο φιλί, αλλά μικρότερης διάρκειας.

«Μ' αρέσεις περισσότερο έτσι», είπε η μικρή καθώς πήρε την ανάσα της κι ο Αλέξης απλά χαμογέλασε.

Μόλις η Ασημίνα απομακρύνθηκε αφήνοντας πίσω της κλειστή την πόρτα, ο μεγαλοδικηγόρος έκατσε ανακουφισμένος στην πολυτελή πολυθρόνα του. Ήπιε την τελευταία γουλιά του ποτού του και ένιωσε ένα πρωτόγνωρο κάψιμο στο στομάχι του. *"Λογικό είναι. Αφού πίνω νηστικός τι περίμενα... κάτι καλό; Από την πείνα προέρχεται σίγουρα".* Γρήγορα γρήγορα παρήγγειλε δύο τυρόπιτες και έναν χυμό από το κυλικείο του μεγάρου, αφού πρώτα ρώτησε και την υπάλληλό του εάν ήθελε κάτι και αυτή, παρακολουθώντας την παράλληλα μέσα από την κάμερα. Όταν η απάντηση που έφτασε στα αυτιά του ήταν η λέξη "εσένα" την επίπληξε με αυστηρό τόνο.

"Είναι πολύ παθιασμένη, όχι ότι και εγώ πάω πίσω, και θα πρέπει να την προσέχω πολύ μην πέσουμε σε καμιά γκάφα και καταστραφεί η οικογενειακή μου γαλήνη", αναλογίστηκε. Έγειρε πίσω την πολυθρόνα, σταύρωσε τα χέρια του πίσω από το κεφάλι και έκλεισε για λίγο τα μάτια. Λίγες ώρες πριν είχε πάρει την απόφαση να τερματίσει αυτή την τρέλα πριν θεριέψει, αλλά... Τι έκανε τελικά; Το μετέωρο βήμα έγινε και το μόνο που έμενε ήταν να δει πού θα κατέληγε. Στον γκρεμό ή στους επτά ουρανούς. Η νέα στάση του, αν και δεν μπορούσε να χαρακτηριστεί συνειδητοποιημένη, σαφώς περισσότερο παρορμητική έμοιαζε, ήταν γεγονός. Το πάλεψε όσο μπορούσε, αλλά δεν τα κατάφερε.

Τώρα δεν υπήρχε γυρισμός. Θα έπαιζε με τη μικρή καλλονή, απολαμβάνοντας κάθε ψήγμα ηδονής, και εάν αργότερα αυτή ήθελε να κάνει τη ζωή της, κανένα πρόβλημα. Θα την άφηνε να πάρει τον δρόμο της, όπως επιθυμούσε. Κάτι τέτοιο σίγουρα θα σκέφτηκε και εκείνη! *"Σήμερα έχω έναν καλό μισθό, αλλά σε λίγους μήνες που θα γυρίσει η άλλη θα με διώξει σίγουρα. Ενώ έτσι, έχοντας δεμένο τον γάιδαρό μου δε θα έχει λόγο να το κάνει. Πού θα βρει ποιο καυτό κορμί να ξετρελαίνεται και πιο ευχάριστη παρουσία να τον υπηρετεί".*

Το μόνο εμπόδιο πλέον που έμενε ήταν η αλάνθαστη όσφρηση της συζύγου του. Η Δέσποινα θα μπορούσε να τον πάρει είδηση από χιλιόμετρα μακριά. Θα έπρεπε να εκπαιδευτεί κατάλληλα στο τι να προσέχει, στο πώς να αντιδρά στις επερχόμενες ανακριτικές συζητήσεις, που σίγουρα θα δεχόταν σύντομα, ποιες λεπτομέρειες προσέχουν οι γυναίκες περισσότερο, καθώς και ποιες κακοτοπιές θα έπρεπε να αποφύγει οριοθετώντας την κάθε του κίνηση. Ο κολλητός και συνεργάτης του Ταξιάρχης σίγουρα θα μπορούσε να γίνει ένας από τους ικανότερους εκπαιδευτές του, αλλά είχε ένα βασικό ελάττωμα. Δεν παντρεύτηκε ποτέ. Άλλος σύμμαχος στην προσπάθειά του θα ήταν το διαδίκτυο. Άπειρες πληροφορίες θα μπορούσε να αποκομίσει στο πώς να μην τον καταλάβει η γυναίκα του, από «ειδικούς του είδους». Μα μέχρι τι είχε φτάσει να σκεφτεί! Δεν είναι δυνατόν! Και όλα αυτά για τη σαρκική απόλαυση και μόνο ή υπήρχε και κάτι πιο δυνατό από πίσω; Ένας καθώς πρέπει οικογενειάρχης ήταν και τώρα άνθισε στον κήπο του αυτό το λουλούδι που τον είχε τρελάνει στις μοσχοβολιές και δεν μπορούσε να του αντισταθεί. Θέλει να το γευτεί σύγκορμος! Να μασήσει κάθε φυλλαράκι του, να νιώσει και τη γεύση του. Άλλοτε θα το είχε ξεριζώσει από τη ρίζα σαν αγριάδα, ενώ τώρα... εντάξει θέλησε να νιώσει αυτό το κάτι διαφορετικό που περνάνε πολλοί άντρες στην ηλικία του, στην «ανδρόπαυση», θέλησε να νιώσει αρεστός, να διαπιστώσει εάν περνάει η μπογιά του, που λέει και ο λαός στην καθομιλουμένη. Οι αρχές που ακολουθούσε χρόνια τώρα αυστηρά, εξανεμίστηκαν μέσα σε λίγες εβδομάδες. Ξέφτισαν με μιας, όπως ο ασβέστης από μια νεροποντή. *Θα κοιτάξω να περάσω καλά μαζί της και μέχρι εκεί. Ούτε ο πρώτος θα είμαι ούτε ο τελευταίος*", σκέφτηκε προσπαθώντας να δικαιολογήσει το εγώ του και τις ανόητες πράξεις του.

Όλη αυτή την ώρα η Ασημίνα κοιτούσε επιδεικτικά στην κάμερα και του έστελνε τη λαγνεία της με όποιον τρόπο μπορούσε, προσέχοντας παράλληλα να μην εμφανιστεί κανείς και καρφωθεί.

ΕπαλήΘευση ζωής

Θεσσαλονίκη
22 Οκτωβρίου 2021

«Καλησπέρα στο μωρό μου! Τι κάνεις;»
«Αγωνιώ πότε θα σε δω. Δε βλέπω την ώρα που θα σε σφίξω στην αγκαλιά μου και... θα με γεμίσεις με φιλιά σε όλο μου το κορμί!»
«Ναι... πού ήξερες τι θα πω;»
«Ε, χωριό που φαίνεται κολαούζο δε θέλει», απάντησε γεμάτη σιγουριά η γυναίκα.
«Και τι σημαίνει αυτό; Σε ρωτώ επειδή δεν το έχω ξανά ακούσει;»
«Εμ, πώς να το ξέρεις αφού δεν είσαι από χωριό! Όταν κάτι είναι αυταπόδεικτο και δε χρειάζονται επεξηγήσεις ή καθοδήγηση, χρησιμοποιούμε την έκφραση αυτή. Πρόκειται για μια σχεδόν κυριολεκτική φράση, καθώς κολαούζος στα Τουρκικά σημαίνει ο οδηγητής, ο οδηγός», απάντησε η Ροδόκλεια γελώντας.
«Μάλιστα, ωραία», είπε ο Σεραφείμ προσποιούμενος τον ενοχλημένο.
«Λοιπόν, για να έρθουμε στο θέμα μας, είσαι έτοιμος; Εγώ είμαι κομπλέ. Οι βαλίτσες πανέτοιμες, ντυμένη, μακιγιαρισμένη και ανυπόμονη».
«Ξεκινάω μόλις κλείσουμε το τηλέφωνο και σε μηδενικό χρόνο είμαι έξω από το σπίτι σου. Τα κιάλια σου τα πήρες;»
«Ωχ, τι αφηρημένη που είμαι! Καλά που μου το θύμησες. Τρέχω να τα φορέσω στον λαιμό για να μην τα ξεχάσω πάλι. Εσύ την κάμερα την πήρες;»
«Φυσικά, δεν πάω εκδρομή χωρίς αυτήν».

«Ωραία, λοιπόν. Η ώρα είναι πέντε παρά δέκα. Υπολογίζω περίπου είκοσι λεπτά ώσπου να είσαι εδώ, άρα πέντε και τέταρτο περίπου θα ξεκινάμε για το Μπουραζάνι».

«Ναι, κάπως έτσι. Έχει και λίγο παραπάνω κίνηση σήμερα λόγω Παρασκευής με την αγορά ανοιχτή, αλλά εκεί το υπολογίζω και εγώ. Λοιπόν, τα λέμε από κοντά σε λίγο!»

«Ανυπομονώ! Φιλάκια!»

«Φιλάκια».

Ο Σεραφείμ μπήκε στο αμάξι της μητέρας του σιγοσφυρίζοντας αγαπημένους του σκοπούς. Πρώτη φορά θα πραγματοποιούσε διήμερη απόδραση με κοπέλα και όλη την εβδομάδα δεν είχε άλλη σκέψη από αυτήν. Ένιωθε τεράστια ευφορία για τον άνθρωπο αυτό, που παρόλο που είχε ελάχιστη εμπειρία σε τέτοια θέματα, διέκρινε έναν καθώς πρέπει χαρακτήρα που συγκέντρωνε πολύ υψηλό βαθμό εκτίμησης στα μάτια του. Όπως κάθε ερωτευμένος νέος, το μυαλό του ήταν κολλημένο σε μία και μόνο σκέψη, που δεν άφηνε πολλά περιθώρια για άλλες. Η σκέψη αυτή έφτανε στο δεξιό ημισφαίριο του εγκεφάλου του και ρίζωνε κάθε μέρα βαθύτερα σε όλο του το είναι χαραγμένη με αθάνατα εγκεφαλικά κύτταρα. Ροδόκλεια!

Έφτασε λίγο νωρίτερα από την προβλεπόμενη ώρα και με αναμμένη τη μηχανή του αυτοκινήτου περίμενε για μόλις πέντε λεπτά. «Στην ώρα σου, όπως πάντα», είπε ο Σεραφείμ τη στιγμή που άφηνε ένα γλυκό φιλί στο μάγουλο.

«Ε, αφού ξέρεις δεν...»

«Ξέρω, ξέρω, δεν αργείς ποτέ στα ραντεβού», ακούστηκε από τα χείλη του άντρα και γέλασαν και οι δύο τρανταχτά.

Το αυτοκίνητο άφηνε τα καυσαέριά του στην πόλη, αναζητώντας ανυπόμονα πηγές φρέσκου αέρα στην επαρχία, στην περιφέρεια της Ηπείρου. Κατάπινε τα χιλιόμετρα με μεράκι και ανυπομονησία, όπως οι επιβάτες που κουβαλούσε στο σαλόνι του και κατάφερε να τους πάει στον προορισμό τους λίγο πριν τις δέκα το βράδυ. Σε όλη τη διαδρομή η Ροδόκλεια, αν και στο μεγαλύτερο μέρος της είχε σκοτεινιάσει για τα καλά, άφηνε επιφωνήματα ενθουσιασμού και θαυμασμού. «Στον γυρισμό την Κυριακή αγόρι μου, θα ήθελα να γυρίσουμε μέρα για να απολαύσουμε ακόμα περισσότερο την υπέροχη θέα».

«Και να θέλαμε αλλιώς, δε γίνεται. Στις δώδεκα πρέπει να έχουμε παραδώσει το δωμάτιο».

«Πρώτη φορά έρχομαι σε αυτά τα μέρη. Είναι απίστευτα όμορφα. Πώς λεγόταν η τελευταία κωμόπολη που περάσαμε λίγο πριν, θύμισέ μου;»

«Κόνιτσα», απάντησε ο Σεραφείμ. «Σου άρεσε;» τη ρώτησε γυρνώντας το κεφάλι του προς το μέρος της.

«Πολύ γραφικό μέρος. Αν μπορούσαμε στην επιστροφή να μείνουμε για λίγο να τη δούμε καλύτερα».

«Δεν είναι άσχημη ιδέα, αλλά σκεφτόμουν στον γυρισμό να σε πάω σε ένα ακόμη πιο όμορφο μέρος και γραφικότατο όσο δε φαντάζεσαι, το πασίγνωστο Μέτσοβο. Βέβαια μας βγάζει λίγο από τον δρόμο μας, αλλά θα έχεις έτσι την ευκαιρία να δεις ακόμα περισσότερα τούνελ και πανύψηλες γέφυρες και μάλιστα με το φως της ημέρας για να τα χορτάσεις ακόμη περισσότερο».

«Εάν είναι έτσι τότε εντάξει. Εξάλλου θα είναι μια ευκαιρία για να έρθουμε ξανά στην Κόνιτσα».

«Φυσικά. Διάβασα ότι η Κόνιτσα θεωρείται η πόλη του καγιάκ και προσφέρει τη δυνατότητα όλο τον χρόνο να απολαύσει κανείς το άθλημα αυτό αλλά και το ράφτιγκ, την ορειβασία, το αλεξίπτωτο πλαγιάς, την πεζοπορία, το ποδήλατο βουνού και άλλες δραστηριότητες. Ξέρεις ότι είμαι λάτρης του ποδηλάτου και θα ξετρελαινόμουν να κάνουμε μαζί ποδήλατο στις παρυφές των βουνών της».

«Εγώ θα λάτρευα να κάνω μαζί σου ράφτιγκ, αφού πρώτα πάρω τα ζεστά φιλιά σου πάνω στο πέτρινο γεφύρι της».

«Ο Αώος ποταμός είναι ιδανικός για αυτό. Ξέρεις, δε φαίνεται τώρα καλά, αλλά μας συνοδεύει στο ταξίδι μας μέχρι και το Μπουραζάνι. Τα βράδια θα ακούμε το κελάρυσμα των νερών του και θα μας νανουρίζει όσο θα είμαστε αγκαλίτσα».

«Ή θα μας ταξιδεύει σε άγνωστα μέρη...»

«... σε άγνωστα νερά».

«Ναι, και θα πλέουμε σε πελάγη ευτυχίας. Μάκη μου, διάβαζα για το περιβαλλοντικό πάρκο ότι φιλοξενεί έξι είδη ζώων, πλατώνια, ελάφια, ζαρκάδια, αγριογούρουνα, αγρίμια της Κρήτης και... πώς τα λένε αυτά με τα στριφτά τα κέρατα να δεις... μου...»

«Μουσχάρια», είπε ο Σεραφείμ αστειευόμενος.

Γέλασε και η Ροδόκλεια με το αστείο του και συνέχισε την προσπάθεια να θυμηθεί. «Με ξένη ονομασία προφέρεται».

«Mouflon λέγεται, μην παιδεύεσαι άδικα».

«Τόση ώρα το ήξερες και με άφηνες να τυραννιέμαι;»

«Ε, όχι και να τυραννιέσαι, αφού σου αρέσει να τα καταφέρνεις μόνη σου!»

Μετά από λίγα χιλιόμετρα κακοτράχαλου δρόμου έφτασαν στον προορισμό τους. Το πρώτο πράγμα που έκανε εντύπωση στη Ροδόκλεια ήταν το ότι κάτω από την πινακίδα που δήλωνε ότι έφτασαν στο Μπουραζάνι υπήρχε άλλη μία καφέ που έγραφε: Γαιοπάρκο Αώος-Βίκος, προστατευόμενο από την UNESCO. Λίγα μέτρα παρακάτω πάρκαραν το αυτοκίνητο στον κατάλληλο χώρο κάτω από μια συστάδα δέντρων. Κατέβασαν τις αποσκευές και έδωσαν τα στοιχεία τους στη ρεσεψιόν, σε μία πολύ πρόσχαρη και γλυκομίλητη κυρία, αρκετά παχουλή και με ένα χαριτωμένο λακκάκι στο πηγούνι της.

Η Ροδόκλεια δε χόρταινε τη μεγαλοπρέπεια και ομορφιά του χώρου, το άρτιο δέσιμο πέτρας και ξύλου που ήταν τα κυρίαρχα στοιχεία, καθώς και τη ζεστασιά που ανέδυε από την αύρα του συνόλου. Κατευθύνθηκαν προς το δωμάτιό τους, στον πρώτο όροφο κρατώντας ο ένας το χέρι του άλλου. Ανοίγοντας την πόρτα του δωματίου, έβγαλαν και οι δύο ταυτόχρονα ένα επιφώνημα θαυμασμού. Το δίκλινο κρεβάτι ήταν καλυμμένο με κλινοσκεπάσματα στο ίδιο χρώμα με τους τοίχους, τις κουρτίνες και την ξύλινη οροφή, στις αποχρώσεις του πορτοκαλί. Ο χώρος έλαμπε από καθαριότητα και ομορφιά και η αύρα του ανέβαζε τις αισθήσεις στο ζενίθ. Κοιτάχτηκαν στα μάτια που έλαμπαν από ευτυχία και αντάλλαξαν τα πρώτα θερμά φιλιά. Μπήκαν στο μπάνιο μαζί, αλλά ως φυσικό επόμενο δεν είχε ζεστό νερό. Ο Σεραφείμ πετάχτηκε γρήγορα και σήκωσε τον διακόπτη του θερμοσίφωνα και ξαναγύρισε αντικρίζοντας τη Ροδόκλεια να γυρίζει τους κατάλληλους μηχανισμούς για να πάρει μπροστά η λειτουργία από το τζακούζι. «Να περιμένουμε να ζεσταθεί το νερό και αμέσως μετά να γεμίσουμε την μπανιέρα και να βουτήξουμε μέσα», είπε φορώντας το πιο αισθησιακό της χαμόγελο. «Δε βλέπω την ώρα», απάντησε ο Σεραφείμ, ενώ πλησίαζε κοντά της. Την άρπαξε από τη μέση και τη σήκωσε ψηλά φωνάζοντας δυνατά: «Είμαι ευτυχισμένος». Η Ροδόκλεια του έκλεισε το στόμα με απανωτά φιλιά και σταύρωσε τα πόδια της γύρω του. Έτσι όπως ήταν αγκαλιασμένη την έβγαλε από το λουτρό και την ξάπλωσε μαλακά στο κρεβάτι, πάνω από τα σκεπάσματα.

Τα ρούχα έφευγαν ταχύτατα ένα ένα πάνω από τα σώματα, αποκαλύπτοντας ολοένα και περισσότερα γυμνά μέρη των κορμιών. Τα φιλιά άλλαζαν συνέχεια σημεία, αναζητώντας τη μέγιστη ηδονή. «Το νερό θα είναι έτοιμο τώρα», είπε ο Σεραφείμ μετά από λίγα λεπτά και την ανασήκωσε όπως και πριν, με τη διαφορά ότι τώρα ήταν και οι δύο όπως τους γέννησε η μάνα τους. Τη μετέφερε αγκαλιά στην μπανιέρα, ενώ τα στόματα δεν έλεγαν να ξεκολλήσουν. Άνοιξαν το καυτό νερό μαζί με το κρύο, στην αναλογία που χρειαζόταν και μπήκαν μέσα μόλις αυτό έφτασε στο ύψος του γόνατου. Το τζακούζι άρχισε να λειτουργεί και να βγάζει τους ήχους του δημιουργώντας παράλληλα μπουρμπουλήθρες, κάνοντας υδρομασάζ στα νεανικά κορμιά, ανεβάζοντας τη λίμπιντο στην κορυφή.

Η ένωση δεν άργησε να γίνει. Τα δύο ερωτευμένα περιστέρια, άνοιξαν τα φτερά τους και πέταξαν στους επτά ουρανούς, θεμελιώνοντας μια δυνατή έλξη που ενώνει εκατομμύρια ανθρώπους και ζώα πάνω στη γη. Μέσα στο πιο ερωτικό στοιχείο της φύσης, το νερό, απόλαυσαν τον καρπό της αγάπης τους, τον πρώτο τους έρωτα, το αδιαφιλονίκητα εντονότερο συναίσθημα έλξης. Τα σώματα μίλησαν, εκτονώθηκαν, οι ψυχές δέθηκαν, αγαλλίασαν. Το τελείωμά τους έφτασε ταυτόχρονα και τους βρήκε σφιχτά αγκαλιασμένους με τα κορμιά σχεδόν καλυμμένα από τους αφρούς.

Πλατσούρισαν μέσα στα νερά για λίγο ακόμη, παίζοντας ερωτικά παιχνίδια και μετά ρίχνοντας αφρόλουτρο ο ένας στον άλλο, άρχισαν να πλένονται αισθησιακά. Όλα τα σημεία δέχθηκαν την κατάλληλη περιποίηση και ο ερωτισμός άρχισε να ξαναφουντώνει. Ο αναμενόμενος δεύτερος γύρος δεν άργησε να έρθει. Επιδόθηκαν σε ένα νέο θυελλώδες ταξίδι, που κράτησε πολύ περισσότερο και άναψε και πάλι φωτιές στα νεανικά κορμιά. Γύρισαν ανάσκελα αποκαμωμένοι και οι δύο και με μια φωνή αναφώνησαν: «Ήταν υπέροχα!»

Έμειναν εκεί αμίλητοι, μέχρι να μουλιάσουν τα σώματα και να μελανιάσουν τα χείλη. Μόλις μπήκαν στο δωμάτιο, τη θέση της σιωπής πήρε ο φλογερός ενθουσιασμός της νιότης, η λαχτάρα της αγκαλιάς, η ζεστασιά της τρυφερότητας, η δροσιά της αυγής, η θέρμη του καλοκαιριού, η αρωματισμένη άνοιξη, η συμφωνία του φθινοπώρου.

Τα στόματα συνέχισαν να σιγούν, τα κορμιά όμως μίλησαν ξανά και ξανά, το πάθος φούντωσε τριπλά κι ο φτερωτός έρωτας έμπηξε τα βέλη του σε κάθε πτυχή των σωμάτων. Όλα τα κύτταρα ξεχείλισαν από ηδονή, οι καρδιές από στοργή, τα μάτια από λάμψη. Το ερωτικό παιχνίδι διήρκησε όλο το υπόλοιπο της βραδιάς, αφήνοντας ξάγρυπνα και κουρασμένα τα σώματα, αλλά γεμάτες όλες τις αισθήσεις με ανοιξιάτικα χρώματα, άσβεστα στον χρόνο.

Το πρωί ήρθε φωτεινό, αποχώρησε και έδωσε τη θέση του στον μεσημεριανό ήλιο, αλλά τα βλέφαρά τους παρέμεναν ακόμα σφαλισμένα. Δε σηκώθηκαν καν για πρωινό, αλλά προτίμησαν να χουχουλιάζουν ο ένας στην αγκαλιά του άλλου, αναπολώντας τις χθεσινοβραδινές εκρήξεις τους. Μετά από ένα γρήγορο μπανάκι, κατέβηκαν για γνωριμία με τον περιβάλλοντα χώρο. Η πρώτη τους επίσκεψη, που τους απορρόφησε για πολλή ώρα, ήταν στο ειδικά διαμορφωμένο περίπτερο, στο κέντρο του περιβαλλοντικού πάρκου. Εκεί ενημερώθηκαν από τον κτηνίατρο του πάρκου αναλυτικά για τους βιολογικούς κύκλους, τις συνήθειες των ζώων που φιλοξενούνται, μέσα από παραστατικούς πίνακες και εκθέματα. Όπως άκουσαν, τα παράγωγα των ζώων, πεσμένα κέρατα ελαφιών κ.τ.λ., αξιοποιούνται στο εργαστήριο κεράτων τρόπαιων που βρίσκεται δίπλα από το περίπτερο περιβαλλοντικής εκπαίδευσης. Αμέσως μετά το επισκέφθηκαν και αυτό και έτσι μπόρεσαν να παρατηρήσουν στο εκθετήριο τα κομψά παραγόμενα προϊόντα.

Στη συνέχεια ενθουσιασμένοι και πάντα χαμογελαστοί χώθηκαν σε μια τεράστια αίθουσα, το μουσείο Φυσικής Ιστορίας, που είχε σε φωτογραφική απεικόνιση όλα τα είδη των φυτών, όλα τα ορχιδοειδή, τις πεταλούδες, τα ερπετά, τα αμφίβια, τις λιμπελούλες και τα ορθόπτερα της περιοχής Μπουραζάνι. Επίσης, μπορούσαν να παρατηρήσουν όλα τα είδη των ψαριών που υπάρχουν στον ποταμό Αώο. Διαπίστωσαν ακόμα, ότι περιέχει τον μεγαλύτερο αριθμό ορχιδοειδών που έχουν καταγραφεί μέχρι τώρα σε μια σχετικά μικρή περιοχή. Εάν το στομάχι δεν εξέφραζε έντονα και δυνατά τη διάθεσή του για τροφή, ίσως τους έπιανε και το απόγευμα.

Το εστιατόριο τους υποδέχθηκε στον ζεστό και παραδοσιακό του χώρο λίγο μετά τις τρεις. Έφαγαν με όρεξη και από εκεί απευθείας μπήκαν στο πρώτο γκρουπ της απογευματινής ξενάγησης για να περιηγηθούν και να δουν από κοντά τα άγρια προστατευόμενα ζώα και την ομορφιά του δάσους. Τα κιάλια και η κάμερα είχαν την τιμητική τους σε αυτή τη σπάνια δίωρη περιήγηση.

Ο ξεναγός, ένας μεσήλικας γκριζομάλλης κύριος με ευχάριστο παρουσιαστικό, ξεκίνησε την ενημέρωση για τη χλωρίδα και πανίδα του πάρκου, ακολουθώντας συγκεκριμένο μονοπάτι. Η ομάδα των επισκεπτών που απαρτιζόταν από οχτώ άτομα, τον ακολουθούσε και έκανε συνέχεια ενδιαφέρουσες ερωτήσεις. Αυτός, έχοντας άριστη γνώση και πλούσια διάθεση, εξηγούσε το κάθε τι με πλήρη λεπτομέρεια. Το ζούσε με όλη του την ψυχή, ήταν και αυτός μέρος του φυσικού κάλλους.

Η Ροδόκλεια κάθε λεπτό σχεδόν αναφωνούσε με λαχτάρα στον Σεραφείμ: «Κοίτα εκεί, δες πώς τρέχει εκείνο το ελαφάκι, δες πώς μας κοιτάει εκείνο το αγριοπρόβατο», βγάζοντας έναν υπέρμετρο εύλογο ενθουσιασμό. Το αγόρι μαγνητοσκοπούσε κάθε κίνηση που του πρότεινε το κορίτσι του, παίρνοντας μαζί τους λίγες στιγμές φυσικού κάλλους στη συμπρωτεύουσα ως ανάμνηση. Χόρτασαν από τις υπέροχες μοσχομυρωδιές που σκόρπιζε η γύρω πλάση. Τα βλέμματα αχόρταγα μαγνητίζονταν από τις μαγευτικές εικόνες. Κατενθουσιασμένοι από το θέαμα που τους προσέφερε απλόχερα η φύση, συνεχάρησαν τους ιδρυτές του πάρκου από την καρδιά τους για την ιδέα και υλοποίηση αυτού του οικολογικού και φιλοζωικού παραδείσου. Το ζευγάρι έδωσε υπόσχεση ότι θα έρθουν ξανά σύντομα και, γιατί όχι, και με τους υπόλοιπους κοινούς φίλους τους.

«Είμαι τόσο ενθουσιασμένη», αναφώνησε δυνατά η Ροδόκλεια. «Πόσο λαμπρή ιδέα ήταν να έρθουμε εδώ. Σε ευχαριστώ, μωρό μου». Το φιλί ήταν η έμπρακτη κίνηση ευχαριστίας από την πλευρά της.

«Δε θα ήταν όμως τίποτε τόσο υπέροχο, εάν δεν ήσουν δίπλα μου εσύ», συμπλήρωσε ο Σεραφείμ συνεχίζοντας να τη φιλάει. «Θέλεις το βράδυ να πάμε στα Γιάννενα ή να μείνουμε εδώ στο εστιατόριο του ξενώνα μας».

«Θα προτιμούσα να μέναμε εδώ. Είναι τόσο όμορφα όλα!»

«Ωραία, συμφωνώ και εγώ μαζί σου. Ας χαλαρώσουμε πλήρως από το να βρισκόμαστε στους δρόμους άλλης μιας μεγαλούπολης».

Το βράδυ έφτασε πολύ γρήγορα. Ετοιμάστηκαν με κέφι, φορώντας κατάλληλα ρούχα για βραδινή έξοδο και κατευθύνθηκαν προς τον χώρο του εστιατορίου. Διάλεξαν μια ρομαντική γωνία, δίπλα στο τζάκι που δεν είχε ανάψει ακόμα, μια και ο χειμώνας ήταν αρκετά μακριά. Διάλεξαν και οι δύο κρέατα με κυνήγι και ένα κόκκινο κρασί από τα φημισμένα της περιοχής. Δεν έμεινε τίποτα ανέγγιχτο και η Ροδόκλεια έγλυφε όλα της τα δάχτυλα με τόση βουλιμία, θαρρείς και είχε να φάει για εβδομάδες.

Οι ώρες πέρασαν ευχάριστα συζητώντας κυρίως για τον έρωτά τους, αλλά και για τα μελλοντικά τους σχέδια. Κάποια μικρή αναφορά έκανε ο Σεραφείμ για τη γιαγιά Τέμα και το πόσο τον βοήθησε με τις γνώσεις και τις συμβουλές της. Το εκκρεμές στον τοίχο απέναντί τους είχε κέρατα ελαφιού για ντεκόρ και έδειξε δώδεκα, όταν ο χαρακτηριστικός του ήχος ακούστηκε ισάριθμες φορές. Οι περισσότεροι συνδαιτημόνες ήταν ακόμη στο εστιατόριο και απολάμβαναν τα ποτά τους συζητώντας ήσυχα.

Τότε ο Σεραφείμ σηκώθηκε από το κάθισμά του και είπε: «Τώρα, ανθισμένο μου μπουμπούκι, ήρθε η ώρα για την έκπληξη της βραδιάς» και κατευθύνθηκε προς το πιάνο που ήταν τοποθετημένο πάνω σε ένα μικρό υπερυψωμένο πατάρι. Πήρε θέση στο σκαμπό με ύφος μεγάλου μαέστρου και άρχισε να παίζει μια άγνωστη για όλους, αλλά πολύ ρομαντική μπαλάντα. Η Ροδόκλεια δεν μπορούσε να κλείσει το στόμα της από την αναπάντεχη εξέλιξη της βραδιάς και από τις καλλιτεχνικές επιδόσεις του αγοριού της.

Ο ερωτικός ήχος των πλήκτρων έμπαινε απευθείας στην καρδιά της. Κάθε νότα και μια πινελιά ευτυχίας στα κύτταρά της. Δεν τον άφησε από τα μάτια της ούτε στιγμή. Εκείνος ατάραχος της έριχνε κλεφτές ματιές και θερμά χαμόγελα, όσο τα δάκτυλά του κυλούσαν ανάλαφρα πάνω στα ασπρόμαυρα στρατιωτάκια που ακολουθούσαν πιστά τις εντολές του. Το αποκορύφωμα ήρθε όταν παράλληλα με τη μουσική ακούστηκε η ζεστή χροιά της φωνής του. Την άφησε άναυδη για δεύτερη φορά για την ποιότητά της, αλλά και για τον υπέροχο στίχο του τραγουδιού, που ήταν γραμμένο για ποιον άλλο, για την ίδια. Δεν άντεξε! Μετά το πρώτο κουπλέ τράβηξε μια καρέκλα και κάθισε κοντά του, ενώ τα δάκρυά της είχαν αρωματίσει την αίθουσα με βαθιά συγκίνηση.

Μα, πώς μπορεί να εκφραστεί
με λόγια αυτό που νιώθω
φτωχές οι λέξεις και η γραφή
να δείξουνε τον πόθο

Είναι αυτό που το λένε αγάπη
είναι αυτό που το λένε στοργή
είναι αυτό που το λένε φροντίδα
είναι αυτό που το λένε ζωή

Τα μάτια σου ζεσταίνουν
την παγωνιά μου αυτή
τα χείλη σου τη διώχνουν
και φέρνουν τη ζωή

Είναι αυτό που το λένε αγάπη
είναι αυτό που το λένε στοργή
είναι αυτό που το λένε φροντίδα
είναι αυτό που το λένε ζωή

Μα πώς να ήταν άραγε
γεμάτη όλη η ζωή
χωρίς λουλούδια και αγάπη
χωρίς φροντίδα και στοργή

Τι είναι αυτό που το λένε αγάπη
τι είναι αυτό που το λένε στοργή
τι είναι αυτό που το λένε φροντίδα
... είναι αυτό που το λένε ζωή

Έμεινε αποσβολωμένη, ενώ ο κόσμος χειροκροτού-
σε θερμά τον απρόσκλητο καλλιτέχνη. Της έπιασε το χέρι
απαλά και τη ρώτησε αν της άρεσε, τόσο η έκπληξη όσο
και το ίδιο το τραγούδι. Εκείνη πλημμυρισμένη από τις κρυ-
στάλλινες στάλες δεν του απάντησε, αλλά κόλλησε τα υγρά
χείλη της στα δικά του. Δε χρειαζόταν απάντηση! Την πήρε
με τον καλύτερο τρόπο.

Αφού συνήλθαν και οι δύο από τη συναισθηματική φόρ-
τιση, πρώτος ο Σεραφείμ της πρότεινε να βγουν στον λόφο

και να παρατηρήσουν τα άστρα. Εκεί υπήρχε ένα τηλεσκό-
πιο, τοποθετημένο ακριβώς για παρατηρητές και ερωτευμέ-
να ζευγάρια. Ο ουρανός ήταν καθαρός και ήταν ξεχωριστή
ευκαιρία. «Εννοείται, δε θα το έχανα με τίποτα», πρόλαβε να
πει η Ροδόκλεια, που άρχισε να συνέρχεται από το πρόσφατο
ευχάριστο σοκ. «Μαζί σου θα πήγαινα και στο φεγγάρι».
«Φεγγαράκι μου λαμπρό, να σε χαρώ!» Κελαριστά
ακούστηκαν τα λόγια του Σεραφείμ στα αυτιά της Ροδό-
κλειας, όπως τα νερά του ποταμού Αώου.

Αφού τακτοποίησαν τον λογαριασμό και ευχαρίστησαν
τον καταστηματάρχη, κατευθύνθηκαν στον λόφο που τους
υπέδειξε ο υπεύθυνος του πάρκου. Οι φακοί που προμηθεύ-
τηκαν από τη ρεσεψιόν δε χρειάστηκαν ιδιαίτερα, διότι είχε
ξαστεριά και με σχεδόν γεμάτο φεγγάρι. Διέσχισαν το μονο-
πάτι που τους υπέδειξαν και μετά από είκοσι λεπτά πεζοπορί-
ας μέσα στην άγρια φύση, βρήκαν σε ένα ξέφωτο το βιδωμέ-
νο σε μία τσιμεντένια πλάκα τηλεσκόπιο και προσπάθησαν
να το ρυθμίσουν κατάλληλα. Εστίασαν σε πολλά σημεία του
ορίζοντα, ανακαλύπτοντας ολοένα και καταπληκτικότερα
πλάνα βγάζοντας ολοένα και περισσότερα επιφωνήματα
χαράς. Ο ένας έδινε τη θέση του στον άλλο, γεμίζοντας όλο
τους το είναι με το φως του σύμπαντος που ερχόταν ενδελε-
χώς για εκατομμύρια χρόνια σε όλες τις γωνιές της γης.

Η Ροδόκλεια άρχισε να κρυώνει και σφίχτηκε στην
αγκαλιά του Σεραφείμ. Εκείνος ανταπόδωσε το σφίξιμο
και κοίταξε ασκαρδαμυκτί στο βάθος του ορίζοντα. Κάποια
φευγαλέα σκέψη τον πέταξε στις ιστορίες που του έλεγε η
γιαγιά Τέμα για την Αφρική, όταν ήταν μικρός. *Τι να κάνει
άραγε".* Η κοπέλα του κατάλαβε ότι χάθηκε για λίγο και τον
σκούντησε ελαφρά.

«Δεν είναι πολύ όμορφα», είπε αυτός για να ξεφύγει από
το πείραγμά της. «Όλα τα αστέρια του ουρανού φέγγουν
για σένα απόψε, αστέρι μου», συμπλήρωσε ποιητικά και τη
φίλησε τρυφερά. Εκείνη ανταπέδωσε το φιλί. «Άσε με να
χαθώ μέσα στο βαθύ φιλί σου», του ψιθύρισε σαγηνευτικά.

Ένας νέος γύρος ερωτικής περιπλάνησης ξεκίνησε,

εκεί επάνω στο μικρό ειδυλλιακό λοφάκι της παραδεισέ-
νιας περιοχής. Με πέπλο τον περίλαμπρο ουρανό, υπό το
φως των αστεριών και του φεγγαριού, μέσα σε απόλυτα
φυσικό περιβάλλον και με τη φθινοπωρινή αύρα να χαϊδεύ-
ει απαλά τα πρόσωπα, μίλησαν για μία ακόμη φορά τα γε-
νετήσια ένστικτα.

Ο έρωτας! Ψάχνει να νιώσει, να δώσει στην ψυχή τη γο-
ητεία, να ερεθίσει τ' άψυχα χωρίς ντροπή, να δώσει, να δώ-
σει χωρίς ν' αφήσει τίποτα, μέχρι να ξεχειλίσουν οι αισθή-
σεις χορτασμένες, πνιγμένες στην ηδονή. Μέχρι να χάσεις
το τέλος, να ξεχάσεις την αρχή. Ο έρωτας είναι η ανάγκη
της ψυχής μας που αφουγκράζεται. Με την πρώτη ευκαιρία
θα βγει να μας θερίσει. Ο έρωτας είναι εκείνος που παραμο-
νεύει στη σκιά, στη νύχτα, στο φως του έναστρου ουρανού.
Ο έρωτας είναι μαγεία!

Ο παρορμητισμός σε όλο του το μεγαλείο, ακολουθή-
θηκε από την έντονη ερωτική διάθεση. Οι ανάσες έγιναν
πιο γρήγορες μέχρι να γίνουν ηδονικά βογκητά. Ελεύθεροι,
απαλλαγμένοι από αδιάκριτα μάτια και αυτιά, άφησαν τα
σώματα να εκφραστούν χωρίς ντροπές και ταμπού ζώντας
έναν αληθινό, αμοιβαίο και γνήσιο έρωτα.

Το επόμενο πρωινό το πέρασαν κάνοντας ράφτινγκ
στα νερά του ποταμού Αώου, ολοκληρώνοντας την επιθυ-
μία της κοπέλας, και ποδηλασία, γευόμενοι το λατρεμένο
χόμπι του αγοριού. «Μακάρι να είχαμε άλλες τόσες ώρες
μπροστά μας», είπε η Ροδόκλεια την ώρα που παρέδιδαν το
κλειδί στη ρεσεψιόν.

«Δεν τελείωσε ακόμη η εκδρομή μας. Έχουμε να περά-
σουμε και από το Μέτσοβο, ξέχασες;»

«Ναι, έχεις δίκιο. Τι λέει το πρόγραμμα, οδηγέ;»

«Κοντοσούβλι ή ό,τι άλλο λαχταράει το στομάχι σου
στους καλύτερους μετρ της Ηπείρου. Όλα τα ψητά τους
τα φτιάχνουν τόσο νόστιμα, που θα γλείφεις και πάλι τα
δάχτυλά σου».

«Ήδη το στομάχι μου άρχισε να γουργουρίζει», επιβεβαίωσε η Ροδόκλεια γλείφοντας τα χείλη της αισθησιακά.

Έφτασαν στο αμάξι και φόρτωσαν τις αποσκευές στο πορτμπαγκάζ αφήνοντας την κάμερα και τα κιάλια στο πίσω κάθισμα. «Μπορεί να κάνουμε καμία στάση στη διαδρομή και να μας χρειαστούν», διευκρίνισε ο Σεραφείμ.

«Και αυτούς εδώ που μας χάρισαν και ξέχασα να τους βάλω στις βαλίτσες τι να τους κάνω;» ρώτησε η Ροδόκλεια κρατώντας στα χέρια της τους φακούς από τη χθεσινοβραδινή τους εξόρμηση.

«Ε, δεν πειράζει, άφησέ τους και αυτούς δίπλα στα άλλα, μην ανοίγουμε πάλι το πορτμπαγκάζ», απάντησε ο Σεραφείμ βιαστικά.

Το όχημα άφησε πίσω του την πανέμορφη τοποθεσία αλλά πήρε μαζί του το όμορφο ζευγάρι που κουβαλούσε τις ωραιότερες αναμνήσεις. Οι ζώνες ασφαλείας κλείδωσαν απαρέγκλιτα, σύμφωνα με τις οδηγίες του νεαρού οδηγού, που το είχε ως βασικότερο κανόνα οδηγικής συμπεριφοράς. Τα πρώτα δύσκολα χιλιόμετρα μέχρι να βγουν στην Εγνατία Οδό τους ταλαιπώρησαν λίγο, αλλά τους αποζημίωσε το καινούριο ποικιλόμορφο τοπίο που, ειδικά η Ροδόκλεια, δε χόρταινε να παρατηρεί. Κάποια στιγμή μάλιστα έγειρε πίσω για να πιάσει τα κιάλια, θέλοντας να παρατηρήσει λεπτομερειακά τους αετούς, με τους οποίους ήταν γεμάτη η περιοχή.

Αφού πέρασαν περιφερειακά την πόλη των Ιωαννίνων, μπήκαν στον δρόμο ταχείας κυκλοφορίας και τώρα το αμάξι πετούσε στην κυριολεξία, αν και αρκετά γερασμένο. «Καλά κρατάει η σακαράκα της μαμάς. Το συντηρεί σωστά φαίνεται η κυρία Δέσποινα», επισήμανε γελώντας ο Σεραφείμ.

«Μάκη, σε παρακαλώ μην τρέχεις, φοβάμαι πολύ την ταχύτητα», τον προειδοποίησε η συνεπιβάτιδά του.

«Εντάξει, κούκλα μου, θα πηγαίνω το πολύ όσο ορίζουν οι πινακίδες, εντάξει; Ικανοποιημένη;» Ο Σεραφείμ της έκανε τη χάρη παρατηρώντας το φοβισμένο ύφος της.

«Και λιγότερο αν γίνεται, δε με πειράζει. Και μην κοιτάς εμένα, τον δρόμο κοίτα. Δε με χόρτασες ακόμα;» τόνισε με σοβαρό ύφος.

«Χορταίνεσαι εσύ;» Γέλασαν και οι δύο με την ψυχή τους. Μετά από πορεία περίπου μισής ώρας, έμπαιναν σε μία σήραγγα, από τις πολλές που τέμνουν τα βουνά της Πίνδου, όταν ο Σεραφείμ ρώτησε: «Τι ώρα είναι, αγαπούλα μου;» «Μία και δέκα! Για την ακρίβεια μία και οχτώ λεπτά».

«Μπήκαμε στη μεγαλύτερη σήραγγα όχι μόνο της Εγνατίας, αλλά συνολικά όλου του οδικού δικτύου της χώρας, που όπως γράφει και στην πινακίδα έχει μήκος τέσσερα χιλιόμετρα και εξακόσια μέτρα».

«Ναι, το διάβασα και εγώ. Μάλιστα μου έκανε εντύπωση το όνομα "Σήραγγα Λορέντζος Μαβίλης", που έγραφε στην τεράστια μαρμάρινη πλάκα».

«Μετονομασία είναι. Νομίζω παλιά την έλεγαν "Σήραγγα Δρίσκου" από την κοντινή κωμόπολη, αλλά προς τιμή του εθελοντή και ηρωικά πεσόντος Λορέντζου Μαβίλη της έδωσαν το όνομά του. Αμέσως μετά, η δεύτερη μεγαλύτερη είναι αυτή του Μετσόβου στο οποίο και πηγαίνουμε».

«Ωραία, γιατί άρχισα να πεινάω».

Είχαν διανύσει τη μισή περίπου απόσταση της σήραγγας, όταν ξαφνικά η Ροδόκλεια έντρομη ρώτησε: «Μάκη, ακούς τίποτε περίεργους θορύβους; Να έπαθε κάτι η μηχανή του αμαξιού;»

«Δε νομίζω, δεν ανάβει κανένα λαμπάκι προειδοποίησης. Κάτι άλλο ακούγεται! Και μάλιστα όσο πλησιάζουμε προς την έξοδο τόσο πιο έντονοι γίνονται οι θόρυβοι!» απάντησε ο νεαρός αρκετά ψύχραιμα.

«Μάκη, κόψε ταχύτητα σε παρακαλώ, έχω ένα κακό προαίσθημα!»

«Με εβδομήντα πηγαίνω, πόσο πιο σιγά να πάω, θα γίνουμε επικίνδυνοι για αυτούς που ακολουθούν και...»

Δεν πρόλαβε να ολοκληρώσει τη φράση του όταν διαπίστωσε ότι τα δύο προπορευόμενα οχήματα φρενάρισαν απότομα κάνοντας τα λάστιχά τους να στριγκλίσουν δαιμονισμένα. Αμέσως μετά, είδε τα άσπρα φώτα της όπισθεν να ανάβουν και ακαριαία τα αυτοκίνητα να έρχονται προς τα επάνω τους. Κορνάρισε πολλές φορές και διακεκομμένα, βάζοντας με τη σειρά του και αυτός όπισθεν για να αποφύγει τη σύγκρουση. Οι θόρυβοι, που έμοιαζαν σαν κάποιοι να χτυπούν λαμαρίνες με βαριοπούλες, έκαναν να υποφέρουν τα τύμπανα των αυτιών τους και τους γέμισαν με τρόμο. Είδαν σοκαρισμένοι, ενώ τα λάστιχα του επιβατικού τους σπινάρισαν δίνοντας μέγιστη ώθηση προς τα πίσω, ένα τεράστιο φορτηγό να χτυπάει στα τσιμεντένια τοιχώματα του τούνελ και κατόπιν πάνω στα μπροστινά αυτοκίνητα. Εκείνη τη στιγμή το όχημά τους προσέκρουσε πάνω στο αυτοκίνητο που ακολουθούσε, ακινητοποιώντας το δικό τους. Η οδηγός του μη κρατώντας απόσταση ασφαλείας, είχε σαστίσει και έμεινε ακίνητη, σαν παγοκολόνα, ανήμπορη να κάνει οποιαδήποτε κίνηση. Πολλαπλοί θόρυβοι τρακαρισμάτων ακούγονταν από παντού εκκωφαντικά.

Ο Σεραφείμ εκτιμώντας την κρισιμότητα της κατάστασης συνειδητοποίησε ότι κάθε ελιγμός διαφυγής θα ήταν μάταιος και μοιραίος. Η μόνη σωτηρία τους ήταν να βγουν έξω από το αμάξι τους ακαριαία. «Γρήγορα, Ροδόκλεια, άνοιξε, βγες στο πεζοδρόμιο και τρέξε όσο μπορείς πιο γρήγορα προς τα πίσω». Η φωνή του μπορεί να μην περιείχε χροιά πανικού, αλλά ήταν αποφασιστική. Η κοπέλα του, όμως έμενε ακούνητη. Πάνω στη μοναδική λύση σωτηρίας και την ανάγκη της στιγμής, της άστραψε με την ανάστροφη της παλάμης του μια σφαλιάρα στο μάγουλο για να την κάνει να συνέλθει και έμπηξε μια φωνή με όση δύναμη είχαν τα πνευμόνια του: «Έξω! Τώρα». Μόλις την είδε επιτέλους να βγαίνει έκανε και αυτός το ίδιο, τη στιγμή που τα συρόμενα Ι.Χ από το υπερβολικό βάρος και την ταχύτητα της πρόσκρουσης του φορτηγού, έκαναν χαλκομανία το αμάξι της μητέρας του.

Το τεράστιο φορτηγό που ήταν βυτιοφόρο μεταφοράς καυσίμων και ερχόταν παρανόμως σφοδρά από την αντίθετη κατεύθυνση, τυλίχτηκε στις φλόγες και κατέπεσε αναποδογυρισμένο πάνω στα τρία αυτοκίνητα, που λίγο πριν προσπαθούσαν να ξεφύγουν προς τα πίσω από αυτή τη δολοφονική καταιγίδα. Το δικό τους και των προπορευμένων.

Φωνές στριγκές και απελπισμένες που καλούσαν βοήθεια ακούγονταν από όλες τις μεριές. Τα κλάξον και οι βρισιές πάνω στην κρίση του πανικού, το μόνο που κατάφερναν να δημιουργούν ήταν πανδαιμόνιο. Ο νεαρός σάστισε μόνο για ένα δεύτερο του λεπτού. Το ένστικτο της επιβίωσης είναι πολύ ισχυρό και δεν τον άφησε άπραγο. Φώναξε το όνομα της κοπέλας του με όση δύναμη μπορούσε, προς την κατεύθυνση που πήρε, σχηματίζοντας με τα δυο του χέρια κάτι σαν χωνί μπροστά στο στόμα του. Αφουγκράστηκε. Δεν πήρε απάντηση και αστραπιαία στράφηκε προς το αυτοκίνητο που βρισκόταν από πίσω του. Είδε ότι μέσα είχε μόνο την οδηγό, η οποία κρατώντας το κεφάλι της έβγαζε άναρθρες κραυγές, ακίνητη, και με αναμμένη τη μηχανή του οχήματός της. Από πίσω τα υπόλοιπα αυτοκίνητα που είχαν μπει στη σήραγγα εγκλώβιζαν τα μπροστινά τους, που εκείνα με τη σειρά τους κάνοντας αδικαιολόγητους ελιγμούς πάνω στον πανικό τους, έκλειναν ακόμα περισσότερο την κυκλοφορία.

Η φωτιά πάνω από το κεφάλι του μαινόταν απειλητική. Ένιωθε τα μαλλιά του να καψαλίζονται και σήκωσε το σακάκι του για να προφυλαχθεί. Από στιγμή σε στιγμή θα γινόταν το μοιραίο. Δεν μπορούσε να υπολογίσει πόσος χρόνος απέμενε μέχρι να τιναχθεί το βυτιοφόρο. Αλλοίμονό τους εάν συνέβαινε αυτό! Άνοιξε την πόρτα του αυτοκινήτου και την τράβηξε με τη βία έξω από αυτό. Τα πόδια της κυρίας με τα ακριβά ρούχα δεν κρατούσαν. Αν την άφηνε θα σωριαζόταν μεμιάς κάτω. Αναγκάστηκε να τη σύρει κρατώντας την από τις μασχάλες. Είχαν απομακρυνθεί είκοσι μέτρα από το συνονθύλευμα των λαμαρινών, όταν μια τεράστια έκρηξη αντήχησε μέσα στο τούνελ που όμοιά της δεν είχε ακούσει ποτέ στη ζωή του. Κόλαση! Το βυτιοφόρο είχε εκραγεί σπέρνοντας παντού μέταλλο, πλαστικό, καυτό πυρ, πύρινες φλόγες, καπνούς και περισσότερο από όλα τον πανικό. Το ωστικό κύμα τους πέταξε λίγα μέτρα πιο πίσω. Ανασηκώθηκε με όσες δυνάμεις του απέμειναν και συνέχισε να σέρνει την ανήμπορη κυρία μέχρι την κοντινότερη πόρτα διαφυγής που βρήκε μπροστά του. Την άνοιξε και την άφησε εκεί στον διάδρομο που οδηγούσε στο απέναντι τούνελ. Δεν μπορούσε να ασχοληθεί άλλο μαζί της. Έπρεπε να βοηθήσει και άλλους που ίσως είχαν την ανάγκη του. Η σήραγγα άρχισε να γεμίζει καπνούς και η ατμόσφαιρα να γίνεται αποπνικτική. Σκέφτηκε τη Ροδόκλεια. Τι να έχει κάνει άραγε; Βγήκε από πόρτα διαφυγής; Είναι καλά; Άρχισαν να τον τρώνε οι τύψεις που την άφησε μόνη της και δεν έψαξε να τη βρει αμέσως. Ξεκίνησε τρέχοντας προς την κατεύθυνση που λίγο πριν είχε ακολουθήσει η Ροδόκλεια, φοβούμενος για το πόσο καθαρά θα μπορούσε να σκεφτεί η καλή του μέσα στον χαμό. "Και αν ψάχνει πόρτα διαφυγής στα δεξιά της σήραγγας ενώ αυτές βρίσκονται μόνο από τα αριστερά της;" προβληματίστηκε.

Εκείνη τη στιγμή μέσα στο ακαθόριστο βουητό που έβγαινε από πολλές διαφορετικές πηγές ήχου, ξεχώρισε καθαρά τις φωνητικές οδηγίες από το προσωπικό ελέγχου κυκλοφορίας της Εγνατίας Οδού που κατηύθυναν τον πανικόβλητο κόσμο στο πώς να διαφύγει: «Προσοχή! Κινηθείτε προς τις πλησιέστερες πόρτες διαφυγής που βρίσκονται ανά εκατόν πενήντα μέτρα! Προσοχή, προσοχή προς τους οδηγούς! Μην προσπαθείτε να βγείτε με τα οχήματά σας από τη σήραγγα! Δημιουργείτε ακόμα μεγαλύτερο πρόβλημα και κινδυνεύετε από ασφυξία λόγω των πυκνών καπνών. Επαναλαμβάνω! Βγείτε από τα οχήματά σας και κατευθυνθείτε προς τις πόρτες διαφυγής. Είναι χρώματος πράσινου, με φωτεινή ένδειξη επάνω τους και αποτελούν τον γρηγορότερο και ασφαλέστερο τρόπο απομάκρυνσής σας!»

Τα μηνύματα επαναλαμβάνονταν χωρίς σταματημό. Ο Σεραφείμ λαχανιασμένος, φώναζε συνέχεια Ροδόκλεια, τρέχοντας σαν ζαρκάδι και στις δύο μεριές του δρόμου. Κάποια στιγμή, τη βρήκε κουλουριασμένη σε στάση εμβρύου να σιγοκλαίει και να τινάζει το κορμί της ανορθόδοξα, πλήρως σοκαρισμένη. Έβγαλε το σακάκι του και το πέρασε στην πλάτη της, τη στιγμή που τα φώτα της οροφής πιο πίσω έσβηναν, από την υπερβολική θερμοκρασία που είχε αναπτυ-

χθεί από την καύση των καυσίμων. Ζόφος μέσα στη σήραγ-
γα, σκοτείνιασε και η καρδιά του. *"Τοξικά αέρια"*, σκέφτηκε
ο Σεραφείμ. *"Θα πεθάνουμε από τις αναθυμιάσεις εάν δεν
κινηθούμε γρήγορα".* Έσκισε νευρικά δύο κομμάτια ύφασμα
από το μπλουζάκι του και έδωσε το ένα στη σαστισμένη Ρο-
δόκλεια, ψιθυρίζοντας στο αυτί της, προσπαθώντας να της
εμπνεύσει εμπιστοσύνη: «Κράτα το σφιχτά στη μύτη και στο
στόμα σου και παίρνε όσο μπορείς μικρές ανάσες. Πάνω απ'
όλα διατήρησε την ψυχραιμία σου και όλα θα πάνε καλά».
Έβαλε και αυτός το άλλο ύφασμα στις αεροφόρους
οδούς και κρατώντας τη γερά από το μπράτσο, στην κυρι-
ολεξία την έσερνε από πίσω του. «Σκυφτά, περπάτα σκυ-
φτά! Δεν πρέπει να αναπνεύσουμε με τίποτα τον καπνό»,
φώναζε συνέχεια. Οι καπνοί, εκτός από τη δύσπνοια δημι-
ουργούσαν και ένα ακόμη σοβαρό πρόβλημα. Την έλλειψη
ορατότητας. Φτάσανε σχεδόν μπουσουλώντας στον απέ-
ναντι τοίχο και κατευθυνόμενοι ενστικτωδώς προς την
είσοδο του τούνελ, έψαχναν ψηλαφώντας στον τοίχο την
πόρτα διαφυγής. Στο βάθος οι λαμπτήρες της οροφής που
διατηρούσαν το φως τους έστελναν πολύ αχνές τις ακτίνες
τους. Ακόμα κάποια αναμμένα φώτα αυτοκινήτων έστελ-
ναν αμυδρά το φως τους σε κάποια σημεία. Τα μεγάφωνα
που συνεχώς ενημέρωναν για το πώς πρέπει να κινούνται
είχαν πει πως οι πόρτες διαφυγής είναι ανά εκατόν πενήντα
μέτρα. *"Θα είχαν διανύσει τουλάχιστον τα πενήντα"*, σκέ-
φτηκε ο Σεραφείμ. «Κουράγιο αγάπη μου, κουράγιο, δείξε
δύναμη! Η Παναγία είναι μαζί μας», είπε προσπαθώντας να
την εμψυχώσει και έκανε την προσευχή του προς την Πανά-
γαθο ζητώντας τη βοήθειά της.
«Μάκη.. δεν... γκουχ... Δεν μπορώ άλλο... πνίγομαι»,
έβγαλε με το ζόρι τη φράση η ετοιμόρροπη νεαρή.
«Συρτά, θα πάμε έρποντας! Έλα, όπως οι σαύρες», πρό-
τεινε και τις έδειξε πώς να συρθεί πάνω στο πεζοδρόμιο. Τα
κλαξόν, οι στριγκλιές, τα μεγάφωνα, τα αλλόφρονα βρισί-
ματα μεταξύ των οδηγών, ολοένα και αυξάνονταν. «Τι είναι
αυτό;» αναρωτήθηκε δυνατά η νεαρή με τρεμάμενη φωνή,

όταν μέσα στη μαύρη πίσσα διαπίστωσε ότι τους έκλεινε τον δρόμο ένα σιδερένιο εμπόδιο. Ήταν ένα ακινητοποιημένο αυτοκίνητο. «Θα περάσουμε από επάνω του Ροδόκλεια. Δε ρισκάρω να βγούμε στον δρόμο θα μας κόψει σίγουρα κάποιο αυτοκίνητο», δήλωσε με σιγουριά και αυτό έκανε. Τη σήκωσε όσο πιο γρήγορα και απαλά μπορούσε και τη σκούντησε να περάσει απέναντι, πάνω από το καπό του οχήματος, που ο οδηγός του στην προσπάθειά του να ξεφύγει από το πανδαιμόνιο το είχε μπλοκάρει χειρότερα. Μετά το όχημα στα δέκα μέτρα περίπου, ψηλαφώντας πάντα, βρήκαν την έξοδο κινδύνου. Το λαμπάκι επάνω της με το χαρακτηριστικό σηματάκι, που μόλις ξεχώριζε εξαιτίας των καπνών, επιβεβαίωνε ότι αυτή ήταν η πόρτα διαφυγής που οδηγούσε στο απέναντι τούνελ. Μπήκαν μέσα, σηκώθηκαν όρθιοι και άρχισαν να περπατούν όσο πιο γρήγορα μπορούσαν. Από πίσω τους οι καπνοί, θαρρείς και τους κυνηγούσαν δαιμονισμένα, εισέβαλαν με τη βία στον διάδρομο σύνδεσης. Πολύ σύντομα έφτασαν και άνοιξαν την άλλη πόρτα και βρέθηκαν στο διπλανό τούνελ. Και σε αυτό, ναι μεν υπήρχε μια έντονη αναστάτωση, αλλά δεν είχε καμία σχέση με την κόλαση που αντίκρυσαν λίγο νωρίτερα.

Τα μεγάφωνα και σε αυτή τη σήραγγα έδιναν οδηγίες στο πλήθος και όπως ήταν φυσικό ακούγονταν πολύ καθαρότερα: «Παρακαλούμε τους οδηγούς των οχημάτων να μην κλείνουν τη λωρίδα έκτακτης ανάγκης, για να μπορέσουν να περάσουν τα ασθενοφόρα και τα πυροσβεστικά οχήματα. Παρακαλούμε σεβαστείτε τις οδηγίες απόλυτα! Κινδυνεύουν ζωές στο απέναντι τούνελ από πυρκαγιά μεγάλης έκτασης. Παρακαλούμε μην κινείστε άσκοπα. Δε διατρέχετε κανέναν κίνδυνο».

Ο Σεραφείμ πήρε βαθιές ανάσες, βγάζοντας το πανί από μπροστά του, γεμίζοντας τα πνευμόνια του με καθαρό αέρα και το ίδιο παρότρυνε και στη Ροδόκλεια να κάνει που είχε κάτσει εξαντλημένη οκλαδόν πάνω στο πεζοδρόμιο. Πήρε το ύφασμα από τα χέρια της, τα έβαλε και τα δύο στην τσέπη του και έσκυψε από επάνω της λέγοντας: «Καλή μου, μείνε εδώ μέχρι να έρθει το ασθενοφόρο. Αν δε νιώθεις καλά άφησέ τους να σε μεταφέρουν στο πλησιέστερο νοσοκομείο. Έχεις το κινητό πάνω σου;»

«Όχι, το είχα βάλει στην τσάντα μου!»

«Καλά, δεν πειράζει. Πάρε το δικό μου. Σε κάθε περίπτωση ό,τι και να συμβεί θα σε πάρω εγώ, εντάξει μωρό μου;»

«Πού θα πας εσύ, Μάκη;»

«Θα κοιτάξω μήπως μπορέσω να βοηθήσω τον κόσμο μέσα που κινδυνεύει, μέχρι να έρθει η πυροσβεστική».

«Σε παρακαλώ, Μάκη, μη με αφήνεις, φοβάμαι, σε παρακαλώ».

«Δεν έχεις να φοβάσαι τίποτα, έχεις τόσους ανθρώπους γύρω σου!»

«Για σένα φοβάμαι! Εάν θα πάθεις τίποτα θα πεθάνω!»

«Μην ανησυχείς για μένα, ξέρω μέχρι που είναι τα όριά μου», διευκρίνισε για να τη χαλαρώσει και έφυγε τρέχοντας.

"Εάν είχα προλάβει να πάρω τους φακούς μαζί μου", σκέφτηκε αστραπιαία. Έτρεξε με κατεύθυνση προς τα Γρεβενά, όπως αντίθετα δηλαδή της πορείας των αυτοκινήτων και ρωτούσε τους οδηγούς εάν είχαν φακό μαζί τους. Μάταια. Κανείς για κακή του τύχη. Δεν απελπίστηκε. Απομακρύνθηκε λίγο ακόμη, φίλησε τον σταυρό του που φορούσε πάντα στον λαιμό και μπήκε στην πόρτα εξόδου με κατεύθυνση στο άλλο ρεύμα, περίπου πεντακόσια μέτρα από το σημείο του συμβάντος. *"Δε θα έχουν περάσει πάνω από πέντε λεπτά από την ώρα της έκρηξης, αλλά όσοι έχουν αναπνεύσει τους τοξικούς καπνούς δε θα έχουν ελπίδα. Για να δούμε τι μπορούμε να κάνουμε"*, σκέφτηκε ψύχραιμα. Αφού η Ροδόκλεια ήταν καλά, τώρα πιο νηφάλιος θα μπορούσε να προσφέρει τα μέγιστα σαν καλός πρόσκοπος που ήταν στα εφηβικά του χρόνια.

Ξαφνικά, ένιωσε μια παρουσία δίπλα του. Ένας κύριος γύρω στα σαράντα έκανε την εμφάνισή του, δίνοντας στίγμα ότι είχε αποφασίσει να βοηθήσει τον νεαρό. «Αγαθοκλής», συστήθηκε ξερά. «Μάκης», είπε με τη σειρά του ο μαυρισμένος από τους καπνούς νέος. Του έδωσε το ύφασμα που λίγο πριν είχε πάρει από τη Ροδόκλεια και κινήθηκαν προς το σημείο που έγινε το ατύχημα. Σε κάθε όχημα που συναντούσαν προχωρώντας, κοιτούσαν ερευνητικά μέσα από τα τζάμια μήπως και υπάρχει κάποιος επιβάτης παγιδευμένος ή λιπόθυμος. Ο φωτισμός σε αυτά τα σημεία ήταν επαρκής, αλλά όσο πιο κοντά πλησίαζαν στον τόπο της ισχυρότατης έκρηξης, τόσο σκοτείνιαζε και γινόταν ασφυκτική η ατμόσφαιρα.

Ξαφνικά διαπίστωσαν ότι ένα ζευγάρι ηλικιωμένων που είχαν χάσει τις αισθήσεις του ήταν παγιδευμένοι μέσα στο όχημά τους. Δεξιά και αριστερά είχαν φρακάρει τις πόρτες δύο άλλα οχήματα, που είχαν πέσει επάνω τους. Ο Σεραφείμ με τη βοήθεια του Αγαθοκλή, ο οποίος ήταν γιατρός, τους απεγκλώβισαν και τους μετέφεραν προσεκτικά στην πρώτη έξοδο. Εκεί ο γιατρός τους έδωσε τις πρώτες βοήθειες, ενώ ο ίδιος συνέχισε τη διάσωση μπαίνοντας όλο και πιο βαθιά στο στόμα του λύκου. Τώρα ήταν τόσο κοντά που έβλεπε τις πύρινες φλόγες να ξεχύνονται προς την οροφή του τούνελ περήφανες, διψώντας για τροφή, αλλά εκπέμποντας και πλέον αρκετό φωτισμό.

Απανωτές, βίαιες εκρήξεις ακούγονταν κατά πάσα πιθανότητα από αμάξια που έπαιρναν φωτιά. *"Ένα από αυτά θα είναι και της μαμάς"*, σκέφτηκε πικραμένος και ένα ρίγος πέρασε όλους τους νευρώνες του στη σκέψη ότι θα μπορούσε να ήταν και αυτοί μέσα. Ήταν μάταιο και απόλυτα επικίνδυνο να πλησιάσει στα πενήντα μέτρα. Οι θερμοκρασίες που έβγαιναν ήταν υψηλότατες και ο καπνός άκρως επικίνδυνος, αν και ο εξαερισμός, όπως αισθανόταν από το ρεύμα που δημιουργούταν, δούλευε στο μέγιστο δυνατό. Προχώρησε μέχρι εκεί που πίστευε ότι ήταν ασφαλής, ψάχνοντας πάντα για επιζώντες. Το βλέμμα του έπεσε μέσα σε ένα στραπατσαρισμένο αυτοκίνητο, όπου υπήρχε μια ολόκληρη οικογένεια με μητέρα και τρία παιδιά ζωντανούς και τον οδηγό αναίσθητο ή νεκρό επάνω στο τιμόνι.

Προσπάθησε να ανοίξει τις πόρτες αλλά δεν άνοιγε καμία. Πιθανότατα ταξίδευαν με κλειστές τις πόρτες για λόγους ασφαλείας. Εκτίμησε ότι η μητέρα ή ο πατέρας, λίγο πριν χάσει τις αισθήσεις του, έκλεισαν τους αεραγωγούς κρατώντας τους έτσι ζωντανούς ακόμα μέσα στο επιβατικό όχημα. Το οξυγόνο τους τελείωνε και ήταν θέμα δευτερο-λέπτων να επέλθει το μοιραίο. Ο Σεραφείμ δε δίσταξε ούτε στιγμή. Έβγαλε το παπούτσι του με το ένα χέρι, ενώ το άλλο συνέχισε να κρατάει το ύφασμα από το μπλουζάκι του και άρχισε να κοπανάει με το τακούνι του το παράθυρο του οδηγού. Για κακή τους τύχη αυτό αντιστεκόταν σθεναρά και τον ανάγκασε να χτυπήσει και με τα δύο του χέρια. Το τζάμι θρυμματίστηκε άμεσα, αλλά αφαιρώντας το μαντή-λι από το στόμα του, ανέπνευσε όπως ήταν λαχανιασμένος από την υπερπροσπάθεια αρκετό μολυσμένο καπνό. Ξαφ-νικά ένιωσε πάνω του κάτι αφρώδες να τον δροσίζει και να κυλάει στα μάγουλά του. *"Πυροσβεστικός αφρός υγρών καυσίμων! Ήρθαν κιόλας!"*, σκέφτηκε ανακουφισμένος. *"Μα από πού πέρασαν και δεν τους είδα;"* αναρωτήθηκε. *"Μα τι χαζός που είμαι, από το άλλο τούνελ φυσικά. Υπήρχε περίπτωση τόσο κολοσσιαίο έργο να μην είχαν προβλέψει την ανάγκη αυτή και να μην τοποθετήσουν συνδετήρες στις σή-ραγγες; Να και μια φορά που δούλεψε κάτι σωστά και άμεσα σε αυτή τη χώρα"*, σκέφτηκε ενώ άνοιγε την πόρτα σβέλτα.

Αφού ξεκούμπωσε τη ζώνη ασφαλείας του οδηγού τον πέταξε στον δρόμο σαν σακί από πατάτες. Προηγούνταν οι ζωντανές ψυχές. Οι πίσω πόρτες δεν άνοιγαν. Από τη με-ριά της συνοδηγού δεν μπορούσε να πάει διότι ακουμπούσε στο τσιμεντένιο τοίχωμα. Δε θα προλάβαινε να τους βγά-λει όλους. Το μυαλό του δούλεψε σε υψηλές ταχύτητες και χώθηκε μέσα στο αυτοκίνητο, πηγαίνοντας στο πίσω κάθι-σμα, ανάμεσα στα μικρά που δε σταμάτησαν να τσιρίζουν με όσες δυνάμεις τους είχαν απομείνει. Προσπάθησε να τα καθησυχάσει, προτρέποντάς τα να παίρνουν ήσυχες και μι-κρές ανάσες. Ξεκίνησε να βοηθάει την κυρία που φαινόταν να ζει τον χειρότερο εφιάλτη της να βγει από το αυτοκίνητο. Αδύνατον να κουνηθεί! Ο πανικός, τα πολλά κιλά, οι στρα-βωμένες λαμαρίνες που εμπόδιζαν την κίνηση, όλα μαζί!

«Θα πεθάνουμε όλοι εδώ μέσα σαν τα ποντίκια», τσίριξε αντί να κάνει υπερπροσπάθεια να σώσει τα παιδιά της. Ξαφνικά, ένα στιβαρό χέρι σαν από μηχανής Θεός προτάθηκε προς το δικό της και εκείνη το άπλωσε. Με τη βοήθεια του Σεραφείμ και τη δύναμη του Αγαθοκλή που εμφανίστηκε την πιο κατάλληλη στιγμή, κατάφεραν και έβγαλαν την εύσωμη κυρία έξω από το αμάξι. Αμέσως μετά ο δυναμικός νέος, φανερά καταβεβλημένος, έβγαζε τα πιτσιρίκια ένα ένα, στο μπροστινό κάθισμα του οδηγού. Από εκεί ο γιατρός με τη βοήθεια της μητέρας τους, τα απομάκρυναν σε ασφαλέστερο σημείο. Τελευταίος έμεινε μέσα ο Σεραφείμ. Ο γιατρός του έτεινε το χέρι αλλά εκείνος του είπε: «Γιατρέ, πηγαίνετε τα παιδιά και την κυρία σε ασφαλές μέρος. Μη χασομεράτε με εμένα. Είμαι καλά κι έρχομαι και εγώ αμέσως».

Ο Αγαθοκλής απομακρύνθηκε γρήγορα, άρπαξε δύο μικρά στην αγκαλιά του και έτρεξε μαζί με τη γυναίκα και το τρίτο της παιδί προς την πλησιέστερη έξοδο. Ο Σεραφείμ έμεινε πίσω και βγήκε αγκομαχώντας από το αυτοκίνητο, την ώρα που άλλη μια έκρηξη ακούστηκε πολύ κοντά του και καυτά θραύσματα έπεσαν πάνω στα ακινητοποιημένα αυτοκίνητα. Ένα από αυτά έσκισε το αριστερό του μπράτσο βίαια, προκαλώντας έντονο τσούξιμο και μεγάλη ροή αίματος. Γύρισε το σώμα του και κίνησε να φύγει όταν σκόνταψε πάνω σε ένα κουφάρι. Ήταν του άτυχου πατέρα. Έσκυψε επάνω του και προσπάθησε να βρει σφυγμό στον λαιμό του. Δεν κατάφερε να αισθανθεί κάτι. Ακούμπησε σχεδόν το μάγουλό του μπροστά στη μύτη και το ανοιχτό στόμα του και αισθάνθηκε αμυδρά εκπνοή από χνώτα. Έψαξε ξανά για τον σφυγμό του και πράγματι αυτήν τη φορά τον αισθάνθηκε ανεπαίσθητα.

Η απόφαση πάρθηκε αστραπιαία. Έβαλε τα χέρια του κάτω από τις μασχάλες του αναίσθητου και άρχισε να τον τραβάει με όσες αντοχές μπορούσε να επιστρατεύσει. "Ίσως τα καταφέρει να ζήσει", σκεφτόταν για να τονώσει το ηθικό του και συνέχιζε. Έφτασε δια της βίας στην κοντινότερη πόρτα διαφυγής την άνοιξε και προς ευχάριστη έκπληξή του αντίκρισε μπροστά του έναν ένστολο που με τη χρωματιστή στολή του δήλωνε πιθανότατα ότι ήταν πυροσβέστης. Δεν πρόλαβε να ολοκληρώσει τη σκέψη του διότι άρχισε να χάνει την επαφή με το περιβάλλον και το αδύναμο σώμα του βρέθηκε στην αγκαλιά του πυροσβέστη που τον εναπόθεσε χαμηλά όσο πιο απαλά μπορούσε. «Έναν τραυματιοφορέα εδώ γρήγορα», ήταν οι τελευταίες λέξεις που άκουσε θολά πριν χάσει εντελώς τις αισθήσεις του.

Λίγο πριν, η Ροδόκλεια ανέβαινε σε ένα από τα πολλά ασθενοφόρα που έρχονταν ομαδικώς. Αναπνευστικά προβλήματα και έντονο σοκ διέγνωσαν οι γιατροί και κρίθηκε απαραίτητη η διακομιδή της, παρόλες τις έντονες διαμαρτυρίες της. Μέχρι εκείνη τη στιγμή έψαχνε ανήσυχη με το βλέμμα της για ίχνη ζωής του ανθρώπου της. Μάταια! Το μόνο που εντόπισε να βγαίνει από μία έξοδο κινδύνου του τούνελ της κολάσεως, ήταν ένας κύριος με δύο μωρά στην αγκαλιά, να γίνονται ένα κουβάρι μαζί με μία άλλη κυρία που κρατούσε από το χέρι ένα στρουμπουλό αγοράκι που έκλαιγε γοερά. Τους παρέλαβε όλους μαζί ένα άλλο ασθενοφόρο, που με αναμμένο τον φάρο του και τη στριγκή σειρήνα να τρυπάει τα αυτιά της απομακρύνθηκε γρήγορα.

Έξω οι συνεχόμενες εκκλήσεις των ανθρώπων του κέντρου ελέγχου κυκλοφορίας συνεχίζονταν αμείωτες. «Σας παρακαλούμε μην κινείστε πεζοί στο οδόστρωμα. Υπάρχει κίνδυνος τραυματισμού σας. Μείνετε στα οχήματά σας. Μην εμποδίζετε τις ομάδες διάσωσης να επιτελέσουν το έργο τους». Οι φωνές των ανθρώπων ασφαλείας σιγόεσβηναν όσο το ασθενοφόρο απομακρυνόταν, αλλά οι σκέψεις της γύριζαν ζωηρές γύρω από το απρόσμενο ατύχημα και το αγόρι της. Το αγόρι της προτίμησε με κίνδυνο της ζωής του να φροντίσει τους άλλους συνανθρώπους του, παρά να μείνει μαζί της. Δεν ήξερε εάν έπρεπε να θυμώσει μαζί του ή να νιώσει υπερήφανη που μπήκε στη ζωή της ένας τέτοιος υπέροχος άντρας. Τις σκέψεις της επαλήθευαν τα γεγονότα περίτρανα. Χάρη στον Σεραφείμ ήταν αυτή τη στιγμή ζωντανή και μακάρι και άλλοι συνάνθρωποί τους να είχαν βρει τον δρόμο της σωτηρίας. Όχι! Δεν έπρεπε να σκέφτεται εγωιστικά. Ορθά έπραξε ο φίλος της, προσφέροντας τη ζωή του για τη ζωή των άλλων. "Φρόντισέ τον, Θεέ μου", προσευχήθηκε θερμά από τα βάθη της καρδιάς της και έκλεισε τα μάτια της.

Έφτασε στο Πανεπιστημιακό Γενικό Νοσοκομείο Ιωαννίνων λίγο πριν τις τρεις. Το νοσηλευτικό προσωπικό, όπως ήταν επόμενο, έτρεχε πανικόβλητο. Τα ασθενοφόρα έρχονταν γεμάτα με τραυματίες ή με αναπνευστικά προβλήματα και έφευγαν ξανά και ξανά. Όλοι ήταν ανάστατοι από το πρωτόγνωρο γι' αυτούς γεγονός, ίσως το χειρότερο ατύχημα όλων των εποχών στον ελλαδικό χώρο. Τη Ροδόκλεια την παράτησαν πάνω σε ένα αναπηρικό καροτσάκι, εκτιμώντας ότι δεν είχε άμεση ανάγκη ιατρικής βοήθειας, μια και το έντονο σοκ που πέρασε φάνηκε να ελαττώνεται αισθητά. Κρατούσε σφιχτά στο χέρι της το κινητό του αγοριού της και περίμενε. Δεν μπορούσε εξάλλου να κάνει και κάτι άλλο.

Οι ώρες περνούσαν αργά, βασανιστικά, και κάθε λεπτό χωρίς το πολυπόθητο τηλεφώνημα, ένα νέο καρφί έμπαινε στο στήθος της που την έκανε να αιμορραγεί. Λίγο μετά τις επτά το απόγευμα, ήρθε ένας τραυματιοφορέας και τη μετέφερε στα εξωτερικά ιατρεία για εξέταση, όπου περίμεναν άλλοι πέντε ασθενείς. Ανέμενε υπομονετικά τη σειρά της και όταν αυτή ήρθε, η εξέταση του ενός λεπτού ήταν αρκετή για να αποφασιστεί η εισαγωγή και η νοσηλεία της.

Αμέσως μετά την έβαλαν σε έναν θάλαμο της παθολογικής κλινικής, όπου νοσηλεύονταν άλλες τρεις κυρίες. Αφού οι νοσοκόμες τη βοήθησαν να τακτοποιηθεί, της έδειξαν όλα όσα έπρεπε να γνωρίζει, από την παροχή οξυγόνου μέχρι το κουδούνι πρώτης ανάγκης. Τέλος την ενημέρωσαν ότι σε δέκα λεπτά θα περνούσε και ο εφημερεύων γιατρός να την επανεξετάσει πιο λεπτομερειακά. Έδωσε όσα προσωπικά στοιχεία ζήτησε η προϊσταμένη και περίμενε. Το στήθος της έκαιγε, αλλά δεν μπορούσε να προσδιορίσει εάν είναι από τα τοξικά αέρια που ανέπνευσε ή από τον πόνο και την αγωνία για τον φίλο της. Έκλαψε. Ξέσπασε λίγο και φάνηκε ότι άρχισε να συνέρχεται. Τυλίχτηκε με το σακάκι του καλού της για παρηγοριά, θέλοντας να νιώσει έτσι εντονότερα την παρουσία του. «Αχ, Μάκη μου, ας ήσουν εδώ», κραύγασε με λυγμούς. Κοίταξε και πάλι το κινητό του. Καμία κλήση. *Άραγε οι δικοί του θα άκουσαν τίποτα στις ειδήσεις για το συμβάν; Θα ανησύχησαν για να του τηλεφωνήσουν; Εάν τους είχε πει ότι θα γυρίσουν αργά το βράδυ εφόσον, θα πήγαιναν και στο Μέτσοβο, πού να φανταστούν ότι θα εμπλέκονταν και αυτοί στο δυστύχημα.* Επίμονες οι αρνητικές σκέψεις. *Γιατί κάθε φορά το μυαλό μας πάει στο κακό;"* αναρωτήθηκε εύλογα.

Μια παχουλή κυρία από το διπλανό κρεβάτι, παρατήρησε ότι κάτι έντονο την προβλημάτιζε. «Ήσουν στο ατύχημα της σήραγγας;» τη ρώτησε παρόλο που ήταν σίγουρη για την απάντηση.

«Μάλιστα», απάντησε η Ροδόκλεια χωρίς να κοιτάξει προς το μέρος της.

«Κι εγώ! Μαζί με την οικογένειά μου! Τον άντρα μου και τα τρία παιδιά μου. Φοβάμαι ότι ο Βασίλης μου δε ζει πια», αναφώνησε συναισθηματικά φορτισμένη και τα μάτια της γεμάτα δάκρυα.

«Λυπάμαι, λυπάμαι πολύ...»

«Εάν δεν ήταν εκείνο το θαρραλέο παλληκάρι, να μας σώσει κυριολεκτικά την τελευταία στιγμή με τη βοήθεια του γιατρού, εμένα και τα παιδιά μου, δε θα ήμαστε τώρα εδώ».

«Πώς ήταν αυτός που σας έσωσε;» τη ρώτησε έχοντας ψυχανεμιστεί ότι μπορεί με τη βοήθειά της να ξετύλιγε το κουβάρι της αγωνίας που την έτρωγε.

«Ποιος, ο γιατρός;»

«Όχι, ο άλλος... ο νεαρός», είπε με στόμφο κοιτώντας την απευθείας στα μάτια.

«Ένα γεροδεμένο παιδί, μελαχρινό με κατσαρά μαλλιά και...»

«Θυμάστε τι φορούσε;»

«Ε, τώρα κοπέλα μου, ξέρω εγώ, πού να ξέρω, μέσα στην τρομάρα μου», αποκρίθηκε αόριστα αλλά μετά από λίγο κοντοστάθηκε και φάνηκε να θυμήθηκε. «Μαύρο ή μπλε μπλουζάκι, σκισμένο θαρρώ και μπλουτζίν παντελόνι, νομίζω. Ήταν πολύ σκοτεινά και ό,τι μπορούσαμε να ξεχωρίσουμε ήταν από τις ανταύγειες της φωτιάς. Αλλά γιατί ρωτάς;» Σειρά της Ροδόκλειας να δακρύσει. «Ξέρετε, το αγόρι μου, αφού έσωσε εμένα, ξαναμπήκε μέσα στην κόλαση παρόλες τις αντιρρήσεις μου, για να προσφέρει τη βοήθειά του όπου μπορούσε», ψιθύρισε μέσα σε λυγμούς. «Αυτός θα ήταν σίγουρα. Ο Θεός να τον φυλάει, να 'ναι καλά το παλληκάρι που έσωσε τόσες ψυχές», ευχήθηκε η άγνωστη κυρία και σταυροκοπήθηκε.

Μίλησαν με λεπτομέρειες για τη διάσωση της οικογενείας Μπερπίσογλου και όσο η κυρία Χρυσαυγή, όπως ήταν το όνομά της, εμβάθυνε, τόσο η Ροδόκλεια επαλήθευε ότι ήταν ο Σεραφείμ. Αναρίγησε όταν της ανέφερε ότι τον άφησαν πίσω μόνο του και αυτοί με τον γιατρό και τα παιδιά έτρεξαν έξω. Τότε θυμήθηκε ότι τους είχε δει να βγαίνουν από το τούνελ του θανάτου, λίγο πριν φύγει με το ασθενοφόρο. Λίγο ακόμα εάν έμενε, ίσως προλάβαινε να τον δει.

«Άρα δεν τον είδατε ξανά», τόνισε η Ροδόκλεια συμπερασματικά.

«Ναι, δηλαδή όχι θέλω να πω, δεν τον ξανά είδαμε. Φύγαμε την ίδια στιγμή μαζί με τον κύριο Αγαθοκλή, ο οποίος είναι γιατρός του Πανεπιστημιακού Νοσοκομείου και προσφέρθηκε να μας συνοδεύσει με το ασθενοφόρο προσφέροντας τις ιατρικές υπηρεσίες του κατά τη διακομιδή. Να 'ναι καλά ο άνθρωπος. Πολύ καλός κύριος».

Η νέα σηκώθηκε από το κρεβάτι και από εκεί κατευθύνθηκε προς το γραφείο της προϊσταμένης. Ρώτησε εάν γνωρίζει πού μπορεί να μάθει κανείς, εάν έφεραν κάποιον από τον τόπο του δυστυχήματος που έγινε στη σήραγγα. Εκείνη, αφού τελείωσε κάτι επείγον που έκανε, της έδωσε τις απαραίτητες πληροφορίες, αλλά της τόνισε επίσης ότι δε θα έπρεπε να πάει τώρα στο γραφείο κίνησης, διότι από λεπτό σε λεπτό θα περνούσε ο γιατρός και δε θα έπρεπε για κανένα λόγο να λείπει. Εκείνη κούνησε το κεφάλι της καταφατικά, αλλά δεν υπάκουσε στις εντολές της. Έφυγε βολίδα για το γραφείο που της υπέδειξε. Το βρήκε αρκετά γρήγορα, αλλά δυστυχώς η απάντηση που πήρε ήταν αρνητική.

«Είναι να έρθουν άλλοι τραυματίες από το εν λόγω δυστύχημα;» ρώτησε με κρυφή ελπίδα.

«Όχι!» απάντησε ψυχρά ο κύριος πίσω από το γκισέ. «Άπαντες τραυματίες και θανόντες έχουν διακομιστεί. Επειδή, όμως, εμείς εδώ δεν κρατάμε στοιχεία για τους νεκρούς, θα πρέπει να πληροφορηθείτε γι' αυτό στο νεκροτομείο».

Και μόνο στο άκουσμα της λέξης "νεκροτομείο" η Ροδόκλεια άρχισε να τρέμει σύγκορμη. Γύρισαν οι εφιαλτικές στιγμές πάλι πίσω και ο οργανισμός της, σώμα και πνεύμα άρχισε να σοκάρεται και να ανακατεύεται. Έφυγε τρέχοντας θεωρώντας ότι έτσι θα ξεφύγει από το στοιχειό που την κυνηγούσε και χώθηκε στον θάλαμό της κλαίγοντας με αναφιλητά. Εάν έως αύριο το πρωί δεν είχε νέα του, θα κατέβαινε στο νεκροτομείο. Προς το παρόν έπρεπε να τιθασεύσει τα άτια του φόβου της και να ηρεμήσει.

Ο γιατρός είχε περάσει λίγο νωρίτερα, όπως την ενημέρωσε η κυρία Χρυσαυγή και φώναζε νευριασμένος επειδή έλειπε, λέγοντας πως δεν πρόκειται να ξανά περάσει άλλο για απόψε. Και ποιος νοιάστηκε. Άλλα είναι τα προβλήματα που τη βασάνιζαν. Εκεί που προσπαθούσε να καλμάρει, ένα ήχος από το κινητό του Σεραφείμ ακούστηκε και αναθάρρεψε για ένα δευτερόλεπτο. Δυστυχώς ήταν ο ήχος ενημέρωσης για χαμηλή μπαταρία. *Αυτό μας έλειπε τώρα*, σκέφτηκε μελαγχολικά.

«Πιστεύεις στα Θαύματα;» τη ρώτησε αναπάντεχα η κυρία Χρυσαυγή.

«Ναι, φυσικά! Εξάλλου και εγώ ένα θαύμα είμαι!» απάντησε κυριολεκτικά η Ροδόκλεια, εννοώντας τα λόγια της.

Η άλλη χαμογέλασε διότι νόμισε ότι αστειεύεται και συνέχισε: «Θέλεις να ακούσεις μια αληθινή ιστορία που συνέβη σε έναν θείο μου;»

Η κοπέλα που είχε μαραζώσει από την αγωνία της, προσπαθώντας να εκτονωθεί και να νικήσει τους φόβους δέχθηκε αδιαμαρτύρητα. «Γιατί όχι, πείτε μου».

«Λοιπόν, Ροδόκλειά μου, η αληθινή αυτή ιστορία διαδραματίστηκε στην περίοδο της γερμανικής κατοχής. Ο θερμός Αλωνάρης έψηνε τον κάμπο και τους ηλιοκαμένους αγρότες. Θαρρείς και εκείνα τα χρόνια έκανε πιο θερμά καλοκαίρια. Τα παιδιά και οι ενήλικες, λόγω της τεράστιας έλλειψης του νερού, αναγκάζονταν να κάνουν μπάνιο μέσα σε δεξαμενές γεμάτες με ακρίδες και άλλα ζωύφια. Αναρίθμητα τα μεγαλόσωμα έντομα, όπου έπεφταν κατά σμήνη κατασπάραζαν τις καλλιέργειες, ό,τι άφηνε όρθιο πίσω της η ξηρασία.

Ένα από τα παιδιά της εποχής εκείνης, ήταν και ο θείος μου, ο Θωμάς, που η μοίρα τού επιφύλαξε άσχημο παιχνίδι. Επτά χρονών τότε, κάτω από τις αντίξοες συνθήκες που επικρατούσαν, έπαθε τέτανο. Ένα βαθύ κόψιμο στη φτέρνα του που είχε προηγηθεί, συχνό φαινόμενο στα παιδιά, ήταν αρκετό για να κάνει τη ζημιά. Όταν μετά από μερικές μέρες το παιδί χειροτέρεψε και έφτασε σε σημείο να χάνει συνέχεια τις αισθήσεις του, ο πατέρας του αναγκάστηκε να το φορτωθεί στην πλάτη και να το μεταφέρει στο μοναδικό ιατρείο που διατηρούσε ο γιατρός Κούγιας, εάν θυμάμαι καλά το όνομά του. Ίσως αυτός μπορούσε να κάνει κάτι, μια και ο χώρος του ιατρείου του λειτουργούσε περίπου, όπως τα νοσοκομεία λοιμωδών σήμερα.

Μία εβδομάδα νοσηλεύτηκε, αλλά δυστυχώς ούτε εκεί μπόρεσε να γίνει τίποτα, παρά την αγωγή που του χορηγήθηκε με τα φάρμακα εκείνης της εποχής. Σε μια απέλπιδα προσπάθεια σωτηρίας, οι γονείς του ήρθαν σε επαφή με έναν καλόκαρδο Γερμανό γιατρό της μυστικής υπηρεσίας Γκεστάπο. Ήταν γείτονάς τους και αφού έμαθε για το περιστατικό προσπάθησε να βοηθήσει την οικογένεια, για να βγουν από το δράμα που τους βασάνιζε. Επιστράτευσε με όποιον τρόπο μπορούσε όλα τα μέσα, αλλά και πάλι δεν κατάφερε κάτι. Μέχρι και αντιτετανικό εμβόλιο που είχαν για τους στρατιώτες τους του χορήγησε, αλλά τα πράγματα χειροτέρευσαν. Με αυγά πληρώθηκε το εμβόλιο κόρη μου. Το παιδί, λίγες μέρες μετά έπεσε σχεδόν σε κώμα για έναν ολόκληρο μήνα. Μέρα με τη μέρα έσβηνε και η ελπίδα δε φαινόταν να ζωντανεύει. Έχανε συνέχεια βάρος μέχρι που έφτασε να ζυγίζει μόνο δεκατρία κιλά.

Οι γιατροί αποφάσισαν τότε να σταματήσουν την αγωγή, ισχυριζόμενοι ότι δε βοηθούσε πλέον σε τίποτα. Κάτι σημαντικό που πρέπει να γνωρίζεις ακόμα είναι ότι το παιδί, όταν ήταν καλά, είχε μια τάση και λατρεία προς τις εικόνες των Αγίων. Τις αγαπούσε ιδιαίτερα και του προξενούσαν μεγάλο ενδιαφέρον. Ως άρρωστος πλέον, με χαμένο ακόμα και το φως του, έβλεπε καθημερινά εικόνες να κατεβαίνουν από το ταβάνι και να φτάνουν μέχρι πάνω από το κεφάλι του, με διαφορετικούς Αγίους και με την Παναγία συχνότερα. Το φαινόμενο συνεχίστηκε εντονότερα και πάνω στα παραμιλητά, το ανέφερε στη μητέρα του.

Παραμονή της ημέρας των Εννιάμερων της Παναγίας, η μητέρα του αποφάσισε να τον πάει μόνη της στην Ιερά Μονή της Παναγίας εν Τσιαρουσίνω, το σημερινό μοναστήρι της Παναγίας του Μικροκάστρου, εάν έχεις ακουστά, το οποίο είναι αφιερωμένο στην Κοίμηση Της Θεοτόκου. Ο σύζυγός της αδυνατούσε να τη βοηθήσει, εξαιτίας των απαραίτητων αγροτικών εργασιών και έτσι τον φόρτωσε στην καρότσα ενός φορτηγού, μαζί με πολλούς άλλους προσκυνητές και κίνησαν όλοι μαζί από την πόλη της Κοζάνης προς το μοναστήρι, που βρίσκεται κοντά στη Σιάτιστα.

Ήταν 22 Αυγούστου του 1942. Μετά από μεγάλη ταλαιπωρία μέσα στο λιοπύρι και στη σκόνη, έφτασαν εκεί αργά το απόγευμα. Η μάνα κατάκοπη και ξάγρυπνη όλες τις προηγούμενες μέρες, κατέβασε το παιδί από το φορτηγό και έκατσε να ξαποστάσει. Δυστυχώς δεν πρόλαβε να το πάει στην ηγουμένη να το διαβάσει, γιατί είχε περάσει η ώρα και έτσι μπήκε μέσα στον ναό και σε μια γωνία κοντά στο Ιερό Βήμα έγειραν να βγάλουν τη νύχτα τους. *"Θα το πάω για διάβασμα στις καλόγριες, όταν ξημερώσει",* σκέφτηκε και κουκουλώθηκαν με ό,τι είχαν, κρατώντας τον στην αγκαλιά της μέσα. Δίπλα τους, άλλη μια μάνα με το παιδί σιμά της, έπραξαν το ίδιο.

Λίγες ώρες πριν ο ήλιος φωτίσει τη νέα ημέρα, η ταλαιπωρημένη μάνα ένιωσε το παιδί της να βγάζει έντονους σπασμούς για αρκετή ώρα και συνειδητοποίησε ότι πεθαίνει. Χάιδευε απαλά το κεφαλάκι του με πίκρα και πόνο καρδιάς, ώσπου αυτοί σταμάτησαν. Θεώρησε τότε ότι το παιδί της είχε φύγει για τον ουρανό και εξαντλημένη όπως ήταν, την πήρε ο ύπνος.

Μόλις οι ακτίνες του ζωοδότη τρύπωσαν μέσα από τα παραθύρια του ναού, έπεσαν πάνω στα μάτια της και την ξύπνησαν. Εναπόθεσε με ευλάβεια το παιδί πάνω στα σκεπάσματα και μήνυσε την κυρία να το προσέχει για να πάει προς φυσική της ανάγκη. Όταν γύρισε, όμως, διαπίστωσε ότι ο μικρός έλειπε από το σημείο που τον είχε αφήσει. Ρώτησε έντρομη την άλλη κυρία εάν τον πήραν οι καλόγριες μέσα για να τον προετοιμάσουν για την τελευταία του κατοικία, αλλά πήρε αρνητική απάντηση. Εκείνη της είπε πως το παιδί βγήκε μόνο του έξω από την εκκλησία. Η πονεμένη μάνα αγανακτισμένη φώναξε: "Πέθανε και μου το κρύβετε! Δε μου λέτε την αλήθεια, αφού ξέρω πως πέθανε!" Η επιμονή, όμως, της άλλης γυναίκας την ανάγκασε να βγει έξω και να τον ψάχνει ρωτώντας τους πιστούς. Κάποιος της υπέδειξε ένα παιδί που έμοιαζε με την περιγραφή και παρακολουθούσε όρθιο ένα τσούρμο άλλων παιδιών, περίπου στην ηλικία του, να παίζουν μπάλα. Τρελάθηκε! Ήταν ο γιος της, ο Θωμάς. Έτρεξε προς το μέρος του, και εκείνη τη στιγμή τον είδε να κλωτσάει και αυτός την μπάλα προς ένα άλλο παιδάκι. Τον αγκάλιασε τρυφερά, ενώ το κορμί της έτρεμε σύγκορμο, έκανε τον σταυρό της απανωτές φορές και αμέσως μετά έβγαλε το πουκάμισό του παιδιού και το κρέμασε στο δέντρο. Θεωρούσαν τότε ότι στέλνεις έτσι το κακό σε αυτό και το διώχνεις από τον άρρωστο.

Μετά μπήκαν ξανά στο μοναστήρι όπου προσευχήθηκαν και οι δύο και φιλοξενήθηκαν από τις καλόγριες με περισσή φροντίδα. Μια μεγάλη λαμπάδα ήταν το λιγότερο που μπόρεσε να προσφέρει η ευτυχισμένη πλέον μητέρα. Όταν γύρισαν στην πόλη, οι γιατροί παραδέχτηκαν ότι μόνο ένα θαύμα μπορούσε να γλιτώσει τον μικρό Θωμά. Και το έκανε η Μεγαλόχαρη! Η πίστη της μητέρας και του ιδίου καθώς και η λατρεία που είχε για τις εικόνες των Αγίων και ειδικά στην Παναγία το έσωσαν.

Τις επόμενες ημέρες το παιδί άρχισε να τρώει ζυμωτό ψωμί και να πίνει φρέσκο γάλα. Δυνάμωσε, έγινε τρανός και ξακουστός. Δημιούργησε μια ευτυχισμένη οικογένεια και μέχρι σήμερα χαίρει υγείας, προσφέροντας στους συνανθρώπους του μόνο καλά, δίνοντας εργασία σε πολύ κόσμο και σκορπώντας την αγάπη γύρω του».

Η Ροδόκλεια, εκστασιασμένη από την αφήγηση, δεν τη διέκοψε καθόλου. Την κοιτούσε με ανοιχτό το στόμα και δεν πίστευε στα αυτιά της. Κι όμως η αγάπη της Μεγαλόχαρης, φρόντισε να σωθεί μια αθώα ψυχή. Σάμπως και η ίδια, χάρη σε ένα θαύμα του Κυρίου δε ζούσε σήμερα; Προσευχήθηκε με ευλάβεια, εκεί πάνω στην κλίνη και παρακάλεσε την Παναγία να φέρει τον αγαπημένο της σύντομα και πάλι κοντά της.

Περίπου κατά τις εννέα το βράδυ, ένα μακάβριο γεγονός σκοτείνιασε την τραυματισμένη ψυχούλα της για άλλη μια φορά. Η προϊσταμένη της κλινικής, μαζί με κάποιον άλλο κύριο, τους ανακοίνωσαν ότι έπρεπε, όσες από αυτές είχαν γνωστό ή συγγενή που είχε εμπλακεί στο πρόσφατο συμβάν της σήραγγας Λορέντζου Μαβίλη και τώρα αγνοείτο η τύχη του, να περάσουν από το νεκροτομείο για αναγνώριση τριών πτωμάτων, που δεν είχαν κανένα στοιχείο επάνω τους. Από τον θάλαμό τους, μόνο η ίδια και η κυρία Χρυσαυγή είχαν χάσει αγαπημένα τους πρόσωπα. Έτσι μόνο αυτές οι δύο κίνησαν για το μακαβριότερο θέαμα της ζωής τους, που θα το κουβαλούσαν για όλη τους τη ζωή.

Στον δρόμο προς το νεκροτομείο, χτύπησε το κινητό του Μάκη. Στην αρχή δεν το αντιλήφθηκε, διότι δε γνώριζε τον ήχο του κουδουνίσματος. Όταν όμως είδε ότι κανείς δεν αντιδρά, κατάλαβε ότι ήταν γι' αυτήν. Διάβασε στην οθόνη "Χριστινάκι" και απάντησε αμέσως.

«Λέγεται, παρακαλώ!»

«Ναι, ποιος είναι... τον Μάκη θα ήθελα παρακαλώ!» ακούστηκε από μέσα τρεμάμενη η φωνή της μικρής αδελφής του. «Δεν είναι κοντά μου αυτή τη στιγμή. Είμαι η κοπέλα του η Ροδόκλεια». Κατέβαλε υπερπροσπάθεια να φανεί νηφάλια. «Πού είναι ο Μάκης, είναι καλά; Μάθαμε στις ειδήσεις...» «Χριστίνα, σε παρακαλώ κορίτσι μου, να σε πάρω εγώ σε λίγο διότι κινδυνεύει να κλείσει το κινητό του από μπαταρία και εάν κλειδώσει δε θα μπορέσω να το ανοίξω μετά;» «Γιατί, πού είναι ο Μάκης, ήσαστε στο ατύχημα του τούνελ και εσείς, πες μου σε παρακαλώ, είναι καλά;» Αγωνιώδεις οι εκκλήσεις της εφήβου, αλλά ακόμα πιο δυνατές οι ουλές στο μυαλό της Ροδόκλειας αυτά τα παρακάλια της. «Χριστίνα, Χριστίνα, έλα δε σε ακούω, εάν με ακούς κλείσε, θα σε πάρω εγώ σε λίγο». Τι να της πει; Σκαρφίστηκε αυτό το ψέμα για να ξεφύγει προς στιγμήν, αλλά κάποτε θα έπρεπε να τους πει την πάσα αλήθεια. Μήπως και να το έκρυβε δε θα μαθευόταν από αλλού; Σε λίγα λεπτά θα ήξερε εάν... Ούτε να το σκεφτεί δεν μπορούσε. Προς το παρόν είχε το άγχος της και έπρεπε να συγκεντρωθεί στο πώς θα βγάλει εις πέρας την τρομερή αυτή δοκιμασία.

Η ψύχρα του χώρου έκανε αισθητή την παρουσία της, αλλά δεν ήταν χειρότερη από την παγωνιά που είχε δημιουργηθεί στις καρδιές τους. Έσφιξε στα χέρια της τον χρυσό σταυρό, που φορούσε από τη γέννησή της αδιάλειπτα και τον έφερε στα χείλη της. Ένα ρίγος τη διαπέρασε στη σκέψη της δικής της Ανάστασης και στον, αμέσως μετά, θάνατο της μητέρας της.

Ένα ένα τα σκεπασμένα σεντόνια ανασηκώνονταν αποκαλύπτοντας τα νεκρά σώματα και οι χτύποι της καρδιάς των ζωντανών νεκρών σταματούσαν. «Όχι, όχι», είπαν με ένα στόμα και οι δύο στην πρώτη αναγνώριση. Η ελπίδα κέρδισε την πρώτη μάχη. «Όχι», ακούστηκε πρώτα η Ροδόκλεια στη δεύτερη και κούνησε πέρα δώθε το κεφάλι της, αλλά πριν προλάβει να αντιδράσει, είδε τη διπλανή της να βουτάει και να φιλάει τον άνδρα της βγάζοντας σπαρακτικές τσιρίδες: «Βασίλη μουουου... Βασίλη... γιατί έφυγες, Βασίλη, τι θα απογίνω εγώ τώρα με τρία παιδιά Βασίληηηη;» Οι υπάλληλοι του νοσοκομείου την απομάκρυναν προσεκτικά από τον χώρο, βαστώντας τη γερά μην καταρρεύσει. *"Βαρύς ο πόνος του αποχωρισμού, όσο και αν έχεις συνηθίσει στην ιδέα. Όταν έρχεται εκείνη η ώρα..."*, σκέφτηκε αναπόφευκτα η Ροδόκλεια, ενώ οι παλμοί της καρδιάς της έφταναν στο κόκκινο. Δεύτερη νίκη της ελπίδας για τη Ροδόκλεια.

«Όχι», ήταν και η τρίτη απάντησή της. Επαληθεύτηκε η ζωή και σωριάστηκε κάτω λιπόθυμη.

Απόκρυφα όνειρα

«Μάλιστα, κύριε. Ναι, σας είπα. Υπάρχει ένας νεαρός μ' αυτά τα χαρακτηριστικά που μου αναφέρετε, αλλά δεν έχουμε κανένα άλλο στοιχείο στα χέρια μας».

«Σε τι κατάσταση βρίσκεται;»

«Είναι σε κώμα από την ώρα της διακομιδής του εδώ, στο Γενικό Νοσοκομείο Χατζηκώστα Ιωαννίνων.

«Σας ευχαριστώ για τις πληροφορίες σας», είπε συντετριμμένος ο Αλέξης και έκλεισε με βαριά καρδιά το τηλέφωνο. «Δεν ξέρουμε εκατό τοις εκατό εάν είναι ο Μάκης», ενημέρωσε την οικογένειά του ο δικηγόρος.

«Δεν απαντάει και η κοπέλα του στο καλό. Και εχτές που την πήρα στο κινητό του Μάκη δε με άκουγε και το δικό της κινητό είναι απενεργοποιημένο. Μου είπε βέβαια πως θα με πάρει πίσω μόλις βρει σήμα, αλλά...» πήρε τον λόγο η μικρότερη της οικογενείας.

«Το παιδί μου, το παιδί μου... Εάν έπαθε κάτι ο Μάκης μου, θα τρελαθώ», ξέσπασε η Δέσποινα μέσα σε λυγμούς.

«Ψυχραιμία, Δεσποινάκι μου, ψυχραιμία. Δε χρειάζεται να προτρέχουμε των εξελίξεων. Πρέπει να αντιμετωπίσουμε τα δεδομένα μας με νηφαλιότητα. Πρώτα απ' όλα δεν έχει επιβεβαιώσει κανένας ότι εμπλέκεται στο ατύχημα. Δεύτερον, εάν όντως ήταν εκεί, δε θα το έλεγε εχθές η κοπέλα του απευθείας στη Χριστίνα που της τηλεφώνησε; Τρίτον, γιατί να μην έχουν τα στοιχεία του, εάν είναι αυτός που μας είπαν από το νοσοκομείο Χατζηκώστα, τη στιγμή που ο Μάκης δεν πήγαινε πουθενά χωρίς το πορτοφόλι του;»

«Σε αυτό το τελευταίο, επίτρεψέ μου μπαμπά να δια-φωνήσω, διότι μπορεί για παράδειγμα να το είχε στο σακά-κι του το οποίο να είχε αφήσει στο αυτοκίνητο. Μέσα στο ολοκαύτωμα του πυρός δε θα ρίσκαρε να το πάρει μαζί του εάν κινδύνευαν οι ζωές τους», είπε η Τέμα μπαίνοντας και αυτή στη συζήτηση.

«Έχεις δίκιο, μωρό μου, ναι, έχεις δίκιο», συμφώνησε ο πατέρας μαζί της.

«Η τροχαία τι μας είπε;» ρώτησε βιαστικά η Χριστίνα.

«Μας απάντησε πως μέσα στα αυτοκίνητα που συ-γκρούστηκαν και καταγράφθηκαν από την υπηρεσία τους, δεν υπήρχε κάποιο με τις πινακίδες της μαμάς», απάντησε ήρεμα ο Αλέξης. «Όμως, δυστυχώς, υπάρχουν πέντε με έξι αυτοκίνητα, που δε στάθηκε ακόμη δυνατή η αναγνώρισή τους, επειδή κάηκαν ολοσχερώς, από την υπερβολική θερ-μότητα που προκλήθηκε» συμπλήρωσε.

«Τι καθόμαστε και χρονοτριβούμε! Θα έπρεπε ήδη να βρισκόμαστε στον δρόμο», φώναξε πνιγμένη στα αναφι-λητά η μάνα.

«Ας μην κινηθούμε εν θερμώ. Ακόμα είναι οχτώ παρά και πιθανότατα να έρθει κάποια καινούρια ευχάριστη πλη-ροφορία και...»

«Δεν κάθομαι άλλο, ούτε λεπτό. Όποιος θέλει μπορεί να ακολουθήσει. Δώσε μου τα κλειδιά ενός αυτοκινήτου», είπε αποφασιστικά η Δέσποινα.

«Δέσποινα, σύνελθε σε παρακαλώ! Δεν κερδίζουμε τί-ποτα με το να...», ο ήχος του κινητού διέκοψε τη φράση του. Όλοι κρεμάστηκαν από τα χείλη του. «Από τη δουλειά είναι... δυστυχώς», ανέφερε και απομακρύνθηκε από κοντά τους».

«Τι κάνει ο τζουτζούκος μου;» άκουσε από μέσα τη γλυ-κιά γνώριμη φωνή.

«Καλημέρα, Ασημίνα. Πού οφείλουμε την τιμή πρωί πρωί», απάντησε ξερά αποφεύγοντας τις γλύκες.

«Να, Αλέξη μου, πήρα για να σου ζητήσω χάρη, εάν γί-νεται φυσικά, να μου δώσεις δύο μέρες έκτακτη άδεια. Μου έτυχαν κάτι αναπάντεχα γεγονότα και...»

«Ναι, φυσικά. Μην ανησυχείς. Μπορείς να λείψεις. Υπάρχει πιθανότητα να φύγω και εγώ για σήμερα από το γραφείο. Τακτοποίησε τις εκκρεμότητές σου. Θα σε δω την Τετάρτη». «Σε ευχαριστώ πολύ, μωρό. Φιλάκια στα χειλάκια». «Γεια σου, Ασημίνα, γεια σου», χαιρέτισε όσο πιο ουδέτερα μπορούσε και κατευθύνθηκε πάλι προς τους δικούς του. «Μια... υπάλληλος ήθελε άδεια», είπε πνίγοντας έναν κόμπο στον λαιμό του. «Πάντως, Δέσποινα, δεν πρέπει να βιαστούμε», τόνισε ξανά με αυστηρό ύφος.

«Ναι, μαμά, έχει δίκιο ο μπαμπάς. Όποιος βιάζεται σκοντάφτει, μας λέγατε συνέχεια και εσύ και η γιαγιά», πετάχτηκε η Τέμα παίρνοντας ευθαρσώς τον λόγο από τα χείλη της μητέρας της που ήταν έτοιμη να εκραγεί.

«Όλοι τα βάλατε μαζί μου τώρα επειδή αγωνιώ για την τύχη του παιδιού μου;»

«Καλέ μαμά, εμείς δηλαδή δεν αγωνιούμε;» πρόσθεσε η Χριστίνα και εκείνη την ώρα χτύπησε το κινητό της. «Το τηλέφωνο του Μάκη είναι», είπε και σίγασαν όλοι μονομιάς.

«Χριστίνα... καλημέρα κορίτσι μου, η Ροδόκλεια είμαι. Επιτέλους κατάφερα να σε τηλεφωνήσω».

«Πες μου... μας έχει φάει η αγωνία! Πού βρίσκεστε, είναι καλά ο Μάκης; Ήσαστε στο ατύχημα του τούνελ; Τι στο καλό συνέβη και κοντεύουμε να τρελαθούμε όλοι;» βομβάρδισε με ερωτήσεις απόγνωσης τη συνομιλήτριά της.

«Ηρέμησε, Χριστινάκι, θα τα πούμε όλα. Μόνο σε παρακαλώ άκουσέ με ήρεμα, για να μη βγάζουν και οι δικοί σου εσφαλμένα συμπεράσματα».

«Σε ακούω λοιπόν».

«Καταρχάς ναι, ήμαστε στο φοβερό ατύχημα της σήραγγας Μαβίλη. Εγώ, αφού ο Μάκης μου έσωσε τη ζωή, όπως και πολλών άλλων, νοσηλεύτηκα στο Πανεπιστημιακό Γενικό Νοσοκομείο Ιωαννίνων, όπου μετά από μια έντονη διαδικασία σοκ που πέρασα, λίγο μετά από το τηλεφώνημά σου, είχα λιποθυμικό επεισόδιο γι' αυτό και δεν μπόρεσα να σε καλέσω. Το χειρότερο ήταν που έμεινα πολλές ώρες κοιμισμένη με τα ηρεμιστικά που μου έδωσαν και όταν ξύπνησα και συνειδητοποίησα τι είχε συμβεί, κόντεψα να τρελαθώ. Αμέσως ανέτρεξα στο κινητό του να δω εάν είναι ακόμα ανοιχτό και ευτυχώς τελικά είχε αντέξει. Άρχισε τότε μέσα στα ξημερώματα, ένα δίωρο αναζήτησης αντίστοιχου φορτιστή, που έμοιαζε με ράλι ταχύτητας. Μόλις λίγο πριν κατάφερα και βρήκα από έναν άλλο ασθενή και σας πήρα αμέσως».

«Και ο Μάκης...»

«Τον Μάκη αποδεδειγμένα δεν τον έφεραν εδώ στο Πανεπιστημιακό, παρόλο που εφημέρευε. Υπάρχει όμως ένα εξίσου καλό Γενικό Νοσοκομείο, αυτό του Χατζηκώστα. Πιθανότατα να τον πήγαν εκεί».

«Ναι, πιθανόν. Και στον πατέρα μου είπαν πως υπάρχει ένας νέος με ίδια χαρακτηριστικά, αλλά είναι σε κώμα», επιβεβαίωσε η Χριστίνα και την ίδια στιγμή ένας λυγμός ξέφυγε από τον λάρυγγά της.

«Όπως και να 'ναι πολύ σύντομα θα ξέρουμε. Ζήτησα εξιτήριο από εδώ. Νιώθω ήδη καλύτερα και μόλις ξεμπερδέψω με τα διαδικαστικά σπεύδω αμέσως εκεί».

«Ξέρεις, Ροδόκλεια, η μητέρα μου επιμένει να έρθουμε στα Γιάννενα για τον ψάξουμε από κοντά. Εσύ τι λες;»

«Όχι όχι, μην κάνετε τέτοια κίνηση. Ίσως αποβεί ανώφελο. Αφήστε να πάω πρώτα εγώ και θα σας ενημερώσω από εκεί».

«Εντάξει, τα μεταφέρω όλα και στους άλλους και περιμένουμε νέα σου. Ελπίζω να είναι τα καλύτερα».

«Και εγώ», συμπλήρωσε η Ροδόκλεια και έτρεξε προς το γραφείο της προϊσταμένης.

Εν τω μεταξύ η Χριστίνα, έδωσε πλήρη αναφορά στην οικογένειά της και τελικά όλοι μαζί έπεισαν την οικοδέσποινα, να κάνει λίγες ώρες ακόμη υπομονή και στη συνέχεια να πράξουν αναλόγως.

«Και τώρα μανταμίτσα εσύ, σαν καλό κορίτσι, να μας αφήσεις το κινητό σου και να πας στο σχολείο σου. Ήδη πέρασε η ώρα!»

«Μα, καλέ μπαμπά...»

«Δεν έχει μα και ξε μα. Είσαι στην τελευταία τάξη, ένα βήμα πριν την εισαγωγή σου στο Πανεπιστήμιο και δε θα ήταν καθόλου φρόνιμο να λείπεις από τις υποχρεώσεις σου».

«Όσο δεν ξέρουμε πού και πώς είναι ο αδερφός μου δεν έχω να πάω πουθενά, ούτε με αλυσίδες να με σέρνεις», βροντοφώναξε η κόρη φεύγοντας έξαλλη για το δωμάτιό της και κλαίγοντας.

«Το παρατράβηξες, Αλέξη», επενέβη η Δέσποινα παίζοντας τον ρόλο του πυροσβέστη.

«Έχεις δίκιο. Ήμουν υπερβολικός», αποκρίθηκε αυτός μετανιωμένος και έσκυψε το κεφάλι.

Η Ροδόκλεια έφτασε στον προορισμό της, δύο ώρες μετά το τηλεφώνημα στην οικογένεια του Μάκη. Παρακάμπτοντας πολλές φορές το πρωτόκολλο, αλλού χρησιμοποιώντας την αίγλη του Παπαρρηγόπουλου και αλλού τη γοητεία της, άλλοτε με απειλές και άλλοτε με διπλωματία, κατάφερε να εντοπίσει τον νεαρό που της είχαν πει ότι μοιάζει με τον Σεραφείμ. Υπήρχε ένα τελευταίο εμπόδιο που έπρεπε να αντιμετωπίσει και επειδή ήταν ανυπέρβλητο αναγκάστηκε να χρησιμοποιήσει τη γυναικεία πονηριά.

Η ώρα επισκεπτηρίου στη μονάδα εντατικής θεραπείας και μόνο με ειδική έγκριση ήταν σε τρεις ώρες. Δεν υπήρχε υπομονή και χρόνος για κάτι τέτοιο. Παρακολούθησε από μακριά και με τρόπο το νοσηλευτικό προσωπικό που πηγαινοερχόταν και κατάφερε να απομνημονεύσει τον πενταψήφιο κωδικό που χρησιμοποιούσαν για την είσοδό τους στον χώρο. Μπήκε στα αποδυτήρια των γυναικών και αφού φόρεσε την κατάλληλη ρόμπα, έβαλε σκουφάκι στα μαλλιά και πλαστικό υποπόδιο στα παπούτσια της, πλύθηκε βιαστικά, πέρασε στα χέρια της το κατάλληλο αντισηπτικό και κατάφερε να ξεγλιστρήσει από όλα τα ανυποψίαστα μάτια.

Μια μικρή ματιά προσανατολισμού στον χώρο ήταν αρκετή για να διαπιστώσει σε πιο κρεβάτι διασωληνόταν ο αγαπημένος της. Όσο πλησίαζε τόσο ένιωθε την καρδιά της να πάλλεται δυνατά. Τα καλώδια, η μάσκα οξυγόνου, οι μετρητές αρτηριακής πίεσης και όλα τα υπόλοιπα που της προκαλούσαν αναγούλες και τάση για έμετο, δεν την άφηναν να ξεχωρίσει καλά το πρόσωπο του Σεραφείμ. Πλησίασε ακόμη κοντύτερα και τότε ένας γιατρός της μίλησε: «Καινούρια;» Κούνησε το κεφάλι καταφατικά, ενώ ένιωσε να έχει κοκκινίσει σαν παπαρούνα. Προχώρησε άλλα δύο βήματα. Όχι δεν ήταν αυτός. Ναι, σίγουρα δεν ήταν ο αγαπημένος της. Έκανε απότομη μεταβολή παρασύροντας δύο δοχεία πάνω από έναν πάγκο και ένα ποτήρι με νερό και σκορπώντας τον χαλασμό.

Πίσω οι νοσηλευτές φώναζαν αγριεμένοι, αλλά αυτή ήδη είχε βγει από την αίθουσα τρέχοντας. Πέταξε την ένδυση που είχε αποσπάσει λίγο πριν και προχώρησε με γοργά βήματα προς το κυλικείο του νοσοκομείου. Αφού πήρε τις ανάσες της τηλεφώνησε και ενημέρωσε τη Χριστίνα ότι δεν ήταν αυτός. Μίλησαν για αρκετή ώρα και δεν έβγαλαν άκρη για το πού μπορεί να βρισκόταν ο Σεραφείμ. Έκλεισε απογοητευμένη και παρήγγειλε ένα τοστ. Θυμήθηκε ότι είχε να φάει από εχτές το πρωί. Η ζάλη της ήταν αισθητή και ένιωθε πως θα καταρρεύσει και πάλι. *"Πρέπει να κρατηθώ όρθια. Για το καλό του Μάκη".* Έφαγε με το ζόρι και ρούφηξε έναν χυμό ροδιού με λαιμαργία. Ένιωθε ήδη καλύτερα. Στο μυαλό της άρχισαν να δημιουργούνται οι πρώτες θετικές σκέψεις. *"Κάπου αλλού τον μετέφεραν, αλλού πού; Σκέψου, Ροδόκλεια, σκέψου".*

Ενώ το σώμα της αναζωογονήθηκε, ο νους γύρισε στις τελευταίες ευχάριστες στιγμές πριν το μοιραίο. *"Πόσο όμορφα περάσαμε... και τι ρομαντικά! Είναι σπάνιος άνθρωπος! Πού να βρεις τόσο ρομαντικό νέο αυτή την εποχή. Δεν προλάβαμε να πάμε και στο Μέτσοβο να φάμε τις πεντανόστιμες λιχουδιές που μου υποσχέθηκες, καλέ μου!"* Πικρογέλασε αλλά την ίδια στιγμή πετάχτηκε πάνω σαν ελατήριο. *"Ναι, αυτό ήταν. Υπάρχει μεγάλη πιθανότητα να τον έχουν πάει σε νοσηλευτικό ίδρυμα του Μετσόβου",* συλλογίστηκε ελπιδοφόρα.

Ρώτησε τρεις περαστικούς από μπροστά της εάν γνώριζαν για την ύπαρξή του αλλά δε γνώριζε κανείς. Ευτυχώς ο τέταρτος, που έτυχε να είναι και νοσοκόμος της απάντησε θετικά και αναθάρρεψε. Πήρε με το κινητό του Σεραφείμ στις πληροφορίες καταλόγου και ζήτησε να τη συνδέσουν.

Αφού δόθηκαν οι πληροφορίες κι εξήγησε ποια είναι, έδωσε τις απαραίτητες διευκρινήσεις για το τι ζητάει, της έδωσαν ένα τμήμα, όπου απάντησε ένας ευγενέστατος κύριος με καθαρόαιμη βλάχικη προφορά. «Έλα κοπελιά μου και ψάχνουμε να βρούμε τους ανθρώπους του Παπαρρηγόπουλου. Πού είστε και αφήσατε μόνο του το παλληκάρι!»

«Δόξα τω Θεώ! Είναι καλά;» μπόρεσε να ψελλίσει η Ροδόκλεια, κλαίγοντας αυτήν τη φορά από χαρά.

«Είναι ζαλισμένος ακόμα, αν και πέρασε δύσκολα. Άλλοτε παραμιλούσε, άλλοτε ανέφερε συνέχεια το όνομα Ροδόκλεια και...»

«Εγώ είμαι!»

«Ναι... φυσικά», συνέχισε ο υπάλληλος του Ε.Σ.Υ «και άλλοτε έβλεπε εφιάλτες και πεταγόταν σαν δαιμονισμένος. Οι γιατροί που τον κουράρουν του χορήγησαν πολλά ηρεμιστικά και σήμερα αποφάσισαν να τον στείλουν στο Πανεπιστημιακό για περαιτέρω εξετάσεις, κυρίως προληπτικά. Πάντως έχει θεαματική βελτίωση».

«Σας ευχαριστώ πολύ για τις πληροφορίες, αλλά μπορείτε να μου κάνετε μια χάρη σας παρακαλώ;»

«Ό,τι θέλεις, κοπελιά μου».

«Ειδοποιήστε τους υπεύθυνους γιατρούς να μην τον στείλουν ακόμα. Έρχομαι αμέσως από τα Γιάννενα με ταξί και θα ειδοποιήσω την οικογένειά του για να έρθει κοντά του το γρηγορότερο, να τον συνοδεύσουν αυτοί στο νοσοκομείο».

«Εντάξει. Πες ότι έγινε».

«Και κάτι άλλο να σας ρωτήσω παρακαλώ! Πώς ξέρατε το όνομά του; Σας το είπε ο ίδιος;»

«Όχι! Δηλαδή το μάθαμε στην αρχή από αλλού και μετά...»

«Τότε....», τον διέκοψε η Ροδόκλεια βιαστικά.

«Θα γελάσεις από τη χαρά σου και την ανέλπιστη τύχη του. Το βρήκαμε από μια ετικέτα καθαριστηρίου που είχε καρφιτσωμένη πάνω στο παντελόνι του».

«Μένω με το στόμα ανοιχτό. Μα καλά και πώς δεν ειδοποιήσατε τους δικούς του ή την αστυνομία;» ρώτησε ελαφρώς ενοχλημένη η νεαρή.

«Ξέρεις πόσοι Παπαρρηγόπουλοι υπάρχουν στη χώρα. Σεραφείμ βέβαια ελάχιστοι, αλλά με τηλεφωνική καταχώρηση κανένας. Εξάλλου μόλις πριν τρεις ώρες ανακαλύψαμε το όνομά του».

«Έχετε δίκιο. Συγνώμη, βιάστηκα να σας επιπλήξω», εκφράστηκε μετανιωμένη. «Χίλια ευχαριστώ για τις ευχάριστες πληροφορίες. Ίσως να έχω τη χαρά να σας σφίξω το χέρι και από κοντά», συμπλήρωσε με ενθουσιασμό διορθώνοντας την προηγούμενη αγένειά της.

«Θα σας περιμένουμε».

Η πρώτη ενέργεια που έκανε ήταν να ειδοποιήσει μέσω της Χριστίνας την οικογένεια του Σεραφείμ για να ενημερώσει για τις ευχάριστες εξελίξεις. Αμέσως μετά πήγε να καλέσει το ταξί για να μην περπατάει έως την έξοδο, ώστε να κερδίσει χρόνο, αλλά το μετάνιωσε αμέσως. *"Ποιος θα αναλάβει την κούρσα σε μία άγνωστη που δεν έχει σεντς επάνω της; Καλύτερα να πάω στην πιάτσα από κοντά, κάτι θα σκεφτώ. Θα παρακαλέσω και κάτι θα γίνει, δεν μπορεί",* σκέφτηκε και ξεκίνησε εσπευσμένα.

Εκεί στην πιάτσα αφού εξήγησε στον πρώτο οδηγό εν ολίγοις όλο αυτό που πέρασε και τον λόγο που μεταβαίνει στο Ε.Σ.Υ Μετσόβου, εκείνος χλεύασε και της αντιπρότεινε να της δώσει το αντίτιμο του εισιτηρίου για το λεωφορείο, παρά να ρισκάρει τη μη πληρωμή του. Πικραμένη προχώρησε στον δεύτερο οδηγό, προσπαθώντας να τον πείσει να δεχθεί να αναλάβει την κούρσα με οποιονδήποτε τρόπο.

«Μπορείτε εάν θέλετε να περιμένετε εκεί μέχρι να έρθουν οι γονείς του αρραβωνιαστικού μου για να σας πληρώσουν την κούρσα και την καθυστέρηση. Να, κρατήστε και αυτό το ρολόι ως εγγύηση εάν δε με πιστεύετε». Ντράπηκε για το ψέμα ότι ήταν αρραβωνιασμένη, αλλά παρηγορήθηκε στη σκέψη ότι πολλές φορές ο σκοπός αγιάζει τα μέσα.

«Έλα μέσα, κοπέλα μου. Κράτησε το ρολόι σου και μην ανησυχείς. Δεν έχουμε ανάγκη από τα λίγα, ούτε το κέρδος ενός δρομολογίου. Όπως διακρίνω έχεις μεγάλο πόνο στην ψυχή σου και τα μάτια σου είναι καθαρά», είπε ο οδηγός και ανακουφίστηκε. Μπήκε μέσα. Σε μισή ώρα θα έφτανε στο Μέτσοβο.

Φλόγες πύρινες πέρασαν μπροστά από τα μάτια της, μπαίνοντας στο μοιραίο τούνελ. Νωπές οι μνήμες ακόμα, έκαιγαν τα σωθικά και το μυαλό. Ανάσανε βαθιά μόλις εξήλθαν από αυτό, φέρνοντας ξανά τους καρδιακούς παλμούς σε ομαλούς ρυθμούς.

«Δύσκολη κατάσταση», είπε ο οδηγός αντιλαμβανόμενος την ψυχική της κατάσταση κοιτώντας την από τον καθρέπτη.

«Πολύ», απάντησε εκείνη μονολεκτικά και βυθίστηκε στις σκέψεις της και στην αγκαλιά του Μάκη της. *"Έρχομαι, καλέ μου. Σε λίγο θα σε κρατώ στην αγκαλιά μου. Κάνε κουράγιο."*

Το τηλέφωνο του Μάκη χτύπησε ξανά. «Έλα, Χριστινάκι», απάντησε γλυκά χωρίς να κοιτάξει στην οθόνη του.

«Δεν είμαι η Χριστίνα... η μητέρα της είμαι».

«Τι κάνετε κυρία Δέσποινα;»

«Τώρα είμαι καλύτερα, κορίτσι μου, πολύ καλύτερα χάρη σ' εσένα. Πήρα για να σε ευχαριστήσω από την καρδιά μου για όλα όσα έχεις κάνει και να σε πληροφορήσω ότι είμαστε ήδη στον δρόμο με τον Αλέξη».

«Έκανα ό,τι θα έκανε ο καθένας στη θέση μου».

«Δεν το νομίζω, αλλά όπως και να 'ναι εγώ σε ευχαριστώ και θα 'θελα να ξέρεις πως σε βλέπω ως τρίτη κόρη μου πλέον...

«...»

«Σε μιάμιση ώρα περίπου όπως με ενημερώνει ο Αλέξης θα είμαστε εκεί».

«Να έχετε καλό δρόμο», ευχήθηκε η Ροδόκλεια όταν ένα δάκρυ συγκίνησης ξέφυγε μοναχικό. Της έλλειπε η μητρική στοργή και ένιωσε ιδιαίτερα συγκινημένη από την τρυφερή χειρονομία της μητέρας του καλού της.

«Θα τα πούμε από κοντά. Να μου τον φιλήσεις κόρη μου», είπε η Δέσποινα και έκλεισαν τα τηλέφωνα.

Κατέβηκε από το ταξί αφού συμφώνησαν με τον οδηγό να την περιμένει. Έτρεξε με ορμή μέσα στο κτήριο και πήγε απευθείας στο πρώτο γκισέ που βρήκε. Την καλοδέχτηκαν και μια νοσοκόμα την οδήγησε στον θάλαμο όπου νοσηλευόταν ο Σεραφείμ και τους άφησε μόνους. Ήταν ξύπνιος, ήρεμος και κοιτούσε ατενώς το ταβάνι. Πλησίασε σιγά σιγά για να μην τον τρομάξει, αλλά εκείνος δε σάλεψε. Έφτασε σχεδόν μια ανάσα από την κλίνη του και εκείνος συνέχισε να παραμένει ακίνητος.

Άγγιξε το χέρι του απαλά και τράβηξε μία καρέκλα κοντά στο κρεβάτι του. Ένιωσε μια ανεπαίσθητη κίνηση των δαχτύλων του και αναθάρρεψε. Η ανάσα του ήταν ήρεμη και δε φορούσε μάσκα οξυγόνου. Το απλανές βλέμμα του δε μετακινήθηκε διόλου. Έσκυψε να τον φιλήσει στα χείλη. Μόλις τα χείλια ενώθηκαν ένιωσε στην πλάτη της το χέρι του. Ξεκόλλησε για λίγο το στόμα της και τον κοίταζε στα μάτια, όταν και το άλλο του χέρι την πίεσε από το λαιμό απαλά, να συνεχίσει αυτό που είχε αρχίσει. Και τότε ξέσπασαν και οι δύο. Τα γέλια τους ακούστηκαν σε όλους τους θαλάμους. «Με τρόμαξες, στο καλό σου! Δύο φορές πεθάναμε και αναστηθήκαμε ώσπου να σε βρούμε και εσύ μας κάνεις πλάκα», φώναξε δυνατά μετά από ένα ζουμερό φιλί.

«Σου άρεσε όμως, έτσι δεν είναι;»

«Φυσικά! Καλύτερο από το να σε έβλεπα και να μη θυμόσουν ποια είμαι».

«Δεν υπάρχει περίπτωση να συμβεί αυτό, μωρό μου. Δεν είσαι άνθρωπος που ξεχνιέσαι εύκολα».

«Ευτυχώς πέρασαν όλα. Τέλος καλό όλα καλά».

«Εσύ πώς είσαι;»

«Τώρα που σε βρήκα πολύ καλύτερα. Αλλά πώς το έστησες; Ήσουν τόσο... φυσικός!»

«Εμ, αν έχεις και βοηθό, βγαίνει πιο ωραίο το αποτέλεσμα».

«Δηλαδή;»

«Ο κύριος που μιλήσατε στο τηλέφωνο με ειδοποίησε ότι έρχεσαι και το στήσαμε ωραία».

«Α, και εκείνος στο κόλπο δηλαδή! Και τώρα εγώ τι να πιστέψω από όσα μου είπε νωρίτερα».

«Ό,τι σου είπε, είναι αλήθεια. Μόνο που σου απέκρυψε ότι θα με ειδοποιήσει για να παίξω θέατρο. Όντως μόλις λίγες ώρες πριν συνήλθα και άρχισα να θυμάμαι τα πάντα. Ήμουν ναρκωμένος από τα ισχυρά ηρεμιστικά και από τα παυσίπονα».

«Ξέρεις, υποσχέθηκα να του σφίξω το χέρι, όταν θα ερχόμουνα. Τώρα θα το σκεφτώ βέβαια αν θα το πράξω», διαμαρτυρήθηκε η Ροδόκλεια χαδιάρικα.

«Να το κάνεις, είναι εξαιρετικός κύριος. Θα τον γνωρίσεις αμέσως. Είναι πολύ κοντός, κουτσαίνει ελαφρώς και τα μαλλιά του είναι ανύπαρκτα», την ενημέρωσε γελώντας.

«Τώρα που όλα διευκρινίστηκαν και νιώθω καλά, για να γίνω ακόμα καλύτερα, αυτό προς τον σωτήρα μου από εμένα. Και αυτό από την κυρία Χρυσαυγή και τα παιδιά της, προς τον άνθρωπο που τους έδωσε την ευκαιρία να συνεχίσουν τις ζωές τους», έλεγε και τον φιλούσε απανωτά. «Αυτό από τους υπόλοιπους γνωστούς και αγνώστους που βοήθησες, αυτό από τη μητέρα σου, τούτο από τον πατέρα σου, από το μικρό Χριστινάκι, από την Τέμα... Ωχ, να μην ξεχάσω να πάρω τους γονείς σου να τους ενημερώσω ότι είσαι καλά. Τους έχει φάει η αγωνία τους καημένους. Μα τι λέω! Πιο τρανή απόδειξη από το να ακούσουν τον ίδιο τους τον γιο υπάρχει; Έλα πάρε όποιον θέλεις και μετά θα μου πεις εσύ τα δικά σου και εγώ τα δικά μου», είπε η Ροδόκλεια και του έδωσε το κινητό του.

«Παρακαλώ;» ακούστηκε η αγωνιώδη φωνή της μητέρας του.

«Μάνα... ο κανακάρης σου είμαι! Όπως ακούς ζω και βασιλεύω και για χρόνια ακόμα θα σε παιδεύω!» Το αστείρευτο χιούμορ ακόμα και στις δύσκολες στιγμές δεν το αποχωριζόταν.

«Παιδί... παιδί μου, δόξα Τω Θεώ, είσαι καλά;» «Εννοείται! Είμαστε εδώ στο Μέτσοβο με τη Ροδόκλεια, αλλά δεν είχαν δίκιο οι φίλοι μου για το φαγητό. Όλα τα κοψίδια που μας σερβίρισαν είναι ανάλατα», αστειεύτηκε και αισθάνθηκε τη φίλη του να τον σκουντάει.

«Αφού κάνεις και πλάκα τότε μπορώ να ησυχάσω επιτέλους. Τι ξαφνική μπόρα και αυτή, Θεέ μου!» «Σε πόση ώρα φτάνετε;» ρώτησε αλλάζοντας συζήτηση ο Σεραφείμ.

«Σε καμία ώρα, πρώτα ο Θεός, θα είμαστε εκεί», απάντησε η μητέρα του και χαιρετήθηκαν.

Αμέσως μετά άρχισε ένας γεμάτος διάλογος εξιστόρησης των γεγονότων, από τον χωρισμό τους και μέχρι λίγο πριν. Για το μαρτύριο αναζήτησης που πέρασε η Ροδόκλεια, την εφιαλτική νύχτα που πέρασε ο Μάκης. Την τρομάρα και τη φρίκη που έζησε η Ροδόκλεια, τους αφόρητους πόνους από τα τραύματά του που ένιωθε ο Μάκης. «Τελικά δεν τα κατάφερε ο καημένος, κρίμα! Ξέρεις ήταν αυτός που κουβάλησα μέχρι την πόρτα διαφυγής και μετά έχασα τον κόσμο μέχρι που ξύπνησα εδώ».

«Προφανώς οι γιατροί εκτιμώντας ανάλογα την κατάσταση του καθενός τον επιβίβαζαν αντίστοιχα στα ασθενοφόρα. Εσένα σε έστειλαν εδώ και εμένα όπως και την οικογένεια του κυρίου Βασίλη στο Πανεπιστημιακό Ιωαννίνων».

«Πιθανότατα».

«Εδώ τι έχεις;» εξέφρασε την απορία η Ροδόκλεια δείχνοντας το μπράτσο του που ήταν τυλιγμένο με γάζες.

«Ένα θραύσμα με έκοψε άσχημα και έχασα πολύ αίμα. Προφανώς γι' αυτό λιποθύμησα».

«Επειδή δε με άκουσες το έπαθες».

«Σου υπόσχομαι ότι μόνο σε τέτοια δε θα ακούω τις εντολές σου».

«Να μου λείπει το βύσσινο. Δε θα άντεχα με τίποτα να το ξαναπεράσω όλο αυτό. Ωχ, ξεχάστηκα! Έχω το ταξί έξω και περιμένει τόση ώρα. Μήπως έχεις κρατημένα τίποτα χρήματα στο παντελόνι σου;»

«Όχι, πάντα τα βάζω στο πορτοφόλι μου. Ήταν μέσα στο σακάκι μου. Σε σένα δεν το είχα δώσει λίγο πριν χωρίσουμε;» Σιγή. Η Ροδόκλεια κοντοστάθηκε και ύστερα ξέσπασε σε νευρικό γέλιο. «Τόση ώρα το είχα μαζί μου και δε μου πέρασε ούτε στιγμή από το μυαλό».

«Είχες άλλα πράγματα να σκεφτείς μέσα στην απόγνωσή σου. Μη στενοχωριέσαι άδικα».

Έβγαλε γρήγορα γρήγορα από την πλαστική σακούλα που της είχαν δώσει από το νοσοκομείο το σακάκι του, αναζήτησε το πορτοφόλι και έφυγε τρέχοντας για το προαύλιο. Εκεί αντίκρυσε τον οδηγό που κάπνιζε έξω από το όχημά του. Του έδωσε διπλά χρήματα από το αντίτιμο που της ζήτησε, αλλά εκείνος αρνήθηκε ευγενικά να τα πάρει. «Θα κρατήσω παραπάνω μόνο για ένα πακέτο τσιγάρα, μπας και καταφέρω να με στείλω μια ώρα αρχύτερα στον άλλο κόσμο να γλιτώσω. Τα άτιμα ακρίβυναν πολύ με τους νέους φόρους».

«Να σας ρωτήσω κάτι; Ξέρετε πότε έχει λεωφορείο για Θεσσαλονίκη;»

«Διάβασε κοπελιά στον πίνακα ανακοινώσεων. Εκεί γράφει για όλα τα δρομολόγια».

Τον ευχαρίστησε δύο φορές και γύρισε μέσα. Πήγε στην αίθουσα αναμονής, εντόπισε τον πίνακα και διάβασε ότι σε μισή ώρα αναχωρούσε το τελευταίο λεωφορείο της ημέρας. Μετά με το βλέμμα της έψαξε τον κύριο που είχε μιλήσει στο τηλέφωνο πριν. Δεν άργησε να τον εντοπίσει με τόσα έντονα χαρακτηριστικά. Τον ευχαρίστησε θερμά, ενώ εκείνος δεν έλεγε να την αφήσει από τα μάτια του. Τη συνόδευσε έως τον θάλαμο του Σεραφείμ και αρκέστηκε σε μια λιτή φράση πριν τους αφήσει: «Είσαι πολύ τυχερός, νεαρέ μου, που έχεις τέτοιο κορίτσι πλάι σου!» Εκείνη τη στιγμή ο Μάκης, με μικρή δυσκολία ανασηκώθηκε για να ακουμπήσει με την πλάτη. Η Ροδόκλεια τον βοήθησε διορθώνοντας την κλίση της κλίνης εκεί που επιθυμούσε.

«Εντάξει και αυτό. Τι μας μένει τώρα; Ένα φιλάκι του αποχαιρετισμού και να ευχηθούμε καλή ατάμωση στην πόλη».

«Τι; Φεύγεις κιόλας ακόμα δε σε χόρτασα;»
«Ναι, αγαπούλη μου, το τελευταίο λεωφορείο της ημέρας φεύγει σε μισή ώρα. Δυστυχώς θα πρέπει να σ' αφήσω».
«Μα, καλά γιατί δεν κάθεσαι να φύγεις με τους δικούς μου;»
«Οι δικοί σου θα θέλουν να φύγουν μαζί σου όποτε βγεις. Μπορεί αυτό να γίνει αύριο, μεθαύριο. Δε νομίζω ότι έχω τόσον χρόνο στη διάθεσή μου, ούτε και την πολυτέλεια των χρημάτων φυσικά, εάν πούμε ότι μένω σε ξενοδοχείο».
«Μη σκέφτεσαι τα χρήματα, δεν είναι αυτά εμπόδιο. Τώρα όσο για τον χρόνο σου, θα μπορούσες άνετα να πάρεις άδεια από τη δουλειά σου, λόγω των συμβάντων και...»
«Ναι, αυτό το τακτοποίησα, αλλά δε θέλω να δίνω αφορμές εφόσον μπορώ να κινηθώ διαφορετικά. Είμαι καινούρια ακόμα και δε βρίσκεις εύκολα τέτοια καλή εργασία με τόσο συνεργάσιμο εργοδότη. Εάν είμαι καλά αύριο θα πάω».
«Δεν επιμένω, αλλά να... θα γνώριζες και τους γονείς μου».
«Δε νομίζεις ότι είναι λίγο νωρίς γι' αυτό και ακατάλληλες οι συνθήκες;»
«Ναι, μάλλον έχεις δίκιο. Όπως και να 'χει, το φιλί που μου υποσχέθηκες», είπε και έστρεψε το μάγουλό του προς το μέρος της.
«Αυτό για τον αποχαιρετισμό, αυτό για την καλή αντάμωση και αυτό για σένα», τόνιζε η Ροδόκλεια κάθε φορά που τον φιλούσε σε διαφορετικό σημείο. Το τελευταίο φιλί ήταν το πιο ζεστό, στα χείλη.
«Και αυτό για να το πάρεις μαζί σου για συντροφιά», συμπλήρωσε γελώντας ο Σεραφείμ την ώρα που έστελνε τη φλόγα του φιλιού του μέσα στο είναι της. «Δεν μπορώ να σε ξεπροβοδίσω, διότι έχω κάποιες ζαλάδες ακόμα».
«Να καθίσεις να ξεκουραστείς για να μου έρθεις ανανεωμένος», τον συμβούλευσε εκείνη και σηκώθηκε από την καρέκλα της. «Και κάτι τελευταίο. Θα μου δανείσεις τα χρήματα για το εισιτήριο; Θα σου τα επιστρέψω μόλις βρεθούμε μαζί με αυτά που σου πήρα για το ταξί».
«Πάρε όσα χρειάζεσαι. Ούτως ή άλλως μου έχεις κλέψει την καρδιά, οπότε όλα τα υπόλοιπα έρχονται δεύτερα».

Η Ροδόκλεια αρκέστηκε να τον κοιτάξει απλά στα μάτια, παρά να μιλήσει. Πόσο τη γέμιζε αυτός ο νέος! Έβαλε τα χρήματα στην τσέπη της και τον φίλησε για τελευταία φορά στοργικά και απομακρύνθηκε γρήγορα πανάλαφρη, για να μη χάσει το λεωφορείο της γραμμής.

Οι γονείς του Μάκη έφτασαν είκοσι λεπτά αργότερα και δεν μπόρεσαν να γνωρίσουν από κοντά την κοπέλα του γιου τους, που φέρθηκε τόσο αξιοπρεπώς το τελευταίο εικοσιτετράωρο. Οι σιωπηλές αγκαλιές και τα στοργικά φιλιά τα είπαν όλα. Περιττές οι κουβέντες τέτοιες στιγμές. Τα δάκρυα της μητέρας έσταζαν απευθείας στην καρδιά του Σεραφείμ καυτά. Βαθύς ο πόνος της μάνας όταν βλέπει τα παιδιά της να υποφέρουν. Ανείπωτος, που δεν μπορεί να αποδοθεί ούτε με όλα τα τραγούδια του κόσμου, ούτε με τις καταλληλότερες λέξεις των ποιητών. Ο πατέρας παρακολουθούσε συγκινημένος τις στιγμές και στο μυαλό του δημιουργούνταν πλάνες σκέψεις.

Λίγη ώρα μετά, τους ενημέρωσαν ότι ο ασθενής θα πρέπει να μεταβεί με ασθενοφόρο στο νοσοκομείο των Ιωαννίνων, αφού κρίθηκε απαραίτητο να προβούν σε επιπλέον εξετάσεις, κυρίως στα πνευμόνια, για να αποφύγουν μελλοντικές επιπλοκές όπως τους είπαν. Ο Αλέξης θα ακολουθούσε με το αμάξι του από πίσω και η Δέσποινα θα συνόδευε, μετά από παράκληση, τον γιο της επάνω σε αυτό.

Όλα πήγαν καλά και φτάνοντας στο νοσοκομείο, όλες οι διαδικασίες προχώρησαν με τόσο γρήγορους ρυθμούς, σε βαθμό που η Δέσποινα απορούσε εάν αυτό συμβαίνει πραγματικά ή ονειρεύεται. Στην πραγματικότητα, η διοίκηση του νοσοκομείου γνωρίζοντας την ηρωική προσφορά του νεαρού κατά το δυστύχημα και την αίγλη του μεγαλύτερου δικηγόρου της Βορείου Ελλάδος, έδωσε αυστηρή εντολή να προσεχθεί ιδιαίτερα, εν αγνοία βέβαια της οικογενείας Παπαρρηγόπουλου.

Αφού τελείωσαν αισίως οι εξετάσεις, τους ενημέρωσαν ότι θα έπρεπε να μείνει μέσα άλλο ένα βράδυ και πιθανότατα μετά τα αποτελέσματα και των τελευταίων εξετάσεων, εφόσον όλα ήταν καλά, προς το μεσημεράκι θα έπαιρνε εξιτήριο. Αποφάσισαν η μητέρα να μείνει με τον γιο της στο ίδιο δίκλινο δωμάτιο, ενώ ο πατέρας θα έμενε στο Ipirus Palace, το ξενοδοχείο πέντε αστέρων που διημέρευσαν ως νεαρό ζευγάρι πριν πολλά χρόνια και είχαν ενθουσιαστεί. Ο Αλέξης τακτοποιήθηκε στο πολυτελές δωμάτιο και έκανε ένα γρήγορο και νευρικό ντους. Προσπάθησε να βάλει σε μία τάξη τις σκέψεις του, αλλά αυτές γύριζαν ανάκατες μεταξύ τους προκαλώντας τρομερό πονοκέφαλο. Ανάμικτα συναισθήματα δημιουργήθηκαν στον ψυχικό του κόσμο. Υπερηφάνεια για τον γιο και τον ηρωισμό του, καθώς και για τη στοργή της συζύγου του προς τον πρωτότοκό τους, θλίψη για τον χαμό τόσων ανθρώπων, μίσος για τις απαράδεκτες και αδικαιολόγητες πράξεις κάποιων που δε λογαριάζουν τίποτα προκειμένου να πετύχουν τον σκοπό τους, ζεστασιά από την υπερβάλλουσα φροντίδα των κοινωνικών λειτουργών, αγάπη από τον ίδιο και προς τον ίδιο από όλη του την οικογένεια.

Μόλις ένιωσε την αύρα της οικογένειας να πλημμυρίζει το δωμάτιο, τηλεφώνησε στις κόρες που είχε αφήσει μόνες στο σπίτι. Στην αρχή τη μεγαλύτερη στο κινητό της, αλλά δεν του απάντησε. Κατόπιν στη Χριστίνα, η οποία σήκωσε το τηλέφωνο αστραπιαία και όλο χαρά άκουσε τα νέα δια στόματος του πατέρα της. Υποσχέθηκε ότι θα πάρει και η ίδια τον αδερφό της, να του ευχηθεί περαστικά και φυσικά να τον συγχαρεί για τον ηρωισμό του. «Μην ξεχάσεις να ενημερώσεις και την Τέμα, Χριστινούλα μου, εντάξει;» της υπενθύμισε.

«Α, μπαμπά, στα κανάλια της τηλεόρασης όλη την ημέρα λένε για το συμβάν στο τούνελ και έδωσαν μεγάλη βαρύτητα στην ηρωική πράξη του Μάκη μας. Ένιωσα μεγάλη υπερηφάνεια! Είπαν ακόμα ότι ο νεκρός δράστης είχε αρπάξει το βυτιοφόρο με σκοπό να ξεφύγει στη γειτονική χώρα, αλλά έπεσε σε μπλόκο της τροχαίας και αναγκάστηκε να περάσει στο απέναντι ρεύμα με αποτέλεσμα...»

«... να φάει τόσους αθώους άδικα των αδίκων», συμπλήρωσε ο πατέρας της.

«Ναι, πολύ κρίμα. Σ' αφήνω τώρα, μπαμπάκα μου, για να πάρω τον Μάκη μας. Φιλάκια και καλό βράδυ».

«Φιλάκια, μωρό μου! Επίσης».

Τον Αλέξη δεν τον χωρούσε ο τόπος. Ποιος τόπος δηλαδή! Μπορεί να ήταν ένα από τα καλύτερα δωμάτια του ξενοδοχείου, αλλά δεν ήταν ικανό να καλύψει τις ανησυχίες του. Γύριζε σαν το αγρίμι πέρα δώθε, μια έβγαινε στο μπαλκόνι, μια πήγαινε στο μπάνιο να πλύνει τα μούτρα του, μια έκοβε και πάλι βόλτες. Υπερένταση; Στενοχώρια λόγω του συμβάντος; Λογικά όλα αυτά, αλλά τα δύσκολα είχαν περάσει! Τότε τι του έφταιγε και ήταν σαν θλιμμένη κουκουβάγια; Κάτι του έλειπε, αλλά τι;

Μα τι άλλο! Είχε να τη δει τρεις ολόκληρες ημέρες. Στη δουλειά δεν πήγε καθόλου, αλλά και να πήγαινε, εφόσον του είχε ζητήσει άδεια δε θα ερχόταν αυτή. Του έλειπε ήδη, πριν καλά καλά προχωρήσουν τη σχέση τους σε ανοιχτά πελάγη. Αν τώρα που κολυμπούσε στον αφρό της θάλασσας ένιωθε έτσι, τι θα του συνέβαινε εάν χωνόταν στα βαθιά νερά; Αναστέναξε! *Άχ, Ασημίνα, πώς με κατάντησες έτσι να μην μπορώ ούτε λεπτό μακριά σου!"* Δεν άντεξε άλλο. Σήκωσε το κινητό του και την κάλεσε. Εκείνη απάντησε αμέσως. Άρχισε ένας θερμός διάλογος, που μέχρι τώρα δεν είχαν βιώσει. Οι ερωταποκρίσεις ήταν αναπόφευκτες. Ένιωσε και πάλι να βρίσκει τον εαυτό του και να γεμίζει ο ανδρισμός του.

Μίλησαν για τουλάχιστον μία ώρα, αναλύοντας φυσικά και τα γεγονότα, όπως αυτά εξελίχθηκαν μέχρι πριν από λίγο, με το αίσιο τέλος. Η Ασημίνα τον άκουγε προσεκτικά και τον παρηγορούσε γλυκά, τονίζοντας συνέχεια ότι το μήλο κάτω από τη μηλιά θα πέσει και ότι η αντρειοσύνη του Σεραφείμ είναι γονίδιο δικό του. «Θα ήθελα να ήμουν εκεί τώρα», δήλωσε αισθησιακά σε ανύποπτη στιγμή και τον φούντωσε ακόμη περισσότερο.

«Τι σε εμποδίζει και δεν το κάνεις;»

«Στα απόκρυφα όνειρά μου είμαι εκεί, στην αγκαλιά

σου και σπαρταράω σαν ψάρι αγκιστρωμένη από τα φιλιά σου, αλλά...»

«Αλλά;»

«Έ, να όλο αυτό που τράβηξε ο γιος σου και κατ' επέκταση η οικογένειά σου, δεν το βλέπω σωστό στην παρούσα χρονική στιγμή».

«Και αν πούμε ότι πάει αυτό, ξεπεράστηκε πλέον και δε με αγχώνει πια;»

«Ξέρεις πολύ καλά πόσο καίγομαι για σένα και εάν μου πεις να έρθω σε δύο ώρες θα είμαι εκεί».

«Άκουσέ με! Τέτοια ευκαιρία δε θα συναντήσουμε εύκολα. Χωρίς να χρειαστεί να χρησιμοποιήσουμε κάποιο στημένο σενάριο, ούτε να προσποιηθούμε κάτι εικονικό δε νομίζω να ξανά έρθει μπροστά μας τόσο... βατά», τόνισε ο δικηγόρος και μέσα του επαναστατούσαν οι φωνές της συνείδησης που προσπαθούσε να εκμεταλλευτεί την απρόσμενη κατάσταση.

«Ναι, δεν έχεις και άδικο, έτσι που το θέτεις».

«Λοιπόν, θέλεις να έρθεις;» ρώτησε παρακλητικά ο Αλέξης.

«Αύριο έχω άδεια, οπότε δε θα χρειαστεί να γυρίσω νωρίς για τη δουλειά. Αν και είμαι όλη μέρα στους δρόμους σήμερα, ναι σε δυόμιση με τρεις ώρες θα είμαι εκεί», απάντησε η Ασημίνα όλο νάζι.

«Σε περιμένω λοιπόν, φιλάκια».

«Φιλάκια γλύκα».

Δεν πρόλαβε να κλείσει τη γραμμή, όταν διαπίστωσε ότι τον έπαιρνε η γυναίκα του. Την πήρε πίσω αυτός μόλις τελείωσε με την ερωμένη του. «Έλα, Αλέξη, πού μιλάς τόση ώρα;»

«Εκκρεμότητες της δουλειάς, Δέσποινα, μην ασχολείσαι. Μια μέρα να λείψεις, βουνό οι απαιτήσεις. Τι ήθελες;» προσπάθησε να ξεγλιστρήσει όσο πιο ανώδυνα μπορούσε.

«Τακτοποιήθηκες;»

«Ναι, φυσικά, εσείς εντάξει; Ο Μάκης έχει καλή ψυχολογία;»

«Δόξα Τω Θεώ. Συνήλθε πλήρως και οι μέχρι στιγμής εξετάσεις δείχνουν ότι θα θεραπευτεί εντελώς.

«Πολύ ωραία, ευτυχώς Θεέ μου!»

«Αύριο βέβαια θα βγουν και τα τελευταία αποτελέσματα και θα είμαστε απόλυτα σίγουροι για όλα. Θα συνεχίσει να έχει ζαλάδες για λίγες ημέρες, αλλά τίποτα ανησυχητικό».

«Μάλιστα, ενθαρρυντικά όλα λοιπόν. Εγώ δε θα βγω, αισθάνομαι χάλια και θα μείνω στο δωμάτιο να δω λίγες ειδήσεις και καμία ταινία μέχρι να με πάρει ο ύπνος. Αύριο κατά τις οχτώ θα έρθω επάνω. Στο δωμάτιο 214 είμαι, να ξέρεις».

«Τι να τον κάνω τον αριθμό του δωματίου, σάμπως θα σε τηλεφωνήσω εκεί; Αφού στο κινητό σε παίρνω! Εάν χρειαστώ κάτι πάλι εκεί θα σε πάρω», διευκρίνισε ανυποψίαστη η σύζυγος.

«Ποτέ δεν ξέρεις. Συγκράτησέ το εσύ και ας μη χρειαστεί».

«Εντάξει, καλό βράδυ».

«Καληνύχτα! Τα φιλιά μου στον γίγαντα».

Το πρώτο πράγμα που αναρωτήθηκε μόλις έκλεισαν ήταν γιατί της έδωσε τον αριθμό του δωματίου. Ασυναίσθητα ή μήπως για να έχει άλλοθι. Πάλι οι ερινύες έκαναν την εμφάνισή τους, αυτή τη φορά πιο ισχυρές και μεταμορφωμένες σε φτερωτούς τοξοβόλους. Τα βέλη φαρμακερά όσο ποτέ άλλοτε. Ο γιος του γλίτωσε από του χάρου τα δόντια στο παρά ένα και αυτός γύρευε κουτσουκέλες. Η Δέσποινα να είναι ξάγρυπνη στο προσκεφάλι του Σεραφείμ και αυτός να πηδιέται με τη γραμματεία του. *"Άνανδρε, προδότη, αχάριστε, άπιστε. Κυρία όλα αυτά τα χρόνια η σύζυγος, να σε φροντίζει να σε ποτίζει και εσύ να την πληρώνεις με το πιο κάλπικο νόμισμα. Σου έδωσε ποτέ αφορμή για κάτι; Εε, πες μου σου έδωσε; Όχι φυσικά! Τότε γιατί την προδίδεις για πέντε λεπτά σαρκικής ευχαρίστησης;"*

Τινάχτηκε επάνω τρέμοντας σύγκορμος. Δεν περίμενε τέτοια ψυχική αντίδραση διχασμού του ίδιου του εαυτού. Έπιασε το κινητό του και σχημάτισε τον αριθμό της Ασημίνας που είχε αποστηθίσει πλέον. Θα της ζητούσε, βρίσκοντας μια ψεύτικη δικαιολογία να γυρίσει πίσω όσο ήταν ακόμη νωρίς. *"Η κλήση σας προωθείται"*, ανέφερε το ηχογραφημένο μήνυμα. Δοκίμασε ξανά αλλά πάλι τα ίδια. *"Θα μιλάει"*, σκέφτηκε. *"Δεν πάει στο καλό του, δεν ξαναπαίρνω. Ό,τι είναι να γίνει θα γίνει. Τώρα που μπήκαμε στον χορό θα χορέψουμε".*

Σηκώθηκε και έβαλε ένα ποτό από το μικρό μπαρ για να κυκλοφορήσει πιο θερμό το αίμα του και να συνέλθει. Άρχισε να κάνει θετικές σκέψεις, να βρίσκει δικαιολογίες της τάξης *"ούτε ο πρώτος θα είμαι ούτε ο τελευταίος"* και παρήγγειλε φαγητό για δείπνο από τη ρεσεψιόν. Εκείνη τη στιγμή πήρε η Ασημίνα και τον ρώτησε τι ήθελε. Απάντησε όσο πιο φυσικά μπορούσε, ότι ήθελε να επιβεβαιώσει εάν ξεκίνησε. Αφού πήρε καταφατική απάντηση βυθίστηκε ξανά στην πλάνη του, μη μπορώντας να αντικρύσει την πραγματικότητα κατά πρόσωπο.

Η Ασημίνα λίγο πριν και όσο ταξίδευε, έκανε και αυτή τα τηλεφωνήματά της. Στο πρώτο μίλησε αρκετή ώρα με έναν άντρα με τραχιά φωνή, δίνοντας στρατηγικές οδηγίες σε αυστηρό ύφος: «Αύριο θα γίνει οπωσδήποτε! Περνάμε στο plan b. Δεν υπάρχουν άλλα περιθώρια για χασομέρια, ούτε αναβολές. Είναι μοναδική ευκαιρία σου λέω, τώρα που λείπουν τα σκυλιά από το σπίτι και έμειναν μόνο οι γατούλες. Μη μου μιλάς εμένα έτσι, γιατί σου χώνω το δωδεκάποντο στον κώλο και θα σου το βγάλω από εκεί, όταν θα παρακαλάς γονατιστός. Είπαμε, πάει και τελείωσε. Όλα βαίνουν σύμφωνα με το δεύτερο σχέδιο. Αύριο στο σχόλασμα και μετά στο διαμέρισμα της Τούμπας. Γκε γκε;»

Το επόμενο τηλεφώνημα έγινε με πιο ήπιους τόνους και οι κουβέντες ήταν ήρεμες και μετρημένες, αλλά με το ίδιο νόημα. Έβγαλε τα ακουστικά από τα αυτιά της, άφησε το κινητό στην ειδική θήκη του αυτοκινήτου και αφοσιώθηκε στον δρόμο. Ήταν σκοτάδι και όπως ήταν ιδιαίτερα κουρασμένη, θα μπορούσε να προκαλέσει ατύχημα εάν άφηνε τον εαυτό της χαλαρό.

Έφτασε στο ξενοδοχείο την προβλεπόμενη ώρα και τον ενημέρωσε μόλις πάρκαρε το ενοικιαζόμενο αυτοκίνητο. Εκείνος με τη σειρά του, της έδωσε τον αριθμό του δωματίου του και έξτρα πληροφορίες πώς να τον βρει εύκολα.

Αμέσως μετά, ο Αλέξης ειδοποίησε τη ρεσεψιόν, ότι περιμένει παρέα και τους παρακάλεσε να την καθοδηγήσουν και αυτοί. Η Ασημίνα προτίμησε τις σκάλες, τις οποίες ανέβηκε με τη σβελτάδα ζαρκαδιού. Ο Αλέξης την υποδέχθηκε με ένα θερμό χαμόγελο και ένα καυτό φιλί στα χείλη. «Δεν περίμενα ότι θα το έκανες αυτό για μένα», της είπε επαινετικά.

«Γιατί το λες αυτό, Αλέξη μου; Δε θυμάσαι που σου είχα πει πως αν θες να περάσεις καλά, θα περάσεις καλά; Αφού λοιπόν το αποφάσισες, εγώ θα είμαι όπου με χρειαστείς», τον αποστόμωσε η μικρή ανάβοντάς τον ακόμη περισσότερο. «Να κάνω ένα γρήγορο ντους και έρχομαι αμέσως», συμπλήρωσε και τον άφησε να πλάθει με όρεξη τις φαντασιώσεις του.

Ο Αλέξης δεν άντεξε και όρμησε στο μπάνιο. Η ολόγυμνη Ασημίνα είχε διαλέξει την καμπίνα ντους και όχι την μπανιέρα. Τράβηξε τα φύλλα της απαλά και χώθηκε μέσα, αρπάζοντάς την από πίσω. Εκείνη γύρισε αισθησιακά προς το μέρος του, αφού λίκνισε μερικές φορές τη λεκάνη της ακουμπώντας όσο έπρεπε το κορμί του. Ο Αλέξης αφαίρεσε το μπουρνούζι του και βρέθηκε εντελώς γυμνός στα χέρια της, που χώθηκαν αδιάκριτα στην ήβη του. Έπραξε και αυτός το ίδιο και την άκουσε να αναστενάξει ηδονικά.

Το υγρό στοιχείο που έτρεχε από την κορφή έως τα νύχια, προσέδιδε επιπλέον ερεθισμό στα κορμιά που ήταν έτοιμα να εκραγούν. «Όχι εδώ, είναι στενά», είπε σχεδόν βογκώντας απ' την απόλαυση, τη στιγμή που κατάλαβε πως προσπάθησε να μπει μέσα της. «Υπάρχει φόβος να χτυπήσουμε», συμπλήρωσε η νεαρή.

«Αν και δεν κρατιέμαι, θα σου κάνω τη χάρη», είπε ο Αλέξης παραπονιάρικα και βγήκε πρώτος από το μπάνιο, ολόγυμνος και χωρίς να σκουπιστεί καθόλου. Ξάπλωσε στο κρεβάτι και περίμενε. Η Ασημίνα δεν άργησε να φανεί.

Το αραχνοΰφαντο νυχτικό της, διέγραφε τις γραμμές του σώματός της και έκανε την οπτική της εικόνα να μοιάζει με αρχαία θεά. Οι πλούσιες καμπύλες της κέρδισαν περίτρανα την πρωτιά στο ερευνητικό βλέμμα του ερεθισμένου άντρα από τα πρώτα της κιόλας βήματα. Το εφηβαίο με τον ιδιαίτερο καλλωπισμό του, κέντρισε το ενδιαφέρον του ακολούθως. Άνοιξε τα χέρια του και τη δέχθηκε στην αγκαλιά του.

Ένας νέος γύρος φλογερών φιλιών ξεκίνησε σε συνδυασμό με το ερωτικό παιχνίδι αγγιγμάτων σε κάθε κύτταρο των γυμνών κορμιών. Το γενετήσιο ένστικτο, χωρίς ίχνος αληθινών αισθημάτων, είχε κυριεύσει τα σώματα και προσπαθούσε να αναλάβει τα ηνία, παίζοντας πρωταρχικό ρόλο σε αυτή την ανορθόδοξη σεξουαλική επαφή. Η Ασημίνα στάθηκε από επάνω του, ακινητοποιώντας τα χέρια του Αλέξη πάνω στο κρεβάτι, δηλώνοντας έτσι την κυριαρχία πάνω του, σαν να έλεγε "εγώ κάνω κουμάντο τώρα". Εκείνος, λίγο πριν κλείσει τα μάτια του αφήνοντας το σώμα του να μιλήσει ελεύθερα, έριξε μια τυχαία ματιά στην ελιά που ήταν στο κέντρο του στήθους της. Η ερεθισμένη παρτενέρ του έπιασε με λαιμαργία τον ανδρισμό του και τον οδήγησε προς τον κόλπο της. Ο Αλέξης, με κλειστά τα μάτια ζούσε το δικό του απόκρυφο όνειρο.

Ξαφνικά τη μαγεία της στιγμής έκλεψε απότομα ένα αόρατο πέπλο ενοχών που κάλυψε τα πάντα μπροστά του. Οι έντονες τύψεις, που επιτέλους ξύπνησαν από τον βαθύ λήθαργο που είχαν πέσει πρωτοστάτησαν. Έστειλαν μπροστά στα μάτια του, μέσα σε λίγα κλάσματα δευτερολέπτου, όλη τη μέχρι τώρα γαλήνια και υγιή διαδρομή της σχέσης του με τη Δέσποινα, σαν κινηματογραφική ταινία μικρού μήκους. Τίναξε το κεφάλι του δεξιά και αριστερά, προσπαθώντας να διώξει αυτό το κάλυμμα μυστηρίου, που τον καταπλάκωνε και τον τύλιγε όλο και πιο αποπνιχτικά, αλλά μάταια. Ένιωσε δυσφορία και το στήθος του άρχισε να πάλλεται επικίνδυνα. Οι παλμοί του ανέβηκαν στο κόκκινο και αισθάνθηκε τον θώρακά του να πιέζεται σαν να τον πατάει ελέφαντας. Οι φωνές της Τισιφόνης, της Αληκτώ και της

274

Μέγαιρας του τρυπούσαν τα τύμπανά του από κάθε γωνία του αμαρτωλού δωματίου. Εφοδιάστηκαν με τα φαρμακερά βέλη τους και τα εξαπέλυαν εναντίον του φλογισμένα. *"Αλήτη, ανήθικε, ξεπουλημένε, υποκριτή..."* Η Ασημίνα κατάλαβε ότι κάτι δεν πάει καλά, όταν ένιωσε κάτω στο χέρι της τον φαλλό του να έχει χαλαρώσει, πριν καλά καλά μπει μέσα της, σαν χαλασμένη πλαστελίνη. Φρούδες οι προσπάθειές της να τον επαναφέρει με αισθησιακές μαλάξεις. Κοίταξε τον εραστή της στα μάτια και διαπίστωσε ότι περνούσε αφόρητες στιγμές πόνου και έντονης συναισθηματικής φόρτισης, ανίκανο να αντιδράσει. Δύο δάκρυα επιβεβαίωναν τη σκέψη της, τη στιγμή που ενώνονταν με τα λίγο πριν καυτά χείλη του. Πάγωσε! Κατέβηκε από πάνω του και ξάπλωσε δίπλα του, χαϊδεύοντάς τον τρυφερά στο στήθος, που δεν έλεγε να κοπάσει από τους καλπασμούς.

«Είσαι καλά; Να σου φέρω ένα ποτήρι νερό;» τον ρώτησε τρυφερά.

«Θα συνέλθω! Ένιωσα σαν να έπαθα έμφραγμα, αλλά σίγουρα ήταν κάτι άλλο, κάτι πιο ισχυρό», μουρμούρισε απογοητευμένος και έφερε τα χέρια του στο στήθος, αποσπώντας το δικό της από επάνω του. Αμέσως μετά σηκώθηκε με αργές κινήσεις και κατευθύνθηκε στο μπάνιο, όπου έπλυνε τα μούτρα του. Ένιωσε να συνέρχεται ελαφρώς και επέστρεψε στο δωμάτιο. Άνοιξε την μπαλκονόπορτα ευελπιστώντας ότι ο καθαρός αέρας θα του αναζωογονήσει το μυαλό και θα διώξει τις αμαρτωλές στιγμές. Ξάπλωσε πάλι δίπλα της, αφού πρώτα φόρεσε τη βαμβακερή ρόμπα του, προσπαθώντας να κρύψει ό,τι μπορούσε από την ντροπή του.

Η Ασημίνα του μίλησε τρυφερά και ενθαρρυντικά: «Έλα, μη στενοχωριέσαι, συμβαίνουν αυτά. Πέρασες και τόση μεγάλη μπόρα με τον Σεραφείμ, λίγο είναι!»

«Μείνε μαζί μου απόψε. Δε θέλω να φύγεις μέσα στα μαύρα τα σκοτάδια και να έχω και άλλη έγνοια», τον άκουσε να της λέει, αλλάζοντας εντελώς το θέμα.

«Όπως θέλεις, τζουτζούκο μου», συμφώνησε εκείνη χαδιάρικα.

Ξάπλωσαν αμίλητοι. Η μόνη επαφή, τα μπλεγμένα δάχτυλα των χεριών τους, που έκαναν μια ύστατη προσπάθεια να κρατήσουν ζωντανή μια σχέση που στο ξεκίνημά της είχε κλονιστεί σφοδρά. Η κούραση και οι απρόσμενες εξελίξεις δεν άργησαν να πάρουν στον κοιτώνα του Μορφέα την Ασημίνα. Δεν κατάφεραν, όμως, να νικήσουν και τον Αλέξη, ο οποίος έμεινε ξύπνιος, χωμένος μέσα στον κυκεώνα των τύψεών του, έως τα ξημερώματα. Έρεβος η ψυχή του. Ωκεανός ανάμικτων συναισθημάτων το αίμα στις φλέβες του. *"Γιατί;"*

Εκβιαστικά διλήμματα

Θεσσαλονίκη
26 Οκτωβρίου 2021

Την επόμενη ημέρα, γύρω στις πέντε το απόγευμα έφτα-ναν στο σπίτι ο Σεραφείμ με τους γονείς του. Χαρούμενοι από τη γρήγορη ανάρρωση του γιου τους, οι γονείς έμοιαζαν τρισευτυχισμένοι, βάζοντας πίσω την κακιά ώρα που χτύπη-σε την πόρτα τους. Το πρώτο πράγμα που έκανε η Δέσποινα πριν καλά καλά μπει στο σπίτι, ήταν να ανάψει το καντηλάκι στο εκκλησάκι που βρισκόταν στη βόρεια άκρη της τεράστιας αυλής. Ευχαρίστησε τον Ύψιστο για το αίσιο τέλος, προσευ-χήθηκε ευλαβικά και φίλησε όλες τις εικόνες των Αγίων. Κα-τόπιν ακολούθησε το πλακόστρωτο μονοπάτι που οδηγούσε απευθείας στην κεντρική είσοδο της έπαυλης. Οι άνδρες ήδη είχαν μπει μέσα και συζητούσαν με την Τέμα, η οποία ήταν έντονα ανήσυχη. «Όχι, δεν ήρθε ακόμα. Δεν ξέρω! Όχι, δεν πήρε», την άκουγε να λέει σχεδόν κλαίγοντας.

«Τι συμβαίνει, τι πάθατε;» ρώτησε αλαφιασμένη η μητέρα.

«Καθίστε όλοι σας παρακαλώ να πάρουμε τα πράγμα-τα με τη σειρά», πήρε τον λόγο ο πατέρας. «Πες μας, σε παρακαλώ Τέμα, χωρίς να ταράζεσαι, για να ακούσει και η μητέρα σου για ποιον λόγο είσαι ανήσυχη;»

«Η Χριστίνα, μαμά, η αδερφούλα μου έπρεπε να είναι εδώ από τις δύο, πήγε πέντε και δε φάνηκε ακόμα! Της τη-λεφωνώ συνέχεια και δεν απαντά!»

«Τηλεφώνησες σε καμία φίλη της, μήπως πήγε εκεί για να διαβάσει και ξέχασε να σε ειδοποιήσει;» ρώτησε ψύ-χραιμα η μητέρα.

«Ναι, φυσικά! Πήρα σε όσες φίλες της ξέρω και όλες

μου είπαν ότι αποχαιρετήθηκαν στο σχολείο. Μάλιστα μία με συμβούλευσε να ψάξω να βρω και τον φίλο της τον...» κόμπιασε για λίγο, αλλά μπροστά στις δυσκολίες της στιγμής δεν υπήρχαν περιθώρια απόκρυψης στοιχείων «... Δαμιανό, ο οποίος ήταν άρρωστος και δεν είχε πάει καθόλου στο σχολείο σήμερα».

«Όταν λες φίλος τι ακριβώς εννοείς, φίλος φίλος ή...»

«Πώς να στο πω καλέ μπαμπά, κάτι παραπάνω από φίλος, αλλά όχι και πολύ παραπάνω», απάντησε διστακτικά η μεγάλη του κόρη.

«Για συνέχισε στο προκείμενο», τη διέκοψε ο Σεραφείμ βγάζοντάς την από τη δύσκολη θέση.

«Εκείνη τη στιγμή παρηγορήθηκα, διότι σκέφτηκα ότι πάνω στον παρορμητισμό της, θα πήγε για επίσκεψη να του ευχηθεί περαστικά, αλλά δυστυχώς λίγο μετά διαψεύστηκα. Αυτός δεν είχε ιδέα και μάλιστα στενοχωρήθηκε πολύ με τη σειρά του. Μου τόνισε πολλές φορές ότι η Χριστίνα ήταν πολύ υπεύθυνο άτομο και σε καμία περίπτωση δε θα μας άφηνε ανημέρωτους, εάν δε συνέτρεχε σοβαρός λόγος».

Έμειναν αμίλητοι όλοι τους για λίγο. Κοιτάχθηκαν και μεμιάς έβγαλαν τα κινητά τους ψάχνοντας με κρυφή ελπίδα, για κάποια αναπάντητη κλήση ή μήνυμα. Τίποτα και κανείς! Εκείνη τη στιγμή το τηλέφωνο της Δέσποινας κουδούνισε και πετάχτηκαν όλοι επάνω από το αναπάντεχο κάλεσμα, λες και τους χτύπησε κεραυνός. Χριστίνα έγραφε η οθόνη. «Έλα, λουλού μου, και μας έκοψες τη χολή, πού είσαι παιδάκι μου και κοντέψαμε να πάθουμε εγκεφαλικό;»

«Ναι, καλησπέρα σας», ακούστηκε μια βαριά ανδρική φωνή. «Σας τηλεφωνώ από το Αστυνομικό Τμήμα Πανοράματος για να σας ενημερώσω ότι ευρέθηκε το κινητό της κόρης σας. Θα μπορούσατε παρακαλώ να της πείτε να περάσει να το παραλάβει;» Η Δέσποινα, άλλαξε επτά χρώματα μέχρι να καταλήξει σε αυτό του λεμονιού. Το κινητό έπεσε από τα αδύναμα χέρια της και το σώμα της έγειρε πίσω στον καναπέ.

«Μάκη, γρήγορα νερό», φώναξε ο Αλέξης και κάθισε δίπλα της, τρίβοντας το χέρι της, απαλά και χτυπώντας τη ρυθμικά και ελαφριά στο μάγουλο. Το νερό ήρθε και μια γουλιά που κατέβηκε με το ζόρι, βοήθησε αρκετά. Η Τέμα ήδη είχε σηκώσει το τηλέφωνο από το πάτωμα και συνέχισε τη συζήτηση με τον αστυνομικό, αποφεύγοντας να δώσει πολλές πληροφορίες. «Θα περάσω εγώ να το πάρω», άκουσε τον πατέρα της να λέει και το μετέφερε με τη σειρά της στον αξιωματικό υπηρεσίας.

«Έλα, Δεσποινάκι, σε παρακαλώ πώς κάνεις έτσι... δεν ξέρουμε ακόμα τι συμβαίνει. Μπορεί να της έπεσε κάπου και...»

«Το ένστικτο, Αλέξη μου... το ένστικτο της μάνας είναι αλάνθαστο. Κάτι έχει πάθει το παιδί μας! Είμαι σίγουρη. Εκεί να δώσουμε βαρύτητα», είπε αγκομαχώντας η μητέρα και ξέσπασε σε λυγμούς.

Ο Αλέξης κατέφτασε ταχύτατα στο Αστυνομικό Τμήμα της περιοχής του. Δε χρειάστηκε ιδιαίτερες συστάσεις, αφού ήταν πασίγνωστος σε σχεδόν όλο το προσωπικό της Αστυνομίας. Ρώτησε τον θυρωρό πού ήταν το γραφείο του αξιωματικού υπηρεσίας και βρέθηκε σβέλτα εκεί.

«Καθίστε, κύριε Παπαρρηγόπουλε, μέχρι να σας το φέρω».

«Όχι, ευχαριστώ», απάντησε δείχνοντας τη βιασύνη του ο δικηγόρος.

«Ορίστε, λοιπόν, να το κινητό της κόρης σας. Καταφέραμε να το ξεκλειδώσουμε και έτσι σας βρήκαμε. Αν και είμαι αντίθετος στο να γράφουμε στις επαφές γονείς ή συγγενείς μας με τους τίτλους "μητέρα" "πατέρας", κτλ., στην προκειμένη περίπτωση βοήθησε να βρεθεί η κάτοχός του.

«Σας ευχαριστώ για όλα», είπε ο Παπαρρηγόπουλος και κίνησε να φύγει.

«Συνέβη κάτι στην κόρη σας;» ρώτησε διερευνητικά ο αξιωματικός. «Η σύζυγος και η κόρη σας μου φάνηκαν πολύ ανήσυχες!»

«Άργησε να γυρίσει η μικρή μου η κόρη και ξέρετε τώρα

πώς είναι οι γυναίκες», απάντησε όσο πιο φυσικά μπορούσε, εκμεταλλευόμενος τη δικηγορική του εμπειρία. «Πάντως ό,τι και αν χρειαστείτε, μη διστάσετε να έρθετε να χτυπήσετε την πόρτα μας. Είναι πάντα ανοιχτή για όλους τους πολίτες, πόσο μάλλον για εσάς», επισήμανε ο αστυνομικός προτείνοντας το χέρι του για χειραψία και ανιχνεύοντας στο βλέμμα του συνομιλητή του κάποιο στοιχείο αναλήθειας. «Θα το λάβω σοβαρά υπόψη μου», είπε ο Παπαρρηγόπουλος σφίγγοντας δυνατά το χέρι και αλλάζοντας στο βλέμμα του κατεύθυνση.

Αφήνοντας το Αστυνομικό Τμήμα πίσω του, αποφάσισε να μεταβεί στο γραφείο του, από όπου έλειπε σχεδόν δύο ημέρες για να τακτοποιήσει τις εκκρεμότητες που θα είχαν σίγουρα συσσωρευτεί και για να καθαρίσει το μυαλό του από τα νέα αναπάντεχα γεγονότα. *Σήμερα βρήκε να λείπει και η Ασημίνα*, συνέλαβε τον εαυτό του να σκέφτεται για μια ακόμη φορά την ώρα που ακουμπούσε στην πλάτη της πολυθρόνας του. Με όλο αυτό που συνέβη με την κόρη του, δεν την είχε σκεφτεί ούτε μια στιγμή. *Τι να κάνει άραγε; Το πρωί έφυγε πολύ νωρίς και δεν πρόλαβα ούτε καν ένα φιλί να της δώσω. Πώς να με βλέπει άραγε τώρα που δεν μπόρεσα να...;*" Έκοψε βίαια την τελευταία ερώτηση που δημιούργησε το υποσυνείδητό του και αμέσως μεταφέρθηκε στις τελευταίες εξελίξεις που έρχονταν σαν πυρακτωμένα βέλη η μία πίσω από την άλλη.

"Μα πού μπορεί να χάθηκε αυτό το κορίτσι; Δεν το έχει ξανακάνει αυτό!" Πήρε από το σταθερό του γραφείου στο σταθερό του σπιτιού και μίλησε με τη Δέσποινα. Την ενημέρωσε ότι δε θα έπρεπε τουλάχιστον προς το παρόν να αναφέρουν τίποτα σε κανέναν, μέχρι οι εξελίξεις να το επιβάλλουν. Ακόμα τη συμβούλευσε να φροντίσει ώστε πάντα να υπάρχει κάποιος στο σπίτι, μήπως τυχόν τηλεφωνήσει η Χριστίνα ή κάποιος άλλος που δεν ήθελε να το σκέφτεται. Αμέσως μετά άρχισε να παίρνει ένα ένα τα νοσοκομεία της πόλης, αρχίζοντας από τα εφημερεύοντα. Αφού όλες οι απαντήσεις ήταν αρνητικές συνέχισε στις κλινικές, αλλά

και πάλι τίποτα. Καμία έκτακτη εισαγωγή δεν είχε γίνει με τα χαρακτηριστικά της κόρης του. Στέρεψε από ιδέες πολύ νωρίς. Άνοιξε τα βιβλία του για να επιβεβαιώσει τη σκέψη του και διάβασε το άρθρο 124 του ΠΔ 141/1991 και μετά απευθείας στα συγκεκριμένα άρθρα 9 και 12 της υπ' αριθμ. 2/1985 ΚΔ. Επιβεβαίωσε αυτό που θυμόταν πολύ καλά, δηλαδή όταν το εξαφανισμένο πρόσωπο είναι νεότερο των 14 ετών, μετά από αντικειμενική εκτίμηση κάθε συγκεκριμένης περίπτωσης, εκδίδονται αμέσως τοπικές και ειδικές αναζητήσεις από την αρμόδια διοίκηση. Η κόρη του ήταν δεκαεπτά ετών, αλλά ήξερε πολύ καλά ότι πουθενά δεν ορίζεται ότι πρέπει να παρέλθει 24ωρο για να δηλωθεί μια εξαφάνιση. Δεν ήταν λίγες οι περιπτώσεις πειθαρχικού ελέγχου αστυνομικών που επιλήφθηκαν αρχικώς, λόγω αδικαιολόγητης καθυστέρησης υποβολής των αναζητήσεων.

Ο ίδιος, όμως, δεν ήθελε να δηλώσει ακόμα εξαφάνιση στην αστυνομία, διότι τα περισσότερα παιδιά που δηλώνονται ως εξαφανισμένα εντοπίζονται μέσα σε 24 ώρες καλά και ασφαλή. Συνήθεις λόγοι που οδηγούν στην εξαφάνιση ενός παιδιού οφείλονται σε έλλειψη επικοινωνίας και σε θέματα πειθαρχίας. Με την κόρη του είχαν κάποια θεματάκια τελευταία, αλλά να φτάσει μέχρι εκεί; Ακόμα ένας λόγος που τον σταματούσε, ήταν πως δε θα μπορούσε εύκολα να σηκώσει στην πλάτη του, ένα πιθανό ρεζίλι που θα προερχόταν από τις γλώσσες κουτσομπολιού, έτοιμες να τον τσακίσουν.

«Θα σκάσω! Πρέπει να μιλήσω σε κάποιον, δε γίνεται αυτό. Θα πω στον Ταξιάρχη να περάσει από το γραφείο να ανταλλάξουμε λίγο τις απόψεις μας, μπας και βρούμε κάποια καλύτερη λύση», μονολόγησε χτυπώντας με τα χέρια το στήθος και το γραφείο. Τον κάλεσε στο εσωτερικό νούμερο και εκείνος αποκρίθηκε άμεσα στο επιτακτικό προσκλητήριο.

«Τι έπαθες αφεντικό, γιατί είσαι τόσο συννεφιασμένος; Χάσαμε καμία σημαντική δίκη και δεν το ξέρω;» ρώτησε πειρακτικά ο υπάλληλος και καρδιακός του φίλος, πριν ακόμα καθίσει στον καναπέ του γραφείου. Ο Αλέξης εν συντομία του περιέγραψε το ιστορικό με το ατύχημα που είχε ο Σεραφείμ και αμέσως μετά επεκτάθηκε δίνοντας σχολαστικές λεπτομέρειες για τους φόβους του εξαιτίας της εξαφάνισης της κόρης του Χριστίνας.

«Καταλαβαίνεις τώρα γιατί είμαι τρομοκρατημένος; Χίλιες δυο περιπτώσεις κακού μπορεί να έχουν συμβεί. Δε μου έρχεται, όμως, καμία παρηγορητική σκέψη».

«Όπως;» ρώτησε μονολεκτικά ο Ταξιάρχης τρίβοντας το πηγούνι του.

«Κοίταξε, κολλητέ. Η Χριστίνα είναι ένα πολύ ελκυστικό κορίτσι και λίγο παραπάνω από όσο θα έπρεπε. Συνήθως τη βλέπω να τριγυρνάει με πολύ κοντές φούστες, τολμηρά μπλουζάκια και πουκάμισα... δεν μπορώ να πω και τίποτα δηλαδή, γενικά με πολύ μοντέρνο και σέξι ντύσιμο. Φοβάμαι μη τυχόν την άρπαξε κανένα ρεμάλι και θέλησε να την...» Κόλλησε η γλώσσα του και ένας πνιχτός λυγμός ανέβηκε στο λαρύγγι του. «Ύστερα ένας πολύ μεγάλος φόβος μου, που τείνει να γίνει μάστιγα στην εποχή μας, είναι η με τη βία αφαίρεση ζωτικών οργάνων για μεταπώλησή τους σε κυκλώματα του εξωτερικού. Θυμάσαι, πιστεύω, που είχαμε τελευταία και εμείς μια δίκη με μια σχετική σπείρα που εξάρθρωσε η αστυνομία μας».

«Έλα, ρε Αλέξη, έλα ρε κολλητέ, πολύ μακριά το πήγες! Μέρα μεσημέρι συμβαίνουν τέτοια πράγματα και μάλιστα σε τόσο πολυσύχναστο μέρος;»

«Και κατά εσένα δηλαδή τι μπορεί να έχει συμβεί; Να έχει μπλέξει με καμιά παρέα, με τίποτα ναρκωτικά ή σατανισμό και μαύρη μαγεία, δεν υπάρχει περίπτωση! Το ξέρω καλά το παιδί μου, είναι κάτι παραπάνω από ζωντανό».

«Ακριβώς, αυτό! Τώρα είπες τη μαγική λέξη. Ζωντανό! Τι ψάχνουν τα ζωντανά παιδιά; Έρωτες και ζωντανές συναυλίες! Πάει κάπου το μυαλό σου;»

«Όχι, δεν καταλαβαίνω πού το πας! Για συνέχισε το συνειρμό σου», παρακάλεσε γεμάτος αγωνία ο Αλέξης.

«Τι μέρα είναι σήμερα;»

«Τρίτη».

«Όχι... τι ημερομηνία εννοώ;»

«26 Οκτωβρίου 2021, του Αγίου Δημητρίου», απάντησε γεμάτος απορία ο φίλος και εργοδότης του.

«Σωστά. Ξέρεις ότι σήμερα, λόγω της εορτής στις τρεις, είχε συναυλία ο μεγαλύτερος και γνωστότερος ευρωπαίος DJ στο Λιμάνι; Όχι θα μου πεις, πού να το ξέρεις. Εκεί λοιπόν να ψάξεις να τη βρεις! Δε θα λείπει ούτε θηλυκιά γάτα! Θα βουλιάξει η Θεσσαλονίκη από το γυναικομάνι!» Βέβαιος για το πόρισμά του ο Ταξιάρχης φούσκωσε σαν παγώνι επιδεικνύοντας υπεροπτικό ύφος.

«Λες, ρε φιλαράκο να είναι εκεί; Και γιατί να μη μας ειδοποιήσει τότε;»

«Καλά, πώς να σας ειδοποιήσει; Εσύ δεν είπες ότι έχασε το κινητό της;»

«Ναι».

«Ε, μπορεί να το έχασε στο ταξί για παράδειγμα ή στο αστικό και μετά να μην είχε άλλα χρήματα για να σας τηλεφωνήσει με κάποιον άλλο τρόπο. Αλήθεια, σου είπαν πού βρήκαν το κινητό της;»

«Όχι! Και εγώ δε ρώτησα βέβαια».

«Φαντάζομαι ούτε ποιος το βρήκε».

«Δεν μπήκα σε τέτοιες λεπτομέρειες, διότι δεν ήθελα να καρφωθώ».

«Μπορεί και η Χριστίνα φοβούμενη την άρνησή σου, ως συντηρητικούρας πατέρας που είσαι, να μη θέλησε να σας ενημερώσει από πριν. Έτσι με μια απλή κατσάδα θα την έβγαζε καθαρή και θα είχε απολαύσει τη συναυλία του καλλιτέχνη που είναι και πιτσιρικάς, έτσι για να ξέρεις. Εξάλλου γιατί ένα νέο ανέμελο κορίτσι όπως η Χριστίνα να μπει στη λογική τής σώνει και καλά ενημέρωσης, μέρα μεσημέρι;»

«Γιατί είναι υπεύθυνο, ας πούμε, σου κάνει;»

«Εντάξει, Αλέξη μου, δε λέω ότι δεν είναι, ούτε την κατηγορώ γι' αυτό. Αλλά πάνω στην τρέλα της νιότης, ποιος δίνει σημασία σε τέτοιες λεπτομέρειες;»

Ο Παπαρρηγόπουλος φάνηκε να κάμπτεται, αλλά δεν είχε πειστεί απολύτως ότι ο φίλος του είχε δίκιο. Ζύγισε τα νέα δεδομένα ξανά και αποφάσισε να περιμένει λίγες ώρες ακόμα πριν τελικά πάρει τη νόμιμη οδό. Στον Ταξιάρχη δεν αποκάλυψε τα όσα είχαν διαδραματιστεί στο ξενοδοχείο το προηγούμενο βράδυ με την Ασημίνα. Δεν ήξερε γιατί, παρόλο που τον εμπιστευόταν απόλυτα. Προτίμησε προς το παρόν να κρατήσει μυστικό το αποτυχημένο ερωτικό τους συναπάντημα.

«Άντε, έλα να πάμε για κανένα ποτάκι, να πάρουμε μάτι κανένα πιπίνι και μέχρι να το καταλάβεις, το μικρό σου θα έχει γυρίσει στο σπίτι και θα έχεις όλη την ευκαιρία να της τα ψάλλεις».

«Εντάξει, Ταξιάρχη, θα πάμε. Δώσμου λίγα λεπτά να τακτοποιήσω κάτι φακέλους και φύγαμε».

Άρχισε να βάζει ασυναίσθητα σε τάξη κάποιες τελειωμένες δικογραφίες και να τακτοποιεί τα ράφια με τους φακέλους, όπως του άρεσε να κάνει συνήθως, ως τελειομανής που ήταν. Η Ασημίνα ήταν καινούρια ακόμα και δεν είχε αποκτήσει την αψεγάδιαστη οργάνωση που επιθυμούσε. Οι σκέψεις τον ταξίδευαν μια σε φουρτουνιασμένες θάλασσες και στη Χριστίνα που πνιγόταν και μια σε καταπράσινα ανθισμένα δάση με κερασιές και μανόλιες με την Ασημίνα να παίζει μαζί του κρυφτό. Ξάφνου, εκεί που πήγαινε να τοποθετήσει ένα φάκελο μισθοδοσίας, γλίστρησε από τα χέρια του και χτυπώντας σφοδρά στο πάτωμα άνοιξε σαν καρπούζι. Τα έγγραφα σκορπίστηκαν μπροστά στα πόδια του και οι σκέψεις του σαν σύννεφα από τον βοριά.

Άρχισε να τα μαζεύει νευριασμένος και βρίζοντας την κακιά του τύχη, όταν το μάτι του έπεσε πάνω σε μια αναγγελία πρόσληψης. Ήταν η τελευταία πρόσληψη που είχε κάνει, αυτή της Ασημίνας στο ηλεκτρονικό ενιαίο σύστημα, καταχωρημένη πάνω στο έντυπο Ε3. Την κοίταξε για λίγο σχολαστικά, μετά αφαιρέθηκε και ο νους του έτρεξε στο προηγούμενο βράδυ. Γέλασε πικρά. Έπειτα επανήλθε και εστίασε στο όνομά της: Περφανατζάκη Ασημίνα. Ύστερα στην ημερομηνία γέννησης 14 Αυγούστου 1993. Και μετά στον τόπο κατοικίας: Κάτοικος Θεσσαλονίκης με τη σχετική διεύθυνση. Έβαλε το έντυπο στη θέση του, αλλά αμέσως το έβγαλε και πάλι. Το ξανακοίταξε δυο τρεις φορές, προσπάθησε να καταλάβει τι ήταν αυτό που τον είχε παραξενέψει, αλλά τίποτα. Κάτι δεν του κολλούσε, αλλά δεν μπορούσε να καταλάβει τι. *"Μπα, ιδέα μου θα είναι"*, σκέφτηκε και τοποθέτησε το έγγραφο και τον φάκελο στη θέση τους.

Τέσσερις ώρες πριν, η μικρή του κόρη Χριστίνα αποχαιρετούσε στο σχόλασμα εγκάρδια τις φίλες της και τις ευχήθηκε καλό μεσημέρι και καλό διάβασμα. Η κολλητή της την πείραξε λέγοντας "περαστικά σας", εννοώντας φυσικά τον φίλο της, τον Δαμιανό. Χαμογέλασε και συνέχισε τον δρόμο της μέχρι να φτάσει στη στάση του αστικού. Είχε πάρει απόφαση να πάει να τον δει. Θα χαιρόταν πολύ! Άλλωστε, εάν σε τέτοιες στιγμές δεν είσαι κοντά στον άνθρωπό σου, πότε θα είσαι;

«Καλησπέρα, Χριστινάκι, τι κάνεις κούκλα μου;» άκουσε μια άγνωστη χροιά φωνής να τη χαιρετάει χαμηλόφωνα από το ανοιχτό παράθυρο ενός αυτοκινήτου. Διέκρινε καθαρά μια κομψή και όμορφη κυρία που φορούσε μια μεταξωτή μαντήλα στα μαλλιά, να της χαμογελάει.

«Καλησπέρα σας», απάντησε διστακτικά η έφηβη.

«Είμαι η καινούρια γραμματέας του πατέρα σου η Ασημίνα. Καταρχάς περαστικά για τον αδελφούλη σου και πολλά πολλά συγχαρητήρια για τον ηρωισμό του», συνέχισε να λέει ευγενέστατα η οδηγός του αυτοκινήτου που συνέχισε να τσουλάει, προσέχοντας κάθε λέξη της.

«Ευχαριστώ πολύ! Τι θέλετε παρακαλώ;» ρώτησε κρατώντας πάντα τις επιφυλάξεις της.

«Μου είπε ο πατέρας σου, επειδή φέρνουν τον Σεραφείμ από τα Ιωάννινα και θα αργήσουν να έρθουν, να περάσω να σε πάρω εγώ από το σχολείο και να σε πάω στο σπίτι σας. Άργησα όμως λίγο και ευτυχώς που σε πρόλαβα εγκαίρως», είπε πάλι σιγανά και σταμάτησε το όχημα βάζοντας κενή ταχύτητα χωρίς να σβήσει τη μηχανή.

«Μα, δεν πειράζει, ούτως ή άλλως κάθε μέρα πηγαίνω με το αστικό», επισήμανε η Χριστίνα αντιδρώντας φυσιολογικά, έχοντας πάντα στο μυαλό της την απόφασή της να περάσει πρώτα από του Δαμιανού. Αμέσως μετά έκανε κίνηση να συνεχίσει το περπάτημα.

Η Ασημίνα χαμογέλασε. «Ξέρεις πως είναι οι μπαμπάδες! Φοβούνται και τη σκιά της κόρης τους που την ακολουθεί στενά. Έλα να σε πάω σε παρακαλώ, να μην ξεσπάσει σ' εμένα όταν γυρίσει», πρόσταξε η οδηγός χάνοντας ανεπαίσθητα την ψυχραιμία της. Αυτό όμως ήταν αρκετό για την πανέξυπνη πιτσιρίκα που είχε το χάρισμα να διαβάζει το μυαλό των άλλων.

«Εντάξει, αλλά μισό λεπτό να τον ενημερώσω για να ησυχάσει και αυτός», τόνισε προσπαθώντας να ξεγλιστρήσει πονηρά. Ταυτόχρονα έβγαλε το κινητό από την κωλότσεπη της μπλουτζίν μίνι φούστα της.

Μόλις πάτησε το νούμερο της ταχείας κλήσης ένιωσε από πίσω της δύο στιβαρά χέρια να την ξεκολλούν από το πεζοδρόμιο και να τη σπρώχνουν βίαια μέσα στο αυτοκίνητο στο πίσω κάθισμα. Το κινητό της αφού χτύπησε στα πλαϊνά της πόρτας, έπεσε στην άκρη του δρόμου. Η ίδια βρέθηκε μπρούμυτα στο πίσω κάθισμα κατάπληκτη και φοβισμένη. Σβέλτα ακολούθησε ο μεγαλόσωμος άντρας. Μπήκε μέσα, την έσφιξε από τη μέση και την ανασήκωσε σαν πούπουλο. Έκατσε και εκείνος δίπλα της και φώναξε την οδηγό να φύγουν γρήγορα. Η Χριστίνα αντέδρασε ενστικτωδώς ψάχνοντας ακαριαία το χερούλι της απέναντι πόρτας. Πριν το αυτοκίνητο αναπτύξει μεγάλη ταχύτητα κατάφερε να την ανοίξει και αψηφώντας τον κίνδυνο τραυματισμού της, ώθησε το σώμα της με δύναμη προς τα έξω. Την τελευταία στιγμή ο απαγωγέας, την άρπαξε από τον ταρσό του ποδιού της και την κράτησε γερά. Τα χέρια της σύρθηκαν στην άσφαλτο, ενώ η πόρτα καθώς ανοιγόκλεινε, τη χτύπησε απανωτά δύο φορές στο κεφάλι.

Παρόλα τα τινάγματα των ποδιών της, σαν αφηνιασμένο άλογο, τα χέρια που έμοιαζαν με τανάλιες την κρατούσαν σθεναρά και το μόνο που κατάφερε ήταν να ερεθίσει τον ανδρισμό του πανύψηλου άντρα, προβάλλοντας άθελά της τους γλουτούς της στα ακόρεστα μάτια του. Την έσυρε μέσα σαν τσουβάλι, έκλεισε την πόρτα και ανασήκωσε και πάλι το τρομοκρατημένο κορίτσι. Την ίδια στιγμή έχωσε βίαια το χέρι του κάτω από τη φούστα της, αναζητώντας τα νεανικά της μπούτια.

«Άσε με, βρωμιάρη, άσε με», τσίριξε έντονα η μικρή ερεθίζοντάς τον ακόμη περισσότερο. Το αριστερό του χέρι προχώρησε ακόμα πιο επάνω, ψάχνοντας την ήβη της, ενώ το δεξί βούλωνε το στόμα της. Αυτή όμως ενστικτωδώς πέρασε στην αντεπίθεση και του κατάφερε μια γερή αγκωνιά στα γεννητικά όργανα. Βόγκηξε από τον πόνο και ούρλιαξε τραβώντας της μια ανάποδη σφαλιάρα. «Να, για να μάθεις παλιοθήλυκο!»

«Βούβαλε, σταμάτα! Ηρεμήστε και οι δυο σας!» βροντοφώναξε από το μπροστινό κάθισμα επιβλητικά η οδηγός και κλείδωσε όλες τις πόρτες.

«Μα, δε βλέπεις ρε Αριάδνη τι κάνει το αφηνιασμένο, γαμώ τον μπελά μου, γαμώ!»

«Σου είπα να μη λες ονόματα γαμώ την τρέλα μου! Άχυρα έχεις στο κεφάλι σου; Σκάσε και μη μιλάς άλλο! Και μην ενοχλήσεις ξανά τη μικρή, γιατί θα σου ανοίξω το κεφάλι σαν καρπούζι, εντάξει;» Άχνα δεν έβγαλε το γομάρι που έσερνε μαζί της, δηλώνοντας έτσι την υποταγή του στις προσταγές της. «Και εσύ, μικρούλα μου, φρόντισε να μην τον εξαγριώνεις, διότι δεν ξέρω μέχρι πότε θα μπορώ να τον κουμαντάρω», τη συμβούλευσε μαλακώνοντας τον τόνο της φωνής της.

Η Χριστίνα άρχισε να ηρεμεί, αλλά με πολύ αργούς ρυθμούς και να σκέφτεται πιο ψύχραιμα. Αναθεμάτισε την ώρα που έτυχε να αρρωστήσει ο φίλος της ο Δαμιανός, ο οποίος τη συνόδευε καθημερινά μέχρι τη στάση του αστικού. *Και εάν αυτή η απουσία του ήταν η ευκαιρία που έψαχναν για την αρπαγή;* σκέφτηκε και ανατρίχιασε. *Τότε θα με παρακολουθούσαν καιρό ψάχνοντας την κατάλληλη ευκαιρία.*

«Πού με πηγαίνετε;» ρώτησε φοβισμένα.

«Σε ένα διαμέρισμα για φθινοπωρινές διακοπές», απά-
ντησε περιπαίζοντας ο παιδοβούβαλος και της φόρεσε μια
μαύρη κουκούλα στο κεφάλι. Κατόπιν της πίεσε το κεφάλι
και το τοποθέτησε ανάμεσα στα σκέλια του. Πέρασε ένα
μαντήλι σφιχτά γύρω από τα χέρια της, που τα έδεσε πι-
σθάγκωνα. «Θα προτιμούσα να μου πάρεις μία πίπα εδώ
και τώρα, αλλά είσαι τυχερή που δε θέλουμε να μας πάρει
είδηση κανένα μάτι. Εξάλλου έχουμε μέρες μπροστά μας»,
δήλωσε και γέλασε χοντροκομμένα.

«Τι θέλετε από μένα;» μουρμούρισε πνιχτά η τρομο-
κρατημένη κοπέλα.

«Από εσένα τίποτα. Από τον πατέρα σου θα ζητήσουμε
μερικά εκατομμυριάκια», ήταν η απάντηση της ψευτογραμ-
ματέας του πατέρα της. *"Όλα ήταν προσχεδιασμένα λοιπόν.
Στημένα μέχρι την τελευταία πινελιά."* σκέφτηκε ανήσυχη η
Χριστίνα. *"Πρέπει να παραμείνω νηφάλια και να φερθώ όσο
γίνεται πιο πονηρά. Το παραμικρό θα παίξει τον ρόλο του".*

«Δε θα με πειράξετε, έτσι δεν είναι; Δε θα μου κάνετε
κακό;» έκανε απανωτές ερωτήσεις δείχνοντας προσποιητά
έντονο φόβο. «Θα πάρετε τα λεφτά και θα με αφήσετε!»

«Μην ανησυχείς. Δεν είμαστε δολοφόνοι! Εάν ο πατε-
ρούλης σου ξηγηθεί μόρτικα, δεν έχεις να φοβάσαι τίποτα»,
διευκρίνισε η γυναίκα οδηγός. Ο άντρας συνέχισε να πιέζει
με τα πελώρια χέρια του το κεφάλι της υποχρεώνοντάς τη
να μένει χαμηλά και ξεστόμισε χοντροκομμένα: «Ενώ εάν
δεν πέσει ο παράς θα λαμβάνει κάθε ημέρα και από ένα κομ-
ματάκι από το τρυφερό κορμάκι σου».

Ανατρίχιασε! Στο μυαλό της στριφογύρισαν πολλά.
Έπρεπε να βρει τρόπο να μπορέσει να προσανατολιστεί. Από
τις αισθήσεις της είχαν αχρηστευτεί οι περισσότερες, αλλά
της έμενε μία, η πιο ισχυρή. Αυτή της ακοής. Έπρεπε να βα-
σιστεί πάνω της, αρπάζοντας τον παραμικρό ήχο που θα μπο-
ρούσε να της φανεί χρήσιμος αργότερα σε μια ενδεχόμενη
επικοινωνία με δικό της άνθρωπο. Κάποια ανεπαίσθητη σχι-
σμή στην κουκούλα τής επέτρεπε να καταλαβαίνει από που

μπαίνει ο ήλιος και που πέφτει η σκιά των κτιρίων, αν και την περισσότερη ώρα ήταν σκυμμένη πάνω στα πόδια του άγνωστου άντρα. Η τετράγωνη και ώριμη λογική της, τη βοήθησε να εφαρμόσει άλλο ένα σημαντικό σχέδιο. Την καταμέτρηση του χρόνου μετάβασης από το σημείο απαγωγής της, μέχρι το σημείο που θα τη φυλάκιζαν.

Γνώριζε από μικρή ότι η προσευχή του "Συμβόλου της Πίστεως" όταν την έλεγε η ίδια κρατάει ένα λεπτό ακριβώς. Θυμήθηκε τις στιγμές που την πείραζαν οι συμμαθητές της, όταν την εκφωνούσε σε θρησκευτικές εορτές, λέγοντας "κασέτα κατάπιες, Χριστίνα; Πάντα μα πάντα την απαγγέλεις σε ένα λεπτό ακριβώς". Επομένως όσες φορές θα κατάφερνε να την πει από μέσα της, θα ήταν και ο αντίστοιχος χρόνος συν λίγο ακόμα που πέρασε ώσπου να σκεφτεί αυτό το τέχνασμα.

Το αμάξι είχε σχετικά ανεπτυγμένη ταχύτητα, όσο βέβαια μπορούσε να πάει με το κυκλοφοριακό χάος που επικρατούσε αυτή την ώρα. Οι βρισιές της Αριάδνης προς τους απέναντι οδηγούς, που όλοι τους έφταιγαν κατά αυτήν, έπαιρναν και έδιναν. Ο γεροδεμένος άντρας, του οποίου τα χαρακτηριστικά ελάχιστα είχε αποτυπώσει μέχρι στιγμής, κρατούσε σεκόντο στην οδηγό που σαφώς είχε τον πρώτο λόγο και ήταν ο εγκέφαλος της ομάδας. *"Σίγουρα θα υπάρχουν και άλλοι στο κόλπο. Αποκλείεται να είναι μόνο οι δύο τους"*, σκέφτηκε με μελαγχολία.

Μετά από δεκατέσσερις ολοκληρωμένες φορές της προσευχής, το αμάξι σταμάτησε μπροστά από μία πολυκατοικία με πυλωτή. Η οδηγός του το έβαλε σε μια συγκεκριμένη θέση που δεν έδινε ορατότητα στις πινακίδες του από τον δρόμο και κατέβηκε. Έλεγξε για απρόσμενους περαστικούς και έκανε νόημα στον άνθρωπό της να την κατεβάσει. Εκείνος, αφού πρώτα κατέβηκε ο ίδιος, σήκωσε στην αγκαλιά του την ανάλαφρη κοπελίτσα και της έχωσε το κεφάλι πάνω στο φαρδύ του στήθος, για να μην κινήσει τυχόν υποψίες από τα γύρω μπαλκόνια.

Όμως, η Χριστίνα με μια απότομη κίνηση κατάφερε να τρίψει πάνω στο στήθος του απαγωγέα της, που βρωμούσε σαν απορριμματοφόρο του δήμου, την κουκούλα που της είχαν φορέσει στο κεφάλι και αποκάλυψε το ένα της μάτι. Ακαριαία έστριψε το κεφάλι της δεξιά και αριστερά και φωτογράφισε όσο πιο πολλά δεδομένα μπόρεσε. Η απέναντι πινακίδα που πρόδιδε το όνομα της οδού και ένας σταυρός εκκλησίας ήταν, τα βασικότερα στοιχεία που μπόρεσε να αποσπάσει. Δυνατοί θόρυβοι από κομπρεσέρ δημιουργούσαν πανδαιμόνιο, αλλά δεν μπόρεσε να προσδιορίσει από πιο σημείο έρχονταν.

Από ένστικτο επιβίωσης και προσπαθώντας να κερδίσει όσο πιο πολύ χρόνο μπορούσε, κερδίζοντας σε πληροφορίες προσανατολισμού, δάγκωσε δυνατά το αριστερό μπράτσο του γίγαντα και άρχισε να φωνάζει «βοήθεια». Η λέξη βγήκε μόνο μία φορά, διότι το πελώριο χέρι του βούλωσε ακαριαία το στόμα και τη μύτη της μαζί. Ασφυξία! Θόλωσε! Χωρίς οξυγόνο δεν είχε πολλά περιθώρια ζωής. Μέσα σε μισό λεπτό ένιωσε να χάνει τον κόσμο γύρω της.

Ξύπνησε με έναν τρομερό πονοκέφαλο σε ένα υπνοδωμάτιο που το μοναδικό του παράθυρο που λογικά έβλεπε στον ακάλυπτο ήταν ερμητικά κλειστό. Από έξω τα παντζούρια του σφράγιζαν διπλά τη φυλακή της. Πόση ώρα έμεινε λιπόθυμη άραγε;

Έβαλε κάτω τις σκέψεις της προσπαθώντας να τις οργανώσει σε μια σειρά, τοποθετώντας λιθαράκι λιθαράκι ό,τι στοιχείο είχε συλλέξει και τα επαναλάμβανε πολλές φορές δυνατά για να τα εμπεδώσει καλύτερα και να τα θυμάται αργότερα, όσο το δυνατόν πιο σωστά. Δεν μπορούσε να ξέρει πόσον καιρό θα κρατούσε αυτό! Έπρεπε για να βοηθήσει τον εαυτό της να βρει τη δύναμη να μείνει πρώτα ψύχραιμη και στη συνέχεια να κάνει υπομονή ελπίζοντας για βοήθεια.

Από τη μια μεριά έτρεμε, από την άλλη εμψύχωνε τον εαυτό της μιλώντας του ενθαρρυντικά και θαρραλέα. Το σώμα επαναστατούσε κλωτσώντας ό,τι έβρισκε μπροστά του, το δε πνεύμα με τη φωνή της λογικής χαλίνευε το άτι του φόβου της. Ασυναίσθητα έψαξε με το δεξί της χέρι για το κινητό της, αλλά γρήγορα θυμήθηκε ότι της έφυγε από το χέρι κατά την αρπαγή της. Το μυαλό της έτρεξε στους δικούς της και κυρίως στον πατέρα της και τις φοβίες του. *"Πόσο δίκιο είχε τελικά!"* Έκλαψε γοερά για πάνω από μισή ώρα. Ξέσπασε και συνήλθε. Το μυαλό της άρχισε να παίρνει στροφές. Ερεύνησε σχολαστικά τον χώρο του δωματίου, σπιθαμή προς σπιθαμή, τοίχο τοίχο, γωνία γωνία, πλακάκι πλακάκι. Ο στόχος της ήταν να βρει τρόπο δραπέτευσης. Έψαξε για κάτι βαρύ, ανθεκτικό προκειμένου να σπάσει το τζάμι και ύστερα θα έβλεπε. Δυστυχώς, όλα ήταν στην εντέλεια προσεγμένα. Τίποτα πεταμένο στην τύχη του. Τα λιγοστά έπιπλα ήταν βιδωμένα στο κρύο μαρμάρινο πάτωμα. Ο μαύρος τοίχος με το ειδικό υλικό ηχομόνωσης, δεν είχε επάνω του ούτε ένα κάδρο. Το μόνο αντικείμενο που ίσως μπορούσε να τη βοηθήσει ήταν τα αθλητικά της παπούτσια και ίσως κάποια γερά σημεία του σώματός της, όπως οι αγκώνες. Έβγαλε το ένα και άρχισε να κοπανάει με λύσσα το παράθυρο. Υπό φυσιολογικές συνθήκες θα είχε γίνει θρύψαλα. Δεν πτοήθηκε. Πέρασε στον αγκώνα γύρω γύρω τη ζακέτα της και συνέχισε να κοπανάει μετά μανίας. Αδύνατον. *"Οι άτιμοι! Σίγουρα έβαλαν άθραυστα τζάμια",* αναλογίστηκε απογοητευμένη. *"Όχι που θα το άφηναν έτσι. Οπωσδήποτε ήταν το πρώτο πράγμα που είχαν σκεφτεί".*

Τη στιγμή που επεξεργαζόταν όλα αυτά, άκουσε την κλειδωνιά να γυρίζει. Τραβήχτηκε στην πιο απόμακρη γωνία και τυλίχτηκε στη ζακέτα της. Από την είσοδο ξεπρόβαλλε ένας νέος μέτριου αναστήματος, με καλοστημένο σώμα ντυμένος με μοντέρνα ρούχα. Τα ανοιχτά γαλάζια μάτια του, ξεχώριζαν έντονα κάτω από τη μαύρη κουκούλα που φορούσε για κάλυψη. «Δε βλέπω κανέναν λόγο να χτυπιέσαι έτσι. Άδικος, χαμένος κόπος», της είπε με μειλίχια φωνή προς μεγάλη της έκπληξη. Από τα γεροδεμένα μπράτσα και από τις τεράστιες πλάτες του κατάλαβε ότι πρέπει να ήταν πολύ γυμνασμένος ή τουλάχιστον να εργαζόταν σε σκληρή χειρωνακτική δουλειά. Ένα μακρόστενο χαρακτηριστικό τατουάζ κάλυπτε όλον τον αριστερό βραχίονα. Το κορμί σφριγηλό και νεανικό. Συμπέρανε πως δε θα πρέπει να είχε ξεπεράσει τα είκοσι πέντε.

«Ποιοι είστε, τι θέλετε από μένα και την οικογένειά μου;» ξεστόμισε νευριασμένα. «Ο πατέρας μου είναι δικηγόρος και θα σας χώσει όλους φυλακή μέχρι να σαπίσετε», συμπλήρωσε τσιρίζοντας.

«Ξέρουμε ποιος είναι ο πατέρας σου. Άλλωστε αυτός είναι ο λόγος που βρίσκεσαι τώρα εδώ», επισήμανε ατάραχος ο νεαρός. «Αυτό που δεν ξέρουμε είναι πόσο πολύ σ' αγαπάει, πότε και πόσο παραδάκι θα μας ακουμπήσει». Κάτω από τη μάσκα ξεχώρισαν τα γελαστά από σαρκασμό μάτια του.

«Αυτό που δεν ξέρετε είναι τις συνθήκες διαβίωσης των ελληνικών φυλακών και πόσο καλά περνάνε εκεί, τύποι σαν και εσάς. Δε φαντάζεσαι πόσο χαρά θα κάνουν κάτι ισοβίτες, όταν θα τους πάνε φρέσκο κρέας να μασήσουν!»

Ο νέος τα 'χασε. Δεν περίμενε τέτοια αντίδραση από ένα κοριτσάκι και μάλιστα κάτω από τέτοιες συνθήκες. Θα περίμενε να μυξοκλαίει, να φωνάζει, να βρίζει. «Σκάσε και μη μιλάς άλλο», της φώναξε μη μπορώντας να τα βγάλει πέρα μαζί της. «Να, φάε λίγο να ψυχοπιάσεις διότι έχουμε μακρύ δρόμο ακόμα», συμπλήρωσε ηπιότερα και έκανε να φύγει. Γύρισε αμέσως προς το μέρος της και με ακόμα πιο ήρεμη φωνή της εξήγησε πως εάν θελήσει να κάνει την ανάγκη της, να χτυπήσει ρυθμικά την πόρτα τρεις φορές για να της ανοίξουν. Επίσης, άφησε να εννοηθεί ότι πάντα υπάρχει άνθρωπος να τη φρουρεί και πως εάν δεν αντιδρούσε έντονα θα είχε πιο ευχάριστη διαμονή. Κλείνοντας της τόνισε: «Δε σου δένω τα χέρια για να μπορέσεις να φας, αλλά εάν συνεχίσεις να προκαλείς φασαρία θα το κάνω και θα μείνεις νηστική όλο τη μέρα». Βγαίνοντας από την πόρτα έβγαλε την κουκούλα του και η Χριστίνα διέκρινε στιγμιαία ότι ήταν εντελώς ξυρισμένος στο κεφάλι και στο σβέρκο είχε τατουάζ ένα μικρό σπαθί.

Έμεινε αποσβολωμένη να κοιτάει το μενού, που φαινόταν ιδιαίτερα περιποιημένο και περιείχε ένα από τα αγαπημένα της φαγητά με σαλάτα και φέτα. Ο φρεσκοστυμμένος χυμός και η μπανάνα μαζί με το ψωμί ολικής αλέσεως επιβεβαίωναν τη σκέψη της ότι οι δράστες ήταν πολύ καλά

ενημερωμένοι για τις καθημερινές συνήθειες της οικογέ-
νειάς της και ειδικά γι' αυτή την ίδια. Ήπιε μόνο δύο γουλιές
από τον χυμό και ξάπλωσε στο κρεβάτι αναλογιζόμενη:
*"Πόσες μέρες θα τραβήξει αυτό; Πού θα μας βγάλουν αυτά τα
εκβιαστικά διλήμματα; Τα λεφτά και ολόκληρη πίσω στην
οικογένειά μου ή ανείσπρακτη επιταγή και κομματιασμένη
ολοσχερώς. Ας έχει τουλάχιστον αίσιο τέλος, Θεέ μου"*, πα-
ρακάλεσε, ενώ τα δάκρυα βγήκαν αβίαστα από τα θολωμέ-
να μάτια της.

Πριν λίγη ώρα η Αριάδνη είχε μαζεμένη τη σπείρα της
στο σαλόνι του διαμερίσματος στην Τούμπα και συζητού-
σαν την έκβαση των μέχρι τώρα κινήσεών τους. «Όλα πή-
γαν σύμφωνα με το σχέδιο μέχρι στιγμής, εάν εξαιρέσουμε
τη δαγκωνιά που έφαγε το απρόσεκτο βόδι από εδώ, που
κανονικά έπρεπε να του σπάσω το κεφάλι, αλλά έχει χάρη
που τον χρειαζόμαστε. Είχαμε πει από την αρχή δε λέμε τα
ονόματά μας σε κανέναν και για κανέναν λόγο, ούτε ακόμα
εδώ τώρα μεταξύ μας. Είσαι ο Βούβαλος, είναι ο Γύπας, εί-
ναι η Μέλισσα και είμαι η Κόμπρα. Όσο για τον σύνδεσμο,
δε χρειάζεται να το ξαναπώ. Πόσες φορές πρέπει να σας το
υπενθυμίσω για να το χωρέσει η κούτρα σας;»
«Μα, Αριάδνη ξεχάστηκα, δεν το έκανα επίτηδες», πε-
τάχτηκε κάνοντας γκάφα για πολλοστή φορά ο πανύψηλος
άνδρας με μυαλό μικρού παιδιού.
«Κόμπρα είπαμε, κόμπρααα», φώναξε αυτή αγριεμέ-
νη και του πέταξε το τασάκι στο πρόσωπο.
«Ελάτε, ηρεμήστε να δούμε το επόμενο βήμα», παρε-
νέβη πυροσβεστικά ο νέος που λίγο πριν του προσέδωσε το
ψευδώνυμο Γύπας.
«Λοιπόν», συνέχισε η αρχηγός. «Εγώ συνεχίζω να
παίρνω πληροφορίες από τον σύνδεσμο για τις κινήσεις
της οικογένειας και πλέον θα μιλάει μόνο μ' εμένα. Τα πολ-
λά τηλεφωνήματα μεταξύ μας περιορισμένα και οι συγκε-

ντρώσεις, όπως αυτή, κομμένες. Μία φορά ακόμα θα συγκεντρωθούμε όλοι μαζί, την Παρασκευή. Θα περιμένουμε δύο ημέρες για να δούμε τις αντιδράσεις τους και για να τους αφήσουμε να τρομοκρατηθούν σε τέτοιο βαθμό, ώστε να μην προλαβαίνουν να αλλάζουν τα χεσμένα παντελόνια τους. Τότε θα τους τηλεφωνήσεις εσύ Βούβαλε για να ζητήσεις τα λύτρα, μια και έχεις την πιο εκφοβιστική χροιά φωνής, με τη βοήθεια του Γύπα που θα προσέξει να αλλοιώσει τη φωνή σου, συνδέοντας εκείνο το μαραφέτι που αγοράσαμε πανάκριβα.

Η αρχική μου πρόταση να ζητήσουμε τέσσερα εκατομμύρια αλλάζει ασυζητητί. Παίρνοντας πληροφορίες από τον άνθρωπό μας, διαπιστώσαμε το μέγεθος του πλούτου τού μεγιστάνα και δε μου πάει η καρδιά να ζητήσω κάτω από δώδεκα. Βέβαια ακούγονται πολλά, αλλά ασφαλώς θα ζητήσουν παζάρια και θα πέσουμε σίγουρα πιο κάτω. Πάντως σε καμία περίπτωση δεν κατεβαίνουμε κάτω από έξι. Σύμφωνοι, ρεμάλια;» Όλοι τους κούνησαν καταφατικά το κεφάλι, χωρίς να βγάλουν άχνα.

«Έτσι σας θέλω, ομιλητικούς, μπράβο σας. Σύμφωνοι, ρε;» φώναξε αγριεμένη και τους κοίταξε έναν έναν με βλοσυρό βλέμμα. Αφού πήρε και τις προφορικές απαντήσεις που περίμενε συνέχισε: «Εσείς οι άντρες θα προσέχετε τη μικρή σαν τα ούμπαλά σας, μη μας πάθει τίποτα και χάσουμε και τα αυγά και τα καλάθια. Όσο για σένα Μέλισσα, θα μένεις κανονικά τα βράδια εδώ, θα μαγειρεύεις, θα πλένεις, θα καθαρίζεις όπως κάνει μια καλή νοικοκυρά, για ξεκάρφωμα. Υποθετικός άντρας σου θα είναι ο Βούβαλος. Κάντε και σεξ αν θέλετε δε με νοιάζει και εγώ με το Γύπα από εδώ θα είμαστε το δήθεν ερωτευμένο ζευγάρι. Μη χαίρεσαι μικρέ, δεν πρόκειται», διευκρίνισε και τον κοίταξε επιβλητικά. «Καμία απορία έως εδώ;»

Δε μίλησε κανείς. Είχε τον τρόπο της να επιβάλλεται με χαρακτηριστική άνεση. «Προσέχετε τη μικρή μπρατσαράδες, είναι πανούργα! Όχι μόνο δε θέλω να πειράξετε μια τρίχα της κεφαλής της, αλλά να μεριμνήσετε να μη σας τη φέρει μπαμπέσικα. Εάν πήρε από τον πατέρα της, τότε θα πρέπει να έχουμε τα μάτια μας πενήντα έξι».

Αφού πήρε από όλους το αναμενόμενο «μάλιστα» έκλεισε τη συζήτηση με τις τελευταίες εντολές. «Άντρες, κανονίστε τις βάρδιές σας, κυλιόμενες ανά οχτάωρο και προσέξετε μη στήνετε ο ένας τον άλλον. Θέλω όλα να λειτουργήσουν σαν καλοκουρδισμένο ρολόι. Είναι πολλά τα λεφτά! Ραντεβού όλοι μαζί εδώ, την Παρασκευή το πρωί για να οργανωθούμε καλύτερα». Το κουαρτέτο σκόρπισε και ο καθένας ανέλαβε το πόστο του. Η Μέλισσα πήγε για τα απαραίτητα ψώνια με τα χρήματα που της άφησε η Κόμπρα Αριάδνη, ο Βούβαλος στο σπίτι του και ο Γύπας έμεινε να φυλάει τη μικρή. Όσο για την αρχηγό μάζεψε τα πράγματά της και γοργά γοργά απομακρύνθηκε από το διαμέρισμα. Μπήκε στο αυτοκίνητό της και αμέσως, πριν βάλει μπροστά, πήρε το κινητό στα χέρια της. Διάλεξε από τις ταχείες κλήσεις το νούμερο δύο και μίλησε γλυκά για αρκετή ώρα. Αμέσως μετά φόρεσε το χαμόγελο του νικητή στα χείλη της και απομακρύνθηκε οδηγώντας ήρεμα.

Ο Σεραφείμ δέχθηκε τηλεφώνημα από την καλή του ενώ είχε πάει στο δωμάτιό του να ξεκουραστεί. Ο πονοκέφαλος που ούτως ή άλλως τον βασάνιζε αρκετά τις τελευταίες ώρες, πολλαπλασιάστηκε με το άκουσμα των άσχημων νέων για τη μικρή του αδελφή. Προσπάθησε να κοιμηθεί, αλλά δεν τα κατάφερε. Τον πλήγωνε η σκέψη ότι το Χριστινάκι του ήταν κάπου και αντιμετώπιζε δεινά, που δεν ήθελε ούτε καν να τα φανταστεί. Δεν υπήρχε καλύτερος τρόπος να διακόψει τις άσχημες σκέψεις του, από αυτό το ευχάριστο τηλεφώνημα. Ήταν η αγάπη του, ο έρωτας της ζωής του, που όλο το σύμπαν συνωμότησε για να μετριάσει το πάθος του γι' αυτήν, αλλά δεν τα κατάφερε.

«Καλησπέρα, Ροδόκλεια!»

Αντί για χαιρετισμό άκουσε από μέσα τη γλυκιά φωνή της να κελαηδάει χαρμόσυνα, προσπαθώντας να βάλει σε σειρά κάποιους ερωτικούς στίχους: «Μου λείπει το άγγιγμά σου. Δεν είσαι εδώ μου λέει η λογική, ποιος την ακούει όμως αυτή; Καθώς η καρδιά μιλάει μόνη, δεν είσαι εδώ, μα εγώ ακούω τη φωνή σου. Κλείνω τα μάτια και στις αναμνήσεις μου ξεχνιέμαι, απόψε δώσε μου μια στιγμή όλα να τα ξορκίσω και αυτά που σε φοβίζουν μακριά να τα κρατήσω, απόψε έλα και κράτα με ως το πρωί. Μείνε μέχρι την επόμενη φορά που θα αναστηθώ για να ζήσω μαζί σου ακόμη ένα βράδυ. Μείνε». Την άφησε να ολοκληρώσει χωρίς να τη διακόψει.

«Σου άρεσε, μωρό μου;» τον ρώτησε ευθέως.

«Πώς μπορεί να πει κανείς όχι σε τέτοια λόγια και σε τόσο θεϊκή φωνή!»

«Φάλτσα θες να πεις, φαντάζομαι!»

«Σημασία έχει πώς ήταν πολύ ωραία. Μου φτάνει που μου άλλαξες το κέφι», απάντησε αυτός μελαγχολικά.

«Γιατί, τι συμβαίνει στον σούπερ ήρωα και είναι στενοχωρημένος;» ρώτησε παιχνιδιάρικα η Ροδόκλεια.

Εκείνος προσπαθώντας έντεχνα να αποφύγει τη δυσοίωνη πραγματικότητα προτίμησε να της μιλήσει γλυκά: «Είναι φορές που σκέφτομαι το πόσο ευτυχισμένος αισθάνομαι, που νιώθω τόσο έντονα το πιο όμορφο συναίσθημα, τον έρωτα. Είμαι ευτυχισμένος που στην αγκαλιά σου νιώθω όσα δεν είχα ξανανιώσει! Με ταξιδεύεις! Ζω ένα όνειρο μαζί σου. Μόνο στα παραμύθια πίστευα ότι υπάρχουν αυτά τα συναισθήματα».

«Μακάρι αυτή η αγνή καρδιά σου να χαράζεται μόνο από λεπίδες αγάπης, απ' όπου κι αν προέρχονται αυτές! Όμως δε μου απάντησες τι σου χάλασε το κέφι», επέμεινε η φίλη του.

«Ε, να μη σε φορτώνω με τα οικογενειακά μας, που πιθανότατα να μην είναι και τίποτα σπουδαίο! Ας μιλήσουμε για εμάς και το πότε θα ξαναβρεθούμε. Σίγουρα σήμερα πάντως δε νομίζω ότι είναι φρόνιμο. Τη μέρα που θα βρεθούμε θα τα πούμε όλα από κοντά».

«Καλά, δεν επιμένω. Εσύ ξέρεις. Κρίμα την εισαγω-

γή μου πάντως! Και είχα κάνει τόσες πρόβες. Πότε θέλεις να βρεθούμε;»
«Το Σάββατο είναι καλά, εκτός απροόπτου βέβαια;»
«Ναι, βεβαίως, αν και πέφτει λίγο μακριά... είμαι μέσα».
Αφού έκλεισε το ραντεβού συζήτησαν για αρκετή ώρα ακόμη. Μίλησαν για τη μαγευτική εκδρομή τους στην Ήπειρο, για το τρομακτικό ατύχημα στο τούνελ, για τα σχέδιά τους στο μέλλον με βάση το μεταπτυχιακό του Μάκη και για τον κεραυνοβόλο έρωτά τους. Η ήρεμη συζήτηση άρχισε να χαλαρώνει και να καθαρίζει το μυαλό του νεαρού, διώχνοντας ακόμα και τον πονοκέφαλό του. Η φωνή της και μόνο τον αγαλλίαζε. Λάτρευε το χαμόγελο της ακόμα και μέσα από την τηλεφωνική γραμμή. Ήταν ο μοναδικός έρωτάς του! Αν μπορούσε να ακούσει την καρδιά του πόσο δυνατά χτυπούσε όταν την αντίκριζε, όταν την κοιτούσε στα καταπράσινα μάτια, όταν της μιλούσε στο τηλέφωνο, όταν ονειροβατούσε μαζί της, τότε θα καταλάβαινε πόσο πραγματικά την αγαπούσε!

Η μικρή Χριστίνα μέσα στην παραζάλη της προσπαθούσε να ανακτήσει την ψυχραιμία της. Ξαράχνιασε όλες τις γνώσεις που είχε αποκομίσει από τη γιαγιά Τέμα, τους γονείς της, τις κινηματογραφικές ταινίες, τα βιβλία που είχε διαβάσει για σχετικές ιστορίες με αυτό που βίωνε τώρα η ίδια και προσανατολίστηκε στο να συνθέσει τα κομμάτια του πρωτότυπου γι' αυτήν παζλ. Είχε αρκετά στοιχεία στα χέρια της για να κάνει μια καλή αρχή, αλλά έλειπαν πολλά ακόμα για να το ολοκληρώσει. *Μια οχιά έβαλε στο γραφείο του ο δύστυχος πατέρας. Και δεν είναι μόνο αυτό, αλλά που εκείνη θα συνεχίσει να εργάζεται εκεί μέσα και να αντλεί όλες τις πληροφορίες που θέλει, ενώ εγώ θα υποφέρω κλεισμένη στους τέσσερις τοίχους περιμένοντας αναπόφευκτα την έκβαση αυτού του άνισου και ανέντιμου αγώνα. Τσεκ στην ορολογία του σκακιού",* σκεφτόταν. Αυτό δεν μπορούσε να το αντέξει.

Έφαγε ανόρεχτα, με ξερό το στόμα από την αγωνία, μικρή ποσότητα από το μενού που της είχαν αφήσει νωρίτερα και ήπιε τον υπόλοιπο χυμό. Ένα ένα τα στοιχεία του παζλ συνδέονταν μεταξύ τους. Τρεις μέχρι στιγμή οι απαγωγείς που είχαν παρουσιαστεί, έστω και καμουφλαρισμένοι, μπροστά της. Η διαδρομή που έκανε από το σημείο που την απήγαγαν μέχρι το σπίτι φυλακή απείχε με το αμάξι συγκεκριμένη ώρα που είχε χρονομετρήσει με έξυπνο τρόπο. Σε δεκαοχτώ λεπτά περίπου έγινε, σε ώρα μεσημεριανής αιχμής. Κατά την πορεία τους, συμπέρανε ότι κινήθηκαν στην περιφερειακή οδό, κάτι που αποτυπωνόταν στην ταχύτητα που ανέπτυξε κάποια στιγμή το όχημα μεταφοράς της, καθώς και στους ήχους που έβγαζαν τα άλλα αυτοκίνητα, κατά την προσπέρασή τους από τους ίδιους ή από τη φευγαλέα κίνηση των αυτοκινήτων στο απέναντι ρεύμα.

Χαρακτηριστικό σημάδι που δε θα ξεχνούσε με τίποτα, ήταν ο εκκωφαντικός θόρυβος που την τρόμαξε, περίπου στα μισά της διαδρομής, που κατά πάσα πιθανότητα ήταν από έργα που γίνονταν σε κάποια γέφυρα ή άλλο σημείο του οδοστρώματος. Οι ήχοι ακούγονταν από ψηλά. Έμοιαζε σαν να επρόκειτο να γκρεμίσουν μια τεράστια τσιμεντένια κατασκευή.

Από το λιγοστό φως που έμπαινε από την κουκούλα μπόρεσε να προσδιορίσει ότι κατέβηκαν νότια, με πορεία προς τον Θερμαϊκό, κάτι που αποδείκνυαν και οι αχνές σκιές των πολυκατοικιών, στις ελάχιστες κλεφτές ματιές που μπόρεσε να αποσπάσει. Ένιωσε υπερηφάνεια όταν θυμήθηκε την πινακίδα από την απέναντι οδό από το σπίτι που τη φυλάκισαν, καθώς και το βοηθητικό στοιχείο ότι εκεί κοντά, το πολύ στα διακόσια μέτρα υπήρχε εκκλησία.

Τα απέναντι κτήρια δεν ήταν ιδιαίτερα ψηλά, όπως πρόλαβε να δει αστραπιαία την ώρα που απαλλάχτηκε από τη βρώμικη κουκούλα. Το χαρακτηριστικό γκρι του συγκροτήματος που υπήρχε ακριβώς απέναντί τους, δε θα το ξεχνούσε με τίποτα, διότι έμοιαζε με τη γκρίζα ζωή που της επέβαλαν. Σε όλη αυτή τη συλλογή ήρθε να προστεθεί σαν κερασάκι στην τούρτα, το κελάρυσμα των παιδικών φωνών που είχε ακούσει σίγουρα από κάποιο σχολείο, αλλά εάν και πολύ κοντά της δεν είχε καταφέρει να το εντοπίσει κάτω από την πίεση του γοριλάνθρωπου. Λίγο λίγο το νήμα της Αριάδνης ξετυλιγόταν και ένιωσε μεγαλύτερη αυτοπεποίθηση. Επανάλαβε αρκετές φορές όλες τις εικόνες, τους ήχους και τανάπαλιν μέχρι να τα εμπεδώσει καλά, να γίνουν ένα με αυτήν. Ίσως κάποια στιγμή χρειάζονταν όλα αυτά σε μελλοντικές καταθέσεις, αλλά και γιατί όχι, ως πληροφορίες για τον εντοπισμό και την απελευθέρωσή της. Έπρεπε να είναι απολύτως έτοιμη να τα πει ολόσωστα και με τη σωστή χρονική σειρά. Για τον λόγο αυτό, κάθε ώρα που περνούσε θα τα αναπαρήγαγε στον εγκέφαλό της και φυσικά θα προσέθετε ότι καινούριο της παρουσιαζόταν. Με αυτές τις σκέψεις, τα βλέφαρα βάρυναν, η κούραση τη νίκησε και βυθίστηκε σε έναν εφιαλτικό ύπνο μέχρι λίγο πριν ο ήλιος ανατείλει για εκατομμυριοστή φορά.

Εκρήξεις οργής

Ο Αλέξης δεν περίμενε άλλο. Η απογευματινή συναυλία είχε τελειώσει από ώρα και δυστυχώς δεν είχε κανένα νέο από τη μικρή του κόρη. Η αγωνία του πλέον έγινε βράχος που του πλάκωνε το στήθος. Χαιρέτησε τον Ταξιάρχη, αφού τον ευχαρίστησε για την παρέα και την ηθική συμπαράσταση, ενημέρωσε την οικογένειά του και τράβηξε ίσα για το τμήμα. Ο αξιωματικός υπηρεσίας είχε αλλάξει και ο καινούριος δε γνώριζε για την απώλεια του κινητού της κόρης του, ούτε για την παραλαβή του από τον ίδιο. Δήλωσε την εξαφάνιση της Χριστίνας, με πιο πιθανή ώρα, από τα στοιχεία που είχε μαζέψει, τις δύο παρά τέταρτο. Ο αστυνομικός τού ζήτησε μερικές έξτρα λεπτομέρειες, τις οποίες κατέγραψε στο ειδικό φυλλάδιο. Τον επιβεβαίωσε ότι λόγω του ότι ήταν ανήλικη και πιθανόν θύμα κακόβουλης πράξης, πράγμα που σήμαινε κίνδυνο για τη σωματική της ακεραιότητα, θα ξεκινούσε άμεσα η διαδικασία αναζήτησης και πως από αύριο με το πρώτο φως της ημέρας με την ανάληψη των καθηκόντων των ημερήσιων βαρδιών, θα άρχιζαν οι σχολαστικότερες έρευνες για τον εντοπισμό της. Επίσης του συνέστησε με το που θα ξυπνήσει την επόμενη μέρα να περάσει να μιλήσει με τον διοικητή του τμήματος, τον αστυνόμο Φωτεινιώτη Κλέαρχο. Ο Αλέξης κούνησε το κεφάλι καταφατικά και έφυγε προβληματισμένος για το σπίτι του.

Εκεί βρισκόταν σύσσωμη η οικογένεια, όμως όλοι τους έστεκαν σαν μαραμένες γαρδένιες. Τους μάζεψε για οικογενειακό συμβούλιο, όπως συνήθιζε από παλιά αλλά, για πρώτη φορά, προς συζήτηση και λήψη αποφάσεων ενός τόσου σοβαρού θέματος. «Όλα δείχνουν πως η Χριστίνα μας έχει πάθει κάτι κακό», πήρε πρώτος τον λόγο ο γηραιότερος της οικογενείας. «Μακάρι να κάνω λάθος, αλλά φαινομενικά αυτό φαίνεται απίθανο. Το θέμα είναι τι συνέβη και γιατί;»

«Αποκλείεται η περίπτωση, μπαμπά, να έχει φύγει με κανέναν φίλο της και να μη μας το είπε φοβούμενη τον αυταρχισμό σου;» ρώτησε η Τέμα.

«Δύσκολα, κορίτσι μου, να συνέβη αυτό. Ο μπαμπάς σου μπορεί να είναι αυστηρός μαζί σας, αλλά νομίζω ότι περισσότερο τον σέβεστε παρά τον φοβάστε. Θα μπορούσε να το κάνει αυτό, αλλά όχι χωρίς να μας ειδοποιήσει», σχολίασε με σιγουριά η μητέρα.

«Φοβάμαι ότι η υπόθεση έχει δύο πιθανά σενάρια. Το πρώτο είναι πιθανή εκδίκηση προς εμένα από κάποιους που καταδίκασα στο παρελθόν και τώρα ζητάνε να μου πιούν το αίμα με αυτόν τον τρόπο και το δεύτερο να την απήγαγαν για αφαίρεση οργάνων προς πώλησή τους ή για να ζητήσουν λύτρα». Εκείνη τη στιγμή έβγαλε ένα μήνυμα φτιαγμένο με κολλάζ και το έδειξε στην οικογένειά του. «Να γιατί ήμουν ανήσυχος τις τελευταίες μέρες, Δέσποινα, και ανησυχούσα με το παραμικρό. Βέβαια δε σας είπα τίποτα για να μη σας στενοχωρήσω, μια και το θεώρησα ένα ασήμαντο απειλητικό γράμμα χωρίς υπόσταση».

«Το έδειξες στην αστυνομία, πατέρα;» ρώτησε ο Μάκης, ο οποίος ανέλαβε να το διαβάσει δυνατά για λογαριασμό όλης της οικογένειας.

«Όχι ακόμα. Αύριο σκέφτομαι να το πάω στον διοικητή, εάν και δεν πιστεύω ότι έχει σχέση με την υπόθεση της Χριστίνας», απάντησε αυτός προβληματισμένος.

ΗΡΘΕ Η ΩΡΑ ΣΟΥ ΝΑ ΠΛΗΡΩΣΗΣ ΜΕ ΤΟ ΙΔΥΟ ΝΟΜΙΣΜΑ ΟΣΑ ΕΚΑΝΕΣ ΣΕ ΜΕΝΑ ΚΑΙ ΤΗΝ ΗΚΟΓΕΝΙΑ ΜΟΥ, έγραφε ανορθόγραφα.

Σίγασαν για λίγη ώρα όλοι τους και ο Αλέξης πρότεινε να πάνε για ύπνο νωρίς, για να έχουν καθαρό μυαλό τις επόμενες μέρες που αναμένονταν πολύ δύσκολες. Η Δέσποινα κούνησε το κεφάλι σύμφωνα, ενώ τα αδέλφια κοιτάχτηκαν μεταξύ τους και αποφάσισαν να μείνουν για λίγο ακόμα παρακολουθώντας τηλεόραση. Το ζευγάρι αποσύρθηκε και οι νέοι άνοιξαν την τηλεόραση παίζοντας αμίλητοι με το τηλεχειριστήριο, πλημμυρισμένοι από μύριες σκέψεις.

«Δεν μπορώ να πιστέψω αυτό που έγινε», μουρμούρισε σχεδόν κλαίγοντας η σύζυγος μόλις έφτασαν στο δωμάτιό τους.

«Υπομονή, αγάπη μου. Ο Θεός είναι μεγάλος! Θα μας βοηθήσει να ξεπεράσουμε και αυτό το εμπόδιο, όπως κάθε φορά», αποκρίθηκε ο άντρας της παρηγορητικά, αλλά μέσα του ένιωθε ότι κάποιος κρίκος που έδενε την αλυσίδα της σχέσης του με τον Θεό, είχε σπάσει. Οι τύψεις του τον έσφιγγαν και πάλι. Προσπάθησαν να κοιμηθούν αλλά κανένας τους δεν τα κατάφερε. Ο Αλέξης βέβαια είχε διπλό λόγο.

Πολύ πριν ο ήλιος τρυπήσει τα αραιά σύννεφα ξυπνώντας την πλάση, ο Αλέξης συνοδευόμενος από τη Δέσποινα, έφταναν στην Αστυνομία. Αναζήτησαν τον αστυνόμο Φωτεινιώτη και τον βρήκαν αμέσως και μάλιστα ετοιμοπόλεμο. Τους καλοδέχθηκε και φάνηκε να τους περίμενε.

«Φαντάζομαι, για να έρθετε τόσο νωρίς, πως δεν είχατε κανένα θετικό νέο», παρατήρησε με σοβαρό ύφος.

«Δυστυχώς όχι», απάντησαν και οι δύο με μια φωνή.

«Λοιπόν, για να δούμε τα δεδομένα από την αρχή. Εάν κάπου κάνω λάθος να με διακόψετε», είπε στοχαστικά ο αστυνόμος και ανέσυρε τον φάκελο της υπόθεσης από το γραφείο του. «Χάσαμε τα ίχνη της περίπου δύο παρά τέταρτο. Βρίσκουμε το κινητό της, όπως ανέφερε ο μαθητής που μας το παρέδωσε, στο σημείο που λογικά βρισκόταν για τελευταία φορά η Χριστίνα. Μήπως το έχετε μαζί σας;» Βλέποντας να κουνάνε και οι δύο καταφατικά το κεφάλι ζήτησε ευγενικά: «Μπορώ να το έχω, σας παρακαλώ;»

Ο Αλέξης του έδωσε το κινητό της κόρης του και ο αστυνόμος το παρατήρησε λεπτομερειακά με μεγεθυντικό φακό.

«Η συσκευή δεν έχει μεγάλες εκδορές, άρα δεν πετάχτηκε με βία κάτω. Καλό σημάδι αυτό! Κρατήστε αυτή τη λεπτομέρεια, ίσως μας χρειαστεί αργότερα. Θα μας επιτρέψετε να το κρατήσουμε για σχολαστικότερη έρευνα και αναζήτηση ξένων δαχτυλικών αποτυπωμάτων. Λοιπόν, επανερχόμαστε. Μέχρι τώρα, δε σας έχει καλέσει κανένας για οποιοδήποτε λόγο. Είπατε ακόμα ότι καλέσατε στα νοσοκομεία και στις κλινικές της πόλης καθώς και σε όλους τους συμμαθητές και φίλους της, αλλά καμία επιπλέον λεπτομέρεια δεν μπήκε στο τσουβάλι. Ούτε για απειλή σας πήρε κανείς, ούτε για λύτρα».

«Αστυνόμε, έχω εδώ ένα σημείωμα, το οποίο είχα λάβει πριν τρεις μήνες περίπου, αλλά δε νομίζω ότι έχει κάποια σχέση», τον διέκοψε αυθόρμητα ο δικηγόρος και του έδωσε το απειλητικό μήνυμα.

Εκείνος το διάβασε σχολαστικά πολλές φορές και αποφάνθηκε: «Μάλιστα. Και αρκετά ανορθόγραφος ο τύπος».

«Μπορεί βέβαια να έχει κάνει τα λάθη για να μας ρίξει στάχτη στα μάτια», παρατήρησε ο Παπαρρηγόπουλος.

«Ναι, φυσικά. Ωραία, το κρατάμε και αυτό ως πιθανό στοιχείο και βλέπουμε. Τώρα, στο δια ταύτα. Θα σας επισημάνω μερικά πράγματα για να έχουμε την καλύτερη δυνατή εξέλιξη στην, πιθανώς, δύσκολη υπόθεση. Επειδή έχετε μεγάλη γνώση λόγω της εμπειρίας σας ως δικηγόρος, κύριε Παπαρρηγόπουλε, θα μας ήταν χρήσιμη η κάθε σας βοήθεια, ιδέα και σκέψη αλλά με έναν όρο. Τις εντολές τις δίνουμε εμείς και εσείς υπακούτε τυφλά, χωρίς να μας αποκρύπτετε κανένα απολύτως στοιχείο. Το παραμικρό που για εσάς μπορεί να φαίνεται ασήμαντο ή άσχετο, για εμάς και το ειδικό τμήμα της αστυνομίας μπορεί να είναι η αρχή του κουβαριού.

Ειδικά για εσάς που είστε σεβαστό μέλος της κοινωνίας και δεν έχετε κανένα μπλέξιμο με τον νόμο έως τώρα, θα σας παρέχουμε ό,τι πληροφορία θέλετε και οποιαδήποτε στιγμή. Είστε σύμφωνοι με όλα αυτά;» Το ζευγάρι κοιτάχθηκε για λίγο φευγαλέα και συμφώνησαν ταυτόχρονα με νεύματα.

«Ωραία, τώρα που το ξεκαθαρίσαμε αυτό, να σας ενημερώσω ότι έχω στείλει ήδη τον Υπαστυνόμο με τη βοηθό του, είναι δύο από τα ικανότερα στελέχη μου, στο Λύκειο της κόρης σας, για να μιλήσουν διακριτικά με όλους τους συμμαθητές και τους καθηγητές της Χριστίνας. Θα σας παρακαλούσα να πάτε και εσείς μετά από εδώ για να τους δείξετε την ακριβή διαδρομή που ακολουθεί κάθε ημέρα από το σπίτι προς το σχολείο και το αντίστροφο.

Να ευχόμαστε να μην το πάρουν γρήγορα είδηση οι δημοσιογράφοι διότι μπλέκονται ανούσια στα πόδια μας και θα τα χειροτερέψουν όλα. Σας συμβουλεύω, να μην πω σας δίνω εντολή, να μη μιλάτε με κανέναν απολύτως για το θέμα και να συνεχίσετε όσο αυτό είναι δυνατόν τη ζωή σας με τους ίδιους ρυθμούς.

Το απόγευμα θα στείλω τους τεχνικούς των παρόχων τηλεφωνίας για να «παγιδέψουν» τα τηλέφωνα του σπιτιού, και το κινητό σας, κύριε Παπαρρηγόπουλε. Αμέσως μόλις φύγετε από εδώ, θα αιτηθώ άρση απορρήτου από την εισαγγελία, η οποία δε θα μας πάρει πάνω από πέντε έξι ώρες και μετά ξεκινάμε τη διαδικασία παρακολούθησης. Καλά είναι να είμαστε έτοιμοι, εάν πάρει κάποιος για οποιοδήποτε λόγο, να προλάβουμε να καταγράψουμε την κλήση. Ακόμα θα ζητήσω από τον πάροχο, όλες τις τελευταίες κλήσεις από και προς το κινητό του κοριτσιού. «Θέλετε να ρωτήσετε κάτι μέχρι εδώ;»

«Ναι, εγώ», πήρε τον λόγο η Δέσποινα. «Θα βρίσκεστε για αυτή την παρακολούθηση, ό,τι θα κάνετε τέλος πάντων, στο σπίτι μας ή θα γίνεται με άλλον τρόπο;»

«Ναι, έχετε δίκιο. Η παρακολούθηση των τηλεφώνων θα γίνεται από δικό μας χώρο και με τον δικό μας τρόπο, πάντα με τη συνεργασία των παρόχων υπηρεσιών. Αναφορικά μ' εσάς και το σπίτι σας, θα υπάρχει διακριτικά σε εικοσιτετράωρη βάση κάποιος δικός μας απ' έξω για την ασφάλειά σας, αλλά και για άμεση επέμβαση εάν χρειαστείτε κάτι εσείς».

«Μάλιστα», απάντησε η Δέσποινα ανέκφραστη.

«Πείτε μου σας παρακαλώ, τον τελευταίο χρόνο άλλαξε κάτι στα περιουσιακά σας στοιχεία σε πολύ μεγάλο βαθμό;»

«Όχι, οι δουλειές είναι στρωμένες, αλλά απότομη αύξηση εισοδημάτων δεν είχαμε». Σε κάθε απάντηση ο αστυνόμος σημείωνε πάνω στα χαρτιά τις πληροφορίες που ήθελε.

«Νιώσατε ότι άλλαξε σημαντικά η συμπεριφορά κάποιου συγγενή σας ή συνεργάτη ή γνωστού σας γενικά;» Χωρίς δεύτερη σκέψη ο δικηγόρος απάντησε αρνητικά.

«Η Χριστίνα είχε ερωτικό δεσμό;» ρώτησε και πάλι απολύτως φυσιολογικά ο αστυνόμος Φωτεινιώτης.

«Αυτό τώρα γιατί μας το ρωτάτε;» αντέστρεψε την ερώτηση η Δέσποινα.

«Διότι, κυρία μου, τα περισσότερα κορίτσια που εξαφανίζονται σε αυτήν τη ηλικία είναι εξαιτίας ενός παθιασμένου έρωτα που αρνείται να δεχθεί η οικογένειά τους.

«Η κόρη μας έχει έναν δεσμό, όχι τόσο προχωρημένο, αλλά μιλήσαμε με τον φίλο της, ο οποίος αποκλείεται να έχει σχέση με την εξαφάνισή της».

«Και πώς είστε βέβαιοι γι' αυτό;»

«Ήταν άρρωστος εχθές όλη ημέρα και δεν πήγε καθόλου στο σχολείο του», διευκρίνισε η Δέσποινα ξεκαθαρίζοντας το τοπίο.

«Μάλιστα. Μπήκε κανένα καινούριο πρόσωπο στη ζωή σας, στην οικογένειά σας γενικά από οποιοδήποτε μέλος της;»

Ο Αλέξης δαγκώθηκε. Ένιωσε το αίμα του να βράζει και να ανεβάζει επικίνδυνη θερμοκρασία, σαν να είχε πάρει χάπι έκσταση. Το χρώμα του ξαφνικά άλλαξε σε σκούρο κόκκινο και μετά άσπρισε σαν πανί. Αυτό δεν πέρασε απαρατήρητο από το έμπειρο μάτι του αστυνόμου.

«Τι πάθατε, κύριε Παπαρρηγόπουλε, είστε καλά; Χάσατε το χρώμα σας!»

«Είναι νηστικός, από εχθές το πρωί δεν έβαλε μπουκιά στο στόμα του», έσπευσε να τον δικαιολογήσει η γυναίκα του. «Φέρτε λίγο νερό σας παρακαλώ!»

Τι να τους πει; Ότι είχε προσλάβει νέα γραμματέα τους τελευταίους μήνες, αλλά ήταν υπεράνω κάθε υποψίας, διότι ήταν ερωμένη του; Και μάλιστα χωρίς καν να το αναφέρει στη Δέσποινα, ότι άλλαξε πρόσφατα τη γραμματέα του,

λόγω εγκυμοσύνης της Μυρσίνης. Πόσο μετανιωμένος ένιω-
θε τώρα που δεν της το είχε πει σε ανύποπτο χρόνο". Ήπιε
μια γουλιά νερό και αφού σκέφτηκε πιο νηφάλια το χρώμα
του άρχισε να επανέρχεται. *"Γιατί να μπλέκει τα εργασιακά*
με τα οικογενειακά;" σκέφτηκε και αποφάσισε να μην πει
τίποτα για την Ασημίνα.

«Επειδή χάθηκα για λίγο, κύριε αστυνόμε, τι ρωτή-
σατε λίγο πριν;» ρώτησε έξυπνα παραπλανώντας τους
συνομιλητές του.

«Ζήτησα να μου πείτε εάν μπήκε κανένα καινούριο
πρόσωπο στη ζωή σας, στην οικογένειά σας γενικά».

«Α μπα, κανείς, δε θυμάμαι κάτι τέτοιο», απάντησε
αποφασιστικά και συμφώνησε και η Δέσποινα μαζί του.

«Είστε σίγουροι; Κανείς; Ούτε από τα άλλα τα παιδιά;»
επέμεινε ο αστυνόμος.

Δαγκώθηκαν και οι δύο. Δεν είχαν σκεφτεί τα άλλα δύο
παιδιά τους. Ο Σεραφείμ τελευταία είχε συνάψει ερωτικό δε-
σμό με μια κοπέλα που την έλεγαν Ροδόκλεια και μάλιστα
πρόσφατα είχαν βρεθεί μαζί σε εκείνο το απίθανο δυστύχη-
μα. Η Δέσποινα ανέλαβε να επεξηγήσει τις λεπτομέρειες, ζη-
τώντας παράλληλα συγνώμη για τη γκάφα τους. Αναφορικά
με τη μεγάλη τους κόρη, Τέμα, δε γνώριζαν για κάποιον δε-
σμό οι ίδιοι τους και έτσι μετά από προτροπή, με χαρακτήρα
πίεσης, του κυρίου Φωτεινιώτη, πήραν αρνητική τηλεφωνι-
κή απάντηση και από την ίδια. Ο Αλέξης όση ώρα μιλούσε η
γυναίκα του με την Τέμα, καθόταν σε αναμμένα κάρβουνα.
Έδιναν με σχολαστικότητα κάθε πληροφορία στην αστυνο-
μία, η κόρη του κινδύνευε κατά πάσα πιθανότητα και αυτός
δεν μπορούσε να ομολογήσει το αυτονόητο.

«Ποιοι εργάζονται στο σπίτι σας, κύριε Παπαρρηγό-
πουλε;»

«Έρχονται τέσσερα άτομα, κύριε αστυνόμε. Η οικονό-
μος μας σε καθημερινή βάση τα πρωινά, εκτός από τα Σαβ-
βατοκύριακα, που εκτελεί πολλές φορές και καθήκοντα μα-
γείρισσας, ο φροντιστής της πισίνας που έρχεται δύο φορές
την εβδομάδα και η κηπουρός μας που έρχεται κάθε Δευτέρα,

Τετάρτη και Παρασκευή. Για να σας προλάβω, όχι, κανένας τους, τουλάχιστον όσο εγώ μπορώ να γνωρίζω, δεν άλλαξε συμπεριφορά. Νομίζω, όμως, ότι κάτι παίζει με τον φροντιστή και την κηπουρό, η οποία να σας το τονίσω αυτό εργάζεται σε εμάς επτά χρόνια και είναι πτυχιούχος γεωπόνος».

«Αναφέρατε τρία ονόματα, ενώ νωρίτερα είπατε ότι εργάζονται τέσσερις. Ποιος μας λείπει;» παρατήρησε χαμογελώντας ο Φωτεινιώτης.

«Έχετε δίκιο, συγνώμη. Ο σοφέρ είναι ο ξεχασμένος. Και αυτός εργάζεται τις καθημερινές, αλλά όχι μόνο ως οδηγός, αλλά και ως επιστάτης, μάστορας, συντηρητής και γενικά είναι αυτό που λέμε το παιδί για όλες τις δουλειές. Είναι ο πρώτος μου υπάλληλος και μετά από είκοσι δύο χρόνια στη δούλεψή μας τον νιώθουμε κάτι παραπάνω από έναν απλό εργαζόμενο», τόνισε με υπερηφάνεια ο δικηγόρος.

«Μάλιστα! Όσο πέφτουν οι πληροφορίες στο τραπέζι τόσο πιο πολύπλοκο μου φαίνεται. Να δούμε τι θα μας φέρουν και τα παιδιά από το σχολείο... Μια τελευταία ερώτηση σας παρακαλώ και σας αποδεσμεύω προς το παρόν. Μπορείτε να μου πείτε εάν παρατηρήσατε κάποια αλλαγή στη συμπεριφορά της κόρης σας, εάν για παράδειγμα ήταν πιο ευέξαπτη τελευταία, εάν αργούσε να έρθει στο σπίτι, εάν σας αντιμιλούσε έντονα, γενικά κάτι που θα σας έκανε να σκεφτείτε έστω και φευγαλέα ότι ίσως δοκίμασε ναρκωτικά;»

«Σε καμία περίπτωση», φώναξε σχεδόν εξαγριωμένη η Δέσποινα. «Σαν παιδί της εφηβείας είχε τις εξάψεις της, αλλά δεν υπάρχει περίπτωση ούτε για αστείο να έχει αγγίξει αυτόν τον διάολο».

«Εντάξει, συγνώμη εάν σας φέρνω σε δύσκολη θέση, αλλά ξέρετε είναι μέρος της δουλειάς μας και...»

«Καταλαβαίνουμε», επενέβη ο δικηγόρος πυροσβεστικά. «Μην ανησυχείτε δε σας παρεξηγούμε».

Έδωσαν τα χέρια και κίνησαν να φύγουν, αλλά τελευταία στιγμή ο αστυνόμος τους σταμάτησε. «Θα ήθελα ακόμα να σας ενημερώσω, ότι θα καλέσω τώρα την Υ.Δ.Ε.Ζ.Ι και πιθανότατα το απόγευμα να σας χρειαστούμε ξανά για να πείτε και στους πιο ειδικούς σε αυτά τα θέματα, ό,τι συμπληρωματικό χρειαστεί».

«Ευχαριστούμε», είπε ξερά ο Αλέξης και αποχώρησαν.

«Τι είναι η ΕΔΕΖΙ;» ρώτησε η Δέσποινα μόλις μπήκαν στο αμάξι.

«Μία υπηρεσία της αστυνομίας που ασχολείται με την εξιχνίαση εγκλημάτων κατά της ζωής κυρίως. Για την ακρίβεια είναι Υ.Δ.Ε.Ζ.Ι και όχι ΕΔΕΖΙ που είπες. Σημαίνει Υποδιεύθυνση Δίωξης Εγκλήματος κατά Ζωής και Ιδιοκτησίας», απάντησε ο άντρας της σοβαρός με το μυαλό του να φέρνει χιλιάδες στροφές το δευτερόλεπτο. Κατευθύνθηκαν προς το σχολείο της μικρής, όπου συνάντησαν τους αξιωματικούς να συζητούν με τον Λυκειάρχη. Περίμεναν καρτερικά να τελειώσουν και μετά έκαναν μια προσομοίωση της διαδρομής, εστιάζοντας στα σημεία της στάσης του αστικού καθώς και στο σημείο που βρέθηκε το κινητό της Χριστίνας. Το ζευγάρι για πρώτη φορά μάθαινε την ακριβή τοποθεσία. Η Δέσποινα ανατρίχιασε άθελά της, ενώ ο Αλέξης σκέφτηκε να περάσει μετά και να ερευνήσει τον χώρο μόνος του, μήπως τυχόν ανακαλύψει κάτι με τη διορατικότητά του.

Ο Υπαστυνόμος τους ζήτησε ευγενικά να του πάνε κάνα δυο πρόσφατες φωτογραφίες της κόρης τους, για να τις δείχνουν σε πιθανούς μάρτυρες.

Κόντευε μεσημέρι, όταν χώρισαν και ευχήθηκαν καλή έκβαση στα γεγονότα που έτρεχαν σαν κινηματογραφική ταινία. Ο δικηγόρος δεν πήγε καθόλου στο γραφείο του, αλλά κανείς δεν τον ενόχλησε. Ούτε η Ασημίνα του! Ενημέρωσε μόνο τον Ταξιάρχη, ότι θα πάει το απόγευμα.

Η μικρή Χριστίνα είχε κλείσει ήδη ένα εικοσιτετράωρο στην πρωτότυπη φυλακή της. Ευτυχώς δεν της είχαν αφαιρέσει από το χέρι το ρολόι, δώρο γενεθλίων από τον πατέρα της, και έτσι μπορούσε να ελέγχει την ώρα και τις αλλαγές της ημέρας. Μέχρι στιγμής δεν της είχαν πει τίποτα, ούτε είχε μιλήσει με τους δικούς της για να ξέρουν ότι είναι καλά. Τρέμουλο σε όλο της το κορμί την έπιασε στη σκέψη για την αγωνία που περνούσαν. Ο υπερπροστατευτικός της πατέρας θα είχε λυσσάξει και η μητέρα της θα βαλάντωνε στο κλάμα. Ζήτησε να πάει στο μπάνιο για τρίτη φορά από τότε που την έφεραν σε αυτό το σπίτι και ο φρουρός της, φορώντας πάντα την κουκούλα του, της άνοιξε βαριεστημένος και βρίζοντας. Έχοντας πλέον πιο καθαρό το μυαλό της, μπήκε μέσα και κλείδωσε, με σκοπό να ερευνήσει τον χώρο καλύτερα και υπό το φως της ημέρας. Υπήρχε ένα μικρό παράθυρο που ήταν αρκετά ψηλά, αλλά ακόμα και αν κατάφερνε να ανέβει εκεί, δε θα χωρούσε να περάσει με τίποτα. Έψαξε για χρήσιμα εργαλεία που θα μπορούσαν να τη χρησιμεύσουν, αλλά δεν ανακάλυψε τίποτα χρήσιμο. Οι επαγγελματίες κακοποιοί τα είχαν προβλέψει όλα. Κάθισε εκεί σκεπτόμενη, στύβοντας το μυαλό της τι θα μπορούσε να κάνει για να δραπετεύσει από εκεί, μέχρι που άκουσε τις αγριοφωνάρες του φύλακά της να την καλούν να βιαστεί.

Βγήκε γρήγορα και χώθηκε στο δωμάτιό της, Το μόνο της κέρδος ήταν ότι κατάλαβε ποιος άνδρας ήταν ο φρουρός της σε αυτή τη βάρδια. Πρόσεξε ότι κάθε οχτώ ώρες, οι δύο άντρες εναλλάσσονταν μεταξύ τους και για να τους ξεχωρίζει τους είχε βαπτίσει ο καλός και ο άγριος. Ο καλός ήταν ο νέος με το ξυρισμένο κεφάλι και το σπαθί στο σβέρκο, ενώ ο άγριος αυτός που την είχε αρπάξει δια της βίας με την ψευτοπάλληλο του πατέρα της. Αχ, και τι δε θα έκανε να τον ειδοποιήσει γι' αυτήν.

Το απόγευμα γύρω στις έξι, ο Αλέξης, έφτασε στο δικηγορικό του συγκρότημα εξουθενωμένος από το ξενύχτι και την έντονη συναισθηματική φόρτιση των τελευταίων ημερών. Άφησε το αυτοκίνητο μακριά από τη συνηθισμένη θέση του στο πάρκινγκ, θέλοντας να περπατήσει λίγο για να τον χτυπήσει ο δροσερός αέρας μήπως και αφυπνιστεί. Μόλις έφτασε προσπάθησε να βάλει σε τάξη τις δουλειές του, αλλά αδυνατούσε να συγκεντρωθεί. Φώναξε τον Ταξιάρχη που ήρθε λίγο μετά και συζήτησαν θέματα μόνο για τη δουλειά, αποφεύγοντας καθολικά να ανοίξει κουβέντα για την εξαφάνιση της κόρης του. Εκείνος ως σωστός υπαξιωματικός του ανέλυσε με σαφήνεια και αναλυτικά όλες τις υποθέσεις του διήμερου που έχασε και από διακριτικότητα δεν τον ρώτησε τίποτε σχετικά με το θέμα που τον έκαιγε. Εξάλλου έκανε μπαμ από χιλιόμετρα μακριά ότι ήταν καταρρακωμένος.

«Η Ασημίνα είναι εδώ;» τον ρώτησε λίγο πριν εξέλθει από το γραφείο.

«Ναι, ήρθε κανονικά στην ώρα της. Νομίζω ότι πετάχτηκε επάνω στους συμβολαιογράφους για να πάρει υπογραφές για κάτι συμβόλαια ακινήτων», τον ενημέρωσε φυσιολογικά ο Ταξιάρχης.

«Εντάξει, σε ευχαριστώ για όλα, φιλαράκο. Μπορείς να πηγαίνεις», είπε ο Αλέξης και τον κοίταξε φιλικά στα μάτια.

«Τίποτα, αφεντικό! Δουλειά μας».

Η Ασημίνα ήρθε μετά δέκα λεπτά και κάθισε στο γραφείο της. Φορούσε ένα κατάλευκο ημιδιάφανο πουκάμισο, ένα κυανό φουλάρι στον λαιμό και μια φούστα σκούρα μπλε λίγο πάνω από το γόνατο. Στόλιζε το αριστερό της χέρι με ένα βραχιόλι με σύνθεση από άσπρες και τυρκουάζ πέρλες. Έλαμπε από ομορφιά! Δύο μέρες είχε να τη δει και όμως του έλειπε τόσο. Δεν την κάλεσε αμέσως. Περίμενε. Την παρατηρούσε και ονειροπολούσε. Ήταν τόσο ελκυστική. Κρίμα που περνούσε αυτόν τον Γολγοθά και δεν μπορούσε να τη χαρεί. Σε μια στιγμή αναρωτήθηκε *"μήπως τελικά για αυτήν την αμαρτία μου τα περνάω όλα αυτά;"*

Όταν σχόλασαν όλοι οι υπάλληλοι, περίπου στις εννιά, αποφάσισε να την καλέσει στο γραφείο του. «Φέρε και το σημειωματάριο με τα ραντεβού», της είπε με χαμηλό τόνο. Εκείνη μπήκε με λαχτάρα μέσα, κλειδώνοντας πίσω της την πόρτα, φορώντας το πλατύτερο και λαμπρότερο χαμόγελό της. Ο Αλέξης της χαμογέλασε απλά χωρίς ιδιαίτερα κέφια. Τον πλησίασε και του έδωσε ένα απαλό φιλί στα χείλη και κάνοντας δύο βήματα πίσω τον ρώτησε ανήσυχη: «Τι έχεις, τζουτζούκο μου; Μοιάζεις σαν να ξύπνησες από χειμέρια νάρκη!»

Εκείνος δεν ανταποκρίθηκε στο πείραγμά της, παρά κοίταξε μόνο το ρολόι. «Γιατί δε μου μιλάς, Αλέξη μου; Στενοχωριέσαι ακόμα για τον μικρό; Πάει, πέρασε αυτό, τελείωσε. Δεν μπορώ να σε βλέπω έτσι, μωρό μου!»

Τι να της πει και από πού να αρχίσει. Από την αγωνία που τον τρώει για τη Χριστίνα, από τον φόβο του μήπως ανακαλύψει κάτι η Δέσποινα για τον παράνομο δεσμό του, για τη νίλα που έπαθε το πρωί με τον αστυνόμο που κόντεψε να προδοθεί μόνος του, τι να πιάσει και τι να αφήσει; Προτίμησε να το ρίξει στο ψέμα. Ψέματα στη γυναίκα του, ψέμα και στην ερωμένη. Ωραία τα κατάφερνε μέχρι τώρα! Δικηγόρος δεν ήταν! «Ναι, μωρό μου, όπως είπες, πάει πέρασε το κακό, αλλά δεν μπορώ ακόμα να συνέλθω και να μου βγει από το μυαλό! Όσο σκέφτομαι ότι τώρα θα μπορούσε να...»

Δεν πρόλαβε να ολοκληρώσει! Όσο αυτός μιλούσε η γραμματέας σηκώθηκε και με αργό, αισθησιακό βηματισμό ήρθε και έκατσε πάνω του. Άνοιξε τα πόδια της, με αποτέλεσμα η φούστα της να ανέβει έως τους γοφούς και ακούμπησε τους γλουτούς της πάνω στους μηρούς του. Τα χείλη της αναζήτησαν τα δικά του ενώ τα δυο της χέρια άγγιζαν απαλά τα μάγουλά του. Αφού του δάγκωσε ελαφρά το κάτω χείλος του ψιθύρισε στο αυτί: «Και εμένα δε με σκέφτηκες καθόλου αυτές τις δύο μέρες; Δε σου έλειψα λιγάκι;»

Ο Αλέξης ένιωσε τον ανδρισμό του να εξαγριώνεται και να τον πιέζει χαμηλά. Η Ασημίνα αντιλήφθηκε την έντονη διέγερσή του και συνέχισε το παιχνίδι της περισσότερο παθιασμένη. Πέρασε το χέρι της μαλακά χαμηλά στη λεκάνη του και τον θώπευσε μαρτυρικά. Μόλις ξεκίνησε με το άλλο της χέρι να ξεκουμπώνει το πουκάμισό της, ακούστηκε ελαφρύ χτύπημα στην πόρτα. «Πατέρα, είσαι μέσα; Να περάσω;» η φωνή του Μάκη πλανήθηκε στον αέρα και τους έκοψε τα πόδια και την όρεξη.

«Γρήγορα στο αρχείο», ψιθύρισε στο αυτί της Ασημίνας εμβρόντετος ο Αλέξης. Μέσα σε κλάσματα δευτερολέπτου η γραμματέας σαν αντιλόπη κρύφτηκε στη διπλανή αίθουσα του αρχείου που ήταν ενσωματωμένη με το κυρίως γραφείο του μεγαλοδικηγόρου. Οι ήχοι επαναλήφθηκαν και ο Αλέξης ήδη είχε φτάσει στη θύρα και την ξεκλείδωνε. «Έλα παιδί μου, πέρασε μέσα. Δε σε άκουσα. Ξαναχτύπησες;» «Ναι, πατέρα. Πώς είσαι;» «Πώς να είμαι, γιε μου! Όπως όλοι μας!» «Γιατί έχεις κλειδωμένα;» «Ο φόβος φυλάει τα έρμα, που έλεγε και ο παππούς σου. Πρέπει να προσέχουμε όλοι πολύ. Δεν ξέρουμε τι και ποιους έχουμε να αντιμετωπίσουμε! Εσύ πώς από εδώ τέτοια ώρα;» «Να, που να πάρει η ευχή. Είχαμε προγραμματίσει με τα παιδιά να πάμε στη γιορτή του Νέστορα που μένει στη Σίνδο, αλλά χάλασε το αυτοκίνητο του Βησσαρίωνα και μείναμε ρέστοι».

«Εντάξει, συμβαίνουν αυτά, γιατί δεν παίρνετε της μαμάς;»

«Από εκεί ξεκίνησα πρώτα, αλλά μου είπε πως λυπάται που δεν μπορεί να μας εξυπηρετήσει, επειδή το έχει στον μάστορα λίγο... τσουρουφλισμένο», του απάντησε πειρακτικά με το αιώνιο χιούμορ του.

«Ωχ, που να πάρει. Είμαι εντελώς ηλίθιος, πώς ξεχάστηκα έτσι. Είσαι σίγουρος ότι θέλεις να πας, εννοώ νιώθεις αρκετά καλά στην υγεία σου λόγω των συμβάντων;»

«Εσύ δεν είπες πως πρέπει να συνεχίσουμε τη ζωή μας σε φυσιολογικούς ρυθμούς; Εξάλλου δεν μπορώ να κάνω κάτι περισσότερο για τη Χριστίνα βραδιάτικα!»

«Ναι, σωστά, έχεις δίκιο. Λοιπόν, τώρα από μένα τι θα ήθελες, χρήματα ή το αμάξι».

«Θα ήθελα τα κλειδιά από το αμάξι σου πατέρα, αλλά σκέφτομαι... εσύ πώς θα γυρίσεις σπίτι;»

«Γιατί δεν πήρες το οικογενειακό που οδηγεί ο σοφέρ που ούτως ή άλλως έτσι στέκεται στο σπίτι;»

«Ξεχνάς δύο πράγματα: Πρώτον ότι μας έχεις απαγορέψει ρητά να το παίρνουμε και δεύτερον ότι βρίσκεται στο συνεργείο για να ετοιμαστεί εν όψει του Κ.Τ.Ε.Ο που είναι να περάσει την Παρασκευή! Ερωτευμένος είσαι;»

«Χαμένος είμαι, αυτό είμαι. Καλά! Μην ανησυχείς για εμένα. Θα πάρω ταξί», του αποκρίθηκε βγάζοντας από το σακάκι του ένα μάτσο με κλειδιά. Ξεχώρισε αυτά του αυτοκινήτου και του τα πέταξε στα χέρια. «'Ελα, πάρτα και να προσέχετε, εντάξει! Να μην έχουμε κι άλλα».

«Σ' ευχαριστώ πατέρα, είσαι και ο πρώτος. Να μου φιλήσεις τη μαμά», είπε και απομακρύνθηκε γοργά.

Η Ασημίνα μόλις διαπίστωσε ότι ο νεαρός είχε απομακρυνθεί βγήκε από την κρυψώνα της και ξαναπήρε την προηγούμενη θέση περνώντας στο δεύτερο ημίχρονο. Μόνο που τώρα αφού είχε ακούσει άθελά της την προηγούμενη συζήτηση πατέρα και γιου κάνοντας δήθεν την ανήξερη προχώρησε σε προσωπικές ερωτήσεις.

«Τι έγινε και θα πρέπει να συνεχίσετε τη ζωή σας σε φυσιολογικούς ρυθμούς; Τι έπαθε η Χριστίνα που δεν μπορεί να τη βοηθήσει ο Μάκης βραδιάτικα; Ανησυχώ αγάπη μου, πες μου!»

Ο Αλέξης δεν μπορούσε να κρύβεται άλλο. Της εξήγησε επιγραμματικά τα γεγονότα, χωρίς όμως να αναφέρει την πρωινή συνάντησή τους με τις αστυνομικές αρχές. «Σκέφτεστε να πάτε στην αστυνομία;» τον ρώτησε η ίδια δείχνοντας ψεύτικα έντονο ενδιαφέρον.

«Προς το παρόν, πριν κάνουμε οποιαδήποτε κίνηση θα περιμένουμε. Μπορεί να είναι μια απρόβλεπτη νεανική τρέλα. Μετά βλέπουμε». Όλη αυτήν την ώρα, η Ασημίνα τριβόταν επάνω του, προσπαθώντας να του εκμαιεύσει όσο το δυνατόν περισσότερες πληροφορίες. Τα καυτά της χείλη, άφηναν σε όλο του το σώμα τα αποτυπώματά τους. «Γι' αυτό είσαι τόσο σφιγμένος, άντρακλά μου; Και εγώ γιατί είμαι εδώ; Φυσικά για να χαλαρώσω τον παίδαρό μου που τον στενοχωρούν συνέχεια», ψιθύρισε αισθησιακά στο αυτί του. Μετά έλυσε τα μαλλιά της και αφού του ξεκούμπωσε το πουκάμισο, τον μαστίγωνε με αυτά στους ώμους και το στήθος, ενώ δε σταματούσε να τον αγγίζει στα ερεθισμένα του απόκρυφα. Είχε βγάλει και το δικό της πουκάμισο και ήταν έτοιμη να αφαιρέσει και τον στηθόδεσμό της. Πέρασε πίσω και τα δυο της χέρια, ψάχνοντας τα κλιπς για να αφαιρέσει τις τιράντες του.

Εκείνη τη στιγμή δύο μελιχρά μάτια, έμεναν γουρλωμένα από το θέαμα και το σώμα του νέου σαν στήλη άλατος. Ο Σεραφείμ, λίγα δεύτερα πριν, είχε ανέβει πάλι επάνω, μη βρίσκοντας το αμάξι του πατέρα του στη γνωστή θέση του πάρκινγκ, για να τον ρωτήσει πού το είχε αφήσει. Το κινητό του είχε μείνει από μπαταρία και νευριασμένος για την ταλαιπωρία και την αργοπορία του, αναγκάστηκε να γυρίσει. Λίγο πριν χτυπήσει την πόρτα άκουσε αμυδρά φωνές μέσα από το γραφείο και κοντοστάθηκε. Η γυναικεία φωνή όμως ήταν γνώριμη, πολύ γνώριμη. Πλησίασε διακριτικά, έσμπρωξε ελαφρώς την πόρτα που ο ίδιος από τη βιασύνη του λίγο πριν είχε αφήσει ανοιχτή και...

Αυτό που αντίκρισαν τα μάτια του μέσα από τη χαραμάδα που δημιουργήθηκε, δε θα μπορούσε να ξεχαστεί ποτέ στη ζωή του! Ο ίδιος ο πατέρας του να ερωτοτροπεί με μια ξένη γυναίκα. Το στήθος της, χωμένο στα μούτρα του και αυτός να ρουφάει με ηδονή τις ρώγες του. Σε μια στιγμή η ερωμένη του πατέρα του γύρισε στο πλάι το σώμα της και φάνηκαν καθαρά τα χαρακτηριστικά του προσώπου της.

Αλίμονο! Ο Σεραφείμ λούστηκε τη μεγαλύτερη τραυματική εμπειρία που μπορεί να βιώσει ποτέ ένας ερωτευμένος νέος. Πήρε το μεγαλύτερο σοκ που παγώνει στην κυριολεξία το αίμα, μόλις αναγνώρισε την κοπέλα που λίγες μέρες πριν ήταν στην αγκαλιά του και απολάμβαναν αμοιβαία τον μοναδικό έρωτά τους, όπως τουλάχιστον νόμιζε. Τα κατάμαυρα μαλλιά της, λυτά, να πέφτουν πάνω με λυσσαλέο πάθος στον άνθρωπο που τον ανέθρεψε και τον πότισε με ιδανικά και αξίες. Τι άνοστο όνειρο ήταν αυτό; Ή μήπως ήταν ξύπνιος; Άνανδροι! Προδότες! Και οι δυο τους είναι οι χειρότεροι προδότες των ανθρώπων που έδωσαν και τη ζωή τους γι' αυτούς.

Τα γόνατά του άρχισαν να τρέμουν νευρικά. Κρύος ιδρώτας αναδυόταν σε όλη του τη ραχοκοκαλιά. Μόλις που κρατήθηκε για να μη βγάλει κραυγή από το στόμα του φωνάζοντας το όνομα της κατά τα άλλα καλής του. Κάπου έπρεπε να ξεσπάσει όμως! Τράβηξε απότομα με όλη του τη δύναμη την πόρτα, τη στιγμή που η Ασημίνα κατέβαζε το εσώρουχό της και έφυγε τρέχοντας κυνηγημένος από το κολασμένο θέαμα.

Μέσα στο γραφείο το ζευγάρι πετάχτηκε έντρομο για δεύτερη φορά, μη μπορώντας να καταλάβει τι είχε συμβεί. Ο Αλέξης ντύθηκε γρήγορα και βγήκε έξω ψάχνοντας να βρει την αιτία. Κάποια στιγμή εντόπισε ένα ανοιχτό παράθυρο να κουνιέται ρυθμικά και το έκλεισε ανακουφισμένος.

Γύρισε μέσα και ανέφερε στην Ασημίνα ότι από το ρεύμα που δημιουργήθηκε έκλεισε απότομα η πόρτα, που προφανώς είχε ξεχάσει ανοιχτά ο Μάκης. Σουλουπώθηκαν και οι δύο, ανέκφραστοι και χωρίς όρεξη πλέον για επιπλέον περιπτύξεις. «Καλύτερα να πηγαίνουμε», είπε πρώτος ο Αλέξης.

«Ναι, ασφαλώς. Αν και θεωρώ πως όλο βρίσκεις αφορμές για να με αποφεύγεις, αυτή τη φορά θα το σεβαστώ. Τραβάς και εσύ τόσα, καημενούλη μου», είπε η Ασημίνα και του έδωσε ένα τελευταίο φιλί.

Ο Αλέξης δεν αντέδρασε, ούτε μίλησε. Αφού κλείδωσε το γραφείο τη συνόδευσε έως το ασανσέρ και μετά χώρισαν οι δρόμοι τους. Πήρε ταξί και κατευθύνθηκε απευθείας για το σπίτι του, ψάχνοντας στην οικογενειακή θαλπωρή τον χαμένο του εαυτό και για να προσφέρει την παρηγοριά του στην άμοιρη γυναίκα του, που την είχε περισσότερο από όλους ανάγκη. Αυτή ήταν το πιο βάναυσα χτυπημένα θύμα και μάλιστα εις τριπλούν.

Ο Σεραφείμ βίωνε τη χειρότερη περίοδο της ζωής του. Αφού γλίτωσε από του χάρου τα δόντια πριν λίγες ημέρες, χάνει την αδελφή του με άγνωστους γι' αυτήν κινδύνους και τώρα ο ίδιος του ο πατέρας ερωτοτροπεί με το κορίτσι των ονείρων του. Λογικά δεν το γνώριζε εκείνος, αλλά αυτό δεν ήταν ελαφρυντικό! Δεν παύει να είναι απιστία προς τη μητέρα του. Αδύνατον να το χωνέψει! Τι ήταν χειρότερο; Το ότι ο άνθρωπος που τον γέννησε είχε ερωτικό δεσμό με τον πρώτο και μοναδικό του έρωτα ή ότι απατούσε τη μητέρα του με τον χυδαιότερο τρόπο, μέσα στο γραφείο του. Και ποιος ξέρει από πότε! Με αυτά τα αναπάντητα ερωτήματα και με την πίεση στο κόκκινο, προχωρούσε και ξεσπούσε με κλωτσιές σε ό,τι σκουπιδοτενεκέδες έβρισκε μπροστά του. Έψαχνε το αυτοκίνητο στη γύρω περιοχή, προτείνοντας το χέρι του με το ασύρματο κλειδί περιμένοντας να εντοπίσει φώτα να αναβοσβήνουν.

"Βρήκα δουλειά σε έναν εξαίρετο εργοδότη", "δε βρίσκεις εύκολα τέτοια καλή εργασία με τόσο συνεργάσιμο εργοδότη", σκεφτόταν τα λόγια της και μαχαίρια έμπαιναν στην καρδιά του. *"Άτιμη, ψεύτρα, προδότρια. Μαστίγωμα θέλει το κορμί σου, όχι φιλιά και χάδια. Κι εγώ ο ηλίθιος που ήθελα ρομαντικά διήμερα μέσα στη φύση".* «Να βλάκα». Η μούντζα προς το πρόσωπό του με την απελπισμένα κραυγαλέα φωνή, έκανε τους γύρω περαστικούς να κοιτάξουν περίεργα.

Βρήκε το αμάξι μετά από αναζήτηση είκοσι λεπτών και μπήκε μέσα, αλλά δεν έβαλε μπρος. Έμεινε εκεί, προσπαθώντας να ηρεμήσει, αλλά όσο σκεφτόταν τόσο πιο πολύ θόλωνε. Σκότος γύρω του παντού, μα πιο σκοτεινή ήταν η πληγωμένη του καρδιά. Όσα της έδωσε, όσα του πήρε, θύμισες πολλών εβδομάδων γύρισαν μπροστά στα μάτια του. Εικόνες από το κοντινό παρελθόν εμφανίστηκαν ζωντανές. Έκλαψε γοερά. Δεν μπορούσε να πιστέψει στα λόγια των φίλων του ότι ο αληθινός έρωτας πονάει πολύ. Να που τώρα ήρθε η ώρα να καταλάβει το γιατί! Ένιωθε το κεφάλι αδύναμο σαν τσόφλι αυγού, έτοιμο να ραγίσει και να τρέξουν όλα του τα εγκεφαλικά κύτταρα στο σαλόνι του οχήματος. Γιατί, γιατί, γιατί; Άπειρα γιατί κουδούνιζαν στο μυαλό του, στην πληγωμένη καρδιά, στην αγνή του ψυχή.

Έβαλε το κινητό του να φορτίσει στην ειδική θέση του

αυτοκινήτου. Έπρεπε κάπου να τηλεφωνήσει, να μοιραστεί τον πόνο του. Η γιαγιά του έλεγε πως όταν μοιράζεσαι τον πόνο σου με κάποιον, φεύγει ο μισός. Μετά από μισή ώρα περίπου και αφού ένιωσε ότι ήταν σε θέση να μιλήσει, άνοιξε το κινητό, κατάφερε με την τρίτη φορά να πληκτρολογήσει τον σωστό κωδικό και πριν καλέσει τον κολλητό του, τον Βησσαρίωνα, ένιωσε τη συσκευή να δονείται. Κοίταξε την οθόνη και διαπίστωσε ότι είχε τρεις κλήσεις ενόσω ήταν κλειστό. Δύο από τη Ροδόκλεια και μία από τον πατέρα του. *"Άραγε αντιλήφθηκαν ότι τους είδα να ερωτοτροπούν; Τι να με θέλουν, για να με πείσουν ότι δεν είναι αυτό που νομίζω;"* αναρωτήθηκε. «Αλήτες, έχετε το θράσος να μου ζητάτε και τα ρέστα. Όχι, δε θα σας κάνω τη χάρη. Χαρείτε τον έρωτά σας, εγώ δε συμμετέχω σ' αυτή την ακολασία», φώναξε αγριεμένος χτυπώντας τα χέρια του ασυγκράτητα πάνω στο τιμόνι. «Βέβαια! Η κυρία πρόλαβε και αγόρασε καινούριο κινητό για να μη χάσει το κελεπούρι!» συνέχισε τις φωνές με οργή που ήταν έτοιμη να ξεχειλίσει. Φοβήθηκε μήπως πάνω σε καμία από τις εκρήξεις οργής που έρχονταν άθελά του, έκανε κανένα μεγάλο κακό.

Εκείνη τη στιγμή χτύπησε ξανά το κινητό του βγάζοντάς τον από τις άσχημες σκέψεις. Τρόμαξε και κόντεψε να του φύγει από το χέρι. «Δεν πρόκειται να σου απαντήσω κουκλίτσα μου, όσο και να χτυπιέσαι. Για μένα έχεις σβήσει από τον χάρτη της ζωής μου», μονολόγησε μουρμουρίζοντας μέσα από τα δόντια του. Τα δαιμονισμένα χτυπήματα κράτησαν ένα λεπτό ακόμα, αλλά του φάνηκε ολόκληρη ώρα και τον αναστάτωσαν ακόμα περισσότερο.

Χρειάστηκε άλλα δέκα λεπτά μέχρι να βρει τον εαυτό του. Αφού ηρέμησε, κάλεσε τον Βησσαρίωνα, ο οποίος ευτυχώς απάντησε αμέσως. Χωρίς περιστροφές και πολλές επεξηγήσεις τον κάλεσε αμέσως να έρθει κοντά του. Του εξήγησε πού είναι παρκαρισμένος και τον περίμενε ανυπόμονα. Δεν πέρασαν είκοσι λεπτά και ο καρδιακός του φίλος ήταν εκεί. Του άνοιξε την καρδιά του, εξηγώντας του για τη μοιραία εικόνα που αντίκρισε και τον πόνο ψυχής που ένιωθε. Ο Βησσαρίων, όπως ήταν φυσικό, νηφαλιότερος από αυτόν, αντιμετώπισε πιο ψύχραιμα την κατάσταση. «Το φρόνιμο είναι να πάμε τα παιδιά στη γιορτή του Νέστορα, να μην τους τρώει η αγωνία και αυτούς. Μετά εάν δε νιώθεις καλά να καθίσεις μαζί μας, θα σε φέρω πίσω να τα πούμε καλύτερα. Φαντάζομαι δε θα θέλεις να οδηγήσεις στην κατάσταση που είσαι... έτσι δεν είναι;» τον πυρπόλησε με τις απανωτές προτάσεις του. «Ναι, όντως. Γι' αυτό σε κάλεσα εδώ. Φοβάμαι πάνω στην τρέλα μου να μην προκαλέσω κανένα ατύχημα». Δίστασε να του πει για την αδερφή του και την εξαφάνισή της, που επιδείνωνε την κατάστασή του, παρόλο που ο Βησσαρίων ήταν απόλυτης εμπιστοσύνης άτομο. Ο Σεραφείμ ακολούθησε πιστά τις οδηγίες της αστυνομίας.

Παρέλαβαν τους κοινούς τους φίλους και δε χρειάστηκε να δώσουν εξηγήσεις για ποιον λόγο οδηγούσε ο Βησσαρίων το αυτοκίνητο του πατέρα του Μάκη. Εξάλλου αυτοί να περάσουν καλά αποζητούσαν, με όποιο μέσο και αν διέθεταν. Μόλις έφτασαν στον προορισμό τους, επικαλέστηκαν ξαφνική αδιαθεσία του Μάκη και ο Βησσαρίων τους υποσχέθηκε ότι θα περάσει να τους πάρει αργότερα, εφόσον το επιθυμούσαν. Αυτοί με μια φωνή είπαν ότι δεν ήταν απαραίτητο και πως θα γύριζαν με ταξί.

Στην επιστροφή ήταν και οι δύο λιγομίλητοι. Ο Σεραφείμ στον προδομένο κόσμο του από δύο αγαπημένα του πρόσωπα και ο Βησσαρίων προσπαθώντας να βρει τις ιδανικότερες φαρμακοσυμβουλές για να απαλύνει τον πόνο του κολλητού του. Λένε πως οι άντρες είναι δυνατοί και δε λυγίζουν εύκολα. Λένε πως οι άνδρες δεν κλαίνε. Μύθος! Αυτοί που τα λένε αυτά, προφανώς δεν πέρασαν τον υπέρτατο πόνο της απιστίας. Τα έντονα αναφιλητά του σε όλη τη διαδρομή, δεν ήταν εφικτό να τα σταματήσουν ούτε τα παρηγορητικά λόγια του φίλου, ούτε οι υπερπροσπάθειες του ιδίου.

Μόλις έφτασαν στο σπίτι του Βησσαρίωνα, ο Σεραφείμ, κάνοντας υπερπροσπάθεια να ακουστεί νηφάλιος, τηλεφώνησε στη μητέρα του, ενημερώνοντάς την ότι δε θα επέστρεφε στο σπίτι απόψε και ότι θα κοιμόταν στου φίλου του. Επίσης, την παρακάλεσε να πληροφορήσει τον πατέρα του, ότι το αμάξι του θα το επέστρεφε το πρωί, εάν δεν είχε κι εκείνος αντίρρηση. Έκρινε ότι δεν ήταν της ώρας μέσα στη σκοτοδίνη της για τη Χριστίνα να της φορτώσει και άλλα δεινά. Είχε χρόνο να σκεφτεί τι θα έκανε στην πορεία, αν έπρεπε να της μιλήσει αργότερα ή όχι.

«Είσαι σίγουρος ότι είδες καλά; Μήπως παραγνώρισες;» τον ρώτησε κάποια στιγμή ο Βησσαρίων.

«Ποιο πιθανό είναι να είδα όνειρο παρά να έκανα τέτοιο λάθος», απάντησε κατηγορηματικά ο Σεραφείμ.

«Πιστεύεις ότι η Ροδόκλεια γνώριζε πως είναι ο πατέρας σου;»

«Αν και δεν έχει καμία σημασία πια, όχι δε νομίζω να το γνώριζε αυτό. Απλά της αρέσει να παίζει με τις καρδιές των αντρών, προφανώς για την καλοπέραση και την ανέλιξή της. Όμως τώρα που το ξανασκέφτομαι, με προβληματίζει έντονα γιατί έφυγε άρον άρον από το Μέτσοβο, όταν θα έρχονταν για να με δουν οι γονείς μου! Τότε δεν έδωσα σημασία, αλλά τώρα που το συλλογίζομαι... Ύστερα είναι και κάτι άλλο που με κάνει να απορώ. Εφόσον γνώριζε τα επώνυμά μας, δε θα έπρεπε να αντιδράσει κάπως;»

«Πάντως δεν ξέρω γι' αυτήν, αλλά είμαι απολύτως σίγουρος ότι ο πατέρας σου σε καμία περίπτωση δε γνώριζε ότι ήταν η γκόμενά σου».

«Μάλλον πρέπει να έχεις δίκιο. Μπορεί να φέρθηκε άνανδρα στη μητέρα μου για την ικανοποίηση του ανδρισμού του, αλλά δε θα το έκανε ποτέ σε μένα αυτό», τόνισε με σιγουριά μέσα στα αναφιλητά του ο Σεραφείμ.

Συζήτησαν για αρκετή ώρα ακόμη αποκλειστικά για το φλέγον ζήτημα, μέχρι που χτύπησε το κινητό του οικοδεσπότη. Ήταν οι φίλοι του που τελικά τον καλούσαν μετανιωμένοι να πεταχτεί να τους πάρει, εάν δεν του έκανε κόπο. Δέχθηκε αυθόρμητα και ρώτησε τον Σεραφείμ εάν θα τον πείραζε να τον άφηνε μόνο. Εκείνος του απάντησε ότι το πρώτο σοκ πέρασε και άρχισε να συνέρχεται. Αφού τον ευχαρίστησε θερμά, του είπε να προσέχει στον δρόμο και χαιρετήθηκαν.

Αμέσως μετά, ο Σεραφείμ θέλησε να μιλήσει με κάποιον δικό του, πολύ δικό του άνθρωπο, να βγάλει μέσα από τα σωθικά του όλα αυτά που τον βασάνιζαν τα τελευταία εικοσιτετράωρα. Η γιαγιά Τέμα ήταν ο καταλληλότερος άνθρωπος γι' αυτό. Ήξερε να τους ακούει και πάντα να λύνει τα προβλήματά τους με έναν μαγικό τρόπο. Έψαξε στα συρτάρια του Βησσαρίωνα και βρήκε χαρτί και στυλό. Άρχιζε να γράφει με πόνο και φρικτή οδύνη όλα αυτά που ένιωθε ενδόμυχα, περισσότερο για να τα βγάλει από μέσα του.

Θεσσαλονίκη, 27 Οκτωβρίου 2021
Γλυκιά μου γιαγιά,
εύχομαι το γράμμα μου να σε βρίσκει υγιή και δυναμική,
όπως πάντα. Όλα τα προηγούμενα γράμματά μου περιείχαν,
χρόνια τώρα που λείπεις από τις αγκαλιές μας, εκτός βέβαια
από τη νοσταλγία, χαρά και ευχάριστα γεγονότα. Δυστυχώς
οι σημερινές λέξεις που θα διαβάσεις θα σου προκαλέσουν
πόνο και θλίψη. Πήρα την απόφαση να σου γράψω, εξαιτίας των απανωτών δυσάρεστων γεγονότων που πλάκωσαν
την οικογένειά μας. Ήθελα να μιλήσω με κάποιον που θα
με καταλάβει απόλυτα, βγάζοντας τον ενδόμυχο πόνο που
μου καίει τα σωθικά.
Όμως, να τα πάρουμε τα πράγματα από την αρχή. Εχθές,
Τρίτη μεσημέρι γιαγιά, το Χριστινάκι μας εξαφανίστηκε μυστηριωδώς. Δυστυχώς μέχρι τώρα δεν έχουμε κανένα νεότερό της, αλλά ούτε και τηλεφώνησε κάποιος κακοποιός να
ζητήσει οτιδήποτε. Η μαμά είναι ένα κουρέλι και όσο εμψυχωτικά και να της μιλάμε δεν μπορεί να συνέλθει. Το μυαλό
μου πάει σε πολλά, αλλά εύχομαι να είναι θύμα απαγωγής
για διεκδίκηση λύτρων, που θεωρώ ότι είναι το λιγότερο
κακό που θα μπορούσε να της συμβεί. Και αυτό το λέω επειδή
έχουν καταγραφεί πολλά περιστατικά με απαγωγές παιδιών,
που τους αφαιρούν τα ζωτικά τους όργανα για να τα μοσχοπουλήσουν σε ασιατικές χώρες κυρίως, και κατόπιν τα πετούν
ζωντανά νεκρά σε κοινόχρηστους χώρους.
Η αστυνομία μας έδωσε οδηγίες να φερόμαστε φυσιο-

λογικά μέχρι να κάνουν την πρώτη κίνηση οι δράστες, αλλά μπορείς να είσαι ίδιος μετά από ένα τέτοιο συμβάν; Δεν είχα σκοπό όμως να σου γράψω μόνο γι' αυτό το αναπάντεχο γεγονός. Πριν από λίγο συνέβη και κάτι ακόμα, σε μένα προσωπικά, που έκανε την πίκρα, που μου πότισαν δύο αγαπημένα μου πρόσωπα, να τρέχει ποτάμι μέσα στο αίμα μου.

Το τελευταίο διάστημα είχα συνάψει έναν ερωτικό δεσμό με μια πανέμορφη και εξαιρετική κοπέλα, όπως νόμιζα μέχρι λίγο πριν, που σήμερα με έκανε να κλάψω αφόρητα. Ούτε στην πιο τρελή φαντασία σου δεν μπορείς να φανταστείς τον λόγο. Μόλις το Σαββατοκύριακο που πέρασε, εδραιώσαμε τον έρωτά μας με ένα φανταστικό διήμερο αγκαλιασμένο με όλα τα κάλλη της φύσης. Όμως, σήμερα με κέρασε το πιο πικρό φαρμάκι.

Κάποτε είχα έναν πατέρα. Τώρα ούτε να τον βλέπω δε θέλω. Ο γιος σου, γιαγιάκα μου, ο άνθρωπος που ήμουν τόσο περήφανος γι' αυτόν και ήθελα να τον μοιάσω τόσο πολύ, μου έμπηξε μαχαίρι βαθιά στην καρδιά. Μαχαίρωσε τον ίδιο του τον γιο, ίσως εν αγνοία του βέβαια. Ναι, δυστυχώς όπως ήδη κατάλαβες τους έπιασα με τα ίδια μου τα μάτια, μέσα στο γραφείο του να ερωτροπούν. Τα έχασα και έφυγα σαν κυνηγημένος, λες και ήμουν εγώ ο φταίχτης. Δεν έμαθαν ότι τους είδα και δεν ξέρω, δεν μπορώ να κρίνω εάν πρέπει να βρω το θάρρος να τους το πω για να τους ξεφτιλίσω.

Ακόμα βρίσκομαι σε βρασμό ψυχής και ευτυχώς με φιλοξενεί ένας πολύ καλός μου φίλος. Έτσι θα αποφύγω προσωρινά να έρθω σε επαφή κατάμουτρα μαζί τους και θα μπορέσω ακόμα να κερδίσω χρόνο ώστε να μην προδοθώ στη μητέρα. Περνάει τον Γολγοθά της η καημένη και θα ήταν πολύ βαρύ να της φορτώσω και άλλο ένα μαρτύριο. Τουλάχιστον όχι ακόμα. Γι' αυτό κυρίως σου γράφω, για να πάρω τις συμβουλές σου, πώς πρέπει να χειριστώ αυτά τα δύο τόσο φριχτά θέματα. Πρέπει να λύσω τους κόμπους που με δένουν μαζί τους, αλλά δεν ξέρω τον τρόπο.

Περιμένω νέα σου με αγωνία,
ο εγγονός σου, Μάκης

Δίπλωσε το γράμμα και το έβαλε στην τσέπη του σακακιού του. Η επόμενη ημέρα ήταν αργία λόγω της εθνικής επετείου, οπότε θα το έστελνε τη μεθεπόμενη. Ένιωσε ελαφρύτερος και με μεγαλύτερη αισιοδοξία. Η γιαγιά του ήταν καλός συμβουλάτορας και με το καθαρό μυαλό που είχε θα τον βοηθούσε να απαλύνει τον διπλό του πόνο, στέλνοντας άμεσα την απόκρισή της. Δυστυχώς η τεχνολογία των ανεπτυγμένων κρατών δεν είχε φτάσει ακόμα στο χωριό της και έπρεπε να αρκεστεί στον παραδοσιακό τρόπο επικοινωνίας.

Πρόσταγμα σιωπής

Θεσσαλονίκη
29 Οκτωβρίου 2021

Ο Αλέξης και η Δέσποινα πετάχτηκαν από το κουδούνισμα του τηλεφώνου σαν συμπιεσμένα ελατήρια. Έξω ακόμα ήταν σκοτάδι και το ζευγάρι, για τρίτο βράδυ, δεν κατάφερε να κλείσει μάτι. Μαύρη εθνική επέτειο πέρασαν την προηγούμενη ημέρα, χωρίς κανένα νεότερο από την υπόθεση που χώθηκε με τη βία στο σπίτι τους. Τσακισμένα τα σώματα και θολωμένα τα μυαλά. Μια αλλοιωμένη χονδρή φωνή ακούστηκε μόλις ο δικηγόρος σήκωσε με τρεμάμενο χέρι το ακουστικό.

«Κρατάμε την κόρη σας. Μας δίνεται δώδεκα εκατομμυριάκια και την παίρνετε πίσω ζωντανή! Νέτα σκέτα!»

«Είναι καλά η Χριστίνα; Θέλω να την ακούσω, δώστη μου τώρα να της μιλήσω!» Μάταια φώναζε αλαφιασμένος ο Παπαρρηγόπουλος. Η γραμμή ήδη είχε κλείσει. Παράτησε το ακουστικό στη βάση του και κάθισε στην άκρη του κρεβατιού σαν απελέκητο κούτσουρο.

«Τι είπαν; Είναι καλά η Χριστίνα; Πες μου, Αλέξη, πες μου», φώναξε τρελή από την αγωνία της η Δέσποινα.

«Δεν είπαν. Ζήτησαν μόνο λύτρα. Θα καλέσω την αστυνομία να τους ενημερώσω ότι πήραν οι απαγωγείς. Τελικά οι φόβοι μας επιβεβαιώθηκαν. Η Χριστίνα μας έπεσε θύμα απαγωγής. Δώδεκα εκατομμύρια ζητούν οι κανάγιες», ανέκραξε ο Αλέξης ενώ ήδη καλούσε το αστυνομικό τμήμα.

Μίλησε με τον αξιωματικό υπηρεσίας και τον ενημέρωσε σχετικά. Αργότερα τους ενημέρωσαν ότι οι δράστες είχαν τηλεφωνήσει από τηλεφωνικό θάλαμο του κέντρου, στον οποίο στάλθηκε περιπολικό για μια επιτόπια έρευνα. Οι δράστες είχαν κινηθεί έξυπνα και σχεδόν τους έπιασαν στον ύπνο. Πάντως το στίγμα τους είχε δοθεί και πλέον τα μέλη της οικογένειας δεν ήξεραν εάν έπρεπε να νιώσουν καλύτερα ή χειρότερα. Ο αξιωματικός υπηρεσίας πήρε μισή ώρα αργότερα ξανά και ενημέρωσε τον Παπαρρηγόπουλο ότι καλό θα ήταν να περάσει από τα κεντρικά γραφεία της αστυνομίας για να πάρει τις τελευταίες ενημερώσεις και οδηγίες από τους αρμόδιους αξιωματικούς της Υ.Δ.Ε.Ζ.Ι. Δεν έχασε ούτε λεπτό. Πρότεινε και στη Δέσποινα, εάν ήθελε να πάει μαζί του, αλλά εκείνη αρνήθηκε προφασιζόμενη ότι θα ήταν καλύτερα να μείνει με τα παιδιά μήπως και ξανά πάρουν οι κακοποιοί.

Προς μεγάλο του ξάφνιασμα, μόλις έφτασε στο Μέγαρο της αστυνομίας συνάντησε τον αστυνόμο Φωτεινιώτη να τον περιμένει έξω από την κεντρική είσοδο. Μετά τους τυπικούς χαιρετισμούς ο αξιωματικός πήρε τον λόγο. «Καταρχάς να ζητήσω συγνώμη που δεν κατάφερα να σας φέρω σε επαφή προχθές το απόγευμα με την Υ.Δ.Ε.Ζ.Ι. Δυστυχώς η επέτειος μας έβαλε τρικλοποδιά και όλες οι δυνάμεις είχαν ενεργοποιηθεί για να «φύγει» και αυτή τη φορά όσο το δυνατόν πιο ανώδυνα. Μας κουράζουν πολύ τέτοιες μέρες οι πολιτικοί μας».

«Δυστυχώς, τα έχουμε αυτά τα τελευταία χρόνια», δήλωσε ο Παπαρρηγόπουλος δείχνοντας την αποδοχή της συγνώμης.

Στη συνέχεια ο αστυνόμος του έδωσε τις συμβουλές του. Τόνισε ιδιαίτερα τον χαρακτήρα του διοικητή του τμήματος, που ήταν ένας από τους υψηλόβαθμους συναδέλφους του και το πώς πρέπει να τον χειριστεί. «Δεν είναι κακός άνθρωπος, αλλά είναι σκληρός με τους πάντες και τα πάντα. Έχει ιδιόρρυθμο χαρακτήρα, όμως απεριόριστη εμπειρία σε τέτοια θέματα και θέλει να τον υπακούουν όλοι τυφλά, σαν σκυλάκια. Υπάρχει φόβος να τα τινάξει όλα στον αέρα εάν κάποιος φέρει αντίρρηση σε αυτά που σκέφτεται ή λέει. Θα τον αναγνωρίσεις από τη λοξή του μύτη και μια μικρή ουλή στο δεξί του φρύδι», του είπε τελειώνοντας, όσο ανέβαιναν τις σκάλες. Χαιρετήθηκε με τον απαραίτητο σεβασμό με όλο το επιτελείο και κάθισε στη θέση που του πρότειναν. Πρώτος πήρε τον λόγο ο Φωτεινιώτης για να συστήσει έναν προς έναν όλους τους συναδέλφους του. Εντύπωση έκανε στον Αλέξη η όμορφη αστυνομικός που κρίθηκε απαραίτητη η παρουσία της λόγω του ανήλικου και του φύλου της Χριστίνας. Αμέσως μετά άρχισε την ενημέρωση ο ανώτατος αξιωματικός, ο οποίος ήταν ο άνθρωπος που έπρεπε να σεβαστεί απόλυτα, με βάση τις οδηγίες του Φωτεινιώτη.

«Κύριοι και κυρία», άρχισε τον πρόλογο ο τμηματάρχης, κοιτώντας προς όλους επιβλητικά. «Βρισκόμαστε σε μια κλασική περίπτωση απαγωγής, όπως δείχνουν τα γεγονότα, με θύμα μια εύπορη οικογένεια της πόλης μας, του κυρίου Παπαρρηγόπουλου, από εδώ», δήλωσε και έδειξε τον δικηγόρο.

«Τα μέχρι στιγμής στοιχεία, που αποδεικνύουν την απαγωγή, είναι το τηλεφώνημα που έγινε σήμερα το πρωί στο σπίτι της οικογενείας και μια καταγραφή από κάμερα ασφαλείας κοσμηματοπωλείου, κοντά στο πιθανό σημείο της αρπαγής». Εκείνη τη στιγμή έδωσε εντολή με νεύμα να παίξει το βίντεο στον προβολέα. Παρατήρησαν όλοι ένα αυτοκίνητο με φιμέ τζάμια, να πλησιάζει μια κοπέλα, να προχωράει παράλληλα μαζί της και να σταματά μετά από λίγο. Αμυδρά ξεχώριζε ότι ο οδηγός του οχήματος ήταν γυναίκα ή τουλάχιστον έμοιαζε με γυναίκα. Όταν άνοιξε περισσότερο το παράθυρο, φάνηκε ακόμα καλύτερα, δίνοντας αναφανδόν στίγμα ότι ήταν γυναίκα η οποία συζητούσε με το θύμα. Λίγο μετά, μέσα από το όχημα βγήκε ένας μεγαλόσωμος άντρας, άρπαξε τη νεαρή από πίσω πριν εκείνη προλάβει να αντιδράσει και εξαφανίστηκαν γοργά.

«Αναγνωρίζεται την κόρη σας, κύριε Παπαρρηγόπουλε στη θέση του θύματος;» ρώτησε ο αστυνόμος Φωτεινιώτης.

«Ναι, μπορώ να πω με μεγάλη σιγουριά ότι είναι η Χριστίνα. Τα ρούχα της, τα μαλλάκια της», διευκρίνισε σχεδόν δακρυσμένος.

«Η κυρία στο αυτοκίνητο, σας θυμίζει κάτι;»
«Μάλλον ναι, αλλά δεν μπορώ να πω με σιγουριά. Φαίνεται αμυδρά. Φοράει και τη μαντήλα! Γνωρίζω πολύ κόσμο και ίσως από κάποια δίκη... δεν ξέρω».

«Συζήτησαν για λίγη ώρα και από την αντίδραση της Χριστίνας ή μάλλον από τη μη αντίδρασή της φαίνεται να ήταν γνωστή της ή τουλάχιστον της παρουσιάστηκε ως γνωστή», επισήμανε ο διοικητής.

«Ναι, σωστά το θέτετε», απάντησε ο Αλέξης σύμφωνος και φοβούμενος να διαφοροποιηθεί με γνώμονα πάντα αυτά που του είχε πει ο Φωτεινιώτης.

«Βρίσκονται στο σημείο που βρέθηκε το κινητό της. Μπορεί να μην έχει αποτυπώματα επάνω του, αλλά χάρη σε αυτή την απροσεξία τους πιθανότατα θα καταφέρουμε να λύσουμε, για μια άλλη φορά, και αυτόν τον γρίφο. Δεν ξέρω εάν σας παρηγορεί αυτό, κύριε Παπαρρηγόπουλε, αλλά καμία υπόθεση απαγωγής στην πόλη μας δεν έχει μείνει ανεξιχνίαστη», δήλωσε με στόμφο ο τμηματάρχης.

«Λοιπόν, για να έρθουμε στα τρέχοντα. Συνήθως οι δράστες κάνουν ψυχολογικό πόλεμο στα θύματά τους, και δε μιλώ για αυτούς που έχουν απαγάγει, αλλά γι' αυτούς που πληρώνουν. Τηλεφωνούν, όπως σήμερα εσάς, αφήνοντας τη βόμβα τους να σιγοκαίει και μετά αρχίζει το παιχνίδι. Παίρνουν και ξανά παίρνουν σε ανύποπτα διαστήματα, απειλώντας με τη ζωή του ίδιου του θύματος, των μελών της οικογένειάς του και κυρίως ζητώντας επιτακτικά την απουσία της αστυνομίας. Όποιος κάνει αυτό το λάθος και υποκύψει στις απειλές τους, έχει χάσει το παιχνίδι», τόνισε με έμφαση την τελευταία του φράση.

«Ξέρουν πολύ καλά ότι δεν έχει κανένα νόημα να κάνουν κακό στο πρόσωπο που κρατούν διότι έτσι και λύτρα δε θα πάρουν ποτέ και κυνηγημένοι θα είναι για μια ζωή. Σε αυτό το σημείο, κύριε Παπαρρηγόπουλε, θα ήθελα να σας τονίσω να μην προβείτε σε καμία απολύτως συναλλαγή μαζί τους, εάν δε μιλήσετε με την κόρη σας και δε βεβαιωθείτε ότι είναι απολύτως καλά. Εάν φερθείτε ψύχραιμα δε θα μπορέσουν να σας το αρνηθούν. Μπορεί να έρθει στιγμή να σας απειλήσουν ακόμα και με τη ζωή της ή τις ζωές άλλων μελών της φαμίλιας σας, αλλά μη πτοηθείτε. Είναι συνηθισμένος αυτός ο εκφοβισμός», του τόνισε αυστηρά και τον κοίταξε βαθιά στα μάτια.

«Και κάτι τελευταίο. Μπορεί το επόμενο τηλέφωνο να γίνει μετά από αρκετές μέρες, παίζοντας με τα νεύρα σας για να υποκύψετε πιο εύκολα. Προσπαθήστε από τώρα να αποφασίσετε πόσα μπορείτε να δώσετε και κάντε διακανονισμό μαζί τους για να φτάσετε σε αυτό το ποσό. Είναι πιο εύκολο από όσο νομίζετε».

«Σας ευχαριστώ για τα εμψυχωτικά σας λόγια. Θα τα μεταφέρω και στην οικογένειά μου, για να έχουν υπομονή και δύναμη να αντέξουμε και σε αυτή τη σκληρή δοκιμασία», ανέφερε ο δικηγόρος φανερώνοντας την έκδηλη ανησυχία του και σηκώθηκε δίνοντας το χέρι του σφιχτά σε όλους τους παρευρισκόμενους.

«Και μια που αναφέρατε την οικογένειά σας, θα ήθελα να σας παρακαλέσω να συνεχίσετε τις δράσεις σας κανονικά, όπως κάνατε έως σήμερα. Έτσι οι απαγωγείς που σίγουρα έχουν τρόπο να σας παρακολουθούν, θα μπερδευτούν για το πόσο σας έχει καταβάλει ο φόβος και θα είναι πιο διαλλακτικοί μαζί σας».

Ο Αλέξης χαιρέτησε σηκώνοντας το χέρι ψηλά αυτή τη φορά και ξεκίνησε για το γραφείο του. Μόλις έφτασε εκεί τηλεφώνησε αμέσως στη γυναίκα του και της περιέγραψε με κάθε ακρίβεια όλη τη συζήτηση που είχε με τους αστυνομικούς. Αυτή δε φάνηκε να συμφωνεί με όλα αυτά, αλλά του υποσχέθηκε ότι θα φανεί όσο πιο ψύχραιμη μπορούσε. Και σε αντίθεση με την άποψη του αστυνόμου, τον συμβούλευσε να δώσει όσα ζητούν, αρκεί να μην πάθει κακό η κόρη τους.

Λίγο μετά η Δέσποινα φώναξε τα παιδιά της στο σαλόνι. Τους ενημέρωσε σχολαστικά για το πρώτο τηλεφώνημα των απαγωγέων και κατόπιν για τις πληροφορίες που της έδωσε ο πατέρας τους. Ο ένας προσπαθούσε να παρηγορήσει τον άλλον με τον τρόπο του. Καμία από τις δύο γυναίκες δε μπορούσε να καταλάβει τον ψυχικό πόλεμο που γινόταν μέσα στα σωθικά του Σεραφείμ. Ως φυσικό κι επόμενο, θεωρούσαν ότι ήταν ράκος από τις νέες πληροφορίες που έφτασαν τούτο το πρωί.

Ο πληγωμένος αετός, όμως, είχε δύο βέλη στα σωθικά του που του προκαλούσαν επώδυνα τραύματα. Η μητέρα του, ανυποψίαστη για τη δεύτερη πληγή που αιμορραγούσε ακατάσχετη, τον κοιτούσε στα μάτια και με το μητρικό της ένστικτο καταλάβαινε ότι πονούσε πολύ. Ο Σεραφείμ πάλι, διχασμένος μέσα του για το αν έπρεπε να της μιλήσει για τον παράνομο δεσμό του πατέρα του, καθόταν σε αναμμένα κάρβουνα. Όχι, ήταν νωρίς ακόμα για κάτι τέτοιο. Πληγή πάνω στην πληγή δε θα κλείνει καμία.

«Ελάτε να σας ετοιμάσω πρωινό», μίλησε κάποια στιγμή η οικοδέσποινα όσο πιο ψύχραιμα μπορούσε και τους τράβηξε από τα χέρια. Αυτομάτως η σκέψη της μεταφέρθηκε στην κορούλα της. *Τι να κάνει άραγε το μωρό μου; Την προσέχουν τουλάχιστον ή την ταλαιπωρούν άσχημα*.

Έφαγαν πρωινό ανόρεκτα και κάθισαν στο σαλόνι αναμένοντας το άγνωστο. Ο Σεραφείμ διάβαζε ένα μηνιαίο επιστημονικό περιοδικό, ενώ η Τέμα μια ξένη νουβέλα. Δεν είχε καμία όρεξη να πάει στη σχολή της και ας είχε υποχρεωτικό μάθημα. Η μητέρα τους προτίμησε μια πρωινή κουτσομπολίστικη εκπομπή της τηλεόρασης σε μια προσπάθεια χαλάρωσης από την υπερένταση που ένιωθε. Ξαφνικά το τηλέφωνο του νεαρού άντρα ήχησε και τα μάτια των γυναικών κατευθύνθηκαν απευθείας πάνω του. Εκείνος μόλις διάβασε στην οθόνη το όνομα, το έβαλε στο αθόρυβο και το παράτησε πάνω στο τραπέζι. Όταν τον ρώτησαν ποιος ήταν τους είπε απλά: «Κάποιος χωρίς νόημα». Δεν πέρασαν όμως λίγα δευτερόλεπτα και το τηλέφωνο του σπιτιού ακούστηκε, παγώνοντας και πάλι την ατμόσφαιρα. Ανέλαβε η μητέρα να το σηκώσει και άκουσε από την άλλη γραμμή, μια γλυκιά γυναικεία φωνή: «Κυρία Δέσποινα, καλημέρα σας. Είμαι η Ροδόκλεια, η φίλη του Μάκη. Μήπως είναι εκεί; Θα μπορούσα να μιλήσω μαζί του;»

Η Δέσποινα αντιλαμβανόμενη ότι κάτι δεν πάει καλά, κοίταξε στιγμιαία τον γιο της και εκείνος της έκανε νόημα να πει ότι δεν είναι εδώ. Δεν της άρεσε ποτέ να λέει ψέματα, αλλά στην παρούσα φάση έπρεπε να σκαρφιστεί κάποιο για να ικανοποιήσει και τις δύο πλευρές. «Δεν είναι σε θέση να μιλήσει, κορίτσι μου. Θα είναι καλό να ξέρεις ότι περνάμε δύσκολες στιγμές και...»

«Έχω δύο μέρες που του τηλεφωνώ και δε μου απαντάει. Κοντεύω να πεθάνω από την αγωνία και τη στενοχώρια μου!»

«Γλυκό μου κορίτσι, σίγουρα θα έχει τους λόγους του, αλλά μην ανησυχείς είναι καλά στην υγεία του».

«Αυτό προέχει πάνω από όλα. Να είναι καλά! Όμως σας παρακαλώ, κυρία Δέσποινα, ενημερώστε τον ότι πήρα και ότι κοντεύω να τρελαθώ. Ποτέ του δε μου το έχει κάνει αυτό».

«Φυσικά, θα του το μεταφέρω, αλλά να ξέρεις, αν αυτό σε παρηγορεί, ότι όλη η οικογένεια περνάει πολύ δύσκολα αυτές τις μέρες», επανέλαβε η μητέρα του Σεραφείμ.

«Γιατί, τι σας συμβαίνει, κυρία Δέσποινα, εάν δε γίνομαι αδιάκριτη;»

«Θα προτιμούσα παιδί να σου τα πει ο ίδιος, όταν νιώσει έτοιμος να το κάνει».

«Εντάξει, σας ευχαριστώ πολύ που με ακούσατε. Καλή σας ημέρα και να πάνε όλα καλά».

«Γεια σου, Ροδόκλεια. Και εμείς σε ευχαριστούμε», χαιρέτησε προβληματισμένη και έκλεισε το τηλέφωνο.

«Ποιος ήταν;» ρώτησε κάνοντας τον ανήξερο ο Σεραφείμ.

«Μάκη μου, αγόρι μου, δεν είναι σωστό αυτό που κάνεις στο γλυκό κορίτσι. Μπορεί να θέλεις να της αποκρύψεις το συμβάν με τη Χριστίνα, αλλά δεν είναι συμπεριφορά αυτή, ειδικά μετά από αυτά που περάσατε πρόσφατα. Να της τηλεφωνήσεις οπωσδήποτε. Κοντεύει να τρελαθεί από την αγωνία της».

Άρε μάνα και που να 'ξερες! Να σε έβλεπα πώς θα μιλού-

σες τότε για το γλυκό σου κορίτσι!" «Εντάξει, θα το φροντί-
σω, μην ανησυχείς», της απάντησε επιβάλλοντας τις αρχι-
κές του σκέψεις να σιωπήσουν. *Ως πότε θα αντέξω αυτό το
πρόσταγμα σιωπής; Θα καταφέρω να κρατήσω τον χείμαρρο
των συναισθημάτων μέσα μου; Αχ, γιαγιά, γιατί να μην είσαι
εδώ τώρα που σε έχω περισσότερο ανάγκη από ποτέ;»* ήρθαν
τα ερωτήματα ακούσια και έφυγαν χωρίς απάντηση.

Όλη αυτή την ώρα η Τέμα κοιτούσε πότε τον ένα πότε τον
άλλο, έντονα απορημένη. Δεν μπορούσε να βγάλει ασφαλή
συμπέρασμα για την απότομη στροφή στη συμπεριφορά του
αδερφού της, για το μέχρι πρόσφατα έρωτα της ζωής του.
Είχαν συζητήσει πολλές φορές μαζί γι' αυτή την κοπέλα και
ήταν αδύνατο να πειστεί ότι θα είχε επηρεαστεί τόσο από το
κακό που χτύπησε το σπίτι τους και θα της φερόταν με τόση
αγένεια. Όσο περνούσαν αυτά από το μυαλό της, το κινητό
της μητέρας της έβγαλε το μεταλλικό του ήχο και απογείωσε
και πάλι στο ζενίθ τους καρδιακούς παλμούς.

«Έχει αυτόματο 2651», παρατήρησε φωναχτά η μητέρα.

«Στα Ιωάννινα ανήκει», επισήμανε ο Σεραφείμ.

«Παρακαλώ ποιος είναι;» ρώτησε με τρεμουλιαστή
φωνή.

«Από το αστυνομικό τμήμα Ιωαννίνων σας καλούμε»,
άκουσε μια γυναικεία φωνή και η καρδιά της κόντεψε να
σπάσει από την ταραχή. Βρήκε το θάρρος και ενημέρωσε
σιγανά τα παιδιά της, για να μην τους κρατάει και αυτούς σε
αγωνία, αφού πρώτα σκέπασε το μικρόφωνο του ακουστι-
κού με το χέρι της. Χαλάρωσε αμέσως όταν η αστυνομικίνα
άρχισε να της λέει τον λόγο του τηλεφώνου και οι καρδια-
κοί παλμοί της έπεσαν σε κανονικά επίπεδα. Συζήτησαν για
περίπου τρία λεπτά και όταν τελείωσε ο διάλογος, κάθισε
απότομα στον καναπέ κάνοντας τον σταυρό της και ευχαρι-
στώντας την Παναγία και τον Χριστό.

Έντονα απορημένα τα παιδιά της, κάθισαν κοντά της
και τη ρώτησαν ποιος ήταν ο λόγος του απρόσμενου τηλε-
φωνήματος. «Το αμάξι μου, βρέθηκε ολοσχερώς καμένο,
μια μάζα από σίδερα, αναγνωρίστηκε από τον σειριακό του

αριθμό και με ρώτησαν εάν θέλω να το παραλάβω με έξοδα δικά μου ή να το παραδώσουν σε μάντρα για παλιοσίδερα». «Εντάξει, και που είναι το περίεργο», ρώτησε η Τέμα.

«Η ξύλινη εικόνα της Παναγίας της Βρεφοκρατούσας, αυτή που είχα κολλημένη στο ταμπλό του αυτοκινήτου, θυμάστε!»

«Ναι, τι;» ρώτησαν με μια φωνή τα παιδιά.

«Δεν έπαθε την παραμικρή ζημιά», ανέφερε σοκαρισμένη η μητέρα τους. «Η κοπέλα της τροχαίας μου ανέφερε ότι δεν είχε καν μουτζούρα από τους καπνούς επάνω της. Εξεπλάγη. Το μόνο που μπορώ να αποδεχτώ και να πιστέψω είναι ότι ήταν και αυτό ένα ακόμα θέλημα του Κυρίου. Είναι κοντά μας, νιώθω την παρουσία Του έντονα. Ένιωσα αστραπιαία έντονα την ανάγκη να παρακαλέσω τη Μητέρα του Κυρίου και τον Σωτήρα μας να κάνουν το θαύμα τους και να μας φέρουν τη Χριστίνα γρήγορα κοντά μας».

Τα παιδιά έμειναν άναυδα. Ειδικά ο Σεραφείμ, που μόλις πριν λίγες εβδομάδες είχε ακούσει από τη Ροδόκλεια για άλλο ένα θαύμα του Κυρίου για τον εαυτό της, έμεινε εμφανώς αποσβολωμένος. Κλονισμένος από την εξέλιξη του ατυχήματος, οι καυτές μνήμες γύρισαν και πάλι στο μυαλό του, φέρνοντας στον νου το πρόσωπο της φίλης του που πάσχιζε να σώσει από την υπόγεια κόλαση. Κατάφερε να τη γλιτώσει τότε, αλλά αυτή τον έστειλε με τις πράξεις της στα πύρινα καμίνια να σιγοκαίγεται ώρα με την ώρα, μέρα με τη μέρα.

Η μητέρα του αντιλήφθηκε την εσωτερική του πάλη, αλλά αυτή τη φορά δε μίλησε. Ήθελε πολύ να μάθει τι βασανίζει τόσο πολύ την ψυχή του, αλλά κρατήθηκε προς στιγμήν. Σε ανύποπτο χρόνο θα το διερευνούσε σε βάθος. Αποκλείεται ο βαθύς πόνος της ψυχής του μοναχογιού της να είχε μόνο μια όψη. Το ένστικτό της δε θα έκανε τέτοιο λάθος. Εκείνη τη στιγμή το κινητό του νεαρού δονίστηκε ξανά.

«Ο Βησσαρίων είναι», τους ενημέρωσε και τραβήχτηκε πιο πέρα για να μην τους ενοχλεί.

«Έλα, κολλητέ, με πήρε πριν δύο λεπτά η δικιά σου και με ρωτούσε τι συμβαίνει. Μασούσα τα λόγια μου και δεν ήξερα τι να της πω. Δε συζητήσαμε αυτό το ενδεχόμενο. Τι να κάνω αν με ξαναπάρει;» τα ξεστόμισε όλα μονορούφι.

«Να της πεις αυτό που της είπε και η μάνα μου. Όταν νιώσει έτοιμος θα σε πάρει ο ίδιος».

«Μήπως πρέπει να το επισπεύσουμε αυτό το "όταν"; Γιατί δε θέλεις να την ακούσεις, ρε συ; Ποτέ δεν ξέρεις τι έχει να σου πει!»

«Θα έρθει η ώρα, μην ανησυχείς φιλαράκο. Όλα θα πάρουν τον δρόμο τους. Σε ευχαριστώ πάντως για το ενδιαφέρον. Δεν πρόκειται να το ξεχάσω». Χαιρετήθηκαν και ο Σεραφείμ πήγε πάλι κοντά στην οικογένειά του.

«Και τι αποφάσισες να κάνεις;» άκουσε την αδερφή του να ρωτάει τη μητέρα τους σπάζοντας τη σιωπή των γυναικών.

«Για ποιο πράγμα;» ρώτησε η μητέρα της σαστισμένη.

«Για το αυτοκίνητο;»

«Τους είπα πως θα τους τηλεφωνήσω σύντομα για να τους ενημερώσω. Σκέφτομαι να ζητήσω να μου στείλουν την εικόνα με ταχυμεταφορική και το αυτοκίνητο να το παραδώσουν, όπου αυτοί κρίνουν, με δικά μας έξοδα φυσικά».

«Σοφή σκέψη, μαμά», είπε η Τέμα και τη φίλησε στο μάγουλο. «Να δεις που όλα θα πάνε καλά!»

«Μακάρι κόρη μου, μακάρι!»

Η Χριστίνα έσπαγε το κεφάλι της να βρει λύση να αποδράσει από τη φυλακή της. Το ρολόι της έδειχνε εκτός από την ώρα και τις ημερομηνίες. Διάβασε: 29 Οκτωβρίου 2021. Τρία βράδια είχε περάσει φυλακισμένη, ανήμπορη να αντιδράσει. Άρχισε να χάνει την ψυχραιμία της και το μυαλό της να θολώνει.

Όλες αυτές τις ημέρες ο νους της ήταν πώς να βρει την καταλληλότερη λύση, ώστε να καταφέρει κάτι, έστω να ειδοποιήσει τους δικούς της να προσέχουν τα νώτα τους. *"Μια κουβέντα μου αρκεί για να οδηγήσει την αστυνομία στα ίχνη μου και να εξιχνιάσουν το έγκλημα. Πρέπει οπωσδήποτε να* καταφέρω τουλάχιστον για ένα λεπτό να τηλεφωνήσω στους δικούς μου. Ένα λεπτό είναι αρκετό! Μόλις εχθές το βράδυ, έντονες ιαχές και ζητωκραυγές έφτασαν στα αυτιά μου, και μάλιστα δύο φορές, πράγμα που δηλώνει αναμφισβήτητα ότι βρίσκομαι πολύ κοντά σε γήπεδο ποδοσφαίρου. Οι φίλαθλοι της ομάδας με τους πανηγυρισμούς τους, εν αγνοία τους μου έδωσαν άλλο ένα βοηθητικό στοιχείο για τη θέση του διαμερίσματος. Το γήπεδο δε θα είναι πάνω από πεντακόσια μέτρα αφού ακούστηκαν τόσο καθαρά", σκεφτόταν ξανά και ξανά.

Είχε διαπιστώσει ότι κάθε φορά που έβγαινε από το δωμάτιό της ο φρουρός, γύριζε την κλειδωνιά και κατά πάσα πιθανότητα, άφηνε το κλειδί επάνω σ' αυτήν. Εάν κατάφερνε να βγει νωρίτερα από αυτόν και τον κλείδωνε μέσα, θα μπορούσε μετά ανενόχλητη να εξέλθει από το σπίτι ή τουλάχιστον να τηλεφωνήσει στους δικούς της. Πώς όμως; Έστυψε το μυαλό της, έκανε ατελείωτες βόλτες πάνω κάτω και άπειρες σκέψεις χωρίς κάποια να την ικανοποιεί απόλυτα. Ερεύνησε ακόμα και το ύψος της χαραμάδας που άφηνε η πόρτα, αλλά το βρήκε πολύ στενό. Στην περίπτωση που κατάφερνε και έριχνε το κλειδί πάνω σε κάποιο ύφασμα ή χαρτί για να το τραβήξει μέσα, δε θα χωρούσε από κάτω.

Λίγο μετά το μεσημέρι της έφεραν φαγητό και ως ευχάριστο γεγονός ρούχα ολοκαίνουρια, εσώρουχα, πιτζάμες και πετσέτες καθαρές. Διέκρινε από τον σωματότυπο και τα μάτια κάτω από την κουκούλα ότι ήταν ο νεαρός που της φερόταν πιο ανθρώπινα από τον άλλο, ο «καλός» όπως τον είχε βαφτίσει. Προσπάθησε να πιάσει κουβέντα μαζί του, και ξεκίνησε ευχαριστώντας τον για τα ρούχα. Εκείνος ήταν πολύ φειδωλός στις κουβέντες του και μιλούσε πολύ χαμηλόφωνα, σχεδόν ψιθυριστά.

Έβαλε τα δυνατά της και τη γυναικεία της πονηριά, προκειμένου να του αποσπάσει όσες πληροφορίες μπορούσε. Κατάφερε να μάθει ότι σήμερα το πρωί τηλεφώνησαν στους δικούς της και ότι σύντομα θα τελείωνε το μαρτύριό της. Ο νεαρός της υποσχέθηκε ότι δε θα την πειράξουν και εάν δεν κάνει καμία τρέλα όλα θα κυλήσουν ομαλά, χωρίς να κινδυνέψει κανείς.

Η Χριστίνα ένιωσε περίεργα. Συνέλαβε τον εαυτό της να νιώθει κάποια συμπάθεια γι' αυτόν τον σχεδόν συνομήλικο νεαρό και αισθανόταν άνετα να μιλάει μαζί του. Ένα αίσθημα ασφάλειας κυριάρχησε μέσα σε όλα τα άλλα άσχημα συναισθήματα που βίωνε.

«Να σου ζητήσω μια χάρη;» τον ρώτησε κάποια στιγμή.

«Ό,τι θέλεις», αποκρίθηκε εκείνος ευχάριστα.

«Το βράδυ, κρυώνω αρκετά, αν θα μπορούσα να είχα μια ακόμη κουβέρτα θα ήμουν...»

«Θα το φροντίσω αμέσως», τόνισε ο φύλακάς της και βγήκε από το δωμάτιο, προσέχοντας πολύ να μην αφήσει την πόρτα ξεκλείδωτη. Γύρισε αμέσως με το σκέπασμα στο χέρι και το ακούμπησε μαλακά πάνω στο κρεβάτι της.

Δεν έμεινε άλλο μέσα. Βγήκε και κλείδωσε πίσω του αφήνοντάς την και πάλι μόνη και χαμογελαστή, να παλεύει με τις διχασμένες σκέψεις της.

Η Χριστίνα καταλάβαινε όλως περιέργως ότι όσο περνούσαν οι μέρες τόσο μεγαλύτερη συμπάθεια έτρεφε γι' αυτόν τον άνθρωπο. Ίσως ήταν φυσιολογικό όλο αυτό! Εξαρτιόταν κατά πολύ για την επιβίωση και την απελευθέρωσή της από τη στάση που θα κρατούσε απέναντί του. Μπορούσε εξάλλου να φερθεί έξυπνα ώστε να κερδίσει την εύνοιά του με τα όποια οφέλη.

Έφαγε με όρεξη και ένιωσε, για πρώτη φορά από την ημέρα που την έφεραν σε αυτό το δωμάτιο, ευεξία. Χαλάρωσε και τα βλέφαρα σιγά σιγά σφάλισαν και την ταξίδεψαν σε έναν ήρεμο και χορταστικό μεσημεριανό ύπνο.

Ο Αλέξης, αργά το απόγευμα της ίδιας ημέρας έδωσε τις τελευταίες οδηγίες στη γραμματέα του και έβαλε ένα αλκοολούχο ποτό στο ποτήρι του, μόλις αυτή βγήκε από το γραφείο. Όρθιος όπως ήταν, άφησε το βλέμμα του να περιπλανηθεί στις αέρινες πτυχές του Θερμαϊκού και τις σκέψεις του να τρέχουν σε απόκρημνες ανηφόρες και γκρεμούς με κοφτερά βράχια. Έτσι ένιωθε! Έτοιμος να γκρεμοτσακιστεί και να γίνει κομμάτια, φέτες από τις λαιμητόμες πέτρες. Του άξιζε! Ήταν η τιμωρία της Θείας Δίκης. Έπρεπε να περάσει πρώτα τη δικαστική μάχη και μετά να βγει καταπέλτης η δικαστική απόφαση που θα τον έκρινε αναμφισβήτητα Ε-Ν-Ο-Χ-Ο. Τι κι αν ήταν ο καλύτερος δικηγόρος της πόλης! Δεν μπορούσε να σώσει τον ίδιο του τον εαυτό στη δικιά του τη ζωή που τον δίκαζε σκληρά, αμείλικτα.

Την αναστάτωσή του διέκοψε η Ασημίνα που τον ενημέρωνε στην τηλεφωνική γραμμή πως είχε επισκέψεις από μια γραμματέα ενός συμβολαιογράφου. «Να περάσει της είπε», με ήπια φωνή και κάθισε στην πολυθρόνα του.

Η πόρτα χτύπησε και η Ασημίνα συνόδευσε και σύστησε τη γραμματέα στον εργοδότη της. «Περάστε, καθίστε», αποκρίθηκε ευγενικά ο Αλέξης και έδειξε το κάθισμα μπροστά στο γραφείο του, εκεί που συνήθως καθόταν η γραμματέας του όταν της υπαγόρευε κείμενα. Παρατήρησε ότι η Ασημίνα τους κοιτούσε παραπάνω από το συνηθισμένο, διακρίνοντας μια έντονη ζήλια στην έκφρασή της και της έκανε νεύμα διακριτικά να απομακρυνθεί.

Η νεοφερμένη προχώρησε και κάθισε στην προτεινόμενη θέση. Ο Αλέξης υπέθεσε ότι η νεαρή που είχε μπροστά του θα ήταν γύρω στα είκοσι πέντε. Διαπίστωσε μετά λύπης του ότι είναι πολύ προκλητικά ντυμένη για γραμματέας συμβολαιογράφου, με ντύσιμο που θα παρέπεμπε σε καλοκαιρινό μπαρ.

Πήρε τον φάκελο που του άφησε πάνω στο γραφείο και με την πρώτη ματιά κατάλαβε ότι κάτι δεν πάει καλά. «Ο φάκελος είναι από τον φίλο μου, τον Αγγελάκη! Εσείς όμως είπατε ότι έρχεστε από τον Κωνσταντινόπουλο! Τι ακριβώς συμβαίνει, εξηγήστε μου σας παρακαλώ».

Η νεαρή άλλαξε σταυροπόδι, αποκαλύπτοντας πολλά από το αλαβάστρινο δέρμα στα πόδια της. «Να σας εξηγήσω. Ερχόμενη εδώ δεν είχα ούτε καν στο μυαλό μου τη σκέψη να σας παρουσιαστώ με ψεύτικα στοιχεία. Αντικρίζοντας όμως τη γραμματέα σας, άλλαξα αμέσως γνώμη» δήλωσε με ύφος συνεχίζοντας να μασάει την τσίχλα της ασταμάτητα.

«Τι εννοείτε;»

«Θα σας εξηγήσω, μην αγχώνεστε! Είμαι η ανιψιά του κυρίου Αγγελάκη, που όπως μου έχει πει ο ίδιος είστε πολύ καλοί φίλοι από παλιά».

«Ναι, έτσι είναι».

«Ο θείος μου ζήτησε να στείλω πολλά χαιρετίσματα στην πρώην γραμματέα του, που εξαιτίας μου άλλαξε. Μόλις λοιπόν είδα την κυρία εκεί έξω εξεπλάγη. Αστραπιαία σκέφτηκα το πρώτο όνομα συμβολαιογράφου που μου ήρθε στο μυαλό και το ξεφούρνισα».

«Και γιατί όλο αυτό;» ρώτησε γεμάτος απορία ο δικηγόρος.

«Απλούστατα διότι αυτή δεν είναι η Ασημίνα, η προηγούμενη γραμματέας του θείου μου που αντικατέστησα εγώ».

«Τι;» ούρλιαξε ο δικηγόρος και πετάχτηκε έξαλλος από την καρέκλα του.

«Κύριε Παπαρρηγόπουλε, ηρεμήστε».

«Πώς να ηρεμήσω, καταλαβαίνεις τι μου λες, παιδί μου;» φώναξε πιο ήπια. Αν ήξερε η κοπέλα αυτή για τον ερωτικό του δεσμό θα καταλάβαινε πολύ εύκολα τον έντονα τραυματισμένο ψυχισμό του.

«Τη γνώρισα την Ασημίνα λίγο πριν φύγει. Μου έδωσε τις βασικές οδηγίες που χρειαζόμουν για να τα καταφέρω στη νέα μου δουλειά. Δηλαδή ποια δουλειά! Δεν είμαι εγώ για τέτοια!»

Ο Αλέξης σοκαρισμένος την ενημέρωσε ότι θα τηλεφωνήσει στον θείο της για την τακτοποίηση του φακέλου. Χαιρετήθηκαν με χειραψία και εκείνη, αφού έβαλε άλλη μια μαστίχα στο στόμα της, απομακρύνθηκε κουνώντας απροκάλυπτα τους γοφούς της.

Το κουδούνι της Ασημίνας ήχησε έντονα και με μεγάλη διάρκεια. Σπάνια το χτυπούσε με αυτό τον τρόπο ο Αλέξης της και μόνο όταν βιαζόταν πάρα πολύ. Γι' αυτό χωρίς να το σηκώσει έτρεξε αμέσως μέσα στο γραφείο του.

Πριν προλάβει να τον ρωτήσει τι επιθυμούσε εκείνος της χύμηξε φρενήρης. «Ποιον κοροϊδεύεις, δε μου λες. Σου μοιάζω για κανένα παιδάκι που μπορείς να παίζεις μαζί του με τα τουβλάκια; Ε;»

«Μα...»

«Γιατί μου είπες ψέματα και με περιπαίζεις τόσον καιρό;» Κλονίστηκε η νεαρή. Μασούσε τα λόγια της. Δεν καταλάβαινε τι εννοούσε και ποιο από όλα τα ψέματα που του είχε ξεφουρνίσει εννοούσε. Ευτυχώς την έβγαλε γρήγορα ο ίδιος από τους προβληματισμούς της. «Γιατί μου παρουσιάστηκες ως Ασημίνα ενώ είσαι μια άλλη;» Η γυναίκα πήρε αμέσως στροφές. Κατάλαβε ότι αποκαλύφθηκε η ψεύτικη ταυτότητά της από την επίσκεψη της προηγούμενης γραμματέας. Το πανούργο μυαλό της λειτούργησε τάχιστα. Η άμυνα λειτούργησε άψογα. Το μακρόσυρτο κροκοδειλίσιο κλάμα της ακούστηκε σπαρακτικό στην τεράστια αίθουσα. Τα αναφιλητά της κάλυπταν τις μασημένες λέξεις και χαλιναγώγησαν τα νεύρα του εργοδότη της. «Αλέξη μου, συγχώρεσέ με. Συγνώμη, μωρό μου! Είχα ανάγκη πολύ τη δουλειά και το μεταχειρίστηκα με πλάγιο τρόπο». Άπλωσε τα χέρια της αποζητώντας την αγκαλιά του. Τα ψεύτικα δάκρυά της φάνηκαν να μαλακώνουν την όξυνση του Παπαρρηγόπουλου. Διστακτικά πέρασε τα χέρια του πίσω από την πλάτη της.

«Δεν ήθελα να χάσω την ευκαιρία να ζήσω μια αξιοπρεπή ζωή και να φροντίσω την άρρωστη αδερφή μου. Ξέρω σε κορόιδεψα με τον χυδαιότερο τρόπο. Αλλά μόλις σε ερωτεύτηκα καιγόμουν καθημερινά μέσα στη φωτιά που μου άναψες. Δε θα άντεχα για πολύ ακόμη! Ήθελα να σου τα πω όλα, για να ελαφρώσει η ψυχή μου». Τα δάκρυά της ήταν τόσο πιστευτά, που δύσκολα θα ξεπερνούσε το θέατρό της ακόμα και η καλύτερη ηθοποιός.

Η ευαισθησία του Αλέξη και ο κεραυνοβόλος έρωτας που τον είχε χτυπήσει κατακέφαλα, δεν τον άφηνε να σκεφτεί καθαρά. Λίγες μικρές αμφιβολίες που κρεμόταν από πάνω του σβήστηκαν με τη σειρά τους και αυτές μόλις θυμήθηκε το τηλεφώνημα από την άρρωστη αδερφή της, μια μέρα που είχε αργήσει να γυρίσει σπίτι τους.

«Κάθισε να ηρεμήσεις, να κάτσω και εγώ εδώ δίπλα σου, να ηρεμήσουμε και οι δύο», της πρότεινε και την ακούμπησε μαλακά πάνω στον τριθέσιο καναπέ. «Ωραία, είσαι καλύτερα τώρα;» τη ρώτησε με περισσό ενδιαφέρον. «Ναι, σε ευχαριστώ. Είσαι ο καλύτερος άνθρωπος που γνώρισα ποτέ», του εξομολογήθηκε τρυφερά και ανασήκωσε το σώμα της για να τον φιλήσει. Εκείνος, όμως, με μια κοφτή κίνηση έβαλε το χέρι του μπροστά στα χείλη της και την ανέκοψε προστάζοντας έτσι και τη σιωπή της.

«Νιώθω προδομένος ακόμα και πρέπει να σκεφτώ πολύ καλά ποια θα είναι η επόμενη μέρα».

«Μη μου το κάνεις αυτό, Αλέξη μου! Δεν μπορώ να παλεύω άλλο για τη ζωή μου. Φοβάμαι ότι εάν με εγκαταλείψεις και εσύ, θα ξαναγυρίσω στον βούρ...» Ξεγελάστηκε και πήγε να αποκαλύψει κρυμμένες πτυχές της προηγούμενης ζωής της.

«Γιατί σταμάτησες... τι πήγαινες να πεις;» ρώτησε ο άντρας επιτακτικά.

«Μη με πιέζεις, σε παρακαλώ, δεν αξίζει τον κόπο να...»

«Εάν δε μου τα πεις τώρα αμέσως, δε θα μπορέσω να σου υποσχεθώ τίποτα για το μέλλον σου μαζί μου», ξεφώνισε ο δικηγόρος δηκτικά.

Αναγκάστηκε η ψευτοΑσημίνα από το να τα γκρεμίσει όλα, να του πει με κάθε λεπτομέρεια την αλήθεια για τη ζωή της, αποκρύπτοντας μόνο όσα δεν ήθελε να μάθει. Του εξήγησε με πόνο καρδιάς ότι πέρασε μαρτυρική παιδική ηλικία με πλήθος τραυματικών εμπειριών. Επίσης ότι δεν είχε ποτέ σωστή κρίση και έπαιρνε σημαντικές αποφάσεις για τη ζωή της επιπόλαια, όπως αυτή το να ξενιτευτεί μετά τον θάνατο των κηδεμόνων της. Του μίλησε για μια δουλειά που είχε βρει στις Σέρρες σε έναν εξαίρετο εργοδότη κτηνοτρόφο που την έβαλε στη δούλεψή του στα δεκατέσσερά της, για τον ερχομό της στη Θεσσαλονίκη και την αναζήτηση νέας καλύτερης ζωής. Στη συνέχεια επεκτάθηκε στις ασχήμιες που βίωσε βαθιά μέσα στο πετσί της και την απαίσια ζωή που έκανε κυνηγώντας το εύκολο χρήμα που κέρδιζε άφθονο αλλά ανορθόδοξα από τις ολοκληρωμένες υπηρεσίες της.

Όση ώρα άκουγε ο Αλέξης, μαχαίρια αιχμηρά έμπαιναν

στο στήθος του. Μία φορά του έλαχε να ερωτευτεί ξανά και έπεσε πάνω σε γυναίκα που είχε πάρει η μισή Θεσσαλονίκη. Οι περισσότεροι κύριοι του «καλού» κόσμου είχαν περάσει από πάνω της. Και που νόμιζε πως ήταν ο ξεχωριστός! «Η ιστορία σου είναι πραγματικά απίθανη, που δεν ξέρω τι να πιστέψω και τι όχι», διατύπωσε βαθιά πικραμένος.

«Όλα όσα σου είπα, είναι απολύτως αληθινά», τόνισε με στόμφο η γραμματέας. «Εξάλλου, δε θα σου τα εκμυστηρευόμουν κινδυνεύοντας να σε χάσω έτσι από εργοδότη και εραστή λέγοντας ψέματα που σοκάρουν!»

«Μα, καλά, εδώ σε μένα πώς... θέλω να πω πώς διάολο κατάφερες και με ξεγέλασες και παρουσιάστηκες ως Ασημίνα;»

«Δε φαντάζεσαι, Αλέξη μου, πόσες πληροφορίες μπορείς να πάρεις από μια γυναίκα, ειδικά όταν είναι φλύαρη. Εμείς οι γυναίκες ψοφάμε για κουτσομπολιά και ψιλοκουβεντούλες. Ε, εάν το επιδιώκεις και λίγο παραπάνω τότε γίνεται ακόμα πιο εύκολο».

«Δηλαδή;»

«Να, τον καιρό εκείνο που έψαχνα για δουλειά, για να ξεφύγω από την κόλαση, έτυχε να περάσω και από το γραφείο του κυρίου Αγγελάκη. Εκεί, την ώρα που ήθελα να καταθέσω το βιογραφικό μου, γνωρίστηκα με την Ασημίνα και κατάλαβα ότι ήταν κοπέλα της πάρλας. Άλλο που δεν ήθελα. Γνωριστήκαμε και αποκτήσαμε μια μίνι φιλία. Περνούσα κάθε μέρα από εκεί με το πρόσχημα ότι θα μπορούσε να με βοηθήσει προτείνοντάς με σε άλλους δικηγόρους και συμβολαιογράφους για δουλειά, και έτσι έμαθα πάρα πολλά γι᾽ αυτήν και την προσωπική της ζωή. Βέβαια ο εργοδότης της την έδιωξε σύντομα για να προσλάβει την ανιψιά του και ενώ αυτή πονούσε αφάνταστα που έχανε τη δουλειά της, εγώ στάθηκα τυχερή διότι θα είχα τις καλύτερες συστάσεις για να βρω δουλειά σε οποιοδήποτε παρεμφερές γραφείο.

«Και έτσι πέρασες και από εμένα και με τούμπαρες με τις γαλιφιές σου».

«Ναι, με μια μικρή διαφορά όμως. Δεν πέρασα και από

εσένα γιατί απλούστατα πέρασα πρώτα από εσένα. Όσο άσχημα μου φέρθηκε η ζωή τα προηγούμενα χρόνια, τόσο τύχη μου προσέφερε τη φετινή χρονιά». «Δεν κράτησε πολύ όμως! Αποκαλύφθηκες σχετικά γρήγορα».

«Μπορεί ναι, αλλά γνώρισα έναν λαμπρό άνθρωπο που ενώ στην αρχή τον έβλεπα ως μέσο επιβίωσης, στην πορεία τον είδα και τον βλέπω ως μοναδικό!»

«Και να υποθέσω μετά από αυτή την εσώψυχη εξιστόρησή σου, πως δεν υπάρχει άρρωστη αδερφή. Δεν άκουσα να κολλάει κάπου».

«Ακριβώς! Ήταν και αυτή τέχνασμα για να γίνω πιο πειστική».

«Καλά και το τηλέφωνο που με πήρε κάποια στιγμή;»

«Μια πολύ καλή φίλη, στάχτη στα μάτια σου».

«Κοίταξε, ρε συ, όλα μελετημένα. Καλά και στο έντυπο της αναγγελίας πρόσληψης πώς έγραψες τα στοιχεία της Ασημίνας επάνω. Αφού εάν περαστούν μια φορά, μετά δεν μπορούν να ξαναπεραστούν στο ηλεκτρονικό σύστημα κάτι που ισχύει εδώ και πολλά χρόνια!»

«Εδώ δυσκολεύτηκα αρκετά μπορώ να πω, αλλά είμαι η γραμματέας του αφεντικού, μην το ξεχνάς. Όταν απέλυσαν την Ασημίνα, πήγα μαζί της για συμπαράσταση, αφού είχαμε γίνει φίλες όπως σου προ είπα, στον Ο.Α.Ε.Δ για να καταθέσουμε τα χαρτιά της προκειμένου να βγάλει ταμείο ανεργίας. Εκεί βρήκα την ευκαιρία και αποθήκευσα κρυφά στο κινητό μου, όλα τα προσωπικά της δεδομένα. Άλλα τα τράβηξα σε φωτογραφίες και άλλα τα κατέγραψα προσεχτικά στην ατζέντα μου. Έτσι όταν ήρθα για δουλειά σε εσένα, σου κατέθεσα βιογραφικό με τα στοιχεία της, ενώ πέρασα τα δικά μου στοιχεία στο ηλεκτρονικό σύστημα του Υ.Ε.Κ.Α για να τα δεχθεί κανονικά και να έχω φυσικά την ασφάλισή μου σωστά. Κατόπιν με σχολαστική ακρίβεια σάρωσα τα στοιχεία της πάνω σε ένα άδειο έντυπο Ε3 μέχρι να πετύχω το τέλειο αποτέλεσμα. Χρειάστηκαν δεκάδες επαναλήψεις μέχρι να έρθει το επιθυμητό αποτέλεσμα».

«Να πως εξηγείται ότι κάτι δε μου άρεσε όταν είδα την αναγγελία πρόσληψής σου πρόσφατα. Προφανώς τα χρώματα είχαν ανεπαίσθητη διαφορά και τα γράμματα ήταν σε απειροελάχιστα διαφορετική θέση. Τόσο μικρές διαφορές που εάν δεν είσαι υποψιασμένος δεν μπορείς να τις καταλάβεις», παρατήρησε ο Παπαρρηγόπουλος και χαμογέλασε. Φάνηκε ότι και οι δύο άρχισαν να βρίσκουν την ηρεμία τους και οι χαλαροί τόνοι επανήλθαν στον χώρο.

«Ξέρεις, Ασημίνα, αν και δικηγόρος δε μου αρέσει καθόλου το ψέμα. Το έχω μπουχτίσει. Θέλω να σκεφτώ λίγες μέρες τι πρέπει να κάνω μ' εσένα, αναφορικά με τη δουλειά μιλάω πάντα και να πάρω τις αποφάσεις μου. Για τον λόγο αυτό θα σε παρακαλέσω να πας σπίτι σου εσύ τώρα, να ξεκουραστείς και από Δευτέρα θα σε ενημερώσω για τις όποιες αποφάσεις μου».

Η γραμματέας με σκυμμένο το κεφάλι έδειξε την αποδοχή της και το κούνησε καταφατικά. «Σεβαστή η άποψή σου και θα την τηρήσω παρόλο που με πληγώνει αφάνταστα. Θα τα πούμε τη Δευτέρα», τόλμησε να πει και σηκώθηκε κάνοντας απότομη μεταβολή.

«Ασημίνα...»

«Ορίστε!»

«'Ελα εδώ», της πρόσταξε. Μόλις εκείνη έφτασε κοντά του την άρπαξε από τον λαιμό και τη φίλησε παθιασμένα. Ήταν η πρώτη φορά που έκανε αυτός την πρώτη κίνηση. Την είχε δαγκώσει άσχημα τη λαμαρίνα. «'Οποια και εάν είναι η απόφασή μου για την εργασία σου, τα αισθήματά μου για εσένα δεν αλλάζουν. Ίσως τώρα δυνάμωσαν περισσότερο».

«Σ' ευχαριστώ, Αλέξη μου, σ' ευχαριστώ», κλαψούρισε συγκινημένη και συνέχισε να τον φιλάει φλογερά. Τα δάκρυα που χύθηκαν αβίαστα εκείνη τη στιγμή ήταν τα μοναδικά αληθινά της ημέρας. «Δε θα με ρωτήσεις για το πραγματικό μου όνομα;» τον ρώτησε ναζιάρικα.

«Εγώ πρέπει να σε ευχαριστήσω που μου άνοιξες τα φύλλα της καρδιάς σου σήμερα. Όσο για το όνομά σου, προτιμώ προς το παρόν να κρατήσω το Ασημίνα. Έτσι σε

γνώρισα, έτσι θέλω να σε κρατήσω στη μνήμη μου», πρό-
σθεσε ο Αλέξης. Το προτελευταίο φιλί δόθηκε στο χέρι της
νεαρής και το τελευταίο στον αέρα από τα χείλη της. Η πόρ-
τα έκλεισε πίσω της ενώ ένα νέο κεφάλαιο άνοιγε στη ζωή
του Αλέξη. Η Ασημίνα που γνώρισε και παθιάστηκε μαζί
της πέθανε και στη θέση της μια εντελώς διαφορετική προ-
σωπικότητα ξεδιπλώθηκε μπροστά του. Είχε να πάρει τις
πιο δύσκολες αποφάσεις, ενταγμένες μέσα στην πιο σκλη-
ρή περίοδο της ζωής του. Ενώ η κορούλα του κινδύνευε από
άγνωστα αποβράσματα, ο ίδιος έπρεπε να διαχειριστεί την
απαγωγή της με καθαρό μυαλό, που αυτή τη στιγμή δεν
είχε, μιας και το είχε ξελογιάσει η Ασημίνα του.

Μετά από πολλές καταγραφές στις αλλαγές των βαρ-
διών των φρουρών της, η Χριστίνα κατέληξε στο συμπέρα-
σμα, ότι φαγητό της έφερνε ο φρουρός που θα εκτελούσε
τη βραδινή βάρδια. Πρώτα έφευγε ο απογευματινός και
μετά από λίγο ο βραδινός σερβίριζε το δείπνο της. Είχε κα-
ταστρώσει το σχέδιό της. Δεν ήταν βέβαια ό,τι καλύτερο,
αλλά από το τίποτα καλό ήταν και αυτό.

Ανέβηκε πάνω στο κρεβάτι και προσπάθησε να ξεβι-
δώσει τη λάμπα που κρεμόταν από το ταβάνι. Για κακή της
τύχη, όμως, δεν την έφτανε. Τότε δίπλωσε το στρώμα στη
μέση και ξανά προσπάθησε. Ήταν μαλακό, όμως, και τα
πόδια της βυθιζόταν μέσα του χάνοντας ύψος. Τοποθέτη-
σε όλα τα σκεπάσματα διπλωμένα πολλές φορές, αλλά και
πάλι δεν έφτανε για λίγα εκατοστά. Απογοητεύτηκε. Ερεύ-
νησε ξανά τον χώρο λεπτομερειακά. Τελικά η λύση ήταν
κάτω από τα πόδια της.

Το κρεβάτι είχε σιδερένιο σκελετό και ήταν αρκετά
ελαφρύ ώστε να μπορεί να το σηκώσει όρθιο. Στήλωσε τα
πόδια της στο πάτωμα και το τράβηξε προς την πόρτα με
όλη της τη δύναμη όσο πιο αθόρυβα μπορούσε. Μετά σφίγ-
γοντας τα δόντια το ανασήκωσε έτσι ώστε να σταθεί όρθιο.

Τώρα έπρεπε να σκαρφαλώσει επάνω του σαν μαϊμού και να φτάσει στη λάμπα, τον επιθυμητό στόχο. Οι δύο πρώτες προσπάθειες βγήκαν άκαρπες, αλλά αυτό την πείσμωσε περισσότερο. Η ώρα περνούσε και από στιγμή σε στιγμή θα της έφερναν το φαγητό ανακαλύπτοντας τις προθέσεις της.

Τελικά η τρίτη ήταν και η τυχερή. Με το ένα χέρι στηριζόταν στα πλαϊνά του κρεβατιού και με το άλλο ξεβίδωσε ελαφρώς της λάμπα που έκαιγε, κρατώντας το φανελάκι της στο χέρι, τόσο λίγο ώστε να σβήσει χωρίς να βγει από τη θέση της. Κατέβηκε γρήγορα γρήγορα και σχεδόν στα τυφλά με μοναδική πηγή φωτός την αχνή λάμψη που ερχόταν από τη χαραμάδα της πόρτας τακτοποίησε το κρεβάτι. Στη συνέχεια έβαλε επάνω του την παραπανίσια κουβέρτα κάτω από τα σκεπάσματα δίδοντας το σχήμα του σώματός της. Δύο ρούχα, περίπου στο χρώμα των μαλλιών της, τυλιγμένα μεταξύ τους σαν μπάλα, που θα έπαιζαν τον ρόλο του κεφαλιού, συμπλήρωσαν το σκηνικό. Έκανε έναν πρόχειρο έλεγχο και κρύφτηκε στο σημείο που όταν θα άνοιγε η πόρτα δε θα ήταν ορατή.

Περίμενε υπομονετικά ακίνητη. Σε λίγο ακούστηκαν φωνές. Η βάρδια θα άλλαζε από στιγμή σε στιγμή. Μετά σιγή! Με λίγη τύχη θα μπορούσε να ξεγελάσει τον φρουρό που έμεινε πίσω και γλιστρώντας αθόρυβα κάτω από τα σκέλια του, να πεταχτεί έξω από το δωμάτιο και να κλειδώσει τον ίδιο μέσα. Η συνέχεια δεν την απασχολούσε. Το πρώτο που έπρεπε να γίνει και να πετύχει ήταν να βγει από τη φυλακή της.

Δέκα λεπτά περίπου μετά, ο «καλός» φρουρός ξεκλείδωνε την πόρτα με το ένα χέρι, ενώ με το άλλο κρατούσε τον δίσκο με τα εδέσματα. Διαπίστωσε ότι το φως ήταν κλειστό και κοντοστάθηκε. Στο βάθος του δωματίου η φιγούρα της μικρής κρατούμενης φαινόταν να μην είχε αντιληφθεί την παρουσία του. Σκέφτηκε να πατήσει τον διακόπτη για να ανάψει το φως, αλλά το μετάνιωσε αμέσως. Δεν ήθελε να την ενοχλήσει. Θα της άφηνε το φαγητό πάνω στο κομοδίνο αθόρυβα και εάν ξυπνούσε θα μπορούσε να το απολαύσει αργότερα. Δεν μπορούσε να αποσαφηνίσει τα αισθήματά του γι' αυτό το πεντάμορφο κορίτσι, αλλά ίσως κάτω από άλλες συνθήκες να την είχε ερωτευτεί.

Δεν πρόλαβε να διανύσει δύο μέτρα, όταν άκουσε πίσω του γρήγορα βήματα και τον θόρυβο της πόρτας που έκλεινε. Πέταξε μεμιάς τον δίσκο κάτω και προσπάθησε να ανοίξει, μα ήταν αργά. Η κλειδαριά είχε γυρίσει και το δωμάτιο σφάλισε. Μάταια την παρακάλεσε να του ανοίξει. Την απείλησε ότι κινδυνεύει με αυτή τη συμπεριφορά της και ότι θα της έκαναν άδικα κακό εάν δε συμμορφωνόταν.

Όσο ο απαγωγέας σφάδαζε μέσα στο δωμάτιο και χτυπούσε βίαια την πόρτα, η Χριστίνα έψαξε την εξώπορτα. Δυστυχώς οι απαγωγείς της είχαν προβλέψει αυτό το ενδεχόμενο και τη βρήκε κλειδωμένη. Έψαξε να βρει συσκευή σταθερού τηλεφώνου ή κάποιο ξεχασμένο κινητό, αλλά μάταια. Ο νεαρός μέσα από το «δωμάτιό της» συνέχιζε να την παρακαλεί να του ανοίξει: «Χριστίνα, άνοιξέ μου σε παρακαλώ, γιατί θα αναγκαστώ να τηλεφωνήσω για να έρθουν οι συνεργάτες μου και θα μπλέξουμε και οι δύο άσχημα. Ας ξεχάσουμε ό,τι έγινε και να μείνει μεταξύ μας. Δε θα αναφέρω τίποτα σε κανέναν».

Η νεαρή αγνόησε τις παρακλήσεις του μη μπορώντας να εμπιστευτεί τίποτε και κανέναν τους. Έψαχνε για κλειδιά της εξώπορτας, τη μοναδική δίοδο διαφυγής της μικρής γκαρσονιέρας, η οποία δεν είχε καν μπαλκονόπορτα. Το ένα και μοναδικό παράθυρο ήταν σφαλισμένο ερμητικά, όπως και στο άλλο δωμάτιο φυλακή. Έτρεχε σαν κυνηγημένο θήραμα πάνω κάτω μέσα στο δωμάτιο, ψάχνοντας απεγνωσμένα για λύση. Φρούδες ελπίδες. Ο πανικός άρχισε να την κυριεύει και να χάνει την ψυχραιμία της.

Οι φωνές συμβιβασμού του άντρα σταμάτησαν και τη θέση τους πήραν ακαταλαβίστικοι ψίθυροι. *"Προφανώς ειδοποιεί τους δικούς του"*, σκέφτηκε στενοχωρημένη η μικρή. *"'Ημουν άτυχη που είχε το κινητό του επάνω του».* Ένιωσε να ναυαγεί το σχέδιό της παταγωδώς. Σε λίγα λεπτά θα ήταν και πάλι μέσα στο μπουντρούμι της. Πήγε στην κουζίνα και έψαξε στα συρτάρια. Πήρε το πιο μεγάλο μαχαίρι και κατευθύνθηκε στην κεντρική πόρτα. Άρχισε να χτυπάει με μανία το κάσωμά της, μα το μαχαίρι δεν κατάφερε να κάνει παρά ελάχιστες γρατζουνιές. Ήταν θωρακισμένη. Έκατσε κάτω αποκαμωμένη και άρχισε να κλαίει καταριώντας την τύχη της. Ο «καλός» κλειδωμένος φρουρός συνέχιζε αδιάκοπα να την παρακαλεί να του ανοίξει.

Μετά από δέκα απελπιστικά λεπτά οδύνης και απραξίας, ένας θόρυβος στον μύλο της πόρτας που γύριζε την αφύπνισε. Πετάχτηκε επάνω και πήρε στάση άμυνας, από αυτές που μάθαινε στη σχολή πολεμικών τεχνών που πήγαινε για πολλά χρόνια. Ο «κακός» άντρας δεν άργησε να κάνει την είσοδό του. Τα βλέμματά τους διασταυρώθηκαν σαν γυαλιστερά ξίφη. Όρμησε κατά πάνω της και άπλωσε το χέρι του να τη χτυπήσει στο πρόσωπο. Εκείνη τίναξε αστραπιαία το χέρι της και το κοφτερό κουζινομάχαιρο χάραξε βαθιά το μπράτσο του. Η μικρή αμυνόμενη έπεσε πλάγια από την υπερπροσπάθεια, χάνοντας και το μαχαίρι από τα χέρια της, ενώ ο πληγωμένος βούβαλος όρμησε πάνω της αφηνιασμένος.

«Θέλεις παιχνιδάκια, μικρό αγρίμι; Θα τα έχεις αμέσως», ακούστηκε η αγριοφωνάρα του και με μιάς, με το πληγωμένο χέρι του της κατέβασε αστραπιαία την πιτζάμα μαζί με το κιλοτάκι της, ενώ με το άλλο ακινητοποίησε και τα δυο της χέρια μαζί.

Μια μπουνιά του ήταν αρκετή για να κάμψει τις όποιες αντιστάσεις της και να αφεθεί στις ορέξεις του γίγαντα. Έχασε το φως της! Μονάχα οι στιγμιαίες λάμψεις που πετάριζαν σαν πυγολαμπίδες έρχονταν και έσβηναν στιγμαία. Εκείνος έλυσε τη ζώνη του, την αφαίρεσε από το παντελόνι του και χρησιμοποιώντας την, έδεσε τα χέρια μαζί με τον λαιμό της. Ακαριαία κατέβασε το παντελόνι του όσο χρειαζόταν και προσπάθησε να οδηγήσει τον ερεθισμένο ανδρισμό του μέσα στο τρεμάμενο κορμί της. «Θα σε σκίσω αγριοκάτσικο. Δε μου γλιτώνεις σήμερα», ούρλιαξε φρενήρης.

Ξαφνικά, ένα εκκωφαντικό κρακ ακούστηκε, από την πόρτα του δωματίου και ο εξαγριωμένος Γύπας που είχε αντιληφθεί την πάλη που γινόταν και τον κίνδυνο να ελλοχεύει για τη μικρή, χύμηξε επάνω στον Βούβαλο με μανία.

Άρχισε μια πάλη σώμα με σώμα με τα δύο τεράστια σώματα να δέχονται και να δίνουν αλλεπάλληλα χτυπήματα σε καίρια σημεία που κράτησε πάνω από πέντε λεπτά. Η Χριστίνα αποτραβήχτηκε σε μια γωνία και παρακολουθούσε έντρομη τη μάχη των γιγαντόσωμων αντρών. Ο νεαρός άρχισε να υστερεί και φαινόταν ότι πάει να χάσει τη μάχη. Τα χτυπήματα του πιο σωματώδη αντιπάλου του ήταν ισχυρότερα και εάν δεν ήταν ήδη πληγωμένος θα τον είχε αποτελειώσει νωρίτερα. Τότε ως ένστικτο επιβίωσης, η πονηριά του νεαρού λειτούργησε εύστοχα. Άρπαξε με όλη του τη δύναμη τα γεννητικά όργανα του αντιπάλου του και τα έστριψε με λύσσα. Αυτός ούρλιαξε από τον πόνο, όμως, βρήκε τη δύναμη και κατέβασε με όλη του τη δύναμη τη γροθιά του πάνω στο σαγόνι του αντιπάλου.

Έπεσαν κάτω και οι δύο σφαδάζοντας από τους πόνους. Η έφηβη προσπάθησε να συνέλθει από το σοκ και από τις σκηνές που εκτυλίχθηκαν μπροστά στα μάτια της. Άρπαξε την πρώτη κατσαρόλα που βρήκε μπροστά της και άρχισε να χτυπάει με όση δύναμη είχαν τα κοκαλιάρικα χεράκια της το κεφάλι του παραλίγο βιαστή της. Αμέσως μετά έψαξε στις τσέπες του και ανακάλυψε το κινητό του. Το μυαλό της παρέμενε σαλεμένο, ενώ τα χέρια της πάλλονταν σαν κομπρεσέρ από την ταραχή. Σε ποιον να τηλεφωνήσει, ποιο νούμερο να θυμηθεί τέτοια ώρα; Ευτυχώς το κινητό δε ζητούσε κωδικό πρόσβασης. Άρχισε να πληκτρολογεί ασυναίσθητα, το πρώτο νούμερο που θυμόταν καλύτερα και περίμενε για δύο κουδουνίσματα. Η τύχη της χαμογέλασε, όμως, για λίγα δευτερόλεπτα.

Πριν ακόμα απαντήσει ο αδερφός της, η εξώπορτα άνοιξε ξανά. Στην είσοδό της ξεπρόβαλε η σιλουέτα της Αριάδνης, της ψευτογραμματέας του πατέρα της, όπως νόμιζε. Δεν πτοήθηκε. Μόλις γνώρισε τη φωνή του αδερφού της, άρχισε να μιλάει σαν πολυβόλο, ασυνάρτητα και ακαταλαβίστικα δίνοντας όσες πληροφορίες μπορούσε να σκεφτεί εκείνη τη στιγμή. Το στήθος της ανεβοκατέβαινε λαχανιασμένο σαν να είχε τρέξει εκατοστάρι. «Μάκη μου, με έχουν απαγάγει. Είμαι κάπου σε μια περιοχή με οδό Πόντου, δεκαοχτώ λεπτά, απέναντι έχει εκκλησία, κοντά γήπεδο ποδοσφαίρου και...» Δεν πρόλαβε να ολοκληρώσει τη φράση της. Με μια ανάστροφη σφαλιάρα η Αριάδνη πέταξε το κινητό πάνω στον τοίχο και μετά άρχισε να το πατάει με μανία με τα τακούνια της. Εκείνη τη στιγμή άρχισαν να συνέρχονται και οι άντρες βογκώντας ο καθένας σε διαφορετικά σημεία. Η αρχηγός σήκωσε τη διαλυμένη συσκευή και την πέταξε νευρικά μέσα στη λεκάνη του μπάνιου.

«Τι έγινε εδώ, ρε τομάρια; Τι στα κομμάτια κάνατε γαμώ το κέρατό μου, γαμώ! Θέλετε να τα γαμήσετε όλα τώρα που πήγαιναν ρολόι;»

Μούγκα οι άντρες. Δυο μέτρα τέρατα και οι δύο και τη φοβόντουσαν και ας ήταν μια πιθαμή. «Γρήγορα μαζέψτε τα πριν πλακώσουν οι μπάτσοι. Σε δέκα λεπτά θα γίνεται παρέλαση από δαύτους. Η μικρή μάς την έκανε τη ζημιά, αλλά θα το μετανιώσει πολύ πικρά αυτό». Ήξερε να σκέφτεται έξυπνα και ψύχραιμα. Εξάλλου τι αρχηγός θα ήταν διαφορετικά.

«Και πού θα πάμε, Κόμπρα;» ρώτησε ο Γύπας συνεσταλμένα.

«Στο σπίτι μου προσωρινά, μέχρι να νοικιάσουμε άλλη γκαρσονιέρα εάν χρειαστεί, έτσι σκατά που τα κάνατε γαμώ το μπελά μου, παλιό ηλίθιοι που πήγα και έμπλεξα μαζί σας!»

Ο τραυματισμένος δράστης έδεσε το πληγωμένο χέρι του, που αιμορραγούσε ακατάσχετα, με μια πετσέτα και φόρεσε από επάνω το σακάκι του. Με κινήσεις αστραπιαίες έβαλαν πρόχειρα τα ρούχα της Χριστίνας και ό,τι άλλο έκριναν απαραίτητο σε μια τσάντα, της φόρεσαν την κουκούλα της και ένα φίμωτρο και χύθηκαν έξω σαν ορμητικοί χείμαρροι.

Η Χριστίνα γυμνή, στριμωγμένη στο πίσω μέρος ενός αμαξιού, βρέθηκε και πάλι με την κουκούλα στο κεφάλι της, να ακούει φωνές, βρισιές και τα νεύρα των μελών της σπείρας να της σπέρνουν και πάλι τον φόβο και την αηδία στην τρομαγμένη της καρδούλα. Η απόπειρα της απόδρασής της την οδήγησε σε βαθύτερες σκοτούρες. Δεν είχε πλέον το ψυχικό σθένος ούτε να σκεφτεί ούτε να σχεδιάσει οτιδήποτε καινούριο. Τα μόνα θετικά που βγήκαν από όλο αυτό, ήταν ότι κατάφερε να αποτυπώσει τα πρόσωπα των δύο βαθιά μέσα στο μυαλό της και να δώσει κάποιες πληροφορίες για τη θέση του διαμερίσματος. Ίσως, αν και της φάνταζε απίθανο, να κατάφερναν να εντοπίσουν την πρώτη της φυλακή.

Θανατηφόρο μήνυμα

Στον δρόμο ο Βούβαλος σταμάτησε και έκανε ένα γρή-
γορο τηλεφώνημα στην οικογένεια του θύματος και συγκε-
κριμένα στον δικηγόρο Παπαρρηγόπουλο. Μετά από τις
πολλαπλές συμβουλές της Αριάδνης, κατέβηκε από το αμάξι
που οδηγούσε η ίδια και μπήκε σε έναν τηλεφωνικό θάλα-
μο. Τρεις φράσεις όλο και όλο, που έπρεπε να τις πει όσο πιο
άγρια και πειστικά μπορούσε για να επισπεύσει την απόδοση
των λύτρων. «Η κορούλα σου παίζει σκληρό παιχνίδι γι' αυτό
το κασέ ανεβαίνει στα δεκαέξι εκατομμύρια. Φρόντισε να τα
έχεις σύντομα, διαφορετικά σου στέλνουμε ταχυδρομικά το
αγρίμι σου κομμάτι κομμάτι! Και όταν δε θα έχουμε τι άλλο
να κόψουμε, θα σου τη στείλουμε πίσω ζωντανή νεκρή!»

Ο καυστικός τόνος της φωνής και η χωρίς παράσιτα
χροιά του καθήλωσαν τον Παπαρρηγόπουλο. Πριν προλά-
βει να πάρει τον λόγο, ακούστηκε ο ήχος του νεκρού σήμα-
τος. Λίγο πριν είχε ειδοποιήσει την αστυνομία για να τους
ενημερώσει για το τηλεφώνημα που δέχθηκε ο γιος του.
Τώρα έπρεπε να τους ειδοποιήσει για να έχουν πλήρη ει-
κόνα για τις κινήσεις και τα σχέδια των δραστών. *Τι είχε
συμβεί νωρίτερα και πώς κατάφερε η μικρή του να τηλεφω-
νήσει στον Σεραφείμ; Τι εννοούσε η κόρη σου παίζει σκληρό
παιχνίδι;* αναρωτήθηκε και ένα ρίγος τον διαπέρασε πα-
τόκορφα. Προσπάθησε να βγάλει ένα λογικό συμπέρασμα
αλλά πήγε χαμένος ο κόπος.

Συζήτησαν, ως οικογένεια, τα νέα δεδομένα και ο μεγά-
λος φόβος όλων επαληθεύτηκε περίτρανα. Η Δέσποινα στο
άκουσμα της φράσης «θα σου τη στείλουμε ταχυδρομικά
κομμάτι κομμάτι» λύγισε για μια ακόμη φορά και αναγκά-
στηκαν να καλέσουν ασθενοφόρο. Τελικά δε χρειάστηκε η

διακομιδή της, αλλά όλο το βράδυ είχε τρομερούς πονοκε-
φάλους και ημικρανίες. Ο Αλέξης την παρακάλεσε να πάει
να ξεκουραστεί και να μη συμμετέχει σε τέτοιες συζητήσεις
διότι δεν της έκαναν καλό, όμως εκείνη επέμενε να μαθαί-
νει την κάθε λεπτομέρεια.

Η Τέμα έκανε συμπαράσταση στη μητέρα της στο κλά-
μα και η μία παρηγορούσε την άλλη γεμάτες στα αναφιλητά.
Ο Σεραφείμ μουτρωμένος με τη συμπεριφορά του πατέρα
του, δεν ήθελε καν να ακούει τις προτάσεις και τις συμβου-
λές του πλέον. Ούτε ο ίδιος έλεγε τις δικές του, λειτουργώ-
ντας εγωιστικά, αν και βαθιά μέσα του μετάνιωνε πικρά γι'
αυτό. Όλοι χρειάζονταν τον χρόνο τους για να συνέλθουν.

Έξω το σκοτάδι σκέπασε βαριά με το μαύρο μανδύα
του την πόλη, αλλά το χειρότερο μαρτύριο το περνούσε η
οικογένεια Παπαρρηγόπουλου. Όλα γύρω στο σαλόνι τους
σιωπηρά, νεκρά. Στη σκέψη τους γυρίζει συνέχεια ο ίδιος
πόνος. Τα πάντα πάλι από την αρχή, σαν να έγινε σήμερα
η απαγωγή. Και μάλιστα με απαίτηση μεγαλύτερου ποσού.

Η αστυνομικοί, όμως, με βάση την ενημέρωση που τους
έγινε μία ώρα μετά το τελευταίο απειλητικό τηλεφώνημα,
τους αναπτέρωσαν το ηθικό. Αφού κατάφεραν και εντόπι-
σαν με μικρή καθυστέρηση το στίγμα του κινητού που ανή-
κε σε έναν από τους απαγωγείς, αυτό που χρησιμοποίησε η
Χριστίνα και με τη βοήθεια των στοιχείων που έδωσε η μικρή
στη σύντομη τηλεφωνική της αναφορά προς τον Μάκη, κα-
τευθύνθηκαν με μεγάλες δυνάμεις προς αναζήτηση του χώ-
ρου, όπου φυλασσόταν το θύμα. Μόλις το εντόπιζαν, κάτι για
το οποίο ήταν σίγουροι, θα τους ενημέρωναν εκ νέου.

Υπήρχε μεγάλη πιθανότητα να βρεθούν κάποια στοι-
χεία που μέσω της σχολαστικής ανάλυσης του DNA ή των
αποτυπωμάτων, θα έφταναν στην ταυτοποίηση κάποιου ή
και όλων των δραστών. Ίσως σε μικρό διάστημα να έπαιρ-
ναν όλα αίσιο τέλος.

Από την άλλη, όμως, ο Αλέξης έπρεπε να αρχίσει να
μαζεύει τα χρήματα ώστε να είναι ανά πάσα στιγμή σε ετοι-
μότητα για την ανταλλαγή. Στη σκέψη του γύριζε έντονα

το ότι οπωσδήποτε θα απαιτούσε, όπως του είχαν πει οι αστυνόμοι, να μιλήσει με την κόρη του, για να βεβαιωθεί ότι ήταν καλά. Ναι! Μόλις του ξανατηλεφωνούσαν θα ζητούσε να ακούσει την κόρη του.

Τα μεσάνυχτα δεν άργησαν να φτάσουν. Ξαφνικά ένα αναπάντεχο τηλεφώνημα τάραξε για μια φορά ακόμα τα ήδη φουρτουνιασμένα νερά. Ο ήχος ερχόταν από το κινητό του Αλέξη. «Ήρθε η ώρα σας. Όπως αργοπεθαίνω εγώ, θα πεθάνετε όλοι σας. Ένας ένας θα πάτε στην κόλαση μαζί μου», ακούστηκε ένα ηχογραφημένο μήνυμα. Αμέσως μετά έφτασε στο αυτί του ένα σαρδόνιο γέλιο από βαριές ανδρικές χορδές. Έπειτα έπεσε η γραμμή. «Άλλο πάλι και τούτο», μουρμούρισε ο πατέρας και κάλεσε το αστυνομικό τμήμα να ερευνήσουν και αυτή την αξιοπερίεργη κλήση. Δεν ενημέρωσε γι' αυτό το τηλεφώνημα στην οικογένειά του, λέγοντας ότι μάλλον ήταν για άλλον και παρότι ο ίδιος είχε αυτήν την εντύπωση, καλού κακού ενημέρωσε την αστυνομία.

Το ζευγάρι μετά από λίγο αποσύρθηκε στην κάμαρά του και τα παιδιά έμειναν πίσω να περάσουν την ώρα τους διαβάζοντας. Ο Σεραφείμ πήρε την εφημερίδα της ημέρας ενώ η Τέμα έβαλε στην τηλεόραση μια αγαπημένη της σειρά ιατρικών υποθέσεων. Κάποια στιγμή ο Σεραφείμ ένιωσε την ανάγκη να της εκμυστηρευτεί τους λόγους για τους οποίους δε μιλάει με το κορίτσι του, αλλά το μετάνιωσε αμέσως. Δεν ήταν έτοιμη η οικογένεια να δεχθεί και άλλα προβλήματα. Προτίμησε να τα κουβαλήσει στην πλάτη του, παρά να τα φορτώσει και στους άλλους.

Εκεί που διάβαζε διάφορα άρθρα, το μυαλό του έφερνε και ξαναέφερνε τη σκηνή που αντίκρισαν τα μάτια του και τον πλήγωσε τόσο βαθιά. Γύριζε το βλέμμα του δίπλα και είδε την Τέμα, η οποία παράλληλα με την τηλεθέαση έβαφε τα νύχια της με ένα απαλό χρώμα ροζ. Άθελά του η σκέψη του έτρεξε στη σκηνή που όταν ο πατέρας του πιπίλιζε το στήθος της Ροδόκλειας, εκείνη του περνούσε με το χέρι τα δάκτυλά της ανάμεσα στην πυκνή κώμη του. Ίδιο χρώμα τα νύχια βαμμένα με αυτό της Τέμας. Όμως, μια αναλαμπή του ήρθε στο μυαλό και τον προβλημάτισε. *"Δεν της άρεσαν τα απαλά χρώματα. Προτιμούσε τα έντονα κόκκινα, κοραλλί και τα λευκά με γαλλικό μανικιούρ. Πώς μπορεί να τα είχε βαμμένα με απαλό ροζ; Μπα, ιδέα μου θα είναι! Οι γυναίκες αλλάζουν τα γούστα τους, όπως εμείς τα πουκάμισα",* σκέφτηκε. Κάτι τον έτρωγε μέσα του. Παρά τον πόνο που έβγαζε η διπλή πισώπλατη μαχαιριά, έψαχνε μέσα του να βρει κάτι που να έδινε άλλοθι στο σκηνικό που είδε. Δεν μπορούσε να πιστέψει ότι του φέρθηκε τόσο σκάρτα. Έμοιαζαν τόσο αληθινές και αγνές οι προθέσεις της.

"Τα μαλλιά της μαστίγωναν το γυμνό στήθος του πατέρα του, αλλά ήταν μακρύτερα ή επειδή τα είδε από πίσω του έδωσαν αυτή την εντύπωση;" Τραγικό! Οι σκέψεις τους αλλοίωναν την πραγματικότητα που ήταν μία και μοναδική. Έπρεπε να αποδεχτεί το γεγονός και να μην ελπίζει σε κάποιο θαύμα. Η φαντασία του έπλαθε αρρωστημένα άλλοθι ψάχνοντας σανίδα σωτηρίας. Όμως θυμήθηκε μια σοφή κουβέντα του παππού του *"Από αυτά που ακούς από τρίτους να μην πιστεύεις τίποτα, από αυτά που ακούν τα αυτιά σου να πιστεύεις μόνο το ένα και από αυτά που βλέπουν τα μάτια σου να πιστεύεις μόνο τα μισά"* και προβληματίστηκε ακόμη περισσότερο.

Οι δράστες κατέβασαν τη Χριστίνα με κάθε προσοχή και λεπτομέρεια και την τοποθέτησαν στο διαμέρισμα της Αριάδνης με περισσότερη σύνεση, αλλά και με εντελώς διαφορετικό τρόπο φύλαξης. Επειδή αυτός ο χώρος δεν είχε προετοιμαστεί κατάλληλα, θα έπρεπε να έχει μέρα νύχτα κοντά της φρουρό, ο οποίος θα την παρακολουθούσε στενά. Επιπλέον, τα χέρια της θα ήταν μονίμως δεμένα και το στόμα της θα φορούσε φίμωτρο, το οποίο θα αφαιρούσαν μόνο όταν ήταν να φάει.

«Μόνη σου το επιδίωξες όλο αυτό», της επισήμανε ο «καλός» φρουρός, ο οποίος ήταν ο μοναδικός που φορούσε την κουκούλα του ακόμα. Τους άλλους δύο τους είχε δει πάνω στη μάχη και ήταν δώρο άδωρο να τη φορούν. «Αν με άκουγες δε θα είχαμε όλον αυτόν τον ξεσηκωμό. Θα πλήρωνε ο πατέρας σου αυτά που του ζητήσαμε και όλα μέλι γάλα». «Σ' ευχαριστώ», ψέλλισε η Χριστίνα μέσα από τα δόντια της. «Τι είπες;» ρώτησε ξαφνιασμένος ο νεαρός δράστης, ενώ ταυτόχρονα της έλυσε τη μαντήλα από το στόμα. «Σ' ευχαριστώ πολύ!» «Για ποιο πράγμα;» «Που με έσωσες από τον σίγουρο βιασμό!» «Α, λες για το γουρούνι τον... τον αλήτη που πήγε να σου κάνει κακό. Ποτέ μου δεν τον χώνεψα. Είναι πολύ χοντρόπετσος και τομάρι». «Εσύ όμως δεν είσαι από αυτή την πάστα! Πώς έμπλεξες με όλο αυτό;» «Είναι μεγάλη ιστορία την οποία ντρέπομαι ακόμα και να τη θυμάμαι, πόσο μάλλον να την πω. Η ανέχεια και η φτώχεια πάντως κάνουν πολλά. Αλλά, έλα να φας τώρα κάτι και να ηρεμήσουμε όλοι. Θέλω να μου υποσχεθείς ότι δε θα κάνεις άλλες τρέλες», είπε ο άντρας και την κοίταξε στα μάτια. Εκείνη κούνησε καταφατικά το κεφάλι δύο φορές. «Έχεις πολύ όμορφα μάτια και δε θα ήθελα να τα ξαναδώ κλαμένα», της είπε γλυκά και την άφησε να φάει, ενώ ο ίδιος τραβήχτηκε πιο πέρα για να διαβάσει ένα περιοδικό αυτοκινήτων.

Ο μεγαλοδικηγόρος έφτασε νωρίς στην κεντρική διεύθυνση της αστυνομίας και περίμενε στον διάδρομο της κεντρικής εισόδου τον υπεύθυνο της Υ.Δ.Ε.Ζ.Ι. Μισή ώρα πριν τον είχαν ειδοποιήσει να περάσει κατά της εννέα προς ενημέρωση για τις ραγδαίες εξελίξεις. Δεν κρατιόταν και προτίμησε να φύγει νωρίτερα, αποφεύγοντας έτσι και τη Δέσποινα, η οποία μόλις τα χαράματα κατάφερε να κοιμηθεί και δεν ήθελε να την ξυπνήσει. Δεν πέρασε πολύ ώρα και ο τμηματάρχης εμφανίστηκε ευδιάθετος και τον καλημέρισε εγκάρδια. «Ελάτε στο γραφείο μου, έχουμε εξαιρετικές εξελίξεις. Έρχομαι από το διαμέρισμα που κρατούσαν φυλακισμένη την κόρη σας», του είπε όσο περπατούσαν στον διάδρομο.

«Πολύ ενδιαφέρουσα εξέλιξη», αποκρίθηκε ο Παπαρρηγόπουλος.

«Λοιπόν, να δούμε όλο το σκηνικό, όπως εξελίχθηκε μέχρι πριν από λίγο», είπε ο αστυνόμος μόλις κάθισαν στις θέσεις τους. Μετά το τηλεφώνημα από τη Χριστίνα προς τον γιο σας, κινηθήκαμε μέσω της εισαγγελίας για άρση του απορρήτου, όπως κάναμε και με τα δικά σας τηλέφωνα, θυμάστε, και αυτό μας έφαγε λίγο χρόνο. Εν τω μεταξύ, μέχρι να μας δοθεί το ακριβές στίγμα του σήματος, οι δυνάμεις μας εξαπλώθηκαν σε μια σχετικά μικρή περίμετρο, σύμφωνα με τις πληροφορίες που μας έδωσε η κόρη σας. Φυσικά με τη βοήθεια της σύγχρονης τεχνολογίας και ειδικά των DRONES είχαμε θεαματικά και γρήγορα αποτελέσματα.

Σε αυτό το σημείο, κύριε Παπαρρηγόπουλε, θα μου επιτρέψετε να κάνω μια μικρή παρένθεση και να σας πω ότι η κόρη σας είναι ευφυέστατη και κινήθηκε πολύ πιο έξυπνα από τους απαγωγείς της. Βέβαια αυτό δεν ήταν ό,τι καλύτερο γι' αυτή, διότι μπορεί να χειροτέρεψε έτσι την παραμονή της στο νέο σημείο που τη μετέφεραν. Εμάς μας βοήθησε για τον εντοπισμό των ιχνών των δραστών, αλλά φοβάμαι ότι έκανε τη ζωή της πιο δύσκολη. Γι' αυτό θα ήταν φρόνιμο να τη συμβουλεύσετε να μην προβεί σε άλλες παρόμοιες ενέργειες, διότι κινδυνεύει η σωματική της ακεραιότητα, περισσότερο από ό,τι νομίζει. Έχουμε να κάνουμε με αδίστακτους κακοποιούς, όπως θα καταλάβετε παρακάτω και δεν είναι για να παίζουμε μαζί τους σαν να βλέπουμε χολιγουντιανή ταινία».

«Εντάξει, σας το υπόσχομαι οπωσδήποτε, μόλις μιλήσω μαζί της».

«Η μικρή μάς έδωσε, όπως σίγουρα θα θυμάστε, τέσσερα βασικά στοιχεία, που καταφέραμε και αποκωδικοποιήσαμε ακούγοντας πολλές φορές τη συνομιλία. Τον χρόνο μετάβασής της από το σημείο απαγωγής της μέχρι εκεί, την οδό του σπιτιού, την εκκλησία και το γήπεδο που λογικά ήταν κοντά ή πολύ κοντά στο σημείο που την κατέβασαν.

Δεν μπορώ να είμαι σίγουρος πώς κατάφερε να βρει τα τρία πρώτα, αλλά το τέταρτο οπωσδήποτε το κατάλαβε από τα γκολ που έβαλε η ποδοσφαιρική μας ομάδα, στα πλαίσια των ευρωπαϊκών αγώνων που διεξάγονται αυτή την περίοδο. Χάρη σε έναν συνάδελφο που είναι φανατικός φίλαθλος του ποδοσφαίρου και τον έχουμε στην ομάδα μας, οδηγηθήκαμε με ασφαλές συμπέρασμα στην περιοχή της Τούμπας. Δεν ξέρω αν το γνωρίζετε, οδός Πόντου έχει και σε πολλές άλλες περιοχές η πόλη μας, που εάν υπολογίσουμε και τις οδούς Εύξεινου Πόντου ξεπερνούν τις δέκα.

Συνδυαστικά λοιπόν και έχοντας ως βάση μας ότι χρειάστηκε δεκαοχτώ λεπτά για τη μετάβαση ως εκεί, φτάσαμε σε μια πολύ μικρή περιοχή που χτενίσαμε σχολαστικά. Για κακή μας τύχη, σε αυτήν την περιοχή υπήρχαν δύο εκκλησίες. Η Αγία Αικατερίνη και ο Ιερός Ναός Θεράποντος. Ξεκινήσαμε με βάση τη δεύτερη αλλά δε μας βγήκε. Ίσως σε αυτό το διάστημα να τη σκαπούλαραν, διότι λίγο μετά που φτάσαμε στο εν λόγω διαμέρισμα δεν υπήρχε κανείς.

Δυστυχώς, ξεσηκώσαμε και ανησυχήσαμε πολύ κόσμο, μια και η ώρα ήταν περασμένη, αλλά άξιζε τον κόπο διότι εντοπίσαμε τελικά τον στόχο μας. Λίγο μετά έφτασε στα χέρια μας και το ακριβές στίγμα από τον παροχέα της κινητής τηλεφωνίας που επιβεβαίωνε τη ακριβή θέση. Μα την πίστη μου, ούτε GPS δε θα έδινε με τόσο μεγάλη ακρίβεια το χρονικό στίγμα, όσο η κόρη σας. Σπάω το κεφάλι μου να βρω πώς το έκανε και αδυνατώ. Ακόμα και ρολόι να φορούσε, με την κουκούλα που τους φοράνε συνήθως οι απαγωγείς, αποκλείεται να μπορούσε να το κοιτάξει».

Ο Αλέξης άκουγε προσεκτικά όλη την αφήγηση χωρίς να τον διακόπτει. Ένιωσε πολύ υπερήφανος για την κόρη του, αλλά και στενοχώρια που ενώ εντοπίστηκε το διαμέρισμα δε συνελήφθηκαν οι απαγωγείς και το μαρτύριό της θα συνεχιστεί για ποιος ξέρει πόσο καιρό ακόμα.

«Κατά τη λεπτομερειακή έρευνα του χώρου, δυστυχώς για όλους, κύριε Παπαρρηγόπουλε, βρέθηκαν ίχνη αρκετής ποσότητας αίματος. Πιθανόν από δύο διαφορετικά πρόσωπα, σύμφωνα με τις πρώτες ενδείξεις. Για να σας προλάβω πριν βάλετε κακό με τον νου σας, ας βγουν οι εξετάσεις DNA και μετά θα έχουμε λόγο να ανησυχούμε ή όχι. Πάντως έγινε γερή μάχη, διότι ο χώρος βρέθηκε διαλυμένος. Βρήκαμε και μια φούστα που πρέπει να είναι της κόρης σας, την οποία φυσικά θα κρατήσουμε για λεπτομερειακή εξέταση στοιχείων που μπορεί να αποκαλύψουν την ταυτότητα κάποιων από τους δράστες. Προσωπικά πιστεύω ότι οπωσδήποτε θα ταυτοποιήσουμε τουλάχιστον έναν από τους δράστες και σύντομα θα μπορούμε να εκδώσουμε, ένταλμα σύλληψης. Θέλετε να ρωτήσετε κάτι, κύριε Παπαρρηγόπουλε;»

«Προς το παρόν όχι. Εάν, όμως, θυμηθώ κάτι θα σας τηλεφωνήσω».

«Μπορούμε να μιλάμε και μέσω Skype εάν θέλετε, για να μη σας κουβαλάω συνέχεια εδώ. Έτσι θα κερδίσουμε όλοι πολύτιμο χρόνο. Φεύγοντας, δώστε τα στοιχεία του προφίλ σας στην υπαξιωματικό υπηρεσίας και πάρτε και τα δικά μας για να έχουμε ανοιχτή επικοινωνία. Ζητήστε και τον προσωπικό μου λογαριασμό, διότι μπορεί να χρειαστείτε κάτι αργά ή όταν θα είμαι εκτός υπηρεσίας».

«Σας ευχαριστώ πολύ για όλα».

«Και κάτι ακόμα, να μην το ξεχάσω. Ο άνθρωπος που είχε νοικιάσει το διαμέρισμα, είχε δώσει τρία ενοίκια μαζεμένα, είναι αυτός που είχε υπό την κατοχή του το κινητό από το οποίο μας μίλησε η Χριστίνα. Το κακό είναι ότι δεν είναι γραμμένος πουθενά στα μητρώα μας, πιθανότατα επειδή έδινε ψεύτικη ταυτότητα. Υπάρχει και η πιθανότητα να είναι Έλληνας του εξωτερικού που ήρθε πίσω στη χώρα και γι' αυτό έχει τόσο καλή προφορά και να επέδειξε διαβατήριο. Σε αυτή την περίπτωση ίσως χρειαστούμε και βοήθεια από ξένες διεθνείς υπηρεσίες. Δε σας αποκαλύπτω το όνομά του ακόμα για τη δική σας ασφάλεια. Εξάλλου το πιο πιθανό είναι να είναι ψεύτικο».

«Εντάξει! Σας ευχαριστώ και πάλι!»

Έδωσαν τα χέρια και ο Αλέξης κατευθύνθηκε προς το γραφείο της υπαξιωματικού υπηρεσίας. Τα γεγονότα έτρεχαν πιο γρήγορα και από τον άνεμο. Ήταν άραγε κοντά στην ανακάλυψη των δραστών ή θα υπέφερε και άλλες μέρες η οικογένειά του; Ένιωσε ενοχές και έριχνε το βάρος πάνω του, ότι δεν πρόσεξε όσο έπρεπε τους ανθρώπους του διότι κοιτούσε άλλες ορέξεις. Ξαφνικά του ήρθε μια τρομερή αναλαμπή και γύρισε να προλάβει τον αστυνόμο. Μπήκε μέσα λίγο πριν εκείνος αποχωρήσει και τον ρώτησε επιτακτικά: «Θα μπορούσα να ξαναδώ το βίντεο με την αρπαγή;»

«Φυσικά», απάντησε εκείνος και κάλεσε την υπαξιωματικό του να το φέρει.

Μόλις αυτό άρχισε να παίζει ζήτησε να μεγενθύνει όσο γινόταν το πρόσωπο της γυναίκας. «Θα μπορούσατε να μου πείτε εάν το χρώμα των μαλλιών της που καλύπτεται από τη μαντήλα, παρατηρώντας τους κροτάφους προς τα που κλείνει; Προς το ξανθό ή το μαύρο;»

«Δύσκολο να το πει κανείς με ασφάλεια αυτό», απάντησε η υπαξιωματικός. «Αν θέλετε τη γνώμη μου προς το ξανθό θα έλεγα. Το φωτεινό της πρόσωπο θα αποκάλυπτε πιο έντονα τις λιγοστές τρίχες που ξεχωρίζουν, εάν ήταν μαύρες».

«Γιατί, τι συμβαίνει, κύριε Παπαρρηγόπουλε;» ρώτησε ο αστυνόμος.

«Προσπαθώ να θυμηθώ από που την ξέρω αυτή τη γυναίκα. Αλλά μάλλον έκανα λάθος. Σας ευχαριστώ πάντως. Πάμε για τα στοιχεία των προφίλ;» ρώτησε την υπαξιωματικό και έφυγαν μαζί για το γραφείο της.

Αφού τελείωσε με τα διαδικαστικά γύρισε στο σπίτι. Η ώρα κόντευε εννιά και μισή και από τα μέλη της οικογένειας δεν είχε ξυπνήσει ακόμα κανείς. Άρπαξε την εφημερίδα πάνω από τον καναπέ και άρχισε να τη ρουφάει με βουλιμία. Μια λιγούρα στο στομάχι του, με τη συνοδεία ενός έντονου γουργουρητού, μαρτυρούσε ότι ζητούσε ενέργεια. Προχώρησε προς την κουζίνα αλλά πριν φτάσει, το κουδούνι της εξώπορτας χτύπησε δύο φορές.

Πήγε ο ίδιος και άνοιξε και βρέθηκε μπροστά σε μια νέα λαχτάρα. «Κύριε Παπαρρηγόπουλε, καλημέρα σας. Ήρθα εδώ για να...»
«Τι κάνεις εδώ παιδάκι μου τρελάθηκες; Θέλεις να με κάψεις;»
«Μα...»
«Πήγαινε σε παρακαλώ πριν γίνω ρόμπα με την οικογένειά μου. Δε σε ξέρει κανείς εδώ», φώναξε νευρικά και σπρώχνοντάς την από το μπράτσο της έκλεισε την πόρτα. Η κοπέλα έξω από την πόρτα έφυγε τρέχοντας απογοητευμένη. Ο άνθρωπος που αγαπούσε την απαρνήθηκε με το παραπάνω, καθολικά. Ένιωσε σαν σπουργίτι κυνηγημένο από τον χιονιά. Δε μπορούσε να το αποδεχθεί. Ήταν πέρα από τις δυνάμεις της. Έκλαψε με μαύρο δάκρυ. Μια φωνή μέσα της ψιθύριζε ότι ίσως τον έχασε παντοτινά.

Η Δέσποινα μέσα στο σπίτι ξύπνησε από το θυροτηλέφωνο και ρώτησε ποιος ήταν. Ο Αλέξης ως έμπειρος δικηγόρος είχε ήδη έτοιμη την απάντηση. «Μία πλασιέ με κάτι κουζινικά, την έδιωξα αμέσως. Είμαστε τώρα για τέτοια;»
«Διακρίνω κάποια νευρικότητα ή μου φαίνεται;» ρώτησε άξαφνα η Δέσποινα.
«Πού την είδες τη νευρικότητα;» απάντησε με ερώτηση συνοφρυωμένος ο σύζυγος.
«Επειδή μιλάς απότομα και ασυνήθιστα, γι᾽ αυτό σε ρώτησα!»
«Λογικό δεν είναι με αυτά που περνάμε;»
«Ναι, αλλά δε μου βγάζεις από το μυαλό ότι κάτι μου κρύβεις!»
«Αχού, ρε γυναίκα! Αφού δεν τα αντέχεις τι τα ζητάς! Εντάξει, κάτσε να σου τα πω πριν σκάσεις. Πέρασα από την αστυνομία όσο κοιμόσουν. Έχουμε σημαντικές εξελίξεις». Άρχισε να της εξηγεί με κάθε λεπτομέρεια, ελέγχοντας κάθε τόσο τις αντοχές της για να μην του μείνει πάλι στα χέρια. Αυτή τη φορά ήταν πιο ψύχραιμη και τα δέχτηκε καλύτερα. Εξάλλου ήταν πιο ευχάριστα τα νέα, αναφορικά με τα ευρήματα της αστυνομίας. Την ανησύχησαν έντονα, όμως, τα αίματα και ο φόβος ότι κάποιο από αυτά ήταν της θυγατέρας της.

Μόλις τελείωσε την αφήγησή του, ένα άγνωστο νούμερο από κινητό τον κάλεσε στο δικό του. Η ίδια φωνή με τη χθεσινή και πάλι χωρίς παραμορφώσεις ακούστηκε στεντόρεια: «Την Τρίτη θέλουμε τα λεφτά και παίρνεις τη μικρή σώα».

«Δεν παίρνετε σεντ εάν δεν ακούσω την κόρη μου τώρα αμέσως», αντιγύρισε αυστηρά ο δικηγόρος. Ακόμα και ο ίδιος απόρησε με την ψυχραιμία του. Επικράτησε σιγή λίγων δευτερολέπτων και μετά πήρε τον λόγο πάλι ο απαγωγέας. «Θα της μιλήσεις αύριο την ίδια ώρα. Εν τω μεταξύ, μάζευε το χρήμα».

«Είναι πολλά... αδυνατώ να...» Δεν πρόλαβε να ολοκληρώσει τη φράση του διότι έκλεισε η γραμμή. Του είχε πει ο αστυνόμος ότι εάν κρατήσει παραπάνω χρόνο η ομιλία τότε εντοπίζεται πιο γρήγορα και εύκολα. Άρα αυτός ήταν ο λόγος που του το έκλειναν τόσο γρήγορα.

Συνδέθηκε με το Skype και μίλησε με την αξιωματικό υπηρεσίας, η οποία του υποσχέθηκε ότι θα ενημερώσει τον αστυνόμο και πως ήδη έχουν αρχίσει την αναζήτηση του εντοπισμού της κλήσης. Του συνέστησε υπομονή και νηφαλιότητα και ότι η υπηρεσία της είναι ανά πάσα στιγμή στη διάθεσή τους.

Ο Σεραφείμ σηκώθηκε λίγο μετά από το τελευταίο τηλεφώνημα και είπε στους γονείς του ότι θα πάει να πιει καφέ με τους φίλους του στην Πλατεία Αριστοτέλους. Δεν περίμενε να ακούσει τις τελευταίες εντολές των δραστών, παρόλες τις οχλήσεις του πατέρα του. Ο χρόνος δεν είχε γιατρέψει ακόμα τις πληγές του, αλλά τις είχε μαλακώσει ελαφρώς, και αυτό περισσότερο επειδή υπέφερε η αδερφή του. Σε διαφορετική περίπτωση θα είχε φύγει από το σπίτι, ξεφουρνίζοντάς τα όλα στη μητέρα του.

Τηλεφώνησε στον Βησσαρίωνα και δύο φίλους ακόμα που και εκείνοι με τη σειρά τους πήραν τις κοπελιές τους και βρέθηκαν όλοι μαζί σε παραλιακή καφετέρια στη διάσημη πλατεία. Ο καιρός ήταν ελαφρώς ψυχρός, αλλά στα σημεία που χτυπούσε ο ήλιος οι θαμώνες κάθονταν άνετα χωρίς έξτρα θέρμανση.

Ο Σεραφείμ προσπάθησε να χαλαρώσει συμμετέχοντας στη συζήτηση με τους φίλους του, που διασκέδαζαν ανέμελα και είχαν επικεντρωθεί σε συζητήσεις γύρω από τα μεταπτυχιακά τους και το δύσκολο μέλλον που ερχόταν ταχύτατα. Έβλεπε τα δύο ζευγάρια που καθόταν δίπλα δίπλα, σχεδόν αγκαλιά και ζήλευε. Μέχρι πριν λίγες ημέρες και αυτός βρισκόταν σε αυτό το παραδεισένιο μονοπάτι που ήταν σπαρμένο με άνθη από τη Ροδόκλεια. Και τώρα...

Ξαφνικά, την ώρα που σήκωνε τον χυμό του για μια γουλιά ακόμα, στην άλλη καφετέρια στη γωνία, αναγνώρισε στο πρόσωπο μιας κοπέλας την πρώην του. Καθόταν αμέριμνη και απολάμβανε τον καφέ της με μια παρέα τριών ατόμων, που ο ίδιος δε γνώριζε. Η θέση της ήταν τέτοια, που δεν μπορούσε να πει με σιγουριά εάν τον είχε δει και αυτή. Απλά σκούντησε διακριτικά τον κολλητό του, τον Βησσαρίωνα, για να πάρει την επιβεβαίωση και από αυτόν ότι όντως δεν έκανε λάθος.

Από εκείνο το χρονικό σημείο και μετά ο Σεραφείμ χάθηκε από την παρέα. Το βλέμμα του δεν ξεκόλλησε από πάνω της. Κάθε δευτερόλεπτο που περνούσε λαχταρούσε ένα της βλέμμα και ας μην υπήρχε συνέχεια. Παρόλη την προδοσία της, βαθιά μέσα του οι ρίζες του πόθου του γι' αυτή δεν είχαν κοπεί οριστικά. Οι προσπάθειες των τελευταίων ημερών να φύγει από τη σκέψη του και να ησυχάσει δεν έπιασαν τόπο. Και μετά από αυτή τη συνάντηση αναζωπυρώθηκε η λαχτάρα να ξαναβρεθεί κοντά της. *"Φοβάμαι ότι σύντομα θα αρχίσω να παραμιλάω"*, σκέφτηκε πικραμένος.

Αίφνης το κινητό του χτύπησε και τον επανάφερε στη σκληρή πραγματικότητα. Πριν το σηκώσει, έριξε μια ματιά στην οθόνη και με το στόμα ανοιχτό διαπίστωσε πως ήταν η Ροδόκλεια. Κοίταξε προς το μέρος της και δεν την είδε να κρατάει το κινητό της στο χέρι. Έκανε νόημα στον Βησσαρίωνα και του έδειξε την οθόνη του κινητού. Κοίταξαν ξανά και οι δύο μαζί αλλά και πάλι δε διαπίστωσαν να κρατάει κάτι. «Σίγουρα έχει περασμένο ακουστικό στο αυτί της και από εδώ που είμαστε δεν έχουμε καλή ορατότητα για να το δούμε», του είπε χαμηλόφωνα ο φίλος του. «Πιθανότατα», συμφώνησε ο Σεραφείμ απογοητευμένος. Είχε μεγάλη λαχτάρα να της μιλήσει, αλλά είχε και έναν ανδρικό εγωισμό να κρατήσει. Δεν ήταν λίγο αυτό που του έκανε, γνώριζε δε γνώριζε ότι πήγαινε με τον πατέρα του. Την παρατήρησε να πίνει το ρόφημά της αμέριμνη, σαν να μη συμβαίνει τίποτα, παρόλο που δεν της απάντησε για πολλοστή φορά.

Μετά από λίγο η νεαρή κυρία σηκώθηκε και παίρνοντας μαζί το θεϊκό κορμί της απομακρύνθηκε προς την απέναντι μεριά του δρόμου. Το λίκνισμά της μπορεί να άναβε φωτιά στα περισσότερα παντελόνια των αντρών που παρακολουθούσαν εκστασιασμένοι, αλλά στον Σεραφείμ προκαλούσε έντονα ανάμικτα συναισθήματα. Τι λάθος είχε κάνει σε όλη αυτή την ιστορία; Ένα απαρατήρητο δάκρυ αντανακλάστηκε στις ακτίνες του ήλιου, του ζεστού παρηγορητή στην παγωμένη του καρδιά.

Ο Βησσαρίων αντιλήφθηκε την έντονη πάλη που γινόταν μέσα του και του είπε φιλικά χτυπώντας τον στην πλάτη. «Ξέχασε τη, ρε φίλε, δεν έκανε για σένα!»

«Ξέρεις τι είναι αυτό που μου ζητάς, κολλητέ; Είναι σαν να θέλεις να δέσεις ένα ορμητικό ποτάμι με αλυσίδες! Γίνεται;»

Η Ροδόκλεια τριγύριζε άκεφη για μία άλλη μέρα. Τέτοιο φτύσιμο, δεν είχε φάει ποτέ στη ζωή της από κανέναν. Έπαιρνε τη μεγαλύτερη άρνηση και μάλιστα από τον άνθρωπο που λάτρεψε τόσο πολύ. Τόσες μέρες έψαχνε να βρει έναν καλό λόγο γιατί συνέβη αυτό, αλλά δεν κατέληξε πουθενά με ασφάλεια. Σκούπισε τα δάκρυά της που ήταν αστείρευτα μετά την πρωινή της επίσκεψη στο σπίτι του Σεραφείμ και αποφάσισε να κατεβεί στο κέντρο για καφέ, μήπως και ο καθαρός αέρας της δώσει καμία καλή ιδέα και τη συνεφέρει.

Μέσα από το μυαλό της, είχε περάσει η ιδέα να βάλει τις φίλες της να τον παρακολουθήσουν μήπως και είχε συνάψει άλλον ερωτικό δεσμό και γι' αυτό την έβαλε στο περιθώριο. Έτσι από την ντροπή του τώρα, να μην ήθελε καν να της μιλήσει. Το μετάνιωσε αμέσως και τα 'βαλε με τον εαυτό της που κατέβηκε σε αυτό το επίπεδο. Αυτά τα έκαναν μόνο κάτι κατινίτσες. Εάν ήθελε κάτι θα το έπαιρνε μόνο από τον ίδιο. Με αυτές τις σκέψεις, λίγες ώρες πριν είχε αποφασίσει να πάει να τον στο βρει σπίτι του. Μα τι αναπάντεχη εξέλιξη είχε η επίσκεψή της! Πόσο άξεστη συμπεριφορά ήταν αυτή του πατέρα του! Πώς της φέρθηκε έτσι σαν σκουπίδι, όπως καμία παρακατιανή; Και χωρίς καλά καλά να τη γνωρίζει. Εντάξει, όλο και κάποια φωτογραφία της από τις εκατοντάδες που είχε στο κινητό του ο γιος του θα είχε δει. Τι του είχε πει όμως και είχε τέτοια συμπεριφορά απέναντί της; Κόντευε να τρελαθεί από τη στενοχώρια της! Τι να τις κάνει τις στιγμές που πέρασε καλά μαζί του, αφού έφυγαν; Τι να το κάνει το χθες αφού δεν είναι μέσα στο σήμερα ο άνθρωπός της; Τι να την κάνει τη γλύκα από το φιλί του, αφού την κέρασε φαρμάκι με την άρνηση και την απομάκρυνσή του; Και όλα αυτά γιατί; Αυτή η άγνοια την έτρωγε ακόμη περισσότερο.

Έφτασε στην παραλιακή καφετέρια και τυχαία είδε γνωστά της πρόσωπα, φίλους από τη σχολή της που την κάλεσαν να καθίσει μαζί τους. Το είδε ως μια ευκαιρία να ξεφύγει για λίγο από τη θλίψη που τη μαστίγωνε και αποδέχτηκε την πρόσκλησή τους. Μια απέλπιδα προσπάθεια σύνδεσης με τον καλό της απέτυχε παταγωδώς, μια και για πολλοστή φορά δεν απάντησε στην κλήση της.

Μετά από καμία ώρα χαλαρής συζήτησης, εκεί που σήκωνε την τελευταία γουλιά από τον τσάι της, μια φαεινή ιδέα σφηνώθηκε στο μυαλό της. Ναι, αν και δεν ήταν του στυλ της, θα πήγαινε στον αγαπημένο τους ραδιοφωνικό σταθμό, τον ερωτικό fm. Θα του έκανε μια γλυκιά αφιέρωση, δείχνοντας περίτρανα την ανησυχία της και θα τον παρακαλούσε να της τηλεφωνήσει για να εξηγήσει τους λόγους της απομάκρυνσής του. Δεν αρκέστηκε να πάρει τηλέφωνο. Κίνησε να πάει η ίδια στον σταθμό, να δει και μια φίλη της που εργαζόταν εκεί ως ραδιοφωνικός παραγωγός και να την παρακαλέσει να εκφωνήσει την αφιέρωσή της όσο πιο πολλές φορές μπορούσε. Κάποια στιγμή, στο βάθος της ημέρας ή της επόμενης θα την άκουγε ο ίδιος ή κάποιος φίλος του, δεν μπορεί... Υλοποίησε τη σκέψη της άμεσα. Αφού δήλωσε την επιθυμία στη φίλη της, πήρε την υπόσχεση ότι ο σταθμός θα την έπαιζε σε κάθε κατάλληλη ευκαιρία. Έφυγε ευχαριστημένη και πήγε στο σπίτι της να ακούσει μουσική και φυσικά την αφιέρωσή της προς τον αγαπημένο της. Προσπάθησε να χαλαρώσει και να σκεφτεί εάν έκανε κάτι μεμπτό, κάτι που μπορεί να πείραξε τον Μάκη, κάτι που εκείνος έμαθε και παρεξηγήθηκε.

Η αφιέρωση άρχισε να παίζει και η ελπίδα της φούντωσε ξανά. Μετά από την τόσο ωραία εκφώνηση με την παραπονιάρικη φωνή της παρουσιάστριας, θα ήταν αδύνατο να αντισταθεί ακόμα και ο πιο σκληρός άντρας. "Από τη Ροδόκλεια που έχασε τη λάμψη της, για το μελαχρινό της αγόρι, καθώς έχει μέρες να αντικρίσει τα μελιά του μάτια. Μια ταπεινή παράκληση από μια βαθιά πληγωμένη καρδιά, για ένα μόνο τηλέφωνο, ώστε να μη παγώσει έτσι άδοξα ένας τόσο θερμός έρωτας".

Δεν είχε πλέον τίποτα άλλο να κάνει, παρά να περιμένει. Εάν πραγματικά την αγαπούσε όσο έδειχνε, τώρα θα φαινόταν και δε θα μπορούσε να της αρνηθεί ένα τηλέφωνημά του. Άνοιξε την τηλεόραση και εκείνη την ώρα έπαιζαν οι μεσημεριανές ειδήσεις. Χαμήλωσε λίγο τη φωνή για να ακούει καλύτερα το ραδιόφωνο και απλά, κάνοντας ταυτόχρονα κάποιες ελαφριές δουλειές του σπιτιού, διάβαζε μόνο τους τίτλους. Κάποια στιγμή πήρε το μάτι της κάποιο κυλιόμενο μήνυμα «δείτε σε λίγο» μια δυσάρεστη είδηση που της τράβηξε την προσοχή. Δυνάμωσε τη φωνή και περίμενε υπομονετικά. Μία απαγωγή της μικρής κόρης πολύ πλούσιας οικογένειας γνωστού δικηγόρου γινόταν γνωστή στο πανελλήνιο, μετά από διαρροή έγκυρων πληροφοριών, ανέφερε το κανάλι που παρακολουθούσε. «Δεν είναι δυνατόν, όχι δεν μπορεί να είναι αυτή, Θεέ μου», μονολόγησε και έκανε τον σταυρό της.

Μεμιάς σήκωσε το τηλέφωνό της και έψαξε στις επαφές το τηλέφωνο της Χριστίνας. Είχαν μιλήσει αρκετές φορές το προηγούμενο διάστημα και είχε αποθηκευμένο το νούμερό της, όπως άλλωστε και τα τηλέφωνα όλων των μελών της οικογενείας του Μάκη. Κάλεσε, αλλά δυστυχώς ήταν απενεργοποιημένο. Φόβος και αγωνία τη σκίασαν. Εάν το ότι ο Μάκης δεν ήθελε καμία επαφή μαζί της, ήταν εξαιτίας της απαγωγής της μικρής του αδερφής, τον είχε συγχωρέσει ήδη. Θα του έδινε τον χρόνο που χρειαζόταν και μετά θα πήγαιναν και πάλι όλα ρόδινα. Έψαξε να βρει και σε άλλα κανάλια περισσότερες λεπτομέρειες για το συμβάν, αλλά ακόμα δεν είχε γίνει ευρέως γνωστό. Δεν αναφέρθηκε σε κανένα άλλο τίποτα καινούριο. *"Στις βραδινές ειδήσεις, θα βουίξει ο τόπος"*, σκέφτηκε μελαγχολικά.

Αποφάσισε και έστειλε ένα ακόμα μήνυμα στον Μάκη, αυτήν τη φορά πιο συγκεκριμένο, αναφέροντας και το ερώτημα εάν η απαγωγή αφορά την οικογένειά του ή όχι και του ζητούσε να της αποσαφηνίσει εάν οι λόγοι που έφτασαν έως εδώ είναι εξαιτίας αυτής. Του έγραψε γλυκά λόγια και ότι δεν άξιζε τέτοια μεταχείριση, ακόμα και αν τραβούσαν τόσο δύσκολο κουπί αυτός και η οικογένειά του. *"Το τελευταίο που στέλνω! Δεν πάει άλλο! Έχουμε και εμείς κάποιον στοιχειώδη εγωισμό και λίγη αξιοπρέπεια!"* σκέφτηκε πικραμένη αλλά βαθιά μέσα της το μετάνιωνε ήδη. Κλείνοντας το κινητό οπλίστηκε με υπομονή, κρατώντας το σπαθί της ελπίδας σφιχτά στα δυο της χέρια.

Το πρωί της ίδιας ημέρας, ο αστυνόμος όρθιος, πρότεινε τη φλόγα του αναπτήρα του στο τσιγάρο που κρατούσε με τα χείλη του. Αυτή αναζωπυρώθηκε, χρωματίστηκε και ο καπνός δεν άργησε να υψωθεί στο στενό και αποπνικτικό του γραφείο. Ο αστυνόμος Φωτεινιώτης άναβε και έσβηνε το ένα τσιγάρο πίσω από το άλλο. Αναρωτήθηκε λυπημένος: *"Πώς στα κομμάτια το ξεκίνησα αυτό το ρημάδι; Πώς κατάφερα και το έβαλα ξανά στα σωθικά μου και τώρα δεν μπορώ χωρίς αυτό;"* Ήταν τόσες φορές που έκανε αυτή τη σκέψη και η απάντηση που δεν ερχόταν κόντευε να τον τρελάνει.

Υπήρχε ευτυχώς κάποια περίοδος στη ζωή του, που θορυβήθηκε άσχημα και το έκοψε μαχαίρι και μάλιστα για μεγάλο διάστημα. Ο κολλητός φίλος του από τη σχολή, στάθηκε η αφορμή να το αρχίσει, με το πρόσχημα ότι έτσι θα μεγαλοδείχνουν, για να ρίξουν δύο γκόμενες. Δυστυχώς για εκείνον, εξαιτίας του αλόγιστου καπνίσματος είχε χάσει τη ζωή του από καρκίνο του λάρυγγα. *"Όχι, καλέ μου φίλε, Περικλή. Σ' αγαπούσα αφάνταστα και σε σκέφτομαι καθημερινά, αλλά δε θα ακολουθήσω τον δρόμο που χάραξες. Ήρθε η ώρα να στήσω το οδόφραγμά μου"*, είχε αποφασίσει τότε, προβαίνοντας σε δραστική διακοπή του καπνίσματος, την ημέρα που τον είχε επισκεφτεί στο νοσοκομείο. Ακριβώς μία μέρα πριν τον θάνατό του. Ο ίδιος ο μακαρίτης λίγες ώρες πριν εκπνεύσει του είχε πει με στόμφο: *"Κόφτο το ρημάδι, μην το συνεχίζεις.... κάντο για χάρη μου. Κοίτα που κατάντησα εγώ εξαιτίας του"*. Και το 'κοψε χωρίς δεύτερη σκέψη.

Αλλά τώρα, τι γύρευε πάλι με αυτή τη γάγγραινα; Τόσο πολύ τον βασάνιζε η πολύκροτη υπόθεση Παπαρρηγόπουλου και θέλησε να ξεσπάσει στη ζεστασιά του και να κρυφτεί μέσα στους καπνούς του;

"Πώς διάβολο διέρρευσε η απαγωγή της μικρής; Τόση διακριτικότητα δείξαμε στο θέμα!", σκεφτόταν και ξανά σκεφτόταν. *"Θα ξεφύγει το πράγμα τώρα με αυτά τα παπαγαλάκια"*, αναλογίστηκε πικραμένος.

Άνοιξε τον φάκελο της υπόθεσης και μελέτησε λέξη λέξη, στοιχείο στοιχείο το κάθε τι. Έπρεπε να πιαστεί από κάπου για να έχει και μια καλή συνέχεια. Πάντως καλή αρχή έγινε και μάλιστα χάρη στο θύμα και το θάρρος της. Σύντομα θα έπεφτε στα χέρια τους ο ένας από τους δράστες. Και εάν πέσει ο ένας στη φάκα, θα είναι θέμα ωρών για να πιαστούν και οι υπόλοιποι. Είχε πάρει προσωπικά το θέμα, διότι συμπαθούσε την οικογένεια Παπαρρηγόπουλου, που εάν και πάμπλουτοι ποτέ δεν ήταν εκκεντρικοί και δε δημιουργούσαν προβλήματα στην περιοχή αστυνόμευσής του, ούτε το ζευγάρι, αλλά ούτε και κάποιο τέκνο τους. Είχε βάλει στοίχημα με τον εαυτό του, ότι θα τα πήγαινε καλύτερα από τους ειδικούς της Υ.Δ.Ε.Ζ.Ι και θα βοηθούσε περισσότερο από όλους στην επίλυση και αυτής της υπόθεσης.

Βέβαια, είχε άρτια συνεργασία με την κεντρική υπηρεσία, αλλά αυτό δεν τον εμπόδιζε να πράττει κατά βούληση σε ορισμένες περιπτώσεις. Φώναξε τον βοηθό του και του έδωσε οδηγίες να βάλει και άλλους κρυφούς αστυνομικούς να παρακολουθούν διακριτά την οικία Παπαρρηγόπουλου, με κύριο γνώμονα την ασφάλεια των μελών, αλλά και για εντοπισμό τυχόν νέων επαφών με άτομα που δεν ήταν της καθημερινότητάς τους. Έτσι, ανακάλυψε ότι το πρωί της ίδιας ημέρας μια πανέμορφη κοπέλα βρέθηκε έξω από το σπίτι του δικηγόρου και έφυγε τρέχοντας και σχεδόν κλαίγοντας από εκεί.

«Περίεργο, πολύ περίεργο», έλεγε περπατώντας πάνω κάτω μέσα στο γραφείο του, που είχε γίνει τεκές από τον καπνό μόλις του έδωσε αναφορά ο υπαξιωματικός του. «Από πού ξεφύτρωσε τώρα δαύτη και τι ρόλο παίζει στην υπόθεσή μας;» ρωτούσε τον εαυτό του για να ακούει δυνατά τη σκέψη του.

«Λοχία, θέλω λεπτομερειακή παρακολούθηση αυτού του ατόμου και είκοσι τετράωρη αναφορά για κάθε της κίνηση. Πιθανόν να βγάλουμε λαβράκι», διέταξε τον υπαξιωματικό του τρίβοντας παράλληλα το καλλιτεχνικό γενάκι κάτω από το πηγούνι του. «Επίσης, θέλω να χτενίσεις όλο το τετράγωνο στην περιοχή που έγινε η απαγωγή, ρωτώντας κάθε ιδιοκτήτη, υπάλληλο καταστημάτων, ένοικο ή ιδιοκτήτη διαμερισμάτων, εάν εκείνη την ώρα έβγαλε κανείς καμιά φωτογραφία με αυτούς τους διαβόλους τα άιφον μάιφον πώς τα λέτε ή με οποιονδήποτε άλλο τρόπο και ανακαλύψουμε τις πινακίδες του οχήματος. Α, πού 'σαι! Πάρε και την «ωραία» μαζί σου και τον νέο τον ψάρακα να στρώνει σιγά σιγά. Είναι εξπέρ και οι δύο στις σύγχρονες τεχνολογίες και ίσως βρουν τίποτα περισσότερο από εκεί ψηλά με τη βοήθεια των δορυφόρων».

Ένα «μάλιστα» ήταν αρκετό από τον λοχία και έφυγε βολίδα να εκτελέσει τις εντολές του διοικητή του. Αυτός έμεινε πίσω να ξεσκονίζει τις αράχνες που είχαν πιάσει τα εγκεφαλικά του κύτταρα, προσπαθώντας να βγάλει νέα συμπεράσματα. Είχε χρόνια να του τύχει τόσο δύσκολη υπόθεση. *Το κλειδί στην υπόθεση πρέπει να είναι η γυναίκα οδηγός. Από την ώρα που άρχισε να μιλάει με τη μικρή και μέχρι την απαγωγή, το θύμα δεν προέβαλε καμία αντίσταση ή αντίδραση φόβου. Τα παιδιά του δικηγόρου, όπως τουλάχιστον ισχυρίζεται ο ίδιος, εξαιτίας των υπερβολικών φοβιών του, είχαν «εκπαιδευτεί» κατάλληλα να αντιδρούν σε τέτοιες περιπτώσεις. Άρα ή την ήξερε ή τα λόγια της την έπεισαν ότι ήταν γνωστή τους. Κάτι γνώριζε, κάποιον ήξερε και το εκμεταλλεύτηκε για να αποκτήσει την εμπιστοσύνη της. Μάλλον δεν τα κατάφερε και η μικρή προσπάθησε να τηλεφωνήσει... αλλά πού; Πρόλαβε άραγε να καταχωρηθεί η κλήση; Εάν ναι, θα έχουμε ένα βασικό στοιχείο να πιαστούμε! Βέβαια! Γιατί δεν το είδαμε ακόμα αυτό; Πώς μας διέφυγε; Να δεις που η κοπέλα που τριγυρνούσε στην οικία του Παπαρρηγόπουλου έχει άμεση σχέση με το συμβάν*. Όλες αυτές οι σκέψεις του αστυνόμου τον έκαναν να νιώσει ξανά ζωντανός, χρήσιμος και μάχιμος.

Είχε σκουριάσει πίσω από το αρχαίο γραφείο του και μέσα στους τέσσερις τοίχους κλεισμένος τόσο καιρό. Λίγους μήνες πριν τη συνταξιοδότησή του, ήταν καιρός για δράση, ώρα για να φύγει με ψηλά το κεφάλι. *Ας κατεβώ στο κέντρο να ανταλλάξουμε τις απόψεις μας με τον διοικητή της Υ.Δ.Ε.Ζ.Γ.*, σκέφτηκε και αφού ενημέρωσε τη φρουρά, πήρε το προσωπικό του όχημα και κατέβηκε στο κέντρο. Αν και Σάββατο απόγευμα ήξερε ότι θα τον βρει εκεί, διότι και εκείνος είχε πάρει πολύ προσωπικά την υπόθεση.

Ξαφνιάστηκε όταν διαπίστωσε πως είχαν προσαγάγει μια ύποπτη για ανάκριση και όπως όλα έδειχναν για πιθανή κράτηση μέχρι να διευκρινιστεί η αθωότητα ή η ενοχή της. Ο διοικητής τον ενημέρωσε λεπτομερειακά: «Συλλάβαμε τη γυναίκα που θα δεις σε λίγο για τρεις λόγους. Ο πρώτος ήταν επειδή, όπως πληροφορήθηκα από τις μυστικές υπηρεσίες, το παρελθόν της ήταν πολύ βεβαρημένο και ο δεύτερος διότι πριν λίγες ώρες τηλεφώνησε στο κινητό της Χριστίνας. Το παράξενο είναι ότι και τις προηγούμενες εβδομάδες της είχε τηλεφωνήσει ξανά και ξανά, από το ίδιο κινητό. Και ρωτώ από πού και γιατί είχε το τηλέφωνο της Χριστίνας και για ποιον λόγο την τηλεφωνούσε; Υποψιάζομαι πως τις πρώτες φορές το έκανε προς απόκτηση εμπιστοσύνης στο πρόσωπό της και τώρα για στάχτη στα μάτια. Εσύ τι πιστεύεις, Κλέαρχε;»

«Νομίζω πως οι σκέψεις σου είναι πολύ σωστές», συμφώνησε μαζί του ο Φωτεινιώτης.

«Πληροφορηθήκαμε ακόμα, αυτός είναι ο τρίτος λόγος της σύλληψης, ότι έχει προσληφθεί πρόσφατα ως γραμματέας από τον Παπαρρηγόπουλο παραποιώντας τα προσωπικά της στοιχεία, έχοντας πιθανότατα δόλο στο μυαλό της. Για τον λόγο αυτό καλέσαμε τον δικηγόρο για επιβεβαίωση. Βέβαια η ίδια ισχυρίζεται πως δεν είναι, ούτε ήταν ποτέ γραμματέας του. Εργάζεται λέει σε κάποιον γραφίστα Διαμαντίδη, που φυσικά δεν μπορούμε να βρούμε σήμερα. Δεν έχει από την άλλη έγγραφα ταυτοποίησης μαζί της και επιμένει πολύ να φέρουμε τον γιο του δικηγόρου με τον οποίο όπως μας τονίζει με σθένος, έχει ερωτικό δεσμό και θα ξεδιαλύνει τα πράγματα. Τον καλέσαμε και αυτόν και τώρα τους περιμένουμε και τους δύο από λεπτό σε λεπτό», τον ενημέρωσε απνευστί ο διοικητής του Υ.Δ.Ε.Ζ.Ι.

«Έχουμε κανένα στοιχείο που να την ενοχοποιεί;»

«Μόνο ενδείξεις μέχρι στιγμής, αλλά εάν αποδειχθεί ότι λέει ψέματα θα την μπουζουριάσουμε για τα καλά. Σίγουρα είναι ένα από τα μέλη της σπείρας που απήγαγαν τη μικρή, ίσως ο βασικός πληροφοριοδότης».

«Γιατί όμως να λέει ψέματα, εφόσον ξέρει πολύ καλά ότι θα τη διαψεύσουν οι μάρτυρες;» ρώτησε ο Φωτεινιώτης. «Εδώ σε θέλω! Μήπως ελπίζει ότι έτσι θα την αφήσουμε να το σκάσει στο εξωτερικό;» «Πιθανότατα! Πού τη συλλάβατε;» «Στο σπίτι της λίγο πριν μπει μέσα. Βρήκαμε τη διεύθυνση από τον παροχέα κινητής τηλεφωνίας».

«Και χωρίς ένταλμα από την εισαγγελία;» ρώτησε διστακτικά ο Φωτεινιώτης.

«Ποιος τους λογαριάζει αυτούς, αστυνόμε! Ο σκοπός αγιάζει τα μέσα. Μη γίνεσαι τυπολάτρης! Πάντως φαίνεται ότι δικαιώνονται οι αρχικές σκέψεις μου, μια και προέρχεται από τον υπόκοσμο. Μπλεγμένη βαθιά για τα καλά η μικρή! Έλα μαζί μου».

Προχώρησαν προς το δωμάτιο ανάκρισης και του έδειξε από το παράθυρο την κοπέλα που εκείνη τη στιγμή πηγαινοερχόταν σαν πληγωμένο αγρίμι. «Κοίτα εδώ», είπε ο διοικητής και του έδειξε κάτι ανδρικά περιοδικά.

Ο αστυνόμος Φωτεινιώτης, αφού τα μελέτησε προσεκτικά, κοίταξε και από το τζάμι του δωματίου ανάκρισης την κοπέλα πολλές φορές και μπήκε στο νόημα. Μετά κούνησε το κεφάλι του καταφατικά και συμπλήρωσε: «Να ρωτήσουμε και τον δικό μας, εάν είναι αυτή που επισκέφτηκε σήμερα το πρωί το σπίτι του δικηγόρου», πρότεινε θριαμβευτικά.

«Ναι, λίγο πριν μου ανέφεραν και εμένα γι' αυτή την περίεργη επίσκεψη. Κάλεσέ τον να έρθει αμέσως τώρα για επιβεβαίωση, γιατί μου φαίνεται ότι σαν πολύ να μας παραμυθιάζει η ομορφονιά».

Ο δικηγόρος έφτασε πριν από τον γιο του, χωρίς να γνωρίζει τον συγκεκριμένο λόγο που τον κάλεσαν. Τον οδήγησαν έξω από το ανακριτικό δωμάτιο, όπου είχε τη δυνατότητα να βλέπει, χάρη στο τζάμι καθρέπτη, χωρίς να μπορεί να τον δει εκείνη από μέσα. Αντίκρισε το πρόσωπο της γραμματέας του και τον έπιασε πανικός. Δεν είχε αναφέρει τίποτα στους αστυνομικούς για την πρόσφατη τοποθέτησή της στο γραφείο του, ούτε φυσικά και για τον ερωτικό τους δεσμό και τώρα ένιωθε καυστικές ενοχές.

«Ναι... αυτή η κοπέλα είναι η γραμματέας μου, Ασημίνα Περφανατζάκη με το ψεύτικο ονοματεπώνυμο», είπε μετά βίας.

«Τι εννοείτε;» ρώτησε αυστηρά ο αστυνόμος Φωτεινιώτης. «Μου παρουσιάστηκε με αυτό το όνομα, αλλά στην πραγματικότητα είναι μια άλλη. Ισχυρίστηκε ότι ήθελε πολύ τη δουλειά και το έκανε για να ξεφύγει από την προηγούμενη μίζερη ζωή της», είπε λυπημένος ο δικηγόρος.

«Κύριε Παπαρρηγόπουλε, δε μας τα λέτε καλά!» βροντοφώναξε ο διοικητής χτυπώντας το χέρι του στον τοίχο. «Πρώτα απ' όλα μας αποκρύψατε τα γεγονότα που την αφορούν άμεσα, δηλαδή την πρόσληψή της και αμέσως μετά την ψεύτικη ταυτότητά της. Και παρόλο που σας κορόιδεψε, συνεχίσατε να μας κρατάτε ανημέρωτους; Τι μας κρύβετε;» συνέχισε στον ίδιο υψηλό τόνο.

«...»

«Δεν μιλάτε, ε! Δε βλέπετε ότι μπορεί να μπλέκεται άμεσα στην απαγωγή της κόρης σας; Σίγουρα σας προβληματίζει κάτι πολύ σοβαρό για να μην μπορείτε να δείτε κάτι τόσο οφθαλμοφανές. Δε νομίζετε ότι ήρθε η ώρα να γίνουν τα αποκαλυπτήρια;» ρώτησε αυστηρά ο διοικητής του τμήματος.

«Έχετε δίκιο! Θα σας τα πω όλα, αλλά θα σας παρακαλέσω να μείνουν μεταξύ μας, να μη διαλύσω την οικογένειά μου. Είναι κρίμα για τη Δέσποινα, που δε φταίει σε τίποτα η κακόμοιρη», μίλησε δαγκωμένος και κουμπωμένος όσο ποτέ άλλοτε.

«Σας ακούμε», είπαν με μια φωνή οι δύο αστυνόμοι την ώρα που έφταναν στο γραφείο του διοικητή.

«Έχω... έχουμε βρεθεί ερωτικά με τη μικρή και είμαι... ήμουν όπως θέλετε πείτε το, πολύ καψούρης μαζί της. Πρόσφατα ανακάλυψα ότι μου είχε πει ψέματα όλως τυχαία. Αναγκάστηκε, μετά από πίεση, να μου πει ότι χρησιμοποίησε τέχνασμα για να την προσλάβω στη δουλειά. Με έπεισε ότι τα έκανε όλα μόνο για την εργασία και σε καμία περίπτωση δεν πήγε το μυαλό μου ότι μπορεί να είχε σχέση με εγκληματική οργάνωση. Φυσικά ούτε ακόμα έχω πειστεί γι' αυτό!»

«Ναι, εξάλλου ποιος ερωτευμένος βλέπει πέρα από τη μύτη του», παρατήρησε ο Φωτεινιώτης.

«Όταν έγινε η απαγωγή και είχα μιλήσει μαζί σας, δε γνώριζα ότι με είχε ξεγελάσει. Την είχα για Ασημίνα Περφανατζάκη. Ναι, νιώθω άσχημα που δε σας ειδοποίησα μόλις το έμαθα, αλλά φοβήθηκα τον διασυρμό», προσπάθησε να δικαιολογηθεί για τη γκάφα του. «Σας παρακαλώ και πάλι. Ας χειριστούμε το θέμα διακριτικά. Αν μάθει η οικογένειά μου κάτι... να ανοίξει η γη να με...»

«Ναι, πρώτα κάνετε τις κουτσουκέλες σας και μετά ζητάτε διακριτικότητες. Άντε καλά από εμάς, να σας το υποσχεθούμε. Κάντε καλά, όμως, με τους δημοσιογράφους, που ένας Θεός ξέρει τι θα γράφουν οι Κυριακάτικες φυλλάδες αύριο», τόνισε ο Φωτεινιώτης.

«Εάν χρειαστεί δικηγόρο, ξέρει πού θα τον βρει» σχολίασε ο διοικητής και γέλασε ειρωνικά. «Και ποιο είναι το πραγματικό της ονοματεπώνυμο;» συνέχισε σαρκαστικά.

«Δεν το γνωρίζω...», τόλμησε να ψελλίσει διστακτικά ο Παπαρρηγόπουλος.

«Ε, βέβαια, πάθατε τι πάθατε και δεν είχατε το καθαρό μυαλό να πληροφορηθείτε έστω τα πραγματικά της στοιχεία. Η κόρη σας κάπου εκεί έξω κινδυνεύει και εσείς κοιτάτε τον χαβά σας», του χύμηξε καυστικά ο αστυνόμος, που είχε αρχίσει να παίρνει ανάποδες στροφές. «Μπορείτε να πηγαίνετε, κύριε Παπαρρηγόπουλε, και τέλος οι αυτόβουλες κινήσεις. Εάν θέλετε αίσιο τέλος για την κόρη σας, πλέον ούτε θα κατουράτε χωρίς να μας ενημερώνετε πρώτα». Τη λέξη «κατουράτε» την τόνισε με ιδιαίτερα έντονο τόνο.

«Σε λίγο θα έρθει και ο γιος του να αναγνωρίσει ή όχι την κρατούμενη. Εάν και αυτός μας πει τα ίδια θα την κρατήσουμε μέσα διότι εκτιμώ ότι έχει άμεση σχέση με την απαγωγή. Από τη στιγμή που η κρατούμενη ψεύδεται, κάποιο λάκκο έχει η φάβα. Θα είμαστε καλυμμένοι ούτως ή άλλως για τις ψευδείς καταθέσεις της», τόνισε ο διοικητής στον συνάδελφό του.

Ο δικηγόρος έφυγε με την ουρά στα σκέλια, χωρίς να

χαιρετήσει, ούτε να πει άλλη κουβέντα. Ένιωθε τόσο προσβεβλημένος, που ήθελε να χαθεί από προσώπου γης. Την ώρα που κατέβαινε τα σκαλιά σχεδόν τρέχοντας, ο γιος του ανέβαινε από τον ανελκυστήρα γεμάτος αγωνία για τον λόγο που τον ζήτησαν. Τα έχασε όταν του έδειξαν τη μέχρι πρόσφατα κοπέλα του και ερωμένη του πατέρα του. Ο άνθρωπος που είχε λατρέψει τρελά, πίσω από τα σίδερα! Δεν μπορούσε να το πιστέψει.

«Τη γνωρίζετε την κυρία, νεαρέ μου;» ρώτησε αυτήν τη φορά ο αστυνόμος Φωτεινιώτης.

«Αν και δε θέλω να την ξέρω πλέον, ναι, δυστυχώς για εμένα, τη γνωρίζω πολύ καλά».

«Ποια είναι λοιπόν;»

«Είναι η Ροδόκλεια, ο πρώην δεσμός μου».

«Πόσο καιρό γνωρίζεστε;»

«Από τις δεκαοχτώ Σεπτεμβρίου, ημέρα των γενεθλίων μου».

«Α, μάλιστα, τόσο πρόσφατα! Και γιατί είπατε νωρίτερα ότι δε θέλετε να την ξέρετε και ότι είναι πρώην δεσμός σας;»

«Γιατί με πρόδωσε. Γκρέμισε ό,τι πιο ωραίο είχα χτίσει μαζί της. Τα όνειρά μου, στα οποία έπαιζε τον κυρίαρχο ρόλο!»

«Δηλαδή;»

«Με απάτησε!»

«Με ποιον;»

«Με...»

«Λοιπόν;»

«Με... τον πατέρα μου», είπε ο μικρός και έσκυψε το κεφάλι φανερά συντετριμμένος.

«Πώς είστε σίγουρος γι' αυτό;»

«Τους είδα με τα ίδια μου τα μάτια να το κάνουν μέσα στο γραφείο του», απάντησε συνοφρυωμένος ο Σεραφείμ.

«Ο πατέρας σας δε φαίνεται να το γνωρίζει αυτό!»

«Ναι, κατάφερα και το απέκρυψα από όλη την οικογένεια για χατίρι της Χριστίνας και της μητέρας μου, που φορτώθηκε τόσα πολλά τελευταία!»

«Πώς λέγεται πραγματικά στο επώνυμο η... πώς την είπαμε... Ροδόκλεια;»

«Καρπαντζίδου. Ροδόκλεια Καρπαντζίδου και η καταγωγή της είναι από το Άγκιστρο Σερρών».

«Να λοιπόν, που ταυτοποιούνται τα στοιχεία της, με αυτά που έχουμε στα χέρια μας», επισήμανε θριαμβευτικά ο διοικητής.

«Εντάξει, νεαρέ μου. Σ' ευχαριστούμε. Θέλετε να προσθέσετε κάτι άλλο σχετικά;» ρώτησε ο Φωτεινιώτης.

«Ξέρετε... περάσαμε υπέροχες στιγμές μαζί και ακόμα δεν μπορώ να χωνέψω πως μπορεί να γελάστηκα τόσο πολύ και...»

«Έχει τον τρόπο της να ξεγελάει τους άντρες. Πατέρας και γιος τα θύματα στην προκειμένη περίπτωση. Ξέρετε ότι ήταν πόρνη πολυτελείας στο παρελθόν;» του είπε ο διοικητής και του πέταξε ένα παλαιό ανδρικό περιοδικό όπου φαινόταν να φιγουράρει στο εξώφυλλο ημίγυμνη αποκαλύπτοντας τα στήθη της, φορώντας μόνο ένα καυτό μονοκίνι.

Έκπληκτος ο νεαρός σοκαρίστηκε προς στιγμή, γούρλωσε τα μάτια του, αλλά αμέσως μια λάμψη τα φώτισε και ένα πλατύ χαμόγελο ελπίδας ζωγραφίστηκε στα χείλη του.

«Κύριε αστυνόμε μπορώ να της μιλήσω;»

«Δε γίνεται αυτό!» δήλωσε ο αστυνόμος αυστηρά.

«Είναι πολύ σημαντικό για όλους μας. Σας παρακαλώ!» επέμεινε ο Σεραφείμ.

«Τι συμβαίνει, νεαρέ μου, και μου ζητάς να παρακάμψω το πρωτόκολλο;» ρώτησε αυστηρά ο διοικητής.

«Είναι πολλά που γυρίζουν στο μυαλό μου, σας παρακαλώ αφήστε με δύο λεπτά μαζί της και θα σας εξηγήσω. Διακυβεύονται πολλά, είναι πολύ σημαντικό. Κύριε Φωτεινιώτη, βοηθήστε κι εσείς».

Οι αστυνόμοι κοιτάχτηκαν μεταξύ τους με αμηχανία και τελικά πήραν την απόφασή τους. «Θα πάρουμε τις απαραίτητες εγκρίσεις και αφού επιληφθεί και ενημερωθεί και ο εισαγγελέας για την υπόθεση, ελπίζουμε ότι θα σας επιτρέψουμε να τη δείτε τη Δευτέρα».

Ο Σεραφείμ ένιωσε ένα σουβλερό τσίμπημα στην καρδιά του και αποδεχόμενος την απόφασή τους έφυγε πλήρως φορτισμένος και προβληματισμένος, πολύ περισσότερο από πριν. *"Δύο ημέρες υπομονή και τη Δευτέρα, όλα θα ξεκαθαρίσουν",* σκέφτηκε αποζητώντας ενδόμυχα μικρή παρηγοριά.

«Αυτό που με προβληματίζει μόνο, διοικητή, είναι το διαφορετικό όνομα που χρησιμοποιούν τα περιοδικά για την κρατούμενη», επισήμανε ο αστυνόμος Φωτεινιώτης.

«Ωχού κι εσύ καημένε! Ψευδώνυμα είναι όλα! Τα κάνουν συνέχεια οι celebrities αυτά. Πώς θα σου φαινόταν να ποζάρει ολόγυμνη μια πόρνη πολυτελείας, σε εξώφυλλο ανδρικού περιοδικού και από επάνω να γράφει "Ροδόκλεια" με μεγάλα γράμματα;» παρατήρησε ο διοικητής χλευάζοντας.

Δολοπλοκίες

Θεσσαλονίκη
31 Οκτωβρίου 2021

Την προγραμματισμένη ώρα, χωρίς λεπτό καθυστέρησης, ένδειξη ότι η σπείρα δε φοβόταν τίποτα, το σταθερό τηλέφωνο ήχησε, σπέρνοντας την αγωνία για μια φορά ακόμα στην οικογένεια.

«Λέγετε παρακαλώ», σκορπίστηκε τρεμάμενη η φωνή του δικηγόρου μέσα στο παγωμένο δωμάτιο.

«Μίλα στο αγρίμι σου και ετοίμασε τα χρήματα έως αύριο το μεσημέρι. Δεκαέξι εκατομμύρια ακατέβατα!»

«Μπαμπά, μπαμπά μου, έλα να με πάρεις σε παρακαλώ! Είναι αδίστακτοι, θα μου κάνουν κακό», τσίριξε η κορούλα του και του σπάραξε την καρδιά.

«Μικρό μου κοριτσάκι, είσαι καλά; Μη στενοχωριέσαι σύντομα θα τελειώσουν όλα!»

«Τέλος τα ψέματα. Θα πάρεις νέες οδηγίες για το πού θα αφήσεις τα χρήματα αύριο την ίδια ώρα».

Ο δικηγόρος προσπάθησε να κρατηθεί ψύχραιμος και αποκρίθηκε με σταθερή φωνή: «Στάσου, μην κλείνεις. Είναι πολλά τα λεφτά, δεν πρόλαβα να μαζέψω τόσα. Μόνο δύο κατάφερα να συγκεντρώσω».

«Τι είπες, ρε τσόγλανε; Για πέταμα την έχεις την κόρη σου;»

«Δεν υπάρχει ρευστό στην αγορά. Δε μου δίνεται η δυνατότητα να μαζέψω τόσα πολλά μέσα σε τόσο μικρό χρονικό διάστημα. Κάνω απεγνωσμένες προσπάθειες, αλλά δεν είναι τόσο απλό!»

«Για μας είναι, όμως, πολύ απλό να σου στείλουμε ένα

μικρό σουβενίρ», είπε ο δράστης και ξαφνικά ακούστηκε ένας εκκωφαντικός θόρυβος.

Ο Παπαρρηγόπουλος πέταξε απ' τον τρόμο του το κινητό στο πάτωμα και έχασε το χρώμα του μεμιάς. «Την πυροβόλησαν, έριξαν στο κορίτσι μας, Δέσποινα» και έβαλε τα κλάματα σαν μωρό παιδί. Ο Σεραφείμ έσκυψε και σήκωσε το κινητό από κάτω και μόλις διαπίστωσε ότι η γραμμή δεν είχε πέσει, έβαλε ανοιχτή ακρόαση και το κράτησε στο χέρι του για να ακούνε όλοι. Οι τσιρίδες της Χριστίνας δεν έλεγαν να τελειώσουν, αλλά οι παλμοί στις καρδιές των αγαπημένων της άρχισαν να επανέρχονται.

«Η επόμενη σφαίρα θα βρει απευθείας τα μυαλά της», ήταν η επόμενη φρικτή φράση που ακούστηκε από την ηλεκτρονική συσκευή. Σου δίνω τελευταία προθεσμία έως την Τετάρτη, να φέρεις δέκα στρογγυλά και θα σου αγοράσω με τα έξι που σου χάρισα το σουβενίρ που λέγαμε. Είμαι σίγουρος ότι σου λείπει, γι' αυτό θα σου στείλω ένα μικρό δείγμα της». Ξανά οι στριγκές φωνές της Χριστίνας τρύπησαν τα μηνίγγια τους και τις ήδη πληγωμένες καρδιές. Μετά ακολούθησε σιγή.

«Τι εννοούσε "θα σου στείλω ένα μικρό δείγμα της"», ρώτησε έντρομη η Δέσποινα.

«Ο Θεός να βάλει το χέρι του. Κάνουν δηλώσεις που δεν μπορώ να τις παρακολουθήσω», αποκρίθηκε ο Αλέξης και έκανε τον σταυρό του. Το σοκ που πέρασε δεν του άφηνε περιθώρια να σκεφτεί καθαρά. Ο ήχος του πυροβολισμού ακόμα βούιζε μέσα στα αυτιά του.

Κάθισαν όλοι μαζί στο σαλόνι και μόλις τότε κατάλαβε ότι η μεγάλη του κόρη έκλαιγε ασταμάτητα. Την έσφιξε στην αγκαλιά του και της μίλησε ενθαρρυντικά, χαϊδεύοντας απαλά τα μαλλιά της. Κοντά τους κάθισε και η Δέσποινα, η οποία από τη μια μονολογούσε "τι κακό μας βρήκε" και από την άλλη προσπαθούσε να παρηγορήσει την Τέμα. Ο Σεραφείμ αποσύρθηκε στο δωμάτιό του, βρίσκοντας μια ασήμαντη δικαιολογία. Εξάλλου, ποιος έδινε σημασία σε τέτοια αυτή την ώρα.

Ο Αλέξης, όταν ηρέμησαν όλοι αρκετά, εξήγησε στις γυναίκες ότι ο χρόνος ομιλίας με τους κακοποιούς πρέπει να ήταν αρκετός για να καταφέρει η αστυνομία να εντοπίσει το στίγμα τους. Λογικά αυτή τη στιγμή οι αστυνομικοί σπεύδουν στο σημείο από όπου έγινε η κλήση, έχοντας πολλές ελπίδες να τους ξετρυπώσουν. Το ότι ήταν αναγκασμένοι να έχουν μαζί τους και τη Χριστίνα, θα δυσχέραινε τις κινήσεις τους και ίσως αυτό να σήμαινε και το τέλος της ταλαιπωρίας τους.

«Καλού κακού, όμως, πρέπει να προετοιμαστούμε για το πιθανό ενδεχόμενο να δώσουμε τα λύτρα. Έχω καταφέρει να μαζέψω τα τέσσερα, αλλά αδυνατώ να βρω άλλα έξι έως την Τετάρτη. Το πολύ πολύ να μαζέψω άλλα δύο ακόμα», τις ενημέρωσε με κατεβασμένο το κεφάλι.

«Δεν μπορούμε να δανειστούμε από κανέναν φίλο σου για λίγες μέρες και να τους τα επιστρέψουμε μετά;» ρώτησε εναγωνίως η Δέσποινα με φανερή την απογοήτευσή της.

«Δεν έχει ρευστό η αγορά. Οι τράπεζες δεν μπορούν να βρουν τόσα χρήματα, θα έχουν οι φίλοι μας; Εάν υπήρχε θα βγάζαμε και από τα δικά μας σπάζοντας μερικά ομόλογα.

«Και τι θα κάνουμε τότε;» ρώτησε η Τέμα.

«Θα προσπαθήσουμε να συμβιβαστούμε, τι άλλο μπορούμε να κάνουμε εξάλλου», απάντησε ο πατέρας της.

Το μεσημέρι της ίδια ημέρας, ο Αλέξης σε μια προσπάθεια να ξεφύγει από την πραγματικότητα, άνοιξε μία από τις τρεις κυριακάτικες εφημερίδες που του έφερνε ο μικρός βοηθός του περιπτερά κάθε εβδομάδα και οι φόβοι του επαληθεύτηκαν. Με μεγάλα γράμματα στην πρώτη σελίδα έγραφε: «ΣΥΝΕΛΗΦΘΗ Η ΓΡΑΜΜΑΤΕΑΣ ΜΕΓΑΛΟΥ ΔΙΚΗΓΟΡΟΥ ΤΗΣ ΠΟΛΗΣ ΜΑΣ, ΩΣ ΥΠΟΠΤΗ ΓΙΑ ΤΗΝ ΑΠΑΓΩΓΗ ΤΗΣ ΚΟΡΗΣ ΤΟΥ.

Δεν πρόλαβε να ανοίξει και τις επόμενες δύο, όταν άρχισαν να χτυπούν τα τηλέφωνα φίλων, συνεργατών και υπαλλήλων του, βάζοντας ο καθένας τους από ένα λιθαράκι πόνου και χτίζοντας ακόμα πιο ψηλό τον πύργο της αμηχανίας του. Κάποια στιγμή δεν άντεξε και το έβαλε στο αθόρυβο. Χρειαζόταν να ηρεμήσει. Πολλοί από αυτούς έπαιρναν καλοπροαίρετα, αλλά υπήρχαν και άλλοι στη φωνή των οποίων ο Αλέξης διέκρινε τη χαιρεκακία. Άλλοι από άγνοια ή περιέργεια και άλλοι για να επιβεβαιώσουν ότι οι φυλλάδες μιλούσαν για την κόρη του, όπως είχε ακουστεί στην πιάτσα. Από τον φόβο του, όμως, μην τηλεφωνήσουν ξανά οι απαγωγείς, επανάφερε την ένταση του ήχου κλήσης. Πέρασε όλο το μεσημέρι μέχρι και το απόγευμα να μιλάει με τον καθένα και να πρέπει να τους εξηγεί, ότι η αστυνομία κάνει τη δουλειά της και ότι όλοι πρέπει να κάνουν υπομονή μέχρι να έρθει το αίσιο τέλος. Φυσικά, σε κανέναν δεν αποκάλυψε καμία απολύτως λεπτομέρεια από τα πραγματικά γεγονότα. Μόνο τον Ταξιάρχη κάλεσε για καφέ στο γνωστό στέκι το απόγευμα, νιώθοντας έντονα την ανάγκη να ξεφύγει από τον αγκαθωτό κλοιό, που ένιωθε να τον αγκιστρώνει η στυγνή πραγματικότητα. Όμως, οι παπαράτσι που τους ξετρύπωσαν, τους το έβγαλαν ξινό.

Η πρώτη του Νοέμβρη και πρώτη ημέρα της εβδομάδας έφερε μαζί της και αναπάντεχες εκπλήξεις. Είχαν περάσει κιόλας έξι ημέρες, που η κόρη τους βρισκόταν μακριά και κόντευαν να τρελαθούν. Το χειρότερο μαρτύριο που τους άφησε σύξυλους όμως, ήρθε ταχυδρομικά.

Το κουδούνι της εξώπορτας χτύπησε τρεις φορές δηλώνοντας ανυπομονησία. Βγήκε η Δέσποινα να ανοίξει και έκθαμβη διαπίστωσε ότι ήταν ο υπάλληλος της κούριερ που ήθελε να τους παραδώσει ένα συστημένο δεματάκι, στο όνομα του συζύγου της. Φώναξε τον άντρα της για να υπογράψει και αφού το περιεργάστηκαν ψάχνοντας να βρουν τον αποστολέα ο Παπαρρηγόπουλος με τρεμουλιαστά χέρια έσκισε το περιτύλιγμα.

Έβγαλαν κι οι δυο ταυτόχρονα ένα επιφώνημα φρίκης. Η Δέσποινα που κρατούσε το δέμα το πέταξε κάτω και εκείνο αφού αναπήδησε μία φορά στο πάτωμα, άδειασε το περιεχόμενό του, πάνω στο χαλί. Οι τσιρίδες της ακούστηκαν σε όλη τη γειτονιά. Τα παιδιά ξύπνησαν και έτρεξαν έντρομα κάτω στο σαλόνι. Ένας γυναικείος αντίχειρας κείτονταν κάτω γεμάτος από ξεραμένα αίματα και κανένας δεν τολμούσε να τον σηκώσει.

Ο Σεραφείμ ξετύλιξε καλύτερα το χάρτινο κουτάκι και βρήκε μέσα ένα σοκαριστικό μήνυμα, φτιαγμένο με κολλάζ, το οποίο διάβασε δυνατά: ΣΑΣ ΑΡΕΣΕ Η ΠΡΩΙΝΗ ΜΑΣ ΕΚΠΛΗΞΗ; ΜΑ ΑΦΟΥ ΣΑΣ ΤΟ ΕΙΧΑΜΕ ΥΠΟΣΧΕΘΕΙ! ΠΩΣ ΚΑΝΕΤΕ ΕΤΣΙ; ΔΕΝ ΤΟ ΠΕΡΙΜΕΝΑΤΕ; ΑΘΕΤΕΙΣΤΕ ΤΙΣ ΕΝΤΟΛΕΣ ΜΑΣ ΚΑΙ ΤΟ ΥΠΟΛΥΠΟ ΚΟΡΜΑΚΙ ΤΗΣ ΚΟΡΗΣ ΣΑΣ ΣΥΝΤΟΜΑ ΘΑ ΣΥΜΠΛΗΡΩΘΕΙ! ΣΥΝΕΧΙΖΕΤΑΙ...

«Πόσο ακόμα θα συνεχιστεί αυτό, Θεέ μου;» πρόλαβε να ξεφωνίσει η Δέσποινα και μετά ξύπνησε στο νοσοκομείο.

«Επιτέλους, Δεσποινάκι μου! Μου έκοψες τα ήπατα! Τρεις ώρες έκαναν οι γιατροί να σε συνεφέρουν», είπε ψιθυριστά ο Αλέξης τρίβοντας το χέρι της απαλά.

«Βρες τα λεφτά, Αλέξη μου, οπωσδήποτε. Δεν μπορώ άλλο αυτό το μαρτύριο». Αμέσως μετά έπεσε σε λήθαργο.

Πίσω στο σπίτι, όσο ο πατέρας με τη μητέρα του έτρεχαν προς το νοσοκομείο με το ασθενοφόρο, ο Σεραφείμ δεν έμεινε άπραγος. Ειδοποίησε την αστυνομία, η οποία δεν άργησε να φανεί μαζί με τη σήμανση για να παραλάβουν το δάχτυλο και το σημείωμα. Άφησαν εντολές προς τον νεαρό για να τις μεταφέρει στον πατέρα του. Του επεσήμαναν ότι εφόσον εκείνος το επιθυμούσε, θα μπορούσε να μιλήσει ο ίδιος του με τον αστυνόμο προς σχολαστικότερη ενημέρωσή του.

Δεν είχαν καταφέρει, όπως τον ενημέρωσαν, μετά το χθεσινό τηλεφώνημα να εντοπίσουν τους δράστες, παρόλο που κινήθηκαν πολύ γρήγορα, αλλά ο κλοιός είχε αρχίσει να σφίγγει γύρω τους, μια και είχαν συλλάβει μία από τους πιθανούς συνεργούς τους. Όσο για το τελευταίο, ο μικρός είχε τις επιφυλάξεις του και μόλις ετοιμάστηκαν να φύγουν, τους ρώτησε διστακτικά εάν θα μπορούσε να κατέβει μαζί τους στο τμήμα, όπου κρατούταν η Ροδόκλεια.

Εκείνοι δεν είχαν αντίρρηση και έτσι κίνησαν όλοι μαζί για να λυθεί επιτέλους αυτός ο γρίφος που είχε δημιουργηθεί στο μυαλό του. Μόλις έφτασαν εκεί, αναζήτησε τον διοικητή, ο οποίος του είχε υποσχεθεί ότι τη Δευτέρα πιθανότατα θα του επέτρεπαν να τη δει. Δεν ήταν, όμως, εκεί και αναγκάστηκε να περιμένει. Οι ώρες έφευγαν η μία πίσω από την άλλη και ο αστυνόμος δεν έλεγε να φανεί. Μάταια ο νεαρός προσπάθησε μέσω του υποδιοικητή να βγάλει άκρη. Όλοι φοβόντουσαν τον αρχηγό τους και κανένας δε λειτουργούσε αυθαίρετα και για κανένα λόγο.

Κάποια στιγμή, λίγο πριν τις δύο, φάνηκε και ευτυχώς είχε πάρει την έγκριση της εισαγγελίας και του επέτρεψε να μπει στο προσωρινό κελί της, για μόνο δύο λεπτά, όπως του είχε δηλώσει αυστηρά.

«Θα ήθελα να έρθει μαζί μου, ως μάρτυρας, μία γυναίκα αστυνομικός», ζήτησε ευγενικά ο Σεραφείμ.

«Τι τη θέλεις τη μάρτυρα;» ρώτησε απορημένος ο διοικητής.

«Θα σας τα εξηγήσω όλα, όταν θα εξακριβωθούν αυτά που θέλω, με τα ίδια μας τα μάτια», απάντησε με θράσος ο μικρός.

«Εντάξει. Θα σου κάνω τη χάρη διότι διακρίνω μια σπιρτάδα στα μάτια σου!»

«Προχώρησαν προς τον χώρο επισκέψεων, αλλά ο Σεραφείμ ζήτησε να δουν την κρατούμενη σε ένα πιο διακριτικό δωμάτιο. Με τη σύμφωνη γνώμη του τμηματάρχη διάλεξαν το δωμάτιο ανάκρισης και μπήκαν και οι δύο μέσα. Σε λίγο η Ροδόκλεια ήρθε με τη συνοδεία φρουράς και μόλις αντίκρισε τον αγαπημένο της χύμηξε επάνω του από τη χαρά της, νιώθοντας ότι επιτέλους έφτασε η λύτρωση.

Ο Σεραφείμ έμεινε ανέκφραστος, σαν ένα κομμάτι παγόβουνου, χωρίς να την αγγίξει και χωρίς να αποδεχτεί τα φιλιά της, που αναζητούσαν τη γλύκα των χειλιών του.

«Αγόρι μου, μωρό μου, λατρεία μου, γιατί δε μου απαντάς τόσο καιρό, τι συμβαίνει; Γιατί με άφησες εδώ να λιώνω σε αυτή τη φυλακή; Τι έχει συμβεί; Πες μου, σε παρακαλώ, θα σκάσω από τη στενοχώρια μου», ξεφώνισε απεγνωσμένα η Ροδόκλεια.

Η αστυνομικός ζήτησε να καθίσουν όλοι γύρω από το τραπέζι και ο Σεραφείμ, χωρίς περιστροφές της είπε ξερά. «Γδύσου. Βγάλε τα πάνω ρούχα σου!» Οι γυναίκες κοιτάχτηκαν αμήχανα και η αστυνομικός της ζήτησε με νεύμα να το κάνει. Η Ροδόκλεια έβγαλε την μπλούζα της και μετά πήγε να ξεκουμπώσει τον στηθόδεσμο, αλλά ο Σεραφείμ τη σταμάτησε. «Δεν είναι απαραίτητο», πρόσταξε σηκώνοντας με νόημα το χέρι του.

Η Ροδόκλεια συνέχισε να τον κοιτάζει με αμηχανία και έψαχνε να βρει από κάπου να πιαστεί.

«Βλέπετε;» ρώτησε ο Σεραφείμ. Και πριν προλάβουν να αντιδράσουν οι κυρίες ξανά, ρώτησε κοιτώντας την αστυνομικό. «Βλέπετε καμία ελιά εδώ στο κέντρο ανάμεσα στα στήθη της;»

«Όχι», απάντησε εκείνη με φυσικό τόνο.

«Παρατηρείτε καμία ουλή ή πλαστική επέμβαση σε αυτό το σημείο που μπορεί να υποδηλώνει αφαίρεση κάποιας ελιάς τις τελευταίες ημέρες;» ρώτησε δείχνοντας με το δάχτυλό του ακριβώς το σημείο.

«Όχι», ήταν και πάλι η απάντηση της υπαξιωματικού.

Ύστερα απευθύνθηκε προς τη Ροδόκλεια. «Είχες ποτέ ελιά εδώ ανάμεσα στα στήθη σου και την αφαίρεσες πρόσφατα;»

«Όχι, ποτέ».

«Εάν, λοιπόν, έχει μια ουλή πίσω από το δεξί της αυτί, τότε αποδεικνύεται περίτρανα η αθωότητά της. Ροδόκλεια, σε παρακαλώ μάζεψε τα μαλλιά σου προς τα πίσω».

Έσκυψαν και οι δύο και διαπίστωσαν ότι πράγματι υπήρχε μια μικρή ουλή παλιού τραύματος πίσω από το δεξί της αυτί, από το τροχαίο που είχε στη βρεφική της ηλικία.

«Ε, τότε λοιπόν εάν δε μας γελάνε τα μάτια μας και

η Ροδόκλεια δε λέει ψέματα για την ελιά, μιλάμε για δύο διαφορετικά άτομα».

«Τι εννοείς;» ρώτησε η αστυνομικός.

«Ο αστυνόμος, ο διοικητής σας, το Σάββατο μου έδειξε μια φωτογραφία ενός περιοδικού, όπου απεικονίζεται η Ροδόκλεια, δηλαδή μια άλλη που μοιάζει καταπληκτικά με τη Ροδόκλεια. Θα αποδειχτεί σε λίγο ότι δεν είναι το ίδιο πρόσωπο. Ο πατέρας μου είχε συνάψει δεσμό με άλλη γυναίκα, και άδικα συλλάβατε τη φίλη μου, το μωράκι μου». Το χαμόγελο του Σεραφείμ ξανά άνθισε στα χείλη του και πλέον άρχισε να μιλάει μελιστάλαχτα. «Φωνάξτε σας παρακαλώ τον αστυνόμο να τα εξηγήσουμε όλα και εάν είναι εύκολο να φέρει και το πορνοπεριοδικό».

«Ποιος πατέρας σου, ποιος δεσμός, τι είναι αυτά, εξηγείστε μου και εμένα που κοντεύω να τρελαθώ», πετάχτηκε η Ροδόκλεια έκπληκτη με όσα άκουσε, ενώ όπως ήταν αποσβολωμένη και πριν προλάβει να συνέλθει ο Σεραφείμ την άρπαξε και τη γέμισε με ζεστά φιλιά, γεμάτα ικανοποίηση και λύτρωση. Το πάθος του γι' αυτό το κορίτσι επανήλθε μαζί με την ανακούφιση. Η κοπέλα σαστισμένη, αλλά γεμάτη χαρά άρχισε να τακτοποιεί τα ρούχα της.

«Το 'ξερα ότι κάτι δεν κολλούσε. Δεν μπορεί να μου το είχες κάνει εσύ αυτό! Το 'ξερα», της έλεγε όσο έδινε και έπαιρνε τη γλύκα των φιλιών της. Σε δύο λεπτά ήρθε και ο διοικητής, έχοντας μαζί του και τον υποδιοικητή του τμήματος.

«Λοιπόν, σας άκουσα νωρίτερα. Ήμουν απ' έξω και ομολογώ πως έμεινα εμβρόντητος». Η Ροδόκλεια κοκκίνησε ελαφρώς από την ντροπή, συνεχίζοντας να νιώθει αμηχανία και πλήρη σύγχυση.

Ο αστυνόμος συνέχισε σοβαρός. «Κυρία μου, έχετε δει ποτέ αυτήν τη φωτογραφία;» ρώτησε απευθυνόμενος στη Ροδόκλεια.

«Θα μπορούσε να ήμουν εγώ, αλλά δεν είμαι. Όμως είναι τόσο μεγάλη η ομοιότητα που...» Ξαφνικά πετάχτηκε πάνω από την καρέκλα της και έκανε το σταυρό της. «Δεν είναι δυνατόν, δεν μπορεί!»

Κάθισε στην καρέκλα φανερά σοκαρισμένη, παρατηρώντας κάθε σημείο της γυναίκας σχολαστικά μέχρι και την παραμικρή λεπτομέρεια. «Είχα κάποτε μία αδελφή, που ήμασταν δίδυμες, αλλά σκοτώθηκε όταν ήμαστε ακόμα μωρά. Όμως, βλέπω εδώ... απίστευτο!» Ασυναίσθητα το χέρι της κινήθηκε προς το στήθος της, όπου φορούσε ένα μενταγιόν. Το έβγαλε και το άνοιξε μπροστά στα έκπληκτα μάτια όλων. Οι φωτογραφίες απεικόνιζαν δύο πανομοιότυπα προσωπάκια, που εάν δεν ήξερες θα έλεγες ότι έγινε αντιγραφή. «Δώρο της νονάς μας. Μας το είχε χαρίσει και στις δύο στη βάπτισή μας».

«Απίστευτο», μονολόγησε η αστυνομικός.

«Γρήγορα παιδιά. Στείλτε περιπολικό στο γραφείο του Παπαρρηγόπουλου! Συλλάβαμε λάθος... αδερφή!»

Οι αξιωματικοί έφυγαν αμέσως από το δωμάτιο ανάκρισης για να επιτελέσουν το καθήκον τους. Οι ερωτευμένοι νέοι που αγκαλιάστηκαν και πάλι θερμά, επιτέλους μετά από τόσες μέρες αποχής, εξαιτίας της απίθανης παρεξήγησης, έδωσαν με κάθε λεπτομέρεια, όλα τα απαραίτητα στοιχεία που χρειάζονταν, για να αποδειχθεί η αθωότητα της νεαρής. Ταυτόχρονα η Ροδόκλεια ξεδιάλυνε στο μυαλό της τι είχε συμβεί, με τις απίστευτες συμπτώσεις. Το τηλέφωνο στον αληθινό εργοδότη της, τον γραφίστα Διαμαντίδη, ήρθε και επιβεβαίωσε καταλυτικά την ορθότητα όλων αυτών που φώναζε από το Σάββατο.

Το ζευγάρι αποχώρησε τρισευτυχισμένο από το αστυνομικό τμήμα, αφού δέχθηκε τη μεγαλοπρεπή συγνώμη του αστυνόμου για την ταλαιπωρία και κατευθύνθηκε σε μια ήσυχη καφετέρια για να βρεθούν ξανά κοντά και να συζητήσουν για όλες τις τρέχουσες εξελίξεις που αγνοούσε η Ροδόκλεια. Το ενδιαφέρον της συζήτησης επικεντρώθηκε στη μέγιστη πιθανότητα να ζει η δίδυμη αδελφή της και στη χαρά που ένιωθε η ίδια, όμως, εγκλωβισμένη μέσα στην αγωνία για το ποιόν του χαρακτήρα της και για όλα αυτά με τα οποία είχε μπλέξει.

«Μα τέτοια σύμπτωση, να ανακαλύψουμε ότι ζει η αδερφή μου με αυτό τον απίθανο τρόπο», τόνισε χαμογελώντας η Ροδόκλεια.

«Όσα φέρνει η στιγμή, δεν τα φέρνει ο χρόνος όλος», συμπλήρωσε ο Σεραφείμ.

«Δηλαδή, Μάκη μου, τώρα ξέρω πως θα αντιδράσεις εάν προδώσω τον έρωτά μας, ε;»

«Ναι, ξέρεις πολύ καλά πλέον, αλλά με μια μικρή διαφορά».

«Ποια;»

«Ότι τη δεύτερη φορά δε θα σε συγχωρέσω, όπως τώρα», απάντησε ο Σεραφείμ και γέλασαν και οι δύο δυνατά από την καρδιά τους.

«Εντάξει μ' εμάς, όλα καλά, αποκαταστάθηκε η σχέση μας. Με προβληματίζει, όμως, η σχέση του πατέρα και της μητέρας μου. Πώς να το χειριστούμε το θέμα; Είναι πολύ λεπτό», αναρωτήθηκε ο Σεραφείμ.

«Δεν του έχεις πει τίποτα;»

«Όχι! Πράγματι δε γνωρίζει ότι τον είδα με την αδερφή σου ή όποια γυναίκα ήταν εκείνη τέλος πάντων. Φοβήθηκα ότι θα επιβάρυνα το κλίμα με επιπλέον δυσάρεστα από αυτά που έχουμε ήδη με τη Χριστίνα».

«Νομίζω ορθά έπραξες, αλλά τώρα πρέπει τουλάχιστον μόνο αυτός, να μάθει ό,τι γνωρίζεις. Όσον αφορά τη μητέρα σου, το βλέπεις στη συνέχεια. Ας τελειώσει με το καλό η υπόθεση με τη Χριστίνα και το κοιτάτε από κοινού πατέρας και γιος πώς θα το χειριστείτε».

«Συμφωνώ με την άποψή σου. Αυτό θα κάνω. Σήμερα κιόλας, μόλις πάω στο σπίτι, με την πρώτη ευκαιρία θα του τα πω όλα σε αυστηρό τόνο.

Μάταια οι αστυνομικοί είχαν στήσει καρτέρι και περίμεναν τη γραμματέα του Παπαρρηγόπουλου έξω από το δικηγορικό του γραφείο. Κατά την αναμονή τους, ένας από αυτούς, ανέλαβε να ενημερώσει τον δικηγόρο, ο οποίος είχε φτάσει αργοπορημένος λόγω της λιποθυμίας της συζύγου του, με όλες τις τρέχουσες εξελίξεις. Για μια ακόμη φορά έπεσε από τα σύννεφα.

Η Ασημίνα δεν είχε φανεί, ούτε είχε τηλεφωνήσει, δηλώνοντας έτσι πασιφανώς την ενοχή της και την πιθανή συμμετοχή της στην εγκληματική ενέργεια. Οι αστυνομικοί δεν βρήκαν ούτε το σπίτι της. Πιθανότατα είχε δηλώσει στον εργοδότη της ψεύτικη διεύθυνση. Προφανώς είχε διαβάσει από το προηγούμενο απόγευμα τις κυριακάτικες εφημερίδες για τη φαινομενική σύλληψή της, ψυλλιάστηκε ότι κάτι τρέχει και κρυβόταν.

Ο Αλέξης δεν μπορούσε να χωνέψει, πώς αυτός με την τόσο μεγάλη εμπειρία στις δολοπλοκίες, απατεωνιές και βρωμιές και τα παράνομα κυκλώματα, παραπλανήθηκε και έπεσε θύμα της. Η αστυνομία, όπως τον ενημέρωσαν, από λεπτό σε λεπτό θα έβγαζε ένταλμα σύλληψης για την... ούτε το πραγματικό όνομά της δεν ήξερε. Η ιδέα και μόνο, το κορίτσι που παθιάστηκε τόσο μαζί της να μαραζώνει στη φυλακή, διότι διάλεξε τον δρόμο του εύκολου χρήματος, του φαρμάκωνε την καρδιά.

Δεν τον χωρούσε το γραφείο. Χωρίς την παρουσία της πρώην αγαπημένης του, ένιωθε άδειος. Πολύ περίεργα παιχνίδια παίζει η καρδιά. Η κοπέλα ήταν αναμφισβήτητα ένοχη, δολοπλόκα, ψεύτρα και ποιος ξέρει και τι άλλο, και ο ίδιος αντί να τη μισήσει και να την απαρνηθεί, φορτίστηκε με περίεργα και απροσδιόριστα συναισθήματα που είχαν ως κοινό παρονομαστή τον οίκτο. Έπρεπε πάσει θυσία να αποβάλλει την όποια λατρεία έτρεφε γι' αυτήν και να αγκιστρωθεί στη θαλπωρή της οικογένειάς του, βοηθώντας παράλληλα, με όποιον τρόπο μπορούσε, την αστυνομία να κάνει το έργο της.

Το απόγευμα, ο γιος του ζήτησε να μιλήσουν για ένα πολύ σοβαρό θέμα, που ήρθε και τον αποτελείωσε. Ο μικρός του εξήγησε με κάθε λεπτομέρεια τι είχε δει με τα ίδια του τα μάτια εκείνο το μοιραίο απόγευμα στο γραφείο του, για την παρεξήγηση και την άδικη σύλληψη της Ροδόκλειας και για την πιθανότητα ύπαρξης δίδυμης αδερφής.

Τον άκουσε με μέγιστη σοβαρότητα και άπειρη ντροπή, που δε θα μπορούσε να ξεπλύνει ούτε η δυνατότερη νεροποντή.

«Συγνώμη», ήταν η μόνη λέξη που βγήκε από τα χείλη του, όταν ο Σεραφείμ ολοκλήρωσε την εξιστόρηση.

«Ας δώσουμε τόπο στην οργή και ας κοιτάξουμε κατάματα το πρόβλημα με τη Χριστίνα», είπε ο γιος του και προσπάθησε να εντοπίσει το βλέμμα του. Εκείνος αντί να πει κάτι, σηκώθηκε και τον αγκάλιασε σφιχτά, χτυπώντας την πλάτη του αντρίκια. Ένα ξεχασμένο δάκρυ ξέσπασε και κύλησε κρυφά μέχρι το πηγούνι του. Ο ψυχισμός του έψαχνε να βρει τη δύναμη για μια νέα αρχή.

Αμέσως μετά τηλεφώνησε στην αστυνομία και τους είπε ότι δίνει αμοιβή δύο εκατομμύρια ευρώ σε όποιον δώσει πληροφορίες για τη σύλληψη της πλανεύτρας γραμματέας του. Την ίδια στιγμή ο Σεραφείμ φώναξε και τα υπόλοιπα μέλη της οικογένειας, διότι είχε κάτι σημαντικό να τους ανακοινώσει.

Η μητέρα του, ένα ψυχικό ράκος από τη στενοχώρια, είχε βγει λίγες ώρες πριν από το νοσοκομείο, κατέβηκε στο σαλόνι υποβασταζόμενη από την κόρη της.

«Για να μη στενοχωριέστε άδικα, ειδικά εσύ μητέρα, θα ήθελα να σας μεταφέρω μία σκέψη μου που σίγουρα θα σας χαροποιήσει. Επειδή τα αποτελέσματα των εξετάσεων DNA για το δάκτυλο της Χριστίνας θα αργήσουν να βγουν, να σας πω ότι αμφιβάλλω καθολικά ότι αυτό που μας έστειλαν, είναι το δικό της δάχτυλο».

«Πού το βασίζεις αυτό;» ρώτησε γεμάτος περιέργεια ο πατέρας του.

Αυτός αντί να απαντήσει, του έδωσε να διαβάσει μια εφημερίδα δείχνοντας το συγκεκριμένο σημείο. «*Περίεργη αφαίρεση με αιχμηρό αντικείμενο, πιθανότατα μαχαίρι, του αριστερού αντίχειρα από νεαρή κοπέλα αγνώστων στοιχείων, εντόπισε η αστυνομία στο νεκροτομείο του Γενικού Νο-*

σοκομείου Θεσσαλονίκης Γ. Παπανικολάου. Η πρωτόγνωρη αυτή υπόθεση ερευνάται λεπτομερειακά από την κεντρική διεύθυνση της ΕΛ.ΑΣ», εκφώνησε δυνατά ο Αλέξης.

«Η Χριστίνα φορούσε αδιάλειπτα, ένα ασημένιο φαρδύ δαχτυλίδι στον αριστερό της αντίχειρα. Από τον ήλιο του καλοκαιριού θα έπρεπε να αφήσει σίγουρα το άσπρο του σημάδι δημιουργώντας έναν δακτύλιο που θα ξεχώριζε. Αυτό το δάκτυλο που παρέδωσα στην αστυνομία, όταν λιποθύμησε η μαμά και φύγατε, δεν εμφάνιζε κανένα τέτοιο σημάδι», τόνισε με σιγουριά ο Σεραφείμ.

Το ζευγάρι κοιτάχτηκε και τα μάτια τους έλαμψαν από χαρά. Είχαν μείνει άφωνοι από την παρατηρητικότητα και την ψυχραιμία του γιου τους. Πριν προλάβουν να σχολιάσουν κάτι η Τέμα εκφράστηκε επαινετικά: «Το μήλο κάτω από τη μηλιά θα πέσει» και σηκώθηκε να δώσει ένα φιλί στον αδελφό της.

«Μπράβο, παλικάρι μου! Μπράβο, ψυχούλα μου», συμπλήρωσε και η μητέρα του και τον αγκάλιασε σφιχτά.

«Όλα θα πάνε καλά. Το νερό μπήκε στο αυλάκι», πήρε τον λόγο και ο πατέρας και μεμιάς όλη η οικογένεια έγινε μια σφιχταγκαλιά. Τα δακρύβρεχτα μάτια των γυναικών φόρτισαν ακόμη περισσότερο την ατμόσφαιρα και ατσάλωσαν τη σχέση του Αλέξη με την οικογένειά του, που τώρα καταλάβαινε ξανά τη δύναμη του ισχυρού αυτού δεσμού.

Το προηγούμενο βράδυ, η ομάδα των τεσσάρων συναντήθηκε στο σπίτι της Αριάδνης με πολύ κακή ψυχολογία και το ένα από τα πέντε μέλη της να λείπει, όπως πάντα. Οι κυριακάτικες εφημερίδες, σχεδόν όλες, έγραφαν για την πρόσφατη σύλληψη της Ασημίνας και μπέρδεψαν τα μέλη της σπείρας, σπέρνοντας τη διχόνοια ανάμεσά τους.

«Πρέπει να κινηθούμε γρήγορα και πιο αποτελεσματικά», τόνισε η Αριάδνη. «Ήρθε η ώρα να περάσουμε στο εναλλακτικό σενάριο εκφοβισμού τρομοκρατώντας την οικογένεια κουνώντας τους το... δάχτυλο».

«Ναι, αλλά είχαμε πει ότι θα το παραδίναμε στο γραφείο του δικηγόρου μέσω της γραμματέας του, η οποία όμως τώρα είναι υποθετικά φυλακισμένη», τόνισε ο νεαρότερος της παρέας.

«Αλλαγή και σε αυτό το πλάνο, Γύπα. Θα το παραδώσουμε στο σπίτι τους μέσω κούριερ. Τα έντεκα ευρώ τσιγκουνεύεσαι ή είσαι εντελώς κουφιοκέφαλος;»

«Εμένα άλλο με απασχολεί», εκφράστηκε με δισταγμό ο Βούβαλος. Ο βασικός μας πληροφοριοδότης πλέον βγαίνει από το γήπεδο και μας είναι άχρηστος. Σαφώς δεν μπορεί να ξαναπάει στο δικηγορικό γραφείο. Για ποιον λόγο να κινδυνεύουμε να μας καρφώσει και από την άλλη, εάν όλα πάνε καλά και δεν το κάνει να πάρει ισότιμο μερίδιο μ' εμάς;»

«Πρώτα από όλα δεν παίρνουμε ισότιμο μερίδιο όλοι μας και το ξέρεις πολύ καλά. Το ένα τρίτο είναι δικό μου και τα άλλα δύο τρία τα μοιράζεστε οι τέσσερις. Το σχέδιο είναι δικό μου και έχω ριψοκινδυνεύσει περισσότερο από όλους σας. Όμως μην ξαναπείς να βγάλουμε απ' έξω τον σύνδεσμο γιατί σου φυτεύω σφαίρα στον κρόταφο την ίδια στιγμή», φώναξε λυσσασμένα η Αριάδνη με κίνδυνο να ακουστεί από τα γύρω διαμερίσματα.

«Αυτή γιατί δεν ήρθε τώρα εδώ;» ρώτησε ο Γύπας.

«Εγώ της είπα, να μην κουνηθεί καθόλου για λίγες μέρες, μέχρι να μάθουμε τι διάολο έχει συμβεί στο αστυνομικό μπουρδέλο. Μπορεί να είναι κανένα από τα κολπάκια του διοικητή για να μας ρίξει στάχτη στα μάτια», απάντησε η Αριάδνη.

«Εγώ πάντως επιμένω να την «παγιδέψει» ο Γύπας που είναι γάτα σε αυτά», επέμεινε ο Βούβαλος

«Κάντε ό,τι νομίζετε, αλλά μη μου ζαλίζετε το κεφάλι. Εσύ, Γύπα, μαζί με τη Μέλισσα, βρείτε κομμάτια από εφημερίδες και με γάντια μιας χρήσεως φτιάξτε ανορθόγραφο κολάζ αυτό το κείμενο, γράμμα γράμμα, λέξη λέξη. Κολλήστε τα πάνω σε λευκό χαρτί με χαρτοκόλλα, και θα το βάλουμε μέσα στο κουτί μαζί με το κομμένο δάχτυλο. Α, φροντίστε να το νοτίσετε με μπόλικο αίμα για να μοιάζει φρεσκοκομμένο», διέταξε ως ικανός στρατηλάτης.

«Και πού θα το βρούμε το αίμα;» ρώτησε αυθόρμητα ο Βούβαλος.

«Κόψε τα ούμπαλά σου, δε με νοιάζει», χλεύασε η Αριάδνη αλλά την ίδια στιγμή της ήρθε μια τολμηρή ιδέα.

«Τρυπήστε με καρφίτσα ένα δάκτυλο της μικρής, ώστε ακόμα και αν κάνουν εξέταση DNA, να πειστούν ότι είναι δικό της το αίμα. Βάλτε μπόλικο, μην τη λυπάστε, δεν παθαίνει τίποτα το αγριοκάτσικο».

Στροφοδίνες

Άνω Βροντού
Σερρών
Μάρτιος 2003

«Φαίδρα, γλυκό μου κορίτσι, τώρα που έφυγε η μητέρα σου για το μακρινό της ταξίδι και μείναμε οι δυο μας, θα πρέπει να συζητήσουμε κάποια πράγματα σοβαρά», είπε ο πατέρας στη μονάκριβη κόρη του, όσο πιο αθώα μπορούσε. «Δε θα γυρίσει, πατέρα, άλλο πια η μητερούλα μου; Έφυγε για πάντα;» ρώτησε κλαμένη η μικρή Φαίδρα. «Η ίδια; Όχι, ποτέ. Το ταξίδι της πάνω ψηλά στον ουρανό είναι παντοτινό. Εμείς, όμως, κάποια στιγμή μπορεί να τη συναντήσουμε. Αυτό βέβαια, μπορεί να γίνει μετά από πολλά πολλά χρόνια και γι' αυτό πρέπει να φροντίζουμε ο ένας τον άλλο, όπως έκανε η μητέρα σου για εμάς. Έλα, πάμε στο σπίτι μας τώρα. Θα πούμε τα υπόλοιπα εκεί».

Χαιρέτησαν τους λιγοστούς κατοίκους του χωριού που παρευρέθηκαν στην κηδεία της μητέρας της Φαίδρας και συζύγου του Θεμιστοκλή και επέστρεψαν στο φτωχοκάλυβό τους. Συγγενείς να τους ακολουθήσουν δεν υπήρχαν και έτσι μόνοι τους, έφαγαν ό,τι είχε περισσέψει από την προηγούμενη βραδιά, από τα λιτά κεράσματα που έφεραν οι γείτονες, σύμφωνα με τα παραδοσιακά έθιμα του χωριού Άνω Βροντού Σερρών.

Ο μεσήλικας Θεμιστοκλής, γερασμένος από τα νιάτα του, βοσκός και κτηνοτρόφος στο επάγγελμα, ίσα ίσα τα έφερνε βόλτα, κερδίζοντας τον άρτο της ημέρας και με αυστηρές οικονομίες προσπαθούσε να ζήσει την οικογένειά του. Όταν αρρώστησε η γυναίκα του από πνευμονία, στάθηκε αδύνατο να τη μεταφέρει σε κάποιον ιδιώτη ιατρό στην κοντινή περιοχή, ή σε κάποιο δημόσιο νοσοκομείο της πρωτεύουσας του νομού. Θεωρώντας ότι είναι μια απλή γρίπη και πως θα περάσει όπως τόσες και τόσες, όταν διαπίστωσε ότι κινδυνεύει, ήταν πολύ αργά. Το αγροτικό αυτοκίνητο που βρήκε, τάζοντας στον οδηγό του ένα αρνί για το Πάσχα που πλησίαζε, τη μετέφερε στο Γενικό Νοσοκομείο Σερρών, αλλά οι γιατροί δεν κατάφεραν να την κρατήσουν στη ζωή. Έτσι τώρα, μαθημένος αλλιώς και με την προηγούμενη φροντίδα της κυράς του να του τα παρέχει όλα στο χέρι, τα βρήκε μπαστούνια. Έπρεπε οπωσδήποτε να δασκαλέψει την κόρη του να γίνει η νοικοκυρά του σπιτιού και η νέα, κατά μία έννοια, σύζυγός του.

Μετά το φαγητό την κάλεσε κοντά του και προσπάθησε να της δώσει να καταλάβει ότι πλέον είχε διπλό ρόλο να παίξει. Αυτό της κόρης φυσικά, και τον νέο, της συζύγου. «Φαίδρα μου, καλό μου παιδί, σιγά σιγά πλέον θα πρέπει να αρχίσεις να αναλαμβάνεις πρωτοβουλίες, να αρχίσεις να μαγειρεύεις, να συγυρίζεις, να πλένεις τα ρούχα, τα πιάτα, εμένα καμιά φορά και γενικά να κάνεις ό,τι έκανε η μητέρα σου», τη συμβούλευσε όσο πιο απλά μπορούσε.

«Ναι, πατέρα, θα προσπαθήσω να κάνω ό,τι καλύτερο μπορώ».

«Είμαι σίγουρος ότι θα τα καταφέρεις μια χαρά! Μπορεί να είσαι μόλις οχτώ χρονών, αλλά είσαι πολύ καλό κορίτσι και υπάκουο. Θα φωνάξω και τη γειτόνισσα, τη φίλη της μαμάς, για να σε βοηθάει στην αρχή, μέχρι να σταθείς στα πόδια σου».

«Ωραία, ακόμα καλύτερα! Η θεία Κατίνα είναι πολύ καλή κυρία και τη συμπαθώ πολύ».

«Μετά, αφού συνηθίσεις με όλα αυτά και τα βγάζεις πέρα μόνη σου, θα σου μάθω και άλλα ωραία πράγματα, που κάνει ένα αντρόγυνο... αλλά αυτά βέβαια αργότερα. Δεν είναι της παρούσης». Η επιδίωξή του να φανεί φιλικός μαζί της έπιασε τόπο.

«Ναι, μπαμπά», συμφώνησε η μικρούλα ανυποψίαστη για το τι μέλλει γενέσθαι.

«Ωραία! Μόνο ένα μικρό προβληματάκι με ανησυχεί μήπως σε στενοχωρήσει. Όμως, δυστυχώς, δεν υπάρχει άλλος δρόμος και πρέπει να ακολουθήσουμε αυτόν το δύσβατο πάσει θυσία. Με λυπεί κι εμένα, όμως τώρα προέχουν όλα τα άλλα». Ο πατέρας της την κοίταξε βαθιά στα μάτια και περίμενε την αντίδρασή της, ενώ της χάιδευε τα κατάμαυρα μαλλάκια της.

«Τι είναι αυτό που μπορεί να με πειράξει πατέρα; Μίλα μου! Δε θέλω να στενοχωριέσαι. Η δασκάλα μας λέει, ότι όλα τα προβλήματα στη ζωή αντιμετωπίζονται με σωστό διάλογο».

Ο άντρας πήρε θάρρος και ξεφούρνισε ό,τι πιο άσχημο, αν εξαιρέσουμε τον θάνατο της μητέρας της, είχε ακούσει η Φαίδρα ποτέ: «Θα πρέπει να σταματήσεις το σχολείο. Δε θα τα προλαβαίνεις όλα! Οι δουλειές του σπιτιού, της στάνης, των χωραφιών, είναι τόσα πολλά όλα αυτά που θα είναι αδύνατο να τα βγάλεις πέρα».

«Μα, πατέρα, θέλω να πηγαίνω στο σχολείο. Μου αρέσει πολύ και δε θέλω να το σταματήσω», είπε σχεδόν κλαίγοντας η οχτάχρονη.

«Φέτος, κόρη μου, θα τελειώσεις την τάξη σου, αλλά δυστυχώς δε θα μπορέσεις να συνεχίσεις στη μεγαλύτερη! Μας ήρθαν έτσι τα πράγματα που δυστυχώς δεν τα περιμέναμε».

Η μικρή δεν άντεξε να ακούσει άλλα. Έτρεξε στο μοναδικό δωμάτιο του σπιτιού και ξέσπασε σε έντονα κλάματα. Ο πατέρας της την άφησε να ξεσπάσει και σηκώθηκε να πιει ένα ποτήρι νερό. Η ζωή δεν του είχε προσφέρει πολλά. Ήθελε να γευτεί όσο μπορούσε περισσότερα, από τα λιγοστά που είχε. Το παιδί αυτό που μπήκε τόσο απρόσμενα στη ζωή του, μετά από χρόνια προσπαθειών με τη γυναίκα του, έμοιαζε με θείο δώρο. Και όπως με όλα τα δώρα, ήθελε με κάθε τρόπο να το χαρεί κατά το δοκούν. Θα την άφηνε να εξοικειωθεί σιγά σιγά με τα νέα δεδομένα και μετά θα προχωρούσε.

Βγήκε ο Μάρτης, ήρθε το Πάσχα και έφυγε, έφτασε το καλοκαίρι, τα σχολεία έκλεισαν και άρχισαν οι επίπονες δουλειές που βάρυναν το ανήλικο κορίτσι. Από τη μια στο άρμεγμα των ζώων, από την άλλη στην καλλιέργεια των αγρών. Το μαγείρεμα πλέον ήταν καθαρά δική της ευθύνη, αφού η γειτόνισσα τής έμαθε όσα μπορούσε και τώρα έφυγε, όπως κάθε καλοκαίρι για τρεις μήνες, στην κόρη της που ήταν παντρεμένη στη Χαλκιδική. Η φροντίδα του σπιτιού που αν και της έτρωγε τον λιγότερο χρόνο, ήταν το αποτελείωμα. Κατάκοπη έπεφτε νωρίς στο μοναδικό δίκλινο κρεβάτι του σπιτιού, πριν ο πατέρας της γυρίσει από το καφενείο, τις περισσότερες φορές μεθυσμένος. Μέχρι και τον ύπνο της δεν μπορούσε να απολαύσει για να την αναζωογονήσει, αφού ο πατέρας της ροχάλιζε σαν βαπόρι.

Ο Θεμιστοκλής δεν άντεξε στον βίαιο αποχωρισμό του από τη γυναίκα του. Του ήρθαν τα πάνω κάτω με τον θάνατό της και βρήκε παρηγοριά στο ποτό, για να ξεχνάει, όπως νόμιζε, τις στενοχώριες του. Φρούδες ελπίδες! Το μόνο που κατάφερε ήταν να καταστρέψει την οικογενειακή γαλήνη, που είχε δημιουργήσει με κόπο η συγχωρεμένη σύζυγός του, η κυρά Ιωάννα, παρόλη τη φτώχεια τους.

Το καλοκαίρι κόντευε να τελειώσει και τα πράγματα, αντί να διορθώνονται, άρχισαν να χειροτερεύουν. Ο μοναδικός συγγενής της Φαίδρας, ενώ φαινόταν ότι την πλησιάζει ολοένα και κοντύτερα, αυτή ένιωθε μεγαλύτερη απέχθεια και αντιπάθεια για το πρόσωπό του. Ίσως ήταν η ιδέα της, εξαιτίας της επιβολής του να κόψει το σχολείο, ίσως το ότι κάθε βράδυ σχεδόν γύρισε μεθυσμένος ή το ότι ξόδευε τα λιγοστά χρήματα που έβγαζαν οπουδήποτε αλλού, παρά για το σπίτι τους. Ήδη, αντί να βάζει ως παιδάκι σπυρί σπυρί κάποια γραμμάρια, αυτή είχε χάσει κιόλας δύο κιλά. Η κακή και λιγοστή διατροφή της, επηρέαζε σίγουρα τη ζωτικότητα και την ενέργειά της.

Παραμονή της γιορτής του Δεκαπενταύγουστου γύρισε πάλι, ως συνήθιζε, τρεκλίζοντας και χωρίς καν να βγάλει τα παπούτσια και τα ρούχα του, ξάπλωσε στην κλίνη τους μονοκόμματος και την πλάκωσε με το χέρι του που έμοιαζε με κούτσουρο. Βρωμούσε πατόκορφα. Γύρισε από την άλλη για να αποφύγει την μπόχα, αλλά αυτός την επανέφερε βιαίως. «Ήρθε η ώρα πλέον να δείξεις τις ικανότητές σου και στα άλλα σου καθήκοντα. Αυτά που κάνει η κάθε σύζυγος», δήλωσε καταπίνοντας τις λέξεις. Η κόρη του δε μίλησε, ούτε κινήθηκε. «Η μάνα σου και εγώ κάναμε ευχάριστα πράγματα όταν πέφταμε για ύπνο. Θέλω και εσύ να μου προσφέρεις αυτή τη χαρά και πιστεύω ότι και η μητέρα σου θα το ήθελε αυτό».

Η Φαίδρα θυμήθηκε ακαριαία τη μητέρα της, όταν λίγες μέρες πριν φύγει για το μακρινό της ταξίδι, τη συμβούλευσε στοργικά: *Να προσέχεις τον πατέρα σου*. Αυτή τη στιγμή δεν ήταν σε θέση να ερμηνεύσει σωστά αυτά τα λόγια, αλλά το επόμενο διάστημα θα καταλάβαινε πολύ καλά τι σήμαιναν.

«Η μητέρα σου μου έδινε το σώμα της και εγώ το δικό μου. Γινόμασταν ένα και έτσι προσφέραμε τη μέγιστη ευχαρίστηση ο ένας στον άλλο», συνέχισε τις δολοπλοκίες του ο μεθυσμένος άντρας και ανέβηκε από επάνω της.

«Να, στην αρχή χαϊδεύαμε διάφορα σημεία του γυμνού σώματος ξεκινώντας από τον λαιμό, κατεβαίνοντας και πιο κάτω και σιγά σιγά ακόμη πιο χαμηλά, όπου εκεί υπάρχει η μεγαλύτερη ευχαρίστηση και για τους δύο. Όλο αυτό το παιχνίδι, για να σου δώσω να το καταλάβεις καλύτερα, μοιάζει με ένα καλοφτιαγμένο γλυκό που το απολαμβάνεις σιγά σιγά». Πριν τελειώσει έβγαλε το νοτισμένο από τον ιδρώτα πουκάμισό του και αμέσως μετά ακολούθησε η κοντομάνικη πιτζάμα της κόρης του. Η μικρή ενστικτωδώς προσπάθησε να την κρατήσει, αλλά μάταιος κόπος. Τα αντρίκια χέρια την ανασήκωσαν με μια απότομη κίνηση και την πέταξαν στο πάτωμα.

«Σαν αύριο ήταν τα γενέθλια της μητέρας σου. Αφού δεν είναι εδώ μαζί μας για να της κάνω δώρο το σώμα μου, θα το προσφέρω σ' εσένα, που είσαι ο μόνος άνθρωπος που έχω σε αυτή τη ζωή. Θέλω να γίνουμε ένα, να ενωθούμε στο σώμα όπως και στην ψυχή, διότι σίγουρα αυτό θα ήθελε και η κυρά

Ιωάννα». Τα χέρια του ήδη άρχισαν να ψαχουλεύουν κάθε σημείο του μικροσκοπικού κορμιού που είχε από κάτω του.

Η Φαίδρα αποσβολωμένη και με παντελή αδυναμία αντίδρασης, δεν ήταν σε θέση να γνωρίζει τη συνέχεια. Προς στιγμή την ενοχλούσε η βρωμιά που ανέδυε το σώμα του και τα σκληρόπετσα χέρια του που την πονούσαν παντού σε κάθε πίεσή του. Πεπεισμένη, όμως, ότι έτσι ευχαριστεί τη μητέρα της, όπου και αν βρισκόταν, και όχι αυτόν που είχε από πάνω της, υπέμενε το μαρτύριο χωρίς ιδιαίτερες διαμαρτυρίες.

Εκείνος θώπευσε το στήθος της, που μόλις είχε αρχίσει να μπουμπουκιάζει και να μοιάζει με το μέγεθος της φράουλας. Κατόπιν με μια αστραπιαία κίνηση αφαίρεσε όλα τα υπόλοιπα ρούχα της θυγατέρας του. Όρμησε μέσα στο παρθενικό αθώο κορμάκι, σπάζοντας όλους τους ηθικούς και σωματικούς φραγμούς, καταλύοντας τα όνειρα της παιδικής ανεμελιάς, φορτώνοντας με θλίψη για την υπόλοιπη ζωή της, την αθώα ψυχούλα, που δεν είχε δυνατότητα αντίδρασης και θα την κουβαλούσε στην πλάτη της για πάντα.

Όταν τελείωσε ο μπεκρούλιακας, έπεσε λαχανιασμένος στο πλάι κατακόκκινος από την προσπάθεια. Η μικρούλα πετάχτηκε από το κρεβάτι, άρπαξε τα ρούχα της και βγήκε από το δωμάτιο τρέχοντας και κλαίγοντας. Πίσω της άκουσε την αγριοφωνάρα του να βρυχάται: «Τις επόμενες φορές θα σου αρέσει περισσότερο! Την πρώτη φορά τα μικρά κοριτσάκια πονάνε πολύ!» Μετά επικράτησε απόλυτη ησυχία και ακολούθως το συνηθισμένο ροχαλητό του, που ακουγόταν παράφορα παρόλο που η πόρτα του δωματίου ήταν κλειστή. Δεν άντεχε να τον ακούει! Βγήκε από το σπίτι και ντύθηκε εκεί έξω, στην αυλή, μέσα στο σκοτάδι. Ο ουρανός, που άλλες φορές αυτήν την περίοδο ήταν έναστρος και φωτεινός από το φεγγάρι, σήμερα συνέπασχε και έκρυβε με τα πυκνά του σύννεφα φεγγάρι και αστέρια. Προμηνυόταν καλοκαιρινή μπόρα. Δεν άργησε να έρθει. Συνοδεία στα δάκρυά της που έπεφταν βροχή, έπεφτε όλο το βράδυ ακατάπαυστα, νευρική και απότομη.

Έμεινε όλη τη νύχτα ξάγρυπνη, ματωμένη στην καρδιά και στο σώμα, εκεί, παρέα με τον κλαμένο ουρανό, στραγγισμένη από αισθήματα, άδεια από όνειρα, πεταμένη σαν στυμμένη λεμονόκουπα, με τις στροφοδίνες του μυαλού της να διαπερνούν τα εγκεφαλικά της κύτταρα και να την παρασύρουν στον άβατο βυθό του πόνου και της μοναξιάς. Και το χειρότερο ήταν πως αυτό θα συνεχιζόταν, μέχρι ποιος ξέρει πότε! Ενώ η καλοκαιρινή μπόρα σύντομα θα σταματούσε. Η ζωή της από εκείνη τη βραδιά και μετά έγινε ένα με την κόλαση. Ο απάνθρωπος κτηνοτρόφος, συνέχισε ανέμελα να ξεριζώνει κτηνωδώς την παιδική ψυχούλα για να ικανοποιεί τις σαρκικές ορέξεις του. Για τρία περίπου χρόνια συνεχίστηκε το ίδιο μαρτύριο, σε σχεδόν καθημερινή βάση. Το δημοτικό σχολείο το έβλεπε μόνο από μακριά και συγκεκριμένα όταν πήγαινε στον μπακάλη να αγοράσει τα λιγοστά αναγκαία ψώνια, για να περάσουν την ημέρα τους. Ο μέθυσος χρήματα είχε μόνο για να πίνει και για να τα σπαταλάει εδώ κι εκεί. Υπήρχαν φορές που γινόταν βάναυσος μαζί της, σε τόσο μεγάλο βαθμό που από το πολύ το ξύλο η μικρή δε μπορούσε να συνέλθει για μέρες.

Οι απόμακροι γείτονες κάτι υποψιάζονταν, αλλά κανείς δε μιλούσε από τον φόβο μην τυχόν και ξεσπάσει επάνω τους. Μάλιστα όταν ο ταβερνιάρης του χωριού τον συμβούλευσε να μην πίνει τόσο πολύ, γιατί κάνει κακό στην κόρη του, εκείνος του απάντησε αυστηρά να μην ανακατεύεται σε ξένες υποθέσεις και να κοιτάει τη δουλειά του, εάν δε θέλει να βρει τον μπελά του.

Μια μέρα πάνω σε έναν άγριο καυγά μεταξύ κηδεμόνα και κόρης η μικρή βρήκε το θάρρος να τον απειλήσει ότι θα τα έλεγε όλα στον παπά του χωριού και στη δασκάλα της. Εκείνος της άστραψε μια σφαλιάρα αστροπελέκι και την απείλησε πως εάν ξαναπεράσει ακόμα και έξω από την εκκλησία ή από το σχολείο της, δε θα ξαναπερπατούσε όρθια στη ζωή της. Μέχρι και με τις ζωές των κοινωνικών λειτουργών την απείλησε.

Όπως ήταν επόμενο, λόγω της συνεχούς κακοποίησης, της αδυναμίας αντίστασης και του κλίματος φόβου, που είχε δημιουργήσει ο ανώμαλος γονέας σε βάρος της, μετά την πάροδο ενός έτους σταμάτησε να αντιστέκεται, αποδεχόμενη παθητικά τις πράξεις του, φοβούμενη τα αντίποινά του.

Τρία χρόνια υπομονής από την εντεκάχρονη πια κοπελίτσα έμοιαζαν με αιώνα. Είχε φτάσει στα όρια της έκρηξης. Ηφαίστειο να εκραγεί από στιγμή σε στιγμή εάν δεν έκανε κάτι. Μήνες τώρα σκεφτόταν τη μοναδική λύση που βρήκε λογικότερη και πιο βατή από όλες τις άλλες. Είχε απορρίψει εντελώς το σενάριο του φόνου, αν και ίσως του άξιζε με αυτή τη συμπεριφορά. Θυμόταν τη δασκάλα της που τους έλεγε, εκείνες τις καλές ημέρες που ζούσε η μητέρα της και πήγαινε σχολείο, ότι όλοι οι άνθρωποι έχουν δικαίωμα στη ζωή, από όπου και αν προέρχονται, ό,τι χρώμα και αν φορούν στα πρόσωπά τους, ό,τι χαρακτήρα και εάν έχουν. Μόνο ο Θεός μπορεί να αφαιρέσει μια ζωή όταν το αποφασίσει. Όχι! Σε καμία περίπτωση δε θα γινόταν πατροκτόνος. Η φυγή ήταν η μόνη λύση! Να εξαφανισθεί από μπροστά του, χωρίς να αφήσει κανένα ίχνος πίσω της και ποτέ να μην τον ξαναδεί στα πρησμένα από το κλάμα μάτια της.

Δεν πρόλαβε, όμως, διότι την πρόλαβε αυτός. Έφυγε από τη ζωή, αφήνοντας πίσω του ανάσες ανακούφισης στη μικρή Φαίδρα και αντί για πόνο τη γέμισε με χαρά, ειδικά με τα τελευταία λόγια του λίγο πριν ξεψυχήσει.

«Φαίδρα, μονάκριβό μου, τώρα που φεύγω από αυτόν τον κόσμο θα ήθελα να με ακούσεις για τελευταία φορά. Σου έκανα μεγάλο κακό καθώς έφυγε η μητέρα σου, η κυρά Ιωάννα να πω καλύτερα. Ξέρω είμαι ένας άξεστος, αμόρφωτος και απολίτιστος άνθρωπος που δε μου αξίζει να ζω, ούτε λεπτό παραπάνω σε τούτη τη ζωή». Η θυγατέρα του τον κοιτούσε που αγκομαχούσε να κρατηθεί ζωντανός λίγο ακόμα και για πρώτη φορά τα τελευταία χρόνια δεν ευχήθηκε να πεθάνει για να ησυχάσει η ίδια. Διαισθανόταν μέσα της ότι κάτι σημαντικό είχε να της πει.

«Σε αγάπησα σαν παιδί μου, όμως, έχασα τα πάντα όταν έφυγε ο μοναδικός άνθρωπος που ζούσε για μένα και τις παραξενιές μου. Έψαξα να βρω παρηγοριά σε άλλη αγκαλιά, αλλά το μυαλό μου είχε σαλέψει. Ποια θα γύριζε να κοιτάξει έναν πάμφτωχο κτηνοτρόφο που δεν είχε στον ήλιο μοίρα; Έτσι η μοίρα μού φύτευσε τον διάβολο μέσα μου και σου έκανα τη ζωή μαρτύριο. Πριν κλείσω τα μάτια μου θέλω απλά, αν και για σένα πλέον δε θα έχει κανένα νόημα, να σου ζητήσω μια ταπεινή συγνώμη. Θέλω να φύγω λίγο πιο ελαφρύς από τον μάταιο τούτο κόσμο. Δε επιζητώ συγχώρεση από παπάδες, αλλά από τα δικά σου χείλη που τόσο πολύ τα πίκρανα. Ο Θεός μου φέρθηκε δίκαια, αλλά εγώ δυστυχώς στάθηκα αχάριστος απέναντί του. Μου έστειλε ουρανοκατέβατο το πιο όμορφο αγγελούδι του και εγώ...» Δεν πρόλαβε να ολοκληρώσει τη φράση του, διότι τον έπνιξε ο βήχας του. Καταλάβαινε ότι έφτανε η ώρα του και μάζεψε τις τελευταίες του δυνάμεις.

Συνέχισε, ενώ η Φαίδρα τον παρακολουθούσε αμίλητη και μπερδεμένη. «Ήταν ένα σούρουπο του Σεπτέμβρη, όταν τα τσομπανόσκυλά μου γρύλλιζαν τρελά. Βοσκούσα τα ζωντανά στον κάμπο, χαμηλά στον ποταμό Στρυμόνα, όταν όλα μαζί τα σκυλιά κατευθύνθηκαν προς ένα σημείο στην κοίτη του ποταμού. Γεμάτος περιέργεια, έτρεξα και εγώ προς τα εκεί να διαπιστώσω και ο ίδιος τι συμβαίνει, όταν κατάπληκτος είδα ένα βρέφος, θα ήταν δε θα ήταν πέντε έξι μηνών, να κείτεται χάμω, γεμάτο λάσπες και αίματα. Τα σκυλιά το έγλυφαν και προσπαθούσαν να το φέρουν κοντά μου, τραβώντας το από τα ρούχα του. Αμέσως το σήκωσα από τη γη και έτρεξα γρήγορα προς το σημείο που είχα αφήσει τα τρόφιμα λίγο πριν. Το περιποιήθηκα και προσπάθησα να του δώσω να πιει λίγο νερό για να συνέλθει, αλλά αυτό δεν ήπιε ούτε γουλιά.

Χωρίς δεύτερη σκέψη, αποφάσισα να το μεταφέρω στο σπίτι για να δούμε μήπως με τη φροντίδα της κυρά Ιωάννας καταφέρουμε και του σώσουμε τη ζωή. Παιδιά δε μας είχε χαρίσει ο Θεός. Το θεωρήσαμε θεόσταλτο δώρο και όταν συνήλθε και άρχισε να πίνει κανονικά γαλατάκι και νερό, αποφασίσαμε να το κρατήσουμε, φυλάγοντας ως μυστικό αυτή την ενέργειά μας, από το ίδιο το μωρό αλλά και από όλους τους γύρω μας. Η κυρά Ιωάννα σκηνοθέτησε μια εγκυμοσύνη πέντε μηνών και μετά από λίγους μήνες δήθεν σε γέννησε. Από τότε έως ότου να συγχωρεθεί σε λάτρεψε ως παιδί της, ίσως και περισσότερο. Εγώ δεν μπόρεσα να σε δω έτσι, δυστυχώς, παιδί μου! Θα με συγχωρέσεις ποτέ;» Την κοίταξε στα μάτια που είχαν γεμίσει με δάκρυα.

Η μικρούλα σε πλήρη θολούρα φιλτράρισε όλο αυτό το βουνό των νέων που άκουσε με τα ίδια της τα αυτιά. Αυτός ο άνθρωπος που είχε μπροστά της, τελικά δεν ήταν ο πατέρας της, αλλά ήταν ο σωτήρας της. Από την άλλη μεριά, αυτό το ηλικιωμένο ζευγάρι, η οικογένεια αυτή, της στέρησε την πραγματική της οικογένεια, που ποιος ξέρει ποιοι ήταν, εάν υπέφεραν από την απουσία της, αν ζούσαν ή είχαν πεθάνει. Πολλά και μαζεμένα τα αναπάντητα ερωτήματα που μπήκαν βίαια στο μικρό της μυαλουδάκι. Τι να απαντήσει στον ετοιμοθάνατο; Πώς μπορείς να συγχωρέσεις κάποιον που χρόνια τώρα προβαίνει σε τέτοιες αποτρόπαιες πράξεις; Από την άλλη, πώς να μην το κάνεις σ' αυτόν που σε κράτησε στη ζωή, ναι, φυσικά με λανθασμένο εγωιστικό τρόπο, αλλά φρόντισε για τη συνέχιση της ύπαρξής σου; Ξανά οι στροφοδίνες στο μυαλό της να της ανακατεύουν ολοένα και περισσότερο τα συναισθήματα σε πρωτότυπο χαρμάνι.

«Δε μάθαμε ποτέ για τους πραγματικούς σου γονείς ούτε από πού ήταν. Ζούσαμε απομονωμένοι και οι ελάχιστες επαφές μας με τον έξω κόσμο, γίνονταν σπάνια. Έτσι, ποτέ κανείς δε μας ενόχλησε για εσένα». Κάθε πρόταση και μαχαιριά στην αγνή καρδιά της, κάθε φράση του και μια θηλειά στον λαιμό της να την πνίγει.

«Το μόνο που υπάρχει από το παρελθόν σου είναι ένα μενταγιόν, το οποίο φορούσες όταν σε βρήκα. Το έχω θάψει μέσα σε ένα κουτάκι στη ρίζα της καρυδιάς που έχουμε

στην αυλή, γιατί δεν ήθελα ποτέ να αναρωτηθείς τι ήταν, όταν θα μεγάλωνες», συμπλήρωσε ο θετός της πατέρας διακόπτοντας τις σκέψεις της. Όμως δε με απάντησες, θα καταφέρεις να με συγχωρέσεις ποτέ μονάκριβό μου παιδί;» «Ο Θεός είναι ο μόνος που έχει δικαίωμα να συγχωρεί. Εμείς μπορούμε μόνο να λησμονήσουμε ή να σέρνουμε μαζί μας τα κακά που μας βρήκαν, έλεγε η... μητέρα μου. Θα προσπαθήσω να αποτινάξω ό,τι κακό μου έκανες και να κρατήσω μόνο τα καλά, τουλάχιστον όσο ζούσε η συγχωρεμένη». Αυτά ήταν τα τελευταία λόγια της Φαίδρας που ένιωσε να μεγαλώνει απότομα και να γίνεται ενήλικας από τη μια στιγμή στην άλλη.

Τον παράτησε στο δωμάτιό του να ξεψυχάει και να προετοιμάσει τον εαυτό του, για τον λόγο που θα δώσει στον Ύψιστο. Βγήκε στον αυλόγυρο του σπιτιού και έκλαψε για ώρα. Κατόπιν συγκέντρωσε όσα ψυχικά αποθέματα της είχαν μείνει και με τη βοήθεια μιας τσάπας σκάλισε περιμετρικά τη ρίζα της καρυδιάς. Δεν άργησε να βρει το ξύλινο κουτάκι, το οποίο ήταν τυλιγμένο μέσα σε μια νάιλον σακούλα. Σήκωσε προσεκτικά το καπάκι του και αντίκρυσε το μενταγιόν που μαζί με τη χρυσή αλυσίδα του δεν είχαν χάσει καθόλου από τη λάμψη τους. Άνοιξε το στρογγυλό κόσμημα και ξεφώνισε άθελά της, όταν διαπίστωσε ότι μέσα υπήρχαν δύο αντικριστές φωτογραφίες, με προσωπάκια νεογέννητων, που έμοιαζαν πανομοιότυπα και ήταν όμορφα σαν αγγελούδια. Το φόρεσε ευλαβικά στο λαιμό της και το χάιδευε απαλά, αφήνοντας το μυαλό της να πλάσει εικόνες ευτυχίας.

Μισή ώρα μετά, αρκετά πιο ήρεμη και με διαυγή νου μπήκε στο δωμάτιο του πόνου, όπου απλά διαπίστωσε πως ο άνθρωπος που την είχε κρατήσει στη ζωή, είχε φύγει. «Ο Θεός να σε συγχωρέσει. Εγώ δε βρήκα τη δύναμη να το κάνω, τουλάχιστον όσο ζούσες», είπε δυνατά την ώρα που του έκλεινε τα μάτια και ξέσπασε πάλι σε κλάματα. Εκείνη τη στιγμή έδωσε μια υπόσχεση στον εαυτό της σκληραίνοντας την καρδιά της σαν ακατέργαστο διαμάντι: *"Δε θα επιτρέψω ποτέ και σε κανέναν άντρα να με αγγίξει ξανά και για κανέναν λόγο".*

Κίρρωση ήπατος δήλωσε ο αγροτικός γιατρός που φώναξαν οι γείτονες. Όταν ρώτησε τι είναι αυτό, της είπε ότι από το πολύ ποτό, κάηκαν τα μέσα του.

Η Φαίδρα μόνη στον κόσμο πια, έπρεπε να κοιτάξει τη ζωή κατάματα. Τα πρώτα τρία χρόνια κατάφερε και τα πέρασε στραβά κουτσά στο χωριό που μεγάλωσε. Λίγο η φροντίδα των γειτόνων, λίγο η εμπειρία που απέκτησε από πολύ νωρίς εξαιτίας της ανηθικότητας του ανθρώπου που την έσωσε, λίγο το ένστικτο της επιβίωσης, βγήκε νικήτρια από το πρώτο στάδιο της ορφάνιας σε τόσο μικρή ηλικία. Το πενιχρό κοινωνικό βοήθημα της πρόνοιας δεν επαρκούσε ούτε για το φαγητό της. Έτσι, δούλεψε πάνω σε αυτό που ήξερε να κάνει καλά. Την κτηνοτροφία. "Η μικρή βοσκοπούλα" τη φώναζαν όλοι. Δεν ήταν και η νεράιδα του παραμυθιού, αλλά και αυτός ο τίτλος της άρεσε ιδιαίτερα. Όσο για το σχολείο... πού χρόνος! Στα δεκατέσσερά της έμοιαζε πλέον με ώριμη γυναίκα. Απεριποίητη και βρώμικη ήταν πολύ πιο όμορφη, απ' όλα τα υπόλοιπα κορίτσια του χωριού. Η περήφανη κορμοστασιά της, όμως, ήταν αυτό που την έκανε να ξεχωρίζει, αλλά και η αιτία που τη ζήλευαν όλες οι χωριατοπούλες που καμία δεν ήθελε να τη βάλει στην παρέα της, βρίσκοντας φτηνές δικαιολογίες. Δεν άντεχε άλλο αυτή την αποξένωση, τον ρατσισμό, την αδιαφορία των γύρω της που, είτε υπήρχε είτε όχι, ήταν ένα γι' αυτούς. Έπρεπε να πάρει δραστικές αποφάσεις και να ξεφύγει από αυτή τη μιζέρια. Να κάνει το ταξίδι της ζωής πιο απολαυστικό, πιο ανθρώπινο και γεμάτο. Το πιο κουραστικό ταξίδι, όμως, θα ήταν αυτό που έπρεπε να κάνει βαθιά μέσα της. Να ψάξει να βρει τι πραγματικά αναζητούσε, ποιες οι φιλοδοξίες, ποιο ψυχικό σθένος της είχε απομείνει και πώς θα κατάφερνε να πραγματοποιήσει τα περιορισμένα όνειρά της. Μπορεί η ζωή να της στέρησε πολλά, αλλά ποτέ δεν της έκλεψε τα όνειρα. Σύντομα θα άρχιζε την αναζήτηση του καινούριου μονοπατιού.

Και πάλι το πεπρωμένο της πήρε πρώτη θέση στο σημείο εκκίνησης της νέας της ζωής. Όταν αποφάσισε να πουλήσει τα λιγοστά αιγοπρόβατα που είχαν απομείνει, είχε έρθει ένας μεγαλέμπορος από τις Σέρρες. Κατά τη συναλλαγή τους τον ρώτησε εάν μπορούσε να την πάρει μαζί της στην πρωτεύουσα του νομού, που είχε ακούσει ότι ήταν πολύ ωραία πόλη. Εκείνος της απάντησε θετικά και αφού της πλήρωσε το συμφωνηθέν τίμημα, έφυγαν μαζί για την πόλη των Σερρών. Αυτό ήταν! Μια απόφαση της στιγμής, χωρίς δεύτερη σκέψη, από αυτές που αλλάζουν τη ζωή σου ριζικά.

Κατά τη διαδρομή, ο κύριος Διαμαντής, όπως της συστήθηκε, τη ρώτησε τι θα έκανε εκεί, πώς θα τα έβγαζε πέρα και εάν είχε κάπου να μείνει. Εκείνη, που όπως ήταν φυσικό δεν ήξερε τι να του απαντήσει, κράτησε το στόμα της κλειστό, σηκώνοντας απλώς τους ώμους. «Θέλεις να έρθεις να δουλέψεις στην κτηνοτροφική μου μονάδα;» Τη ρώτησε πάλι αιφνιδιάζοντάς της. «Χρειάζομαι ένα άτομο σαν και εσένα. Θα πληρώνεσαι και θα έχεις ένα πιάτο φαΐ καθημερινά, τι λες;» συνέχισε ευγενικά.

Τα έχασε! Δεν είχε κανένα σχέδιο στο μυαλό της, εκτός από το ότι θα περνούσε τις πρώτες μέρες με τα χρήματα που είχε κερδίσει από τα ζώα και ασυναίσθητα της βγήκε ένα εύκολο ναι. Για πρώτη φορά της φάνηκε ότι η ζωή άρχισε να της χαμογελά.

Όσο το ταξίδι συνεχιζόταν, κανόνισαν τις λεπτομέρειες της διαμονής της, των καθηκόντων της καθώς και της πληρωμής της. Όταν άκουσε το ποσό που της έταξε έπεσε από τα σύννεφα. Τόσα χρήματα δεν είχε δει μαζεμένα σε όλη της τη ζωή και αυτή θα τα κέρδιζε με τον ιδρώτα της, όπως της είπε ο κύριος Διαμαντής, μέσα σε έναν χρόνο. Άρχισε να πλάθει αυτή τη φορά με σωστά υλικά τα όνειρά της, που έβλεπε να ξυπνούν από τον λήθαργο που είχαν πέσει εδώ και έξι χρόνια. Χαμογέλασε αληθινά και μετέφερε τις ευχαριστίες με αυτό το υπέροχο χαμόγελο και στον άνθρωπο που της έστειλε ο Θεός. Οι προσευχές της κάθε βράδυ στην Παναγία και στον Χριστό πραγματοποιήθηκαν.

Ο μεγαλέμπορος, ένας καλοντυμένος κύριος γύρω στα σαράντα, ήταν ανύπαντρος αλλά είχε έναν γιο, όπως της είπε, στην ηλικία της περίπου. Είχε μια πολύ άσχημη σχέση με τη μητέρα του παιδιού του και από τότε σιχάθηκε το γυναικείο φύλο. Είχε πολύ ωραία χαρακτηριστικά, με μια μικρή κοιλίτσα, χαρακτηριστικό των περισσοτέρων ανδρών σε αυτή την ηλικία, από τις πολλές μπύρες που λάτρευε πολύ. Έμενε στην πόλη των Σερρών, μαζί με τη μητέρα του και εκεί πρότεινε και στη Φαίδρα να μείνει, σε ένα από τα πολλά δωμάτια του πατρικού του σπιτιού. Θα είχε διπλό ρόλο ή καλύτερα πολλαπλό, όπως της ανέφερε, να παίξει στις εργασίες που θα έκανε. Τις πρώτες πρωινές ώρες θα εργαζόταν κανονικά στη μονάδα έως μετά το μεσημέρι περίπου στις δύο, ανάλογα με τη δουλειά. Μετά θα αναλάμβανε καθήκοντα οικονόμου και θα έκανε κι άλλες βοηθητικές εργασίες, όπως μαγείρεμα, καθαριότητα, συγύρισμα και γενικά ό,τι άλλο χρειάζεται ένα πλούσιο σπίτι. Τέλος, θα είχε τη φροντίδα της μητέρας του, που ήταν πλέον μόνιμα ανάπηρη.

«Η κυρά Μέλπω κοντεύει τα εβδομήντα», της δήλωσε χαμογελώντας. «Είναι πολύ δύσκολα όλα αυτά που σου ζητώ, όμως, το δυσκολότερο όλων είναι η συμπεριφορά της μητέρας μου. Εξαιτίας της άλλαξα τρεις κοπέλες που δεν την άντεξαν. Οι τελευταίες μου ελπίδες εναπόκεινται σ' εσένα. Εάν δεν τα καταφέρεις και εσύ θα αναγκαστώ να την κλείσω στο γηροκομείο των Σερρών», της ανέφερε μελαγχολικά.

«Μην ανησυχείς, κύριε Διαμαντή. Θα κάνω ό,τι καλύτερο μπορώ και να δεις που θα τα καταφέρω», του απάντησε θαρρετά η δεκατετράχρονη «Έζησα σίγουρα πιο δύσκολες καταστάσεις», συμπλήρωσε με ένα πικρό χαμόγελο.

Και τα κατάφερε. Μπορεί η κούραση της ημέρας να της σκότωνε το σώμα, αλλά ενίσχυε την καρδιά και τον νου. Η ιδιαίτερη συμπάθεια που έτρεφε για το πρόσωπό της ο Διαμαντής, τη γέμιζε με δύναμη. Προσαρμόστηκε στα καθήκοντά της πολύ γρήγορα και έκανε με κέφι το κάθε τι. Τον δεύτερο χρόνο μάλιστα γράφτηκε σε νυχτερινό σχολείο για να συνεχίσει τις σπουδές της και να μάθει γράμματα, τα οποία αγαπούσε τόσο πολύ και της είχαν κόψει τόσο βίαια στην πιο τρυφερή της ηλικία.

Άρχισε με τα χρήματα που κέρδισε να προσέχει τον εαυτό της, να περιποιείται, να πηγαίνει στο κομμωτήριο συχνά, να γυμνάζεται διατηρώντας γερό το σώμα της και να αγοράζει βιβλία, πολλά βιβλία, όλων των ειδών. Λατρεία είχε στην κολύμβηση, τόσο που όταν έβρισκε κενό πεταγόταν με το ποδήλατο που της είχε κάνει δώρο ο εργοδότης της, στο κολυμβητήριο της πόλης για το καθιερωμένο κολύμπι. Μπορεί να μην ήθελε σχέσεις με αγόρια, αλλά της άρεσε να νιώθει καλά με τον εαυτό της και κολακευόταν όταν τη φλέρταραν. Με τη μητέρα του Διαμαντή δυσκολεύτηκε πάρα πολύ στην αρχή, αλλά αφού υποσχέθηκε κάτι, έπρεπε να το πραγματοποιήσει. Δεν πτοήθηκε ούτε από τις βρισιές της, αλλά ούτε και από τις προσβολές για την ηλικία και τη δήθεν ανικανότητά της να εκτελέσει απλά πράγματα. Εστίασε στα θετικά της ανάπηρης, όπως έχουν όλοι οι άνθρωποι πάνω στη γη, και τα εκμεταλλεύτηκε, μάλιστα επιβραβεύοντας κάθε τι που έκρινε ότι θα εξομάλυνε τη σχέση τους. Σιγά σιγά μαλάκωσε την ψυχή της. Μόλις έκρινε ότι είχε ωριμάσει η σχέση τους, άρχισε να της ζητάει κάθε βράδυ να της λέει ιστορίες από το παρελθόν της, επαινώντας τη σε κάθε ευκαιρία. Έτσι μέσα σε έναν χρόνο, ο κύριος Διαμαντής δεν μπορούσε να πιστέψει στα μάτια του από τη στροφή που έκανε η μητέρα του.

Με το σχολείο ήταν ενθουσιασμένη και τα πήγαινε πολύ καλά, αλλά ακόμα πιο πολύ ενθουσιασμένοι έμειναν μαζί της οι καθηγητές της. Αν εξαιρέσουμε το τραγικό γεγονός της σεξουαλικής παρενόχλησης από κάποιον ανεγκέφαλο εκπαιδευτικό μόλις στις δύο πρώτες εβδομάδες της δεύτερης σχολικής χρονιάς της, άλλο παράπονο ή δυσχέρεια δεν είχε. Φυσικά τον έβαλε στη θέση του με τον δικό της γνώριμο τρόπο. Απεχθανόταν τους άνδρες, ειδικά αυτούς που ζητούσαν αυθαίρετα να ικανοποιήσουν τις σαρκικές ορέξεις τους. Μόνο τον κύριο Διαμαντή συμπαθούσε ιδιαίτερα που της είχε φερθεί τόσο άψογα. Δυστυχώς όμως και αυτός άθελά του τη στενοχώρησε τόσο, που δρομολογήθηκαν νέες αποφάσεις, αλλάζοντας κεφάλαιο και πάλι στη ζωή της.

Είχε συμπληρώσει τέσσερα ολόκληρα χρόνια στις υπηρεσίες του και είχαν εξοικειωθεί αρκετά μεταξύ τους. Μάλιστα, δυο τρεις φορές την είχε βγάλει σε καλά εστιατόρια της πόλης, μαζί βέβαια με άλλα φιλικά του πρόσωπα. Την τελευταία φορά, όμως, της ζήτησε να ετοιμαστεί, για να βγούνε στο καλύτερο εστιατόριο των Σερρών. Της πρότεινε να βάλει ό,τι πιο όμορφο είχε και να περιποιηθεί τον εαυτό της στον μέγιστο βαθμό. Η Φαίδρα δεν έφερε καμία αντίρρηση, μια και της άρεσαν πλέον οι κοινωνικές επαφές και οι έξοδοι που της πρόσφερε ο μεγαλέμπορος. Όμως, αυτή τη φορά δεν ήξερε ότι θα είναι μόνοι τους.

Αφού παρήγγειλαν τα ορεκτικά τους, προχώρησαν στο κυρίως μενού διαλέγοντας και οι δύο ψάρι. Η επιλογή του λευκού κρασιού ήταν αποκλειστική επιλογή του άντρα. Έφαγαν με όρεξη και ήπιαν με απόλαυση τον εκλεπτυσμένο οίνο. Οι συζητήσεις στην αρχή ήταν αόριστες και συνηθισμένες, αλλά μετά το επιδόρπιο που ήταν ένας καταπληκτικός συνδυασμός γλυκών με παγωτό γαρνιρισμένο με σιρόπια καραμέλας και φράουλας και τριμμένο μπισκότο, όλα άλλαξαν.

«Φαίδρα μου, είσαι κοντά μου τέσσερα ολόκληρα χρόνια και κάτι εβδομάδες. Όπως ήδη γνωρίζεις σου έχω ιδιαίτερη συμπάθεια και απόλυτη εμπιστοσύνη. Έφερες εις πέρας ό,τι πιο δύσκολο υπήρχε που χιλιάδες άλλες κοπέλες δε θα είχαν καταφέρει να αντέξουν ούτε λίγους μήνες. Μάλιστα εσύ, όχι μόνο τα κατάφερες, αλλά τόλμησες και σπούδασες σε ταχύρρυθμα τμήματα και σύντομα σε βλέπω σε καμιά σχολή να συνεχίσεις δυναμικά». Το κορίτσι τον κοιτούσε αμίλητη απευθείας στα μάτια, προσπαθώντας να αποκρυπτογραφήσει τις επόμενες φράσεις του.

«Αυτά που θα ήθελα να σου εκμυστηρευτώ, τα έχω συζητήσει με τη μητέρα και συμφωνεί απόλυτα μαζί μου. Ξέρεις πολύ καλά πόσο σε συμπαθεί πλέον και πως σε βλέπει σαν την κόρη που δεν είχε ποτέ».

Έβαλε το χέρι του στη δεξιά τσέπη του σακακιού του

και έβγαλε από μέσα ένα βελούδινο κουτάκι με σχήμα τριαντάφυλλου και κόκκινο χρώμα. Της έπιασε το χέρι όσο πιο απαλά μπορούσε και το τοποθέτησε μέσα. «Σήμερα γίνεσαι δεκαοχτώ χρονών και περνάς στην ενηλικίωση. Άρα μπορείς πλέον να αποφασίζεις μόνη σου για ό,τι σε αφορά. Αυτό είναι για σένα για τα γενέθλιά σου και για την πιθανή αλλαγή που εφόσον το δεχθείς θα επέλθει στη ζωή σου και στη δική μου. Άνοιξέ το». Όση ώρα άνοιγε την καρδιά του, το χέρι του δεν άφησε ούτε στιγμή το δικό της.

Η Φαίδρα έβγαλε ένα αυθόρμητο δυνατό επιφώνημα έκπληξης μόλις άνοιξε και αντίκρυσε το περιεχόμενο της πολυτελούς συσκευασίας. Ένα δαχτυλίδι λευκόχρυσο με μοναδικού χρώματος διαμάντι και μικρότερα μπριγιάν στο πλάι, έλαμψε μπρος στα μάτια της. Έβαλε το χέρι της στο στόμα για να μην ξαναφωνάξει από ενθουσιασμό.

«Θέλεις να γίνεις σύζυγός μου, Φαίδρα, και να συμπληρώσουμε την ευτυχία που μας χάρισε το πεπρωμένο πριν τέσσερα χρόνια;»

Κάγκελο η ανυποψίαστη κοπέλα. Τα μάτια της έμειναν ορθάνοιχτα και ένας κόμπος στον λαιμό της συγκράτησε τα πάντα. Αναπνοές, λέξεις, αισθήματα, μνήμες. «Λοιπόν;» ξαναρώτησε ο άντρας αγγίζοντας το χέρι της ανυπομονώντας.

Στο μυαλό της χώθηκαν βίαια οι εφιαλτικές στιγμές των καθημερινών βιασμών από τον υποτιθέμενο πατέρα της και της χαράκωσαν σαν αγριόγατες κάθε εγκεφαλικό της κύτταρο. Σκηνές ανεξίτηλες που απλώς είχαν καταχωνιαστεί σε κάποιες απόμακρες γωνίες της λήθης. Δάκρυσε. Δεν ήξερε το γιατί! Αυτό που ήξερε ήταν ότι εδώ και πολλά χρόνια είχε πάρει την απόφασή της να μην την ξαναγγίξει ποτέ άντρας. Και όπως έκανε πάντα, έπρεπε να κρατήσει την υπόσχεσή της.

Ο συνοδός της κατάλαβε τη μάχη συναισθημάτων που γινόταν μέσα της και την άφησε να ξεσπάσει για λίγη ώρα. Τράβηξε το χέρι του πικραμένος και περίμενε. Λέξη δεν έβγαλε η μικρή που κοιτούσε κεχηνώς. Ήταν αλλού. «Σίγουρα θα θέλεις να το σκεφτείς, σου ήρθε πολύ απότομα.

Θα περιμένω όσο χρειάζεται την απόφασή σου», της είπε όσο πιο γλυκά μπορούσε.

«Διαμαντή μου... είναι τόσα πολλά...»

«Σςςςς μη... ζύγισέ τα όλα και μετά... εδώ είμαστε δε θα πάμε πουθενά». Δυστυχώς γι' αυτόν, γελασμένος βγήκε στην πρόβλεψή του. Τις επόμενες ημέρες η ενήλικη πλέον Φαίδρα έπαιρνε για μια ακόμη φορά δραστικές αποφάσεις. Μόνο που τώρα δε θα είχαν τις ίδιες θετικές απολήξεις με τις προηγούμενες.

Το τρίτο βράδυ από τη μοιραία εκείνη βραδιά της πρότασης γάμου, τους ανακοίνωσε τις προθέσεις της. Τα είχε ζυγίσει καλά βάζοντας κάτω όλες τις παραμέτρους και το πόρισμα ήταν ότι έπρεπε, αν και με βαριά καρδιά, να τους αφήσει και να πάει να συνεχίσει τη ζωή της αλλού. «Διαμαντή και κυρία Μέλπω, για το καλό όλων μας πρέπει να φύγω. Ξέρω ότι σας πληγώνω αφάνταστα, αλλά εγώ πονάω ακόμα περισσότερο. Δυστυχώς η ζωή μου επιφύλαξε ένα άσχημο παιχνίδι όταν είχα τα μισά ακριβώς χρόνια», ομολόγησε θλιμμένα και άρχισε να τους εξιστορεί με κάθε λεπτομέρεια την αποτρόπαια συμπεριφορά του ανθρώπου που την κράτησε παράνομα δέσμιά του. Αντιλαμβάνεστε ότι δεν μπορώ να δω κανέναν άντρα ως σύντροφο, όσο φιλότιμα και αγνά και να μου φερθεί, όπως εσύ καλέ μου Διαμαντή».

Και τι δεν είπαν για να τη μεταπείσουν. Πόσο δεν την παρακάλεσαν να μείνει, έστω με την ίδια κατάσταση, χωρίς παντρειές και δεσμεύσεις, άδικα όμως. Η απόφασή της είχε ληφθεί και όταν έπαιρνε μπρος η μηχανή της φυγής, πισωγυρισμό δεν είχε.

«Φέρθηκα ανόητα και εγωιστικά», είπε πικραμένος ο εξαίρετος εργοδότης της. «Δεν έπρεπε να αφήσω την καρδιά μου να μιλήσει. Μπροστά έπρεπε να βάλω τη λογική και όχι το συναίσθημα. Ορίστε τώρα, χάνω ένα κορίτσι μάλαμα», μουρμούρισε την ώρα του αποχαιρετισμού, μην μπορώντας να συγκρατήσει τα δάκρυά του.

«Ο μόνος που δε φταίει είσαι εσύ, Διαμαντή. Σου αξίζει κάποια που θα σε αγαπήσει για τη χρυσή σου καρδιά. Είμαι σίγουρη ότι θα βρεθεί σύντομα...»

Μακρύ ταξίδι

Θεσσαλονίκη
Αρχές Μάη 2013

Η Θεσσαλονίκη, η μεγάλη φτωχομάνα, την αγκάλιασε αμέσως μόλις πάτησε το πόδι της στον σταθμό υπεραστικών λεωφορείων «Μακεδονία». Προτίμησε να περπατήσει εξερευνώντας το νέο περιβάλλον και θαυμάζοντας το μεγαλείο της πόλης. Ακολούθησε τυχαία παραλιακούς δρόμους, απολαμβάνοντας τη θέα και τη μυρωδιά της θάλασσας και έφτασε μέχρι τον Λευκό Πύργο. Εκεί, μαγεύτηκε από την πολυκοσμία και τη ζωντάνια της πόλης. Στριφογύριζε δεξιά και αριστερά σαν πεταλουδίτσα και πετούσε από τη χαρά της.

Η μελαχρινή ομορφιά της που είχε κάτι το εξωτικό δεν περνούσε απαρατήρητη από τα μάτια των αντρών. Διασκέδαζε με την αδιακρισία τους που μερικές φορές έφτανε στα όρια του χυδαίου και συνέχιζε. Χρήματα είχε αρκετά στην τσέπη της για να περάσει τουλάχιστον έναν χρόνο χωρίς να χρειαστεί να δουλέψει. Ο Σερραίος έμπορος την είχε αποζημιώσει πλουσιοπάροχα ως ανταμοιβή για τις υπηρεσίες της τα τέσσερα χρόνια που ήταν κοντά του. Όμως, αυτή ήθελε να είναι χρήσιμη, παραγωγική και ανεξάρτητη και να μη βασίζεται σε κανέναν άλλο πέρα από τις δυνάμεις της. Σύντομα θα έψαχνε να βρει μια αξιόλογη δουλειά και φυσικά να συνεχίσει τις σπουδές της που τόσο λάτρευε.

Πρώτα, όμως, έπρεπε να τακτοποιήσει τις σοβαρές εκκρεμότητες που είχαν δημιουργήσει οι θετοί γονείς της. Επίσημα έγγραφα, εκτός από ένα ψεύτικο πιστοποιητικό γέννησης, δεν υπήρχαν. Αναγκαστικά, όμως, εφόσον ήταν το μόνο επίσημο χαρτί που είχε στα χέρια της, θα ξεκινούσε τα νόμιμα με βάση αυτό. Δίχως ταυτότητα, Α.Φ.Μ, αριθμό μητρώου Ι.Κ.Α και Α.Μ.Κ.Α δε θα μπορούσε να βρει πουθενά νόμιμη δουλειά. Είχε καταγράψει σε ένα χαρτί όλες τις οδηγίες που της είχε δώσει ο κύριος Διαμαντής και από την επόμενη μέρα κιόλας θα έπρεπε να κλείνει μία μία όλες τις διαδικασίες.

Συνέχισε το περπάτημα παραλιακά μέχρι που έφτασε σε ένα πανέμορφο ξενοδοχείο. Αποφάσισε να μείνει εκεί, επειδή της άρεσε η θέα που προσέφερε στον Θερμαϊκό. Η μία και μοναδική βαλίτσα που κυλούσε στον πεζοδρόμιο και μια μικρή τσάντα κρεμασμένη στον ώμο ήταν όλα και όλα τα μπαγκάζια της. Έφτασε στη ρεσεψιόν και όταν ήρθε η σειρά της, συμπλήρωσε το ειδικό έντυπο υποδοχής το οποίο και παρέδωσε στον υπάλληλο. Εκείνος της ζήτησε την ταυτότητά της και όταν του είπε ότι δεν έχει, κοντοστάθηκε απορημένος.

«Λυπάμαι, αλλά χρειάζομαι κάποιο επίσημο έγγραφο, έστω αν δεν έχετε την ταυτότητα μαζί σας κάποιο δίπλωμα ή διαβατήριο», της επισήμανε διακριτικά.

«Φοβάμαι ότι δε θα μπορέσω να σας δώσω κανένα από αυτά, διότι απλούστατα δεν έχω, ούτε είχα ποτέ κανένα από αυτά», τόνισε η Φαίδρα ελαφρώς νευριασμένη.

«Μα πώς; Θέλω να πω... πώς μια τέτοια κυρία όπως εσείς δεν είχε ποτέ επίσημα έγγραφα; Δεν μπορεί!»

«Και όμως μπορεί. Είναι πολύ μεγάλη ιστορία που αν την αναλύσουμε, θα περιμένουν όλοι αυτοί πίσω μου έως αύριο το πρωί», του απάντησε αυθόρμητα.

«Μισό λεπτό παρακαλώ, να φωνάζω τον διευθυντή, να δούμε τι μπορούμε να κάνουμε», είπε ο υπάλληλος και κάλεσε τηλεφωνικά τη διεύθυνση, διότι τέτοια περίπτωση δεν είχε αντιμετωπίσει στην πολύχρονη καριέρα του.

Εκείνος δεν άργησε να φανεί και μόλις αντίκρυσε τη Φαίδρα, θαμπώθηκε από την ομορφιά της. Την παρακάλεσε να τον ακολουθήσει και την πήγε στο γραφείο του, λέγοντας ότι δεν υπάρχει λόγος να καθυστερούν την ουρά πίσω της, που είχε μακρύνει αρκετά.

«Από πού μας έρχεστε;» τη ρώτησε ευγενικά.

«Από τις Σέρρες», απάντησε αυτή εξίσου ευγενικά.

«Μα καλά, πώς μια τόσο ελκυστική και κομψή νεαρή κυρία, όπως εσείς, δεν έχετε έστω ένα νόμιμο έγγραφο που να αποδεικνύει την ταυτότητά σας;» Στάθηκε αδύνατο στον κοσμογυρισμένο διευθυντή να μη φλερτάρει τη θεϊκή οπτασία που είχε μπροστά. Η εξωτική αύρα της τον είχε ήδη ανάψει.

«Δυστυχώς, όπως είπα και στον κύριο μπροστά, είναι πολύ μεγάλη ιστορία και με πληγώνει πολύ να αναφέρομαι στο παρελθόν μου».

«Συγνώμη για την ταλαιπωρία, αλλά ξέρετε κρατάμε κάποιους τύπους εφαρμόζοντας το πρωτόκολλο και ίσως σας στενοχωρήσω με αυτό που θα σας πω, αλλά για να μπορέσω να σας κάνω κράτηση θα πρέπει να...»

«Έχω το πιστοποιητικό γέννησης μαζί μου. Όπως μου είπαν, με αυτό θα ξεκινήσω την τακτοποίηση και των υπολοίπων που απαιτούνται. Σας κάνει;» τον ρώτησε και έβγαλε από την τσάντα της ένα κιτρινισμένο από την υγρασία χαρτί.

Ο διευθυντής το κοίταξε προσεκτικά και της απάντησε μειλίχια δείχνοντας το υπέροχα προσεγμένο χαμόγελό του: «Δεν είναι ακριβώς αυτό που ψάχνουμε, αλλά εφόσον εξοφλήσετε προκαταβολικά το δωμάτιο που θέλετε να κρατήσετε, τότε δε θα υπάρξει πρόβλημα».

«Γι' αυτό σκάτε. Να ορίστε. Κρατήστε όσα θέλετε για τρεις ημέρες!»

«Όχι, όχι σ' εμένα, μπροστά, στη ρεσεψιόν θα τακτοποιήσετε τα οικονομικά», την ενημέρωσε σχεδόν γελώντας με την αφέλειά της. «Ξέρετε, μου αρέσει η απλοϊκότητά σας και θα ήθελα να σας γνωρίσω καλύτερα. Τι θα λέγατε να πίναμε ένα ποτάκι απολαμβάνοντας το δείπνο μας το απόγευμα εδώ, στην αίθουσα Thesspesium του ξενοδοχείου. Κερνάω εγώ».

«Με αφήνετε κατάπληκτη, κύριε...»

«Βίκτωρας... Βίκτωρας Κουσαλαργάκης», συστήθηκε και κρατώντας το χέρι της το φίλησε απαλά. «Λοιπόν;»

«Εντάξει, δέχομαι! Με τιμά η πρότασή σας!». Η Φαίδρα ήθελε να ανεβεί κοινωνικά και αυτή η ευκαιρία ίσως ήταν το εφαλτήριο γι' αυτό. Δε θα την άφηνε να πάει χαμένη.

«Στις οχτώ είναι καλά;» ρώτησε ξανά ο διευθυντής όσο προχωρούσαν προς την υποδοχή.

«Βεβαίως», απάντησε εκείνη με ανθισμένο το χαμόγελό της. «Και να ξέρετε ποτέ δεν αργώ στα ραντεβού μου».

Αφού πλήρωσε τον λογαριασμό που προέκυψε για τις τρεις ημέρες, έβαλε τα παραστατικά των αποδείξεων στην τσάντα της και ζήτησε συγνώμη από τον υπάλληλο για την ταλαιπωρία. Εκείνος έδωσε εντολή να συνοδευτεί μέχρι το δωμάτιό της, που όπως είχε ζητήσει έβλεπε στη θάλασσα. Μόλις μπήκε μέσα, απευθείας χώθηκε στην μπανιέρα για ένα χαλαρωτικό μπάνιο. Το απόλαυσε μέχρι την τελευταία σταγόνα και με την πετσέτα τυλιγμένη γύρω της, στέγνωσε τα μαλλιά της. Αμέσως μετά βγήκε στο δωμάτιο και ψάχνοντας κάτι πρόχειρο να φορέσει είδε έναν τεράστιο καθρέπτη απέναντι από το διπλό κρεβάτι της. Αφαίρεσε την πετσέτα από πάνω της και ολόγυμνη όπως ήταν, περιεργάστηκε τη σιλουέτα της από την κορφή έως τα νύχια. Πρώτη φορά αντίκρυσε τον εαυτό της ολόσωμο. Γεμάτη αυτοπεποίθηση, ζωντάνια και πρόωρα φαντασμένη, αναφώνησε δυνατά για να το ακούει: «Α, ρε Φαίδρα, είσαι φτιαγμένη για μεγάλη ζωή».

Ο Βίκτωρας είχε φτάσει δέκα λεπτά νωρίτερα, στο προκαθορισμένο ραντεβού. Η Φαίδρα δεν άργησε ούτε μισό λεπτό. Η συνέπεια ήταν ένα από τα βασικά της προτερήματα. Αυτό άρεσε στον συνοδό της που το σχολίασε αμέσως θετικά. «Είσαι πάντα τόσο συνεπής;» Ο ενικός, απαραίτητος για να σπάσει απευθείας ο πάγος, χρησιμοποιήθηκε από την αρχή της συνάντησης.

«Πάντα. Καλησπέρα, Βίκτωρα», χαιρέτησε ευγενικά η Φαίδρα, την ώρα που εκείνος τραβούσε ιπποτικά την καρέκλα της για να καθίσει.

Τον μελέτησε για πολύ λίγες στιγμές, αλλά ήταν αρκετές για να τον σκιαγραφήσει ολοκληρωτικά. Το πολύ μελαχρινό και κοντό μαλλί του, που ήταν αρκετά πυκνό, με ελάχιστες άσπρες τρίχες στους κροτάφους και οι ασήμαντες ρυτίδες στο μέτωπό του, καθώς και τα σφριγηλά χαρακτηριστικά του προσώπου του, πρόδιδαν μια ηλικία γύρω στα τριάντα πέντε με σαράντα. Ήταν πολύ όμορφος για άντρας και με τύπο καθαρά μεσογειακό.

Τσούγκρισαν τα κρυστάλλινα ποτήρια τους πίνοντας στη γνωριμία τους το λευκό κρασί, επιλογή του διευθυντή. Συζήτησαν για πολλά, προσπαθώντας ο ένας να ανακαλύψει το παρελθόν του άλλου, αλλά η Φαίδρα κρατούσε σφιχτά κρυμμένα τα μυστικά της καρδιάς της. Του ανοίχτηκε μόνο μέχρι εκεί που εκτιμούσε ότι δε θα αλλοιώσει την καλή εικόνα που του είχε δημιουργήσει. Εκείνος δε σταματούσε λεπτό να τη φλερτάρει, δείχνοντας αναφανδόν τις προθέσεις του.

Φυσικά η Φαίδρα δεν είχε σκοπό να δημιουργήσει ούτε τώρα ούτε ποτέ, όπως είχε επιβάλλει στον εαυτό της, σχέση με κανέναν άντρα. Θα εκμεταλλευόταν τη γοητεία που εξέπεμπε προς αυτούς, για να κερδίσει όσο το δυνατόν περισσότερα από την αφέλειά τους. Στο μυαλό της είχε δημιουργηθεί μια σύγχυση που προσπαθώντας να πάρει από τη μια την όποια εκδίκηση θεωρούσε αυτή ως ικανοποίηση, θα χειριζόταν τους άντρες από την άλλη ως μαριονέτες για να πετυχαίνει τον σκοπό της, κυνηγώντας τη χλιδή. *Είναι τελικά όλοι τους χαζοί. Μπορείς να τους σύρεις από τη μύτη, με ένα απλό κούνημα του πισινού*, σκεφτόταν την ώρα που ο Βίκτωρας της μιλούσε για μια αποτυχημένη μακροχρόνια σχέση του.

«Και με τι σκέφτεσαι να ασχοληθείς τώρα;» τη ρώτησε ερευνητικά ο διευθυντής.

«Δεν έχω αποφασίσει ακόμα. Θα αρχίζω να ψάχνω και ό,τι μου κάτσει καλά, το ξεκινώ», αποκρίθηκε εκείνη ουδέτερα.

«Έχω έναν πολύ καλό φίλο που πιστεύω πως θα μπορούσε να σε βοηθήσει! Θέλεις να του μιλήσω για εσένα;»

«Γιατί όχι; Ποτέ δεν κλείνω πόρτες σε προτάσεις για δουλειά. Ειδικά εάν είναι στα γούστα μου».

«Ωραία λοιπόν. Θέλεις να σου δώσω το τηλέφωνό του ή να μου δώσεις το δικό σου για να σε πάρει αυτός; Πώς νιώθεις βολικότερα;»

«Και τα δύο μου κάνουν! Ας τα ανταλλάξουμε και βλέπουμε».

«Ωραία, πες μου το δικό σου πρώτα», είπε ο Βίκτωρας χαρούμενος που κατάφερε να της αποσπάσει το νούμερο. «231089...»

«Μα αυτό είναι σταθερό», εκφράστηκε ο άντρας απορημένος διακόπτοντάς την.

«Φυσικά, του ξενοδοχείου που διαμένω και που έχει έναν πολύ όμορφο διευθυντή», είπε η Φαίδρα χρησιμοποιώντας τη γυναικεία πονηριά και γέλασαν και οι δυο αυθόρμητα. «Δεν έχω κινητό, καλέ μου. Δεν είπαμε πως δεν έχω κανένα επίσημο έγγραφο. Από αύριο, όμως, ξεκινάω τις διαδικασίες. Εσύ, όμως, θα μου δώσεις το κινητό του φίλου σου και ένα στυλό». Στη συνέχεια πήρε μια χαρτοπετσέτα και το σημείωσε.

Η όμορφη βραδιά κράτησε λίγο ακόμη και κατάφερε να αλλάξει τη μέρα. Περασμένα μεσάνυχτα σηκώθηκαν και ο Βίκτωρας προσφέρθηκε να τη συνοδεύσει στο δωμάτιό της, ευελπιστώντας ότι θα απολάμβανε και το κερασάκι από την τούρτα. Μάταια όμως! Η Φαίδρα πιστή στις δεσμεύσεις της, αρνήθηκε σεμνά τον στιγμιαίο έρωτα που ολοφάνερα ζητούσε ο συνοδός της. Δεν τον έβαλε στο δωμάτιό της, προσέχοντας παράλληλα τα λόγια της για να μη χάσει την εύνοιά του.

Οι τρεις ημέρες πέρασαν γρήγορα, αλλά με τα χαρτιά της δεν είχε ξεμπερδέψει ακόμη. Εκκρεμούσαν λίγες τυπικές αλλά ουσιαστικές διαδικασίες για να κλείσει επιτέλους τον γραφειοκρατικό κυκεώνα και να ενταχθεί νόμιμα και αυτή στην κοινωνία. Αναγκάστηκε να κρατήσει άλλες τρεις ημέρες το δωμάτιό της μέχρι να τελειώσει οριστικά με όλα αυτά. Όλες αυτές τις ημέρες έβγαινε με τον διευθυντή, ο οποίος μάλιστα είχε ζητήσει και άδεια από την υπηρεσία του για να μπορεί να τη βλέπει συχνότερα, αλλά κάθε φορά που προσπαθούσε να την πλησιάσει ερωτικά, έσπαγε τα μούτρα του.

Για αρχή αγόρασε ένα απλό κινητό. Αργότερα θα εξοικειωνόταν με τη σύγχρονη τεχνολογία. Γράφτηκε σε ιδιωτικό Ι.Ι.Ε.Κ της πόλης και θα ξεκινούσε τα μαθήματα από την επόμενη εβδομάδα, αρχή της νέας σχολικής περιόδου. Το διάβασμα, η αγαπημένη της ενασχόληση ήταν αυτό που την κρατούσε ζωντανή και της άνοιγε το πνεύμα και τους ορίζοντες. Ήθελε να ενημερώνεται για τους πάντες και τα πάντα, γι' αυτό αγόραζε περιοδικά κι εφημερίδες σε τακτική βάση. Έτσι, ενημερωνόταν για την επικαιρότητα, μαθαίνοντας για τα κουτσομπολιά διάσημων αλλά και άσημων προσωπικοτήτων από την Ελλάδα και τον κόσμο.

Το πρωί του πρώτου Σαββάτου που διέμεινε στη Θεσσαλονίκη, αποφάσισε να πάρει τον φίλο του Βίκτωρα, ο οποίος ήταν σίγουρος ότι θα της έβρισκε δουλειά και μάλιστα καλή, με πολλά λεφτά, όπως της είχε πει. Τον κάλεσε από το κινητό της, αλλά δεν απάντησε. Όσο απολάμβανε τη θέα, το ανοιξιάτικο φρέσκο αεράκι και το καφεδάκι της στο μπαλκόνι του δωματίου της, το τηλέφωνό της χτύπησε για πρώτη φορά. Δεν είχε ακούσει ξανά τον μελωδικό του ήχο και έδειξε να της αρέσει. Άφησε το κορμί της να εκφραστεί ελεύθερα και επιδόθηκε σε αισθησιακά λικνίσματα της λεκάνης. Ήταν αυτός. Του είχε μιλήσει ο Βίκτωρας σχετικά και έτσι εύκολα τακτοποιήθηκε η συνάντηση την ίδια κιόλας ημέρα. Το απόγευμα έφτασε πιο γρήγορα από ό,τι θα ήθελε. Φόρεσε ό,τι καλύτερο είχε προμηθευτεί από την Τσιμισκή το προηγούμενο απόγευμα, από το άρωμα μέχρι τα γοβάκια, και αφού μακιγιαρίστηκε όσο μπορούσε καλύτερα, άρπαξε τη δερμάτινη τσάντα της και χύμηξε με λαχτάρα για την καφετέρια του ξενοδοχείου όπου διέμενε.

Της είχε υποδείξει ακριβώς τη θέση που θα καθόταν, αλλά δεν κατάφερε να τον εντοπίσει. Εκείνη τη στιγμή είδε να έρχεται βιαστικά ένας ψηλός κύριος, ο οποίος κρατούσε χαρτοφύλακα στο αριστερό του χέρι. Υπέθεσε ότι είναι αυτός και κίνησε προς το μέρος του. Πράγματι ήταν αυτός που περίμενε και συστήθηκαν στα όρθια. «Συγνώμη για την ολιγόλεπτη καθυστέρηση, αλλά αυτή η κίνηση στην πόλη δεν παίζεται», δικαιολογήθηκε εκείνος.

«Όχι, δεν πειράζει, δεν αργήσατε καθόλου», πήρε τον λόγο η Φαίδρα μιλώντας στον πληθυντικό σεβόμενη την ηλικία του. Πρέπει να ήταν πάνω από εξήντα αλλά μόνο με προσεκτική ματιά το καταλάβαινε κανείς. Η φωνή του και ο τρόπος που μιλούσε την παραξένεψαν, αλλά δεν μπορούσε να καταλάβει το γιατί.

Της μίλησε για τη δουλειά του, για τα χόμπι του για τις παρέες του και για τους εκατοντάδες γνωστούς με τους οποίους είχε συνεργαστεί. Η Φαίδρα έμεινε κατάπληκτη όταν της έδειξε φωτογραφίες από πασίγνωστα μοντέλα, ηθοποιούς και καλλιτέχνες που είχε φωτογραφήσει ο ίδιος, όπως ανέφερε.

«Μπορώ να σε κάνω το πολύ σε δύο χρόνια, εάν φυσικά το θέλεις και εσύ πολύ, ένα από τα πιο γνωστά μοντέλα της χώρας», της πέταξε πάνω στην κουβέντα. «Έχεις το κάτι παραπάνω από όλες αυτές που είδες πριν».

"Ώστε για μοντέλο με ήθελε. Τι ωραία που θα είναι", σκέφτηκε η Φαίδρα, αλλά προσπάθησε να μην αποκαλύψει τη χαρά της χρησιμοποιώντας τη γυναικεία πονηριά της.

«Και πώς θα καθορίζεται η αμοιβή μου; Με βάση τις πωλήσεις των περιοδικών, τις ώρες που θα δουλεύω, με τι; Σας ρωτώ διότι δεν έχω ιδέα περί τίνος πρόκειται».

«Μην ανησυχείς, κουκλίτσα μου. Άσε τον Χάρη να νοιάζεται γι' αυτά. Έλα από το γραφείο τη Δευτέρα και θα συζητήσουμε τις όποιες λεπτομέρειες της δουλειάς από κοντά. Θα δεις και το έργο που επιτελώ και μετά αποφασίζεις εάν θέλεις να συνεργαστείς μαζί μου!»

«Μάλιστα», απάντησε με συγκρατημένο ενθουσιασμό η νεαρή.

«Πόσο χρονών είπαμε ότι είσαι, αγάπη μου», ρώτησε ο Χάρης.

«Δεκαοχτώ».

«Πολύ ωραία. Εάν τα πας καλά ως μοντέλο, μετά ο Χάρης έχει για εσένα και άλλα ωραία που θα σε τρελάνουν».

Η Δευτέρα ήρθε, η συμφωνία έκλεισε και η Φαίδρα άρχισε να μπαίνει δυναμικά στο παιχνίδι του μόντελινγκ. Η ομορφιά της και το φιδίσιο κορμί της δεν είχε να ζηλέψει σε τίποτα από τα άλλα σώματα των ήδη φτασμένων μοντέλων. Μέσα σε δύο μήνες, οι άλλες κοπέλες άρχισαν να τη ζηλεύουν και να ψάχνουν αφορμές να λασπολογούν και να κατηγορούν την ταπεινή και άγνωστη καταγωγή της. Η Φαίδρα δεν έδινε σημασία και το μόνο που την ενδιέφερε ήταν να πάει ψηλά, πολύ ψηλά. Στο πρώτο εξάμηνο κατάφερε να κερδίσει τόσα χρήματα, όσα είχε καταφέρει με τον ιδρώτα της αρμέγοντας αγελάδες και ξεσκατίζοντας την κτηνοτροφική μονάδα τέσσερα ολόκληρα χρόνια στον Σερραίο έμπορο. Βέβαια και οι σπουδές σπουδές. Και αυτό ήταν μόνο η αρχή.

Με τους άνδρες συνέχισε να κρατάει την ίδια στάση. Όποιος έβρισκε το θάρρος, θαμπωμένος από την ομορφιά της να την πλησιάσει, έτρωγε πόρτα. Ευτυχώς ο Χάρης δεν ήταν λάτρης του γυναικείου φύλου και έτσι δεν είχε πρόβλημα να τη διώξει ξαφνικά καμιά μέρα των ημερών, επειδή δεν του έκατσε.

Ένα απόγευμα, αφού είχαν τελειώσει τις τελευταίες ημίγυμνες αισθησιακές φωτογραφίες για λογαριασμό γνωστού περιοδικού μόδας, που την είχε δεχθεί ως πουλέν, την πλησίασε ο Χάρης, συνοδευόμενος από έναν άλλο κύριο γύρω στα εβδομήντα, άγνωστο στη Φαίδρα. Από μακριά ξεχώριζε ότι φυσάει το παραδάκι και ο λιγούρης τρόπος που την κοιτούσε την αηδίασε και της ξύπνησε άσχημες μνήμες από την τρυφερή της ηλικία. Της τον σύστησε ως τον συμβολαιογράφο που συνεργαζόταν μαζί του δεκαπέντε χρόνια τώρα και την παρακάλεσε να καθίσει μαζί τους.

«Έξι μήνες τώρα έχεις αποδείξει ότι έχεις καταπληκτικό ταλέντο και πλούσια προσόντα. Και όταν λέω πλούσια προσόντα, εννοώ καμπύλες, οι οποίες μπορούν να ξετρελάνουν και τον πιο απαιτητικό άντρα. Θα μπορούσες να βγάλεις πολύ περισσότερα χρήματα από το μόντελινγκ και μάλιστα χωρίς κόπο, εφόσον δεχθείς να...»

«Όπα, όπα. Δεν πιστεύω, κύριε Χάρη, να θέλετε να με εξωθήσετε προς την πορνεία;» τον διέκοψε το κορίτσι απότομα.

«Ε, όχι βέβαια. Είπαμε. Βγάζουμε ημίγυμνες φωτογραφίες αλλά όχι και έτσι. Με παρεξήγησες. Να, θα αφήσω στον φίλο μας να σου εξηγήσει καλύτερα, που είναι και πιο μορφωμένος», είπε αυτός αμυνόμενος παριστάνοντας την αθώα περιστερά και έδειξε τον διπλανό του.

«Άκουσε με. Φαίδρα δεν είπαμε το όνομά σου;»

«Μάλιστα».

«Δε θέλουμε να κάνεις τίποτα παρά τη θέλησή σου. Αφού μας ακούσεις πρώτα, δικιά σου καθαρά θα είναι η επιλογή εάν θα θελήσεις να μπεις και σε αυτόν τον χώρο ή θα παραμείνεις μόνο σε αυτό που κάνεις ήδη με μεγάλη επιτυχία, χάρη βέβαια στο ταλέντο και των δυο σας. Δεν αποκλείεται βέβαια ακόμα να κάνεις και τα δύο».

«Σας ακούω».

«Έχεις ένα καταπληκτικό τρόπο επικοινωνίας, όπως μου είπε ο Χάρης, και διαβάζεις τον φακό, πριν αυτός διαβάσει εσένα. Ένα σπάνιο επικοινωνιακό χάρισμα, που δε συναντάς εύκολα σε έμπειρη γυναίκα, πόσο μάλλον σε νεαρό κορίτσι όπως εσύ. Όλο αυτό και με τις εκθαμβωτικές αναλογίες σου που με το πανέμορφο πρόσωπο φτιάχνουν ένα ξεχωριστό συνδυασμό γοητείας, δεν πρέπει να μείνει ανεκμετάλλευτο. Ξέρεις, υπάρχουν πάμπλουτοι κύριοι, επιχειρηματίες, χρηματιστές, καλλιτέχνες, έμποροι, γιατροί, δικηγόροι και γενικά να μη σου πολυλογώ, άντρες που είναι μόνοι στον κόσμο και ψάχνουν απεγνωσμένα κατά καιρούς γυναικεία συντροφιά. Ο λόγος που το κάνουν βέβαια, δεν είναι απαραίτητα η ερωτική συνεύρεση, αλλά συνήθως για να καλύψουν το κενό που δημιουργείται κατά την εμφάνιση κάποιου κοινωνικού ή κοσμικού γεγονότος. Ακόμα ζητούν μια ευφυή γυναίκα που να γοητεύει αλλά παράλληλα να ξέρει και να ακούει. Οι περισσότεροι από αυτούς τη βλέπουν και ως ψυχοθεραπεύτρια, μιλώντας για τις δουλειές και τα προβλήματά τους. Είναι ικανοί να προσφέρουν μέχρι και δύο χιλιάδες ευρώ για μια ώρα απλής συζήτησης σε ένα πολυτελές εστιατόριο, κάνοντας το εφέ τους, αλλά και περνώντας ευχάριστα βγάζοντας τα απωθημένα τους σε μια όμορφη άγνωστη που ξέρει να ακούει. Και θα μου πεις εύ-λογα, γιατί δε βρίσκουν μια πόρνη να ικανοποιήσουν εκτός των άλλων και τις ορέξεις τους; Η εχεμύθεια, η ποιότητα, η ευκολία και φυσικά οι γνωριμίες μας και τα κορίτσια εμπι-στοσύνης που συνεργαζόμαστε είναι η βασική απάντηση σε αυτό το ερώτημα, για να σε προλάβω».

Η μικρή παρακολουθούσε με ανοιχτό το στόμα αμί-λητη όσο ο νεοφερμένος συμβολαιογράφος συνέχιζε τον πρόλογο. «Όλοι αυτοί, είναι διατεθειμένοι να θυσιάσουν ένα σεβαστό ποσό, ακόμα και για μια δίωρη συνοδεία, που στην ουσία θα είναι μια θεατρική παράσταση, που βέβαια θα γνωρίζουν μόνο αυτοί. Συνοδός πολυτελείας λέγεται με απλά λόγια αυτό που θα κάνεις. Κανένας δε θα σε υποχρε-ώσει να προχωρήσεις σε συνουσία μαζί τους, αλλά εάν σου ζητηθεί και το θελήσεις τότε το συμφωνηθέν τίμημα, όποιο και εάν είναι αυτό, τριπλασιάζεται», είπε με στόμφο τονίζο-ντας ειδικά την τελευταία λέξη.

«Και εσείς που εμπλέκεστε σε όλο αυτό;» ρώτησε εύ-λογα η κοπέλα.

«Εμείς θα μοιραζόμαστε το τριάντα τοις εκατό από τα κέρδη σου, από δεκαπέντε με τον φίλο μας τον Χάρη. Έτσι κάνουμε με όλα τα κορίτσια. Θα σου αφήσουμε να το σκε-φτείς καμιά εβδομάδα, γιατί σίγουρα είναι δύσκολη από-φαση και τα ξαναλέμε».

«Εδώ είμαστε, δε φεύγουμε», μπήκε στη μέση και ο φωτογράφος. Εάν βγάλεις την απόφασή σου και νωρίτερα, όποια και εάν είναι αυτή, με ενημερώνεις σχετικά».

Έδωσαν τα χέρια και χαιρετήθηκαν, αφήνοντας σε μια νεανική ψυχή που μόλις ενηλικιώθηκε, το δαιδαλώδες στίγμα της εξουσίας του χρήματος, που θέλει να κυβερνά τις συνειδήσεις, τα κορμιά, φουντώνει με το να κατακαίει σαν φλόγα αξίες και ιδανικά, ψυχές και συναισθήματα.

Πόλεμος άρχισε μέσα στη νεανική καρδιά που τόσα είχε υποστεί από την παιδική αθωότητα ακόμα. Σαφώς της άρεσαν τα μεγαλεία, η καλή ζωή, τα πλούτη, τα ταξίδια η οικονομική ανεξαρτησία, να είναι ελεύθερη από όλους και όλα, αλλά αυτό πήγαινε πολύ. Η λέξη και μόνο πορνεία της χτυπούσε σαν βαριά χάλκινη καμπάνα τα αυτιά. Σιχαινόταν τους άντρες και μόνο στη σκέψη! Πώς να δεχτεί να πουλήσει και το κορμί της; Το σώμα της που αμαύρωνε καθημερινά με τον πιο πρόστυχο τρόπο ο άνθρωπος που θεωρούσε πατέρα της. Όχι δε θα το επέτρεπε αυτό σε άλλον άντρα. Δε θα άφηνε να μπει δεύτερος στο δικό της λιμάνι.

Από την άλλη όμως, θα μπορούσε να συνεχίσει το μόντελινγκ και όταν της παρουσιαζόταν κάποια πολύ καλή ευκαιρία και κατά τη δική της κρίση και επιλογή, θα μπορούσε να συνοδεύει κάποιους πλούσιους κακόμοιρους που ήθελαν να το παίξουν γόηδες στον κύκλο τους, πουλώντας θέατρο. Αλλά μέχρι εκεί! Φόβος την κυρίευε όταν σκεφτόταν ότι κάποιος, πάνω στο μεθύσι του ή σε κάποια τρέλα, ασκούσε βία πάνω της, απαιτώντας να ασελγήσει στο κορμί της. Ήταν το μόνο που τη δυσκόλευε πριν πάρει την απόφαση να απαντήσει στους προαγωγούς της.

Τα χρήματα ήταν υπερβολικά. Θα μπορούσε να βγάζει μέσα σε μία ώρα όσα άλλες κοπέλες με συμβατά επαγγέλματα κατάφερναν να κερδίσουν σε τρεις μήνες. Η χώρα βρισκόταν σε μεγάλη κρίση την τελευταία πενταετία, αλλά αυτό δεν εμπόδιζε κανέναν κυρίαρχο άντρα να ξεχωρίζει από τη μιζέρια των περισσοτέρων και να ζει στην κραιπάλη και την ασυδοσία. Πλήρωναν καλά, αρκεί να άρεσε το εμπόρευμα. Είχε τα προσόντα και το μόνο που έλειπε πλέον ήταν ένα κλικ.

Το κλικ έγινε, η φωτογραφία βγήκε, με το προσεγμένο τριγωνάκι του εφηβαίου της να υπόσχεται θαλασσοταραχή σε όσα ανδρικά ή εφηβικά μάτια το έβλεπαν στο καθαρά ανδρικό περιοδικό που θα εμφανιζόταν τον επόμενο μήνα. Είχε αποφασίσει όχι μόνο να δεχτεί τη δελεαστική πρόταση, αλλά και να φωτογραφηθεί ολόγυμνη, για να ανεβεί το κασέ της, όπως την παραμύθιασαν οι επιτήδειοι. Την ίδια στιγμή ο Χάρης της σύστησε έναν χρηματιστή, σχετικά νεαρό κύριο, με ακριβό και στιλάτο ντύσιμο. Χωρίς περιστροφές και πολλές επεξηγήσεις, της προτάθηκε να συνοδεύσει τον κύριο σε μια δεξίωση, που θα γινόταν προς τιμή του πρόξενου της Ρωσίας και της έδινε προκαταβολικά χίλια ευρώ και άλλα χίλια με το πέρας της αποστολής. Τρεις ώρες όλο και όλο για μια κοινωνική εκδήλωση. Η Φαίδρα δε χρειαζόταν να σκεφτεί και πολύ. Τέσσερις μέρες τα κοσκίνιζε στο μυαλό της και είχε κατασταλάξει. Σήμερα έγινε άμεσα και η καλή αρχή που περίμενε. Δέχθηκε αμέσως και ο γραβατωμένος κύριος της έδωσε αμέσως δύο χαρτονομίσματα των πεντακοσίων ευρώ. Τα έβαλε στο μονοκίνι της και αφού κανόνισαν τις τελευταίες λεπτομέρειες τον χαιρέτησε φιλικά, αφήνοντας ένα φιλί στον αέρα με το σχήμα των χειλιών της.

Στη συνέχεια μετέφερε τις προθέσεις της στον Χάρη για τον τρόπο που θα ήθελε να συνεργαστεί μαζί τους, τονίζοντας ιδιαίτερα ότι δεν την ενδιέφερε το σεξουαλικό κομμάτι, παρά μόνο όλα τα υπόλοιπα. Μάταια εκείνος προσπάθησε να την πείσει ότι με αυτό θα ανέβαινε πολύ το κέρδος της και το όνομά της στην αγορά του σεξ θα ήταν πάντα πρώτο με συνεχόμενη αύξηση του πελατολογίου, σε όλα τα επίπεδα.

Τελικά ο μαστροπός κάμφθηκε και φάνηκε να συμφωνεί και να συμμερίζεται τα θέλω της, άσχετα εάν από μέσα του έκανε πονηρές σκέψεις *"κάνε εσύ την αρχή και τα λέμε μετά".* Δυστυχώς, όπως γίνεται στις περισσότερες από αυτές τις περιπτώσεις, ο παλιός, ο χωμένος βαθιά στον κόσμο της διαφθοράς, της ηδονής και των σαρκικών απολαύσεων, κύριος Χάρης, επαληθεύτηκε και η Φαίδρα ανυποψίαστη ήταν απλώς μια ακόμη νέα και ωραία με όνειρα για μεγάλη και χλιδάτη ζωή.

Τους πρώτους μήνες, ίσως έντεχνα από το κύκλωμα, όλα κυλούσαν μια χαρά και το χρήμα έρεε άφθονο. Η Φαίδρα γλυκάθηκε για τα καλά. Αγόρασε το δικό της καμπριολέ, καινούρια εντυπωσιακά φορέματα, τελευταίας τεχνολογίας κινητά, παπούτσια, τσάντες, πορτοφόλια, αξεσουάρ και γενικά ό,τι έκρινε ότι θα βοηθούσε στο πρεστίζ της δουλειάς της. Ανώφελα όλα διότι σύντομα η ίδια σκάλα της ομορφιάς που την ανέβασε τόσο γρήγορα ψηλά, θα την έριχνε ακόμα πιο γρήγορα στα τάρταρα.

Ένα βράδυ που είχε συνοδεύσει έναν ηλικιωμένο συνταξιούχο βουλευτή σε μια δεξίωση που παρείχε ο Υπουργός Εξωτερικών στην Αθήνα, δέχθηκε απανωτά πυρά για συνέχεια της βραδιάς, προκειμένου να ικανοποιήσει τα άγρια ένστικτά του που κόντευαν να εξαλειφθούν από την αχρηστία. Εκείνη, όπως πάντα, αρνιόταν διπλωματικά σε κάθε νύξη του, μέχρι που, όπως νόμισε, έπαψε να την ενοχλεί. Στο τέλος της βραδιάς, την έβαλε στο αμάξι του με σκοπό να τη μεταφέρει στο ξενοδοχείο, όπου διέμεναν και οι δύο σε χωριστά δωμάτια.

Μόλις έφτασαν εκεί, άρχισε να ζεσταίνεται υπερβολικά, παρόλο που οι θερμοκρασίες ήταν αρκετά χαμηλές για την εποχή. Μια έντονη ζαλάδα έκανε τους διαδρόμους να στριφογυρίζουν και ένιωσε έντονη τάση για έμετο. Ο πρώην βουλευτής δήθεν ανήσυχος, προσφέρθηκε να τη βοηθήσει μέχρι το δωμάτιό της. Εκείνη εξαντλημένη με έντονους πόνους στην κοιλιά και να ήθελε δεν μπορούσε να αρνηθεί. Τα πόδια και τα χέρια της σκλήραιναν και μαλάκωναν απότομα, με ξαφνικές κράμπες, ενώ η όρασή της περιορίστηκε σημαντικά, τόσο που δεν μπορούσε να βρει την κάρτα του δωματίου της. Ο άντρας τη βοήθησε στο ψάξιμο και μόλις τη βρήκαν άρχισε ένα ασταμάτητο νευρικό γέλιο. Ποτό πολύ δεν είχε πιει πέραν του συνηθισμένου, άρα κάτι θα την πείραξε από το φαγητό σκέφτηκε με τα λίγα νηφάλια αποθέματα συνείδησης που της είχαν απομείνει.

Ο πολιτικός μπήκε μαζί της στο δωμάτιο, χωρίς αυτή να προβάλει αντίσταση. Άρχισε μια περίεργη ενεργητικότητα να ταλανίζει όλο της το κορμί και περνώντας ψυχωτικό σύνδρομο άρχισε να κάνει παρανοϊκές σκέψεις. Σύγχυση παντού. Δεν ήξερε τι θέλει και τι πρέπει να αποφύγει. Πήγε μετά βίας στο μπάνιο όπου και ξέρασε τα μέσα της. Ο άντρας μέσα είχε ήδη ξεγυμνωθεί και την περίμενε. Ένας περίεργος ερεθισμός του εγκέφαλου και μια αναπάντεχη διέγερση την κατέβαλαν. Τρεκλίζοντας έφτασε στο κρεβάτι όπου ένιωσε δυο χέρια να την κρατάνε μαλακά και να την ξαπλώνουν πάνω στα σεντόνια. Μετά σκοτοδίνη. Μια θολούρα με ένα τέρας από πάνω της να ανεβοκατεβαίνει ρυθμικά και ένα τσούξιμο κάτω χαμηλά στα σκέλια της, της έστελναν μήνυμα αντίδρασης. Το πνεύμα διαλυμένο, το κορμί παραλυμένο, δεν υπήρχαν αποθέματα απώθησης. Μνήμες παρελθόντος ξύπνησαν μέσα της. Αυτό που μίσησε τόσο στη ζωή της επαναλαμβανόταν για άλλη μια φορά, με διαφορετικό πρωταγωνιστή. Και αυτή εκεί, ανήμπορη να αντιδράσει, στον χαμένο κόσμο των παραισθήσεων. Της άφησε τα χρήματα πάνω στο κομοδίνο, τρεις φορές πάνω από το συμφωνηθέν ποσό. Αυτή ήταν η αρχή, η μύησή της και στην πορνεία, που ως ενήλικη και με τις δικές της επιλογές είχε διαλέξει. Έκσταση την είχαν ποτίσει, θα μάθαινε την επόμενη ημέρα από πληροφορίες στο διαδίκτυο. Σε συνδυασμό με το αλκοόλ, η παραισθησιογόνος ουσία λειτούργησε πολύ καλά σε αυτό που κατασκευάστηκε να κάνει, θερίζοντας νεανικές κυρίως ψυχές και σώματα. Τρεις μέρες έκανε να συνέλθει από τις παρενέργειές της. Άλλο ένα λάθος της ήταν που ανέφερε το γεγονός στον Χάρη που του είχε εμπιστοσύνη. Εκείνος έτριβε τα χέρια του και περίμενε αυτή την ευκαιρία ως έναυσμα για να τη χώσει για τα καλά στον χώρο των ναρκωτικών και στο αρχαιότερο επάγγελμα του κόσμου. Με τη βοήθεια του συμβολαιογράφου κατάφεραν λίγο λίγο, σπυρί σπυρί να την εθίσουν στις παραισθησιογόνες ουσίες. Τις τοποθετούσαν άλλοτε στο φαγητό της, άλλοτε στα ποτά της και αργότερα όταν είχε εθιστεί πλέον, προτείνοντάς τες απευθείας στην ίδια με το πρόσχημα ότι έτσι δε θα αντιλαμβάνεται τον κάθε αρσενικό επιβήτορα και θα νιώθει ότι απλά εκτελεί ένα καθήκον, εργασιακού χαρακτήρα. Ούτε η ίδια δεν μπορούσε να πιστέψει πώς χώθηκε παρά την αρχική της θέληση σε αυτόν τον βρώμικο χώρο. Επτά χρόνια αγκιστρωμένη από το κύκλωμα που είχε πιαστεί στα δίκτυα του, εκτελούσε σάρκα και καρδιά. Κάθε μέρα ένας καινούριος θάνατος. Στις αρχές της μύησής της στην πορνεία, συνέχιζε παράλληλα το μόντελινγκ, αλλά και τις σπουδές της. Μετά από δύο χρόνια, όμως, που έχασε τη λάμψη και τη ζωντάνια της, κυρίως εξαιτίας των ναρκωτικών, κανένας δεν την προτιμούσε για τις δουλειές του, μια και δεν «τραβούσε» πλέον. Έτσι έμεινε μόνο με τον εξευτελισμό του σώματος και της ψυχής της, πουλώντας το κορμί και ξεζουμίζοντας όλο της το είναι, κυνηγώντας το μόνο πράγμα που αγάπησε τόσο πολύ. Το χρήμα! Υπήρχαν στιγμές που έβγαζε τρία ραντεβού τη μέρα ως συνοδός πολυτελείας, δωρίζοντας το αδιάφορο πλέον κορμί στις ορέξεις του κάθε ανώμαλου ή λογικού λεφτά. Όσο για τις σπουδές, ούτε λόγος πια.

Μπορεί να γνώρισε δεκάδες γνωστούς και επώνυμους από το ευρύ κοινό που συναναστρεφόταν, μπορεί να μπήκε στα μεγαλύτερα σαλόνια, μπορεί να άγγιξαν το κορμί της οι πλουσιότεροι άντρες της χώρας, αλλά κανένας τους δεν μπόρεσε να αγγίξει την καρδιά της που είχε πετρώσει. Μέχρι που γνώρισε την Αριάδνη. Τον άνθρωπο που κατάφερε με πολύ κόπο να τη βγάλει από το αδιέξοδο που είχε βρεθεί. Μια δυναμική γυναίκα που είχε μπλεχτεί και αυτή στο παρελθόν στα γρανάζια της πορνείας, αλλά ευτυχώς όχι και των ναρκωτικών.

Τη γνώρισε σε ένα μπάτσελορ πάρτι που έκανε ο γιος ενός τραπεζίτη. Αυτή θα έκανε το καθιερωμένο στριπτίζ, βγαίνοντας μέσα από μια εικονική τεράστια οθόνη, που ήταν τοποθετημένη πάνω από το νερό της μοντέρνας πισίνας. Ένας μηχανισμός ανύψωσης θα την ανέβαζε στην επιφάνεια του νερού, όπου εκεί θα άρχιζε τον αισθησιακό χορό μέχρι να τα αποκαλύψει όλα. Η Φαίδρα συνόδευε τον κουμπάρο που θα πάντρευε τον γαμπρό, που αν και νέος και μάλιστα ωραίο παιδί, ήταν μόνος του αυτόν τον καιρό. Αφού τελείωσε το σόου και όλοι ρίχτηκαν σε ξέφρενους ρυθμούς και στο κατέβασμα ατελείωτων ποτών, κάθισαν και οι δύο τυχαία στο μπαρ. Η άμεση γνωριμία τους δεν άργησε να γίνει δυνατή φιλία, η φιλία έγινε δυνατή επαγγελματική σχέση κι η επαγγελματική σχέση έγινε τελικώς ερωτική.

Η Αριάδνη είχε πάψει να έχει ετεροφυλικές σχέσεις, εξαιτίας της σιχαμάρας που εξέπεμπαν οι άντρες πάνω της, όπως της έλεγε κατά καιρούς. «Μόνο το μόριό τους κοιτάνε και πως θα το ικανοποιήσουν περισσότερο, αγνοώντας τα αισθήματα των γυναικών που γίνονται ένα μαζί τους εκείνη τη στιγμή, έστω και μόνο τα δέκα λεπτά της ερωτικής τους επαφής. Γουρούνια», τόνιζε συχνά πυκνά.

Βρήκε στο πρόσωπό της τον άνθρωπο που έψαχνε τόσο καιρό, μια και οι αντιστάσεις της δεν της επέτρεπαν να ψάχνει στον ανδρικό πληθυσμό. Τον άνθρωπο που μπορούσε να ερωτευτεί και να εμπιστευτεί, να δώσει και να πάρει από αυτόν χωρίς εγωισμούς και πάθη, απλά και ξεκάθαρα. Την αγάπησε από τα μύχια της, παρά τη μεγάλη διαφορά ηλικία τους, όσο δεν είχε αγαπήσει ποτέ κανέναν άντρα στη ζωή της.

Έτσι ήταν πολύ εύκολο για την Αριάδνη να στήσει το «μεγάλο κόλπο», όπως το ονόμασε και να τη βάλει ως κρυφό σύνδεσμο και βασική πρωταγωνίστρια σε αυτό. Για να κάμψει τις όποιες αντιστάσεις της Φαίδρας, της υποσχέθηκε ότι μετά θα έφευγαν μαζί για το εξωτερικό, να συνεχίσουν εκεί τη συμβίωσή τους θεμελιώνοντας έτσι πλούσιες πια, την απόλυτη σχέση τους. «Η τελευταία βρώμικη δουλειά μας θα είναι! Μετά τέλος. Περνάμε σε φυσιολογική ζωή», της είπε για να πειστεί ολοκληρωτικά και ξεκίνησαν να καταστρώνουν το σχέδιο με κάθε λεπτομέρεια. Έξι μήνες τους πήρε να το τελειοποιήσουν.

Η Φαίδρα έκοψε τις επαφές της με τον Χάρη και τον συμβολαιογράφο φίλο του και δεχόταν καθημερινά άπειρες απειλές και εκβιασμούς, ακόμα και για τη ζωή της. Αναγκάστηκε να αλλάξει κρυφά διαμέρισμα, βρίσκοντας ένα φτωχότερο για καμουφλάζ και σταμάτησε κάθε άλλη παλιά δραστηριότητα που θα μπορούσε να θέσει σε κίνδυνο το πλάνο τους.

Σύντομα εντοπίστηκε ο καταλληλότερος στόχος. Ο Αλέξης Παπαρρηγόπουλος και η οικογένειά του. Το τέλειο θύμα! Ο πλουσιότερος δικηγόρος της Θεσσαλονίκης και πιθανότατα όλης της Βόρειας Ελλάδος. Καθαρός, αγνός, δεν επισκεπτόταν οίκους ανοχής και χαμαιτυπεία, δεν είχε ζητήσει ποτέ συνοδό πολυτελείας και αγαπούσε τρελά την οικογένειά του. Ο ιδανικότερος άντρας για ξεβράκωμα από τις πονηρότερες γυναίκες της πόλης.

ΌλεΘρos, οργή

Θεσσαλονίκη
02 Νοεμβρίου 2021

Ο Αλέξης το πρωί της Τρίτης, μόλις έφτασε στο γραφείο του, δέχτηκε στο κινητό του ένα τηλεφώνημα από άγνωστο αριθμό, που τον γέμισε με ανάμικτα συναισθήματα. Ήταν η γραμματέας του που είχε ερωτευτεί σφόδρα.

«Αλέξη μου, εγώ είμαι. Μην πεις τίποτα σε παρακαλώ, πριν με ακούσεις ολοκληρωμένα», τον παρακάλεσε με αληθινή ευγένεια.

«Εντάξει».

«Γνωρίζω ότι σου έκανα μεγάλο κακό, σου φέρθηκα πρόστυχα και ανέντιμα και όλα αυτά για να αρπάξω τα πολυπόθητα χρήματα που πάντα λάτρευα, διότι τα στερήθηκα μικρή εντελώς. Θες να πιστέψεις ότι έμπλεξα με κακές παρέες, θέλεις να νομίζεις ότι ήταν επιλογή μου, ό,τι και αν σκεφτείς θα είναι σωστό. Αυτό που έχει σημασία είναι το αποτέλεσμα και είναι το μόνο που δεν αλλάζει. Και το αποτέλεσμα είναι ότι σε ερωτεύτηκα πραγματικά.

Σαφώς στην αρχή όλα ήταν ένα καλοστημένο σχέδιο που μοναδικό σκοπό είχε να μπουν τα λεφτά στην τσέπη, όσο γίνεται πιο αθόρυβα και ακατάβλητα. Όταν, όμως, σε έζησα από κοντά, γεννήθηκε για πρώτη φορά στη ζωή μου ο παράφορος έρωτας. Πρωτόγνωρος για εμένα και καθοδηγητής. Το μονοπάτι που διάλεξα να βαδίσω, ίσως με οδηγούσε απευθείας στον γκρεμό, αλλά ήταν επιλογή μου. Και ξέρεις πολύ καλά ότι οι επιλογές καθορίζουν τις ζωές μας.

Δεν κατάφερα, δυστυχώς, να διαλευκάνω τι ήμουν εγώ για σένα! Ένας ακόμα αριθμός, ένα ακόμα τέλμα και μετά γκρεμός, ένα ποτήρι με γλυκό κρασί στα χέρια σου; Θα ήθελα πολύ να ξέρω τι, αλλά τώρα είναι αργά. Δεν είμαι σίγουρη ότι μας έδεσε του έρωτα η κλωστή. Το μόνο που ξέρω είναι ότι το κάθε βήμα μου τις τελευταίες ημέρες, γινόταν με οδηγό τον έρωτά μου για εσένα».

«Ασημίνα...»

«Μη με διακόπτεις, σε παρακαλώ. Ξέρω πως κι εσύ ένιωσες έντονα αλλά και αντικρουόμενα αισθήματα, που απέδειξαν, δυστυχώς για εμένα, τον χαλύβδινο χαρακτήρα σου. Δεν κατάφερα να σε κάνω ολοκληρωτικά δικό μου, όμως, νομίζω πως δε μου άξιζε τελικά. Μπήκα στη ζωή σου απρόσμενα, από το πουθενά και σε αναστάτωσα με κίνδυνο τη διάλυση της ευτυχισμένης οικογένειάς σου.

Το μόνο που μου απομένει να κάνω τώρα, καθησυχάζοντας λίγο τη συνείδησή μου, είναι να ράψω ό,τι μπορώ από τα κουρελιασμένα μου αισθήματα και να σβήσω εντελώς τα μαύρα αποκαΐδια σου. Αποφάσισα να δώσω ένα τέλος σε όλο αυτό το τερατούργημα, κάνοντας επιτέλους στη ζωή μου κάτι που να μπορώ να είμαι υπερήφανη γι' αυτό. Σήμερα κιόλας θα περάσω από την αστυνομία του τμήματος Πανοράματος και θα παραδοθώ. Αφού δεν μπόρεσα να παραδοθώ στην αγκαλιά σου, τουλάχιστον να ησυχάσω τη συνείδησή μου και να χαρίσω την ευτυχία που σου έκλεψα τόσο απρόβλεπτα».

«Ασημίνα...», ψέλλισε ξανά ο Αλέξης δακρυσμένος.

«Φαίδρα. Φαίδρα με ονόμασαν οι θετοί μου γονείς και μου έδωσαν με ψεύτικο πιστοποιητικό το επώνυμό τους. Φαίδρα Παπαφανώλη».

«Φαίδρα λοιπόν...»

«Ναι, εγώ είμαι η Φαίδρα, που κατά τραγική σύμπτωση και αυτή πριν χιλιάδες χρόνια, σύμφωνα με τον ελληνικό μύθο, αγάπησε παράφορα τον γιο από την πρώτη του γυναίκα, του άντρα της Θησέα, τον Ιππόλυτο. Και αυτός απαρνήθηκε τον έρωτά της! Σε αγάπησα τρελά όσο δεν αγάπησα τίποτα άλλο στον κόσμο, ούτε ακόμα και αυτό το χρήμα! Κι ας έχεις τα διπλάσια χρόνια από εμένα. Εξάλλου, ο έρωτας χρόνια δεν κοιτά. Και να κοιτούσε, αφού είναι τυφλός, τι θα μπορούσε να δει; Ήθελα να έρθω σαν την άνοιξη και να ανθίσω στο κορμί σου, αλλά δε με πότισες όταν έπρεπε και μαράθηκε ο κήπος της καρδιάς μου. Όμως, θέλω μια τελευταία χάρη από εσένα, Αλέξη μου. Είναι η τελευταία μου επιθυμία και σε παρακαλώ μη μου την αρνηθείς! Θέλω να έρθεις εδώ, στο σπίτι μου, να σε δω για τελευταία φορά πριν... πριν με στείλουν πίσω από τα σίδερα και χαθούμε οριστικά».

«Δεν πιστεύω να είναι άλλο ένα από τα πετυχημένα κόλπα σου;» ρώτησε ξαφνιασμένος ο δικηγόρος.

«Ήμουν ειλικρινής μαζί σου και επιθυμώ να σε δω για τελευταία ίσως φορά, τόσο κακό είναι δηλαδή;» Ξέσπασε σε κλάματα και του ράγισε για ακόμη μια φορά την καρδιά. «Καλά, καλά! Μην κλαις! Θα έρθω τώρα αμέσως. Πες μου μόνο τη διεύθυνση του σπιτιού». Πήρε πρόχειρα ένα χαρτί που βρήκε μπροστά του και γκρεμοτσακίστηκε να κατέβει στο αυτοκίνητο. Έβαλε στο GPS τη διεύθυνση και ξεκίνησε γοργά.

Η κίνηση ήταν ανυπόφορη και η ανυπομονησία του μεγάλη. Ο ιδρώτας που είχε μουσκέψει το πουκάμισό του δε δικαιολογούταν από τις θερμοκρασίες της εποχής. Έφτασε εκεί σε είκοσι λεπτά. Παράτησε το αμάξι όπως όπως, λοξά πάνω σε ένα πεζοδρόμιο και κατέβηκε χωρίς να το κλειδώσει. Το θυροτηλέφωνο στην είσοδο της πολυκατοικίας έγραφε το πραγματικό της ονοματεπώνυμο. Χτύπησε μία φορά στιγμιαία και περίμενε. Αργοπορούσε να ανοίξει και επανέλαβε το χτύπημα εντονότερα. Πάλι τίποτα! Απόρησε. Πριν από λίγο μίλησαν, δεν ήταν δυνατόν να είχε φύγει κιόλας. Ανησύχησε! *Κάποιο λάκκο έχει η φάβα*, σκέφτηκε. Τρίτη προσπάθεια και πάλι τίποτα. Τότε διάλεξε ένα άλλο όνομα του ίδιου ορόφου και δοκίμασε την τύχη του σε αυτό. Η απάντηση ήρθε αμέσως από μια παιδική ή εφηβική γυναικεία φωνή.

«Ποιος είναι παρακαλώ;»

«Δικηγόρος Παπαρρηγόπουλος. Σας παρακαλώ μπο-

ρείτε να μου ανοίξετε; Ψάχνω την κυρία Παπαφανώλη Φαί-
δρα, αλλά ενώ είχαμε ραντεβού δεν...»
«Ελάτε γρήγορα επάνω. Μένω δίπλα της και είμαι
μόνη αυτή τη στιγμή. Φοβάμαι ότι κάτι κακό συμβαίνει, διό-
τι ακούγονται έντονοι διαπληκτισμοί και φασαρία. Μοιάζει
να μαλώνουν», ξεφώνισε η νεαρή και ταυτόχρονα πάτησε
το κουμπί για το ξεκλείδωμα της πόρτας.
Ο Αλέξης κατάπινε τα σκαλοπάτια σαν σοκολάτες.
Μπορεί το διαμέρισμα να ήταν στον τρίτο όροφο, αλλά
εκτίμησε ότι ο ανελκυστήρας θα αργούσε περισσότερο.
Ήταν καλά γυμνασμένος και τα χρήματα που ξόδεψε στα
γυμναστήρια δεν πήγαν χαμένα. Μόλις έφτασε στον διά-
δρομο του τρίτου, φώναξε τη μικρή που κοιτούσε δειλά δει-
λά από τη χαραμάδα τής πόρτας, να πάρει το 100 και χύμηξε
μέσα σαν τον άνεμο. Ευτυχώς για κάποιον λόγο η πόρτα
είχε μείνει ανοιχτή.
Με μια γρήγορη ματιά κατάλαβε ότι είχε προηγηθεί
έντονη πάλη. Τα έπιπλα είχαν αναποδογυριστεί, βάζα και
γλάστρες όλα σπασμένα, κουρτίνες κατεβασμένες και σκι-
σμένες, ένα ανακάτεμα κουζινικών, σερβίτσιων και εσώρου-
χων παντού σκόρπια. Το ακουστικό του θυροτηλέφωνου
βρισκόταν πεταγμένο κάτω και το καλώδιό του ξεριζωμένο.
Η τηλεόραση αναποδογυρισμένη βρισκόταν διαλυμένη στο
πάτωμα. Φωνές κλαψουρίσματος γυναικείας φωνής ερχό-
ταν από το διπλανό δωμάτιο σε αντιπαράθεση με τα βογγητά
ηδονής που έβγαιναν από βραχνή, ανδρική φωνή.
Ο Αλέξης κατάλαβε αστραπιαία τι συνέβαινε. Άρπα-
ξε μία καρέκλα από την τραπεζαρία και χύμηξε μέσα στο
δωμάτιο. Ο τερατώδης άντρας, παλλόταν πάνω από την
αδύναμη και τραυματισμένη Φαίδρα, προσπαθώντας να
ικανοποιήσει τα ένστικτά του με τον πιο άγριο τρόπο. Μά-
ταια η νεαρή προσπαθούσε να τον αποτινάξει από πάνω
της. «Φύγε! Άσε με βρωμιάρη, αλήτη... σίχαμα... φύγεεεε»,
έσκουζε και τον χτυπούσε με μπουνιές στα πλευρά, τσινώ-
ντας παράλληλα τα πόδια της, όσο ο σαλεμένος άντρας βυ-
θιζόταν μέσα στον κόλπο της.

«Σκάσε, μωρή πουτάνα και απόλαυσέ το. Από τόσους τον έχεις πάρει!» Το κρακ που ακούστηκε πάνω στο κεφάλι του, ήταν από το πόδι της καρέκλας που έσπαγε και όχι από το κρανίο του. Βόγκηξε από τον πόνο, αλλά δεν πτοήθηκε. Προσπάθησε να αντιδράσει! Γύρισε μουγκρίζοντας και προσπάθησε να χτυπήσει τον αντίπαλό του, αλλά πριν προλάβει, ο Αλέξης τού κατάφερε ένα δυνατότερο χτύπημα απευθείας στα μούτρα και τον ξάπλωσε χάμω. Ανέβηκε από πάνω του και πατώντας πάνω στο στήθος του με τα γόνατα, έδωσε άλλα δύο απανωτά χτυπήματα στη μάπα με τις γροθιές του. Όμως, το απίστευτα ρωμαλέο σώμα του αντιπάλου του δεν ήθελε να ηττηθεί. Αναδιπλώθηκε και με μια απότομη κίνηση, έφερε τα πόδια του μπροστά. Διοχετεύοντας όλη του τη λύσσα, έστειλε με μια ζυγισμένη κλωτσιά τον δικηγόρο στον απέναντι τοίχο. Κόπηκε η ανάσα του Παπαρρηγόπουλου και με το ζόρι κατάφερνε να στείλει ελάχιστο οξυγόνο στον εγκέφαλό του. Ο Βούβαλος δεν έχασε καιρό. Παραπατώντας, βρέθηκε μπροστά του και του κατάφερε μια γροθιά με το αριστερό του χέρι, κάνοντας μύτη και χείλια να ματώσουν άσχημα. Βρέθηκε να κείτεται αιμόφυρτος στο πάτωμα, ανίκανος να αντιδράσει, όταν έκπληκτος ένιωσε τον αντίμαχό του να τον ανασηκώνει σαν μαξιλάρι και να τον τοποθετεί πάνω σε μια καρέκλα.

Αμέσως μετά, μπροστά στα φρικαρισμένα μάτια του, έσκισε δύο λωρίδες από τα σεντόνια και τον έδεσε πισθάγκωνα μαζί με την καρέκλα. Το ταβάνι γύριζε πάνω από τον υπερασπιστή της Φαίδρας. Νόμιζε πως θα τον πλακώσει, ενώ πονούσε πατόκορφα. Αίφνης, η Φαίδρα έπεσε πάνω στον βιαστή της και άρχισε να τον χτυπάει με τα αδύναμα χεράκια της στο κεφάλι. Εκείνος την άρπαξε και με μία κίνηση την πέταξε σαν μαξιλάρι πάνω στο κρεβάτι, βρίζοντας ασύστολα και άρχισε να τη χτυπάει, αναγκάζοντάς τη να υποκύψει και πάλι στις ορέξεις του. Ένα μαχαίρι που πήγε και έφερε σβέλτα από την κουζίνα, άγγιξε το στήθος της άτυχης κοπέλας και οι λαίμαργες απειλές του αντιλάλησαν μέσα στο μικρό δωμάτιο. «Αν θέλεις να σου σκίσω τα στήθη πέρα για πέρα, τόλμησε να αντιδράσεις, παλιοπουτάνα. Όπως βλέπεις ο καλός σου είναι ανήμπορος να σε βοηθήσει. Και εσύ, καργιόλη, κάτσε και απόλαυσε το θέαμα. Να βλέπεις πώς πηδάει ο Βούβαλος για να μαθαίνεις». «Άφησέ με, αλήτη! Μη με αγγίξεις παλιοβρωμιάρη, σίχαμα... φτου», φώναζε αδικοχαμένα η Φαίδρα φτύνοντάς τον στα μούτρα. Όλεθρος και οργή ξεχείλισαν μπροστά στα μάτια του Αλέξη, ο οποίος ήταν αδύνατον πλέον να αντιδράσει.

«Βούλωστο, μικρή πουτανίτσα, σκάσε μη σου βγάλω τα έντερα απ' έξω», βροντοφώναξε ο Βούβαλος αφρισμένος. Τα μάτια του γυάλιζαν επικίνδυνα. Ανέβηκε από πάνω της. Με μια βίαιη κίνηση, άνοιξε με τα πελώρια πόδια του τα γυμνά σκέλη της, ενώ το μαχαίρι στραφτάλιζε απειλητικό πάνω από τα μάτια της. Μόλις μπήκε βίαια μέσα της για δεύτερη φορά, φωνές αντήχησαν από την είσοδο του διαμερίσματος.

«Εδώ, εδώ γρήγορα», ακούστηκαν δυνατά οι εντολές. Τρεις πάνοπλοι αστυνομικοί, όρμησαν στο δωμάτιο και προσπάθησαν να ακινητοποιήσουν τον βιαστή. Ακολούθησε γερή μάχη, ενώ ένας τέταρτος που φαινόταν ο υπεύθυνος της ομάδας, έκοψε με το μαχαίρι του τις λωρίδες που κρατούσαν δεμένο τον δικηγόρο και κατόπιν προσπάθησε να σκεπάσει με το ματωμένο σεντόνι τη Φαίδρα. Αυτή, όμως, αναθάρρεψε μόλις είδε ότι τον είχαν μπαγλαρώσει, σηκώθηκε ολόγυμνη όπως ήταν και άρχισε να κλωτσάει τον ήδη δεμένο με χειροπέδες δράστη, με όλη της τη δύναμη στα γεννητικά του όργανα, βρίζοντας ταυτόχρονα αδιάντροπα. Μάταια οι αστυνομικοί προσπαθούσαν με ήπιο τρόπο να τη σταματήσουν. Εκείνη συνέχισε να τον χτυπάει ανελέητα και μόνο μετά τα συνεχή παρακάλια του Αλέξη να ηρεμήσει, κάμφθηκε και τελικά έπεσε στην αγκαλιά του κατάκοπη και κλαίγοντας απαρηγόρητη.

«Αλέξη μου, Αλέξη μου», ξεφώνησε γεμάτη αναφιλητά και κρεμάστηκε επάνω του. Το μολυσμένο της κορμί, άρχισε να συσπάται από το σοκ και τη γύμνια. Τη σκέπασε με μια καθαρή κουβέρτα και βγήκε έξω να μαζέψει όποια ρούχα της μπορούσε να βρει. Τα περισσότερα από αυτά ήταν σχισμένα. Η γυναίκα προσπάθησε να ηρεμήσει και άρχισε δειλά δειλά να ντύνεται με τη φροντίδα του Αλέξη και μιας γυναίκας υπαξιωματικού. Το ασθενοφόρο που είχε καλέσει λίγο νωρίτερα ο αξιωματικός δεν άργησε να φανεί. Τους έβαλαν μέσα μαζί, ενώ τον έξαλλο γίγαντα τον οδήγησαν με το περιπολικό στο τμήμα. Μέσα στο ασθενοφόρο και μέχρι να φτάσουν στο εφημερεύον νοσοκομείο, η Φαίδρα με ασταμάτητα αναφιλητά, άρχισε να του εξιστορεί τα γεγονότα που διαδραματίστηκαν λίγη ώρα πριν. «Προφανώς το αναίσθητο τέρας είναι ένας από την ομάδα μας, από τους απαγωγείς της κόρης σου. Έβγαλα αυτό το συμπέρασμα από τα συμφραζόμενα και τα λόγια που μου έλεγε πριν με πετάξει στο κρεβάτι. Λογικά είχαν παγιδευμένο το τηλέφωνό μου. Έκανα το λάθος και σου τηλεφώνησα από το κινητό που είχαμε κρυφό για τις ενδοεπικοινωνίες μας. Δεν το περίμενα αυτό από την Αριάδνη. Της είχα τυφλή εμπιστοσύνη. Ίσως βέβαια και να μη γνωρίζει τίποτα γι' αυτό που προηγήθηκε.

Δεν μπορώ να το εξηγήσω αλλιώς, αφού μόλις μιλήσαμε μαζί και σου εκμυστηρεύτηκα ότι θα παραδοθώ, εμφανίστηκε αμέσως αυτό το γουρούνι. Δεν τον γνώριζα από κοντά. Στις λιγοστές ομιλίες μας πάντα χρησιμοποιούσαμε συνθηματικά και με τον δικό μας κώδικα επικοινωνίας, που είχαμε μάθει όλοι για την περίπτωση παρακολούθησης των συζητήσεών μας. Όταν χτύπησε το θυροτηλέφωνο, άνοιξα αμέσως την πόρτα χωρίς να ρωτήσω ποιος ήταν, διότι νόμιζα ότι ήσουν εσύ. Είχα τόσο ανάγκη να σε δω!

Από την ομάδα μας γνώριζα καλά μόνο την Αριάδνη και λίγο έναν νεαρό, που μου φαινόταν για καλό παιδί. Είχε μπλέξει ατυχώς και αυτός μαζί μας, στην προσπάθειά του να ξελασπώσει την οικογένειά του που ήταν βουτηγμένη στα χρέη από την κρίση των προηγούμενων ετών. Η Αριάδνη, η οποία ήταν η αρχηγός, είχε οργανώσει τα πάντα, βρίσκοντας μόνη της μάλιστα και τους υπόλοιπους συνεργάτες. Με τον μόνο που είχα συναντηθεί, πέρα βέβαια από την ίδια, ήταν ο νεαρός που σου προανέφερα και τον φωνάζαμε Γύπα, για να φουμάρουμε κάνα δυο φορές ελαφριά χόρτα, συζητώντας παράλληλα λεπτομέρειες των σχεδίων. Με την Αριάδνη που γνωριζόμασταν από πριν, διατηρούσαμε ερωτικό δεσμό. Πώς κατάφερε και με έπεισε να κάνουμε πράξη το σχέδιό της μη με ρωτάς! Φοβάμαι ότι τελικά είμαι πολύ ευκολόπιστο άτομο και πέφτω εύκολα σε λάθος επιλογές».

«Ασημίνα... Φαίδρα...»

«'Οταν ανέβηκε στο διαμέρισμα ο Βούβαλος, χωρίς να με ρωτήσει το παραμικρό, άρχισε να με χτυπάει βάναυσα, βρίζοντας και κατηγορώντας με για προδοσία, λέγοντας ότι αυτό δε θα το άφηνε έτσι. Έπειτα άρχισε να μου σκίζει τα ρούχα και όσο αντιστεκόμουν τόσο περισσότερο με χτυπούσε. Ακολούθησε άνιση μάχη που, όπως φάνηκε, τον άναψε περισσότερο. Και τελικά με έσυρε από τα μαλλιά, ολόγυμνη όπως με βρήκες και με εξευτέλισε για μια ακόμη φορά. Αν δεν ερχόσουν εσύ και αργότερα η αστυνομία, μόλις χόρταινε με τις ανώμαλες ορέξεις του θα με σκότωνε αναμφισβήτητα για να γλιτώσουν τα τομάρια τους από το κάρφωμα».

«Η πόρτα πώς έμεινε ανοιχτή;» ρώτησε ο Αλέξης, αφού άκουσε προσεκτικά όλη την αφήγηση.

«Κάποια στιγμή πάνω στην πάλη μας κατάφερα να την ανοίξω με το χερούλι, ελπίζοντας πως θα με προλάβεις ζωντανή, πράγμα που έγινε. Ήταν η σωτήρια κίνησή μου. Τσεκ στους όρους του σκακιού», είπε με ένα πικρό χαμόγελο στα σκισμένα της χείλη.

Σε λίγες ώρες όλο το κουβάρι της Αριάδνης θα άρχιζε να ξετυλίγεται. Το αγαπημένο του κορίτσι η Χριστίνα, θα ήταν και πάλι στη θαλπωρή της οικογένειάς της, στις αγκαλιές των αγαπημένων της. Ο Αλέξης έσπρωξε τις σκέψεις του στο εγγύς μέλλον και το ματωμένο του πρόσωπο έλαμψε από χαρά.

Κατά την ανάκριση ο Βούβαλος, προσπαθώντας να κερδίσει όσο πιο πολλά ελαφρυντικά μπορούσε, έδωσε στεγνά την Αριάδνη και τη διεύθυνση του σπιτιού της που κρατούσαν τη μικρή Χριστίνα. Φυσικά, αυτά επιβεβαιώθηκαν και με τις πληροφορίες που τους έδωσε και η Φαίδρα. «Δε γνώριζα, όμως, για την άλλη γυναίκα σχεδόν τίποτα, παρά μόνο το ψευδώνυμό της, όπως μας το είχε δώσει η Αριάδνη. Μέλισσα η στρουμπουλή την προσφωνούσαν και ήταν μια απλή κυρία για καμουφλάζ στις όποιες κινήσεις τους, για να περνάει ως κοινή πολίτης που δε θα μπορούσε να υποψιαστεί κανείς. Μάλιστα, υπήρχε πιθανότητα να είχε δημιουργήσει και ερωτικό δεσμό με τον Βούβαλο, όσον καιρό εκτελούσαμε το προγραμματισμένο σχέδιο», ανέφερε η Φαίδρα κατά την αστυνομική ανάκριση.

«Όσον αναφορά στον άλλο άνδρα της γυναικοκρατούμενης παρέας, τον Γύπα, είχα επαφές μαζί του σε κάθε νέο βήμα του σχεδίου. Τον ενημέρωνα τακτικά, σχεδόν όσο και την Αριάδνη από το δεύτερο μυστικό κινητό μου. Αυτός ήταν ο ειδικός στις σύγχρονες τεχνολογίες. Ήταν ο νεαρός με το καλογυμνασμένο σώμα και το ευχάριστο παρουσιαστικό, αλλά αγαθός και ευαίσθητος όσο κανένας άλλος. Ίσως είναι ο μόνος που έμπλεξε άδικα μαζί μας και θα χαραμίσει τα νιάτα του στη φυλακή. Μαζί του είχα βγει μερικές φορές σε στέκια, ως τυπικό ερωτευμένο ζευγάρι για να μην κινώ υποψίες, αλλά ούτε που μένει δε γνωρίζω. Φουμάραμε χασισάκι κάνα δυο φορές, αλλά δε γνώριζα άλλες λεπτομέρειες γι' αυτόν. Η Αριάδνη είχε προβλέψει ότι εάν κάποιος συλληφθεί πρόωρα, να μη γνωρίζει τα στοιχεία των άλλων και έτσι να μην υπάρξει ο κίνδυνος να διαλυθεί η ομάδα μονομιάς, πριν προλάβει να ολοκληρωθεί με επιτυχία το αρχικό πλάνο. Εμένα μου είχε απόλυτη εμπιστοσύνη και γι' αυτό μου ανοιγόταν ευκολότερα. Η απαγωγή ήταν το εναλλακτικό σχέδιο, στην περίπτωση που δεν κατάφερνα να διαρρήξω το χρηματοκιβώτιο του δικηγόρου, στου οποίου το γραφείο εργάστηκα πρόσφατα», ξεφούρνισε κλείνοντας την ανάκρισή της η μετανιωμένη για όλα πλέον πεντάμορφη νέα.

Την ώρα που έφτασαν οι αστυνομικοί στο σπίτι της Αριάδνης, μέσα ήταν μόνο αυτή και η μικρή κρατούμενη που φρουρούσε. Κατάλαβε γρήγορα ότι δεν την έπαιρνε να κάνει τίποτα και έτσι δεν αντιστάθηκε στη σύλληψή της. Έβριζε την ώρα και τη στιγμή που διάλεξαν αυτό το ευφυέστατο και ατρόμητο κορίτσι ως θύμα που τελικά αποδείχθηκε πως έγινε θύτης τους. Αργότερα θα καταλάβαινε πως όλες οι επιλογές της ήταν η βασική αιτία που χάλασε το σατανικό της σχέδιο.

Η αρχηγός της σπείρας, μόλις η Χριστίνα πέρασε από μπροστά της, συνοδευόμενη από μία υπαξιωματικό, την έφτυσε κατάμουτρα αναθεματίζοντας παράλληλα την τύχη που την έφερε στον δρόμο της. Η ταλαιπωρημένη έφηβη, όμως, έχοντας υψηλό το αίσθημα της περηφάνειας αλλά και αγνή ψυχή, την κοίταξε βαθιά στα μάτια και της είπε ζωηρά: «Τσεκ ματ! Ο Θεός να σε λυπηθεί».

Στο σπίτι της οικογένειας μόνο που δε στήθηκε πανηγύρι με παραδοσιακά όργανα. Τα χαμόγελα έλαμπαν και φώτιζαν τις καρδιές όλων των μελών και οι αγκαλιές δεν έλεγαν να σταματήσουν. Η Χριστίνα χώθηκε στα στήθη όλων των αγαπημένων της και ένιωσε σαν χελιδονάκι στο μπαλκόνι που γυρεύει ζεστασιά. Ο φόβος του αποχωρισμού πέταξε μακριά. Η χαρά επανήλθε. Όλοι τους αναλογίστηκαν πόσο μεγάλη αξία έχουν τελικά τα αγαπημένα πρόσωπα, που ενώ όταν τα έχουμε συνέχεια δίπλα μας δεν εκτιμούμε την πραγματική αγαλλίαση που μας δίνουν, ενώ όταν τα χάνουμε έστω και για λίγο, διαπιστώνουμε πόσο πολύ μας λείπουν και πόσο πολύ τα αγαπάμε.

Η οικοδέσποινα ετοίμασε το αγαπημένο τους φαγητό, σύμφωνα πάντα με την πλειοψηφία, με τη μεγαλύτερη μαεστρία που έβαλε ποτέ και έφαγαν με περισσή όρεξη, η οποία τους είχε κοπεί τις τελευταίες ημέρες. Η γλυκιά γεύση της ευτυχίας επανήλθε. Η πικρή αλήθεια, όμως, για κάποιον δεν είχε πει ακόμη την τελευταία της λέξη.

Ο Αλέξης κρυφά από τα παιδιά του, για να μην τους δώσει το ερέθισμα και αγχωθούν, για λίγες μέρες είχε προσλάβει ομάδα προσωπικής φύλαξης μέχρι να επανέρθει η ζωή τους σε κανονικούς ρυθμούς. Αυτό είπε και στη Δέσποινα, το βράδυ που έπεσαν για ύπνο κατάκοποι, αλλά τρισευτυχισμένοι που επιτέλους και πάλι ήταν όλοι μαζί. «Δε χρειάζεται να το γνωρίζουν τα παιδιά. Εάν το καταλάβουν όμως, θα τους σταματήσουμε νωρίτερα από το προβλεπόμενο. Νιώθω πιο ήρεμος έτσι. Όμως, ίσως να κάνω και λάθος. Εσύ τι γνώμη έχεις;»

«Ό,τι πεις εσύ, Αλέξη μου».

Χαμογέλασε. Η αιώνια γυναίκα του, που σπάνια του έφερνε αντίρρηση. Καλό ή κακό αυτό; Η μέχρι τώρα ήρεμη πορεία της συζυγικής τους ζωής απέδειξε ότι ήταν καλό. Τελευταία, όμως, το θράσος, ο αυθορμητισμός, οι πρωτοβουλίες από ένα άλλο, άγνωστο πρόσωπο, τον γοήτευσαν. Οι αισθήσεις του διεγέρθηκαν και οι αντιστάσεις του κάμφθηκαν. Μήπως τελικά χρειάζονταν πού και πού κάποιες μικρές επαναστάσεις στο μενού τους από τη Δέσποινα, έτσι για το αλατοπίπερο; Έγειρε πλάι και τη φίλησε. Εκείνη ανταποκρίθηκε. Το ένα φιλί έγιναν δύο, τα δύο τέσσερα και ένας ολοκληρωτικός έρωτας ξεχύθηκε στην κλίνη τους. Είχε μέρες να γευτεί το ζευγάρι τον αγνό έρωτα, απαλλαγμένο από σκοτούρες και βάσανα, με την ψυχή και το σώμα προσηλωμένο του ενός στου άλλου.

Την επόμενη μέρα το πρωί, ο Αλέξης φρέσκος μεν από τον χορταστικό ύπνο, αλλά μετανιωμένος που φέρθηκε τόσο ανόητα και ανεύθυνα το τελευταίο διάστημα, έφτασε λίγο αργοπορημένος στο γραφείο του. Οι πληγές που άφησαν πίσω τους τα αναπάντεχα γεγονότα των τελευταίων εβδομάδων, ήθελαν χρόνο για να κλείσουν. Έπρεπε να σκεφτεί και να δράσει άμεσα σε πολλά, ανοιχτά μέτωπα. Πρόσληψη νέας γραμματέας, προετοιμασία για τη δίκη των απαγωγέων της κόρης του, υποθέσεις που εκκρεμούσαν και τις άφηνε πίσω συνέχεια και φυσικά το μείζον θέμα, πώς θα χειριζόταν το θέμα της απιστίας του, αναφορικά με την ανυποψίαστη σύζυγο.

Μόλις και μετά βίας κατάφερε να δικαιολογηθεί για το στραπατσαρισμένο πρόσωπό του, το προηγούμενο βράδυ, μετά από τις πρώτες βοήθειες που δέχθηκε στο εφημερεύον νοσοκομείο. Και είχε επιστρατεύσει όλη του τη δικηγορική μαεστρία. Θα έβρισκε το θάρρος ή το θράσος να δικαιολογήσει την πράξη του; Ή μήπως θα έβρισκε τη δύναμη παλεύοντας με τις ερινύες κάθε μέρα, να το αποκρύπτει από την αγία αυτή γυναίκα, που ποτέ της δεν του στέρησε κάτι; Αδύνατον να δώσει απάντηση στο δίλημμα, που μόνος του δημιούργησε!

Ξαφνικά θυμήθηκε ότι μέσα στο χρηματοκιβώτιο, υπήρχαν κάτι εκατομμύρια, που ευτυχώς δεν έκαναν φτερά προς τους επίδοξους δράστες, και κάλεσε την ασφάλεια να έρθει να τα παραλάβει προκειμένου να τα καταθέσει στους αντίστοιχους λογαριασμούς του. Προχώρησε προς τον χώρο που το χρηματοκιβώτιο ήταν καλά κρυμμένο, έβαλε τον κατάλληλο συνδυασμό, τοποθέτησε το κλειδί και το κλικ ανοίγματος ακούστηκε μαλακά.

Έβγαλε έναν σάκο από μέσα και άρχισε να τον γεμίζει με τα χρήματα. Απροόπτως, το μάτι του έπεσε σε ένα χαρτί στον πάτο του χρηματοκιβωτίου, που έμοιαζε με γράμμα. Το έπιασε με το αριστερό του χέρι και πριν προλάβει να καταλάβει τι ήταν, μια ευχάριστη μυρωδιά έφτασε στα ρουθούνια του. Προερχόταν από το μυστηριώδες έγγραφο. Το έφερε στη μύτη του κοντά και η έντονη ευωδία του, θύμιζε το άρωμα της Ασημίνας ή πιο σωστά πλέον της Φαίδρας. Παράτησε τα χρήματα όπως ήταν μέσα και έκατσε στην πρώτη πολυθρόνα που βρήκε μπροστά του.

Για σένα που αγάπησα πολύ...

Εφόσον διαβάζεις αυτές τις λίγες αράδες, καλέ μου, σημαίνει ότι οι δρόμοι μας έχουν χωρίσει και ίσως δε θελήσεις να με συναντήσεις ξανά. Πιθανότατα να έχουμε μιλήσει ήδη τηλεφωνικά ή ακόμα να σου έχω ανοίξει την καρδιά μου και από κοντά, εφόσον προηγήθηκε η αποδοχή αυτής της πρότασής μου, αλλά επειδή δεν μπορούσα να το διασφαλίσω αυτό, αποφάσισα να ξεδιπλώσω τα φύλλα των αισθημάτων μου για σένα και γραπτώς.

Όλα ξεκίνησαν πριν οχτώ μήνες περίπου με ένα οργανωμένο σχέδιο, που σκοπό είχε να σε ελαφρώσουμε από μερικά βάρη. Το α΄ σχέδιο προέβλεπε διάρρηξη από εμένα του χρηματοκιβωτίου σου, αλλά ναυάγησε παταγωδώς, μια και ήσουν ιδιαίτερα μυστικοπαθής και δεν μπόρεσα να σου αποσπάσω τον κωδικό του. Έτσι, αναγκαστικά περάσαμε στο σχέδιο β΄ κατά το οποίο με την απαγωγή της κόρης σου θα σου ζητούσαμε πολλά λύτρα δια της βίας, όπως και έγινε. Όλο αυτό το εγχείρημα, όμως, χρειαζόταν χρόνο και κατά το διάστημα της προετοιμασίας του τελικού χτυπήματος μάς έφερε πολύ κοντά.

Σε ολόκληρη τη ζωή μου, ήρθα σε επαφή με άπειρους ανθρώπους, που με έβλεπαν απλά σαν μια θελκτική σάρκα για τα δόντια τους. Είτε άντρες της μιας βραδιάς, είτε πεινα- σμένοι εραστές, είτε μισαλλόδοξοι τύποι που κοιτούσαν μόνο την πάρτη τους. Όλοι τους ήταν σκοτάδι. Το φως που έλαμψε μέσα μου, όταν σε γνώρισα καλά, δεν περιγράφεται ούτε με λόγια, ούτε με δεκασέλιδες αναφορές.

Γέμισες όλο μου το είναι, από τα νύχια μέχρι την τελευταία τρίχα της κεφαλής μου. Ήσουν ο στοργικός πατέρας, ο χαμογελαστός αδερφός, ο καρδιακός φίλος, ο ιδανικός εργοδότης, ο τέλειος εραστής. Σε αγάπησα σε υπέρτατο βαθμό λατρείας, έτσι όπως δεν αγάπησα ποτέ κανέναν και ειλικρινά πιστεύω, πως δε θα έχω άλλη τέτοια ευκαιρία στη ζωή μου.

Αποφάσισα να παραδοθώ και να βοηθήσω παράλληλα να ελευθερωθεί και η κόρη σου, σώα και αβλαβής. Ναι, μην απορείς! Σου αξίζει αυτό και το κέρδισες με το σπαθί σου. Όσο για μένα... δεν πρόκειται να το σκάσω αυτή τη φορά. Ξέρω ότι η φυγή μπορεί να γίνει η σωτηρία μου και ίσως μου το συνιστούσες κι εσύ, με μια από τις πάμπολλες ιδιότητές σου, αλλά δεν είναι η λύση. Φτάνει πια με αυτή τη δειλία που με διακατείχε τόσον καιρό. Με το παραμικρό, σε κάθε δύσκολη στιγμή, ο φραγμός τον πρώτο λόγο και η φυγή ως φυσικό επακόλουθο. Ήρθε η ώρα να πληρώσω και θα πληρώσω, όπως μου αξίζει. Θα μπορούσα να γεμίσω ολόκληρες σελίδες για αυτά που αισθάνομαι, αλλά δε θα άλλαζε τίποτα. Εξάλλου, ούτε εγώ θα ήθελα να αλλάξει, διότι θα ήταν πολύ εγωιστικό από την πλευρά μου. Εσύ πρέπει να παραμείνεις στον ευτυχισμένο κόσμο σου και εγώ στην κόλασή μου.

Λίγο πριν σε αποχαιρετήσω, θα ήθελα να σου γράψω γι' αυτό που με βαραίνει περισσότερο απ' όλα. Σου αναστάτωσα τη ζωή, κυνηγώντας ένα καλύτερο μέλλον που νόμιζα ότι θα βρω, μέσα από την απόκτηση του εύκολου πλούτου. Εάν ήξερα από την αρχή πραγματικά, πόσο κακό θα σου προκαλούσα, πίστεψέ με δε θα το επιχειρούσα. Νόμιζα ότι τα χρήματα θεραπεύουν τον άνθρωπο από τα πάθη και από τα λάθη του, αλλά τελικά και αυτό αποδείχτηκε άλλη μια λανθασμένη θεωρία. Μύθος! Η πραγματική θεραπεία βρίσκεται μέσα στο μυαλό μας και στη στοργή που δίνουν οι άνθρωποι που μας αγαπούν πραγματικά.

Ζηλεύω τη Δέσποινα και θα ήθελα να είμαι πολύ στη θέση της, αλλά αδυνατώ. Είμαι πολύ πιο μικρή και σε ηλικία και σε ικανότητες για να το πετύχω. Μείνε κοντά της και φρόντισε να μην τη στενοχωρήσεις ποτέ. Κρύψε αυτόν τον ανεκπλήρωτο έρωτά μας και ξέχασέ τα όλα, ως ένα εφιαλτικό όνειρο, που πάει, πέρασε.

Αλέξη μου, να θυμάσαι πως όσα χρόνια να περάσουν, θα σ' αγαπώ με τον τρόπο μου. Μόνο σε παρακαλώ, επίτρεψέ μου να το κάνω. Τίποτα άλλο δε σου ζητώ. Αν επιθυμείς, όμως, το αντίθετο, θα σφίξω την καρδιά μου και θα προσπαθήσω να σε ξεχάσω. Δε θέλω, όμως, να σε ξεχάσω! Θέλω να σ' αγαπώ, όπως ξέρω μόνο εγώ!

Εύχομαι, εάν ποτέ συναντηθούμε, να νιώσω κοιτώντας τα μάτια σου, ότι δέχθηκες την ταπεινή συγνώμη μου που μόλις με αυτό το γράμμα σου ζητώ και ότι δε μου κράτησες κακία.

Συγνώμη...

Σε φιλώ, η Ασημίνα σου.

Φαίδρα Παπαφανώλη

Ο Αλέξης διάβασε άλλες τρεις φορές το δισέλιδο γράμμα. Δεν κατάλαβε ότι τα μάτια του είχαν βουρκώσει, παρά μόνο όταν διαπίστωσε ότι οι παρακλητικές λέξεις πάνω στο χαρτί είχαν μουσκευτεί. Προχώρησε στο μπαρ του γραφείου, βρήκε τον αναπτήρα που υπήρχε εκεί για να ανάβει το καμινέτο και τον άναψε. Προέτεινε τη φωτιά κάτω από το γράμμα, αλλά μεμιάς την έσβησε μετανιωμένος. Κοντοστάθηκε με τα χέρια του να κρατιούνται όρθια στον αέρα. Το ένα κρατώντας το γράμμα εξομολόγησης και το άλλο τον σβηστό αναπτήρα. Σαν εικόνα από καρτούν έμοιαζε το όλο σκηνικό. Από μπροστά του πέρασαν σαν κινηματογραφική ταινία όλες οι σκηνές που είχαν πρωταγωνίστρια την Ασημίνα. Ναι, Ασημίνα! Αυτό το όνομα ήθελε να θυμάται, αυτό να κρατήσει κάπου σε μια γωνιά της μνήμης του ως γλυκόξινη ανάμνηση και όχι το Φαίδρα ως πικρόγλυκη γεύση.

Τελικά, μετά από μια εσωτερική διένεξη συναισθημάτων και λογικής, ο αναπτήρας άναψε ξανά και η φλόγα τύλιξε το αρωματισμένο γράμμα. Η μυρωδιά που ξεχύθηκε στο τεράστιο γραφείο, ανακατεμένη με τους καπνούς του καμένου χαρτιού, ήταν και το τελευταίο πράγμα που έβαζε στα σωθικά του, από τον παράνομο και παράφορο ερωτά του. Η Φαίδρα Παπαφανώλη κάηκε μαζί με αυτό το γράμμα. Ήταν παρελθόν! Ένα γλυκόξινο παρελθόν που έγινε καπνός, στάχτες μπροστά στα μάτια του μέσα στον νιπτήρα, σε λίγα μόλις δευτερόλεπτα.

Ξαφνικά, μια αναλαμπή τον αφύπνισε. *"Πώς είχε μπει το γράμμα μέσα στο χρηματοκιβώτιο; Πότε;"* Έτρεξε με αγωνία και καταμέτρησε στα γρήγορα τα χρήματα. Όλα ήταν εντάξει. Δεν έλειπε ούτε σεντ! *"Εάν όμως είχε καταφέρει τελικά να το ανοίξει, γιατί δεν τον ξάφρισε, όπως ήταν στο αρχικό σχέδιο; Μήπως μετάνιωσε και για αυτό; Ποιος θα είχε τόσο μεγάλο πειρασμό μπροστά του και με ποια δύναμη χαρακτήρα δε θα βουτούσε το δάχτυλό του μέσα στο μέλι!"* Δεκάδες ερωτήματα του δημιουργήθηκαν. Πέπλο μυστηρίου τον σκέπασε ξανά.

Έσπασε το κεφάλι του να θυμηθεί, εάν σε κάποια παθιασμένη στιγμή, του ξέφυγε ο κωδικός. Όχι, αδύνατον! Θα το θυμόταν σίγουρα. Μα τότε πώς; Βέβαια οι διαρρήκτες μηχανεύονται εκατοντάδες τρόπους, αλλά δε φαινόταν παραβιασμένο. Θόλωσε. Άκρη δεν έβγαζε. *"Τελικά, αυτό το αλλοπρόσαλλο κορίτσι, με έχει τρελάνει με τον ιδιότυπο χαρακτήρα της. Αποδείχτηκε μία ακόμη φορά, πόσο λίγο την ξέρω. Άβυσσος η ψυχή του ανθρώπου",* σκέφτηκε και προχώρησε προς το γραφείο του. Τηλεφώνησε στον θυρωρό του συγκροτήματος, τον κυρ Αντώνη και τον ρώτησε εάν είδε πρόσφατα την Ασημίνα να ανεβαίνει στα γραφεία και να ξαναφεύγει αμέσως. Αφού πήρε αρνητική απάντηση, άνοιξε την ατζέντα που περιείχε τα επαγγελματικά τηλέφωνα. Βρήκε το νούμερο που ήθελε και σχημάτισε τον αριθμό επάνω στην οθόνη αφής του σταθερού υπερσύγχρονου τηλεφώνου του.

«Παρακαλώ;»

«Έλα, Κώστα, ο Αλέξης είμαι. Μου δίνεις σε παρακαλώ το νούμερο του τηλεφώνου της πρώην γραμματέας σου, της Ασημίνας;»

«Μα...»

«Καταλαβαίνω, απορείς και με το δίκιο σου. Θα σου εξηγήσω σύντομα, μην ανησυχείς. Δώσ΄ μου το σε παρακαλώ, διότι έχω άμεση ανάγκη από μια σωστή γραμματέα».

«Εντάξει, Αλέξη μου, γράφε λοιπόν».

«Ωραία, το σημείωσα, σ' ευχαριστώ».

«Τίποτα, αλλά δεν καταλαβαίνω, αφού τόσο καιρό ήταν...»

«Θα τα πούμε από κοντά, Κώστα μου. Είναι πολύ μεγάλη ιστορία. Εγώ ακόμα πέφτω από τα σύννεφα! Βιάζομαι τώρα να προλάβω να της τηλεφωνήσω, πριν προλάβει καμία άλλη και πάρει τη θέση της ξανά», απάντησε γεμάτος χαμόγελο, αφήνοντας τον φίλο του να αναρωτιέται.

Σκιές

Θεσσαλονίκη
12 Νοεμβρίου 2021

«Καλησπέρα σας, κύριε Παπαρρηγόπουλε», ακούστηκε απαλά η γυναικεία φωνή.

«Καλησπέρα και σ' εσάς κυρία...»

«Είμαι η αρχιφύλακας Σαραφοντούλη Αφροδίτη και σας τηλεφωνώ από το αστυνομικό τμήμα Πανοράματος. Θα μπορούσατε παρακαλώ να περάσετε από εδώ; Σας θέλει ο διοικητής».

«Τι έγινε, είχαμε κάτι καινούριο σχετικά με την απαγωγή; Συλλάβατε και τους υπόλοιπους;» ρώτησε βιαστικά ο δικηγόρος.

«Είναι λεπτό το ζήτημα, κύριε. Σας παρακαλώ περάστε από εδώ».

«Εντάξει, σε δέκα λεπτά θα είμαι εκεί».

Μόλις έφτασε στο τμήμα, ο Φωτεινιώτης τον χαιρέτησε εγκάρδια και του έδειξε το μοναδικό ελεύθερο κάθισμα του φτωχικού γραφείου του.

Όλος αγωνία ο Αλέξης κάθισε και τον κοίταξε στα σκοτεινιασμένα μάτια του. «Τι συμβαίνει, αστυνόμε; Διακρίνω συννεφιασμένο ουρανό στην όψη σου!»

«Πράγματι, έτσι είναι», απάντησε εκείνος νωθρά. «Πριν από λίγο λάβαμε κάποιες πληροφορίες που μας σόκαραν όλους».

«Πείτε μου, μη με κρατάτε άλλο σε αγωνία. Αρκετά τραβήξαμε το τελευταίο διάστημα».

«Ναι, ναι έχετε δίκιο. Θα έρθω απευθείας στο θέμα. Η

445

μητέρα σας, η κυρία Παπαρρηγοπούλου Τέμα, επέστρεφε στην Ελλάδα από τη Γκάνα μέσω Κωνσταντινούπολης;» «Δε γνωρίζω κάτι τέτοιο! Δεν το νομίζω! Γιατί ρωτάτε;» «Επειδή η πτήση που επέβαινε κατέπεσε κατά την προσπάθεια προσγείωσης λόγω κακών καιρικών συνθηκών και πιθανότατα λανθασμένων ανθρωπίνων χειρισμών, στο αεροδρόμιο Ατατούρκ της Κωνσταντινούπολης».

«Τι λέτε τώρα;» φώναξε πανικόβλητος ο Παπαρρηγόπουλος.

«Δυστυχώς, φοβάμαι ότι δεν ανήκει στους ελάχιστους επιζώντες. Το πορτοφόλι που βρέθηκε στην τσάντα της, μαρτυρεί την ταυτότητά της. Παρόλα αυτά, όμως, πρέπει να γίνει και η τυπική αναγνώρισή της», είπε κλείνοντας ο αστυνόμος την επώδυνη νεκρολογία του.

«Δεν είναι δυνατόν, δεν μπορώ να το πιστέψω. Γιατί να έρθει στην Ελλάδα χωρίς να μας ειδοποιήσει;» ούρλιαξε με ανεβασμένους τους τόνους. Αμέσως μετά σκέφτηκε το πρόσφατο συμβάν με τη Χριστίνα και το μυαλό του πήγε στη συχνή αλληλογραφία που είχαν τα παιδιά και η γυναίκα του μαζί της. «Κάποιος θα της έστειλε γράμμα», ψιθύρισε με επιφυλάξεις. «Δώστε μου ένα λεπτό, κύριε αστυνόμε, να το διασταυρώσω».

Πρώτα πήρε τη Δέσποινα, η οποία δε γνώριζε τίποτα. Αμέσως μετά τη μεγάλη του κόρη, η οποία δεν απάντησε και τέλος τον Μάκη, ο οποίος του αποκάλυψε ότι την είχε ενημερώσει γραπτά ο ίδιος, αλλά χωρίς να φανταστεί ότι θα πάρει την απόφαση να επιστρέψει στην Ελλάδα. Φρίκαρε ο Αλέξης. Γιατί δεν τον ενημέρωσε ο γιος του και γιατί αφού όλα πήγαν καλά με τη Χριστίνα, ξέχασε να την ειδοποιήσει;

«Ναι, υπάρχει μεγάλη πιθανότητα να ερχόταν πίσω στη δεύτερη πατρίδα της. Είχε ενημερωθεί από τον γιο μου για την απαγωγή της κόρης μου και προφανώς πήρε την απόφαση να έρθει χωρίς να μας ειδοποιήσει».

«Λυπάμαι πολύ! Δεχτείτε τα θερμά μου συλλυπητήρια. Πρέπει, όμως, να μεταβείτε στην Κωνσταντινούπολη για αναγνώριση και... να φέρετε και τη σορό της».

Ο πάμπλουτος δικηγόρος με πεσμένα τα αυτιά, σηκώθηκε σωστό ράκος και αφού ευχαρίστησε τον αστυνόμο, έφυγε σχεδόν τρεκλίζοντας. Η μητέρα του, αυτός ο υπέροχος άνθρωπος να φύγει έτσι άδοξα! Χτύπημα της μοίρας; Το πεπρωμένο; Απονομή δικαιοσύνης; Καυτός παραδειγματισμός ανώτερης δύναμης; Μήπως αναπόφευκτη τιμωρία για το ατόπημά του; Τι απ' όλα; Έφτασε στο σπίτι κλαίγοντας σαν μωρό παιδί και βούτηξε και τα άλλα μέλη της οικογενείας στον πικρό πολτό του πένθους. Πνίγηκαν στο κλάμα, από τον πιο μικρό, μέχρι τον πιο μεγάλο, από τον πιο ευαίσθητο, μέχρι τον πιο σκληρό. Οι σκιές του παρελθόντος τους κυνήγησαν, τους έφτασαν και τύλιξαν μέσα στο παρόν τους τα σώματα και τις ψυχές με τα μαύρα κουβάρια της απόγνωσης.

Ποτέ πλέον η μητρική αγάπη δε θα μπορούσε να γίνει το βάλσαμό του. Η καρδιά του έγινε περιβόλι με τριαντάφυλλα και κυκλάμινα ποτισμένα με δάκρυ και καημό. Σαν την αγάπη της μάνας καμία! Δεν τη χόρτασε, δεν την ήπιε στο καθημερινό του ποτήρι. Την είχε τόσο ανάγκη κι όμως αυτή δόθηκε αλλού! Μπορεί να τον πονούσε πολύ αυτό, αλλά ταυτόχρονα τον έκανε και υπερήφανο. Οι σκέψεις του Αλέξη, φτερούγιζαν πάνω από το κεφάλι του, συμπληρώνοντας τον άφατο πόνο της ψυχής.

Η γιατρός, κάμποσες ώρες πριν, διάβαζε όλα σχεδόν τα γράμματα από την οικογένειά της και στάθηκε για μια φορά ακόμη, να μελετάει σχολαστικά, λέξη λέξη το επίμαχο γράμμα, που εξαιτίας του πήρε την απόφαση να επιστρέψει άμεσα στη δεύτερη πατρίδα της, την Ελλάδα. *"Πώς ήταν δυνατόν ο γιος της, ο λαμπρός επιστήμονας που είχε γαλουχήσει μαζί με τον άντρα της όσο ζούσε, με τις πολυτιμότερες αρχές και ιδανικά, πλημμυρισμένος από μια ευτυχισμένη οικογένεια, να φτάσει σε αυτό το σημείο και να απατήσει τη σύζυγό του, αυτόν τον εξαίρετο άνθρωπο; Και όλα αυτά μάλιστα πάνω στη χειρότερη περίοδο της ζωής τους, με τη μικρή*

τους κόρη και εγγονή της να περνάει τη χειρότερη εμπειρία της", σκεφτόταν και έβραζαν τα σωθικά της. " Το πουλάκι μου! Τι να κάνει άραγε; Επέστρεψε σπίτι; Τα βρήκαν με τους απαγωγείς οι γονείς της; Συλλάβανε τους κακοποιούς ή πήραν τα λύτρα και εξαφανίστηκαν; Ο γιος της σταμάτησε να βλέπει την ερωμένη του; Μίλησε άραγε με τη Δέσποινα και τον Μάκη που τον είχε πληγώσει αφάνταστα; Μήπως αυτή η ερωμένη εμπλεκόταν στην υπόθεση της απαγωγής; Γιατί να μπλέξει και με τους δύο ταυτόχρονα; Τι σκοπό είχε στο μυαλό της;" Τόσα πολλά τα ερωτήματα και όμως κανένα δεν μπορούσε να απαντηθεί με ακρίβεια. Τόσες σκιές που γέμιζαν κάθε πτυχή της ζωής της, θα χρειαζόταν πολύ δυνατός βοριάς για να τις διώξει μακριά.

Τις σκέψεις διέκοπταν κάθε τρεις και λίγο οι απότομες αναταράξεις του αεροπλάνου, που ήταν περισσότερες και δυνατότερες από τις συνηθισμένες φορές, όπως τους ενημέρωσε ο πιλότος. Σε μία ώρα περίπου θα έφτανε στον προορισμό της και από εκεί με μια μικρή αναμονή η επόμενη πτήση θα την κατέβαζε στη συμπρωτεύουσα της Ελλάδος.

Έφτασε στη Θεσσαλονίκη, τρέμοντας ακόμα σύγκορμη από τη μεγάλη αναστάτωση που προκλήθηκε λίγο πριν την απογείωσή της από το αεροδρόμιο της Κωνσταντινούπολης. Κατέβηκε από το αεροπλάνο, βγάζοντας έναν τεράστιο αναστεναγμό ανακούφισης. Εάν δεν ήθελε ο Θεός, θα μπορούσε να ήταν νεκρή τώρα. Το αεροπλάνο που ήταν να πάρει αρχικά από την πρωτεύουσα Άκκρα της Γκάνας για την Κωνσταντινούπολη, συνετρίβη μπροστά στα μάτια της, κατά την προσγείωσή του, λίγο πριν η ίδια απογειωθεί με την πτήση της, για την Ελλάδα. Η συντριβή καθυστέρησε όλες τις πτήσεις και έτσι πήγε πίσω κατά τρεις ώρες και η δικιά της. Στο διάστημα αυτό της δόθηκε η ευκαιρία να μάθει όλες τις λεπτομέρειες του μοιραίου συμβάντος. Ελάχιστοι βγήκαν ζωντανοί από αυτό το πρωτοφανές αεροπορικό δυστύχημα.

Για μια ακόμη φορά το μυαλό της έκανε τρελές σκέψεις για τις άπειρες συμπτώσεις του αριθμού έντεκα. Ακόμα δεν μπορούσε να αντιληφθεί τον τρόπο που μια ανώτερη δύναμη επέβαλε τον δικό της ρυθμό στη ζωή της με την αλλόκοτη χρήση των αριθμών. Θαρρείς και αλλάζοντας την ώρα της πτήσης, ξεγέλασε τον χάρο. Το μόνο που κατάφερε να συμπεράνει, μετά από κουραστική σκέψη, ήταν ότι η σχέση του αριθμού έντεκα ήταν διπλή. Μία της συνέβαινε ένα καλό γεγονός και την επόμενη φορά ένα κακό. Ήταν η σειρά του καλού συμβάντος και όλο το σύμπαν συνωμότησε για να συμβεί αυτό. Ή όλα απλά ήταν συμπτώσεις; Απόρησε και με τον εαυτό της, γιατί άφησε τις σκέψεις της να κάνουν τέτοιους συνειρμούς. Πώς να μην τους κάνει, όμως, όταν η κίνηση για να φτάσει γρηγορότερα στην Ελλάδα και η έντονη παράκλησή της να αλλάξει τα εισιτήριά της με μια άλλη κυρία, δύο ώρες πριν πετάξει, δίνοντας τα δικά της σε αυτήν και αγοράζοντας αδρά της άλλης, αποδείχτηκε η σωτηρία της; Εκείνη τη στιγμή, παρόλο που τα είχε ανταλλάξει με ένα αστρονομικό ποσό, το φουσκωμένο πορτοφόλι γυάλισε στη μοιραία γυναίκα, η οποία κατάφερε και της το αφαίρεσε επιδέξια από την τσάντα της. Όμως δεν κατάφερε να τα χαρεί. "Θέλημα Θεού είναι όλα", σκέφτηκε λυπημένη.

Είχε χάσει, όμως, όλα της τα ταξιδιωτικά έγγραφα και αυτό την ταλαιπώρησε πολύ, αυξάνοντάς της το στρες. Τελικά βγήκε νικήτρια και από αυτή την αναμέτρηση, αναγκαζόμενη να δωροδοκήσει ανθρώπους για να βγει από τη δεινή αυτή θέση. Ευτυχώς πάντα για λόγους ασφαλείας, έβαζε κάποια χρήματα και σε διαφορετικό σημείο εκτός από το πορτοφόλι της και έτσι της περίσσεψαν αρκετά για να μπορέσει να κινηθεί όπως επιθυμούσε.

Πήρε ταξί για να τη μεταφέρει στην πόλη και προσπάθησε να χαλαρώσει ρίχνοντας κλεφτές ματιές γύρω της, προσπαθώντας να εντοπίσει αλλαγές. Το μόνο που κατάφερε να εντοπίσει ήταν τα κλεισμένα μαγαζιά και τις ερειπωμένες επιχειρήσεις, βιοτεχνίες που άλλοτε έσφυζαν από κόσμο. Γνώριζε για την οικονομική κρίση που μάστιζε τη χώρα, αλλά ήλπιζε στα τελευταία βήματα προόδου ότι η χώρα βγαίνοντας στις αγορές, όπως εξήγγειλαν οι άρχοντες του τόπου, θα ανάκαμπτε.

Φαίνεται ότι τα βήματα ήταν πολύ αργά ή κουτσά τα άλογα. Η φτώχεια και η ανέχεια γύρω της έπαιζαν τον πρωταγωνιστικό ρόλο. Οι λιγοστοί πολίτες που κοιτώντας μπροστά με την κλασική τους βιασύνη και το άγχος της καθημερινότητας να τους κατατρώει, ήταν μαραμένοι και σκυθρωποί. Είχαν χάσει το μεσογειακό τους ταπεραμέντο και το ζωντανό τους χαμόγελο.

Πικράθηκε, νευρίασε, τα έβαλε με τους πολιτικούς και το σύστημα, με τους ευρωπαίους εταίρους και την αλόγιστη και απάνθρωπη πίεση που άσκησαν, με τη σωρεία των λαθών που έκαναν οι κυβερνήσεις, αλλά και με την αποδοχή των βολεμένων, που δυστυχώς ήταν οι περισσότεροι σε αυτή τη χώρα. Την έπιασε έντονος πόνος στο στομάχι που τον απέδωσε στη στενοχώρια από όλα αυτά που αντίκριζε με τα μάτια της. Της έγραφαν τα εγγόνια της κάποια πράγματα, αλλά η πραγματικότητα ήταν εντελώς διαφορετική.

Δεν ήταν, όμως, η ώρα για όλα αυτά που την έβγαζαν εκτός θέματος. Είχε τα οικογενειακά της προβλήματα και με αυτά έπρεπε να ασχοληθεί αυτή τη στιγμή. Γι' αυτά της πατρίδας είχε μέλλον μπροστά της να τα δει πιο σφαιρικά. Ζήτησε από την οδηγό του οχήματος να την πάει στην πλατεία Αριστοτέλους. Δε θέλησε να ανέβει στο Πανόραμα ακόμα. Προτίμησε να αναπνεύσει τη θαλασσινή αύρα του Θερμαϊκού, να γεμίσουν τα πνευμόνια της με καθάριο αέρα, να χορτάσουν τα ρουθούνια της με την αγαπημένη της μυρωδιά, αυτήν του ιωδίου, που της έλλειψε χρόνια τώρα, να ηρεμήσει, να σκεφτεί. Μόλις κατέβηκε, το πρώτο πράγμα που έκανε ήταν να ενεργοποιήσει το κινητό της, πληρώνοντας στον παροχέα υπηρεσιών κινητής τηλεφωνίας, το αντίστοιχο ποσό.

Αμέσως μετά διάλεξε να πιει τον ελληνικό καφέ, που είχε χρόνια να γευτεί, σε μια ήσυχη, χωρίς ιδιαίτερα πολύ κόσμο, καφετέρια της ξακουστής πλατείας. Αφού εξεπλάγη με την τιμή του καφέ, άφησε το βλέμμα της να ατενίσει ελεύθερο. Οι χώροι αναψυχής είχαν ελάχιστους πελάτες, αλλά στην πλατεία πολλές οικογένειες είχαν αποφασίσει, παρά το κρύο και την υγρασία που τρυπούσε και τα κόκαλα, να κάνουν τη βόλτα με τα παιδιά τους. Τι μπορεί να προσφέρει μεγαλύτερη χαρά στους γονείς, από ένα χαρούμενο παιδί που σκορπάει ακούραστα και ανέμελα το γέλιο του; Το υπέροχο "Της γριάς το μαλλί", δε χάθηκε. Η παράδοση συνεχίζεται ακόμα τουλάχιστον σε αυτό. Σχεδόν κάθε παιδάκι κρατούσε ένα ξυλάκι, που λίγο πριν είχε πάρει από τον συμπαθητικό παππούλη, που τα μαλλιά του ήταν πιο άσπρα ακόμα και από το ζαχαρένιο ιδιαίτερο γλύκισμα. Ο κύριος Πέτρος! Ναι, αυτός ήταν αναμφισβήτητα! Πόσο χάρηκε η γιαγιά Τέμα, που μετά από τόσα χρόνια έβλεπε ξανά τον άνθρωπο που σκόρπιζε τη χαρά σε εκατοντάδες παιδάκια και μαζί στα εγγόνια της, με το πιο απλό γλυκό κατασκεύασμα, φτιαγμένο μόνο από ζάχαρη. Της ήρθε έντονα η επιθυμία να πάει να του μιλήσει, να αγοράσει και αυτή σαν εξάχρονο κοριτσάκι το λαχταριστό γλύκισμα, αλλά το βλέμμα της έπεσε πάνω σε ένα αταίριαστο ζευγάρι και κοντοστάθηκε. Η απόσταση ήταν αρκετά μεγάλη για να μπορέσει να ακούσει τη θερμή συζήτησή τους, αλλά τα προσόντα που κατείχε δεν την άφησαν άπραγη.

Παρακολούθησε με έντονο ενδιαφέρον τον άνδρα και τη γυναίκα που λίγο ως πολύ μάλωναν έντονα και ξαφνικά της ήρθε μια φαεινή ιδέα. Φώναξε τη σερβιτόρα και της ζήτησε καλοσυνάτα να φορτίσει το κινητό της για πέντε λεπτά και να της το φέρει για να βγει μια φωτογραφία. Πράγματι, το όμορφο και ευγενέστατο κορίτσι, εξυπηρέτησε τη γιατρό και σε λίγα λεπτά επέστρεψε με το κινητό της στο χέρι. Η γιαγιά Τέμα, αφού το άνοιξε και πληκτρολόγησε το πιν της, που πολύ λανθασμένα σύμφωνα με τους ειδικούς, ήταν η ημερομηνία γέννησης του Αλέξη, αλλά τουλάχιστον δε θα το ξεχνούσε ποτέ, πήρε πόζα και προσπάθησε να έχει πλάτη το ζευγάρι που μόλις άρχισε να σηκώνεται για να αναχωρήσει από τον χώρο.

Η πρώτη φωτογραφία βγήκε, ζήτησε και άλλες δύο καλού κακού και ευχαρίστησε την κοπέλα διπλά. Πλήρωσε γρήγορα γρήγορα τον λογαριασμό, αφήνοντας φιλοδώρημα μεγαλύτερο από το μεροκάματό της σερβιτόρας και ακολούθησε το ζευγάρι που λίγο μετά χώρισε διαλέγοντας αντίθετες κατευθύνσεις. Αποφάσισε αμέσως να πάρει από πίσω τη στρουμπουλή κυρία που προχωρούσε ίσως με το ταχύτερό της βήμα. Δεν πτοήθηκε, ούτε λαχάνιασε για να τη φτάσει, παρά το βάρος των αποσκευών της, μαθημένη από μωρό σε γρήγορα περπατήματα και στα δύσκολα, έχοντάς τη στο κατόπι, μέχρι που έφτασε στην πολυκατοικία που διέμενε. Την άφησε να ανέβει στο διαμέρισμά της και στη συνέχεια διάβασε τα ονόματα στο θυροτηλέφωνο. Έμεινε ικανοποιημένη από το αποτέλεσμα αυτών που διαπίστωσε και με αίσθημα υπερηφάνειας τηλεφώνησε αμέσως στον γιο της.

Το κατειλημμένο σήμα τη νευρίασε προς στιγμήν, αλλά δεν το έβαλε κάτω. Πήρε πάλι σε ένα λεπτό, αφού εξακρίβωσε τη διεύθυνση και τον αριθμό του σπιτιού, αλλά πάλι μιλούσε ο Αλέξης της. Την τρίτη και τυχερή τον πέτυχε, αλλά ατύχησε αλλού. Μόλις εκείνος απάντησε έκπληκτος στην κλήση της, έπεσε η μπαταρία του κινητού της και δεν κατέστη δυνατόν να του πει ούτε ένα γεια. Αποφάσισε να δράσει με διαφορετικό τρόπο, όπως συνήθισε να κάνει στη ζωή της, παίρνοντας γρήγορες και αποτελεσματικές αποφάσεις.

Ο Αλέξης, αφού τελείωσε την κουβέντα του με τη Δέσποινα, με βουρκωμένα ακόμα τα μάτια από τον άδικο χαμό της μητέρας του, είδε κατάπληκτος στην οθόνη του κινητού του κλήση από το κινητό της και έμεινε κατάπληκτος. Τι να συμπεράνει; "Κάποιος που βρήκε το κινητό της και θα τηλεφωνεί, για να το παραδώσει πιθανότατα", σκέφτηκε. Απάντησε αμέσως, αλλά δυστυχώς η γραμμή έπεσε. Πήρε πίσω ο ίδιος, αλλά το ηχογραφημένο φωνητικό μήνυμα που έφτανε πίσω, τον απογοήτευσε. Κάθε λεπτομέρεια που μπορούσε να ακούσει για τη μητέρα του, τον αφορούσε άμεσα. Είχε ήδη ξεκινήσει με τον Σεραφείμ για την Κωνσταντινούπολη οδικώς και είχαν διανύσει περίπου δύο ώρες δρόμου.

Στη συνέχεια της διαδρομής ο Σεραφείμ ξεδίπλωσε τις σκέψεις του και πήρε την απόφαση να ανοίξει ξανά το θέμα με τα όσα είχε δει με τα ίδια του τα μάτια στο γραφείο εκείνο το μοιραίο απόγευμα. «Κόντεψα να τρελαθώ για δύο λόγους. Ευτυχώς ο πρώτος αποδείχτηκε παρεξήγηση, αλλά το να απατάς τη μητέρα μου δε νομίζω ότι θα μπορέσω να σου το συγχωρήσω ποτέ», του είπε αυστηρά κλείνοντας την αναλυτική εξιστόρηση.

Ο πατέρας του, άλλαξε πενήντα έξι χρώματα, όσα και τα χρόνια του, στη σκέψη τού πόσο τον πλήγωσε και μέχρι να συνέλθει, χαλάρωσε τη γραβάτα του τρεις φορές. Ήπιε από το νερό του αμήχανα τέσσερις γουλιές και κόντεψε να βγει από τον δρόμο. Μόλις άρχισε να συνέρχεται από τη δοκιμασία που του υπέβαλε για δεύτερη φορά ο γιος του, δοκίμασε να δικαιολογηθεί. «Κι αν σου πω ότι δεν έγινε τίποτα τελικά; Εννοώ ότι δεν ολοκληρώσαμε ποτέ, θα απαλύνει αυτό λίγο τον ούτως ή άλλως μέγιστο πόνο που νιώθεις;»

«Δεν είναι απλά πόνος αυτό που νιώθω. Σιχαμάρα είναι. Αλλά τι εννοείς δεν ολοκληρώσατε;»

«Ότι δεν επήλθε η ερωτική επαφή, με την καθ' αυτό πράξη και την απόλυτη σημασία της».

«Δε νομίζω ότι αλλάζει τίποτα, διότι η πρόθεση είναι αυτό που μετράει».

«Κάτι ανεξήγητο, μια άλλη αόρατη δύναμη που δεν μπόρεσα να προσδιορίσω, δεν άφησε να ολοκληρωθεί το κακό. Ίσως το δέσιμό μου με τη μητέρα σου, ίσως η φύση, ίσως η βοήθεια που ήρθε από επάνω, δεν ξέρω! Αυτό που ξέρω, όμως, είναι ότι μετανιώνω για ό,τι έγινε, στον βαθμό που έγινε τέλος πάντων και ότι πλέον κατάλαβα πόσο ισχυρή είναι η αγάπη μου για τη μητέρα σου και θέλω να το πιστέψεις αυτό». Η ειλικρίνεια φαινόταν ξεκάθαρα στο τρεμάμενο της φωνής του.

«Δεν είμαι εγώ αυτός που θα κρίνει, πόσο λίγο ή πολύ λάθος ήταν όλο αυτό, αλλά μπορώ να σου υποσχεθώ ότι δε θα μιλήσω στη μαμά, θα το καταπιώ μέσα μου ως μη γενόμενο, αλλά με έναν όρο».

«Να ακούσω».

«Εάν ξεφύγεις για δεύτερη φορά, το παραμικρό φλερτ να διαπιστώσω, όχι μόνο θα τα ξεράσω όλα στην κυρά Δέσπω, αλλά να ξέρεις χάνεις και εμένα παντοτινά από γιο σου!»

«Σύμφωνοι», απάντησε μονολεκτικά ο πατέρας του και έκλεισε οριστικά εκεί η συζήτηση.

Το μακρινό ταξίδι συνεχίστηκε για άλλη μία ώρα περίπου, όταν ένα αναπάντεχο τηλεφώνημα τους ανάγκασε να σταματήσουν. Η προϊσταμένη της παθολογικής κλινικής του Ιπποκράτειου νοσοκομείου, τον ειδοποιούσε ότι μια κυρία ισχυρίστηκε στους τραυματιοφορείς, λίγο πριν χάσει τις αισθήσεις της, ότι είναι η μητέρα του. Δυστυχώς δεν είχαν άλλη πληροφόρηση, διότι η άτυχη γυναίκα ήταν σε κώμα.

Μπερδεύτηκαν πατέρας και γιος! Μετά από μια σύντομη εκτίμηση των γεγονότων, αποφάσισαν να τηλεφωνήσουν στη Δέσποινα, να πάει η ίδια να διαπιστώσει τι ακριβώς συνέβαινε, μήπως ήταν καμία κακόγουστη φάρσα ή ακόμα απρόσμενη αλήθεια και περίμεναν τα νέα της σταματημένοι στο πρώτο πάρκινγκ της Εγνατίας Οδού.

Σε μισή ώρα ακριβώς το τηλέφωνο που χτύπησε άφηνε πίσω του χαρούμενα νέα και οι άντρες περιχαρείς πλέον, έπαιρναν τον δρόμο του γυρισμού, ανάλαφροι και με την καρδιά τους να πετάει από τους δυνατούς, αλλά ευχάριστους πλέον σφυγμούς. Η μητέρα του Αλέξη και γιαγιά του Σεραφείμ ζούσε. Δεν ήξεραν ακόμα πώς έγινε αυτό, αλλά ήταν στο νοσοκομείο εκεί ζωντανή, αν και σε κώμα.

«Πατέρα, τώρα που γνωρίζουμε ότι ζει, καλό θα είναι να ξέρεις ότι γνωρίζει για σένα και τη...»

«Ωχ, καλά ξεμπερδέματα», βόγκηξε ο Αλέξης με νόημα.

Η γιαγιά Τέμα, μόλις διαπίστωσε ότι η μπαταρία του κινητού της δεν άντεξε, ανέλαβε δράση στη στιγμή, όπως ήταν ήδη εν θερμώ. Πάτησε στο θυροτηλέφωνο το κουμπί του ονόματος που εντόπισε και άκουσε από μέσα τη γυναικεία φωνή να της απαντά.

«Είμαι η γιατρός Παπαρρηγοπούλου Τέμα, η μητέρα του Αλέξη, μου ανοίγετε σας παρακαλώ;»

«Α, καλώς ήρθατε κυρία Τέμα, περάστε, περάστε», ακούστηκε ευγενικά η φωνή της οικοδέσποινας.

Ανέβηκε επάνω στον τρίτο όροφο και η κυρία την περίμενε έξω στην πόρτα του διαμερίσματός της. «Καλώς ήρθατε! Τι ευχάριστη έκπληξη ήταν αυτή; Πότε γυρίσατε;» ρώτησε η οικοδέσποινα και άνοιξε την αγκαλιά της. Χαιρετήθηκαν φιλικά και η απρόσκλητη επισκέπτρια πέρασε και κάθισε στο σαλόνι. Σε λίγο εμφανίστηκε μια άλλη κυρία που έμοιαζε πολύ με τη νοικοκυρά του σπιτιού.

«Από εδώ η αδερφή μου η Ελένη και από εδώ η μητέρα του δικηγόρου που εργάζομαι, η κυρία Τέμα», έκανε τις απαραίτητες συστάσεις η νοικοκυρά του σπιτιού, κάνοντας την αδερφή της να πέσει από τα σύννεφα. Το αυστηρό ύφος της γιατρού ήταν το μήνυμα ότι δεν είχε έρθει για καλό στο σπίτι της αδερφής της.

«Μένετε καιρό εδώ, κυρία Ελένη;» ρώτησε διερευνητικά η γιαγιά.

Μαρμαρωμένη η άλλη γυναίκα, αδυνατούσε να απαντήσει και γι' αυτό ανέλαβε η αδερφή της, που δεν είχε καταλάβει ακόμα τι είχε συμβεί. «Τη φιλοξενώ εδώ και τρεις μήνες, μέχρι να βρει καμιά καλή δουλειά και σταθεί στα πόδια της. Ξέρετε ότι εγώ δεν έχω οικογένεια και η παρέα...»

«Καταλαβαίνω», τη διέκοψε η γιατρός.

«Κυρία Βερόνικα, μόλις σήμερα γύρισα από την Αφρική και ακόμα δεν έχω πάει στο σπίτι μου. Φοβάμαι ότι η αδερφή σας, ελπίζω όχι και εσείς γιατί σας ξέρω για πολλά χρόνια, είναι μπλεγμένη στην απαγωγή της εγγονής μου Χριστίνας», μπήκε με τη μία στο ψητό, αναλαμβάνοντας ρόλο ντετέκτιβ η γιαγιά Τέμα.

«Μα... η μικρή ελευθερώθηκε και οι δράστες πιάστηκαν, από όσο ξέρω», πρόλαβε να διαμαρτυρηθεί η οικονόμος τους δίνοντας ανάσα χαράς στη γιαγιά, που μόλις επιβεβαίωνε αυτό που λίγο πριν στην καφετέρια είχε διαπιστώσει με τα ίδια της τα μάτια, ότι η μικρή της εγγονή ήταν καλά. Το έπαιξε ενήμερη και συνέχισε τον καυστικό διάλογο, απευθυνόμενη αυτή τη φορά στην ύποπτη. «Κυρία Ελένη, σας είδα και σας άκουσα. Ξέρω πολύ καλά ότι με τον εύσωμο και όμορφο νεαρό που ήσαστε λίγο πριν στην καφετέρια, συμπράξατε μαζί του και με άλλους τρεις ακόμα την απαγωγή της λατρευτής μου εγγονής. Και να σας πω και κάτι ακόμα, που είναι τραγική ειρωνεία της τύχης. Μπορεί τα αυτιά μου να μην τα έχω μόνο για να κρεμάω τα γυαλιά μου, όπως ειρωνικά είπε ο φίλος σας, αλλά και για να ακούω, όμως η απόσταση ήταν πολύ μεγάλη για να πιάσουν το παραμικρό. Δυστυχώς για εσάς τα μάτια μου ήταν αυτά που σας αποκάλυψαν!»

Στο άκουσμα των παραπάνω, η παχουλή κυρία Ελένη πετάχτηκε όρθια και προσπάθησε να χτυπήσει με το γυάλινο βάζο που άρπαξε από το τραπέζι τη σαστισμένη γιαγιά που δεν περίμενε τέτοια αντίδραση. Η αδερφή της που τόση ώρα ήταν ναρκωμένη από αυτά που άκουγε, αντέδρασε αστραπιαία προσπαθώντας να υπερασπιστεί τη γιατρό, αντιλαμβανόμενη τον κίνδυνο που διέτρεχε. Μπήκε ανάμεσά τους και δέχθηκε αυτή το χτύπημα στο κεφάλι αφήνοντάς της αναίσθητη, πάνω στο τραπέζι.

Ακολούθησε μια σφοδρή μάχη σώμα με σώμα που έβγαλε αναμενόμενα νικήτρια την πιο εύσωμη και νεότερη γυναίκα. Η γιαγιά Τέμα βρέθηκε αιμόφυρτη κάτω, βογκώντας από τους πόνους που προκάλεσαν τα αλλεπάλληλα χτυπήματα της αντίμαχου. Λίγο πριν αυτή καταφέρει το τελικό χτύπημα σημαδεύοντας το κεφάλι της με το βαρύ βάζο, η αδερφή της επανάκτησε τις αισθήσεις της και χύμηξε επάνω της, παρασέρνοντάς τη με το βάρος της. Στην πόρτα ηχηροί χτύποι και φωνές έφταναν στα αυτιά τους.

Η γιατρός, με μια υπερπροσπάθεια, έρποντας στην κυριολεξία, έφτασε κοντά στην πεσμένη στο πάτωμα τσάντα της και έβγαλε αυτό που είχε φέρει από την Αφρική. Σήκωσε το χέρι της με όσο δύναμη της είχε απομείνει και κοπάνησε την αντίπαλο. Το χτύπημα τη βρήκε στον αριστερό ώμο, χωρίς να της κάνει ιδιαίτερη ζημιά. Το βαρύ αντικείμενο κύλησε χαμηλά μακριά της. Η γιαγιά δεν πτοήθηκε. Έβγαλε και το δεύτερο αντικείμενο από την τσάντα της, αλλά αυτήν τη φορά βρήκε τον κρόταφο της στρουμπουλής γυναίκας, που έπεσε ζαλισμένη κάτω. Η γιαγιά Τέμα ξάπλωσε αποκαμωμένη βαριανασαίνοντας, ενώ η Βερόνικα έτρεξε να ανοίξει την πόρτα. Δύο άντρες μεγάλης ηλικίας με μια γυναίκα μεσήλικα χύμηξαν μέσα προσπαθώντας να καταλάβουν τι είχε συμβεί. Σε δύο λεπτά όλα είχαν τελειώσει. Η δράστης δέθηκε πρόχειρα με πετσέτες της κουζίνας, το ασθενοφόρο κλήθηκε και η αστυνομία ειδοποιήθηκε αμέσως μετά. Η γιατρός, έχοντας χάσει όλες της τις δυνάμεις, ένιωθε να σβήνει και φώναξε με όση ψυχή είχε ακόμα μέσα της. «Ειδοποιήστε τον γιο μου. Είναι ο δικηγόρος Παπαρρηγόπουλος Αλέ...» και χάθηκε.

Οι γείτονες που είχαν επέμβει σωτήρια, θυμήθηκαν και ενημέρωσαν στους τραυματιοφορείς αυτά που άκουσαν από την αιμόφυρτη γιαγιά. Στο ίδιο λεπτό ήρθε και η αστυνομική δύναμη, παίρνοντας τις απαιτούμενες καταθέσεις ακόμα και από την κυρία Βερόνικα, η οποία είχε αρχίσει να συνέρχεται από το σοκ που υπέστη. Μα ήταν δυνατόν η αδερφή της να είχε μπλέξει σε τόσο μεγάλο κύκλωμα! Καλά, ήξερε ότι ήταν ατίθαση και επιπόλαια, αλλά να φτάσει σε τέτοιο έγκλημα δεν το περίμενε!

Και οι τρεις γυναίκες διακομίστηκαν στο πλησιέστερο νοσοκομείο που εφημέρευε με τη συνοδεία ισχυρής αστυνομικής δύναμης.

Όταν έφτασαν ο Αλέξης με τον Σεραφείμ στο νοσοκομείο, έμειναν κάγκελο μαθαίνοντας τα ευχάριστα νέα για τα κατορθώματά της, τις αποκαλύψεις της και το θερμό επεισόδιο που είχε με τη μία εκ των γυναικών. Η μεγαλύτερη έκπληξή τους ήρθε, όταν η μάνα του Αλέξη, αφού συνήλθε εντελώς μετά από πέντε ώρες, τον ενημέρωνε πώς μέσα σε μια ώρα από τη στιγμή που πάτησε το πόδι της στη Θεσσαλονίκη αποκάλυψε τους δύο δράστες που είχαν μείνει ασύλληπτοι.

«Καλά, μητέρα, πώς στο καλό τους ξετρύπωσες, ακόμα καλά καλά δεν ήρθες στην πόλη;» τη ρώτησε γεμάτος περιέργεια.

«Γνωρίζεις καλά, Αλέξη μου, ότι μου αρέσουν οι ξένες γλώσσες και ότι μιλώ άπταιστα έξι από αυτές», άρχισε να του λέει.

«Φυσικά, η γιατρός φαινόμενο», απάντησε εκείνος χιουμοριστικά περιμένοντας τη συνέχεια.

«Αυτό που δε γνωρίζεις, όμως, είναι ότι κατέχω και μία έβδομη, αυτήν της ικανότητας ανάγνωσης των χειλιών και της γλώσσας του σώματος. Ίσως είναι η πιο δύσκολη απ' όλες, αλλά εμένα μου άρεσε πάντα περισσότερο από τις άλλες και μόλις έβρισκα ευκαιρία την εξασκούσα. Πρέπει να συγκεντρώνεσαι στο σχήμα και στην κίνηση των χειλιών, της γλώσσας και της κάτω γνάθου. Πρέπει επίσης να κοιτάζεις προσεκτικά το άτομο που μιλάει, και καθώς βελτιώνεται η ικανότητά σου, να διαβάζεις τα χείλη και να παρατηρείς επίσης τις εκφράσεις του προσώπου και τις κινήσεις του σώματος. Τα κατάφερα όλα αυτά είτε μέσω της τηλεόρασης με κλειστή τη φωνή ή παρακολουθώντας ντοκιμαντέρ σε βίντεο, βάζοντάς τα ξανά και ξανά μέχρι την τελειοποίησή της και φυσικά με τη συχνή εξάσκηση. Δεν πήγα σε δάσκαλο ποτέ γι' αυτό. Ήμουν καθαρά αυτοδίδακτη, εννοείται», τόνισε η γιατρός με φανερή την αυτοεκτίμησή της.

«Απίστευτο!»

«Στην Γκάνα, όμως, έχασα την επαφή με την ανάγνωση των χειλιών στην ελληνική και δυσκολεύτηκα αρκετά σήμερα να αποκωδικοποιήσω κάθε τους λέξη. Και επειδή ήμουν επιφυλακτική σε κάποια θέματα, ήθελα να τα εξακριβώσω επακριβώς πριν προχωρήσω σε οποιαδήποτε δραστική κίνηση».

«Και πώς σου ήρθε να παρακολουθήσεις τη συνομιλία αυτού του ζευγαριού;»

«Πρώτα απ' όλα εξαιτίας της γυναικείας περιέργειας, διότι το ζευγάρι ήταν αταίριαστο. Από τη μια ο ένας νέος, ωραίος, σωματότυπος να τον κάνεις άγαλμα και από την άλλη η γυναίκα κοντούλα, αφρατούλα και πολύ μεγαλύτερή του. Μου ξίνισε κάπως. Στη συνέχεια η κυρία μου θύμισε κάποια, που δεν μπορούσα να προσδιορίσω ακριβώς ποια είναι και από πού την ξέρω. Μετά από λίγες φράσεις, όμως, μπήκα αμέσως στο νόημα και άρχισα να παρακολουθώ με ενδιαφέρον τη συζήτηση. Τότε θυμήθηκα ότι η γυναίκα έμοιαζε καταπληκτικά με την οικονόμο μας και έτσι το ενδιαφέρον μου έφτασε στο αποκορύφωμά του. Η θέση που είχα μου επέτρεπε να τους βλέπω και τους δύο καθαρά, ενώ αυτοί λόγω της έλλειψης θαμώνων και της μεγάλης απόστασης που είχαμε, εκτίμησαν ότι μπορούσαν να μιλάνε άνετα, ψιθυριστά βέβαια, αλλά οι κινήσεις των χειλιών και οι εκφράσεις των προσώπων τους καθώς και οι κινήσεις των σωμάτων τους για εμένα ήταν αρκετές».

«Τρομερό», είπε ο Αλέξης εκστασιασμένος από τις φοβερές ικανότητες της μητέρας του.

«Αλέξη μου, σου έχω ακόμα μία έκπληξη. Στο κινητό μου τράβηξα φωτογραφίες με το ζεύγος ως φόντο. Δώστες στην αστυνομία, για να ταυτοποιήσουν και τον νεαρό και να βρουν τα ίχνη του. Τσιράκι ήταν, αλλά ο καθένας πρέπει να πληρώσει το μερίδιο που του αναλογεί».

«Πραγματικά, μητέρα, με αφήνεις άφωνο. Ντετέκτιβ έπρεπε να γίνεις, όχι γιατρός! Για πες μου, όμως, γιατί δε μας ειδοποίησες όταν έφτασες στο αεροδρόμιο για να ξέρω ότι ήρθες στην Ελλάδα; Έρχεσαι τόσο συχνά που είπες, ας τους προσφέρω μια λαχτάρα;»

«Ο φόβος μου, Αλέξη, ότι θα μπορούσαν να παρακολουθούνται τα τηλέφωνά σας από τους κακοποιούς, με απομάκρυνε από αυτή την έντονη επιθυμία μου. Υπήρχε, όμως, και κάτι άλλο που με ενθάρρυνε να σας αφήσω ανημέρωτους. Ως πρόσωπο που έλειπα χρόνια από το σπίτι, θα μπορούσα να περάσω απαρατήρητη, όπως και έγινε, και να κατασκοπεύσω τις κινήσεις της γραμματέας σου, που κόντευε να τινάξει την οικογενειακή σας γαλήνη στον αέρα. Βλέπεις, παρά την απόσταση που είχαμε, ένα πουλάκι πέταξε και μου έφερε μαντάτο ότι ήσουν άτακτο παιδί».

«Και γι' αυτό σηκώθηκες και ήρθες, για να με μαλώσεις;»

«Ε, όχι μόνο γι' αυτό! Το ξέρεις πολύ καλά ότι η αδυναμία μου στη Χριστίνα μας, το στερνοπούλι σας, δε θα με άφηνε ούτε λεπτό σε ησυχία από τη στιγμή που το έμαθα!»

«Βλέπω το πουλάκι που στα κελάηδησε όλα... ήταν καλά διαβασμένο!»

«Διαβασμένο μπορεί, αλλά να τη βράσω τέτοια αγριοφωνάρα που έχει», είπε η μητέρα του και γέλασαν και οι δύο χαρούμενοι.

«Μπορεί καλή φωνή να μην έχει, αλλά πήρε όλα τα καλά σου», ακούστηκε να λέει ο Αλέξης γεμίζοντας με υπερηφάνεια τη μητέρα του. Εκείνη, επειδή δεν της άρεσαν οι φιλοφρονήσεις, αρκέστηκε σε ένα τρυφερό χάιδεμα του χεριού του, που όλη αυτήν την ώρα κρατούσε το δικό της στοργικά.

«Το ξέρεις όμως, μανούλα, τι σοκ περάσαμε, νομίζοντας ότι είσαι νεκρή;»

«Τι;»

«Αυτό που ακούς! Ταξιδέψαμε εκατοντάδες χιλιόμετρα με τον Μάκη, για να κάνουμε λέει την αναγνώρισή σου, στο αεροδρόμιο της Κωνσταντινούπολης, που σε θεωρούσαν νεκρή».

«Αχ, Παναγιά μου! Το πορτοφόλι μου. Τώρα κατάλαβα. Το είχε πάνω της η κλέφτρα και   θεώρησαν οι υπεύθυνοι ότι ήμουν εγώ! Πω πω μπέρδεμα!»

«Μας πήγε η ψυχή στην κούλουρη. Σε όλη τη διαδρομή σε κλαίγαμε».

«Αλέξη μου, δεν το σκέφτηκα καθόλου παιδί μου αυτό. Συγνώμη, παλληκάρι μου».

«Δεν πειράζει, πάει τώρα... πέρασε. Ας έρθουμε στο θέμα μας», άλλαξε έντεχνα τη συζήτηση για να μην της φορτώνει ενοχές.

«Έλεγα, λοιπόν, ότι η γραμματέας σου ήταν η νούμερο

ένα ύποπτη, άσχετα εάν εσύ δεν έβλεπες μπροστά σου από την τύφλα που σου προκάλεσε ο έρωτας. Θα προσπαθούσα να την προσεγγίσω χωρίς να της γνωστοποιήσω την ταυτότητά μου και θα προσπαθούσα να συγκεντρώσω οποιαδήποτε χρήσιμη πληροφορία. Μου είχε καρφωθεί στο μυαλό ότι πιθανότατα ήταν και αυτή μέλος της σπείρας. Έπρεπε οπωσδήποτε να μάθαινα στα κρυφά, χρήσιμα πράγματα γι' αυτήν».

«Άκου λογική η μάνα! Δεν περίμενα τέτοιες σκέψεις από εσένα. Πέφτω από τα σύννεφα».

«Εάν βρεθείς σε απόγνωση, γιε μου, τα πάντα σκέφτεσαι. Είχα σχεδόν πειστεί ότι αυτή φταίει για όλα. Ήμουν σίγουρη. Εσύ δε θα έκανες ποτέ κάτι τέτοιο εάν δε σε τύλιγε στα δίκτυα της αυτή η σκρόφα. Και για να τα φτιάξει με πατέρα και γιο ταυτόχρονα, αναμφισβήτητα κάτι πονηρό παιζόταν πίσω από τις πλάτες σας».

«Σωστά σκέφτηκες, εν μέρει».

«Αυτό που με απασχολεί, Αλέξη μου, είναι τι θα κάνεις τώρα με την όλη κατάσταση. Τι αποφάσεις έχεις πάρει;»

«Θα τα πούμε γι' αυτό το θέμα κάποια στιγμή στο σπίτι μας, όταν θα είμαστε μόνοι», τόνισε ο Αλέξης και ακριβώς εκείνη τη στιγμή μπήκε μέσα η Δέσποινα με τον γιο τους, κρατώντας στα χέρια τους και οι δύο, χυμούς και διάφορα είδη μπισκότων.

«Να 'μαστε και εμείς. Τι θα πουν τα πιτσουνάκια μου και θέλουν να είναι μόνα», ρώτησε χαμογελώντας η σύζυγος, αγνοώντας παντελώς το θέμα συζήτησης μάνας και γιου.

«Εάν θα ξαναφύγει ή θα την κρατήσουμε εδώ για πάντα», απάντησε ακαριαία ο Αλέξης, ετοιμόλογος όπως πάντα.

«Γιατί, εγώ ή τα παιδιά δεν έχουμε λόγο σε αυτό;» ρώτησε δήθεν πειραγμένη η σύζυγός του.

«Φυσικά, αλλά πρώτα πρέπει να τα πούμε κατ' ιδίαν με τη μητέρα και μετά βλέπουμε».

«Αλέξη μου...»

«Τι είναι, μητέρα;»

«Θα μου κάνεις μια χάρη σε παρακαλώ, διότι αυτό το κρεβάτι με συμπάθησε και δε με αφήνει να σηκωθώ;»

«Ό,τι θέλει η μανούλα μου!»

«Πήγαινε στο σπίτι της οικονόμου μας και ζήτησε, σε παρακαλώ, τις αποσκευές μου και τις δύο πέτρες που έφερα μαζί μου από την Αφρική. Τις έχασα κατά τη συμπλοκή μας με τη Ελένη και επειδή έχουν μεγάλη συναισθηματική αξία για μένα, δε θα ήθελα να της πετάξει η Βερόνικα». Ο γιος της την κοίταξε συγκινημένος.

«Εάν πάρει εξιτήριο, θα σε πάω να τα πείτε με την ησυχία σας. Ξέρεις, νοσηλεύεται εδώ και αυτή η καημένη μαζί με την αδελφή της που της έσπασες το κεφάλι».

«Ελπίζω να γίνουν καλά σύντομα και οι δύο. Κρίμα είναι που ήρθαν έτσι τα πράγματα. Ειδικά η Βερόνικα δεν φταίει σε τίποτα η καψερή».

«Μην ανησυχείς, μανούλα! Όλα θα πάρουν τον δρόμο τους ξανά».

«Ξέρεις Αλέξη μου, οι πέτρες... η κάθε μία από αυτές, γράφει το όνομά μας. Του δίδυμου συγχωρεμένου αδερφού μου Άτα και το δικό μου», επανήλθε η γιατρός στην αρχική κουβέντα και βούρκωσε.

Η συζήτηση με τα μέλη της οικογενείας της δεν κράτησε για πολύ ακόμη. Οι νοσηλευτές τους παρακάλεσαν να αποχωρήσουν σύντομα για να ξεκουραστεί η ασθενής. Τη χαιρέτησαν με την υπόσχεση ότι θα περνούσαν στο επόμενο επισκεπτήριο, όλοι μαζί, σύσσωμοι φέρνοντας και τις εγγονές της. Η Δέσποινα πήρε την επιβεβαίωση από το ιατρικό επιτελείο ότι η υγεία της δε διατρέχει κανέναν κίνδυνο και ότι οι γιατροί θα προβούν σε όλες τις τυπικές εξετάσεις που υπολείπονται και εφόσον είναι όλα καλά, την επόμενη μέρα θα λάβει εξιτήριο.

Το επόμενο πρωί, όμως, κατά τον ερχομό του Αλέξη για να την παραλάβει, έλαβε άλλη μία δυσάρεστη είδηση που ήρθε και τον αποτελείωσε. Η μητέρα του, σύμφωνα με τις εξετάσεις και τους υπέρηχους που έγιναν ήταν άσχημα άρρωστη και πιθανότατα δεν το ήξερε. Ο γιατρός που τον φώναξε στο γραφείο του ήταν φοβερά ανήσυχος. Του μίλησε ανοιχτά και του πάγωσε για μια φορά ακόμα την καρδιά. Ο Αλέξης δεν προλάβαινε να ξεπερνάει το ένα σοκ και του ερχόταν άλλο ένα καινούριο κατακέφαλα.

Του έδωσε να διαβάσει ένα γραπτό πόρισμα των τελευταίων εξετάσεων, το οποίο κράτησε με τρεμάμενο χέρι και άρχισε να το διαβάζει δυνατά, προσπαθώντας να αποβάλλει από μέσα του την οδύνη που γεννήθηκε πρόωρα.

«Υπερηχογράφημα άνω κοιλίας
Το μέγεθος του ήπατος είναι φυσιολογικό, το περίγραμμά του ομαλό και η υχοδομή του ομογενής. Χολολιθίαση ή άλλου είδους βλάβη της χοληδόχου κύστης δεν παρατηρείται. Ο χοληδοηπατικός πόρος έχει φυσιολογικό εύρος και τα ενδοηπατικά χοληφόρα δεν είναι διατεταμένα. Το μέγεθος και των δύο νεφρών είναι στα χαμηλά φυσιολογικά επίπεδα. Παρατηρείται ελαφρά διάταση κυρίως της πυέλου των νεφρών και λιθίσκος σε μέση καλυκική ομάδα του δεξιού και κάτω αριστερού νεφρού. Τοιχωματικές επασβεστώσεις της κοιλιακής αορτής. Ο σπλήνας ελέγχεται φυσιολογικός. Στα όρια σώματος και ουράς του παγκρέατος παρατηρείται υποηχοϊκή εστία, διαμέτρου 21 χιλ. για την οποία, καθώς και για τα ευρήματα από τους νεφρούς, χρειάζεται περαιτέρω διερεύνηση με αξονική τομογραφία άνω κάτω κοιλίας και οπισθοπεριτοναϊκού χώρου».

Τελειώνοντας, κοίταξε τον γιατρό με αμηχανία, προσπαθώντας να του δώσει να καταλάβει ότι ήθελε παραπάνω εξηγήσεις, διότι πολλές ιατρικές ορολογίες του ήταν παντελώς άγνωστες.

«Μεγάλη πιθανότητα καρκίνου», απάντησε εκείνος ξερά «που θέλει σαφώς ευρύτερη και σχολαστικότερη έρευνα με τον αξονικό τομογράφο. Ας μη βιαζόμαστε, όμως, πριν βγάλουμε ασφαλή συμπεράσματα».

«Α, ρε μάνα, πήγες σε άλλη ήπειρο για να βοηθάς χιλιάδες αρρώστους, ξέφυγες από ελονοσίες, φυματίωση, ιώσεις, πυρετούς, γλίτωσες από αεροπλάνο που συνετρίβη, ξέφυγες από τα νύχια της σπείρας και θα σε χάσω τώρα από μια αρρώστια στην Ελλάδα;» Κλαψούριζε σχεδόν μονολογώντας. «'Οχι, δε θα το επιτρέψω αυτό. Γιατρέ, κάντε σας παρακαλώ ό,τι μπορείτε καλύτερο. Μη διστάσετε για οποιοδήποτε οικονομικό κόστος και εάν χρειαστεί».

«Κύριε Παπαρρηγόπουλε, θα κάνουμε ό,τι θα κάναμε σε κάθε ασθενή μας», είπε ο γιατρός φανερά προσβεβλημένος. «Θα τη φροντίσουμε με περισσή φροντίδα», συμπλήρωσε στο ίδιο ύφος.

«Σας ευχαριστώ», αρκέστηκε να πει ο Αλέξης και του πρότεινε το χέρι.

«Θα την κρατήσουμε λίγες ημέρες ακόμα, για να ολοκληρώσουμε και τις πιο εξειδικευμένες εξετάσεις. Εννοείται θα την ενημερώσουμε σχετικά, διότι ως συνάδελφος που είναι θα το καταλάβει αμέσως και δεν είναι σωστό να την κοροϊδεύουμε με φρούδες ελπίδες. Θα το αναλάβω εγώ προσωπικά αυτό».

«Εντάξει, γιατρέ. Και πάλι σας ευχαριστώ και ο Θεός να βάλει το χέρι του και όχι την αγκαλιά του!»

«Εάν ήθελε να την πάρει ο Θεός θα το είχε κάνει ήδη», τόνισε ο γιατρός και του τόνισε το ηθικό.

Λίγο μετά την άφιξή του στο σπίτι, ο Αλέξης δέχθηκε ένα περίεργο τηλεφώνημα, από τη Φαίδρα, μέσα από τις φυλακές. Τον καλούσε να την επισκεφτεί για να συζητήσουν ένα πολύ σοβαρό θέμα που αφορούσε και τους δύο. Δέχθηκε χωρίς δεύτερη σκέψη, αλλά αυτή τη φορά ενημέρωσε τη Δέσποινα για την επικείμενη επίσκεψή του.

Μόλις έφτασε εκεί, ζήτησε από τους φύλακες να την ενημερώσουν ότι έχει επισκεπτήριο, αναφέροντας την ιδιότητά του ως δικηγόρος της και έτσι τους δόθηκε η έξτρα πίστωση χρόνου που προβλέπεται σε αυτές τις περιπτώσεις.

Η πρώην γραμματέας και ερωμένη του τον κοίταξε βαθιά στα μάτια με ερευνητικό βλέμμα και αμίλητη. Μετά από λίγες στιγμές και αφού διαπίστωσε την αμηχανία του δήλωσε ξεκάθαρα: «Με συγχώρεσες! Το βλέπω στα μάτια σου... σε ευχαριστώ». Το χαμήλωμα του βλέμματός της έδειχνε μετάνοια και υποταγή. Ο Αλέξης δεν μίλησε. Αρκέστηκε να την παρατηρεί με ένα ελαφρύ χαμόγελο.

«Να υποθέσω ότι μετά από όλα αυτά με απολύεις», του είπε περιπαικτικά σηκώνοντας το κεφάλι ξανά. «Ε, λοιπόν, τώρα σε προσλαμβάνω εγώ. Θέλω να αναλάβεις την υπεράσπισή μου στο δικαστήριο», του ζήτησε σοβαρά και χωρίς υπεκφυγές.

«Δεν είναι δυνατόν, πώς μπορείς να μου ζητάς κάτι τέτοιο μετά από αυτά που...»

«Γιατί, είσαι ή δεν είσαι ο καλύτερος δικηγόρος της πόλης;»

«...»

«Δε μιλάς ε! Εγώ εσένα θέλω και εάν δεν τίθεται θέμα αμοιβής, είσαι ο καταλληλότερος από αυτούς που γνωρίζω να με υπερασπιστείς, αφού με γνωρίζεις από όλες τις πλευρές. Από μέσα και απ' έξω», του είπε χαριτωμένα.

«Συνηθίζω να αναλαμβάνω μόνο υποθέσεις που πιστεύω ότι θα κερδίσω και...»

«Δηλαδή με θεωρείς καμένο χαρτί που θα καταδικαστεί όπως και να 'χει», τον διέκοψε με αυστηρό ύφος.

«Φοβάμαι πως ναι, όμως δεν έχει σημασία τι πιστεύω εγώ, αλλά τι ερμηνεύει ο νόμος. Και στην προκειμένη περίπτωση δυστυχώς για εσένα, ακόμα και προβάλλοντας τα περισσότερα ελαφρυντικά, όπως η παράδοσή σου, η συνεργασία σου με τις αρχές για τη σύλληψη της άλλης συνεργού και αρχηγού που είχε και ως αποτέλεσμα και την απελευθέρωση της Χριστίνας, δεν μπορούν να κατεβάσουν την ποινή κάτω από τα πέντε χρόνια».

«Ας είναι και δέκα. Εξάλλου ό,τι μου αξίζει αυτό θα πάρω. Δεν είμαι σε θέση να ζητάω πολλά, αλλά με εσένα ως συνήγορό μου νομίζω ότι μόνο κέρδος μπορεί να έχω και φυσικά μείωση ποινής».

«Επιδιώκεις μόνο τη μείωση ποινής ή και κάτι άλλο;»
«Κοίταξε, Αλέξη. Έχω μετανιώσει για πολλά πράγματα που έκανα στη ζωή μου και για άλλα τόσα που δεν έκανα. Για ένα όμως δεν πρόκειται να μετανιώσω ποτέ! Για την παράφορη αγάπη που ένιωσα για εσένα. Ειδικά όταν θυσιάστηκες με κίνδυνο της ζωής σου για να με απελευθερώσεις από τον χειρότερο εφιάλτη με το γοριλάνθρωπο από πάνω μου, σε λάτρεψα και ως άνθρωπο. Αυτή η αγάπη με βοηθά να σκέφτομαι, όπως σου είπα και τις προάλλες, ότι δεν πρέπει να έχω πλέον άλλες απαιτήσεις από εσένα. Θα προσπαθήσω να βρω στο μονοπάτι της λησμονιάς, παρέα με ό,τι ψυχικά αποθέματα μου έμειναν, την παρηγοριά που χρειάζομαι. Ελπίζω να καταφέρω να ξεχάσω. Ίσως βοηθήσει η φυλάκισή μου σε αυτό. Τώρα μια χάρη σου ζητάω, που φυσικά δεν είσαι υποχρεωμένος να μου την κάνεις, όπως θα σου ζητούσε οποιαδήποτε υποψήφια πελάτισσά σου. Να με αναλάβεις ως συνήγορος υπεράσπισης».
«Το έχεις πάρει πολύ ζεστά βλέπω!»
«Και αν μάθεις και για την αμοιβή, θα δεις πόσο πολύ το θέλω».
«Πόσο είσαι διατεθειμένη να δώσεις δηλαδή για να με δελεάσεις;»
«Εσύ πόσα ζητάς;»
«Άστο είμαι πολύ ακριβός!»
«Δηλαδή... δύο εκατομμύρια... δεν είναι καλά; Δε φτάνουν;»
Ο δικηγόρος έμεινε με το στόμα ανοιχτό. Δεν μπορούσε να αρθρώσει λέξη και ένας κόμπος στάθηκε στον λαιμό του που αναγκάστηκε να ξεροκαταπιεί για να μπορέσει να βγάλει φθόγγους. «Πόσο;»
«Μου χρωστάς δύο παίρνεις δύο και πατσίζουμε», είπε η Φαίδρα και τότε ο Αλέξης συνειδητοποίησε που το πήγαινε και γέλασαν και οι δύο αβίαστα.
«Α, είσαι καλή εσύ! Είσαι πολύ καλή τελικά!» Την πήγαινε αυτή την κοπέλα για το θράσος και την ευθύτητά της. Εξάλλου, αυτό δεν ήταν και το έναυσμα για να τσιμπηθεί μαζί της;

«Μπορείς να κάνεις κατάθεση στο βιβλιάριό μου τα χρήματα που έταξες σε όποιον δώσει πληροφορίες για τη σύλληψή μου ή να τα πάρεις προκαταβολικά και να τα βγάλεις από τον ένα λογαριασμό σου και να τα βάλεις στον άλλο», συμπλήρωσε διευκρινιστικά γελώντας, παρόλο που ο συνομιλητής της είχε μπει ήδη στο νόημα.

«Έκλεισε η συμφωνία», είπε ο Αλέξης και έδωσαν τα χέρια. «Η ωραιότερη συμφωνία με την ομορφότερη πελάτισσα που είχα ποτέ».

«Και για μένα η πρώτη και ελπίζω η τελευταία που είχα ποτέ με δικηγόρο», συμπλήρωσε η Φαίδρα και άφησε τα χείλη της πάνω στο μάγουλό του. «Για γούρι», του ψιθύρισε στο αυτί.

Ο Αλέξης πηγαινοερχόταν στη φυλακή ως συνήγορος για την απαραίτητη προετοιμασία της δικαστικής αναμέτρησης που είχαν μπροστά τους με πολύ καλή διάθεση. Περισσότερο δυσκολεύτηκε να πείσει τη Δέσποινα, η οποία ακόμα αγνοούσε παντελώς για το όποιο ερωτικό δέσιμο είχε συνάψει με τη Φαίδρα. Εκείνη ρωτούσε συνεχώς για ποιους λόγους ανέλαβε την υπεράσπισή της. Η γυναικεία ζήλεια σε όλη της το μεγαλείο, χωμένη ακόμα και στα επαγγελματικά.

«Πρώτα απ' όλα γιατί δε μου είχες αναφέρει τόσο καιρό ότι προσέλαβες καινούρια γραμματέα, στη θέση της Μυρσίνης;» του ξεφούρνισε λίγες μέρες μετά την ανάληψη της υπόθεσης και αφού είχε ηρεμήσει από την υπόθεση της απαγωγής.

«Μα, χρυσό μου, από πότε πρέπει να σου δίνω αναφορά για τις επαγγελματικές μου αποφάσεις και δράσεις;» απάντησε με ερώτηση αυτός περνώντας στην επίθεση ως έμπειρος δικηγόρος.

«Δηλαδή, τι θέλεις να πεις, ότι δεν πρέπει να γνωρίζω τους συνεργάτες σου, τους ανθρώπους που είστε οχτώ με δέκα ώρες μαζί, άρα πολλές φορές περισσότερο από ότι μ' εμένα;»

«Λέω ότι λαμβάνεις λάθος ερεθίσματα από τον εγκέφαλό σου. Γιατί δεν έκανες το ίδιο θέμα όταν είχα προσλάβει τη Μυρσίνη, τον Χρήστο την Πηνελόπη ως νέα δικηγόρο για πρακτική εξάσκηση και τόσους άλλους;»

«Γιατί απλούστατα όλοι αυτοί δεν είχαν απαγάγει κανένα μας παιδί και δε μας έκαναν τη ζωή ποδήλατο», απάντησε νευριασμένη η Δέσποινα.

«Ο κάθε κατηγορούμενος έχει δικαίωμα στην υπεράσπισή του».

«Ας πάει να βρει όποιον άλλον θέλει! Γιατί δηλαδή πρέπει να είσαι εσύ αυτός;»

«Μήπως επειδή γνωρίζω από πρώτο χέρι όλη την υπόθεση και πόσο βοήθησε για την εξάρθρωση της σπείρας; Ή μήπως επειδή είναι αδερφή της φίλης του κανακάρη σου; Ή μήπως επειδή είναι θύμα αυτής της ρουφιάνας κοινωνίας; Ποιο, λόγο από όλους θέλεις;»

«Εντάξει, βάλε τον Ταξίαρχη ή την Πηνελόπη, πρέπει να αναλάβεις σώνει και καλά εσύ;»

«Πραγματικά δεν μπορώ να σε καταλάβω. Τα πιστεύεις αυτά που λες ή επειδή...»

«Ε, ναι λοιπόν, τα λέω επειδή είναι γυναικάρα, που αν δεν τη ζήλευα θα ήμουν τρελή ή αδιάφορη. Από την αγάπη μου για σένα αντιδρώ έτσι», τον διέκοψε νιώθοντας στριμωγμένη, κατεβάζοντας ωστόσο τους τόνους σε φυσιολογικά επίπεδα συζήτησης.

«Χαίρομαι που επιτέλους παραδέχτηκες ότι ζηλεύεις μια νεότερή σου, αλλά άκου τούτο και βάλτο καλά στο μυαλό σου. Ούτε πριν, ούτε τώρα αλλά και ποτέ θα γεννηθεί το θηλυκό που θα καταφέρει να με απαγκιστρώσει από εσένα». Το απαλό φιλί ήταν κατευναστικό. Τα πνεύματα ηρέμησαν, οι αγκαλιές ανοίχτηκαν και το κλίμα θερμάνθηκε ξανά επιτρέποντας τον δικηγόρο να επιτελέσει σωστά το ακριβοπληρωμένο καθήκον του.

Την επόμενη ημέρα ο Αλέξης επισκέφτηκε για μια ακόμη φορά τη Φαίδρα, αλλά αυτή τη φορά όχι μόνος. Η φυλακισμένη πρόθυμα δέχθηκε την πρόσκληση της δεσμοφύλα-κα για το επισκεπτήριο και μεταφέρθηκε αμέσως στην ειδική αίθουσα, μη μπορώντας να φανταστεί τι την περίμενε. Πρό-σφατα είχαν αφαιρέσει το διαχωριστικό γυαλί, για να είναι οι κρατούμενες όσο το δυνατόν πιο κοντά στους επισκέπτες, που ήταν συνήθως από το οικογενειακό τους περιβάλλον. Ο δικηγόρος ήδη είχε πάρει τη θέση του και περίμενε τη Φαίδρα. Λίγο πιο πίσω, όρθιοι ο Σεραφείμ και η νεαρή παρακολουθούσαν τη σκηνή διακριτικά. Τα πράσινα μάτια της, όπως κάθε φορά, διασταυρώθη-καν με αυτά του Αλέξη. Προσπάθησε να αποκρυπτογραφή-σει το πονηρό χαμόγελο του συνομιλητή της, παρακάμπτο-ντας παντελώς την ύπαρξη των άλλων επισκεπτών. Μόλις ο Αλέξης τους φώναξε και άρχισε τις συστάσεις, τινάχτη-κε ακαριαία από την καρέκλα της σαν να τη χτύπησε ηλε-κτρικό ρεύμα. Σοκ στο μυαλό και στο σώμα, τη στιγμή που αντίκρισε το προσωπάκι της νεοφερμένης και ήταν σαν να έβλεπε στον καθρέπτη τον εαυτό της.

«Από εδώ η Φαίδρα και από εδώ η Ροδόκλεια».

Δε χρειαζόταν περισσότερες επεξηγήσεις. Ταυτόχρονα και οι δύο ασυναίσθητα, έπιασαν το μενταγιόν τους και το άνοιξαν. «Το κορίτσι της φωτογραφίας», ψιθύρισαν με μια φωνή βγαλμένη από την καρδιά. Τα δάκρυα χαράς από τη συ-γκίνηση ήταν αναπόφευκτα. Η Φαίδρα δε γνώριζε την ύπαρξη της Ροδόκλειας, ενώ εκείνη εξαιτίας των τραγικών συμπτώ-σεων το έμαθε πρόσφατα και αυτό χάρη στην παρατηρητικό-τητα του Σεραφείμ. Η αγκαλιά κράτησε είκοσι πέντε ολόκλη-ρα χρόνια. Τόσο είχαν να βρεθούν οι δυο αδελφές!

Πόσες λέξεις να χωρέσουν μέσα στον περιορισμένο χρόνο του επισκεπτηρίου; Πόσες στιγμές, εικόνες, χρώμα-τα από τις ζωές δύο κοριτσιών με τόσο καταπληκτική ομοι-ότητα, να αναγεννηθούν; Πόσα δάκρυα να χυθούν για να ξεπλύνουν τις σκιές που σκέπαζαν το παρελθόν τους; Πόσα σ' αγαπώ να ειπωθούν από χείλη που μάτωσαν, υπέφεραν, πρόδωσαν, προδόθηκαν, έδωσαν χωρίς να πάρουν, για να εξιλεωθούν από αυτά που δεν έφταιξαν;

«Δηλαδή, αν είχα κι εγώ την ελιά στο ίδιο σημείο με εσένα, μπορεί να ήμουν τώρα εδώ, στη θέση σου», αστειεύτηκε η Ροδόκλεια για να βελτιώσει το βαρύ κλίμα. Η τετραμελής παρέα γέλασε μέχρι δακρύων. Η αντίστροφη μέτρηση είχε αρχίσει. Το αίμα νερό δε γίνεται. Οι δύο άντρες, πατέρας και γιος, καταλάβαιναν ξεκάθαρα ότι οι αδερφές είχαν ήδη δεθεί, σαν να ζούσαν όλα αυτά τα χρόνια μαζί. Τις άφησαν στον υπόλοιπο χρόνο που απέμενε να τα πουν μόνες τους, βγάζοντας τα εσώψυχα μιας ολόκληρης ζωής.

Η Ροδόκλεια μέχρι τη δίκη, επισκεπτόταν τη δίδυμη αδερφή της καθημερινά, σε όλες τις επιτρεπόμενες ώρες του επισκεπτηρίου. Δε χόρταιναν η μία την άλλη και ήθελαν να εξερευνήσουν κάθε πτυχή τους, κάθε ίνα των άδικα χαμένων στιγμών που πέρασαν χώρια.

«Δε φαντάζεσαι πόσο χαρά πήρε η γιαγιά Εμμέλεια, όταν έμαθε ότι ζεις και ότι είμαστε μαζί. Βέβαια δεν της είπα ότι είσαι εδώ, μη μας πάθει και τίποτα! Ένα ένα τα νέα, με το μαλακό».

«Αχ, Ροδόκλειά μου, και τι δε θα έδινα να ξαναξεκινούσα τη ζωή μου από εκείνη τη στιγμή που ήμαστε στο αμάξι, από εκείνο το μοιραίο απόγευμα. Να ζούσε και ο πατέρας και να μεγαλώναμε μαζί, όπως είχε ονειρευτεί η ηρωική μητερούλα μας».

«Ναι, μόνο που σ' έκλεψε ο ασφάλτινος δρόμος από την αγκαλιά μου και μας στέρησε αυτή τη χαρά! Όμως δεν είναι αργά. Έχουμε το μέλλον μπροστά μας, να ζήσουμε ό,τι μας στέρησε η μοίρα!»

«Ναι, αλλά πρώτα να περιμένουμε την απόφαση του δικαστηρίου και μετά βλέπουμε».

«Μην ανησυχείς γι' αυτό. Ο μέγας Παπαρρηγόπουλος θα κινήσει γη και ουρανό να σε αθωώσει και στη χειρότερη να τιμωρηθείς με τη μικρότερη δυνατή ποινή».

«Μακάρι, αδερφούλα μου, μακάρι». Τα κορίτσια αγκαλιάστηκαν σφιχτά για πολλή ώρα, μέχρι που η δεσμοφύλακας τις ανακοίνωσε ότι έληξε η ώρα του επισκεπτηρίου.

Ακοίμητο Καντήλι

Θεσσαλονίκη
15 Νοεμβρίου 2021

Η γιαγιά Τέμα ετοίμασε τη βαλίτσα της απρόσμενα χαρούμενη, που επιτέλους θα έφευγε από αυτόν, κατά τους περισσότερους μισητό, χώρο. Όλα έδειχναν πως δεν υπήρχε λόγος να συνεχίσει τη διαμονή της εκεί. Εάν ήταν να πεθάνει από αυτό, ας πέθαινε τουλάχιστον στο σπίτι της. Είχε πάρει την απόφασή της να φύγει με δικιά της πρωτοβουλία και ό,τι ήταν να γίνει ας γίνει.

«Χίλια συγνώμη, κύριε Παπαρρηγόπουλε. Δε μας έχει συμβεί ξανά αυτό. Τόσα χρόνια σ' αυτή τη θέση, τέτοιο τρελό λάθος δεν έχω ξανασυναντήσει».

«Κύριε καθηγητή, τι πιστεύετε ότι πήγε στραβά;» ρώτησε ο δικηγόρος.

«Ο ηλίθιος ο ακτινολόγος ραδιολόγος, το τελευταίο διάστημα έχει προβλήματα με τη γυναίκα του. Θέλει να τον χωρίσει και αυτός δεν αντέχει σε αυτή την πίεση. Σχεδόν καθημερινά έρχεται με μια προβοσκίδα κατεβασμένη μέχρι εκεί κάτω».

«Ναι, αλλά τα προβλήματα του σπιτιού δεν τα μεταφέρουμε στον επαγγελματικό μας χώρο!»

«Φυσικά! Και εγώ αυτό του έχω τονίσει και μάλιστα με αυστηρό τόνο. Μέχρι με απόλυση τον απείλησα, αλλά φαίνεται ξεκάθαρα ότι δε συνετίστηκε».

«Λοιπόν;»

«Την ημέρα που εξέτασε με τον υπέρηχο τη μητέρα σας, θυμάστε, έγραψε εκείνο το περιβόητο κείμενο έχοντας ξενυχτήσει και πάλι, αφού είχε καταναλώσει μεγάλη ποσότητα αλκοόλ που επιβάρυνε την κατάστασή του.

Το επακόλουθο ήταν να μπερδέψει τους φακέλους με τα αποτελέσματα και να βγάλει την άρρωστη υγιή και την υγιή άρρωστη».

Το χαμόγελο ζωγραφίστηκε μεμιάς στα χείλη του Αλέξη, μόλις αντιλήφθηκε ότι η μητέρα ήταν απολύτως υγιής και άδικα υπέστη την ταλαιπωρία και το σοκ του επερχόμενου θανάτου.

«Γεια σου μάνα αθάνατη! Ακοίμητο καντήλι είσαι τελικά», βροντοφώναξε από τη χαρά του ανανεωμένος ο δικηγόρος.

«Μπορείτε να μας μηνύσετε και να αποζημιωθείτε για τη δοκιμασία που σας υποβάλαμε».

«Προτιμώ να βρω νέα σύζυγο στον ακτινολόγο σας παρά να σας μηνύσω. Θα είναι πιο εύκολο για όλους μας», δήλωσε ο Αλέξης περιχαρής και έτρεξε να βρει τη μητέρα του χωρίς να χαιρετήσει τον διευθυντή της παθολογικής κλινικής.

Τη βρήκε με τη βαλίτσα στο χέρι, λίγο πριν εξέλθει από το δωμάτιο και σκέφτηκε να την πειράξει λίγο ακόμη, αλλά το μετάνιωσε θυμούμενος όλη τη λαχτάρα που πέρασε.

«Μανούλα, θα σε ανεχόμαστε για πολλά πολλά χρόνια ακόμα», της εξήγγειλε και την αγκάλιασε σφιχτά. Εκείνη στεκόταν ακίνητη και αμήχανη μπροστά του, μη μπορώντας να δικαιολογήσει την αντίδραση του γιου της. Τότε ο Αλέξης, αφού την έβαλε να καθίσει πάνω στο κρεβάτι, της εξήγησε με κάθε λεπτομέρεια αυτά που μόλις είχε πληροφορηθεί από τον καθηγητή.

«Πάμε, Αλέξη μου. Η βαλίτσα καλώς ετοιμάστηκε. Μια καινούρια μέρα ξεκινάει για όλους μας από σήμερα».

Ο Αλέξης φορτώθηκε τις αποσκευές της μητέρας του περίλαμπρος, γεμάτος αισιοδοξία και θετική ενέργεια και άρχισε να τραγουδάει δυνατά ένα από τα αγαπημένα του τραγούδια, του Θάνου Μικρούτσικου:

Μια καινούργια μέρα ξεκινάει
αλλάζει χρώμα η ώρα
του μυαλού η μπόρα προσπερνά

έχει σκοπό η μέρα
το νιώθεις στον αέρα
σε μεθάει
μια καινούργια μέρα ξεκινά.

Πέρασαν πέντε ολόκληρα χρόνια, όταν η πολυπληθής ομάδα των επισκεπτών βρέθηκε στα κοιμητήρια της Τοπικής Ενότητας Άγκιστρου Σερρών. Όλοι τους στάθηκαν ευλαβικά πάνω από το μαρμάρινο μνήμα. Τα κεριά που κρατούσαν στα χέρια τους σιγόκαιγαν, ενώ ο ιερέας επιτελούσε την επιμνημόσυνη δέηση, κρατώντας το θυμιατό στο ένα χέρι και τον χρυσό σταυρό στο άλλο. Ένωσαν όλοι μαζί τις προσευχές τους, στέλνοντας στον ουρανό την κοινή ευχή για χαρούμενες πλέον στιγμές, απαλλαγμένες από πάθη και ταλαιπωρίες.

Ένας ένας εναπόθεσαν τα κεράκια τους στις προκαθορισμένες θέσεις και φίλησαν τον σταυρό και το χέρι του ιερέα. Κατόπιν οι δίδυμες αδελφές, έβαλαν τη μεγάλη ανθοδέσμη που είχαν ετοιμάσει μέσα στο βάζο, το οποίο ήταν τοποθετημένο προσεκτικά πάνω στον τάφο. Το βλέμμα της νεαρής Εμμέλειας έπεσε πάνω στην επιβλητική μαρμάρινη επιγραφή που έγραφε, λανθασμένα πλέον:

ΟΙΚΟΓΕΝΕΙΑΚΟΣ ΤΑΦΟΣ
ΜΑΡΘΟΠΟΥΛΟΥ ΡΟΔΑΝΘΗ ΕΤΩΝ 31
ΚΑΡΠΑΝΤΖΙΔΗΣ ΠΟΡΦΥΡΙΟΣ ΕΤΩΝ 34
ΚΑΡΠΑΝΤΖΙΔΟΥ ΕΜΜΕΛΕΙΑ ΕΤΩΝ 1
ΜΑΡΘΟΠΟΥΛΟΣ ΙΩΑΝΝΗΣ ΕΤΩΝ 71

«Επιτέλους ήρθε η μέρα που ονειρευόμουν χρόνια τώρα», είπε η γερασμένη από τη στενοχώρια γιαγιά, αντικρύζοντας την ομάδα των ανθρώπων γύρω της. «Οι εγγονές μου, μαζί μου και πάλι, ευτυχισμένες, γεμάτες ζωή, παρέα με χρυσούς ανθρώπους, εδώ κοντά μου, πριν κλείσω τα μάτια μου και φύγω από αυτή τη ζωή».

Οι δίδυμες αγκάλιασαν στοργικά τη γιαγιά Εμμέλεια πρώτες και το ίδιο έκαναν και οι υπόλοιποι της παρέας. Δεν είχε περάσει ούτε μία μέρα που να μην είχε επισκεφθεί τα κοιμητήρια. Είκοσι πέντε χρόνια με στερεμένες τις βρύσες των ματιών της, καθημερινά έστελνε τις προσευχές της στον Ύψιστο, με την ελπίδα ότι κάποια ημέρα θα ζήσει τη νεκρανάσταση της χαμένης της εγγονής. Και να που ο Κύριος έκανε και πάλι το θαύμα του. Ανάστησε και το δεύτερο εγγόνι της και το έστειλε ξανά στην αγκαλιά της.

«Να καλέσουμε τον μαρμαρά, να σβήσει επιτέλους τα γράμματα που απεικονίζουν άδικα το όνομά σου τόσον καιρό», τόνισε απευθυνόμενη στην εγγονή της.

Τόσα χρόνια πονούσε όσο και την πρώτη μέρα που έχασε την κόρη της. Όμως ποτέ δεν έχασε την ελπίδα της. Την ελπίδα που πήγαζε από την υπόσχεση προς τη θυγατέρα της, ότι θα μεγαλώσει τα εγγόνια της ως παιδιά της. Το έκανε με τη Ροδόκλεια και τώρα ήρθε η ώρα να το κάνει και με την Εμμέλεια. Ίδια ηλικία έχουν οι εγγονές της, με την ηλικία που είχε η συγχωρεμένη μητέρα τους, όταν τους άφησε για το μακρινό της ταξίδι.

Ήταν όλοι εκεί να μοιραστούν τη χαρά της επανόδου. Ο Παπαρρηγόπουλος με σύσσωμη την οικογένειά του, αυξημένη κατά δύο μέλη. Η νύφη του η Ροδόκλεια ως αρραβωνιαστικιά του Σεραφείμ πλέον και σύντομα γυναίκα του, μαζί με τον γιο τους που κόντευε τους επτά μήνες ζωής, ήταν η χαρούμενη αιτία της πληθυσμιακής αύξησης. Κοντά τους είχαν και τη μητέρα του Αλέξη που τελικά αποφάσισε να μείνει στην Ελλάδα για το υπόλοιπο της ζωής της, κοντά στα αγαπημένα της πρόσωπα και στην πλούσια σε ήθος οικογένεια που η ίδια δημιούργησε, μεγαλώνοντας πολλά δισέγγονα ακόμα, όπως υποσχέθηκε.

Λίγες μέρες πριν, η Φαίδρα Παπαφανώλη ή Εμμέλεια Καρπαντζίδου, όπως θα ονομαζόταν με βάση τη νέα δικαστική απόφαση από εδώ και πέρα, αποφυλακίστηκε. Είχε εκτίσει την ποινή της, μειωμένη λόγω καλής διαγωγής κατά έναν χρόνο. Τώρα ελεύθερη πια, έκανε μια νέα αρχή. Ένα

474

νέο κεφάλαιο ξεφυλλιζόταν στην πολύμορφη ζωή της. Μια καινούρια μέρα ξεκινούσε για την ίδια, αλλά και για όλα τα αγαπημένα της πρόσωπα, απαλλαγμένη από τις σκιές του παρελθόντος, μετανιωμένη πλήρως, πλημμυρισμένη από το άπλετο φως της αναγέννησής της. Από εκεί που νόμιζε πως ήταν ολομόναχη, βρέθηκε με δύο οικογένειες, γεμάτες με ευγενή αισθήματα και περισσή αγάπη, αληθινή αγάπη που στερήθηκε στην προηγούμενη άστατη ζωή της.

«Οι επιλογές μας είναι αυτές που καθορίζουν τη ζωή μας τελικά», είπε η μικρή Εμμέλεια στη γιαγιά Τέμα που καθόταν δίπλα της στο οικογενειακό τραπέζι, το οποίο περιείχε όλα τα καλούδια φτιαγμένα από τα χεράκια των δύο ηλικιωμένων γυναικών.

«Συμφωνώ απόλυτα μαζί σου, χρυσό μου, αν κρίνω από τις δικές μου», απάντησε η γιατρός κάνοντας την αυτοκριτική της.

«Και εγώ συμφωνώ μαζί σας κυρίες μου, αλλά δεν μπορούμε να παρακάμψουμε και τον παράγοντα τύχη που απρόβλεπτα πολλές φορές μας αλλάζει καθολικά τη ζωή μας», μπήκε και ο Αλέξης στη συζήτηση.

«Ή θέλημα Θεού», παρενέβη η γιαγιά Εμμέλεια.

«Ναι, σωστά. Να, για παράδειγμα η νύφη μου επέζησε από το τροχαίο και είχε μια φυσιολογική πορεία, αλλά η Εμμέλεια ενώ βέβαια έζησε, χάθηκε και μεγαλώνοντας σε λάθος χέρια, απέκτησε έναν εντελώς διαφορετικό από τον αναμενόμενο τρόπο ζωής», πρόσθεσε η Δέσποινα.

«Πολλές φορές, κάποια πράγματα οδεύουν σύμφωνα με τις εντολές ανώτερης δύναμης», τόνισε με σοβαρότητα η γιαγιά Τέμα.

«Πιθανότατα για να διορθώνουν και να παραδειγματίζουν τους υπόλοιπους», συμπλήρωσε η Δέσποινα.

Οι δίδυμες άκουγαν με ενδιαφέρον τη φιλοσοφημένη συζήτηση και αντάλλαξαν χαρούμενα βλέμματα. Συμφωνούσαν με όλους και με όλα. Πώς θα μπορούσαν να διαφωνήσουν με κάποιον άλλωστε. Μιλούσαν οι εμπειρίες μιας ολόκληρης ζωής. Είχαν το μέλλον μπροστά τους και τους άρεσε να ακούν όλες τις απόψεις, που στο κάτω κάτω, μπορούσαν να υιοθετήσουν εκείνες που τους ταίριαζαν περισσότερο.

Το ξαφνικό κλάμα του μικρού Αλέξη, τους έκανε όλους να γελάσουν και να ξεφύγουν από τη συζήτηση.

«Μάλλον έκανε την ανάγκη του», δήλωσε η Ροδόκλεια αφού τον σήκωσε ψηλά και έφερε την πάνα του κοντά στη μύτη της.

«Αναλαμβάνω εγώ», φώναξε αναπάντεχα ο Σεραφείμ και έκανε να σηκωθεί.

«Τι λες, γαμπρέ;» ξεφώνισε η γιαγιά Εμμέλεια.

«Άντρας με μεταπτυχιακό, διδακτορικό, λαμπρός επιστήμονας και με τόσες γυναίκες εδώ θα τον αφήσουμε να ξεσκατώσει, με συγχωρείς κιόλας, το μωρό;»

Γέλασαν όλοι με την ψυχή τους. Χαρούμενα γέλια που θα έμεναν ανεξίτηλα χαραγμένα στη μνήμη του μικρού Αλέξη, για όλη του την υπόλοιπη ζωή που προδιαγραφόταν ευτυχισμένη, όπως ακριβώς πλάστηκε ο άνθρωπος κατά τη δημιουργία του. Για να ευτυχήσει!

Η γιαγιά Εμμέλεια πήρε το μωρό αγκαλιά και προχώρησε προς το δωμάτιο. Πίσω της ακολούθησαν οι άντρες της παρέας. Όταν τους κοίταξε λοξά η γιαγιά, ο Σεραφείμ απάντησε όλο φυσικότητα: «Έτσι για να μαθαίνουμε».

Την ώρα που η γιαγιά άλλαζε το μωρό, σιγοτραγουδώντας παράλληλα παιδικούς σκοπούς, ο Σεραφείμ περισσότερο του έδινε διάφορα παιχνιδάκια και προσπαθούσε να το κάνει να γελάει, παρά βοηθούσε τη γιαγιά. Ο Αλέξης κοιτούσε αμέριμνος, γεμάτος υπερηφάνεια για τον πρώτο του εγγονό, που έφερε το όνομά του. Τη στιγμή που ο Σεραφείμ και η γιαγιά γύρισαν τον μικρό μπρούμυτα, για να δέσουν καλύτερα την πάνα του, αυτός κρατούσε στο χεράκι του ένα πλαστικό μαχαίρι κουδουνίστρα που σφύριζε ρυθμικά όταν το πατούσε και το έχωσε στη χαραμάδα μεταξύ του στρώματος και του κρεβατιού. Εκείνο εξαφανίστηκε και ο μικρός το έψαχνε στραβομουτσουνιάζοντας. Τότε ο Αλέξης πετάχτηκε σύγκορμος και μουρμούρισε μέσα από τα δόντια του. "Να πως το έκανε! Επιτέλους μετά από τόσα χρόνια το ανακάλυψα και ας μη βρήκα ποτέ το θάρρος να τη ρωτήσω, ανοίγοντας τους ασκούς του Αιόλου", σκέφτηκε θριαμβευτικά.

Λίγο αργότερα βρήκε την Εμμέλεια και τη ρώτησε διακριτικά, χωρίς να ακούει κανείς. «Εκείνο το γράμμα που είχες βάλει μέσα στο χρηματοκιβώτιο τότε, το είχες περάσει μέσα από τη χαραμάδα του;»

«Ναι! Από την πάνω όμως, από κάτω δεν το δεχόταν», απάντησε εκείνη χωρίς δισταγμό.

«Και ποια χρονική στιγμή;» ξαναρώτησε εκείνος.

«Τα χαράματα της ημέρας που διαδραματίστηκαν εκείνα τα... άσχημα γεγονότα. Πριν πιάσει βάρδια ο κυρ Αντώνης. Αλλά πού τα θυμήθηκες τώρα αυτά μετά από τόσα χρόνια;»

«Α, μπα, τίποτα. Να, έτσι μου ήρθε. Ο ανιψιός σου μου άνοιξε τα μάτια», είπε κομπιάζοντας για λίγο ο Αλέξης και χαμογέλασαν και οι δύο.

Μέσα στο ζεστό νερό η γιαγιά Τέμα απολάμβανε παρέα με τη γιαγιά Εμμέλεια, το αναζωογονητικό μασάζ που τους προσέφερε το πασίγνωστο ρωμαϊκό χαμάμ, στο Άγκιστρο Σερρών. Κατά παρέκκλιση και ύστερα από τα παρακάλια και των δύο γιαγιάδων, είχαν μαζί τους το δισέγγονό τους, τον Αλέξη, που τους άφησε για λίγη ώρα η μητέρα του Ροδόκλεια. Η πλούσια ποσότητα του νερού, με τις μαγικές ιαματικές του ιδιότητες, στην ιδανικότερη θερμοκρασία που έβγαζε από φυσικού του, χαλάρωνε τα σώματα και ξεγύμνωνε από πάνω τους, όλες τις στενοχώριες του παρελθόντος.

Σύσσωμη η οικογένεια Παπαρρηγόπουλου είχε αποδεχτεί την πιεστική πρόσκληση της γιαγιάς Καρπαντζίδου να μείνουν στο χωριό περισσότερο. Έτσι θα περνούσαν άλλες τρεις μέρες ξεγνοιασιάς, στο συμπαθητικό αυτό μέρος, φιλοξενούμενοι στο σπίτι της. Η εναλλακτική πρόταση του Αλέξη, να μείνει αυτός με τις γυναίκες της οικογενείας του σε ένα από τα πολλά ξενοδοχεία του τουριστικού χωριού, δεν έτυχε της αποδοχής της οικοδέσποινας που ήταν ανένδοτη. Η Τέμα κοίταζε το αγνό προσωπάκι του μωρού που είχε στην αγκαλιά της και πλημμύριζε από ευτυχία. Τα ματάκια του, ίδια με της μητέρας του, έλαμπαν σαν φλόγα από κερί και τη γέμιζαν χαρά και ζωντάνια. Του μιλούσε τρυφερά και περνούσε με τα χέρια της το ιαματικό νερό στο μικροσκοπικό κεφαλάκι του, απλώνοντάς το παντού και εκείνο χαμογελούσε ευτυχισμένο. Πώς θα μπορούσε να αφήσει αυτό το πλάσμα και ποιος ξέρει ακόμα πόσα άλλα αγγελικά πλασμένα σαν και αυτό, και να φύγει ταξιδεύοντας προς τη γενέτειρά της και πάλι; Όχι πλέον, δε θα το έκανε ξανά! Είχε πάρει τις αποφάσεις της. Θα έκλεινε τα μάτια της, δίπλα στα αγαπημένα της πρόσωπα, που της έστειλε η μητέρα φύση για να μεγαλώσει, εκτελώντας το υπέρτατο λειτούργημα, ολόιδιο με αυτό της μητρότητας.

«Έτσι, μικρέ μου Αλέξη, κάπου εδώ φθάνει και η δική σου ιστορία στο τέλος της. Ευτυχώς με ευχάριστη κατάληξη, παρά τη θλίψη και τις στενοχώριες που πέρασαν οι πρωταγωνιστές της». Το βρέφος την κοιτούσε απευθείας στα μάτια λες και δεν ήθελε να χάσει λέξη από αυτά που άκουγε από το στόμα της προγιαγιάς του. Η άλλη προγιαγιά, η Εμμέλεια, παρακολουθούσε αμίλητη και έντονα συγκινημένη. Της δόθηκε η ευκαιρία να μάθει τα πάντα για τις εγγονές της από τη λαμπρή επιστήμονα που είχε την τιμή να γνωρίσει από κοντά, τη συμπεθέρα της, Τέμα Παπαρρηγοπούλου.

«Ο παππούς σου ο Αλέξης, έδωσε τον καλύτερό του εαυτό στη δίκη της θείας Εμμέλειας που έγινε οχτώ μήνες μετά από τη σύλληψή της. Υπερασπίστηκε με πάθος την αθωότητά της με τελικό σκοπό να καταφέρει να μειώσει στο ελάχιστο την ποινή της. Όλα τα μέλη της οικογένειας Παπαρρηγοπούλου πέρασαν ως μάρτυρες υπεράσπισης της αδικοχτυπημένης κοπέλας, αποδεικνύοντας τον πραγματικό χαρακτήρα της και διαψεύδοντας τον πλαστό, αυτόν που η ζωή την ανάγκασε να υποδυθεί. Η πιο ανατριχιαστική στιγμή για ακροατές και δικαστές ήταν όταν κάλεσε για μάρτυρα, υποθετικά τη θεία σου. Το δικαστήριο αναρίγησε σύγκορμο από την είσοδο της όμορφης νέας. Φυσικά σημαντικότατο ρόλο έπαιξε ο τρόπος που ο συνήγορος παρουσίασε στο ακροατήριο τη νεοφερμένη μάρτυρα.

"Αξιότιμοι κύριοι δικαστές, θα ήθελα να καλέσω στο βήμα μία μάρτυρα που θα στηρίξει ακράδαντα τις θέσεις της υπεράσπισης, αποδεικνύοντας καταιγιστικά πως η κατηγορούμενη ήταν το θύμα στην υπόθεση και όχι ο θύτης. Θα αντιληφθεί το ευγενές σώμα του δικαστηρίου, πως η κοινωνία ήταν αυτή που όπλισε το χέρι της κατηγορούμενης με λάθος εργαλεία, υποδεικνύοντάς τη να φτάσει στο σημείο να ζητάει μια καλύτερη ζωή, δια μέσω του βρώμικου χρήματος. Προδομένη, ατιμασμένη, εξευτελισμένη από την ίδια τη ζωή, από τα λάθος χέρια που τη μεγάλωσαν, δεν μπόρεσε να απαρνηθεί αυτό που εύκολα της λανσάρισαν κάποιοι επιτήδειοι ως το μονοπάτι της ευτυχίας. Καλώ λοιπόν τη μάρτυρα... Εμμέλεια Καρπαντζίδου". Οι δικαστές κοιτάχτηκαν μεταξύ τους και ένα έντονο σούσουρο ακολούθησε από άκρη σε άκρη στο ακροατήριο.

"Ναι, κύριοι δικαστές, δεν σας κοροϊδεύω", συνέχισε ο συνήγορος όσο η Ροδόκλεια έμπαινε στην αίθουσα και προχωρούσε να πάρει τη θέση της στο βήμα *"διότι η Εμμέλεια θα μπορούσε να είναι η Ροδόκλεια Καρπαντζίδου και η Ροδόκλεια η Εμμέλεια. Η ζωή τα έφερε έτσι, που δύο ολόιδια βρέφη, μεγαλώνοντας στον ίδιο σάκο της μητέρας τους, η οποία θυσίασε τη ζωή της για να τα φέρει στον κόσμο, μεγάλωσαν εντελώς διαφορετικά, με άλλους κηδεμόνες το καθένα και ιδού... να τα αποτελέσματα. Το ένα πλάσμα χτυπημένο από την κακιά του μοίρα να στέκεται στο εδώλιο μπροστά σας σήμερα και να ικετεύει για την εύνοιά σας, και το άλλο μια αξιοπρεπέστατη κυρία, ένα ενεργό και τίμιο μέλος της κοινωνίας μας. Κοιτάξτε τες! Διακρίνετε καμία διαφορά; Μην παιδεύεστε! Η φύση προνόησε να μη μπορείτε να βρείτε καμία. Οι μοίρες τους όμως και η καταραμένη κοινωνία μας, είχαν*

διαφορετικές απόψεις. *Ποιον πρέπει να δικάσουμε κύριοι δικαστές; Την Εμμέλεια ή τα φτωχά γεροντάκια που στην κυριολεξία την άρπαξαν στον βωμό της αγάπης, στερώντας την από την πραγματική αγάπη της γιαγιάς Εμμέλειας Καρπαντζίδου και του ανδρός της; Τον θετό της πατέρα που τη βίαζε καθημερινά, εξευτελίζοντας το αδύναμο και ανήμπορο να αντιδράσει κορμί της ή την ίδια που δεν αντέδρασε στην ηλικία των οχτώ, εννέα ή δέκα ετών; Μήπως αλήθεια είναι φρόνιμο να ψάξουμε για ενόχους στα κυκλώματα των μαστροπών και των διακινητών ναρκωτικών που έχωσαν με τα μούτρα ένα αθώο παιδί, ταλαιπωρημένο από τη φτώχεια και την ανέχεια που ήρθε με όνειρα στην πόλη για ένα καλύτερο αύριο; Μήπως έπρεπε στο εδώλιο αυτή τη στιγμή να βρίσκονται ο φωτογράφος Χάρης με τον φίλο του τον συμβολαιογράφο που έστηναν, και φαντάζομαι συνεχίζουν να στήνουν ακόμα, τα κυκλώματα πορνείας και των ναρκωτικών; Ή μήπως θα προτιμούσατε να φέρουμε εδώ τους δεκάδες πλούσιους κυρίους που της ρουφούσαν το αίμα, πετώντας την ως ξεροκόμματο λίγα ή πολλά χρήματα, και ξερίζωναν ό,τι είχε απομείνει από την πληγωμένη της καρδιά;*

Μπορώ ακόμα να σταθώ και εγώ, εδώ στο ειδικό κάθισμα ως κατηγορούμενος, εφόσον μου το ζητήσετε κύριοι δικαστές, διότι ήμουν και εγώ ένας από αυτούς, ίσως με λίγο διαφορετικό τρόπο, αλλά το αποτέλεσμα παραμένει το ίδιο". Οι έντονοι ψίθυροι σχολιασμού, που έγιναν φωνές στη συνέχεια ανάγκασαν τον πρόεδρο να φωνάξει πολλές φορές ησυχία, χτυπώντας το καμπανάκι συνεχόμενα. "*Μάλιστα, κύριοι δικαστές. Πολύ καλά ακούσατε, διότι και εγώ ως μέρος αυτής της ανώριμης και ανέντιμης κοινωνίας, έφτασα σε σημείο να επιδιώκω την κατάκτηση αυτού του σώματος, αγνοώντας τότε το πόσο πιο ψηλά θα ανύψωνα το τείχος του κακού που ορθωνόταν μπροστά σε αυτό το μοιραίο θύμα, χτίζοντας με τη σειρά μου και το δικό μου βρώμικο λιθαράκι.*

Θα μπορούσα να μιλάω ώρες κύριοι, αλλά είμαι πεπεισμένος ότι έχετε αντιληφθεί το μέγεθος της καταστροφής που προσφέραμε ως κοινωνία στην κατηγορούμενη, άλλοι ηθελημένα και άλλοι άθελά μας, που κανονικά έπρεπε αυτή να μας δικάζει και όχι εμείς αυτήν.

Παρακαλώ να περάσουμε στην ακροαματική διαδικασία, εξετάζοντας τη μάρτυρα Καρπαντζίδου Ροδόκλεια, αφού σας ζητήσω ταπεινά συγνώμη για τη συναισθηματική μου φόρτιση και για την παράκαμψη του πρωτόκολλου"» τόνισε τελικά ο γιος μου συμπεθέρα, κατεβάζοντας τους τόνους. «Άκουσες, Αλέξη μου; Ο παππούς σου, που φέρεις το όνομά του, άφησε τους δικαστικούς λειτουργούς άναυδους». Η γιαγιά Εμμέλεια, βουτηγμένη στα δάκρυα, δεν μπορούσε να κρύψει τη συγκίνησή της.

«Δε χρειάστηκε να πει πολλά η εγγονή σου η Ροδόκλεια, συμπεθέρα, διότι οι δικαστές είχαν κλονιστεί από τη σύντομη αναφορά του συνήγορου, που σαν καλοκαιρινή αστραπή κατακεραύνωσε τα θεμέλια της σάπιας κοινωνίας. Εκείνη απλά επιβεβαίωσε ότι μεγάλωσε σωστά σε ένα υγιές περιβάλλον, αναφερόμενη σ' εσένα και τον σύζυγό σου για όσο ζούσε, που εάν είχε γαλουχηθεί σε αυτό και η Εμμέλεια θα έπλαθε και αυτή παρόμοιο χαρακτήρα, ευπρεπή και έντιμο όπως άρμοζε στην οικογένειά της.

Στο τέλος της ακροαματικής διαδικασίας και μετά την απολογία της κατηγορούμενης, που έντεχνα ο συνήγορος υπεράσπισης είχε ζητήσει να δικαστεί χώρια από τους άλλους της σπείρας, η τελική αγόρευσή του με τη βοήθεια του συνεργάτη και φίλου του Ταξιάρχη, άφησε άφωνους τους δικαστές και το ακροατήριο. Όλες οι παρευρισκόμενες κυρίες που παρακολούθησαν από τις πρώτες μέρες τη δίκη, δεν άντεξαν και ξέσπαγαν σε κλάματα κάθε τόσο. Δεν ήταν λίγοι και οι άντρες που δεν κατάφεραν να κρατηθούν. Θα περάσουν πολλά χρόνια για να ξεχαστεί αυτή η δίκη, εκείνη η αγόρευση και το παθιασμένο πρόσωπο του δικηγόρου μας που τελικά τα κατάφερε και μείωσε στο ελάχιστο την ποινή της εγγονής σου.

Έτσι, συμπεθέρα, η μικρή μας Εμμέλεια που είχε μεγαλώσει απότομα από τα οχτώ της χρόνια, θα έβλεπε πλέον με άλλα μάτια τη ζωή. Με τα μάτια της καρδιάς που δε λαθεύουν σε αυτά που βλέπουν, με αυτά τα μάτια που μπορούν να βλέπουν βαθιά μέσα στους ανθρώπους.

Μόλις με πέντε χρόνια φυλάκισης και δυνατότητα μείωσης εάν έδειχνε καλή διαγωγή, όπως και έγινε, τιμωρήθηκε η Εμμέλεια. Στον Βούβαλο επιβλήθηκε κάθειρξη για την απαγωγή και την απόπειρα βιασμού της Χριστίνας είκοσι ετών, ενώ για τον βιασμό και ξυλοδαρμό της Εμμέλειας και του Αλέξη κάθειρξη επτά ετών. Συνολικά θα έπρεπε να εκτίσει είκοσι επτά έτη. Παραπάνω από ισόβια δηλαδή.

Η Αριάδνη ως αρχηγός της σπείρας και διοργανωτής της όλης δράσης, τιμωρήθηκε με το ανώτερο της ποινής, κάθειρξη είκοσι ετών, ενώ ο Γύπας, χάρη στα ελαφρυντικά που έγιναν αποδεκτά από τους δικαστές και στην υπερασπιστική γραμμή που ακολούθησε η Χριστίνα και οι δικηγόροι, τιμωρήθηκε με μόνο επτά χρόνια φυλάκισης και δυνατότητα μείωση της ποινής. Όσον αναφορά τη Μέλισσα που αποπειράθηκε να με σκοτώσει για να ξεφύγει, τιμωρήθηκε πιο αυστηρά, τρώγοντας δέκα χρόνια κάθειρξης.

Σημασία είχε να μην έφταναν εκεί. Οι ποινές όσο αυστηρές και εάν είναι, δυστυχώς επειδή το σωφρονιστικό μας σύστημα χωλαίνει, δε βοηθούν κανέναν. Σπάνια κάποιοι παραδειγματίζονται και το σύστημα τους επαναφέρει ομαλά στην κοινωνία».

«Σ' ευχαριστώ συμπεθέρα για την ενημέρωση. Μου έφυγε ένα βάρος από πάνω μου και δοξάζω τον Θεό που σας έστειλε στον δρόμο μας», τόνισε γεμάτη ευγνωμοσύνη η γιαγιά Εμμέλεια.

«Ο καθένας στη θέση μας αυτά θα έκανε. Ε, τι λες και εσύ, Αλεξάκο μου; Αλλά τι σου λέω τώρα κι εσένα, μωρό μου! Εσύ έχεις τη ζωή μπροστά σου και κάθε ημέρα που ξημερώνει μας στέλνεις με τα ανθισμένα σου χαμόγελα χαρούμενες νότες ελπίδας και ξεγνοιασιάς». Στο άκουσμα αυτών των όμορφων λέξεων ήρθε κοντά τους και η γιαγιά Εμμέλεια. Τον αγκάλιασε κι εκείνη με τη σειρά της και του θώπευσε το κεφαλάκι του όσο πιο απαλά μπορούσε.

«Είχα χάσει τη μία μου εγγονή και ο Θεός μου έφερε διπλή χαρά στέλνοντας την ευλογία Του σε όλο της το μεγαλείο». Τα αρωματισμένα με αγαλλίαση δάκρυά της έγιναν ένα με το νερό. Η ίαση είχε έρθει. Η ψυχική σφαγή με την απώλεια της εγγονής της πριν τριάντα και χρόνια, θεραπεύτηκε με τον ερχομό της νέας ζωής και την επάνοδο της «νεκρής» Εμμέλειας.

«Για να κάνουμε και λίγο κουτσομπολιό, συμπεθέρα, να σου πω και κάτι ακόμα. Η νύφη μου η Δέσποινα στενοχωρήθηκε πολύ, όταν άκουσε με τα ίδια της τα αυτιά τον άντρα της να λέει, ότι και αυτός έφτασε στο σημείο να επιδιώκει την κατάκτηση αυτού του σώματος και πως θα έπρεπε να δικαστεί και ο ίδιος. Ζήτησε εξηγήσεις μετά το πέρας της δίκης και ο Αλέξης της τα εξήγησε όλα με πλήρη επίγνωση των πράξεών του και απόλυτη ειλικρίνεια. Είχε αποφασίσει να γίνει κατηγορούμενος και δικαστής ταυτόχρονα, ζητώντας την πιο δίκαιη τιμωρία που του άξιζε. Και διάλεξε αυτήν. Να απογυμνωθεί μπροστά στο ακροατήριο και στη σύντροφό του. Έναν μήνα έκανε η σύζυγός του μέχρι να αποφασίσει ποια στάση ζωής έπρεπε να κρατήσει. Δύσκολες αυτές οι αποφάσεις και μακάρι ποτέ άνθρωπος να μη βρεθεί σε αυτό το δίλημμα.

Τελικά τον συγχώρεσε. Έτσι απλά. Η ίδια μόνο ήξερε πώς θα τον έβλεπε από εκεί και πέρα. Βέβαια, όπως διακρίνω εγώ με το δικό μου μάτι, μετά από τέσσερα χρόνια φυσιολογικής συμβίωσης, όλα επάνω της δείχνουν ότι το έχει ξεπεράσει. Μακάρι! Πάντως είναι κοφτερός ο διπλός πέλεκυς της απιστίας!

Και έτσι, μικρέ μου Αλέξη, όπως άκουσες οι οικογένειες των γιαγιάδων σου έζησαν φοβερές καταιγίδες στο πέρασμα του χρόνου, αλλά το ουράνιο τόξο με τα υπέροχα χρώματά του δεν άργησε να φανεί και να φέρει και πάλι την ελπίδα στη ζωή. Και μια και μιλάμε για ουράνιο τόξο, να σου τραγουδήσω το τραγουδάκι που αρέσει και στους δυο μας πάρα πολύ».

Κάθε φορά
που η βροχή χτυπά
στα τζάμια του παραθυριού μου δυνατά
σκέφτομαι πως

σε λίγο θα φανεί
το ουράνιο τόξο και όλη η πλάση θα χαρεί
Σαν στη ζωή μας κάτι δύσκολο συμβεί
κάποια φουρτούνα δυνατή
ή κάποια άτυχη στιγμή
το ουράνιο τόξο τότε θα εμφανιστεί
θα γίνει νέα η αρχή
να έχετε ελπίδα στη ζωή
μετά την καταιγίδα κάτι θα φανεί
το ουράνιο τόξο θε να βγει,
να έχετε ελπίδα στη ζωή.
Κάθε φορά
παρακαλώ πολύ
να μείνει ακόμα λίγο ακόμα μια στιγμή
για να χαρώ
την τόση ομορφιά
αυτά τα χρώματα τα ουράνια τα γλυκά
Σαν στη ζωή μας κάτι δύσκολο συμβεί
κάποια φουρτούνα δυνατή
ή κάποια άτυχη στιγμή
το ουράνιο τόξο τότε θα εμφανιστεί
θα γίνει νέα η αρχή
να έχετε ελπίδα στη ζωή
μετά την καταιγίδα κάτι θα φανεί
το ουράνιο τόξο θε να βγει
να έχετε ελπίδα στη ζωή...

Η γιαγιά Εμμέλεια στάθηκε κοντά της και προσπαθούσε να ακολουθήσει τον ρυθμό, χτυπώντας παλαμάκια και σιγοτραγουδώντας τους λιγοστούς στίχους που θυμόταν. Μία έπαιρνε στην αγκαλιά της τον Αλέξη, μία τον έδινε στη γιαγιά Τέμα. Δύο τόσο διαφορετικές γυναίκες στην όψη και όμως τόσο ταιριαστές στην καρδιά, έχοντας ως κοινό παρονομαστή την αγάπη.

Τελικά η αγάπη νίκησε και σ' αυτή την αναμέτρηση. Ο αγνός καρπός της ήταν εδώ! Η γιαγιά Τέμα σήκωσε ψηλά το δισέγγονό της, γυμνούλης όπως ήταν και κοιτώντας τον στο χαμογελαστό προσωπάκι διέκρινε στα μάτια του ζωγραφισμένη την ευτυχία, στα χείλη του το πάθος για ζωή, στο μέτωπό του τη σοφία, στα μαλλάκια του την υγεία. Άρχισε να του μιλάει με ήρεμη και ζεστή φωνή: «Αλέξη μου, όσο ο ήλιος συνεχίζει να ανατέλλει και να στέλνει τις ακτίνες του στη γη, όσο η χελώνα δεν το βάζει κάτω και πασχίζει να φτάσει απέναντι, όσο το αηδόνι πληρώνει με χιλιάδες χαρμόσυνες νότες την πλάση, όσο η μέλισσα παράγει ακατάπαυστα μέλι, όσο το χελιδόνι χαλκέντερα χτίζει τη φωλιά του...»

«... κι όσο υπάρχουν άνθρωποι όπως η γιαγιά Τέμα», πρόσθεσε η γιαγιά Εμμέλεια, «δεν έχεις να φοβηθείς τίποτα», συμπλήρωσαν και οι δύο με φωνή μεστή, γεμάτη αισιοδοξία.

Η γιαγιά Τέμα συνέχισε τα μελιστάλαχτα λόγια της, κρατώντας το βρέφος πάντα ψηλά και εκείνο φαινόταν ξεκάθαρα ότι έπαιρνε χαρά από το νέο αυτό παιχνίδι. «Όπως ακριβώς συμβολίζουν τα χρώματα του ουράνιου τόξου, ένας νέος κύκλος ζωής ξεκίνησε με τη γέννησή σου, Αλέξη μου. Σύντομα θα περάσεις στην παιδική ηλικία, την πιο ξέγνοιαστη περίοδο της ζωής, για να μπεις αμέσως μετά στην εφηβεία όπου θα νιώσεις τα πρώτα σου ερωτικά σκιρτήματα. Εκεί σαν βρεθείς, θα γελάσεις, θα κλάψεις, θα θυμώσεις, θα νικήσεις και θα χάσεις. Ώσπου κάποια στιγμή θα ξεφύγεις ανοίγοντας τα φτερά σου, κυνηγώντας τη χαρά της νιότης, τις απολαύσεις της ζωής, αναζητώντας παράλληλα τον μοναδικό άνθρωπο που θα διαλέξεις για να περάσεις την υπόλοιπη ζωή μαζί του, έως τα βαθιά γηρατειά, ευτυχισμένος και γεμάτος, μέχρι να σας χωρίσει ο θάνατος. Αυτός με τη σειρά του θα σου εμφυτεύσει νέα ζωή, με την αναγέννησή σου».

Θαύμασε η γιαγιά Εμμέλεια με τη φιλοσοφία ζωής της συμπεθέρας της. Ένωσαν και οι δύο τα χέρια τους πάνω στο κορμάκι του μωρού. Μετά την άσχημη καταιγίδα που πέρασαν, το ουράνιο τόξο ανέτειλε! Μια καινούρια αρχή γινόταν με ελπίδα στη ζωή, έχοντας φόντο την αγάπη και τα χρώματα της ίριδας!

Έτσι όπως τον κρατούσαν ψηλά, σιγοτραγούδησαν και πάλι την επωδό του χαρούμενου τραγουδιού του ουράνιου τόξου, της ελπίδας...

Σαν στη ζωή μας κάτι δύσκολο συμβεί
κάποια φουρτούνα δυνατή
ή κάποια άτυχη στιγμή
το ουράνιο τόξο τότε θα εμφανιστεί
θα γίνει νέα η αρχή
να έχετε ελπίδα στη ζωή
μετά την καταιγίδα κάτι θα φανεί
το ουράνιο τόξο θε να βγει
να έχετε ελπίδα στη ζωή.

ΤΕΛΟΣ

Λίγα λόγια για τον συγγραφέα...

Γεννήθηκα το 1966 στο Φιλώτα του Δήμου Αμυνταίου του Νομού Φλώρινας όπου και διαμένω με την οικογένειά μου. Αποφοίτησα από το Λύκειο Φλώρινας το 1983 και αφού τελείωσα με τις υποχρεώσεις του στρατού, άρχισα να εργάζομαι ανελλιπώς έως σήμερα από τον Μάρτη του 1989. Με τη σύζυγό μου Αλεξοπούλου Παναγιώτα παντρευτήκαμε το 1991 και αποκτήσαμε δύο τέκνα, την Ειρήνη το 1992 που είναι απόφοιτος του Α.Π.Θ με πτυχίο Βιολόγου και τον Σπυρίδων το 1998 που ως πρωτοετής φοιτητής του ΠΑ.ΜΑΚ στο τμήμα Εφαρμοσμένης Πληροφορικής μπήκε και αυτός φέτος στην Τριτοβάθμια Εκπαίδευση.

Εργάζομαι με πλήρη απασχόληση εδώ και είκοσι επτά χρόνια ως ιδιωτικός υπάλληλος, τα τελευταία δεκαπέντε σε μεγάλη γαλακτοβιομηχανία της χώρας, ενώ παράλληλα απασχολούμαι και ως εκπαιδευτής σε ιδιωτικά κέντρα πληροφορικής.

Κατέχω άδεια φοροτεχνικού και πτυχίο εκπαιδευτή πληροφορικής CTP της ECDL Ελλάς Α.Ε. Από πολύ μικρός ασχολούμαι με τη μουσική και τη συγγραφή ενώ μου αρέσει ιδιαίτερα το running και η ποδηλασία. Υπήρξα πολλές φορές Πρόεδρος Δ.Σ σε Πολιτιστικούς Συλλόγους και Συλλόγους Γονέων και Κηδεμόνων. Διατελώ ως ενεργό μέλος Διοικητικών και Εποπτικών Συμβουλίων στη γενέτειρά μου και όχι μόνο, ακατάπαυστα την τελευταία εικοσαετία.

Το συγγραφικό μου έργο μέχρι το 2011 περιοριζόταν σε άρθρα, ποιητικές συλλογές και βοηθητικά εγχειρίδια τα οποία είχαν κοινωνικό χαρακτήρα και σκοπό να βοηθούν οικονομικά τους διάφορους οργανισμούς με τους οποίους είχα συνεργασία. Πολλά από αυτά έχουν δημοσιευτεί σε περιοδικά και τοπικές εφημερίδες. Το 2011 κυκλοφόρησε σε πανελλαδική εμβέλεια το πρώτο μου μυθιστόρημα από τις εκδόσεις (Μαλλιάρης Παιδεία Α.Ε) με τίτλο «As Ξημερώσει Και Αύριο Θεέ Μου...» με ISBN 978-960-457-476-6 το οποίο απέσπασε πολύ καλύτερες κριτικές, από αυτές που θα μπορούσα ποτέ να φανταστώ στο ξεκίνημα της συγγραφής του!

Είμαι υπερήφανος για την καταγωγή των παππούδων μου που ήρθαν από την Μικρά Ασία και παρόλη την τυραννία τους κατάφεραν και ορθοπόδησαν αφήνοντας πίσω στους διαδόχους τους ανεξίτηλες μνήμες βιοπάλης και νοσταλγίας. Ως εκ τούτου δε θα μπορούσα να μην αφιερώσω το τρίτο μου βιβλίο στη γενιά των ανθρώπων που χάρη σε αυτούς βρίσκομαι σήμερα ενώπιόν σας με την έκδοση του δεύτερου μυθιστορήματός μου. Οι διεργασίες για την δημιουργία του τρίτου εκπονήματος έχουν ήδη ξεκινήσει, και το πιο πιθανό είναι, όταν με το καλό ολοκληρωθεί, να έχει τίτλο «Σπασμένος Καθρέπτης» και υπότιτλο «1922-2022 εκατό χρόνια μετά».

www.ingramcontent.com/pod-product-compliance
Lightning Source LLC
Chambersburg PA
CBHW020459020726
47493CB00001B/103